KB236116

근대 중국의 문학적 사유 읽기

Reading the Literary Thinking in Modern China

이종민

이 책의 저자 **이종민**은 1968년 전북 무주 출생으로 서울대학교 중어중문학과를 졸업하고 동
대학원에서 석사 및 박사학위를 취득하였다. 현재 한밭대학교 중국어과 교수로 재직하고 있
다. 1994년에서 1995년간 북경대학교 중문과에서 고급진수과정을 수료했으며 2001년에는 북
경수도사범대학 교환교수를 역임하였다. 중국 전문잡지 반년간『중국의 창』편집인으로 활
동하고 있으며 한국중국현대문학학회 이사를 역임하였다. 주된 연구 관심은 중국근대문학사
상사 분야이며, 한중문화교류사에서 나타나는 오해와 편견을 극복하고 상호이해의 관계를
정립하기 위한 문화비평 작업을 하고 있다. 2004년 계간지『문학사랑』시 분야 신인상을 획
득하여 이론 작업과 아울러 시 창작을 하고 있다. 논문으로「근대 중국의 시대인식과 문학적
사유―양계초, 왕국유, 노신, 욱달부를 중심으로」,「20세기 중국의 국가주의 사상 비판」,「개
혁개방 이후 한국을 바라보는 중국의 눈」,「한국은 동북아 '중심' 국가인가―현실 중국과 우
리 안의 중국에 대하여」 등이 있고, 번역서로『중국소설서사학』,『중국, 축제인가 혼돈인가』
등이 있다.

근대 중국의 문학적 사유 읽기

1판 1쇄 발행 2004년 9월 10일
1판 2쇄 발행 2005년 10월 10일

지은이 / 이종민
펴낸이 / 박성모
펴낸곳 / 소명출판
출판고문 / 김호영
등록 / 제13-522호
주소 / 137-878 서울시 서초구 서초동 1621-18 (란빌딩 1층)
대표전화 / (02) 585-7840
팩시밀리 / (02) 585-7848
somyong@korea.com / www.somyong.com

ⓒ 2004, 이종민
값 21,000원

ISBN 89-5626-098-2 93820

근대 중국의 문학적 사유 읽기

Reading the Literary Thinking in Modern China

이종민

소명출판

책상 위에 책들이 시간 따라 하얗게 묻힌 문명의 퇴적층처럼 수북히 쌓여 있다. 밑으로 갈수록 세월에 눌린 할머니 등처럼 심하게 휘어진 책들, 미안한 마음에 제일 밑에 누워있는 책 꺼내 들고 이리저리 몸 펴 보지만 시간에 먹힌 흔적은 좀처럼 회복되지 않는다. 몇 장 들춰 읽어 보니 곳곳에 새겨 있는 밑줄과 메모 퇴적층 아래 검게 고인 원유처럼 일렁이고, 묵묵히 세상 노려보던 그 시절의 눈빛 돌연 불꽃 되어 책 속에 번진다. 망각의 형벌에서 풀려난 불길은 오랜 먼지 툴툴 털어내며 흐릿한 안개 속 위태롭게 걸어가는 옛 주인의 목덜미 부여잡고 되묻는다. 당신은 지금 어디로 가고 있는가.

이 책은 1998년에 쓴 박사논문 「近代 中國의 時代認識과 文學的 思惟－梁啓超, 王國維, 魯迅, 郁達夫를 중심으로」를 수정 보충한 것이다. 왜 나는 5년이란 시간의 먼지 속에 묻힌 글을 다시 불러내려고 하는 것인가? 중국 현대문학에 조금씩 맛을 들여가던 1990년대 초, 우리 사회가 이데올로기의 그늘로부터 벗어나기 시작하면서 전투적 연구 풍토의 중국 현대문학계도 분화의 조짐이 일어났다. 혁명과 같은 열정의 목소리들이 내면의 세계에 침잠하고, 주류적 시각에서 소외되었던 작가·작품·연구방법이 꿈틀거리고, 일국이 아닌 동아시아적 시야 속에서 중국 현대문학을 바라보아야 한다는 시각이 출현하고, 개방된 대륙의 현장에서 중국 현대문학에 대한 실감을 체득해야 한다는 유학열이 일어나고……. 비교적 주변부에 위치하며 자유로운 신분이었던 나는 근대문학 연구의 길을 선택했다. 현재적 문제의 발원지이자 전통과 현대, 동양과 서양, 신과 구 등 다양한 가치가 충돌하는 시간인 근대 자체가 매력적이기도 했지만, 나의 입장에서는 이것이 전투적 풍토나 내면세계로의 침잠에서 벗어난 제3의 길로 다가왔던 것이다. 지금은 근대문학 연구자가 늘어나고 다양한 해석방법이 등장하고 있지만, 당시에는 거의 미개척분야였기에 연구대상의 선정 자체에서 연구자의 의도가 노출되는 번거로움을 피할 수 있었다. 그러나 발걸음이 그다지 가볍지는 못했다. 우리에게 최초로 진보를 선사한 근대 혹은 근대인에게, 권력 밖에서 시작된 진보가 왜 권력 안에서 다시 타락해가는지의 문제를 되물어보려고 했기 때문이다. 그래서 근대문학과 시대의 관계를 직접 연결시키기보다는, 근대인에게 문학은 무엇이었는가라는 존재론적인 물음을 통해, 그들의 문학이 인간·계몽·사회·국민·국가·권력 등과 어떠한 관계를 맺고 있는지를 탐구하였다. 이 과정에서 내가 불러낸 인물이 량치차오, 왕궈웨이, 루쉰, 위다푸였다. 삶의 방식이 다른 이들을 근대라는 역사공간 위에 한데 모아 근대의 후예들이 아직 미궁에 빠져 있는 문제에 대해 심문하였다. 심문의 화살은 주로, 진보를 주창하면서도 그것을 제도 속으로 끌고 들어갔던 량치차오에게 향했으며, 근대적 진보 속의 권력성을 비판하면서 근대(문학)의 인간학적 의미를 찾아나가는 3인을 통해서 우리 시대의 출로를 모색하였다. 이 때문에 량치차오는 나의 추궁을 가장 심하게 받았으며 그의 시대적 고뇌와 순수성조차 의심받기에 이르렀다(이 점에 대해서는 별도의 글을 통해 그에게 사죄할 것이다). 그러나 무엇보다 즐거웠던 것은, 자신의 삶과 문학을 실천적으로 사유하고 그 시대에 문학이 어떠해야 하는지를 고민하는 그들을 엿보는 일이었다. 이러한 고뇌가 살아 있는 동안 그들은 절망적 현실 속에서도 꿋꿋하게 살아가는 근대인으로서의 존재감을 느낄 수 있었으며, 권력 속으로 고뇌가 빨려 들어가는 순간 그들은 초라한 인간으로서의 유한성을 승인하지 않을 수 없었다.

이 글을 쓴 후 나는 문학으로부터 외도의 길을 걸었다. 문학의 영역 속에 머물러 있었다면 아마 명청대 문학이나 1930~40년대 문학 연구의 길로 나아갔을 것이다. 하지만 문학에 대한 존재론적인 질문만으로는 그 맞은 편에 위치하는, 특정한 가치·신념·규범·행동방식을 소유한 주체 및 사회관계를 창출하는 주체생산방식의 문제를 해석할 수 없었다. 이점이 글을 쓰는 내내 나를 괴롭혔으며 결국 발걸음을 역사와 사회과학에 대한 공부 쪽으로 흐르게 만들었다. 내가 다룬 근대인들의 인생 역정이 정치·과학·의학 등 실용적인 현상계에 대한 관심에서 문학이나 철학과 같은 보편적 정신계에 대한 관심으로 방향 전환하는 것과 달리 나는 그 역향적인 길을 선택했던 셈이다. 그러다가 2001년에 교환교수로 중국 베이징을 방문할 기회가 생겼다. 1994년에 베이징에서 1년간 유학한 적이 있지만 중국생활의 적응에 실패하여 스스로 중국 재수생이라고 불렀던 터라 이번이야말로 제대로 실감할 수 있는 좋은 기회라고 여겼다. 그때 중국인뿐만 아니라 다른 외국의 친구들과 대화를 나누며 상호간에 지니고 있던 역사적 문화적 오해와 편견의 문제 및 국제관계의 현실에 눈뜨게 되었다. 특히 중국과는 한중수교 10주년을 앞두고 있었지만 서로 걸어온 길의 상이함으로 인해 상대를 객관적으로 바라볼 수 있는 시각을 결여하고 있었다. 중국은 한국이 백 년 전의 중화체제에서 완전히 벗어나 근대 민족국가의 성원이 되었음에도 불구하고 여전히 전통적인 한중관계의 시선으로 한국을 바라보는 경향이 있었고, 한국은 중국과의 역사적 친화성을 망각한 채 자본주의적 시선만으로 중국을 바라보는 측면이 있었다. 주로 중국의 일국적 맥락 속에서 문제를 사유하던 내게 이러한 체험은 새로운 소명의식을 불어넣어 주었다. 상호 이해의 역사 속에서 한중의 문제를 바라보아야 한다는 문제의식은, 학술계를 넘어 일반 대중과 공감되어야 하며 이를 위해서 중국 전문잡지가 필요하다는 생각을 꿈틀거리게 했다. 그래서 중국에서 기획안을 만들고 귀국 후 출판사를 모색하고 편집진을 구성하여 드디어 2003년 4월에 『중국의 창』을 창간하기에 이르렀다. 이러한 외도의 길로 인해 박사논문을 쓴 이후 나의 책상에 꽂힌 것은 『명청대의 문학적 사유 읽기』나 『30년대 문학적 사유 읽기』가 아니라 『중국의 창』이라는 비문학적 서적이었다.

그러나 문학연구로부터 일정정도 떨어져 있었던 것은 사실이지만 문학의 영토 밖에서 거주한 것은 아니었다. 오히려 문학연구에서 자유로워지면서 문학 자체를 만날 수 있었다. 현실의 벽에 막혀 절망에 빠지거나 영혼이 지쳐 외로움에 시달릴 때 불쑥 탐독하였던 근대인의 얼굴이 떠올랐고, 한동안 잊고 살았던 시 쓰기를 다시 시작할 수 있었다. 이제 외도의 길을 돌려 문학으로 귀환할 때가 된 것인지 고민스럽다. 이 책은 그 고민의 첫걸음으로 선택된 것이다. 외도에서 얻은 문학 밖의 지식과 다시 솟아난 영혼의 눈을 들고 5년 전의 글 속으로 걸어 들어갔다. 흑백사진 속의 고향처럼 길이 낯설지 않을까 두려웠지만 다행히 큰 줄기는 친근한 상태 그대로였으며, 곳곳에 '햐아 내가 이런 생각을 다 했구나'라는 감탄과 아울러 엉성하고 무리가 따르는 해석이 섞여 있었다. 다시 글 밖으로 빠져나왔을 때 기분이 그리 실망스럽지는 않았다. 그래서 기본적인 노선은 유지하면서 울퉁불퉁한 노면을 가다듬는 데 주의를 기울였다. 귀환의 결과에 대해서는 독자들의 판단에 맡긴다.

문학으로의 귀환에 대한 개인적인 애기를 덧붙이자면 내가 나이를 느끼기 시작했다는 점이다. 내 나이 어느덧 서른 일곱, 세상 묻혀 살아온 시간 축 늘어진 뱃살만큼 허망하다. 중산층 이데올로기에 충실한 일상의 조건은 나를 보수주의자로 만들고, 밤새워 하얗게 세상 대들던 시절 친구 녀석이 철없이 살든지 아니면 큰 어른이 되라 하길래, 서슴없이 철부지로 살겠다던 내가 어느새 초라한 어른이 되어 있다. 보수는 만족을 먹고 자란다. 물의 힘 알아버린 불처럼 보수는 불안을 가장 경계한다. 아이 앞에 있으면 나는 인생의 보수주의자. 아이가 꽃 만지려 들면 가시에 찔릴라 손 붙잡고, 아이가 지나가던 강아지에 달려들면 물리지나 않을라 앞을 막아서고, 아이가 강물에 돌 던지려 들면 물결이 심술 부릴라 몸 붙든다. 아이는 무엇이든 꺼안으려 들고 나는 싸움 말리듯 갈라놓는다. 아이는 그네 타기를 좋아한다. 등 살짝 밀어주면 아이는 아빠 하늘 더 높이 더 높이, 아이는 보수주의자 아빠의 키 훌쩍 넘어 하늘로 날아오른다. 보수는 불안에서 만족으로 흐르는 강물. 물결 거슬러 부는 바람처럼 깊숙이 파고드는 삶의 허망함 보수의 강물 시계처럼 되돌리고, 불쑥 심연에 가라앉아 있던 존재의 뿌리 샘솟는다. 가정주부 박완서는 마흔이 되도록 소설가의 꿈 접지 않았고, 40대 직장인 한 선배는 농사지으며 살겠노라 도시의 미련 털어 버리고, 40대 야간 학생 한 명은 인생의 승부 중국에서 걸겠노라 유학의 길 떠난다. 마흔에 다가선 나, 인생이 떠미는 문학의 그네 타고 보수의 아늑함 넘어 미지의 존재의 세계에 쓸쓸히 발 들여놓는다. 하늘 더 높이 하늘 더 높이.

세상 따스하게 살아가는 길 보여주신 아버지와 올해 환갑을 맞으신 어머니, 최초의 독자 되어 세심한 비평 건네준 아내 김종인, 하는 말과 행동이 그대로 시가 되는 우리 다일에게 이 책을 바칩니다.

2004년 7월
이 종 민

근대 중국의 문학적 사유 읽기

차례

제8장 근대 중국의 문학적 사유의 특성 · 365

제9장 결론 · 425

제1장

서론

1. 문제의식

중국의 근대는 민족과 전통의 비판 위에서 출발한 '위기의 시대'이다. 그 위기는 일차적으로 서구 제국주의의 침략이라는 현실적인 힘의 논리에서 연원한다. 그러나 서구에 대한 우월성의 승인은 단순히 물리적인 차원만이 아니라 정신적인 영역까지 확대된다. 이러한 승인의 과정을 통해, 전통적인 중화사상은 세계의 실재를 은폐하는 허위적 이념으로 비판되고, 비문화국가로 인식되던 서구는 세계의 중심으로 자처하던 중국을 밀어내고 그 자리를 차지하게 된다. 도대체 자기 문명에 대한 절대적 우월감을 지녔던 중국인에게 근대가 어떠한 의미로 다가오길래, 자신의 존재근거를 뿌리째 뒤흔들 정도로 혼란감과 가치의식의 전도에 빠지게 된 것인가? 이러한 맥락에서 볼 때 근대 중국은 위기의 시대이자 삶의 중심을 잃어버린 '상실의 시대'라고 할 수 있다. 그렇지만 근대 중국인은 위기와 상실 속에서 무기력한 삶에 순응하지 않고, 위기에 대항하면서 새로운 세계를 추구하고, 상실에 맞서 새로운 중심을 찾기 위해 끊임없이 탐색한다. 근대 중국인은 이러한 탐색을 통해 자기 시대를 노예와 사멸의 시대가 아닌 '생성의 시대'로 인식하며, 자기 부정의 고통 속에서 생성의 사유를 통해 새로운 삶의 가능성을 열어나간다.

필자가 관심을 가지는 부분은 바로 근대 중국의 민족적 위기 속에서 생성의 가능성을 '열어나가는' 그 시대인들의 문학적 저항의 방식들이다. 여기서 필자가 저항의 방식이 아니라 저항의 '방식들'이란 복수형의 개념을 사용한 데에는 나름의 이유가 있다. 과거 중국의 근현대문학사는 신민주주의(新民主主義) 역사관에 입각하여 근대─현대─당대문학으로 삼분한다.1) 이러한 역사관에 의해 해석된 문학사는 신민주주의 실현을 위한 문학 발전과정을 걸으며, 그 속의 인간은 그 목적을 실현하기 위한 규정적인 삶을 추구하게 된다.2) 이렇게 한정된 역사 속에서는 시대와 삶을 고뇌하는 다양한 목소리들이 공존할 수 있는 공간이 주어지지 않는다. 역사의 해석은 다양하게 공존하는 삶들이 접촉하고 소통하는 과정 속에서 그 존재 의미들을 밝혀내고 확장하는 것이지, 해석의 권위를 빌어 광활한 역사공간을 구획하는 작업이 아니다. 이러한 비판은 신민주주의 문학관을 반성하면서 제기된 '20세기 중국문학'론3)의 경우도 예외는 아니다. 20세기 중국문학론은 근대─현대─당대의 삼분법에 내재된 권력적 역사관을 해체하고 중국 근현대문학사를 20세기라는

---

1) 신민주주의 역사관에 기반한 중국 현대문학사 서술에 대해서는, 金時俊, 『中國現代文學史』, 서론 중 '2. 중국 현대문학사의 분기' 부분 참조.
2) 중국 신문학의 역사는 5·4문학혁명부터 시작되었다. 그것은 중국 신민주주의 혁명 30년 동안 문학영역상에서의 투쟁과 표현으로, 예술의 무기로, 반제반봉건의 투쟁으로 전개되었으며, 광대한 인민을 교육하였다. 이런 까닭에 그것은 필연적으로 중국신민주주의혁명사의 일부분으로 정치투쟁과 밀접하게 결합되어야 한다(王瑤, 『中國新文學史稿』, 上海文藝出版社, 1982년 수정판).
3) 20세기 중국문학론에 대해서는 錢理群·黃子平·陳平原, 「論二十世紀中國文學」 (『文學評論』 1985年 第3期) 참조.

총체적인 개념으로 포괄한다. 이것은 정치이념에 의한 문학사 해석의 관점에서 탈피하여 문학사 자체의 논리를 모색한다는 점에서 상당한 의미를 지닌다. 그러나 20세기 중국문학론 역시 20세기 중국문학의 경계를 '국민성 개조'라는 주제 안에 묶어둠으로써, 국민성 개조 주체인 계몽자와 개조 대상인 국민 사이의 관계에 관심을 국한시키는 한계를 안고 있다. 이 속에는 계몽의 관점으로 해석되지 않는 많은 문학적 사유들이 존립할 자리가 마련되어 있지 않다. 물론 모든 역사적 사실에 제 나름의 무게를 둔다는 생각은 지적으로는 가능한 생각이지만, 실제로는 거의 불가능한 작업이다. 그것은 모든 사실을 등가화하여 지적 딜레마에 빠지게 한다. 이때의 모든 사항들은 개별적인 가치를 지닐 뿐 전체와의 연관을 갖지 않는다. 그러한 함정에 빠지지 않기 위해서는 과거의 집적물을 전체로서 파악하고, 그 전체를 이루는 부분 부분들을 관계가치로 이해하지 않으면 안 된다. 부분은 그것 자체로서 가치를 가지는 것이 아니라 다른 것과의 관계로서만이 가치를 획득할 수 있다.[4]

　필자는 이러한 해석상의 한계가 발생하는 원인이 중국의 근대에 관해 '문제설정'하는 방식 속에 이미 잠재되어 있다고 생각한다. 이것은 문제를 '어떻게' 설정하느냐에 따라 해석의 내용이 달라지기 때문이다.[5] 우리는 중국의 근대에 관한 물음을 던질 때 '중국의 근대(성)는 무엇인가'라는 문제설정과 그에 대한 해석에 익숙해져 있다. 그러나 이러한 문제설정이 유도할 수밖에 없는 해석의 내용에 대해서는 상대적으로 의문을 갖지 않는 편이다. 다시 말하면, '중국의 근대(성)는 무엇인가'라는 문

---

4) 김현, 「한국문학사 시대구분론」,『한국문학의 위상 / 문학사회학』, 문학과지성사, 20～21면 참조.

5) 물론 근대─현대─당대의 삼분법이나 20세기 중국문학론에서 근대라는 개념은 논리 전개의 핵심어가 아니다. 삼분법에서 근대는 가치 긍정적 개념인 현대 이전에 존재하는 부정적인(한계성을 지니는) 개념이며, 20세기 중국문학론에서는 근대보다는 현대(성)이라는 개념을 중심어로 삼는다. 그러나 중국의 현대라는 말이 우리가 사용하는 근대의 의미와 별다른 차이가 없다는 점을 전제한다면, 우리의 용어인 근대로 통칭한다 하더라도 큰 무리는 없을 것이다.

제설정을 하면 그 해석의 내용은 '중국의 근대(성)는 무엇이다'라는 근대의 본질 규정문제에 집중된다는 것이다. 필자는 신민주주의 문학관이나 20세기 중국문학론이 모두 이러한 문제설정에서 출발하고 있다고 생각한다. 신민주주의 문학관의 경우 근대의 본질은 신민주주의 실현의 역사가 되고, 20세기 중국문학론의 경우 근대의 본질은 국민성 개조의 역사가 된다. 근대 본질론에 입각한 이러한 관점은 역사를 일관되게 해석할 수 있는 선명함을 지니고 있다. 그러나 규정된 본질에서 벗어난 현상들에 대해서는 그 존재 의미를 설명할 수 있는 길이 막혀 있다. 이렇게 볼 때, '중국의 근대(성)는 무엇인가'라는 문제설정은 근대의 본질 개념을 규정하기에는 간편하지만, 특정한 개념을 우위에 두는 입장에서 역사를 일목요연하게 '설명하는' 함정에 빠지기 쉽다고 할 수 있다. 이러한 문제설정 속에는 그 시대를 살아가는 '주체'의 문제, 즉 '이 시대에 나는 도대체 누구인가'라는 존재론적인 물음을 바탕으로 민족적 위기에 저항해나가는 주체의 문제가 배제되어 있기 때문이다.

  필자는 이 '근대'의 문제를 그것을 담지하는 주체의 문제와 분리하여 '예견된' 근대로 환원해서는 안 되며, '그 시대를 담지하는 주체가 그 시간을 어떻게 인식하고 실천하는가'라는 물음과 연관시켜 사유해야 한다고 생각한다. 다시 말하면, 개념을 규정하려는 물음보다는 '그 시대에 산 사람들이 자기 시대를 어떻게 생각하고 있는가'라는 구체적인 문제를 설정하여, 개별자의 사유 속에 내포되어 있는 보편적인 것을 추출하고, 그것을 가지고 중국의 근대는 어떠하다라는 해석으로 확장해야 한다는 것이다. 이러한 열려진 문제설정을 통해 우리는 그 시대의 역사 속에서 그 시대인들이 느끼는 다양한 시대인식과 실천방식 등을 이해할 수 있을 것이다. 자신의 '현재'에 대한 이해와 실천은 특정한 부류만이 독점하거나 그들만이 완성할 수 있는 소유물이 아니다. 그것은 동시대에 살아가는 모든 사람이 겪게 되는 일상생활이다. 그들은 상호간의 끊임없는 주고─받기의 과정 속에서 그 시대의 '이행원리'를 만들어 나간다. 구세대는 변해 가는 현실 혹은 신세대와의 지속적인 경쟁관계를 통해, 자신의 진부한 요소를 해체해 나가면서 갈라진 껍질 사이로 진실을 엿보며, 신세대는 특유의 부정의식과 열정을 바탕으로 새로운 세계를 꿈꾼다. 다양한 시대인식과 세대지평으로 형성되는 총체적인 '긴장의 흐름'을 해명하는 것이 바로 이러한 문제설정이 추구하는 해석의 목표이다.

그러면 이러한 문제설정을 중국 근대문학의 문제와 관련지어 살펴보자. 우리는 중국 근대문학 텍스트를 연구할 때 나름의 근대문학에 대한 정의를 가지고 접근한다. 그리고 텍스트 속에서 근대문학의 정의에 부합하는 부분을 발견하는데 초점을 맞춘다. 이러한 근대문학의 정의는 텍스트 해석을 위한 가설적 문제의식 차원을 넘어 근대문학이라면 마땅히 구비해야 할 본질적 '요건'으로 작용한다. 그래서 텍스트 속에 기대한 내용이 발견되면 그나마 다행이지만, 그 요건에서 벗어나는 부분이 나타날 경우 연구자를 당혹스럽게 만든다. 이러한 상황에 직면하면, 요건에 적합한 부분은 '근대적'이라고 부각시키고, 그렇지 않은 부분에 대해서는 시대적 '한계'라고 평가하거나 아예 언급 자체를 회피하기도 한다. 또 한 작가에 대해서도 그 요건으로 해석할 수 있는 특정 시기의 텍스트만을 분석대상으로 삼고, 다른 시기의 텍스트는 논외로 하는 경우가 허다하다. 동일한 텍스트를 임의대로 분절시키고 한 작가의 문학 역정을 해석을 위해 갈라놓는다면, 우리는 무엇 때문에 이러한 연구를 수행해야 하는 것인가? 필자는 이러한 문제가 근대문학에 대한 예견된 정의에서 텍스트 분석을 시도하기 때문이라고 생각한다. 물론 그 정의가 중국 근대문학 텍스트에 대한 검증작업을 거쳐 도출한 개념이라면 반성적 사유를 통해 문제점을 바로잡아 나갈 수 있을 것이다. 그러나 그 개념이 서구 근대문학을 보편적인 근대문학으로 승인하는 과정에서 도입된 것이라면, 중국 근대문학이라는 원텍스트로 되돌아가서 중국적인 문맥에 부합하는 개념을 귀납해내야 할 것이다.

그래서 근대문학을 대상적 존재로 고정시켜 이해하는 경향에서 탈피하여 그것을 '역사적'으로 파악하는 일이 시급히 요청된다. 특정한 관념에 기대어 중국 근대문학의 본질을 규정하려는 것은 중국 근대문학이 생성되는 역사적 시공간을 생략하여 그 속에 내재된 '풍요로운 모순'들을 단순화하려는 시도라고 할 수 있다. 신민주주의 문학관, 20세기 중국 문학론 등 중국 근대문학의 의미들을 특정한 본질 정의 속에 규정하려는 이론들은 모두 이러한 탈역사화의 함정에서 자유롭지 못하다. 이러한 사유방식은 당대이론가들의 정치적 입지, 기존의 이론들에 대한 반발, 이론이 처한 사회역사적 조건과 깊게 연관되어 있다. 그러나 탈역사성의 이데올로기를 지적하는 일은 중국 근대문학의 질적 특성을 이론화할 수 있는 가능성을 부인하는 것이 아니다. 그것은 근대문학 혹은 문학의 근대성의 이름으로 항구하게 물신화하는 작업 자체의 이데올로기적 기획성을 드러내자는 것이다.[6]

필자는 이러한 연구경향을 탈피하기 위해서 중국 근대문학 연구의 관건이 되는 몇 가지 문제를 반성적으로 검토할 필요가 있다고 생각한다. 첫째, 중국 근대문학의 발생과 관련된 서구문학의 위상의 문제이다. 중국의 근대가 중화 중심적인 소우주에서 서구 중심의 세계사적인 지평 속으로 융합되면서 출발하듯이, 중국 근대문학도 전통문학의 테두리에서 벗어나 세계문학의 광활한 문학공간으로 진입하면서 생성되기 시작한다. 그 과정에서 중국 전통문학은 생명력이 소진한 부정의 대상이 되고 서구문학은 사멸하는 중국문학을 구원할 이상적 가치로 인식된다. 이것은 서구를 진보된 근대국가로, 중국을 낙후된 비근대국가로 인식하는 진화론적 세계질서 속에서, 중국의 현재적 위기를 서구와의 '대비적 관계'를 통해 이해하고, 중국의 변혁 가능성을 새로움과 진보를 의미하는 서구적 가치에서 구하는 사유방식에서 기원한다. 이러한 반전통주의(反傳統主義)

---

6) 도정일, 「문학성문제와 이 시대의 문학」, 『실천문학』, 1997년 봄, 249면 참조.

의 흐름 속에서 중국 전통문학은 진보적인 서구문학에 의해 반성되고 탈변해야 할 대상으로 취급된다. 이것은 특정 장르에만 국한되지 않고 전통문학 자체가 반성대상에 포함되는 전체적인(totalistic) 현상이다. 이 때문에 인간의 정감적 사유를 통해 우주적 질서[天文, 道]를 포착하는 신성한 사물로 자부해 온 중국문학은 자신의 존립근거를 박탈당하고, 서구문학을 뒤따라야 하는 낙후된 사물로 전락한다. 량치차오[梁啓超]가 중국 소설계혁명(小說界革命)의 가능성을 서구 정치소설에서 구하고[7] 중국 시계혁명(詩界革命)의 출로를 서구의 시계(詩界)에서 찾거나,[8] 천두슈[陳獨秀]가 「현대유럽문예사담(現代歐州文藝史譚)」에서 중국문예의 현재를 서구문학의 발전사인 고전주의−이상주의−사실주의−자연주의에 근거하여 사실주의 단계에 편입시키는 논리[9]들은 바로 이러한 사유방식의 결과물에 다름 아니다. 그래서 중국 근대문학은 전통문학과 같은 우주론적 기원을 거부하고 그 자리를 서구문학의 기원으로 대체한다.

이점이 바로 중국 근대문학이 전반서화론(全般西化論)으로 해석될 수 있는 근거를 제공한다. 여기서 우리는 이 문제를 해석할 때 반전통주의 혹은 전반서화론이 추구하는 궁극적 관심이 무엇인지와 관련지어 사유할 필요가 있다. 왜냐하면 중국 근대문학 텍스트 속에는 현상적 언술로 해독할 수 없는 중국과 서구, 전통과 현대, 역사와 가치, 이성과 감성, 기대지평과 경험지평, 계몽과 구망 등의 모순들이 풍요롭게 산재해 있기 때문이다. 필자는 중국 근대문학 텍스트를 이러한 모순의 복합체로 이해하여, 그 속에 내재된 모순의 형태와 의미 그리고 모순해결을 통해 추구하려는 궁극적 관심이 무엇인지를 밝히는 일이 주요한 연구대상이 되어야 한다고 생각한다. 현상적으로 볼 때 반전통주의 혹은 전반서화론은 낙관적인 서구의 현재와 낙후한 중국의 현재를 대립시키며 20세기

---

7) 梁啓超, 「譯印政治小說序」, 『二十世紀中國小說理論資料』, 北京大學出版社, 1989.
8) 梁啓超, 『飮冰室合集』(『文集』 八冊, 『專集』 十冊), 臺灣中華書局, 1970.
9) 陳獨秀, 「現代歐州文藝史譚」, 『陳獨秀著作選』, 上海人民出版社, 1993.

서구 근대문명을 지향한다. 그러나 이러한 담론은 표면적인 언술과 달리 전반서화 자체를 목적으로 삼는 것이 아니라 중국의 현재 위기의 극복과 민족 정체성 회복에 관심을 가진다. 다시 말하면, 이러한 담론 속에는 현상적 차원에서 전반서화의 길과 궁극적 관심에서 민족 구원과 보존의 길이 모순적으로 통합되어 있다는 것이다. 실제로 근대문학 텍스트는 서구와 직접 관련된 문제보다는 자아·개성·가족·성·자유·고독·영혼·계몽·구망·혁명·민족 등 사회 전반에 내재한 문제들을 다루고 있다. 중국 근대문학 텍스트는 결코 서구문학의 직접적 모방이나 이식을 목적으로 삼지 않는다. 그보다는 중국의 현재를 담지하는 주체가 개인적 민족적 정체성의 위기를 어떻게 인식하고, 주체의 문학적 기획 속에서 그것을 어떻게 통찰하고 실천할 것인지에 관심을 지니고 있다. 따라서 필자는 서구문학은 근대문학 생성에 강력한 영향을 준 변수 혹은 '가능성의 조건'으로 보아야 하며, 중국 근대문학의 기원이나 그 실질내용으로 이해해서는 안 된다고 생각한다. 즉, 서구화를 근대화로 인식하는 미망에서 벗어나 자체 내의 구조적 모순과 갈등을 통찰하고 그것을 극복하는 문학으로 바라보아야 할 것이다. 가능성의 조건은 새로운 세계 자체가 아니라 그것을 열어나가는 현재적 상황에 불과하며, 가능성의 조건에서 새로운 세계를 창출하기 위해선 반드시 주체의 실천과 결합되어야 하기 때문이다. 그래서 우리는 중국 근대문학이 서구화인가 아닌가라는 문제설정보다는, '근대 중국인에게 문학이란 무엇인가'라는 현재화된 문제설정 속에서, 그것을 질문하고 대답해나가는 다양한 문학적 사유들을 관심대상으로 삼아야 할 것이다.

둘째, 문학의 독립성에 관한 문제이다. 근대문학의 가장 큰 특성 중의 하나로 우리는 문학의 독립성을 꼽는다. 그런데 이것은 종교와 보편이념으로부터의 독립을 선언한 근대문학뿐만 아니라 권력의 속박이나 형식화된 문학적 규범에서 탈피하고자 할 때마다 늘상 제기된 낯설지 않은 구호이다. 또 문학이론의 측면에서 볼 때, 시를 역사와 구별하고 비극을 희극·서사시·음악 등의 재현양식과 구별하는 『시학』에서 현대의 형식주의 구조시학·기호시학·서사학에 이르는 서구의 문학이론과, 서구의 『시학』에 비견되는 『문심조룡(文心雕龍)』·『문부(文賦)』·『시품(詩品)』에서 왕궈웨이[王國維]의 『인간사화(人間詞話)』에 이르는 중국의 문학이론은 문학을 하나의 독립된 대상물로 삼을 때만이 가능한 논리체계들이다. 이러한 맥락에서 보면, 문학의 독립성의 문제는 결코 근대문학만의 고유한 특성이라고 말할 수는 없을 것이다. 그런데도 왜 우리는 문학의 독립성을 근대문학의 고유한 특성이라고 이해하는 것인가? 여기서 우리는 이 문제에 접근하기 위하여 근대문학이 '무엇으로부터' 독립하는가라는 물음을 던질 필요가 있다. 저우줘런[周作人]의 「문장의 의의와 그 사명을 논함[論文章之意義曁其使命]」10)에 근거하면, 중국 근대문학은 문사철(文史哲)이 혼융된 개념으로터의 독립, 정치의 복속과 문이재도론(文以載道論)에서 비롯된 수단화 논리로부터의 독립으로 이해할 수 있을 것이다. 그렇다면 중국 근대문학은 이러한 독립을 구현한 문학으로, 학술의 형태와 정치의 부속물로 존재하는 문학과는 질적으로 다른 문학이 될 것이다. 하지만 중국 근대문학에도 여전히 이러한 '비근대적인' 특성들이 출현하고 있다면 이것을 어떻게 설명해야 하는가? 근대 중국의 대표적 문학(이론)가인 량치차오·왕궈웨이·루쉰[魯迅]·저우줘런·궈모뤄[郭沫若]·위다푸[郁達夫]·원이뛰[聞一多]·쉬즈모[徐志摩] 등은 모두 순수하게 문학에만 종사한 이들이 아니다. 그들은 전통 중국의 학술인 문사철뿐만 아니라 서구의 자연과학·사회과학·철학·문학·역사학 등을 총괄한 거대한 지식을 소유하고 있다. 이것은 그들이 문학에 대한 순수한 관심보다는 변화된 세계를 새롭게 해석하고 중국의 변혁을 모색할 수 있는 보편이론에 관심을 가지고 있었기 때문이다. 그래서 문학에 대한 그들의 관심 역시 순수 문학적인 입장보다는 문학적인 세계인식

---

10) 周作人, 「論文章之意義曁其使命」, 『辛亥革命前十年間時論選集』 3卷, 生活讀書新知三聯書店, 1977.

방법과 실천성을 더욱 중시한다. 이런 맥락에서 볼 때, 그들은 통합된 문사철의 지식을 분절화시키기기보다는 중학(中學)과 서학(西學)을 융합한 더욱 포괄적이고 체계적인 지식을 요청한다고 할 수 있다. 그들이 추구한 독립은 문사철의 분절화가 아니라, 문사철의 독자적인 세계 해석 가능성을 승인하지 않고 성리학적 이념의 정당화를 위해 그것을 사용하려는 지배 이데올로기로부터의 '사상해방'이다. 다시 말하면, 이것은 지배 이데올로기에 의해 종속되어 있는 지식체계로부터 독립하여 문·사·철의 독자적인 인식방법으로 세계를 해석하려는 자유의지라고 할 수 있다. 따라서 중국 근대문학의 독립성은 통합된 지식으로부터의 독립이라기보다는 문학의 종속을 강요하는 지배 이데올로기로부터 독립하여 문학적인 세계해석의 자유와 가능성을 더욱 '확장'한다는 의미로 이해해야 할 것이다.

다음으로 정치의 복속으로부터의 독립에 관한 문제이다. 근대 중국은 '계몽과 구망'11)의 역사적 사명감이 중국인의 영혼을 지배하는 위기의 시대이다. 그래서 개인의 운명은 민족의 운명과 동일시되며 그 누구도 이러한 시대적 격정에서 자유롭기가 힘들다. 만청(晩淸)의 문학구국론에서 5·4의 국민성 개조론에 이르는 계몽주의 문학론은 물론이고 소위 초공리주의나 예술을 위한 예술론의 경우도 마찬가지이다. 가령, 초공리주의자로 불리는 왕궈웨이의 경우 우주와 인생에 관한 형이상학적인 문제에 관심을 가지는데, 그 궁극적 관심은 순수한 형이상학이 아니라 민족의 위기에 대한 근원탐구와 그 극복을 위한 정신적 가치의 발견에 있다. 또 '예술파'로 불리는 창조사(創造社) 작가의 경우도 '예술을 위한 예술'과 '인생을 위한 예술' 자체의 구분을 부정하며, 타락한 현실세계에 반항하기 위한 문학적 이상세계를 추구한다. 그렇다면 중국 근대문학은 그것이 독립하고자 한 대상으로부터 여전히 독립하지 못하는 '자기 한

---

11) 李澤厚, 「啓蒙과 救亡의 二重變奏」, 『중국 현대사상사의 굴절』, 지식산업사, 1994.

계'를 내포하고 있는 것인가? 필자는 문학과 정치의 문제 자체는 그 시대의 문학이 수행하는 구체적인 의미 내용만이 다를 뿐, 어느 시대의 문학이든지 결코 독립하거나 자유로울 수 없는 '운명적' 물음이라고 생각한다. 문학이 정치로부터 독립한다는 것은 정치적 논리로 문학을 구속하는 상태에서 벗어나는 것이지 문학의 실천성 자체를 부정하는 일은 아니다. 오히려 우리가 관심을 가져야 할 부분은 문학이 정치로부터 독립하느냐 여부보다는 어떠한 문학적 방식으로 정치적인 문제나 삶의 문제를 다루느냐에 있다.

이상의 문제를 고려한다면 문학의 독립성 문제는 다른 차원에서 논의되어야 할 것이다. 우리는 문학의 독립성 문제가 항상 인간의 '정감' 문제와 통합되어 존재한다는 점을 주목해야 한다. 이것은 문학 자체가 정감적 사유일 뿐 아니라, 전시대의 허위이념이나 규범적 속박에서 벗어날 때 정감 중시의 원리가 제기되기 때문이다. 가령, 중국 근대문학(이론)가들이 비판한 문이재도론은 사물에서 촉발된 정감의 표현을 목적으로 삼는 이론과 달리 성리학적 세계의 근본원리인 도(道)의 전달을 목적으로 삼는다. 성리학에서 정감은 표출되어야 할 긍정적 개념이 아니라 억제되어야 할 부정적 개념이다. 이러한 논리 속에서 문학은 사물에 감응되어 자연스럽게 일어나는 정감활동과의 관계가 차단된 채, 도덕적 이성에 의해 수양된 성정이나 성리학이 설정한 조화로운 우주적 질서를 나타내는 기능을 수행한다. 이것은 인간의 정감 표출을 위한 사유보다는, 형이상학적인 도나 그 현실적인 등가물로서 봉건 윤리이념을 전달하는 이데올로기적 기능을 담당한다. 이런 맥락에서 볼 때, 문학의 독립성은 바로 문학과 인간의 정감 사이의 친연성을 부정하거나 특정한 문학적 규범으로 정감의 자유로운 발산을 장애하는 상태로부터 '독립'함을 의미한다. 즉 문학의 독립성은 바로 문학과 인간의 정감 사이의 친연성 회복을 추구하는 것이다. 문학사적으로 볼 때 이것이 실천적 의미를 지니는 것은, 그 시대에 대한 새로운 감성을 소유한 주체가 출현하여 허위이념이나 규범을 해체하고, 주체의 감각과 체험에 의지하여 세계와 삶에 관한 문제들을 새롭게 탐구하기 때문이다. 문학의 독립성은 인간의 삶과 현실로부터의 독립을 의미하는 것이 아니라, 오히려 인간의 정감 속에 깊숙이 위치하여 세계와 삶의 문제에 관한 문학적 사유를 진행하는 것을 뜻한다. 따라서 근대문학의 독립성 속에 내포되어 있는 진정한 의미는, 어떠한 정감을 지닌 주체가 출현하여 그 시대의 제 문제를 문학적으로 사유하느냐에 있을 것이다.

셋째, 문학의 유용성에 관한 문제이다. 문학의 실천성은 문학은 유용한 사물이라는 전제하에 성립될 수 있는 문제이다. 시교론(詩敎論)과 문이재도론의 전통에 익숙한 중국인에게 이것은 별다른 의심 없이 수용된다. 그래서 중국 근대문학은 이러한 전통과 민족의 위기적 현실이 친밀하게 결합되어, 그 어느 시대의 문학보다 강하게 문학의 유용성에 의지하고 있다. 여기서 우리는 문학의 유용성을 너무도 당연하게 승인하는 사유에서 한 걸음 물러나, 문학이 과연 유용한 것인지 그리고 유용하다면 어디에 어떻게 유용한 것인지에 관한 물음을 던질 필요가 있다. 량치차오나 5·4 계몽주의 문학가들은 문학을 구국과 계몽을 위한 효과적인 수단으로 이해하며 문학의 '힘'에 주목한다. 그러나 그들은 현실 변혁을 위한 문학의 힘에 대해 과신하지만 정작 어떠한 방식으로 문학이 변혁에 관계하는지에 대해서는 소홀한 편이다. 량치차오는 「소설과 군치의 관계를 논함[論小說與群治之關系]」에서 소설이 독자에게 쉽게 수용되는 원리로 훈침자제(熏浸刺提)의 개념을 제기하지만,12) 소설에 대한 미학적 물음을 배제한 채 계몽적 관심으로 소설을 '끌어들이고', 소설이라기보다는 정론문에 가까운 『신중국미래기(新中國未來記)』를 소설로 창작한다. 그리고 5·4 작가들은 현실 생활의 관찰과 체험으로부터 구체적으로 창작하지 않고 철학이나 사회 인생의 문제에 대한 어떤 명제로부

---

12) 梁啓超, 「論小說與群治之關系」, 『二十世紀中國小說理論資料』, 北京大學出版社, 1989.

터 출발한다.13) 그래서 주제의식을 형상적 언어로 승화시키지 못한 채 관념적 언어를 그대로 '노출시키는' 곤경에 빠진다. 이것은 문학적 사유에 기반하지 않고 문학의 유용성에 대한 거대한 '환상'에 기초하기 때문이다. 이러한 환상은 문학의 독자적인 사유체계 속에서 도출되는 것이 아니라 특정한 목적 실현을 위해 문학의 힘을 '도구화하는' 과정에서 만들어진 관념에 불과하다. 그것이 부각시키는 것은 문학 자체가 아니라 문학의 유용성을 통해 전달하려는 어떠한 목적이다. 그래서 문학의 힘을 과장하는 논리들은 문학의 고유 영역을 승인하고 구축하는 것이 아니라 오히려 수단의 차원으로 전락시키고 만다.

문학에 대한 이러한 도구적 이해방식과 달리, 왕궈웨이·루쉰·위다푸 등은 문학의 '무용지용(無用之用)'을 제기한다. 그들은 문학이 정치나 과학과 같이 현실에 직접적으로 효과를 발휘하는 유용성은 없으며, 우주와 인생의 문제를 탐구하거나 인간의 정신과 영혼을 함양하는 과정 속에서 '유용성'이 있다고 생각한다. 이러한 '유용성'은 문학의 힘을 과장하는 쓸모가 아니라, 세계와 삶에 관한 정감적 사유 속에서 발생하는 쓸모이다. 문학의 사유목적은 현실 변혁의 직접적인 무기가 되는 데 있는 것이 아니라, 그 시대가 안고 있는 '문제적 상황' 속에 침투하여 진정한 인간으로 존재하기 위한 정신적 가치가 무엇이며, 그러한 가치를 구현할 수 있는 세계는 어떠해야 하는지를 상상하는 데 있다. 그래서 문학 자체는 직접적인 현실변혁의 기능은 없지만, 진정한 가치와 이상을 망각한 채 허위적 현실세계 속에 안주하는 인간을 깨우거나, 그 속에서 고독하게 전투하는 인간을 위안하는 작용을 통해 실천적 기능을 수행하는 것이다. 인간은 문학을 통하여 억압하는 것과 억압당하는 것의 정체를 파악하고, 그 부정적 힘을 인지한다. 그 부정적 힘의 인식은 인간으로 하여금 세계를 개조하지 않으면 안 된다는 당위성을 느끼게 한다.14) 굳어진

---

13) 溫儒敏, 『현대 중국의 현실주의 문학사』, 문학과지성사, 1991, 53면; 이종민, 「新文學 初期의 短篇小說 研究」, 서울대 석사논문, 1992 참조

사회체계는 그에 대립되는 체계를 억압하고, 그것을 심리적으로 오염시킨다. 그 억압을 당연히 여길 때, 다양한 본원적 충동 중의 한 부분은 억압이 된다. 그러나 억압된 충동은 억압된 채로 있는 것이 아니라, 그 억압 자체에 반항해서 새로운 체계의 물꼬를 트려는 움직임을 갖는다. 흔히 전위적 혹은 창조적 상상력이라고 일컬어지는 것들의 참된 의미는 바로 그 새로운 물꼬를 확산시키려는 앞선 노력이면서, 억압된 체계의 활성화를 유도한다는 데에 있다.[15] 문학의 유용성은 바로 이러한 과정 속에서 발생한다. 문학의 '무용지용'은 현실적 삶과 무관한 소위 초공리적 개념이 아니라, 현실의 변혁과 실천에 관계하는 문학의 독자적 방식이라고 할 수 있다. 따라서 문학의 유용성을 분석할 때, 우리는 유용 / 무용, 공리 / 초공리의 이분법적 사고로 접근하기보다는, 어떠한 문학적 방식으로 현재적 삶에 관계하는지를 주목해야 할 것이다.

중국 근대문학(사) 연구의 새로운 가능성을 열기 위해서 우리는 기존의 사유체계가·사용하는 개념들, 원리들, 방법들을 한 차원 높은 수준에서 반성하는 일에서부터 출발해야 한다. 반성적 사유를 통해 우리는 관습적 사유에 갇혀 빛을 보지 못하는 많은 문학들을 발견할 수 있을 것이다. 문학사 다시 쓰기[重寫文學史][16] 작업은 바로 문학에 대한 반성적 이해를 그 첫걸음으로 삼아야 할 것이다.

---

14) 김현, 「문학은 무엇을 할 수 있는가」, 『한국문학의 위상 / 문학사회학』, 문학과지성사, 1991.

15) 진형준, 『상상적인 것의 인간학』, 문학과지성사, 1992.

16) 1980년대 중반에 일어난 '문학사 다시 쓰기' 논쟁에 대해서는 李葆琰·王保生, 「認眞求實, 共同探索－中國近現當代文學史分期問題討論會紀實」 및 亦蘇, 「十九至二十世紀中國文學斷代問題討論綜述」, 『中國現代文學研究叢刊』, 1987년 第1期 참조.

2. 연구대상

근대문학 텍스트를 모순의 복합체라고 한다면, 근대문학사는 모순의 복합체들이 서로 모순적으로 소통하는 총체적인 공간이라고 할 수 있다. 중국 근대문학사 공간은 민족적 위기의식에서 기원하는 반제반봉건의 역사적 사명이 보편적인 파토스를 형성하고 있다. 그래서 중국 근대문학사는 이러한 시대적 '동일성'이 지배하는 공간으로 이해되어, 그 속에 '공존'하는 문학적 사유들 사이의 차이와 긴장의 흐름이 동일한 것으로 취급되곤 한다. 그러나 문제는 시대의 동일성이 문학의 동일성으로 직결되는 것은 아니며, 동일한 시대적 위기감을 지니고 있다고 해서 동일한 사고와 행위를 추구하는 것은 아니라는 점에 있다. 텍스트 속에서 시대적 위기감은 추상적 형태로 드러나지 않고, 주체의 개인적 경험과 일상성 속에서 성찰적 자기 기획을 통해 변형되어 나타난다. 이것은 문학이 보편에서 개별이 아니라 개별에서 보편을 지향하는 사유형식이기 때문이다. 문학사를 연구한다는 것은 단일한 논리로 동일화하는 일이 아니라, 문학의 역사 안에 그어진 경계선들을 찾아내고 그 경계선마다 새겨진 의미를 읽어내는 작업이다.

본고는 몰락하는 전통 중국과 신생하는 근대 중국의 경계선 위에 존재하는 량치차오(1873~1929)·왕궈웨이(1877~1927)·루쉰(1881~1936)·위다푸(1896~1945)의 문학적 사유를 연구대상으로 삼는다. 문학사적으로 볼 때, 이들이 활동한 시간은 만청에서 5·4시기에 걸쳐 있는 전환기라고 할 수 있다. 20세기 중국문학론이 제창되기 이전의 신민주주의 문학사에서는 만청의 문학을 취급하지 않고 1917년의 문학혁명론이나 1919년의 5·4운동에서 서술을 시작한다. 그래서 이러한 문학사 속에서는 만청에서 5·4시기의 문학이 동일한 지평 위에서 사유되지 못하고 근대와 현대라는 단절된 시간 속에 각각 위치한다. 20세기 중국문학론은 이러한 문학사적인 단절을 비판하며, 옌푸[嚴復]의『천연론(天演論)』·량치차오의「역인정치소설서(譯印政治小說序)」·치우정량[裘廷梁]의「백화문학이 유신의 근본임을 논함[論白話文爲維新之本]」이 출판된 1898년을 20세기 중국문학의 출발점으로 삼는다. 만청에서 5·4의 문학은 20세기 중국문학론에 이르러 비로소 연속적인 시간으로 이해되기 시작한다.

그러나 20세기 중국문학론 역시 단절과 연속의 차이는 있지만, 문학발전론에 기반하여 이 시기를 시간적인 선후관계나 계승발전의 관계로 이해한다는 점에서는 신민주주의 문학론과 동일하다고 할 수 있다. 가령, 20세기 중국문학론의 관점하에 쓰여진『중국 현대문학삼십년(中國現代文學三十年)』에서는 량치차오와 왕궈웨이를 양대 산맥으로 설정하고 루쉰을 그들의 문학적 사유를 융합하는 인물로 이해하고 있다.17) 하지만 루쉰의 문학적 사유는 결코 량치차오와 왕궈웨이의 문학적 사유를 종합한 것이 아니라 그 둘과는 질적으로 상이한 사유체계를 지니고 있다. 루쉰은 량치차오를 비판하는 과정 속에서 자신의 사유를 추동하며, 왕궈웨이와 루쉰은 선후적인 관계가 아니라 유사한 인생역정 속에서 상이한 길을 걸어간 동년배라고 볼 수 있다.

또 20세기 중국문학론은 량치차오·왕궈웨이·루쉰의 문학사적 연관관계를 국민성 개조를 위한 계몽문학에서 찾는다. 이러한 관점은 국가를 사유의 정점으로 삼는 량치차오의 정치적 문학이나 마비된 국민 영혼의 개조에 깊은 관심을 지니는 루쉰의 문학사적 의미를 해석하기엔 용이하다고 할 수 있다. 하지만 외부세계에 대한 개조나 계몽의 문제 속에 포괄되지 않는, 인간 존재의 내밀성을 탐사하는 문학의 의미와 가치를 흡수하기는 힘들다. 이러한 범주 속에서는 우주와 인생의 진상을 밝히는 왕궈웨이의 형이상학적 문학이나, 국가나 민족과 같은 거대서사보다는 자아·개성·내면 등의 인간 존재에 대한 자각이 보편적 관심을

---

17) 錢理群·吳福輝·溫儒敏·王超冰,『中國現代文學三十年』, 上海文藝出版社, 1987, 서문 참조

차지하는 위다푸의 실존적 문학이 들어갈 수 있는 공간이 미비한 실정이다.

　필자는 이 시기를 연속적인 발전의 과정으로서보다는 전통과 근대를 사유하는 입장, 민족적 위기에 대한 인식, 실천방식에 따라, 중체서용론(中體西用論)・중서겸통론(中西兼通論)・문화편향론(文化偏向論)・반전통주의가 '잠재적 공존'[18]하는 공간으로 이해하려고 한다. 그리고 량치차오・왕궈웨이・루쉰・위다푸의 문학적 사유를 이러한 인식체계와 각기 소통하면서 총체적 긴장의 흐름을 형성하는 대표적 모델로 인식하려고 한다. 중체서용론・중서겸통론・문화편향론은 주로 량치차오・왕궈웨이・루쉰의 텍스트를 근간으로 논리화한 것이며, 반전통주의는 천두슈・저우쭤런・후스 등 5・4 개인주의 담론을 중심으로 분석하며 문학적 사유에서는 위다푸를 그 대표적 유형으로 설정한다. 위다푸를 반전통주의의 대표적 유형으로 설정한 것은, 반전통주의의 중심 개념인 개인과 자아의 실존 문제를 깊이 있고 일관되게 사유한 문학가이기 때문이다. 후스・저우쭤런・궈모뤄 등도 개인과 자아를 사유 중심으로 삼고 있지만, 후스의 경우는 언어 문제에 집중되어 자아의 내면에 관한 문학적 사유가 깊지 못하며, 저우쭤런의 경우는 5・4 이후 개인주의 담론에서 고전시의 세계로 전환하며, 궈모뤄는 초기에는 자아 문제에 대해 사유하지만 이후 정치적이고 집체주의적인 인간형을 추구해나간다는 점에서, 위다푸만큼 개인의 실존문제를 일관적으로 탐구한다고 볼 수는 없다.

　이들의 문학적 사유 속에서 필자가 관심을 가지는 것은 작가론・작품론・장르론・비평론・창작론・문학사론 등의 문학이론이 아니라 문학의 인간학적인 의미에 대한 사유이다. 근대 중국문학을 인간학적인

---

18) 여럿[多]에는 양적인 의미와 질적인 의미가 두 가지가 있다. 질적인 의미의 여럿은 '잠재적 공존'을 의미하며, 그것은 현실화의 운동 또는 생명의 도약을 통해 현실적인 어떤 것이 된다. 이 문제에 대해서는 들뢰즈, 김재인 역, 『베르그송주의』, 문학과지성사, 1996 참조

의미와 관련지어 사유하는 것은, 민족적 위기의식으로 인해 어느 시대의 문학보다 실천성이 강하면서도, 그것을 개인의 정체성 위기 속에서 인간 존재의 문제와 관련지어 사유하기 때문이다. 이러한 시각에 기반할 때 우리는 근대 중국 문학의 역사적 의미에 한층 접근할 수 있을 것이다.

만청에서 5·4시기의 시간은 근대문학이 생성되는 역사적 공간일 뿐 아니라 근대문학의 태생적인 모순이 잠재되어 있는 혼돈의 공간이기도 하다. 다시 말하면, 이 시기 문학 속에는 전통문학의 경계를 넘어서는 부면과 아울러, 근대문학 자체의 편향까지도 내포되어 있다. 그래서 이 시기의 문학은 현상적인 해석이나 단선적인 논리로 파악할 수 없으며, 오히려 근대문학의 가능성과 한계가 모순적으로 통합되어 있는 혼돈의 복합체로 이해되어야 할 것이다. 이것은 이 시기가 중국과 서구, 전통과 근대, 신과 구, 역사와 가치, 이성과 감정 등의 이질적인 요소들이 무수하게 얽혀 있는 혼돈의 시대이기 때문이다. 혼돈은 그 자체 부정적인 상태가 아니라 질서 있는 사물을 창출하기 위한 가능성의 조건이라고 할 수 있다. 그래서 이 시대의 문학을 단선적인 진화의 과정으로서보다는 다양한 문학적 사유들이 잠재적 공존하는 텍스트로 해석할 필요가 있으며, 이러한 반성적 사유를 취할 때 근대 중국 문학의 역사적 인간적 의미를 다각적으로 포착할 수 있을 것이다.

제2장 근대 중국의 시대 인식

1. 근대의 중국적 의미

일반적으로 근대라는 말은 서구 modern의 번역어로, 고대나 중세와 구별되는 특정한 시기를 지칭하는 개념으로 이해된다.[1] 그런데 이 모던은 라틴어의 어원이 '바로 지금'의 의미를 지니는 modo이어서, 본래 특정한 시대만을 지시하는 개념이 아니다. 이 용어는 모방을 통한 재발견의 모델로 생각되었던 고대와의 관계개선을 통해서, 새로운 시대의식이 형성될 때면 자기 이해의 개념으로 되풀이되어 나타난다.[2] modern 이외에 서구인들은 역사의 시간을 지칭하는 용어로 B.C., A.D.나 Century 개

---

1) 근대의 의미와 번역에 관한 논의는 백낙청, 「문학과 예술에서의 근대성 문제」, 『창작과비평』, 1993년 겨울(통권 82호) 참조.
2) 하버마스, 「모더니티—미완성의 기획」, 『포스트모더니즘론』(정정호·강내희 편), 터, 1989.

념을 사용한다. 본래 B.C., A.D., Century는 그리스도의 탄생을 기준으로 삼아, 그리스 로마 시대와는 다른 새로운 시대의 도래를 의미하는 가치평가적인 개념이다. 그런데 기독교가 서구의 역사를 지배하는 보편적 정신으로 당연시됨에 따라 객관적인 시간 개념으로 바뀌고,3) 그 대신에 '바로 지금'의 의미를 지니고 있는 모던이 이전 시대와 구별되는 새로운 시대를 의미하는 가치평가적 용어로 쓰이게 된다.

모던은 자신의 시대, 즉 바로 '현재'에 대한 관심의 표현이다. 일상 속에 젖어 있거나 특정 이념(종교)이 경도하던 시대에는 '현재'에 대한 관심이 상대적으로 '부재'하기 마련이다. '현재'는 이전의 시대와 달리 무엇인가 부족하고 못마땅한 부정의 대상이면서, 미래적 가능성이 담지되어 있는 '순간'으로서 인식된다.4) '현재'에 대한 관심은 지금 이 순간을 넘어서는 것이 아니라, 지금 이 순간 안에 내재하는 영원한 그 무엇을 포착하려는 의도적이고 힘겨운 노력이다. 이는 일상과 이념으로 차

---

3) 『브리태니커사전』「서력기원」편을 보면, "서력기원은 이탈리아 거주의 스키타이 출신 수도사 디오니시우스 엑시구스에 의해 만들어진 것으로, 525년 교황 성 요한네스 1세의 요청으로 그가 부활절의 정확한 계산법을 산출하던 중에 부산물로 탄생했다. 당시는 그리스도를 박해하던 디오클레티아누스 황제의 즉위 기원을 사용하고 있었으므로 엑시구스는 '大 박해자의 이름을 영속시키지 않고, 우리 주 그리스도의 현현으로부터 햇수를세기 위해' 서력기원을 시작했다. 그는 그리스도의 탄생을 로마의 건국기원 753년으로 계산했는데 이것은 8세기 영국의 성인 Bede에 의해 이의가 제기되었다. 그리스도 탄생은 그보다 4년 정도 앞선 것으로 추산된다. 서력기원은 그의 새로운 부활절표가 널리 사용되면서 확산되었는데 유럽에선 11세기, 스페인에선 14세기, 그리스문화권에서는 15세기가 되어서야 보편적으로 사용되기 시작했다"고 한다.

4) 뱅쌍 데꽁브는 현재의 의미를 과거와 미래의 관계 속에서 "만약 과거가 현재 속에 항상 '보유되어' 있지 않으며 미래가 거기에 '소묘되어' 있지 않다면, 과거와 미래는 아무 것도 아니며 그것들은 모두 부재의 상태로 남게 된다. 영원히 사라진 문명의 '현전하는' 유적들이 우리에게 존재하지 않는다면 신비로운 과거나 불멸의 과거에 대해 이야기할 수 없을 것이다. 그러나 미래가 현재 속에 '고지되고' 과거가 그 속에 '보유되기' 위해서는 이러한 현재가 단순히 현전해서는 안 된다. 그것은 '이미 사라진' 현재이자 동시에 '도래해야 할'현재이어야만 한다. '아직 현전하는' 이러한 과거와 '이미' 현전하는 이러한 미래 덕분에, 그러한 과거는 '더 이상 현전하지 않는' 현재가 되며 미래는 늘 '아직 현전하지 않는' 현재로서 남게 된다"고 말한다(뱅쌍 데꽁브, 『동일자와 타자』, 인간사랑, 1990).

단된 '본래적' 현실과의 거리감을 극복하여 '동시대성'을 회복하려는 '고뇌'이며, 그 시대에 자신의 존재 의미를 찾기 위한 실천적 사유이다. 이런 맥락에서 볼 때, 모던은 '현재'에 대한 관심이 존재하는 모든 시간에 사용할 수 있는 보편적 개념이라고 할 수 있다. 그렇지만 소위 근대에 이르러 모던은 보편적 의미가 탈각되고 고대·중세의 시간과 구별되는 용어로 국한되기 시작한다.[5]

서구의 시간개념을 염두에 두면서 중국에서 사용되는 '근대'라는 시간의 의미에 대해 살펴보자. 중국에서 '근대'라는 용어가 사용되기 시작한 것은 소위 근대가 아니라 선진(先秦)시기부터이다.[6] 그 사전적 의미는 그 시대와 멀지 않은 가까운 시간을 뜻한다. 물론 '근대'를 서구 모던의 번역어로 국한해버린다면, 그 순간 '근대'의 중국적 의미에 관한 논의는 유효성이 상실된다. 그러나 서구의 모던이 근대사회를 지칭할 뿐 아니라, '현재', '새로움'이라는 의미내용을 지니는 이중적 개념이라는 점을 상기할 때, '근대'의 중국적 의미에 대해 질문을 던질 필요가 있을 것이다.

일반적으로 중국인들은 역사의 시간을 지칭하는 용어로 임금의 연호를 사용한다. 이것은 위진(魏晉)시대의 정시지치(正始之治)처럼 가치평가된 시간으로 쓰이기도 하지만 대체로 객관적인 시간을 지칭한다고 보아도

---

5) 여기서 우리는 보편적 개념인 모던을 근대에 국한하는 배타적 개념으로 전이시키는 근대인의 욕망에 주목할 필요가 있다. 근대를 기준으로 그 이전과 이후를 구분하는 논리는 바로 근대의 산물인 것이다. 원시―고대―중세―근대―현대의 시간유형론은 모든 인간의 보편적 공통성과 역사적 발전의 개념을 전제하고 있다는 점에서 서구의 계몽주의를 그 기반으로 하고 있다. 서구의 계몽주의는 '중세'라고 명명된 자신의 과거와 단절하고 새로운 세대를 '발명'해야만 한다는 초조감에 휩싸여 있다. 그래서 그들의 차이성에 대한 욕망이 '모더니티'를 만들어낸 것이다. 원시와 고대는 이 욕망이 중세와의 변별성을 확인한 후, 더 먼 과거에로 평정을 시도한 결과 생겨난 식민화의 산물이다(장성만, 「개항기 한국사회와 근대성의 형성」, 『세계의 문학』, 1993년 가을 참조).
6) 『戰國策』「楚策」에 "近代所見, 李兌用趙, 餓主父於沙丘, 百日而殺之, 淖齒用齊, 擢閔王之筋, 懸於其廟梁, 宿夕而死"라는 구절이 있다. 근대라는 말이 쓰인 문장에 대해서는 『漢語大詞典』(漢語大詞典編纂委員會, 漢語大詞典出版社, 1994) '近代'부분 참조.

별 무리는 없을 것이다. 중국인들은 서구의 모던처럼 '현재'를 지칭하는 용어로 '근대'·'근세(近世)'·'근고(近古)'·'금(今)'·'당금(當今)'·'당세(當世)' 등을 사용한다. 그런데 이러한 용어들은 서구의 모던과 같이 '새로움'이라는 긍정적인 의미보다는 '어지러움'·'혼란'·'불만' 등의 부정적인 가치가 내포되어 있다. 가령, 『한비자(韓非子)』「용인(用人)」편에 "지금 세상에서 군주를 위하여 생각해 보건대, 연왕으로 하여금 노나라 사람이 아닌 자국의 백성을 사랑하며, 근세의 일로 옛 성현을 그리워하지 말아야 한다"[7]라는 구절이 있다. 여기서 '당금지세(當今之世)'나 '근세'는 혼란스런 전국시대의 상황을, '현어고(賢於古)'는 옛 성왕(聖王)을 나타내는데, 한비자는 자기 시대의 혼란을 극복하기 위하여 다른 나라의 환심을 사거나 행복했던 옛 시대를 그리워 할 것이 아니라, 천리(天理)에 따라 적재적소에 인재를 등용하는 것이 제일 시급한 일임을 주장한다. 또한 엄우(嚴羽)의 『창랑시화(滄浪詩話)』에는 "근래 사람들은 (시를) 기이하게 이해하여, 드디어 문자로 시를 삼고, 의론으로 시를 지으며, 재능과 학식으로 시를 짓는다. (이들의 시가) 어찌 교묘하지 않겠는가마는 끝내 고인들의 시와는 다르다"[8]라는 구절이 있다. 여기서 '근대제공(近代諸公)'은 부정적인 대상으로, 문자, 재능 학식과 의론에 의지하여 시를 짓는 자기 시대의 시인들을 가리키며, '고인(古人)'은 긍정적인 대상으로, 성당(盛唐)의 시인들을 포함하여 정감과 흥취 있는 시를 지은 이전 시대의 시인을 지시한다.

  이처럼 자기 시대를 무언가 결핍되고 불만스런 시간으로 인식하는 것은, 성왕의 시대를 조화로운 이상향으로 삼아 '문제상황'인 '현재'를 반추하는 '복고적' 사유방식에서 기인한다. 물론 복고적이라는 말이 중국인의 사유 속에 진보와 발전의 개념이 결여되어 있다는 것을 의미하지는 않는다. 오히려 그들의 복고는 시간적 후퇴의 개념보다는 전진을

---

7) 『韓非子』「用人」. "當今之世爲人主忠計者, 必無使燕王說魯人, 無使近世慕賢於古."

8) 嚴羽, 『滄浪詩話』. "近代諸公乃作奇特解會, 遂以文字爲詩, 以議論爲詩, 以才學爲詩. 夫豈不工, 終非古人之詩也."

위한 현실비판의 개념이고, '선왕(先王)의 법'도 보수 온존보다는 현실극복의 개념으로 보는 것이 타당하다.[9]

　중국인에게 '고(古)'라는 시간은 역사적 개념으로서 고와 가치론적 개념으로서 고의 두 가지 의미를 지닌다. 신농씨(神農氏)·황제(黃帝)·요(堯)·순(舜)·우(禹)·탕(湯)·문왕(文王)·무왕(武王) 등의 '선왕'이 구현한 이상사회로서의 고를 의미할 때는 가치론적 개념으로 사용된 것이다. 그리고 순자(荀子)나 왕충(王充)과 같이 '숭고천금(崇古賤今)'의 논리를 비판하며 '고금일리(古今一理)'를 주장하는 진화론적인 사유에서는 고를 역사적 개념으로 사용한 것이다. 그러나 고를 역사적 개념으로 이해한 경우에도, 고의 가치론적 의미를 부인하지는 않는다. 가령, 순자는 선왕 대신 후왕(後王)을 전범으로 삼아 '법후왕(法後王)'을 주장한다. 이것은 고의 전통적 권위에 의존하는 현실을 비판하고 전범(典範) 자체의 가치를 강조하기 위해서이다. 그러나 순자가 의미하는 후왕이 주(周)의 문왕, 무왕을 가리킨 것을 보면, 이 역시 선왕의 범주에서 벗어나지 않는다고 할 수 있다.[10] 왕충은 한대(漢代)의 '오덕종시설(五德終始說)'에서 기인하는 역사순환론이 '고인이 금인보다 뛰어나다[古人勝於今人]'는 논리에 빠지는 것을 비판하며, 인간의 자질은 고금이 동일하고 금인이 오히려 고인보다 뛰어나다는 역사 진화론을 주장한다. 그러나 그의 사상의 핵심인 '시비지분(是非之分)'의 인식론, '숭실지화(崇實之化)'의 교화론, '실성재흉의, 문묵저죽백(實誠在胸臆, 文墨著竹帛)'의 문학론은 모두 선진 유가의 전통을 계승한 논리라고 할 수 있다.[11] 이렇게 볼 때, 역사적 개념으로 고를 이해하는 진화론적인 논리 역시, 중국 문화의 근원적 공간이자 '고'의 상징인 '선왕의 시대'를 부정하는 논리가 아니다. 오히려 고의 의미를 고수해야 할 전통적 권위가 아

---

9) 이성규, 「諸子의 學과 思想의 理解」, 『강좌중국사』 1, 지식산업사, 1989, 168면.
10) 이성규, 위의 글, 169면.
11) 王充의 문학사상에 대해서는 김종미의 「王充의 文學思想 硏究—天人關係思想과의 관련성을 중심으로」(서울대 박사논문, 1993) 참조

닌 역사적이고 실질적인 가치로 현재화하는 데 관심을 지니고 있다. 이것은 진부한 옛 것에 얽매여 창신의 가능성을 상실한 당대의 지배세력을 비판하는 논리로 작용한다. 이러한 논리는 고를 절대적이고 대상화된 존재로 인식하지 않고, 전범과 같은 사회적 질서나 '성현(聖賢)'·'동심(童心)'·'양지(良知)'·'성령(性靈)' 등과 같은 인격적 개념을 통해 구체적이고 현재화된 형태로 사유한다. 그래서 중국인의 복고적 사유는 현실비판과 진보의 개념이 결핍된 굳어진 체계로 인식하기보다는, 미래가 아닌 '절대적' 과거에 이상향을 설정하여 그것을 통해 현재를 해석하고 실천하는[12] 중국인의 독특한 사유방식으로 이해해야 할 것이다.

　이러한 사유방식은 만청에 이르기까지 지속된다. 공즈쩐[龔自珍]·웨이위안[魏源] 등은 역사진화론과 복고 순환론을 동시에 융합한다. 그래서 공양학(公羊學)의 목적사관적 기능으로서 '춘추대일통(春秋大一統)'의 이상세계는 미래의 단계로서 기대된 것이 아니라, 현세에서 지속되어야 할 청조의 성세(盛世)관념으로 나타나고 있다.[13] 이것은 캉여우웨이[康有爲]의 '공양삼세설(公羊三世說)'[14]의 경우도 마찬가지이다. 일반적으로 공양삼세설이 현재를 난세(亂世)로 규정하고 미래에 태평세(太平世)를 설정한다는 것을 근거로 그것을 미래지향적이라고 평가한다. 그러나 태평세

---

12) 여기서 우리는 전통의 중국의 복고적 사유 속에서 어떻게 현재에 대한 실천의 논리가 도출되는지에 대해 살펴볼 필요가 있다. 중국 지식인들은 자신의 시대가 난세에 처할 때마다 중국의 원텍스트인 경전으로 되돌아가서 그 해결 가능성을 모색한다. 그 과정에서 그들은 난세를 극복하기 위하여 타락한 현실 지식인과 그 사유체계에 대한 비판, 새로운 사유체계에 대한 반성적 모색, 그리고 '三代之治'의 법제를 현재화할 수 있는 제도를 추구한다. 이러한 실천방식은 孔子 이래 漢代의 今古文學, 宋代의 新儒學, 淸初의 經世學, 晚淸의 公羊學에 이르기까지 공통된 현상이라고 할 수 있다. 이러한 전통은 19세기의 체제위기에 직면하여, 정치적 變通을 제창하던 公羊學이나 수구적 도덕론을 바탕으로 한 관념적 朱子學이 서구문명을 중국에 수용할 때 제창한 中體西用論으로 이어진다.
13) 조병한, 「淸代의 思想」, 『강좌중국사』 4, 지식산업사, 1989, 285면.
14) 康有爲, 「康南海先生講學記·張三世例」, 『康有爲全集』 2, 上海古籍出版社, 1990, 250면. "春秋託始於據亂世, 中而昇平世, 進而太平世."

혹은 대동사회(大同社會)는 유교적인 고도(古道)의 이념 테두리에 머무는 것이며, 아직 그러한 사회에 도달하지 못한 혼란스런 현재를 비판하기 위하여 현재 이후에 태평세를 설정한 것에 불과하다. 삼세설이 미래지향적이라는 말은 이러한 의미로 이해해야 하며, 유토피아를 미래에 설정한 것으로 해석할 수는 없을 것이다.

현재를 불만스런 시간으로 해석하는 전통 중국의 복고적 순환론은 서구의 진화론적 시간관념이 수용되는 소위 근대에 이르러 전변되기 시작한다. 근대 중국인들은 자신의 현재가 '중(中)'과 '서(西)', '신(新)'과 '구(舊)'가 교차하는 시대로 이해하며, 자기 시대의 새로움을 '신'이라는 말로 표현한다. 그래서 량치차오의 '신민(新民)'·'신민총보(新民叢報)'·'신소설(新小說)'·'신중국(新中國)'에서 5·4시기의 '신청년(新靑年)'·'신조(新潮)'에 이르기까지 신이라는 말로 이루어진 용어와 제목이 유행처럼 급증한다. 신과 구의 문제는 전통 중국의 '금고(今古)' 논쟁과는 차원이 다르다. 금고논쟁이 혼란스런 현재를 바로잡기 위한, 고대 이상사회의 현실적 재해석을 둘러싼 것이라면, 신구 논쟁은 중국 내부의 고금의 문제를 넘어 중국과 서구의 관계 문제로 확장된 것이기 때문이다. 신구의 문제는 서구를 진보된 근대국가로, 중국을 낙후된 비근대국가로 인식하는 진화론적 세계질서 속에서, 중국의 현재적 위기를 서구와의 '대비적 관계'를 통해 이해하고, 중국의 변혁 가능성을 새로움과 진보를 의미하는 서구적 가치에서 구하는 사유방식에서 기원한다.[15] 이러한 대비적 사유방식 속에서 중국과 서구의 문제는 낙후와 진보, 구와 신이라는 '시간화된' 문제로 인식된다. 이것은 중국의 운명을 더 이상 고립된 상태가 아니라 세계 역사의 새로운 시대 속에서 사유한다는 사실을 의미한다. 현재에 대한 이러한 새로움의 표현은 바로 과거와 단절하고 이상적인 미래를 향해 달려가는 경

---

15) 근대 중국인의 동서문화에 대한 이해방식에 대해서는 陳崧 編, 『五四前後東西文化問題論戰文選』(中國社會科學出版社, 1989)과 汪暉, 「從文化論戰到科玄論戰」(『學人』第9輯, 江蘇文藝出版社, 1996) 참조.

계지점으로서 현재의 순간을 부각시키기 위한 것이다. 이 '신'이라는 말 속에는 바로 절대적 과거에서 현재를 바라보는 복고적 속성이 아니라 현 재에서 미래로 나아가는 시간의 '연속성'이 내포되어 있다.

천두슈는 「1916년(一九一六年)」에서 과거와 단절된 이러한 새로운 시 간의 도래를 다음과 같이 표현하고 있다.

> 당신이 살고 있는 시대는 어떠한 시대인가? 20세기 16번째 해의 시작이다. 세계의 변화는 진화하여 달마다 해마다 달라진다. 그 빛나는 역사는 더 빨리 펼쳐진다. …… 현재의 세계에서 살려면, 당신은 당신의 머리를 들어, 스스로를 19세기 인간으로 한정하지 말고, 20세기 인간이라고 자랑스럽게 불러야 한다. 당신은 19세기의 문명에 제한되지 말고 20세기의 새로운 문명을 창조해야 한 다. 인간 문명의 진화를 위해 강물이 흐르듯 화살이 날아가듯 끊임없이 지속되 고 변화하는 새로운 것이 낡은 것을 대체하고 있다.16)

이 글에서 천두슈는 자신이 살고 있는 현재를 '시대', '20세기'라는 말로 표현한다. 이 시대라는 말은 일본에서 기원이 되어 공화국 창립 이전인 1990년대에 처음으로 소개된 개념이다. 처음에 소개되었을 때 그것의 다양한 용법 가운데 가장 중요한 개념은, 항상 숨쉴 겨를 없는 빠른 변화와 끊임없는 개혁의 시대라는 의미를 지니고 있다.17) 그래서 시대라는 말은 단순히 중국적 현실만을 국한하지 않으며, 서구를 포함 한 세계사적인 역사공간을 지시한다. 또 20세기라는 말은 19세기와 대 비되어 새로운 시대의 도래를 함유하는 용어로 많이 쓰인다. 가령, "20 세기가 개막되어 온 세상이 교류하자 소설의 풍조가 태평양을 건너 동

---

16) 陳獨秀, 「一九一六年」, 『陳獨秀著作選』, 上海人民出版社, 1993, 170면. "諸君所生 之時代, 爲何等時代乎? 乃二十世紀之第十六年之初也. 世界之變動卽進化, 月異而 歲不同. 人類光明之歷史, 愈演愈疾. …… 然生斯世者, 必昂頭自負爲二十世紀之人, 創造二十世紀之新文明, 不可因襲十九世紀以上之文明爲止境."
17) 李歐梵, 「現代性及其問題－五四文化意識的再探討」, 『學人』第4輯, 江蘇文藝出版 社, 1993.

쪽으로 넘어왔다",18) "20세기의 개막은 우리나라 소설계 발달의 시초이다",19) "20세기의 개막은 우리나라 소설계가 힘차게 상승한 연소점이다",20) "20세기는 소설이 발달한 시대이다"21) 등이 그러하다. 천두슈는 이러한 세기 개념을 사용하여 과거 중국을 청조라는 중국적 개념이 아니라 19세기라는 서구적 개념으로 표현하며, 그 미래의 시간을 민국(民國)이 아니라 20세기로 나타내고 있다. 이것은 천두슈가 '20세기'의 세계사 속에서 중국의 운명을 사고한다는 사실을 의미한다.

우리의 관심사인 근대라는 말은 신, 시대, 20세기, 현재 등과 유사한 의미를 지니는데, 이때의 근대는 중국의 전통적인 시간 용어로서의 근대가 아니다. 이것은 주로 문명화된 서구나 일본 사회를 지칭하는데, 서구 모던의 번역어로 사용된다고 할 수 있다. 예를 들면, 천두슈는 "근세문명은 동서양이 확연히 다르다. 동양문명을 대표하는 것은 인도와 중국이다. 이 두 문명 사이에는 다른 점이 있기는 하지만, 대체로 비슷하다. 그러나 그 질량이 고대문명의 틀에서 아직 벗어나지 못해서, 근세라고 부르기는 하지만, 사실 고대의 유산이나 다름이 없다. 근세문명이라고 부를 수 있는 것은 바로 유럽인의 독보적인 것이다. 즉, 서양문명은 유럽문명이라고 할 수 있다"22)고 한다. 여기서 천두슈는 근세(근대) 개념을 고대와 구별되는 가치론적인 것으로 사용하며, 같은 시대의 문명이

---

18) 伯耀, 「小說之支配於世界上純以情理之眞趣爲觀感」, 『中外小說林』 1卷 15期, 1907.
"二十世紀開幕, 環海交通, 小說之風濤越太平洋東渡."

19) 耀公, 「小說與風俗之關係」, 『中外小說林』 2卷 5期, 1908. "二十世紀開幕, 爲吾國小說界發達之濫觴."

20) 老伯, 「曲本小說與白話小說之宜於普通社會」, 『中外小說林』 2卷 10期, 1908. "二十世紀開幕, 爲吾國小說界騰達之燒點."

21) 計伯, 「論二十世紀系小說發達的時代」, 『廣東戒烟新小說』 7期, 1907. "二十世紀爲小說發達之時代."

22) 陳獨秀, 「法蘭西人與近世文明」, 『廣東戒烟新小說』 7期, 1907, 136면. "此二種文明雖不無相異之点, 而大體上同, 其質量擧未能脫古代文明之窠臼, 名爲. "近世", 其實猶古之遺也. 可稱曰 : "近世文明"者, 乃歐羅巴人之所獨有, 即西洋文明也; 亦謂之歐羅巴文明."

라 하더라도 근세(근대)의 질량에 미치지 못하는 것은 근대문명으로 승인하지 않는다. 이런 맥락에서 볼 때, 서구에서는 '지금 당대'라는 의미를 지닌 모던이 근대사회를 국한적으로 지시하는 용어로 전환하는 데반해, 중국에서는 근대라는 말이 중국적인 원의미를 상실한 채 타 세계를 지시하는 개념으로 변화된다고 할 수 있을 것이다.

근대라는 말의 의미가 왜 이렇게 전환된 것인가? 주지하듯이 전통 중국은 '일치일란(一治一亂)' 혹은 삼세설과 같은 순환론적인 역사관을 지니고 있다. 이러한 역사관은 『주역(周易)』의 '일음일양(一陰一陽)'의 생성의 원리를 인간의 역사에 적용한 것이다. 그런데 생성의 궁극점을 절대적 과거에 설정함으로써, 한 시대의 현재가 아무리 평화스런 시대라 하더라도 고인(古人)의 세계에 미치지 못한다는 '불만감'을 지니게 된다. 중국에서 지금 당대를 지칭하는 근대 혹은 그 유사계열의 말들이 불만 혹은 혼란의 시간이란 의미를 포함하고 있는 것도 이러한 사유방식에서 비롯된다. 그런데 역사를 순환이 아닌 진보로 인식하는 서구의 진화론이 수용되면서 중국의 순환론적 역사관에 변화를 초래한다. 진화론은 역사관뿐만 아니라 복고적 사유방식에도 충격을 가한다. 진화론의 진보적 사유방식으로 인해 현재는 불만의 시간에서 미래의 가능성을 담지하는 '새로운' 시간으로 의미 전환된다. 이것은 복고적 사유에 길들여져 있던 중국인을 다시 현재적 공간 속으로 불러들여 현실과 접촉하게 만드는 '충격'으로 작용한다. 현재에 대한 의미의 변화는 중국인을 혼란스럽게 만든다. 다시 말하면, 진화론적 사유에 따라 현재는 낙관적 시간으로 변모되지만 정작 중국의 현재적 공간은 새로운 시대에 대한 관심과 열정에도 불구하고, 아직은 낡은 봉건적 질서가 지배하는 '불만스런' 곳이기 때문이다. 그래서 그들에게 자신의 현재는 이중적인 의미로 다가온다. 20세기의 새로운 문명과 진보를 구현하는 '낙관적 현재'와 그러한 세계에 다가가기 위하여 반드시 해체해야 할 낡은 '중국의 현재', 그들은 이러한 이중의 현재 속에서 중국과 서구, 신과 구, 전통과 반전통, 기대지평과 경험, 역사와 가치, 이성과 감정 사이의 대립과 모순을 체험한다.

중국의 근대가 원의미를 상실하고 서구 모던의 번역어로 전환되는 현상은 바로 이러한 이원적인 사유에서 비롯된다. 그들은 서구 사회의 낙관적 현재를 바라보면서 그것을 '지금 당대'의 의미를 지니고 있는 근대라는 말로 표현한다. 그 순간 근대 속에 내포된 불만과 혼란의 의미는 사라지고 새로움과 낙관이라는 새 의미가 자리잡는다. 이제 근대는 평범한 시간개념이 아니라 서구 모던사회를 지시하는 신성한 말로 가치 상승된다. 그것은 서구 근대사회가 단순한 동시대 현실이 아니라 반드시 추구해야 할 이상적인 세계이기 때문이다. 이러한 과정을 통해 근대는 중국적 원의미에서 벗어나 이상적 세계를 의미하는 상징어로 재생된다. 이제 그들은 중국의 현재를 바라보면서 그것을 근대라고 표현하지 못한다. 그것은 중국의 현재가 이상적인 세계가 아니라 부정해야 할 세계이기 때문이다.

그러나 현재가 불만스런 시간에서 낙관적인 시간으로 탈바꿈하는 것은 사유 속에서만 가능한 일이다. 사실 중국인들이 기대하던 이러한 현재는 동시대 서구 속에서만 존재하고 있을 뿐 중국의 현실 속에서는 부재하는 것이다. 즉, 그들은 자신의 현재를 새로운 세계가 도래하는 시간으로 낙관하지만, 이것은 그 시간을 인식하고 자각할 수 있는 주체의 의식 속에서만 존재하는 상상적 산물에 불과한 것이다. 이러한 맥락에서 그들은 자신의 현재를 근대라고 부르지 못한 채 서구의 모던사회를 지시하는 개념으로 한정하고, 그 근대에 다가가기 위하여 자신의 현재를 부정해야 하는 '혼돈'을 경험하게 된다.[23] 자신의 시대에 대한 낙관 속에는 자신이 살고 있는 '현재' 이곳을 근대라고 부르지 못하고, 타세계의 삶을 쳐다보며 그곳에 희망을 거는 소외감이 스며져 있는 것이다.

이러한 사정 때문인지 근대라는 말을 중심으로 텍스트를 분석할 경

---

[23] 현재까지 우리가 근대를 서구 모던사회의 번역어로 인식하고 또 그것을 이상적인 가치개념으로 수용하는 것도 모두 이러한 이유에서 발생한 것이다.

우 근대라는 용어가 잘 눈에 띄지도 않지만 그 속에 내포된 중국적인 의미를 포착하기란 더욱더 난감할 따름이다. 이것은 무엇을 의미하는 것일까? 근대 중국인들이 생존하고 체험했던 그 시대가 현재 우리들이 '기대하는' 근대와 상당한 거리감을 지니고 있어서인가 아니면 그들이 자기 시대가 근대인지를 모르는 비근대적인 사유방식을 소유한 근대인 이기 때문인가? 이러한 의문은 근대라는 '주어진' 개념을 중심으로 사유할 경우 발생할 수밖에 없는 모순들이다. 기대하고 주어진 개념은 텍스트를 분석하는 가설적인 사유틀에 불과하다. 개념과 텍스트 사이에 모순이 생길 때 본체인 텍스트에 책임을 돌릴 수는 없다. 그보다는 개념의 정합성 여부를 문제삼아 텍스트의 본래 모습을 해석할 수 있는 새로운 문제틀을 찾아야 할 것이다. 이러한 맥락에서 볼 때 중국의 근대(성)는 무엇인가라는 물음에서 '근대'의 의미는 대략 세 가지로 해석될 수 있다. 첫째, '지금 여기'를 지시하는 동시대성의 의미로, 현재, 시대, 20세기라는 용어와 함께 사용된다. 그 속에는 새로움이라는 의미가 내포되어 있다. 둘째, 서구 근대 사회의 이상적 질서나 가치를 뜻하는 것으로, 민주·과학·자유·평등·개인·민족 등의 개념으로 출현한다. 이것은 중국이 근대사회로 진보하기 위해 요청되는 이상적이고 보편적인 가치를 의미한다. 셋째, 현재와 이상적 가치를 담지하는 주체의 문제로, 근대문명을 중국화하는 과정 속에서 나타나는 주체의 욕망과 실천방식을 의미한다. 이것은 '근대'라는 개념 자체의 문제를 넘어 '근대'를 담지하는 주체의 사유 문제 혹은 사유 속에 내재한 '근대(성)'의 문제이다. 특히 사회과학이 아닌 인문과학의 측면에서 '근대'의 문제는, '문제상황' 속의 '모순의 복합체'인 주체가 자신의 '현재'에 존재하는 무수한 대립 갈등상태를 지양하고 새로운 경계를 추구하기 위해, 어떠한 실천적인 사유원리를 생성하고 있는가의 문제를 중심으로 사유해야 할 것이다.

2. 근대를 바라보는 시각

이 시대는 도대체 어디로 가는 것인가? 나란 존재는 이 시대에 무엇인가? 나는 이 시대를 위해 무엇을 할 수 있는가? 이러한 물음은 근대중국에서 살아가는 사람이라면 누구나 자유로울 수 없는 존재론적인 문제이다. 그들은 이러한 물음을 해결해 가는 과정 속에서 자신에게 던져진 시대적 사명과 존재 의미를 찾아나간다. 그러나 그 길은 난세에 직면한 과거 어느 시대보다도 혼돈스럽고 복잡하며, 수많은 시행착오와곤혹감을 수반하고 있다. 그것은 문제적 현실이 중국 내부에 국한되지않고 서구라는 외부세계의 문제와 융합되어 있기 때문이다.

일반적으로 근대 중국인이 걸어간 길은 부국강병을 추구하는 양무파(洋務派)의 길, 제도 개혁을 주장하는 변법파(變法派)의 길, 국민성 개조를지향하는 5·4의 길로 나누어진다. 이러한 논리는 역사적 변천에 따른실천 영역의 변화와 발전과정을 일목요연하게 보여주는 장점이 있다.그러나 이것은 실천의 관심대상에만 국한되어, 그 관심을 추동하는 주체의 사유체계와 욕망이 드러나지 않는 문제점을 안고 있다. 다시 말하면, 부국강병, 제도 개혁, 국민성 개조는 그들이 추구한 대표적인 구호에 지나지 않으며, 그들의 사유체계 속에는 본체론, 인식론, 인간론, 실천론, 제도론, 교육론 등이 통합되어 존재한다는 것이다. 양무파의 사유체계 속에는 부국강병의 실천론뿐 아니라 법제 개혁과 예치(禮治)에 의한 국민 교육론이 포함되어 있고, 변법파의 사유체계 속에는 제도론뿐만 아니라 자본주의 육성을 통한 부국론, 국민성 개조를 위한 신민론(新民論)이 총괄되어 있고, 5·4 신문화운동에도 국민성 개조론뿐만 아니라입헌국가 제도론과 자본주의 경제론이 통합되어 있다. 그들의 사유체계속에는 그 나름의 논리들이 융합되어 있기 때문에, 어느 한 관심대상을기준으로 삼아 그들이 걸어간 길을 나누는 것은 현상적인 해석에 불과하다고 할 수 있다. 그래서 필자는 전통과 근대에 대한 입장, 민족의 위기에 대한 인식, 실천방식의 차이를 기준으로 삼아 근대 중국인의 시각을 재고찰하고자 한다. 이러한 시각에 따라 실천의 길은 다양하게 분화된다. 본절에서는 근대 중국인의 시각을 중체서용론(中體西用論)·중서겸통론(中西兼通論)·문화편향론(文化偏向論)·반전통주의(反傳統主義)로 구분하여, 그러한 인식이 도달하는 경계와 의미를 밝히려고 한다.

1) 중체서용론(中體西用論)

주지하듯이 전통 중국인들은 중화(中華)라는 우주 질서 속에서 그 중심을 자처하며 조화로운 세계를 지향한 민족이다. 그런데 서구라는 중심 밖의 '이(夷)' 세력이 중화의 공간 속으로 진입하면서 그 조화는 균열되기 시작한다. 이 시기 서구의 진입은 명말 청초의 서세동점(西勢東漸)과 같은 문화 유입의 수준을 훨씬 넘어, 중화라는 근본 질서를 부정할 만한 '거부할 수 없는' 힘으로 다가온다. 중국 내부의 민중반란, 경제의 파탄, 정부의 부패 등의 민심과 풍속의 혼란 속에서 서구는 전쟁과 불평등 조약을 통해 전통 중화 질서의 붕괴와 재편을 요구한다. 이러한 내외적인 위기 속에서 중국인들은 중화사상의 갈라진 '틈새' 사이로 자신의 현재를 바라보며, 변화된 국제 질서를 승인하면서 사라진 조화의 세계의 '중흥'을 시도한다. 그 중흥의 작업은 중국 민족의 존립을 위태롭게 만들고 세계 질서의 판도를 뒤바꾸어 놓은 서구에 대한 '이해'에서 시작한다.

일반적으로 중체서용론은 장즈동[張之洞]이 『권학(勸學)』편에서 '중학위체, 서학위용(中學爲體, 西學爲用)'이라고 언급한 것을 근거로 삼아, 서구의 정치 제도에 대한 관심보다는 군사력 증진을 통해 중국의 부강을 도모하려는 리훙장(李鴻章)·원상[文祥]·궈충다오[郭嵩燾] 등의 양무파의 논리로 인식된다. 그런데 중국의 정신적 가치를 체로 삼고 서구의 문물을 용으로 삼는 중체서용의 이해방식은 양무파의 논리를 넘어 만청 시기 서구를 인식하는 보편적인 논리로 작용한다. 그들은 체와 용에 대한 개념이나 연관구조에 대한 엄밀한 인식보다는, 중국문화의 우위적 입장에서 서구문화를 이해하고 수용하기 위하여 중체서용의 논리를 구사한다. 중체서용론의 기본구조인 체와 용은 본래 불가(佛家)의 용어로, 체는 형상은 없으나 우주만유의 현상 속에 확산 관통되는 근원적인 것이며 용은 그러한 체가 발현된 구체적인 형상을 의미한다. 유가에서는 북송(北宋)의 호원(胡瑗)의 '명체달용(明體達用)'의 주장 이래로 소강절(邵康節)·정명도(程明道)·정이천(程伊川)·장횡거(張橫渠) 등에게서 사변의 범주로 사용되고, 주자(朱子)에 이르러 경전해석의 중요한 개념이 된다. 그러나 중체서용론에 와서는 근원과 형상의 관계인 체용의 철학적 의미가 사라지고 "이자립위체, 이추성위용(以自立爲體, 以推誠爲用)"(정궈판[曾國藩])·"이수위체, 이전위용(以守爲體, 以戰爲用)"(왕원사오[王文韶])·"충실위체, 근검위용(忠實爲體, 勤儉爲用)"(쉐푸청[薛福成])·"이학위체, 경제위용(理學爲體, 經濟爲用)"(탕원쯔[唐文治])처럼 선과 후, 본과 말, 주와 보 등의 순차적인 개념으로 변화된다. 이것은 중체서용론이 명징한 철학적 사유에서 비롯된 것이 아니라 서구문화를 어떻게 이해하고 받아들일 것인가라는 '수용적 관심'에서 연원한 것임을 의미한다. 그래서 이러한 사유방식에는 중이나 서의 내용을 무엇으로 삼을 것인가의 차이는 있지만, 중의 정신적 가치를 중심으로 서의 문물을 수용하려는 기본 태도에 있어서는 동일하다.[24]

왜 그들은 이러한 '절충'적인 논리를 통해 자신의 시대를 이해한 것인가? 체용의 본래적인 의미에 따르면 중국과 서구에는 각각 중체중용(中體中用), 서체서용(西體西用)이라는 고유한 체용의 구조를 지니고 있다. 그런데도 그들은 '서체'에 대해서는 인정치 않고 '서용'의 수준에서 서

---

24) 閔斗基, 「中體西用論考」, 『中國近代改革運動의 硏究』, 일조각, 1985, 52면 참조.

구를 수용하는 중체서용의 절충적 방식을 택한 것이다. 중체서용론의 초기적 형태는 웨이위안[魏源]의 "이이제이(以夷制夷)"론에서 나타난다. 이것은 서구 열강의 제국주의 전쟁에 직면하여 군사력의 확장을 통해 중국을 보존하려는 논리이다. 이것은 전쟁이라는 현실적인 위기를 극복하기 위한 방어의 논리라고 할 수 있다. 그러나 이 속에는 서구의 독자적인 실체를 인정하지 않고 군사력의 수준에서만 수용하려는 중화적인 '배타성'이 내포되어 있다. 다시 말하면, 이것은 서구의 현실적인 힘은 인정하지만 서구를 문화적인 국가가 아닌 중화 밖의 미개화된 세력으로 이해함으로써, 서구의 군사력을 배워 그들의 침입을 방비하면 세계적 문화국가의 위상이 보존될 수 있다는 판단이다. 이러한 인식에 따라 그들은 서구를 군사력이 증강되기만 하면 언제든지 제거할 수 있는 비문화국가로 이해하며, 우선적으로 민란 평정을 통한 중화 내부의 질서 회복을 중심으로 삼는다. 그래서 그들은 자기 시대의 위기를 중국의 일국적 차원을 벗어나는 세계사적인 문제로 생각하지 않으며, 오히려 군사력의 보강을 통해 중국 중심의 '대일통(大一統)' 세계의 재편과 강화를 요청하고 있다. 물론 그들은 공양학의 역사철학인 '삼세설'을 통해 자신의 현재를 쇠세(衰世)라고 판단하며 난세에 빠지지 않기 위하여 '반구복시(反求復始)'적인 자기 반성을 시도한다. 그러나 중체서용론적인 인식틀 속에서 이러한 반성은 중화 질서에 대한 근본적 성찰보다는 위기에 대한 의도적 '축소'로 나아간다. 즉, 그들은 선왕지도(先王之道) 자체가 근본적으로 부정되는 현재적 위기를 '용'의 수준으로 축소시킴으로써 그 위기에 내재된 '체'의 문제를 은폐해버리는 것이다. 이러한 사유를 통해 현재적 공간에 나타난 서구의 문제는 근본적인 문화 차이로 승인되지 못하고, 전통적인 중국의 도에 의해 통합될 실용의 문제로 이해된다.

그러나 이러한 사유방식은 그 속에 내재된 실제 세계와의 '인식론적 거리'로 인해 현실 공간 속에서 많은 곤혹감을 노출시킨다. 현실 속에서 중심의 지위를 상실한 중국과 사유 속에서 여전히 중심의 자리를 버티고 있는 중국 사이에서 빚어지는 곤혹감이다. 중체서용론의 대표적 실천가라고 할 수 있는 정궈판은 이러한 곤혹감을 다음과 같이 토로한다.

> 그때 중론이 분분한데, 대략 두 가지로 나눌 수 있다. '리(理)'를 논하는 자들은 이 교안(教案)을 이용하여 천주교를 내몰고 (양인을) 크게 응징하여 함풍제(咸豊帝)의 치욕을 씻고 의민(義民)의 기세를 진작시켜야 한다고 생각했다. '세(勢)'를 논하는 자는 전쟁이 일단 시작되면 프랑스뿐 아니라 각국도 모두 짜고 함께 적대하게 될 테니, 한 해구(海口)는 막을 수 있어도 7성의 각 해구는 막을 수 없고, 한두 해는 버틸 수 있어도 수십 백년은 버틸 수 없으며, 그들은 대대로 원수를 찾아 이기지 않고는 그치지 않을 텐데, 경오년(庚午年) 오랑캐로부터 피난한 전쟁이 어찌 재현되어야 하겠는가라고 생각했다.[25]

정궈판은 1870년 교회의 영아 유괴에 관한 소문으로 발발한 천진(天津) 교안(教案)을 처리할 때, 성리학적인 의리(義理)의 입장과 서구 우위의 실제 현실 사이에서 곤혹스러워 한다. 그러나 정궈판은 전통적인 명분론을 앞세워 호전적인 저항론을 제시하는 청의파(淸議派)의 비난을 무릅쓰고, 관련된 서구 각국에 사죄사(謝罪使)를 파견하고 책임자 처벌을 조건으로 내세워 사태를 마무리짓는다. 동치(同治)시기 이전의 정궈판은 대내적으로는 전통 명교론(名敎論)의 입장에서 세상의 풍속과 인심의 타락을 바라보며 예학(禮學)으로 그것을 해결하려고 하며, 대외적으로 중국 중심의 대일통 세계관에서 연원하는 "이이제이"의 전략을 구사한다. 그렇지만 대외적인 위기의식이 고조되면서 정궈판은 비록 문화적인 면에서 유가적인 사유방식을 버리지는 않지만, "이이제이"의 대외관은 포기하며 국제정치적 현실을 수용한다. 물론 이것은 불리한 현실의 조건을 감안하는 양무 고관의 유화적 외교정책에서 비롯된 것이다. 그러나 여기에서 우리는 그들의 현실 타협이나 불철저성에 대한 비판을 넘어

---

25) 曾國藩, 『曾文正公全集』 書札 卷33 「復劉霞仙中丞」; 曹秉漢, 「淸代 後期 經世思想과 洋務論의 形成」, 서울대 박사논문, 1992, 325면에서 재인용.

중국 중심의 명분론의 세계에서 벗어나지 않을 수 없게 만드는 현실의 곤혹감을 주목해야 한다. 시대의 위기감이 확산되면서 중국은 자신이 차지하고 있던 중심의 자리를 부득불 '내놓게' 되며, 군사력의 수준에서만 승인하던 서구에 대해 문화를 소유하는 독자적인 실체로 인정하지 않을 수 없게 된 것이다. 이것은 현실적인 역관계의 변화를 뜻할 뿐 아니라 전통적 사유방식 내부에 어떠한 '틈새'가 생기기 시작했음을 의미한다. 그들은 이러한 갈라진 틈새를 통해 세계의 실정을 이해하며, "이이제이"식의 배타적 중체서용론에서 벗어나 서구의 '실체'를 향해 조금씩 접근해나간다. 정궈판보다 더욱 실제적 입장을 강조하던 리훙장은 전통적 사유에 집착하는 청류파(淸流派)와의 근본적 대립을 무릅쓰면서 중상(重商)과 변법(變法)적 사유에 도달한다.26) 이것은 양무론적 사유방식 내에서 도달할 수 있는 서구에 대한 인식의 극한이자 더 이상 물러설 곳 없는 '중체'의 마지막 자리라고 할 수 있다.27) 리훙장이 도달한 이러한 사유의 극한 위에 제도의 개혁을 추구하는 변법파가 위치한다.

군사력 증강을 통해 중국 중심의 대일통 세계를 꿈꾸던 양무론적인 사유는 위기의 확산으로 인해 현실 세계와의 거리감을 실감하고, 서구의 진화론 수용으로 인해 공양학적 역사철학에서 탈피하지 않을 수 없는 한계상황에 부딪친다. 물론 공양학적 역사철학도 현재를 위기의 시간이

---

26) 淸流派와 李鴻章의 갈등에 대해서는 閔斗基,「中體西用論考」,『中國近代改革運動의 硏究』, 일조각, 1985 참조.

27) 李鴻章은 하북(直隷) 주요지역의 강력한 군벌 수령으로서 서구의 군사기술의 도입과 무기의 구입을 촉진했을 뿐 아니라 외국세력에 대해 중국의 '국가대표'로서의 역할을 행사했다. 서구의 기술과 무기를 도입함으로써 그는 한편으로는 국내적인 불안과 소요를 막아 유교적 사회의 지속적인 지배관계를 유지시키고 다른 한편으로는 외국세력의 침략으로부터 중국을 방위하는 것을 목표로 했다. 이것이 바로 李鴻章의 꿈이었다. 그는 '근대화된' 국가의 군사적 우월성에 대해서는 분명한 확신을 갖고 있었지만, 근대화에 필요한 근본적인 조건의 창출, 즉 유교적 사회의 근본적인 개혁에 대해서는 상당한 거리를 두고 있었다. 그의 꿈은 30년 후인 청일전쟁 기간 동안에 본래 '낙후되었던' 소국 일본에 의해 대중국이 참패당함으로써 산산이 부서졌다(宋榮培,『中國社會思想史』, 한길사, 1990, 291면).

라고 규정하며 현재 이후에 유토피아인 태평세의 도래를 추구하는 진화
론적인 요소를 지니고 있다. 그러나 이것은 어디까지나 중화라는 소우주
를 역사공간으로 설정한 이론이어서, 서구는 그 이론 속에서 배제되거나
현재적인 위기의 변수에 불과하다. 1898년 옌푸의『천연론』을 통해 본격
적으로 소개된 진화론은 공양학적 역사철학의 중국 중심주의를 벗어나
세계사 속의 한 지역 공간으로 중국을 위치시킨다. 그리고 그곳은 조화
의 세계를 지향하는 순환론적인 공간이 아니라 적자생존과 우승열패의
경쟁논리가 지배하는 진보의 공간이다. 이 진화론의 세계 속에서 중국은
더 이상 문화국가가 아니라 경쟁에 뒤쳐진 낡은 지역이 되며, 서구는 군
사력만을 소유한 비문화국가가 아니라 세계의 발전과 진보를 선도하는
중심국가로 존재 전이된다. 이러한 서구 중심적인 진화론으로 인해 양무
론의 중체서용론이 그 실효성을 상실함에 따라 서구에 대한 새로운 이
해방식이 요청된다. 옌푸는 기존의 중체서용론의 논리구조를 비판하며
우마론(牛馬論)을 통해 체용의 관계를 새롭게 설정한다.

> 체용이라는 것은 한가지 사물에 대해서 말하는 것이다. 소라는 체가 있으면
> 짐을 짊어지는 용이 있고, 말이라는 체가 있으면 멀리 가는 용이 있다. (그러나)
> 소를 체로 삼고 말을 용으로 삼는다는 소리는 들어본 적이 없다. 중서의 학문
> 이 다른 것은 자연스러운 인종의 얼굴을 억지로 비슷하게 만들 수 없는 것과
> 같다. 그래서 중학에는 중학의 체용이 있고 서학에는 서학의 체용이 있다. 나누
> 면 함께 성립할 수 있으나 합치면 같이 망한다.[28]

옌푸는 우마론을 통해 중체서용론에 내재된 모순을 비판하며 중국과
서구를 각각 중체중용과 서체서용의 관점에서 이해해야 한다고 인식한

---

28) 嚴復,「與外交報主人書」,『嚴復集』3冊, 中華書局, 1986, 558~559면. "體用者, 卽
　一物而言之也. 有牛之體, 卽有負重之用, 有馬之體, 卽有致遠之用. 未聞以牛爲體,
　以馬爲用者也. 中西學之爲異也, 如其種人之面自然, 不可强爲似也. 故中學有中學
　之體用, 西學有西學之體用, 分之則並立, 合之則兩亡."

다. 그래서 서체서용론은 서구를 용이나 기(器), 형이하학(形而下學)적인
것으로 이해하는 수준에서 벗어나 서구 고유의 체와 도, 형이상학(形而上
學)에 대해 승인하고 있다. 이러한 서체서용론은 서구에 대한 객관적 이
해일 뿐 아니라 중국의 문화적 우월성에 대한 반성을 포함하고 있다. 중
체서용론이 중국의 문화적 우월성에 입각한 서구의 주관적 이해라고 한
다면, 서체서용론은 서구와 중국의 '대비적 관계'를 통한 낙후된 중국 실
정의 진화론적 이해라고 할 수 있다. 이것은 중국의 현재의 위기를 서용
의 수용을 통해 제거될 수 있는 일시적인 현상이 아니라, 중국을 지탱하
고 있는 근본에 대한 위기로 이해하는 것이다. 이것은 옌푸뿐만 아니라
동시대 변법론자들의 공통적인 사유방식이다. 그들은 양무파의 중체서용
론처럼 용에 관심을 두지 않고 체에 주목한다. 그 체에 대한 개혁이 바로
중국의 위기를 극복하는 방법이 되는 것이다.

　변법파가 제도에 대해 관심을 보이는 것은 그것이 서구의 진보를 추
동하는 체라고 인식한 데서 비롯된다. 그들은 서구의 의회 제도를 단순
한 정치체제로 보지 않고 '민(권)'의 개념과 결합된 국가의 기틀로 이해
한다. 이것은 양무파의 제도에 대한 관심과 본질적으로 구별되는 차이
다.29) 량치차오는 변법운동이 실패하고 일본으로 망명한 후『청의보(淸
議報)』·『신민총보(新民叢報)』·『신소설(新小說)』 등의 잡지를 중심으로
국민성 개혁을 위한 계몽운동에 종사한다. 그것은 변법운동의 실패가
제도의 근간이 되는 민이 미성숙한 데서 연원한다고 판단하여 신민과
민지를 양성하는 것이 가장 시급한 과제라고 인식하기 때문이다. 하지
만 이것을 관심의 영역이 제도에서 국민성으로 전변한 것이라고 볼 수
는 없다. 량치차오는 정치제도의 문제는 민권의 성숙 여부와 긴밀히 연
관된 것으로 이해하며, 이후 현실적인 입장 변화에 따라 입헌에서 개명

---

29) 閔斗基는「中體西用論考」에서 洋務派와 變法派를 국민주의적 경향의 유무, 명확
　　한 제도개혁론의 주장 여부, 그러한 주장을 운동으로서 실천활동과 관련시켰느냐의
　　여부로 구별해야 한다고 주장한다.

전제로 보수화되지만 제도와 계몽활동을 분리시켜 사고하지는 않는다.

변법파는 왜 민에 대해 지대한 관심을 보이는 것인가? 사실 중국 현실에서 민은 그들에게 이상적인 인간형이 아니다. 당시 신사(紳士) 계층인 그들은 망국의 위기뿐만 아니라 난민(亂民)들로부터의 공격의 위협까지 느끼고 있다. 그들에게 난민의 세력 확장은 곧 신권의 세력 제한을 의미한다. 실제 현실이 이런데도 그들은 왜 민의 성숙 여부를 체와 관련지으며 구국의 관건이라고 인식한 것인가? 량치차오가 중국이 쇠약한 원인을 민의 노예근성에서 찾듯이 중국의 민은 국민의식이 없는 미개한 인간으로 취급된다.

> 우리나라 백성들이 십팔 층 지옥 속에 빠져 오늘날까지 하늘의 햇빛을 보지 못하고 있는 것은 모두 이러한 터무니없는 말들이 하나의 의리처럼 되어 사람들의 마음속에 독을 심어놓았기 때문이다. 수천 년 동안 백성들을 노략질해 온 민적이 국가를 가로채어 자기의 기업으로 삼고, 국민들을 자기의 노예로 묶어 놓고서도 부끄러워함이 없이 오히려 대의를 끌어대어 글로 꾸며서 그네들의 흉계를 조장하였고, 마침내 한 나라의 백성들로 하여금 어쩔 수 없이 노예의 처지에 있지 않을 수 없게 만들었다. 노예근성에 젖어버렸고 노예행동을 해왔으니 나라를 사랑하고 싶어도 감히 하지 못하거나 할 수 없게 되었다.[30]

그들의 담론 속에 등장하는 민은 중국의 민이기 이전에 바로 서구의 민에 가깝다. 여기서 우리는 현실적인 민과의 극단적인 차이에도 불구하고 서구의 민의 개념을 수용할 수밖에 없는 그들의 곤혹감에 대해 살펴볼 필요가 있다. 실제로 변법파를 반대하는 세력들은 그들의 제도 개혁보다는 민권을 문제삼았으며, 량치차오도 『청대학술개론(淸代學術槪論)』

---

30) 梁啓超, 「積弱之源於理想者」, 『梁啓超文選』 上(夏曉虹 編), 中國廣播電視出版社, 1992, 69~70면. "蓋我國民所以沈埋於十八層地獄, 而至今不獲見天日者, 皆由此等邪說. 成爲義理, 而播毒種於人心也, 數千年之民賊, 旣攘國家爲己之産業, 繁國民爲己之奴隷, 曾無所於作, 反得援大義以文飾之, 以助其凶燄遂使一國之民, 不得不轉而自居於奴隷, 性奴隷之性, 行奴隷之行, 雖欲愛國而有所不敢, 有所不能焉."

에서 변법운동이 실패한 원인을 호남(湖南)의 시무학당(時務學堂)에서 주창한 민권 때문이라고 서술한다.31) 이 민의 문제는 단순히 이론적인 것이 아니라 정치적인 문제를 포함하고 있다. 그것은 민을 근간으로 하는 제도의 개혁이 수구 세력에게 군주제에 대한 부정과 난민에 대한 옹호론으로 비쳐지기 때문이다. 이러한 곤혹을 감당하면서까지 민에 대해 강한 확신을 가지는 것은 무엇 때문인가? 이것은 그들이 수용한 진화론적 세계상과 밀접히 관련된다. 진화론적 세계는 중화라는 소우주를 탈피한 세계사 속의 공간이다. 이러한 인식론을 바탕으로 그들은 중국의 문제를 중국 자체의 문제로 국한하지 않는다. 그 문제를 진화론적 세계의 중심 국가인 서구의 문제와 연관시켜 사유한다. 따라서 중국의 낙후성에 대한 문제는 서구의 진보의 문제와 상통하는 것으로 인식된다. 그들이 서구의 부강의 근원에 관심을 두는 것은 그것이 바로 중국의 현재의 위기를 돌파하는 근원적 방법이라고 이해하기 때문이다. 세계질서의 하위 지역인 중국은 중심 국가의 부강의 근원을 배워 추구해나가면 '서구처럼' 진보할 수 있게 되는 것이다. 그들의 사유 속에서는 문제의 해결 방법이 문제적 상황인 중국의 현실에서 도출되지 않는다. 오히려 그들에게 문제가 되는 것은 서구의 방법을 어떻게 중국에 수용할 것인가의 문제로 다가온다. 이러한 사유 속에서 중국과 서구는 독립물이면서도 상호 대비적인 관계 속에서만 존재하는 유기물이 된다. 다시 말하면, 서구는 중국의 낙후성을 비춰보는 절대적 거울로 작용하며, 중국은 진보된 서구를 따라잡아야 하는 낡은 세계로 설정된다. 변법파가 현실적인 곤혹을 무릅쓰고,

---

31) 葉德輝는 『翼敎總編』을 지어 康有爲의 저서와 량치차오가 점검한 학생들의 劄記 및 時務報, 湘報, 湘學報의 논문들을 조목조목 통렬히 배척하였으며, 張之洞도 『勸學篇』을 지어 동참하였다. 戊戌政變 전에 어떤 御史가 淸을 배척하고 민권을 고취하는 劄記의 수십조목을 열거하여 탄핵하고는 마침내 大獄事件을 일으켰다. 이 사건 때문에 譚嗣同은 죽고 량치차오는 망명했고 唐才常은 추방되고 학당은 해산되었으니, 학술의 싸움이 정치적 싸움으로 확산된 것이다(량치차오, 李基東・崔一凡 共譯, 『淸代學術槪論』, 驪江出版社, 1987, 95면).

전통적인 관념과 이질적인 민, 국가, 민족의 개념을 개혁의 중심 문제로 삼는 것은 바로 이러한 사유방식에서 연원한다.

각자의 체와 용을 승인함으로써 서구에 대한 공정한 이해를 추구하던 서체서용론은 서구를 용의 수준에서 승인하는 중체서용적인 편협성에서는 벗어나 있다. 그러나 중국 현실과의 대비적 관계 속에서 서구를 인식한다는 점에서는 또 다른 주관적 해석의 가능성을 내포하고 있다. 진정한 서체서용은 대비적 관계가 아니라 서구의 역사적 맥락에 대한 객관적 이해를 통해 얻어지기 때문이다. 서체서용론 속의 대비적 관계는 자아의 성숙과 확장을 위한 타자와의 소통적 관계라기보다는 자아의 현실적인 이해관계에 의해 지배된다. 대비가 사유 공간의 확대를 위한 인식 방법으로 기능하지 않고 실용적 관심을 위한 '끌어당김'이 될 때, 그 속에는 수용 주체의 욕망이 개입되기 마련이다. 이러한 대비는 타자에 대한 객관적 인식을 목적으로 하는 것이 아니라, 자아의 어떠한 욕망을 추구하기 위한 대상으로 삼는다. 실제로 량치차오의 사유 속의 서구는 역사적인 구체성을 지니는 서구라기보다는 구체적인 역사공간이 탈각된 '추상적인' 서구에 가깝다. 량치차오의 서구는 옌푸의 소개를 통한 다윈의 진화론·루소의 천부인권설·벤자민 키드의 사회진화론·브른츄리의 사회진화론이 절충적으로 결합된 눈으로 바라본 서구이다.[32] 그러한 서구는 보편적인 서구가 아니라 근대 국민국가 시기의 서구이지만, 량치차오는 이러한 서구를 보편적인 것으로 간주하며, 국민국가를 건설하는 일이 중국의 현재적 위기를 극복할 수 있는 출로라고 인식한다.

실제와의 이러한 인식론적 거리는 인식에서 실천(수용)의 단계로 이행할 때 더욱 넓어진다. 민은 사회진화론의 군(群)의 개념에서 구한 것이다.[33] 그 속에는 민이 스스로 능동성을 갖고 이익을 도모할 수 있다는 자

---

32) 이 부분에 대해서는 梁啓超, 「政治學大家伯倫知理之學說」, 『飮冰室文集』 3冊(臺灣中華書局, 1970) 참조.
33) 嚴復은 光緖 21년(1895) 2월 8일~18일의 天津의 『直報』에서 약육강식의 적자생존의

사(自私), 자유(自由)의 개념과 민의 유기적 결합체로서의 군의 개념을 포함하고 있다. 그런데 이 민의 개념이 실천과 결합할 때는 개인의 욕망에 관계하는 자사, 자유의 의미는 배제되고 집단의 의미를 내포하고 있는 군의 개념만이 강조된다. 이것은 서구가 자유의지를 지닌 민이 결합된 공천하(公天下)인 것과 달리 중국은 군주 한 사람이 사천하(私天下)하는 개인 소유물이어서 국가가 경쟁하는 이 시대에 뒤쳐지기 때문이다. 그들은 중국이 낙후된 원인을 국민국가의 부재에서 찾으며 이러한 국가를 확립하기 위하여 중국에 결핍된 '공(公)'의식의 형성을 우선시한다.[34] 이러한 사유 속에서는 개인의 자율성을 보장하는 민 개념은 사적인 것으로 인식되며 집단을 강조하는 민 개념만이 공적인 것으로 이해된다.

일반적으로 개인의 행복과 국가의 행복은 서로 밀착되어 잠시라도 떨어질 수 없다. 그래서 백성이 부강하면 국가가 부강하고, 백성이 지혜로우면 국가가 아름다워지고, 백성이 용맹하면 국가가 강해진다. 이 두 가지의 목적은 하나의 목적일 따름이다. 그렇지만 만약 변고를 만나면 양자는 겸할 수가 없다. 각 개인의 행복과 국가의 행복은 양립할 수 없다. 국가 자체를 목적으로 하는 것은 실로 국가의 목적 중에서 가장 중요하다. 각 개인도 실은 이 목적을 위한 도구이다.[35]

량치차오는 평상시에는 개인과 국가를 동일한 대상으로 취급하지만

투쟁이 群을 단위로 한다는 이론과 군의 원리로서 스펜서의 群學을 소개하는 「原强」이란 글을 발표한다. 거기서 嚴復은 경쟁에서 群이 살아남으려면 群이 부강해야 하며 그 부강은 민이 自私하고 自由해야 하는데, 自私 自由는 자치능력에서 오며 그것을 갖추기 위해서는 鼓民力・開民智・新民德해야 한다고 강조하고, 현금세계에서 강자인 서양이 강자가 된 원인을 "자유를 체로 하고 민주를 용으로 한" 때문이라고 한다.

34) 梁啓超, 「積弱之源於理想者」, 『梁啓超文選』(夏曉虹 編), 中國廣播電視出版社, 1992, 69면 참조.

35) 梁啓超, 「政治學大家伯倫知理學說」, 『飮冰室文集』 3冊, 臺灣中華書局, 1970, 88면. "以常理言, 則私人之幸福與國家之幸福, 相麗而無須曳離, 故民富則國富, 民智則國文, 民勇則國强, 是此兩目的不只一目的也. 雖然, 若遇變故, 而二者不可得兼, 各私人之幸福與國家之幸福, 不能相容. 故伯氏謂以國家自身爲目的者實國家目的之第一位, 而各私人實爲達此目的之器具也."

위기 시에는 국가의 목적을 위하여 개인의 권한을 제약할 수 있는 것으로 이해한다. 그래서 량치차오의 민 개념 속에는 상황에 따라 개인보다는 국가를 우선할 가능성이 이미 내재되어 있는 셈이다. 더욱이 민 개념을 중국 현실 속의 민과 결합할 때 중대한 문제가 발생한다. 중국의 민은 노예근성에 젖어 국민국가의 구성원이 될 만한 민력(民力), 민지(民智), 민덕(民德)을 소유하고 있지 못하다. 그래서 중국의 민은 서구처럼 국민국가의 민이 될 수 없으며 중국을 정체하게 만드는 근원으로 작용할 뿐이다. 이 지점에서 누가 몽매한 중국의 민을 계발하여 공적인 민으로 진보시킬 것인가라는 계몽의 문제가 개입된다. 중국의 민은 계몽자와 결합되어야 만이 국민이 될 수 있으며, 이러한 국민이 형성되어야 국민국가가 확립될 수 있다. 여기서 민의 문제는 계몽자의 문제로 전환된다. 민력을 고취시키고 민지를 개발하며 민덕을 새롭게 하는 계몽자는 누구인가? 서체서용론에서 계몽자는 유신파(維新派)로 설정된다. 그들은 중국의 민을 공의식(公意識)으로 지도하여 서구의 국민과 같은 민으로 계몽하는 계몽자이자, 중국을 사천하는 군과 몽매한 민 사이에서 공의식과 굳센 의지로 국민국가를 확립하여 중국의 현재의 위기를 탈피하는 새로운 주체 세력으로 인식된다. 유신파는 이러한 역사적 사명을 담당하는 주체로 자임하며, 그러한 가능성의 조건을 확보하기 위한 권력적 욕망을 발산한다. 이러한 인식과 실천에 이르는 순간 서체서용론은 유신파의 권력적 욕망을 정당화하는 이데올로기로 기능하며, 서체서용론 속의 민은 역사 발전의 주체로 승인되지 못하고 유신파의 대중적인 정치 구호로 전락하고 만다.[36]

---

36) 루쉰은 「文化偏至論」에서 유신파의 권력적 욕망을 "그(유신파—인용자) 중에서 좀 나은 무리는 계속되는 외국의 침략에 대한 통분으로 편할 날이 없는 사람들이지만, 자기 자신은 우둔하기 때문에 어쩔 수 없이 타인의 지혜를 빌어 대중을 규합하여 저항하려고 한다. 또 그들은 자신들의 본래적 성격을 드러내어 소동을 잘 일으키기 때문에 자기 자신과 의견이 다른 자가 나타나면 반드시 다수로써 소수를 억압한다. 대중정치라는 이름을 빌어 쓰고 있지만 그 압제는 폭군보다 더욱 심하다"고 비판한다.

서체서용론이 중체서용론에 대한 정당한 비판에서 유신파의 정치적 이데올로기로 변질됨에 따라 그 속에 숨겨진 중체서용론의 그림자가 다시 노출된다. 그것은 서체서용론이 추구하는 목적이 서구에 대한 객관적 관심이 아니라 변법이라는 실용적 관심에 다가가 있기 때문이다. 유신파의 권력적 욕망이 개입된 대비적 관계를 통해 인식된 서구는 서구 본래의 모습이 아니며, 이것은 유신파의 욕망이 투영된 '이해되어진' 서구일 뿐이다. 서체서용론이 민에서 계몽자의 문제로 관심을 전환하는 순간, 희미하게나마 추구되던 서체서용의 공정한 인식은 사라지고 그것에 대한 급진적 욕망만이 남는다. 캉여우웨이[康有爲]가 공교(孔敎)로 서구의 제도를 포섭하거나 량치차오가 개명전제(開明專制)로 보수화되는 것은 바로 이러한 이유 때문이다. 결국 서체서용론은 서구의 근본에 대한 탐구로 나아가지 못하고 자신이 비판했던 중체서용론으로 다시 회귀하고 만다. 그 회귀는 우연적인 것이 아니라 서체서용론의 논리구조 속에 내재된 자기 모순에서 기인한다고 할 수 있다.

중체서용론과 그 변형의 논리가 지배하는 사상계에 중국의 위기에 대한 새로운 반성적 사유를 모색하는 이들이 등장하는데, 그들이 바로 왕궈웨이와 루쉰이다. 그들은 중국 중심주의적 편견과 체용의 절충적 해석을 통해 시대를 이해하는 정치적 논리를 비판하며, '근본과 지엽', '인간성의 이념'이라는 새로운 문제틀을 제기한다. 그들은 이러한 문제틀을 통해 서구 문화나 과학의 근본정신을 통찰하지도 못한 채 실용을 위해 지엽적인 말이나 기술을 수입하고, 인간 존재의 궁극의미나 그 존재 조건에 대한 사유 없이 정치적인 목적을 위해 인간의 문제를 이용하는, 당시의 타락한 정신계를 비판한다. 이러한 비판을 통해 그들은 중국의 현재의 위기를 물질문명이나 제도보다는 보이지 않는 심층에서 중국을 지탱해주는 정신의 부재 혹은 그러한 정신을 담지할 수 있는 주체의 부재에서 찾는다. 그들은 이러한 시대 인식을 공유하면서 중국의 위기를 극복하기 위한 새로운 실천론을 모색한다.

2) 중서겸통론(中西兼通論)[37]

　왕궈웨이는 실용을 우선하는 정치적 관점에서 벗어나 진리를 추구하는 학술적 관점에서 민족의 위기를 사유한다. 왕궈웨이는 자기 시대가 주자학(朱子學)이 성립된 송대(宋代) 이래 사상이 정체되어 생기를 상실한 시기이며, 서구사상은 주자학의 사유체계에 지대한 영향을 미친 불교와 같이 정체된 사상의 틀을 깨고 새로운 사유의 가능성을 열어주는 '외계의 세력'으로 인식한다. 왕궈웨이는 이러한 외계의 세력을 중국 전통 사유의 존립 자체를 위협하는 물리적 힘으로 바라보지 않고, 옛 것을 고집하여 창조력이 사라진 중국의 사상에 반성의 계기를 제공하는 '타자의 사유'로 이해한다. 중국사상은 절대적 과거의 세계인 서주(西周)가 사라진 이래 정치는 혼란스럽지만 국민의 지력은 성숙하여, 제자백가(諸子百家)가 무너진 제도의 통일과 사회의 요구에 부응하기 위하여 여러 학설을 개창하여 중국 사상의 '능동시대'를 열어 놓는다. 그러나 한대(漢代) 이후 천하가 태평해지고 한 무제(武帝)가 여러 학설을 공자의 학설로 통일하면서, 후세의 학자들이 유가의 옛 학설만을 고집하여 중국 사상에 창조의 힘이 고갈되어 버린다. 이러한 조락의 시대에 불교가 동점(東漸)하여 불경이 번역되면서 새로운 사유의 가능성이 열리게 된다. 육조(六朝)에서 당대(唐代)에 이르는 시기는 불교가 극성하여 중국사상은 '수동시대'에 들어선다. 송대 유학자들이 중국의 사상과 불가의 형이상학적 체계를 조화시켜 성리학을 형성함으로써 중국 사상은 수동시대에서 능동시대로 전환된다. 그러나 성리학은 이후 변화된 현실을 해석할 만한 창조력을 상실한 채 윤리학적인 논쟁만을 되풀이함으로써, 서구사상이 유입되는 왕궈웨이 당대에 이르러 또 한번의 위기를 맞게 된다. 서구문화는 원대(元代)에 칠술(七術 : 문

---

37) 中西兼通은 王國維가 「奏定經學科大學文學科大學章程書後」에서 "異日發明光大我國之學術者, 必在兼通世界學術人, 而不在一孔之陋儒"라는 말에 근거하여 王國維의 시대인식의 원리로 설정한 개념이다.

법·수사·명학·음악·산학·기하학·천문학)이, 명말에 수학·역학·기독교
가 수입되지만, 이것은 모두 형이하학적인 것이어서 중국의 사상에 별다
른 영향을 끼치지 못한다. 왕궈웨이 당대에야 비로소 진화론을 비롯한 서
구의 사상이 유입되어 중국 사상에 불교와 같은 충격을 던져준다. 왕궈웨
이는 당시 중국인의 영혼을 지배하던 진화론이 순수철학에의 관심이 아
니라 공리적 관심에서 출발하여 중국의 사상계에 감동을 줄 수 없다고 인
식한다. 이것은 비단 진화론뿐 아니라 다른 서구 사상도 마찬가지이다.
프랑스의 18세기 자연주의가 일본을 거쳐 중국에 소개되지만, 자연주의
의 근본사상에 대한 통찰보다는 그 지엽적인 말을 빌어 정치적인 목적을
이루려고 하기 때문에, 학술의 방면에서는 아무런 가치도 지니지 못한다.
서구사상에 대한 이러한 태도로 인해 학술적인 의론은 없고 정치적인 목
적만이 있을 뿐이다.38) 왕궈웨이는 서구사상의 영향을 받아 중국 고대학
설을 개조하여 당시에 세를 이루었던 인물로 캉여우웨이, 탄스통[譚嗣同]
을 꼽는다. 그러나 캉여우웨이는 기독교를 모방하여 공자(孔子)를 숭배하
고 예언자로 자처함으로써 학문과 정치가 모두 실패하게 되었고, 탄스통
의 학설도 반(半)유물론적이고 반신비론적인데 그 흥미가 형이상학보다는
정치적인 의견에 있어서 중국의 학술에 별다른 도움을 주지 못한다. 또한
서구사상을 혼란의 씨앗으로 오해하는 중국의 편견으로 인해 서구의 사
상은 제대로 수용되지 못한다. 가령, 철학이란 말은 일본인들이 서구의
'Philosophia'를 번역한 것으로 중국의 성리학과 같은 용어이다. 일본인들
에게는 성리학이 자연과학을 뜻하는 것이어서 철학이라고 번역한 것뿐인
데, 중국에서는 이 철학이란 말의 본 의미를 살펴보지도 않고 서구의 온
갖 사상들은 모두 유해한 것이라고 배척한다. 하지만 이 철학은 중국의
성리학에 해당하는 것이기 때문에 그것을 배척하는 것 자체가 자기 모순

---

38) 王國維, 『王國維文學美學論著集』(周錫山 編校), 北岳文藝出版社, 1987, 107면. "然
附和此說者, 非出于知識, 而出于情意. 彼等于自然主義之根本思想, 固懷無知識, 聊
借其枝葉之語以圖遂其政治上之目的耳, 由學術之方面觀之, 謂之無價值可也."

이다. 이러한 개념에 대한 오해에서 벗어나야 서구사상의 근본이 중국에 제대로 수용될 수 있다.[39] 그래서 왕궈웨이는 자기 시대가 서구사상에 대한 '수동시대'조차 되지 못하기 때문에, 서구사상의 근본을 올바르게 수용할 수 있는 가능성의 조건을 창출해야 한다고 생각한다. 왕궈웨이는 이것을 당시 사상계의 정치적인 목적과 중국 중심주의의 편견에 대한 비판을 통해 서구사상의 근본을 통찰할 수 있는 반성적 사유공간을 모색하는 일이라고 인식한다. 이것이 서구사상에 대한 수동시대에서 '능동시대'로 전환할 수 있는 전제 조건이다. 그래서 왕궈웨이는 정신의 위기에 처한 중국사상이 능동시대로 진입하기 위하여, 송대 성리학이 불교의 인식론을 요청한 것처럼 서구 사상의 형이상학적 체계를 타자의 사유로 삼는다. 이것은 정치적 욕망에 의한 대비적 사유를 통해 서구적 가치를 단순한 긍정 부정의 대상으로 끌어들이는 중체서용론과는 다르다. 왕궈웨이는 중국 전통 사유에 대한 비판의 방법으로서 서구의 형이상학을 요청하며, 그 비판의 과정 속에서 새로운 사유체계로의 생성의 가능성을 포착하고자 한다. 즉, 왕궈웨이는 서구의 형이상학을 자기 반성을 위한 타자의 사유로 삼아 정체된 중국의 사유에 대한 해체와 재구성을 추구한다. 그래서 왕궈웨이에게 서구사상은 대비적 관계 속의 절대적 대상이 아니라 '소통적 관계' 속의 타자로 인식된다. 왕궈웨이는 현재의 중서사상을 '중서겸통'의 관계로 이해한다. 이러한 관계에서 서구는 중국을 반성케 하는 대상이자 '외계의 세력'으로 인식되며, 절대적 진리나 이상세계로 이해되지 않는다. 오히려 서구는 '중서겸통'의 방법을 통해 탈변한 중국과 새로운 차원에서 융합되어 보편적인 문화를 창출할 수 있는 타자로 인식된다. 서구가 중국의 전통을 해체하는 반성적 사유로 작동하는 것은 현재적 조건

---

39) 王國維, 「哲學辨惑」, 『王國維哲學美學論文輯佚』(『佛雛 校輯』), 華東師範大學出版社, 1993, 3면. "夫哲學者, 猶中國所謂理學云爾. 艾儒略西學(發凡) 有'費祿瑣非亞'之語, 而未譯其義. '哲學'之語實自日本始. 日本稱自然科學曰'理學', 故不譯'費祿瑣非亞'曰理學, 而譯曰'哲學.' 我國人士駭於其名, 而不察其實, 遂以哲學爲詬病, 則名之不正之過也."

속에서이다. '중서겸통'은 서구를 지향하기보다는 사라진 중국의 원사유를 현재화하는 데에 관심을 지닌다. 이것은 세계 해석의 유효성을 상실한 전통 사상에서 벗어나 중서사상이 융합된 포괄적인 사유체계를 재구성하기 위한 인식방법이다.

여기서 왕궈웨이가 중서사상이 융합될 수 있는 소통의 공간으로 무엇을 설정하는지에 대해 살펴볼 필요가 있다. 이러한 소통의 공간은 실용적 차원에서의 절충이 아니라 심층적 차원에서의 융합을 추구하는 가능성의 조건이다.

> 중국은 중국이고 서양은 서양이라는 것은 올바른 말이 아니다. 왜 그런가? 지력은 사람마다 똑같이 가지고 있으며, 우주와 인생의 문제는 사람들이 해결할 수 없는 것이다. (그래서) 이 문제의 일부분을 해석할 있다면, 그것이 본국에서 나왔든 외국에서 나왔든지 간에, 우리의 지식상의 요구를 만족시키고 우리가 회의하는 고통을 위로한다는 것은 마찬가지이다. 우주가 같고 인생이 같지만 우주와 인생을 보는 것은 각기 다르다. 그것이 다르기 때문에 마침내 피차의 견해가 생기는 것이다. 이것이 (위의 말이) 올바르지 않은 이유이다. 학술이 논쟁하는 것은 옳고 그름, 참과 거짓을 구별하는 것일 뿐이다.40)

왕궈웨이는 이것을 우주와 인생의 문제를 탐구하는 형이상학적 지식으로 인식한다. 이것은 지역과 민족의 한계를 넘어 인간이 존재하는 한 영원이 지속되는 문제로, 인간의 삶의 궁극적 의미를 추구하는 것이다. 왕궈웨이는 유형적인 문물이나 정치적인 욕망으로 서구를 바라보는 타락한 생각에서 벗어나 그것에 의해 가리어진 인간의 삶의 문제를 중심으

---

40) 王國維, 「論近年之學術界」, 『王國維文學美學論著集』(周錫山 編校), 北岳文藝出版社, 1987, 109면. "中國自中國, 西洋自西洋者, 此又不然. 何則, 知力人人之所同有, 宇宙人生之問題, 人人之所不得解也. 具有能解釋此問題之一部分者, 無論其出于本局或出于外國, 其償我知識上之要求, 爲我懷疑之苦痛者, 則一也. 同此宇宙, 同此人生, 而其觀宇宙人生也, 則各不同. 以其不同之故, 而遂生彼此之見, 此不然者也. 學術之所爭, 只有是非眞僞之別耳."

로 사유한다. 이러한 맥락에서 왕궈웨이는 중국의 현재의 위기를 문물이나 과학의 위기가 아니라 중국의 근저에 흐르는 정신의 위기라고 인식한다. 지엽적인 말과 기술을 수용하거나 정치적인 목적에 치우친 당시의 중국 사상계는 이러한 정신의 위기를 더욱 가중시킬 뿐이다. 그래서 왕궈웨이는 우주 인생의 문제를 탐구하는 형이상학을 통해 중국의 정신의 위기를 극복하는 일이 급무라고 판단한다. 이것이 바로 인간의 삶과 관련된 보편적인 문제로 중서의 사상이 융합될 수 있는 소통의 공간이다.

그런데 여기서 왕궈웨이를 곤혹스럽게 하는 점이 발생한다. 그것은 중국에 서구와 같은 순수한 형이상학적인 사유가 부재하다는 것이다. 이러한 사유가 부재하다면 중서사상이 융합할 수 가능성은 어디에서 찾아야 하는가? 왕궈웨이는 그 부재의 원인을 분석하기 위하여 칸트와 쇼펜하우어의 형이상학적 사유체계를 요청한다. 왕궈웨이가 서구사상과 맺는 관계는 바로 이러한 맥락에서이다. 왕궈웨이는 이러한 요청을 통해 중국의 전통적 사유가 형성되는 근원지로 접근해가면서, 본래의 모습이 어떠한지 그리고 어떻게 현재처럼 변한(타락한) 것인지에 대해 분석한다. 왕궈웨이는 중국 사유의 핵심어인 리(理)·성(性)·명(命)의 개념 분석을 통해 그 부재의 근원으로 다가간다. 중국의 리는 본체론에 속하는 개념이며, 성은 인성론에 해당하는 개념이고, 명은 필연과 자유의 문제에 관계하는 개념이다. 그런데 왕궈웨이가 보기에 중국의 사유는 본체론·인성론·지식론·주체론 등이 고유한 영역으로 분화되어 있지 않고 윤리학적인 실천에의 관심에 의해 통합되어 있다. 그래서 세계의 본질과 존재의 의미를 탐구하는 본체론적인 문제는 현실세계 속에서 어떻게 살아야 하는가라는 윤리적이고 실천적인 문제로 전환된다. 이것은 왜 중국에 순수한 형이상학이 부재하는가라는 문제와 관련된다.

리는 성리학이 중국을 지배한 이후 세계의 이념을 지시하는 추상적인 개념으로 성리학의 근간을 이루어온 것이다. 그런데 이 리는 본래 성리학의 추상적이고 형이상학적인 의미를 지니고 있지 않다. 『설문해

자(說文解字)』에서 이 리는 "리는 옥을 가공한다는 뜻이다." 그리고 단옥
재(段玉裁)의 주에서 "『전국책(戰國策)』: 정(鄭)나라 사람은 가공하지 않은
옥을 박(璞)이라고 한다. 리는 나누고 쪼개다는 뜻이다"[41]고 한다. 또 정
현(鄭玄)의 『악기(樂記)』 주에는 "리는 나누다는 뜻이다"고 한다. 그래서
리의 어원은 옥을 가공한다는 구체적인 의미인데, 이후 옥과 관련된 개
별적인 의미를 넘어 나누다라는 보편적인 의미로 변화된다. 나아가 '나
누다'라는 동사의 의미를 넘어, 사물에서 분석하여 분명한 체계가 있는
것(지리·조리 등)이란 명사의 의미로 확산된다. 이것은 인간의 분석 능력
이나 사물에서 분석할 수 있는 것이라는 의미를 벗어나지 않는다. 왕궈
웨이는 이러한 분석을 바탕으로 리(理)는 넓은 의미에서 "천하의 사물은
이유 없이 존재하는 것은 없다"[42]는 '이유'의 의미와 좁은 의미에서 사
물의 원인을 분석하는 인간의 '이성'의 의미를 지닌다고 인식한다. "'이
유'는 지식의 보편적 형식이며, '이성'은 개념을 구성하고 개념 사이의
관계를 규정하는 지력(知力)의 일종이다."[43] 그래서 이 리자에는 본래 추
상적인 의미가 없지만, 진과 선이 구별되지 않는 고대에는 인식작용을
의미하는 리에 선(善)이라는 윤리학적인 의미도 포함되어 있기 마련이
다. 그러나 송대 성리학에 이르러 리는 인식작용을 뜻하는 보편적 의미
가 완전히 사라지고, 태극(太極)이라는 형이상학적인 의미(실재)와 인욕(人
欲)과 대립되는 윤리학적인 의미(선)가 그것을 대체한다. 특히 주자는
"천리가 있으면, 인욕이 있다. 대개 천리를 따르면 반드시 정돈(安頓)되
기 마련이고, 잘 정돈되지 않으면, 바로 인욕이 생긴다"[44]고 하여 리를

---

41) 許愼 撰, 段玉裁 注, 『說文解字注』, 大星文化社, 1980. "理, 治玉也, 從玉, 里聲",
　　 "戰國策: 鄭人爲玉之未理者爲璞, 是理爲剖析也."
42) 王國維, 「釋理」, 『王國維文學美學論著集』(周錫山 編校), 北岳文藝出版社, 1987.
　　 "天下之物, 絶無無理由而存在者."
43) 王國維, 위의 글, 136면. "理之意義, 以理由而言, 爲吾人知識之普遍之形式; 以理性
　　 而言, 則爲吾人構造槪念及定槪念間之關係之作用, 而知力之一種也.
44) 王國維, 위의 글, 137면. "朱子曰: 有個天理, 便有個人欲. 蓋緣這個天理, 須有個安
　　 頓處, 才安頓得不恰好, 便有人欲出來."

인욕과 반대되는 "의(義)"·"정(正)"·"서(恕)"라는 윤리학적인 의미로 해석한다. 그래서 이 리는 인간 이전에 존재하는 객관적 실재 개념과 인간의 윤리적 실천의 개념이 통합되어 송대 이후 오랫동안 윤리학적인 의의를 지니게 된다. 여기서 왕궈웨이는 인식작용을 뜻하는 리가 어떻게 성리학의 윤리학적인 의미로 변질되는가를 분석함으로써 중국의 원사유와 후세에 해석된 사유와의 차이를 밝힌다. 사물에 대한 객관적 지식이 윤리학적 관심으로 통합되는 데서 비롯되는 이러한 차이가 바로 중국에 순수한 형이상학이 부재하는 근본 원인인 것이다.

　인성론에 관한 물음인 성의 문제에도 전통 중국 사유에 내재하는 윤리학적 관심이 지배한다. 왕궈웨이는 인성은 인간의 지식의 한계를 초월하는 문제로 인식한다. 이것은 인간의 경험적 인식으로 도달 가능한 현상의 저 너머에 존재하는 본질의 문제이다. 본질은 현상에 관한 경험적 지식으로는 인식할 수 없으며 현상 속을 통찰하는 직관으로 인식 가능한 영역이다. 왕궈웨이는 인성을 본질에 관한 지식으로 인식한다. 중국의 인성론은 맹자(孟子)의 성선설(性善說)과 순자(荀子)의 성악설(性惡說)에서 연원한다. 그런데 중국의 인성론은 '인성의 본질은 무엇인가'라는 근원적인 물음에서 시작하지 않고, 자신의 경험적 지식을 근거로 미리 설정해 놓은 논리를 설명해 들어가는 방식을 취한다. 왕궈웨이는 이것을 본질에 관한 지식과 현상에 관한 지식을 구별하지 못하는 것이라고 비판한다. 그래서 중국에서는 본질의 문제인 인성을 경험적인 지식을 동원하여 해결하려고 함으로써 대부분 자기 모순에 의한 이원론으로 빠지고 만다. 맹자는 "인간의 성은 선한데, 마음의 방일을 구하는데 (문제가) 있을 뿐이다"고 하는데, 인간의 성이 본래 선하다면 마음을 방일하게 하는 것은 누구인가?[45] 맹자는 성선설에 내포된 이 모순을 설명하기 위하여 욕망을 제기한다. 그러나 이 욕망 역시 인간의 마음에서 나오는

---

45) 王國維, 「論性」. "孟子曰 : 人之性善, 在求其放心而已. 然使之放其心者誰歟?"

것이기 때문에, 결국 인간의 마음에는 선을 추구하고자 하는 마음과 욕망에 빠지고 싶은 마음이 동시에 존재하게 된다. 맹자의 성선설은 이러한 자기모순으로 인해 이원론으로 귀결되고 만다. 순자는 "인간의 성은 악한데, 그 선한 것은 인위이다"고 하는데, 인간의 성이 본래 악하다면 인위에 의한 선은 어떻게 가능한 것인가?[46] 보통 인간과 성인(聖人)을 구별하여, 일반인은 성인이 만든 예의를 통해 선으로 향한다고 하는데, 성인은 어떻게 보통 인간과 달리 악한 본성을 벗어나 예의를 만들 수 있는 것인가? 순자의 성악설 역시 이러한 자기 모순을 풀지 못하고 스스로 파멸의 길을 걷는다.[47] 이러한 현상은 성리학의 인성론에서도 나타난다. 주자는 "천지 사이에는 이치도 있고 기운도 있다. 이치라는 것은 형이상의 도이며, 만물을 생성하는 근본이다. 기운은 형이하의 기구이며, 만물을 생성하는 도구이다. 그래서 사람과 만물의 생성은 반드시 이 이치를 품수한 후에야 성을 가질 수 있으며, 반드시 이 기운을 흡수한 이후에 형체를 가질 수 있다"[48]고 말한다. 그리고 분연지성(本然之性)과 기질지성(氣質之性)을 구별하여 이치를 품수받은 성은 항상 선하지만, 인간의 기질의 제한을 받아 선할 수도 악할 수도 있다고 말한다. 그러나 왕궈웨이는 이 기질은 바로 이치에 의해 생긴 것인데, 어떻게 기질

---

46) 王國維, 「論性」. "荀子曰 : 人之性惡, 其善者僞(人爲)也. 然所以能僞者何故歟?"

47) 金忠烈은 「東洋 人性論 序說」에서 "맹자는 도덕적 자각체라고 보는 「心」의 동기면에 관점을 두었기 때문에 성선을 주장, 그의 계발과 확대를 修敎의 방법으로 제시했고, 순자는 본능적 충동원으로 보는 「情」(欲)의 표현 결과에다 입장을 두었으므로 성악을 단정, 그의 교정과 절제를 治理의 방법으로 삼았던 것이다. 둘은 그 착안점이 달랐을 뿐, 같은 대상을 두고 견해를 달리한 것은 아니다. 성선, 성악 하니까 극단으로 대립되는 학설 같으나 인간성의 양면을 각기 다른 면에서 본 것이기 때문에 양설을 합쳐야 보다 전반적인 인성을 보았다고 할 수 있을 것이다. 그러기 위해서는 맹자는 心善을, 순자는 情惡을 주장했다고 표현하는 것이 오해를 막는데 좋을 것 같고, 결국 인성은 선악양면의 가능성을 모두 지닌 것으로 보는 종합이 필요할 것 같다"고 말한다(韓國東洋哲學學會, 『東洋哲學의 本體論과 人性論』, 연세대 출판부, 1982 참조).

48) 朱熹, 『朱子文集』 卷五 「答黃道夫」; 編輯部 編, 『新編叢書集成』, 新文豊出版社, 1985, 216면. "天地之間, 有理有氣, 理也者, 形而上之道也, 生物之本也. 氣也者, 形而下之器也, 生物之具也, 是以人物之生, 必稟此理, 然後有性, 必稟此氣, 然後有形."

이 이치를 어긋나 악하게 될 수 있느냐고 반문하며, 주자의 인성론이 결국 '본연지성'과 '기질지성'의 이원론으로 귀결된다고 비판한다. 왕궈웨이는 중국의 인성론 속에 잠재된 이러한 자기 모순을 비판하며 본질에 관한 지식을 경험적 인식으로 해결하려는 중국 사유의 결함을 비판한다.

명은 필연과 자유에 관한 문제이다. 왕궈웨이는 이것을 정명론(定命論)과 정업론(定業論)으로 구별하여, 전자는 일상적인 문제로 인간의 수명과 길흉화복에 관한 숙명론이고, 후자는 철학적인 문제로 인간의 행위가 어떻게 결정되는지에 관한 문제이다. 그런데 중국에 순수한 정업론이 없으며 명(命)과 성의 문제가 혼용되어 있다. 즉, 중국에서 인간의 행위는 인간 밖에 존재하는 주재자의 천명에 의해 결정되지만, 그 명을 실천하는 과정에서는 그것이 인간의 본성 속에 내재화되어 인간의 자유의지에 의해 결정된다는 것이다. 이것은 맹자를 비롯하여 송대 성리학 등에 모두 나타나는 현상으로, 여기서 명은 인간의 행위를 결정하는 독립적인 개념이기보다는 성과 리의 개념 속으로 분산된다. 『맹자』「진심장구(盡心章句)」 상(上)에서 "(인의예의는) 애써서 구하면 얻어지고, 내버려두면 없어진다. 이때는 애써서 구하려는 노력을 얻는 데 유익할 것이다. 내 속에 본래부터 있는 덕성을 연마해서 얻어지는 것이기 때문이다. (부귀영달 같은 것은) 구하는 데 도가 있고 명이 있다. 이때에는 애써서 구하려는 노력을 해도 얻는 데 별로 유익하지 않다. 밖에 있는 것을 구하기 때문이다"[49]라고 하는데, 여기서의 '명'은 인간의 자유의지와 실천의 영역을 넘어 주재자의 뜻에 의해 결정된다는 '숙명론'적인 개념이다. 그리고 『맹자』「진심장구(盡心章句)」 하(下)에서 "입이 좋은 맛을 알고, 눈이 미색을 알고, 귀가 좋은 소리를 알고, 코가 좋은 향기를 알며, 사지가 편한 것을 가리는 것은 육체의 본성이다. 그러나 이러한 것을 얻고 못 얻고는

---

49) 『孟子』「盡心章句」上. "求則得之, 舍則失之, 是求有益於得也, 求在我者也. 求之有道, 得之有命, 是求無益於得也, 求在外者也."

운명에 달렸으므로 군자는 이것을 성리라고 부르지 않는다. 부자간의 인애나, 군신간의 도의나, 주객 사이의 예절이나 현명한 사람의 지혜, 성인이 천도를 구현하는 것을 천명이라고 한다. (그러나) 그것은 사람의 본성에 깃들어 있는 것으로 군자는 숙명적인 것이라고 생각하지 않는다"50)라고 하는데, 여기서의 '명'은 인간의 밖에 존재하며 명령하는 주재자의 천명이라기보다는, 『중용(中庸)』의 "천명을 본성이라고 한다[天命之謂性]"와 같은 인간의 본성 속에 내재되어 있는 '인성(人性)'을 의미하는 개념이다. 주자는 『주자어류(朱子語類)』에서 "천은 자연을 말하고, 명은 자연이 운행하여 사물에게 부여하는 것을 말하며, 성은 인간과 만물이 얻어서 생겨난 것을 말하고, 리는 모든 사물에 존재하는 법칙을 말한다"51)고 하여, 명은 천(天)−성(性)의 사이에 위치하여 명령을 내리는 작용을 한다. 그러나 주자학의 성 개념은 하늘에서 부여받은 필연적인 명령의 의미보다는, 품수받은 성을 어떻게 본연지성으로 발현할 것인가의 도덕 수양의 문제를 강조하고 있다. 그래서 처음에는 결정론적인 의미를 지니던 명이 인간의 주체적인 판단에 내맡겨지고, 인간 윤리의 궁극적 방향은 이러한 본성에 맞게 행동하는가의 문제로 전환되는 것이다. 다시 말하면, 명의 문제는 인간 행위를 결정하는 필연성을 탐구하는 방향으로 나아가지 못하고 그 명을 받은 인간이 얼마나 자기 본성에 맞게 실천해 나가는가라는 주체의 윤리적 문제로 다가간다는 것이다. 왕궈웨이는 인간의 행위는 자유의지에 의한 선택보다는 내외적 원인에 의해 필연적으로 결정된다고 인식한다.52) 인간의 행위가 필연에 의해 결정된다면, 인간은 그 행위

---

50) 『孟子』「盡心章句」下. "口之於味也, 目之於色也, 耳之於聲也, 鼻之於臭也, 四肢之於安佚也, 性也, 有命焉, 君子不謂性也. 仁之於父子也, 義之於君臣也, 禮之於賓主也, 智之於賢者也, 聖人之於天道也, 命也, 有性焉, 君子不謂命也."

51) 王國維, 「原命」, 142면. "朱子所謂 : 天則就其自然者言之, 命則就其流行而賦于物者言之, 性則就其全體而萬物所得以位生者言之, 理則就其事事物物各有其則者言之."

52) 왕궈웨이는 결국 어떠한 결정론도 부정한다. 그리고 주체의지를 강조한다. 그렇지만 그는 主意主義者가 아니다. 오히려 그가 「孔子之學說」에서 말한 '任天主義者'라고 보는 것이 타당하다. 이때 任天主義者라는 것은 자유의지론과 숙명론의 중용으로서,

에 대해 별다른 책임을 지지 않을 수도 있다. 그러나 인간은 종종 자신의 행위가 결정되는 원인을 느끼지 못하고 자신의 자유로운 선택에 의한 것이라고 생각하여 책임감을 지니게 마련이다. 이러한 책임감은 행위의 사후에 일어나는 것이어서 행위 전에 유발되는 것은 아니지만, 후일의 행위의 원인이 되기 때문에 책임감은 실천에서의 가치를 지닌다. 왕궈웨이는 인간의 행위 밖에 존재하는 필연성의 조건을 우선하고 도덕적 책임감(실천론)을 사후적 결과나 후일 행위의 원인으로 이해한다.[53] 왕궈웨이는 이러한 입장 위에서 행위의 필연성을 주체의 도덕적 실천론으로 환원하는 중국의 명론(命論)을 비판한다.

왕궈웨이는 자기의 시대가 중국 본체의 생명의 흐름이 차단되고 정신이 교류되지 못하는 뇌사상태에 빠져 있다고 비판한다. 그래서 왕궈웨이는 우주와 인간의 존재에 관한 형이상학적 물음을 회복하여 정신생명의 활력을 불어넣는 것이 중국의 현재적 위기를 극복하는 실천의 길이라고 인식한다.[54] 왕궈웨이는 이러한 작업을 중국 전통 철학에 내재하는 자기모순들을 해체하는 지점에서 시작한다. 그는 칸트와 쇼펜하우어의 형이상학적 체계를 요청하는 '중서겸통'의 인식방법으로, 중국 전통 철학에 형이상학적 사유체계가 발전하지 못하고 그것을 도덕적 실천

'唯命論'이라고도 부른다. 즉 왕궈웨이는 인간의 자유로운 주체적인 선택의 자유와 외부적 제약조건을 모두 포괄하고 있는 공자의 '命'의 윤리설을 받아들이고 있다(차태근, 「王國維의 審美的 思惟와 批評 研究」, 고려대 석사논문, 1996, 27면 참조).

53) 王國維, 「原命」, 145면. "吾人之入如此之社會, 受教育及社會之影響, 亦有他原因以決定之. 而此等原因, 往往爲吾人所不及覺, 現在之行爲之不適于人生之目的也, 一若當時全可以自由者. 于是有責任及悔恨之感情起. 而此等感情, 以爲心理上一種勢力故, 故足爲決定後日行爲之原因. 此責任之感情實踐上之價値也. 故吾人責任之感情, 儘足以影響後此之行爲, 而不足以推進此之行爲之自由也."

54) 왕궈웨이는 이러한 인식을 바탕으로, 「奏定經學科大學文學科大學章程書後」에서 유럽의 각 대학은 신학·철학·의학·법학의 4학이 분과의 기본이며, 일본의 대학은 철학과를 문과라는 이름으로 바꾸어 그 9개의 문과 가운데서 철학과가 으뜸이며, 그 나머지 학과도 모두 철학개론, 철학사를 기본과목으로 삼는다. 그런데 중국 대학의 경우에는 근본적인 오류가 철학과의 결핍에 있다고 비판하며, 철학과를 중심으로 대학의 학과를 재구성해야 한다고 주장한다.

론으로 환원하는 근본적인 오류가 존재한다고 이해한다. 왕궈웨이는 이러한 비판을 바탕으로 송대의 신유학이 불학을 수용하여 새로운 사유체계를 만들듯이, 자기 시대는 제2의 불교인 서구의 형이상학을 수용하여 중서사상이 융합하는 새로운 사유체계를 만드는 것이 시대적인 급무라고 인식한다. 왕궈웨이가 걸어간 순수한 학술의 길에는 바로 이러한 실천에의 의지가 내포되어 있다.

3) 문화편향론(文化偏向論)[55]

    루쉰의 눈에 포착된 근대 중국은 근본과 진리가 지엽과 실리에 의해 가리어진 혼란의 연속이다. 그 혼란은 고대 왕국이 몰락한 위기적 상황에서 서구 근대문명의 수용을 통해 신중국을 건설하려는 여러 편향들에 의해 몇 겹으로 포개져 있다. 루쉰은 그 중층화된 혼란 속에 침투하여 현상에 유혹되어 망각하고 있는 근본을 탐색하고 편향들 속에 감추어진 사적 욕망을 들추어낸다. 먼저 루쉰은 서구 근대문명의 대명사인 과학에 대한 편향적 이해방식을 비판하면서 세계를 해석하는 통찰의 원리를 마련한다. 루쉰은 과학은 서구 근대문명을 형성한 기본지식으로 자연법칙과 진리 탐구를 목적으로 한다고 인식한다. 그런데 중국 지식인들은 "유럽인들이 중국에 와서 사람들의 눈을 가장 현혹한 부국과 강병"[56]에 편향되어, 서구 과학이 발전해 온 역사나 이론과학의 영역에 대해서는 관심을 기울이지 않고, 응용과학이나 기술과 같은 지엽적이고 공리적인 영역에 몰두한다. 이것은 자연법칙과 진리를 탐구하는 근본 지식이 아

---

55) 문화편향론이라는 말은 魯迅의 「文化偏至論」에 근거하여 '偏至'를 우리말의 '편향'의 의미로 번역한 것이다.

56) 魯迅, 「科學史教篇」, 『魯迅全集』 1卷, 人民文學出版社, 1993, 33면. "夫歐人之來, 崔眩人子, 故莫前舉二事若, 然此亦非本柢而特葩葉耳."

니라 과학을 실리적 차원에서 추구한 말단적 방법에 불과하다. 루쉰은 근본 지식으로서 과학을 응용과학·기술·물질문명·실업 등과 같은 실리적 지식과 구분한다. 왜냐하면 과학은 "신성한 빛으로 세계를 비추며 세상의 퇴폐를 억제하고 감동을 생겨나게 하는"[57] 데 반해, 실리적 지식은 "겉으로 드러난 실리에 현혹되어 표피적인 방법만을 흠모한다면 본심을 배반하여 마침내 그릇된 결과를 얻을 것이 자명하기"[58] 때문이다. 여기서 루쉰은 자연법칙을 탐구하는 과학이 실리적 지식으로 추락하는 것을 방지하기 위하여 또 다른 지식을 요청한다. 루쉰은 이것을 '비과학적 이상의 감동'이라고 부르는데, 이는 과학이 근본을 추구하는 지식이지만 반드시 '인문학'의 안내를 받아야 근원에 다가갈 수 있다는 점을 지적한 것이다. 다시 말하면, 루쉰은 이러한 두 가지 지식의 구분 위에서 과학과 (인)문학적 지식의 통합 필요성을 요청한 것이다.

> 만일 도덕력에 의해 편달되지 않고서 오로지 지식에만 의존한다면 이룩할 수 있는 것은 보잘것없는 것이 될 것이다. 발견의 요인 중에서 도덕력이 그 중의 하나이다. 오늘날 발견이 더욱 진전을 보이는 깊은 요인 중에 이보다 큰 것이 있다. 대개 과학의 발견이란 언제나 초과학의 힘을 받아들이는 법인데, 이를 쉬운 말로 표현하자면 비과학적 이상의 감동이라고 할 수 있을 듯 하다.[59]

이러한 '비과학적 이상의 감동'과 과학이 통합됨으로써 과학은 그 진전이 가능하고 실리적 지식의 차원으로 타락하지 않게 된다. 이상, 영감 등의 직관적인 개념을 포함한 '과학'이 바로 사욕의 현혹에서 벗어나 근원에 대한 통찰이 가능한 지식인 것이다. 이것은 "과학자는 반드시

---

57) 魯迅, 위의 글, 35면. "故科學者, 神聖之光, 照世界者也, 可以遏末流而生感動."
58) 魯迅, 위의 글, 29면. "惟若眩至顯之實利, 慕至膚之方術, 則准史實所垂, 當反本心而獲惡果, 可決論而已."
59) 魯迅, 위의 글, 29면. "使誠脫是力之鞭策而惟知識之依, 則所營爲, 特可憐者耳. 發見之故, 此其一也. 今更進究發見之深因, 則尤有大于此者. 蓋科學發見, 常受超科學之力, 易語而釋之, 亦可曰非科學的理想之感動."

명예나 이익을 탐하지 않고 겸손하며 이상과 영감이 있어야 한다"[60]고 하듯이 과학적 이론 밖의 일로서, 과학이 존립할 수 있는 인간학적인 근거를 제공하고 그 존재목적을 부여한다. 그래서 루쉰의 사유 속에는 과학과 인문학의 상이한 지식이 근원을 탐구한다는 측면에서 상호 대립되지 않고 통합된다. 다시 말하면, 인문학적 지식은 과학이 "인간성의 빛"을 발할 수 있도록 이상과 영감을 제공하고 과학은 인간의 삶을 풍요롭고 향상되게 만든다. 과학과 인문학은 지식의 내용은 다르지만 "인간성을 전면적으로 발전시킨다"는 차원에서 동근원성을 지니는 것이다.

이로부터 루쉰은 인식론적 측면에서 '근본과 지엽', 인간학적 측면에서 '무욕(無慾)과 사욕(私慾)'이라는 문제틀을 설정하여 과학에 대한 해석의 영역을 넘어 동시대의 여러 담론들을 해석 비판하는 보편적 사유원리로 삼는다. 루쉰은 이러한 문제틀을 통해 근대 중국에 난무하는 부국강병설, 공업과 상업, 입헌과 국회의 주장들이 서구 근대문명에 대한 근본적 통찰이 부재한 채 지엽적이고 표피적인 지식으로 자신의 실리와 사욕을 충족하는 허위 논리라고 비판한다. 루쉰은 이 주장들의 근간을 이루는 '물질과 다수에 대한 강조' 논리의 편향성을 드러내고 정신과 개인이 담론의 근원이 되어야 한다고 인식한다.

중국 신지식인은 자신이 접촉한 일부의 서구 근대문명을 가지고 구망과 계몽의 방법으로 삼는데, 루쉰은 이에 대해 "그들이 말하는 문명이라는 것이 정확한 기준을 세우고 신중히 취사선택한 후 중국에 통용될 수 있는 완벽한 문명을 가리키고 있는지 모르겠다"[61]고 의문을 제기한다. 루쉰은 물질과 다수라는 것이 전체 서구 문명의 근원에 해당하는 것이 아니라 교회의 권력이 떨어지고 사상이 자유롭게 발흥되면서 일어

---

60) 魯迅, 「科學史教篇」, 『魯迅全集』 1卷, 人民文學出版社, 1993, 30면. "故科學者必常恬淡, 常遜讓, 有理想, 有聖覺."
61) 魯迅, 「文化偏至論」, 위의 책, 46면. "第不知彼所謂文明者, 將已立準則, 愼施去取, 指善美而可行諸中國之文明乎."

난 19세기 문명의 일부분에 불과한 것이라고 인식한다. 루쉰은 "문명은 반드시 이전 세대가 남긴 것에 기초하여 발전하기 때문에 과거의 사물을 교정하는데 '편향'이 생길 수 있다"[62]는 그 특유의 문화편향론을 근거로, 물질과 다수는 교권사회의 편향을 제거하기 위한 특정 시대의 논리일 뿐이라고 말한다. 또 19세기 말에는 서구 물질문명의 편향과 허위가 노출되고 다수의 창조력이 고갈되어 이제는 천하를 억압하는 논리로 작용하고 있어서, 20세기는 그것의 편향성을 제거한 비물질주의와 개인존중의 사조가 통용되고 있다고 인식한다. 여기서 우리는 서구사조의 변천에 대한 루쉰의 이러한 인식이 무엇을 의미하는 것인지를 살피기 위해 문화편향론에 내장되어 있는 논리구조를 분석할 필요가 있다.

루쉰의 '편향'은 문맥에 따라 두 가지로 해석할 수 있다. 하나는 특정 문화의 허위성으로서의 편향이고, 다른 하나는 편향된 문화를 교정하기 위한 타자의식으로서의 '편향'을 뜻하는데, 이때의 '편향'은 억압 질서의 해체와 저항의 의미를 포함하고 있다. 먼저, 물질문명과 비물질주의의 관계에 대해 살펴보자. 루쉰은 「과학사교편(科學史敎編)」에서 자연법칙과 진리를 탐구하는 근본 지식인 과학과 이것을 실리적 차원에서 발전시킨 응용과학·기술·물질문명 등을 말단 지식이라고 구분한 적이 있다. 「문화편지론(文化偏至論)」에서 루쉰이 말하는 물질문명 역시 과학과는 구분되는 말단의 차원에 위치하는 것이다. 그렇다고 루쉰이 물질문명 자체를 부정한 것은 아니다. 19세기의 물질문명은 교권을 대체한 군주가 영토의 확장에만 몰두하여 인민의 생활이 궁핍한 상황에서 각종 생산력의 발전을 통해 인민의 생활을 풍요롭게 만든 의의를 인정한다. 이때의 물질문명은 편향된 교권과 군주권력을 교정하는 타자로 기능하는 것이다. 그런데 물질문명의 오랜 혜택을 받으면서 물질이 인생의 근본으로 전도됨에 따라 인간의 정신을 잃어버리고 문화가 타락해 가는

---

62) 魯迅, 위의 글. "文明無不根舊迹而演來, 亦以矯往事而生偏至."

편향을 띠게 된다. 루쉰이 비판하는 물질문명은 바로 근본을 잃고 인간성을 억압하는 지엽적인 것으로 전락한 19세기 말의 물질문명이다. 루쉰은 19세기 말 20세기 초의 이러한 상황에서 편향된 물질문명을 교정하고 근본을 구현할 수 있는 타자가 비물질주의 혹은 정신 존중의 사조라고 인식한다.

다음으로 다수와 개인 존중의 관계에 대해 살펴보자. 19세기는 프랑스 대혁명 이후 정치권력이 민중에게 복귀되고 자유평등의 이념과 사회 민주 사상이 파급되면서 문벌과 사회적 차별을 제거한다. 그래서 19세기의 '다수'는 민심을 잃고 개인의 사적 욕망에 편향된 교황과 군주의 권력을 대체하는 타자로서 시대정신을 구현하고 있다. 그런데 19세기 말에 이르러 이 다수는 개인의 지혜와 창조력을 존중하지 않고 다수의 폭력적 힘으로 세계를 지배함으로써 인간의 내면정신을 억압한다. "대세가 옳다고 하면 옳은 것으로 여기고 혼자만이 옳다고 하면 바람직하지 않은 것으로 알게 되어 다수의 힘으로 천하를 지배하고 특이한 자를 억압하는 것이 주류를 이룬다."[63] 19세기 말의 다수는 그 존립근거인 인생의 근본을 잃고 타락함으로써 지엽적 차원으로 편향된 것이다. 이것이 바로 루쉰이 부정하는 다수이다. 주관과 자각의 생활에 기반한 개인은 19세기 말의 편향된 다수를 교정하는 타자로서 20세기의 근간을 이루는 사조가 된다. 이러한 맥락에서 루쉰은 "구미의 열강이 물질과 다수 면에서 모두 세계에 빛을 밝게 드리우고 있는데, 이것의 근저에는 인간이 놓여 있다. 물질과 다수는 말단적인 현상에 지나지 않는다"[64]고 한 것이다.

이러한 문화편지론에 근거하면, 서구의 문화는 편향과 타자에 의한 교정이라는 연속적인 과정에 의해 향상되는 데 반해, 물질과 다수에 편

---

63) 魯迅, 「文化偏至論」, 『魯迅全集』 1卷, 人民文學出版社, 1993, 48면. "同是者是, 獨是者非, 以多數臨天下而暴獨特者, 實十九世紀大潮流之一派."

64) 魯迅, 위의 글, 56면. "然歐美之强, 莫不以是炫天下者, 則根柢在人, 而此特現象之末"

향된 근대 중국의 계몽주의자들은 몇 겹의 '편향'을 반복하고 있다. 서구 문화의 근본을 통찰하지 못한 데서 비롯된 편향, 어떠한 서구 문화가 중국에 통용될 수 있는가에 대한 반성이 부재한 데서 연원하는 편향, 문화의 인간학적 근본을 망각한 채 사욕과 실리만을 추구하는 데서 기인한 편향. 루쉰은 중국 지식인의 이러한 몇 겹의 편향이 중국을 혼란과 타락된 상황으로 몰아가는 근원이라고 비판하며, 그 대안논리로 사물의 근본에 대한 통찰과 무욕의 인간학을 강조한다.

여기서 우리는 루쉰이 20세기의 대안적 사조라고 인식한 물질의 부정과 개인의 존중이 과거의 편향을 교정하는 타자이면서 그 자체 역시 편향을 내포한 '현재'적 문화로 보고 있는지, 아니면 이것이 바로 루쉰이 지향하는 근본 자체인지에 대해 질문을 던질 필요가 있다. 만약 후자라면 그것을 루쉰 사유의 궁극점으로 간주하면 되지만, 전자일 경우 루쉰의 사유를 지배하는 근본은 무엇인지, 근본의 자리에 존재하는 것은 무엇인지에 대한 의문을 계속 품어야 하기 때문이다. 루쉰의 텍스트 속에는 천두슈·후스 등 동시대 지식인들의 담론처럼 서구 근대문명을 우월적 지위로 올려놓고 그 가치를 추구하는 전반서화론의 흔적을 찾아보기 힘들다. 오히려 서구 근대문명을 서구 문명사의 지평 위에 상대화시킴으로써 비판적 거리를 유지한다. 그래서 근대(문명)가 루쉰의 사유 속에서 근본의 자리를 차지하지 못한다. 소위 근대추구-근대극복의 사회학적 문제설정으로는 루쉰의 텍스트를 해석할 수 없다. 루쉰은 그러한 문제설정을 넘어 인간의 문제 혹은 인간의 존재의미를 근본의 자리에 위치시키고 근대문명을 인간의 삶의 역사적 조건으로 상대화하여, 그러한 조건 속에서 인간의 삶은 어떠해야 하는지를 문제삼는다. 이러한 맥락에서 문화편향론을 볼 때 루쉰이 부정한 물질과 다수는 그것 자체가 아니라 '물질과 다수를 추구하는 인간'의 타락한 정신이 되며, 정신과 개인은 전시대의 억압적 질서를 극복하고 인간(근본) 정신을 구현할 새로운 주체의 조건을 의미한다. 이때의 정신과 개인은 편향과 근본을 모두 담지하는 개념으로 물질과 다수에 대해서는 편향적이고, 새로운 인간정신을 추구한다는 점에서 근본적이다. 이제 루쉰의 관심은 근본을 통찰하고 무욕의 인간학을 소유하면서 억압적 질서에 대해 편향할 수 있는 주체의 문제로 다가간다.

주지하듯이 중국의 근대적 담론은 민족적 위기의식에서 비롯된 것이다. 루쉰은 이러한 위기를 제국주의 침략이라는 외부 현실뿐 아니라 구망과 계몽의 명분 아래 떠들어대는 사이비 지식인[僞士]의 각종 담론들 내부에서도 감지한다. 루쉰은 「파악성론(破惡聲論)」의 서두를 "근본이 무너지고 정신이 방황하고 있어 중국은 장차 후손들의 내분으로 인해 스스로 말라죽을 것이다. 그런데 천하를 통틀어 충직한 말 한마디 없으니 정치는 적막하고 천지는 닫혀 있을 뿐이다"[65]고 시작하는데 그 심정이 예사롭지 않다. 루쉰의 초기 텍스트 밑바닥에는 찬란한 고대 왕국에 대한 그리움과, 근본과 정신이 무너진 현실 중국에 대한 위기의식이 짙게 깔려 있다. 물론 이것은 루쉰이 고대 왕국에 대한 그리움에 젖어 과거에 집착한다는 의미는 아니다. 그러나 텍스트 속에 화토(華土)·고대왕국(古代王國)·염제(炎帝)·황제(黃帝)·황하(黃河)·제하(諸夏)·국혼(國魂)·피·만물숭배 등 중국의 고대세계를 의미하는 상징적 언어가 자주 출현하는 것으로 보아(이것은 단순한 지시언어가 아니라 전통과의 깊은 동질감이 배어 있는 흔적이다) 그 친연성을 쉽게 확인할 수 있다. 루쉰은 「마라시역설(摩羅詩力說)」에서 고대 왕국에 대한 그리움의 의미를 보수주의자들이 집착이나 위안의 대상으로 삼는 것과 달리, '거울 비춰보기[如鑑明鏡]'에 비유하여 "때때로 앞으로 전진하다 돌이켜 생각해보고, 때때로 광명의 앞길로 나아가면서 찬란했던 과거를 염두에 두면, 새로운 것은 날마다 새로워지고 옛 것 역시 죽어 없어지지 않는다"[66]고 말한다. 루쉰이 그리워하는 고대

---

65) 魯迅,「破惡聲論」,『魯迅全集』8卷, 人民文學出版社, 1993, 23면. "本根剝喪, 神氣旁皇, 華國將自槁于子孫之攻伐, 而擧天下無違言, 寂寞爲政, 無地閉矣."

66) 魯迅,「摩羅詩力說」, 위의 책. "時時上征, 時時反顧, 時時進光明之長途, 時時念輝

왕국은 회귀해야 할 공간이 아니라 현재를 비춰보는 '거울'로 타락한 현실을 들추어내는 부정의 힘이다. 이때 힘의 작용방향은 과거가 아니라 미래로 향한다.[67] 루쉰은 중국의 존립근거인 본체에 대한 선험적 기억을 간직하고 있지만 그것이 무너지고 타락한 현상태가 바로 루쉰 사유의 출발점인 것이다. 그래서 중국에 관한 부정적 언급이나 비판이 등장하는 것도 근본이 무너진 내적 원인이나 그 근본을 다시 세우는 과정 속에 나타나는 편향들로 향하는 것이지 중국이란 본체 자체를 부정하지는 않는다. 루쉰은 중국의 근본이 무너진 원인을 문명에 대한 자기 우월성과 타문화에 대한 인식의 부재로 인해 변화가 없는 상태에 두고 있으며, 당면 중국은 그러한 반복적 역사과정을 통해 근본이 껍데기로 변질되어 사멸의 끝머리에 선 시간으로 인식한다. 이 위기의 시간이 바로 루쉰의 사유를 지배하는 '현재'이자 긴장의 힘이다. 그래서 루쉰은 이러한 위기의 현재를 위기 상태로만 바라보지 않는다.

> 두려움에 떠는 것은 향상을 위한 시작이다. 대개 소리가 자신의 마음에서 발하고 자신이 자신으로 되돌아가게 되면 사람은 비로소 자기 정체를 지니게 된다. 사람들이 각자 자기 정체를 가지게 되면 사회의 큰 각성이 곧 이루어질 것이다.[68]

루쉰은 '근본이 무너지고 정신이 방황하는' 현재의 그 틈새를 사이비 지식인의 거짓된 목소리(악성)가 채우고 있어서 위기를 더욱 가중시킨다

煌之舊有, 故其新者日新, 而其古亦不死."
67) 개인사에 있어서나 집단적 인류의 역사에서 '행복의 시대'를 상기하고 그 기억을 보존하는 일은 중요하다. 이 경우 기억으로서의 과거는 '돌아가야 할 지점'이 아니라 '잘못된 현재'의 '잘못되었음'을 비춰보는 거울이고, 그 잘못된 현재적 현실원칙의 역사적 성격('바꿀 수 있음')을 드러냄으로써 그것을 타넘으려는 순수한 부정의 힘이다. 이 힘의 작용방향은 과거가 아니라 미래이다(도정일, 『시인은 숲으로 가지 못한다』, 민음사, 1995, 167면).
68) 魯迅, 「破惡聲論」, 앞의 책, 24면. "矍然者, 向上之權輿已. 蓋惟聲發自心, 朕歸于我, 而人始自有己; 人各有己, 而群之大覺近矣."

고 인식한다. 그들은 "영혼이 황량하고 오염되어 있어 헛되이 들은 지식에 대해 현란하게 자랑함으로써 사람들을 속이고 있을 뿐이다." 루쉰은 사이비 지식인이 서구문명의 근본에 대한 통찰 없는 표피적인 지식으로 천박한 공리를 숭상하고 개인의 사욕만을 채울 뿐, 어떻게 중국을 위기에서 구제할 것인지에 대한 사고가 없다고 비판한다. 루쉰의 사유 속에는 항상 인간의 삶의 근본이 무엇인가에 대한 물음이 따라다닌다. 루쉰은 이러한 물음을 통해 지엽과 사욕에 치우친 각종 담론과 일정한 거리를 유지하면서 정신이 바로 인간의 근본이라고 인식한다. 여기서 루쉰이 말하는 정신은 「문화편지론」에서 언급한 바 있는 20세기의 사조 차원을 넘어선다. 이것은 인간이 인간으로 존재할 수 있는 근본 조건이자 전 역사를 관통하는 보편성을 지니는 개념이다. 루쉰은 각 시대의 인간을 존립케 한 근본이 정신임을 인정하며 신화·만물숭배·미신·제사 역시 과거의 우매한 인간이 만들어 놓은 문화가 아니라 바로 그 시대의 정신을 표현한 산물이라고 인식한다. 이것은 반봉건 전사인 루쉰 내부의 이율배반적인 현상이 아니다. 루쉰이 과학에 상당한 신뢰를 보내면서도 미신과 제례에 대해 가치평가한 것은, 이것이 바로 그 시대의 근본의 역할을 수행하는 정신의 형식이기 때문이다. 정신의 차원에서 볼 때 이것은 그 시대의 진실하고 생명 있는 문화인 것이다. 이러한 맥락에서 루쉰은 "사이비 지식인을 제거하고 미신을 보존해야 하는 것이 오늘날의 급무"[69]라고 한다. 그러나 이 말은 은유적으로 해석해야 한다. 액면 그대로 이해할 경우 루쉰이 근대 중국의 정신으로 미신을 설정한 것이라는 오해를 불러일으키기 십상이다. 사이비 지식인은 인간의 정신에 대한 고려 없이 과학 만능주의에 빠져 천박하게 실리만을 추구하는 이들이며, 미신은 근본이 무너진 중국을 구원할 수 있는 정신의 한 현상형태를 의미한다. 여기서 루쉰이 의도하는 것은 현재 중국은 실

---

69) 魯迅, 「破惡聲論」, 『魯迅全集』 8卷, 人民文學出版社, 1993, 28면. "僞士當去, 迷信可有, 今日之急也."

리만을 추구하는 껍데기 목소리가 판을 치고 근본을 추구하는 진실한 정신이 부재한 상태임을 드러내는 것이다. 루쉰은 이러한 정신의 공백 상태에서 중국의 위기가 비롯되며 그 공백을 진실한 목소리로 메우는 일이 바로 중국을 구원하는 길이라고 인식한다. 그래서 루쉰은 정신의 유무를 기준으로 내요(內曜)와 악성(惡性)을 구분하며, 그 무너지고 타락한 틈새를 지자(知者), 현자(賢者), 명철지사(明哲之士)의 내요로 비추고 자각과 지혜에서 울려나오는 진실한 목소리로 메워서 근본을 다시 세우려고 욕망한다. 루쉰은 근본을 통찰하고 무욕의 정신을 소유한 이가 바로 당면 위기를 극복할 주체라고 인식하는 것이다.

4) 반전통주의(反傳統主義)

주지하듯이 반전통주의는 신해혁명(辛亥革命) 이후 위안스카이[袁世凱]의 제제운동(帝制運動)과 장쉰[張勳]의 복벽사건(復辟事件), 캉여우웨이의 공교운동(孔敎運動) 등 지배세력의 복고적인 정치활동에 대한 저항에서 비롯된 것이다. 근대 중국인들은 신해혁명을 통해 봉건 전제정치의 청산과 새로운 시대의 도래를 희망하지만 현실은 그러한 기대를 저버리며 낙후한 세계를 지속시키는 배반의 길을 걷는다. 그런데 그들은 공통적으로 신해혁명이 해체하려고 한 봉건 세계의 질서를 동원하여 해체 이후의 세계를 지배하려고 한다. 이러한 사실은 근대 중국인들에게 낡은 과거 세계에 대한 혐오감을 더욱 짙게 하며 중국 사회 전반에 뿌리내린 봉건 세계의 실체를 실감케 한다. 특히 위안스카이는 구제국의 후계자임을 합리화하기 위하여 한대 이래 황제들이 행한 유교적인 상징조작70)을 행하는데, 이것은 정치 체제의 변화에도 불구하고 낙후한 세력들이

---

70) 이 부분에 대해서는 林毓生, 이병주 역, 『중국의식의 위기』(대광문화사, 1990) 제2장 '5·4時期 全般性 反傳統主義의 根源(1)' 참조.

사라지지 않고 존속되는 근본 원인이 유교에 있음을 반증해준다. 그래서 적자생존의 세계에서 중국이 진보하지 못하는 근원을 유교와 연결시켜 해석함에 따라 선차적으로 중국의 진보는 유교의 해체 여부에 달려 있게 되는 것이다. 이런 맥락에서 볼 때 반전통주의에서 문제삼는 전통은 전통 일반이 아니라 당시에 이데올로기적 기능을 수행하는 유교와 그것을 통해 권력적 욕망을 실현하려는 구세력을 겨냥한다.

5·4시기 반전통주의 이전에도 전통 부정의 담론이 존재한다. 그러나 그것은 주로 보편적인 인(仁) 사상이 배제된 채 억압적 규범으로 기능하는 삼강오륜(三綱五倫)을 향한 것이지 철학적 사유로서의 유교 자체는 부정되지 않는다. 그런데 반전통주의에 와서는 규범으로서의 유교와 철학으로서의 유교를 구별하지 않고 구세력의 이데올로기 일반으로 인식한다. 반전통주의 속에서 유교는 억압적인 사회질서 유지의 기능을 수행할 뿐만 아니라 중국 민족의 정신 속에 깊숙이 내면화되어 변혁의 가능성을 차단하는 보이지 않는 힘으로 작용한다. 따라서 이러한 유교를 철저히 부정하는 일이 구세력의 이데올로기적 근거를 해체하는 작업이면서 그 세계 속에 갇혀 있는 중국 민족을 구원하는 길이 된다. 반전통주의가 철저한 전통의 파괴를 지향하는 것은 단순히 파괴 자체에 목적이 있는 것이 아니라 그러한 파괴의 전제 위에 새로운 시대와 그 시대에 적합한 새로운 인간형을 창출하기 위한 것이다. 이것은 반전통주의가 자신의 현재에 대해 절박한 인식을 하고 있으며, 신중국을 확립하기 위해선 자신을 포함한 중국의 과거세계의 모든 것을 부정하지 않을 수 없는 곤혹감에서 비롯된 것임을 의미한다.

이러한 반전통주의적인 시대인식 위에서 천두슈는 신중국 건설을 위한 당면과제를 다음과 같이 선언한다.

우리들 게으르고 겁많은 국민은 혁명을 뱀이나 전갈처럼 두려워하고 있다. 그러므로 정치계에 세 차례 혁명이 지나갔는데도 암흑이 조금도 사라지지 않았다. 자그마한 원인은 세 차례의 혁명이 용두사미로 끝나서, 구악을 붉은 피로 완전히 씻어내지 못한 데에 있다. 그러나 큰 원인은 우리들의 정신계에 뿌리깊게 도사리고 있는 윤리, 도덕, 문학, 예술 등이 검은 장막에 두껍게 둘러싸여 있고 때가 끼여서 용두사미의 혁명마저도 없었기 때문이다. 이것이야말로 단독적인 정치혁명이 우리들의 사회에 아무런 변화도 가져오지 못했으며 아무런 효과도 가져올 수 없게 된 이유이다.[71]

이 글에서 천두슈는 과거 세 차례의 정치계 혁명 즉, 양무운동·변법운동·신해혁명의 한계를 비판하며, 단독적인 정치운동을 넘어 정신계를 지배하고 있는 암흑을 걷어내는 혁명이 바로 신중국 건설의 당면과제라고 인식한다. 이러한 정신계 혁명은 전세대의 부국강병이나 제도개혁과 차원을 달리하는 '국민성 개조'의 문제이며, 이것이 바로 정치계 혁명에 선행해야 하는 근본적인 변혁의 길이다. 그런데 천두슈의 선언과 달리 정신계 혁명의 문제는 5·4 세대만의 독자적인 '발명'이 아니며, 변법운동 세대들도 관심을 가지며 추구하던 문제이다. 가령, 량치차오는 변법운동 이전부터 옌푸의 「원강(原强)」을 통해 민권의 문제에 관심을 가지고 있으며, 일본 망명시기에는 국민성 계몽에 전념하며 신민과 국가의 문제를 현실적인 과제로써 고민한다. 또한 천두슈 역시 순수하게 정신계 혁명에만 관심을 가진 것이 아니며 입헌과 국가의 문제에도 지대한 관심을 보이고 있다. 그렇다면 왜 천두슈는 변법운동을 그 내부의 정신계 혁명의 실체를 인정하지 않고 단독적인 정치혁명으로 규정하며, 정신계 혁명을 정치혁명과 '구별되는' 역사적인 과제로 인식하는 것인가? 여기서 우리는 정신계 혁명의 구체적인 의미내용을 이해하기 위하여 변법파의 정치계 혁명과 관련지어 살펴볼 필요가 있을 것이다.

---

71) 陳獨秀, 「文學革命論」, 『陳獨秀著作選』, 上海人民出版社, 1993, 260면. "吾苟儕庸懦之國民, 畏革命與蛇蝎, 故政治界雖經三次革命, 而黑暗未嘗稍減. 其原因之小部分, 則爲三次革命. 蓋虎頭蛇蝎, 未能充分以鮮血洗淨舊汚; 其大部分, 則爲盤踞吾人精神界根深底固之倫理道德文學藝術諸端, 莫不黑暗層張, 堭汚深積, 幷此虎頭蛇蝎之革命而未有焉. 此單獨政治革命所以于吾之社會, 不生若何變化, 不收若何效果也."

먼저, 무엇을 기준으로 정치계 혁명과 정신계 혁명을 구별하는가의 문제에 대해 살펴보자. 천두슈는 「1916년(一九一六年)」에서 1916년의 청년들이 따라야 할 사상 원칙의 하나로 "당파운동에 사로잡히지 말고 국민운동에 종사하라"[72]고 주장한다. 여기서 천두슈는 당파운동, 즉 정당정치는 "국민 가운데 특수한 계급의 이익을 목적으로 하며, 정당 자체를 일종의 영업으로 생각한다"[73]고 비판하며, 이것을 개인의 독립적이고 자주적인 인격을 존중하는 국민운동과 구별한다. 또 「애국심과 자각심[愛國心與自覺心]」에서 국가는 "인민의 권리를 보장하고 인민의 행복을 도모하는"[74] 단체이며, 인민은 바로 이것을 위해 국가를 건설한다고 인식한다. 이러한 이해방식은 천두슈의 사유 중심이 국가나 민족이 아니라 '개인'에 있기 때문이다. 천두슈에게 국가나 민족은 개인의 존재 근거를 보장해 주는 상위 개념이 아니다. 개인은 인간 밖의 그 무엇으로부터 존재 의미가 부여되는 것이 아니라, 루소의 천부인권처럼 인간 자체에서 그 존재론적 근거가 도출된다. 그래서 국가나 민족은 이러한 개인들이 집합한 유기체이며, 개인이 전제되지 않는 국가는 성립될 수 없다. 국가는 개인의 권리를 최대한 보장하기 위해 존재하는 사회적 '결합체'인 것이다. 천두슈의 이러한 인식은 변법파의 민권이나 국가의 개념과 상당한 차이를 지닌다. 변법파의 민권은 민의 존재 자체에서 기원하는 것이 아니라 민지(民智)를 개발할 때 성립될 수 있는 개념이다. 이러한 민은 개인의 자유의지를 추구하는 사덕(私德)보다는 국가의 이익을 위해 자신을 희생하는 공덕(公德)을 지향한다. 이것은 변법파의 사유 중심이 개인이 아니라 국가에 있기 때문이다. 그래서 국가는 민권을 보장

---

72) 陳獨秀, 「一九一六年」, 『陳獨秀著作選』, 上海人民出版社, 1993, 173면. "從事國民運動, 勿囿于黨派運動."
73) 陳獨秀, 위의 글, 위의 책, 273면. "目爲國民中特殊一階級, 而政黨自身, 亦以爲一種之營業."
74) 陳獨秀, 「愛國心與自覺心」, 위의 책, 118면. "國家者, 保障人民之權利, 謀益人民之幸福者也."

하기 위해 존재하는 유기체가 아니라, 오히려 필요에 따라 민의 자유를 제약할 수 있는 상위존재로 인식된다.[75]

천두슈의 입장에서 볼 때, 변법파의 정치혁명은 국가 본래의 의미가 탈각된 채 특정 정파의 이익만을 추구하는 당파운동에 불과하다. 이것은 그들의 사유 중심인 국가의 개념이 개인의 인권 보장을 위해 존재하는 진정한 의미의 국가가 아니기 때문이다. 그래서 변법파의 정치혁명은 개인의 자유와 권리를 실현하기 위한 국민운동이 아니라 특정 계층의 권력적 욕망을 위한 당파운동으로 전락하는 것이다. 천두슈의 사유 속에서 개인-국민-국가는 가치 우위적인 관계가 아니며, 국민과 국가에 선행하여 존재하는 개인의 확장된 형태로 인식되고 있다. 개인은 천두슈의 사유가 출발하는 근원지이자 그것이 귀결되는 궁극점이다. 그렇다고 천두슈가 정치를 부정적으로만 본 것은 아니다. 「나의 최후의 깨달음[吾人最後之覺悟]」에서 천두슈는 윤리적 각오와 함께 정치적 각오의 중요성을 인식한다. 그러나 이때의 정치는 특정한 정당의 이익을 추구하는 정당정치가 아니라 개인의 인권을 국가적으로 보장하는 '입헌정치'를 의미한다. "헌법은 전 국민 권리의 보증서이다."[76] 이것은 제도개혁의 문제에 국한되는 단독적인 정치가 아니라 개인의 인권에 기반하는 정치 '사상'의 혁명을 의미한다.[77] 결국 천두슈의 관심은 정치계와 정신계의 확연

---

75) 량치차오는 新民이 오늘날 중국의 '第一急務'라고 하여, 新民을 立國의 전제로 여겼으며, 그가 말하는 新民의 요강은 利群이라는 두 갈자다. 즉 群으로 상징되는 국가의 부흥을 위해서는 개인의 존재와 발전은 더 이상 염두에 두지 않았으며, 인간의 개체를 국가 형태로 표현한 群體(類) 가운데 부속 내지 복종시키거나 심지어는 용해시켰던 것으로, "자신을 굽혀 군을 이롭게 한다[屈己而利群]"라는 윤리관으로 잘 집약되고 있다. 즉 량치차오는 국가와 민족의 자주적 독립을 염원했을 뿐이며, 더 나아가 개성 혹은 개인의 해방까지는 인식하지 못했던 것이다(조경희, 「新文學 初期의 功利主義的 文學觀 硏究」, 고려대 박사논문, 1993, 78면 참조).

76) 陳獨秀, 「憲法與孔敎」, 앞의 책, 226면. "蓋憲法者, 全國人民權利之保證書也."

77) 1915년 9월 15일에 창간된 『新靑年』의 창간호에서 천두슈는 그의 잡지의 목적이 정치 문제에 대한 비판이 아니라 중국 청년들의 사상 재건과 인격도야에 도움을 주기한 것이라고 선언한다. 천두슈가 『新靑年』의 비정치적 목적을 선언한 것에 대해, 林育生

한 구별이 아니라 어떠한 사상원칙에 입각하여 혁명을 수행하느냐에 있다고 할 수 있다. 그래서 천두슈는 민권과 국가의 이름으로 특정한 정파의 이익만을 추구하는 변법파의 정치계 혁명과 '단절'하기 위하여 정신계 혁명이라는 새로운 구호를 내건 것이다. 정신계 혁명은 바로 이러한 개인주의 사상을 바탕으로 중국 사회 전체를 지배하고 있는 낡은 관념을 해체하고 재구성하는 '사상해방'을 의미한다고 볼 수 있다.

그렇다면 정신계 혁명의 출발점이자 목적인 개인은 어떠한 존재인가? 정신계 혁명 속의 개인은 개인 밖의 어떠한 관념이나 집단으로부터도 구속되지 않는 그 자체 목적적인 존재이다. 이러한 개인은 국가나 민족 속의 하부 단위로 존재하는 변법파의 민과 달리 일체의 외적 구속으로부터 벗어난 '자유로운' 존재이다. 그래서 정신계 혁명은 개인과 개인을 둘러싼 외적 관계에 주목하여 개인의 자유 실현을 차단하는 모든 것의 부정을 추구한다. 이러한 개인 중심의 정신계 혁명은 필연적으로 반전통주의적인 경향을 띠지 않을 수 없다. 그것은 전통이 관습에 기반한 외적인 산물로서 개인의 자유를 제한하기 때문이다. 더욱이 전통 중국처럼 개인의 확장된 형태로서의 국가가 아니라 삼강오륜을 기반으로 한 예교사회인 경우에는 개인이 자유롭게 성장할 수 있는 가능성이 제약된

은 『中國意識의 危機』에서 "폭군적 위안스카이의 정권하에서 정치문제에 대한 비판의 위험성이나 실제상 불가능을 의식한 데 기인한다고 사람들은 주장할 수도 있다. 사실 袁世凱의 폭정이 사상적 문화적 변혁의 우선의 필요성에 대한 천두슈의 신념을 강화했을지도 모른다. 그러나 그의 신념은 당시 위험성에 대한 단순한 인식보다는 더 깊은 뿌리를 가진 기본사상에서 나온 것이었다. 그것은 천두슈가 袁世凱의 정권 붕괴 후에도 여전히 열심히 문화 사상적 문제 접근방법을 주장했던 것을 보아 알 수 있다"고 인식한다. 그러나 필자는 천두슈의 비정치성 선언이 정치의 무관심이나 문화사상적 접근방법에서 기인하기보다는, 기존의 파당적 정치와 구별되는 개인주의 사상에 입각한 국민운동을 추구하는 데에서 비롯된다고 생각한다. 천두슈가 의미하는 '비'정치성은 특정 계층의 이익만을 추구하는 타락한 정치에서 '탈피'하는 것이다. 그는 이러한 선언을 통해 정치에 무관심을 표하는 것이 아니라, 기존의 정치계에 정치의 본래 의미가 무엇인지에 대한 각성을 요구하는 것이다. 그는 정치의 근본이 개인의 인권의 실현과 보장에 있다고 인식하며 그러한 정치사상에 기반한 정치를 지향한다고 할 수 있다.

다. 따라서 정신계 혁명은 이러한 개인 자체의 존립을 불가능케 하는 유교를 부정하는 일이 개인 확립의 우선적인 실천의 길로 인식된다. 그 것은 유교적 이념과 질서를 해체하는 비판작업과 유교에 의해 마비된 정신을 각성시키는 국민성 개조로 향한다. 개인은 바로 이러한 가능성 의 조건 위에서 존재할 수 있는 '미래'적 인간이다. 정신계 혁명이 의미 하는 개인은 전통 사회를 지탱하는 보편이념인 유교와 그 규범적 질서 인 인의예교로부터 '독립된' 인간이다. 이러한 개인은 '공자'의 눈을 통 해 사물을 인식하고 자신의 존재의미를 확인하는 전통적 인간과 달리 오로지 자신의 감각기관과 경험을 통해 사물을 관찰하고 자아의 내면적 요구에 따라 행위하는 인간이다. 천두슈는 이러한 개인의 존재조건을 다음과 같이 말한다.

> 유교의 삼강이론은 모든 도덕과 정치의 근본이다. 군위신강은 곧 신하는 임 금의 부속품으로, 독립적이고 자주적인 인격을 갖지 못한다. 부위자강은 곧 자 식은 아버지의 부속품으로 독립적이고 자주적인 인격을 갖지 못한다. 부위처강 은 곧 아내는 남편의 부속품으로 독립적이고 자주적인 인격을 갖지 못한다. 온 천하의 남녀들은 신하의 자식이나 아내이며, 독립적이고 자주적인 사람이 없다 는 것이 바로 삼강이론이 주장하는 바이다. 그래서 금과옥조로 여겨진 도덕 명 사가 충·효·절인데, 모두 자기의 생각으로 남을 대하는 주인의 도덕이 되지 못하고, 타인에게 종속되는 노예도덕이다. 인간의 모든 행동에서 자아가 중심 이 되는데, 이 자아가 상실된다면 다른 것은 더 말할 필요가 있겠는가?[78]

삼강이론(三綱理論) 속의 인간은 독립적이고 자주적인 인격을 소유하

---

78) 陳獨秀, 「一九一六年」, 『陳獨秀著作選』, 上海人民出版社, 1993, 172면. "儒者三綱
之說, 爲一切道德政治之大原 : 君爲臣綱, 則民于君爲附屬品, 而無獨立自主之人格
矣; 父爲子綱, 則子于父爲附屬品, 而無獨立自主之人格矣; 夫爲妻綱, 則妻于夫爲附
屬品, 而無獨立自主之人格矣. 率天下之男女, 爲臣, 爲子, 爲妻, 而不見有一獨立自
主之人者, 三綱之說爲之也. 緣此而生金科玉律之道德名詞, 一 曰忠, 曰孝, 曰節, 一
皆非推己及人之主人道德, 而爲以己屬人之奴隷道德也. 人間百行, 皆以自我爲中心,
此而喪失, 他何足言?"

지 못하는 부속물의 위치를 차지한다. 이러한 시대의 주체는 인간 자신이 아니라 인간 밖에서 인간을 규정하는 삼강이론이 된다. 이 시대의 인간은 자신의 자유로운 영혼을 통해 사유하는 것이 아니라 삼강이론 속에 규정된 자신의 위치에 따라 행위하는 노예일 뿐이다. 노예는 자아를 상실한 인간으로, 중국 현실에서는 삼강이론에 얽매여 자신의 존재의미를 망각한 자가 된다. 그래서 자아가 중심이 되는 개인이 성립하기 위해선 개인을 억압하는 질서와 제도를 부정하지 않을 수 없다. 지고무상한 권위를 지니며 인간을 지배하던 유가적 세계는 이제 인간의 존재실현을 방해하는 근원악으로 현상하며, 사물의 진리를 보장해주던 유가적 사유들은 본질로의 투명한 인식을 차단하는 이데올로기로 작용한다. 이것이 바로 정신계 혁명이 전통적 인간의 철저한 부정이면서 동시에 인간해방을 궁극목적으로 삼는 근본 원인이다. 그래서 사물의 진실에 대한 인식은 전통적인 모든 편견들로부터 벗어난 상태에서 가능한 일이다. 전통에서 해방된 개인은 노예상태에 처한 인간을 각성시키고, 무의미한 사물에 존재의미를 부여하는 인식주체로 승인된다. 5·4세대의 담론 속에는 개인, 인간, 자아, 개성, 내심요구, 주관, 정감과 같은 유사 계열의 말들이 충만하는데, 이것은 세계의 중심이자 진리의 담지체, 실천의 주체로서 개인의 탄생을 선언하는 대목이라고 할 수 있다. "자아는 일체이고 일체는 자아이다. 개성이 강렬한 우리 현대의 청년 가운데 누가 이러한 자아 확장의 신념이 없겠는가?"79) 이 지점에서 "존재하는 모든 것을 인간에 내재하는 원리에 복종하는 것으로 규정하는"80) 근대적인 '인간중심주의'가 창출된다.

그렇다면 이러한 개인은 현재의 위기를 어떻게 인식하고 실천하는가?

---

79) 郁達夫, 「自我狂者須的兒納」, 『郁達夫文論集』, 浙江文藝出版社, 1985, 47면. "'自我就是一切, 一切就是自我', 個性强烈的我們現代的青年, 哪一個沒有這種自我擴張的信念?"
80) 김상환, 「해체론 시대의 인문주의」, 『해체론 시대의 철학』, 문학과지성사, 1996, 334면.

변법파의 위기의 담론이 민족이나 국가와 같은 집단 개념을 중심으로 사유하는 것과 달리 정신계 혁명은 개인을 중심으로 현재의 위기를 사유한다. 개인은 민족과 국가라는 상위존재에 소속된 일원이 아니라 그 자체 목적적인 인간이다. 민족과 국가는 이러한 개인이 확장된 유기체이다. 가령, 천두슈가 당금의 입헌체제나 소수의 정당정치를 비판하고 주권화된 국민정치를 주장할 때, 그 '국민'개념은 몰개성적인 다수나 제도 속의 국민을 의미하는 것이 아니라 자아나 주권화된 개인이 확장된 형태로서의 국민이다. 이러한 개인이 전제되지 않는 제도나 질서는 허위적인 규범으로 인식된다. 그래서 천두슈는 국가, 종교, 군주, 충효를 파괴해야 할 "허위적 우상"으로 간주하며, 리다자오[李大釗]는 국가·계급·민족을 "해방된 자유인인 나[解放自由的我]"의 대립물로 인식하여, 집단의 이름으로 개인의 자유와 독립을 제한하는 모든 것을 부정한다. 개인에게 현재의 위기는 우선적으로 민족이나 국가 차원의 위기로서보다는 개인의 자기 실현과 확장을 제약하는 '존재론적인' 위기로 다가온다. 개인의 존립을 위협하는 이러한 세계에 대한 철저한 부정은 개인의 자아 실현을 위한 가능성의 조건이 된다.

근대 중국인에게 전통에 대한 부정과 회의는 그 정도 차이는 있을 망정 그들의 영혼을 지배하는 보편적 현상이다. 이것은 그 시대인들이 자기 시대를 이해하는 하나의 독특한 방식이기 때문이다. 그래서 그들은 자신의 전통을 부정하고 해체해야만 이 세계에 생존할 수 있다는 존재론적 곤혹과, 희망의 세계가 자신이 발 딛고 있는 지금 여기의 중국이 아니라 중국 밖의 타 세계에 존재하는 시대적 곤혹 속에서 삶의 출로를 열어간다. 부정 속에서 그들은 새로운 삶의 가능성과 생성의 계기를 모색해나가는 것이다. 흥미로운 점은, 사유방식 면에서 볼 때 반전통주의는 변법파의 중체서용론과 상통하는 면이 많다는 것이다. 그들은 모두 서구 중심의 진화론적 세계 질서를 승인하며, 중서의 대비적 관계를 통해 중국의 현재의 위기를 진단하고, 그 변혁 가능성을 새로움과 진보를 의미하는 서구적 가치에서 찾는다. 물론 반전통주의가 변법파의 역사적 한계를 비판하는 과정에서 출현한 것이란 점을 고려하면, 그 유사성은 내용적인 면보다는 사유형식의 면에 국한될 것이다.

그들은 공통적으로 중서문화의 독자성 혹은 이질성을 승인하면서도 그것을 현재의 동시대 공간 속에 존재하는 상대적인 문화로 간주하기보다는 신과 구의 '시간화'된 문제로 변환시킨다. 이것은 단순한 시간개념이 아니라 가치개념이 내포된 시간개념이다. 신과 구 속에는 진보와 낙후라는 가치평가가 개입되어 있기 때문이다. 이러한 사유방식 속에서 서구는 낙후된 중국을 변혁하기 위한 보편적 가치로 승인되며 중국은 진보적인 서구의 가치를 수용하기 위한 우선적인 해체의 대상으로 인식된다. 그렇지만 중국의 위기와 서구적 가치에 대한 인식, 그리고 주체의 권력적 욕망에 따라 실천의 길은 달라진다. 변법파는 중국의 위기를 중국이 기반하고 있는 뿌리를 부정해야 하는 근본의 위기로 바라보지 않고, 정체된 현재를 변혁함으로써 중국의 근본이 재생될 수 있다는 현재의 위기로 인식한다. 그래서 서구를 현재의 변혁을 위한 '방법' 개념으로 수용하며, 현재 이후의 변혁된 세계를 중국의 근본인 고도(古道)와 관련지어 사유한다. 이에 반해 5·4 반전통주의는 중국의 위기를 현재의 위기라는 현상적인 차원을 넘어, 보이지 않는 심층에서 이러한 낙후된 현실을 만들어낸 중국의 근본에 대한 위기로 인식한다. 그래서 서구를 현재의 변혁을 위한 방법 개념보다는 변혁의 궁극목적을 의미하는 '본질' 개념으로 이해한다. 5·4 반전통주의에서 중국의 근본은 재생의 대상이 아니라 낙후의 근본 원인이 되며, 미래의 중국은 과거의 근본을 철저히 부정한 전제 위에서 서구적 가치를 지향하는 '전반서화'의 세계로 인식된다. 이 지점에서 반전통주의는 전반서화론과 결합된다. 이러한 질적인 차이로 인해 5·4시기 반전통주의는 삼강오륜의 억압적 질서를 해체하고 원시유교의 인(仁)의 사상으로 돌아가려는 탄스통, 공교(孔敎)를 국교로 확립하여 중국의 정신을 확립하려는 캉여우웨이, 그리고 입헌군주제를 중심으로 중국의 정치를 개혁하려는 량치차오 등과 달리, 전통의 철저한 부정을 통해 근대 중국을 건설하려는 상반된 실천의 길을 걸어가는 것이다.

그런데 반전통주의 속에는 철저한 전통 부정에서 기인하는 곤혹스런 '자기 모순'이 내포되어 있다. 즉, 과거의 모든 전통을 부정한 상태에서 개인은 무엇을 근거로 자신의 현재를 인식하고 새로운 세계의 생성에 대해 낙관할 수 있는가? 외부세계와 역사로부터 탈피하여 자유롭게 사유하고 행위할 수 있는 개인은 어떻게 가능한 것인가? 개인은 어떻게 자신의 감각과 경험에만 의지하여 사물의 진리를 인식할 수 있는가? 이러한 물음들은 반전통주의가 풀어나가야 할 현실의 문제이자 내적 모순이다. 반전통주의는 전통적 인간형에 대비되는 새로운 인간형을 '설정'하여, 전통 부정과 부정 '이후'의 세계 사이에 존재하는 문제들의 해결을 시도한다. 천두슈는 「청년에게 고함[敬告青年]」에서 '노예적'·'보수적'·'은둔적'·'쇄국적'·'허식적'·'공상적'인 전통적 인간형에 대비하여 '자주적'·'진보적'·'진취적'·'세계적'·'실리적'·'과학적'인 새로운 인간형을 제기한다. 자주적이라는 말은 이념이나 제도의 노예상태에서 벗어나 독립적이고 자유로운 개인의 인격을 추구하는 원리이다. 이것은 정신계 혁명의 사유 중심인 개인의 인권과 상통하는 개념으로, 새로운 인간형이 기반하는 제일의 원리가 된다. 진보적이라는 말은 보수적인 순환의 상태에서 벗어나 세계의 변화와 창조적 진화를 따른다는 원리이다. 이것은 전통 중국의 역사철학인 복고적 순환론의 범주에서 탈피하여 진화론적인 역사관으로 세계의 변화를 통찰한다는 것이다. 진취적이라는 말은 곤경을 겪을 때 은둔하고 안주하는 나약한 태도에서 벗어나 불리한 환경에 저항하고 극복하는 실천적 의지의 원리이다. 이것은 작금의 생존경쟁의 세계 질서 속에서 도태되지 않고 살아남기 위한 생존의 의지이다. 세계적이라는 말은 중국 중심적인 소우주에서 벗어나 세계사적인 역사지평에서 사물을 해석해야 한다는 원리이다. 이것은 진화론적인 역사관과 상통하는 개념으로, 세계의 변화와 흐름 속에서 현실의 문제를 사유하고 실천한다는 것을 뜻한다.

실리적이라는 말은 개인이나 사회에 무익한 예교에서 벗어나 현실 생활에 유익한 것을 추구한다는 실용의 원리이다. 이것은 현실 생활보다 예를 우선시하여 물질문명이 발전하지 못한 것에 대한 비판이다. 과학적이라는 말은 세계의 실상에 무지몽매한 상태에서 벗어나 사물에 대한 객관적인 분석과 경험에 의지하여 세계를 해석하는 인식의 원리이다. 과학은 이념과 제도에서 벗어난 개인이 세계를 해석할 수 있는 인식의 근거이자 사물의 진리성을 보장해주는 개념이다. 천두슈는 이러한 새로운 인간형을 신청년이라고 명명하며 자기 시대의 실천의 주체로 삼는다.

저우쮜런[周作人]은 "인간은 일종의 생물이다. 그 생활현상은 다른 동물과 다를 것이 없다. 때문에 우리는 인간의 모든 생활 본능은 아름답고 선한 것이며 그것은 완전한 만족을 얻을 수 있어야 한다고 믿는다. 인간성에 위배되는 부자연스런 습관 제도는 모두 배척되고 고쳐져야 할 것이다"[81]고 말한다. 여기서 저우쮜런이 말하는 인간의 본능과 인간성은 인간 사회의 습관 제도에 '선행하여' 존재하는 것으로 인간의 이상적 형태, 곧 "영육이 일치하는" "완선한 인간"을 설정하고 있다. 이러한 인간은 인간성에 위배되는 부자연스런 습관 제도, 곧 유교의 삼강이론을 제거한 후에 비로소 존재할 수 있는 인간이다. 저우쮜런의 인간론은 추구해야 할 인간형의 본질을 규정하고 있다는 점에서, 천두슈가 제기한 신청년과 상통한다고 할 수 있다.

그런데 문제는 이러한 인간형이 전통적 인간형의 부정 속에서 발견된 것이 아니라, 인간의 본질이 전통의 밖에서 '미리' 설정되어 있다는 점에 있다. 5·4시기의 "인도주의"나 "개인주의적 인간본위주의"는 논리적으로 사회보다 선행하여 존재하는 이성 원칙에 따라 중국의 전통제도와 윤리를 부정하는 데 중점이 놓여져 있다. 이러한 인간은 중국의

---

81) 周作人, 「人的文學」, 『新靑年』 5卷 6号, 1918. "人是一種生物. 他的生活現象, 與別的動物幷無不同. 所以我們相信人的一切生活本能, 都是美的善的, 應得完全滿足. 凡是違反人性不自然的習慣制度, 都應排斥改正."

현실 속이 아닌 서구적 가치에서 요청한 개념이라는 의미에서 '선험적' 인간으로 볼 수 있다. 그렇다면 선험적인 인간이 어떻게 중국의 현실과 접목되어 변혁을 수행하는 현실적인 주체로 전환될 수 있는 것인가? 변혁은 현실을 개조하는 행위인데, 개인 밖의 모든 것으로부터 자유로운 개인이 어떻게 다시 현실과 접촉하여 그것을 변혁할 수 있다는 말인가? 반전통주의는 개인의 현실 인식 가능성을 과학이라는 개념에서 찾는다. 즉, 세계 해석의 주체로서 개인은 과학을 통해 사물의 투명한 상태에 접근하며, 사물은 개인의 과학적인 사유 속에서 그 참모습이 드러난다고 인식한다. 그런데 반전통주의의 과학 개념은 자연계의 법칙과 인과율을 객관화시키는 서구의 개념과 사뭇 다르다는 점에 주목할 필요가 있다.

천두슈는 "객관적 현상을 종합하여 주관적 이성에 호소해도 모순이 없는" 것을 "과학"[82]이라고 규정하며, "근대 유럽이 다른 민족보다 우월한 이유는 과학이 흥성한 데 있다. 그 공적은 인권설의 밑에 있는 것이 아니라 수레의 두 바퀴와 같다"[83]고 말한다. 천두슈는 과학을 자연계에 대한 분석적 이론의 차원을 넘어 객관과 주관의 통일로 이해하며, 이것을 인류 사회에 대한 분석으로 확대하여 근대 유럽이 흥성한 원인으로 인식한다. 그런데 그가 말하는 과학은 물리학·지질학·수학 등 사물을 객관적으로 관찰하고 귀납하여 법칙을 만드는 자연과학이나 과학적 방법을 지칭하는 것이 아니다. 그것은 사회적 경험과 지식에 기초하여 새시대의 주체가 지녀야 할 정신적(윤리적) 차원의 개념으로 수용된다. 또 리다자오는 "자연법"의 이론으로 "역대군주들이 만든 우상의 권위"와 "전제정치의 영혼"인 "공자의 도"를 비판하며, 우주의 모든 현상

---

82) 陳獨秀, 「敬告靑年」, 『陳獨秀著作選』, 上海人民出版社, 1993, 134면. "科學者何? 吾人對于事物之槪念, 綜合客觀之現象, 訴之主觀之理性而不矛盾之謂也."
83) 陳獨秀, 위의 글, 135면. "近代歐洲之所以優越他族者, 科學之興, 其功不在人權說下, 若舟車之有兩輪焉."

은 "이러한 자연법에 따라 자연적 인과적 기계적으로 점차적인 진화가 발생한다"[84]고 말한다. 리다자오 역시 인과율이 지배하는 자연계를 분석대상으로 삼는 자연법을 인류세계에 대한 분석으로 확대하여, 인위적인 규범인 "공자의 도"를 비판하는데 사용한다.

서구의 근대과학은 인간의 이성의 신뢰에 기반하여 사물의 객관적 법칙을 발견하는데 목적이 있다면, 반전통주의의 과학은 유교비판과 새로운 인생관의 영역에 관계한다고 볼 수 있다. 다시 말하면, 반전통주의의 과학은 냉정한 이성과 객관적 관찰로 사물의 본질을 분석하는 순수 자연과학이 아니라 전통 해체의 욕망과 계몽의 열정이 결합된 인생관에 가깝다는 것이다. 이것은 과학의 목적이 과학적 인식이나 평가 및 과학적 방법에 대한 진정한 탐구에 있는 것이 아니라, 주로 어떠한 이데올로기적 관념이나 원칙을 수립하는 데 있기 때문이다. 실제로 5·4시기에는 과학이란 말이 신청년의 대명사처럼 유행하고 있지만, 그들이 남긴 텍스트는 이성이 지배하기보다는 오히려 자의식이 분출하는 내면세계가 드러나 있다. 5·4시기의 개인은 천두슈가 설정한 신청년과 같은 이성적이고 실천적인 존재라기보다는, 자전체(自傳體) 소설 속의 자아처럼 내성적이고 연약한 존재로 현상한다. 개인은 현실 속에 존재할 수 있는 가능성의 조건을 창출하지 못하고, 개인의 내부에 '내면'이라는 정신적 공간을 만들어 그 속에서 자유인의 꿈을 실현하고자 한다. 그래서 그들의 텍스트에 과학, 관찰과 경험, 이성적 사유, 실제, 실용 등의 유사한 말들이 자주 등장함에도 불구하고, 실제적이기보다는 '내성적'이고 주관적인 경향을 띠는 것이다. 이러한 내면이 바로 근대 중국의 감성과 상상력이 발휘되는 장소이다. 개인은 현실 속에 있으면서 현실이 아닌 내면의 '성역'을 만들어, 타락한 세계의 해체와 자유로운 세계의 생성을 시도한다. 그러나 거대한 역사적 현실 앞에 개인 존재의 유한성을 실감

---

84) 李大釗, 「自然之倫理觀與孔子」, 『甲寅』日刊, 1917年 2月 4日. "循此自然法而自然的因果的機械的以漸次發生漸次進化."

하며 끝내 좌절의 수난을 겪게 된다. 결국 개인을 통해 전통적 인간형과의 철저한 단절과 해체를 시도한 5·4 반전통주의의 기획은 미완의 운명에 처한다. 이것은 리저호우의 지적처럼 구망의 역사적 사명이 계몽을 압도하는 현실적 한계에서 기원하기도 하지만, 반전통주의의 사유 원리와 그것이 설정하는 개인의 기획 속에 이미 곤혹스런 모순들이 내재하고 있기 때문이다. 그래서 개인을 통한 국민성 개조의 길 혹은 정신계 혁명은 부정할 수 없는 전통과 현실의 힘 앞에 무기력함을 드러내고, 5·4 퇴조기에 이르러 환멸의 시대를 맞이하게 되는 것이다. 이후 반전통주의는 인간의 본질을 선험성이 아닌 사회적 관계의 총체로 '끌어내린' 마르크스주의와 결합되면서, 내성화된 실천이 아닌 현실적 운동으로 변신하여 역사 속으로 다시 진입하게 된다.

제3장

문(文)에 대한 예비적 고찰

1. 문의 고대적 의미

주지하듯이 문학의 개념이 미분화된 고대의 문학은 현재 우리의 문학 개념과 상당한 차이를 지닌다.[1] 가령, 『논어(論語)』 「선진(先進)」편의 "공자가 말씀하시길 '나를 따라 진나라와 채나라에서 있었던 사람들이

---

[1] 문학은 인간의 정신적 삶의 영역에 관계하는 지식으로 그 의미는 문학적 상상력이 도달 가능한 경계만큼이나 풍부하다. 이 때문에 문학은 어떠한 하나의 정의로 규정되기 힘들며 시대에 따라 그 의미가 끊임없이 변화해나간다. 문학은 그 실체를 무엇이라고 규정할 수 없는 역사적 존재이다. 그래서 문학의 정의를 내리려는 무수한 시도들은 문학의 본질에 다가가기보다 오히려 문학의 범위를 제한함으로써 문학의 의미를 축소하는 결과를 빚곤한다. '문학은 무엇이다'라는 정의 속에는 무엇 이외의 것은 문학이 아니다라는 '배제'의 관념이 내포되어 있기 때문이다. 배제는 현실에 부재한 어떠한 세계를 상상하는 문학의 열려진 체계와 상반되는 행위이다. 따라서 문학을 역사적으로 변천하는 '열려진' 개념으로 설정하여, '그 시대에 문학은 무엇인가'라는 고고학적인 문제로 접근할 필요가 있다.

이제 내 문하에는 없구나. 덕행으론 안연·민자건·염백우·궁중이 있고, 말 잘하기로는 재아와 자공이 있고, 정사로는 염유와 계로가 있고, 학문으로는 자유와 자하가 있다”2)라는 구절 속에 문학이라는 말이 등장한다. 그런데 여기서 말하는 문학은 현재적 의미의 문학이 아니라 육경을 포함하는 학문 혹은 문화를 의미한다. 이때의 문학은 문에 ‘관한’ 학문이나 지식을 말하는 것으로, 문학 자체가 하나의 개념인 현재의 문학과는 의미가 다르다.3) 그래서 고대 문학의 의미를 추적할 때는 현재적 의미의 문학이라는 말보다는 ‘문’이라는 개념으로 접근할 필요가 있을 것이다.

고대의 문이라는 글자 속에는 여러 가지 의미가 혼합되어 있다. 어원상으로 볼 때 문은 허신(許愼)의 『설문해자(說文解字)』에서 “문이란 획이 엇섞인 것으로 무늬가 교차된 모양을 나타낸 것이다”4)고 하듯이 천지 만물에 존재하는 무늬를 뜻한다. 본래 문은 특정한 하나의 의미를 뜻하는 개념이 아니라 사물에 나타나 있는 어떠한 형태라는 보편적인 의미를 지니고 있다.5) 주대(周代)에 이르러 문은 무늬라는 의미가 확장되어 인간의 문화 혹은 질서라는 의미로 사용된다. 『예기(禮記)』 「삼년문(三年間)」편에는 “삼년의 상을 지내는 것은 인간의 도리의 지극한 아름다움이다”6)라는 구절이 있고, 『주역(周易)』 「분괘(賁卦)」편에는 “천문을 바라보고 때의 변화를 살피고, 인문을 보고 세상의 교화를 이룬다”7)라는 구

---

2) 『論語』 「先進」. “子曰 : 從我於陳蔡者, 皆不及門也. 德行, 顔淵, 閔子騫, 冉伯牛, 仲弓. 言語, 宰我, 子貢. 政事, 冉有, 季路. 文學, 子游, 子夏.”

3) 문학이라는 말은 『論語』 「先進」편의 “文學, 子夏, 子游”에 나오며 그 뜻은 “文章博學”이다. 그래서 『世說新語』에서는 경학가인 정현·복민·하안·왕필 등을 모두 문학으로 분류하고 있다. 이러한 문학이라는 말이 영어 ‘Literature’의 번역어로 되었다(王力, 『王力文集』 11卷, 山東敎育出版社, 1990, 697면 참조).

4) 許愼, 『說文解字』. “文, 錯劃也. 象交文.”

5) 文의 기원에 대해서는 劉若愚, 『중국의 문학이론』(李章佑 역, 명문당, 1994) 제1장 서설 중 ‘2. 문의 다양한 의미’와 김학주 『중국고대문학사』(민음사, 1987) 제1장 참조.

6) 『禮記』 「三年間」. “三年之喪, 人道之至文也.”

7) 『周易』 「賁卦」. “觀乎天文, 以察時變. 觀乎人文, 以化成天下.” 象에 대한 程頤의 注,

절이 있는데, 여기서 말하는 인문은 바로 자연의 생성 원리를 인간 사회에 적용한 것이라는 의미를 지니고 있다. 그리고 『국어(國語)』의 「주어(周語)」에는 다음과 같은 구절이 있다.

> 경(敬)은 문의 공(恭)이고 충(忠)은 문의 실(實)이고 신(信)은 문의 부(孚)이고 인(仁)은 문의 질(質)이고 의(義)는 문의 제(制)이고 지(智)는 문의 여(興)이고 용(勇)은 문의 수(帥)이고 교(敎)는 문의 시(施)이고 효(孝)는 문의 본(本)이고 혜(惠)는 문의 자(慈)이고 양(讓)은 문의 재(材)이다.[8]

여기서 문은 단순한 객관적 질서가 아니라 인간의 내면의 덕성과 긴밀하게 소통하여 그것을 외재적인 형태로 표현한 것이라는 의미를 지닌다. 주대에 문이 인문의 의미로 널리 쓰이게 된 것은 복사(卜辭)를 통해 상제(上帝)와 직접 의사 소통하는 은대(殷代)와 달리, 하늘이 덕을 지닌 자를 선택하여 천자(天子)로 하여금 하늘을 대신하여 통치하게 하는 천명불상(天命不常)과 명덕보민(明德保民)의 사상과 밀접히 관련된다. 즉, 이것은 天命은 항상 있는 것이 아니라 덕이 있는 통치자와 함께 하고 덕을 상실한 통치자에게서는 떠난다는 의미이다.[9] 주대는 상제의 명령과 권위에 의지하여 세계를 통치하는 은대의 수직적 방식에서 벗어나 천명을 받은 인간의 덕으로 세계를 지배하는 인문적 방식을 선택한다.[10] 그래서 신의 의

"人文, 人理之倫序. 觀人文以敎化天下. 觀乎天文, 以察時變. 觀乎人文, 以化成天下."

8) 『國語』「周語」. "夫敬, 文之恭也. 忠, 文之實也. 信, 文之孚也. 仁, 文之愛也. 義, 文之制也. 智, 文之興也. 勇, 文之帥也. 敎, 文之施也. 孝, 文之本也. 惠, 文之慈也. 讓, 文之材也."

9) 송영배, 『중국사회사상사』, 한길사, 1990, 27~28면 참조.

10) 天命은 본래 최고신의 초월적 권능이다. 그리고 이것은 발전하여 정권수수 및 행위에 있어서 절대적인 근거가 되었다. 다만, 도덕행위, '敬德'관념─이성의 빛이 비쳐주는 아래에서 천명은 다시는 정권의 수수 및 인민의 화복을 주재하지 못하였다. 그리고 하늘의 위엄은 인민의 소원을 들어주는 간접적인 지위로 하락했으며, 그 뒤로는 국가의 존망, 인민의 화복은 '하늘이 감시하는 것[天監]'이 아니라 '인민이 감시하는 것[民監]'이 되었다. 이것은 중국의 민본정치사상의 시초이다. 이로부터 신격적인 천명은 탈바꿈하여 도덕적인 천명이 되었으며, 그 존재는 민심의 총반영에 불과하였다(김충열, 『中國

지보다는 인간의 덕성을 근거로 세계를 다스릴 수 있는 새로운 통치방식이 요청되는데, 이것이 바로 『주례(周禮)』에 나타나는 예(禮)·악(樂)·사(射)·어(御)·서(書)·수(數)의 육예(六禮)이다. 이중에서 덕성 교육을 담당하는 예악은 나머지 사예(四禮)에 비하여 더욱 중요시된다. 주대의 문은 천지만물에 존재하는 무늬라는 의미에서 인간의 삶에 관계되는 무늬라는 '인문'의 의미로 확장된다. 이러한 인문 속에는 인격 수양을 통해 함양된 덕성과 이것의 외재적 표현인 인륜의 질서, 그리고 문을 통해 도달하려는 조화의 세계의 의미가 통합되어 있다. 인문은 바로 우주 속에서 인간이 존재하는 방식과 그 세계를 나타내는 인간의 무늬라고 할 수 있다.11)

그런데 주 왕실이 몰락하고 이적(夷狄)이 발흥하면서 봉건 제후들이 주대의 문인 "예악을 참람하는"12) 현상이 벌어진다. 주대의 문화에 정통한 공자는 제후들의 반전통적인 행태들을 비판하면서, 그것을 복원하여 '근본'으로 삼는 일이 현재의 혼란과 타락에서 벗어나 인문의 세계로 회귀하는 길이라고 인식한다. 공자에게 주대의 문은 인륜의 질서라는 규범의

哲學散稿』 2, 온누리, 1990, 196면).

11) 인문은 우주적 존재로서 인간이나 그 사회가 마땅히 구비해야 할 어떠한 가치를 지향한다. 그래서 인문은 야만 상태에서 놓인 인간을 교육하여 인륜의 질서 속으로 편입시킨다는 인간중심주의를 포함하고 있다. 그러나 인문이 기반하고 있는 우주만물의 생성의 질서와 인간성의 개념이 망각될 경우, 인문은 본래의 의미를 벗어나 지배자의 이데올로기나 허위적인 규범으로 전락할 가능성이 내재되어 있다. 인문정신과 관련하여 우리는 王夫之의 다음과 같은 말을 기억할 필요가 있을 것이다. "천지가 만물을 생함에 있어 인간을 가장 秀靈한 것으로 만들었다. 그리하여 천지가 妙用을 나타나게 하는 임무를 인간에게 맡겼던 것이다. 그러니까 인간은 바로 천지의 중심(주체, 능동적인 존재)인 셈이다. 그러나 道義源泉이 天이기 때문에 인간은 항상 천지의 生物之心을 그대로 받아 그것으로 모든 사물을 다스려야 하며, 그렇게 하는 한에 있어서 인간은 천지의 功을 대행하는 임무를 질 수 있고 문화를 창조할 수 있는 것이다"(王夫之, 『周易外傳』 卷2).

12) 『論語』 「八佾」편에서 孔子는 魯大夫 季氏가 자기집 廟庭에서 '八佾舞'를 추게 한 것과 魯의 三大 權勢家가 자기집 家廟에서 '雍'詩를 노래 부르면서 祭를 徹한 일을 비판한다. 八佾舞나 雍詩는 天子만이 사용할 수 있는 禮樂이다. 그런데 季氏와 三大가 일개 大夫의 신분으로서 天子의 禮樂을 참람하였으니 이것은 그들의 안중에 천자도 없고 국가의 법도도 없다는 것을 의미한다. 그래서 孔子는 "이런 짓을 차마하니 무슨 짓인들 못하랴!"라고 개탄한 것이다.

차원을 넘어 인간이 마땅히 지향해야 할 가치론적인 세계로 설정된다. 공자는 현실세계에서 사라진 그 문의 세계를 실현하기 위해 인간의 본성 속에 존재하는 인(仁)한 마음의 수양을 강조한다. 공자는 이러한 순수감정을 통해 사라진 문의 세계로 돌아갈 수 있다고 인식한다. 그러나 주대의 물적 기반이 해체되어 사회적 관계가 복잡해지고 혼란스러워진 공자의 시대에는, 덕성과 질서, 그리고 이상세계의 의미가 통합되어 있는 주대의 문의 개념이 더욱 분화되기 시작한다. 이로 인해 문의 개념 내부에는 서로 상관성이 없어 보이는 의미들이 공존하게 된다. 첫째, 주대의 문화나 인륜의 질서로서의 문이다.13) 이러한 의미의 문 속에는 주대의 문화나 질서를 지시할 뿐만 아니라 현실 속에서 사라져버린 이상세계에 대한 그리움 혹은 가치지향이 담겨져 있다. 둘째, ‘문’에 관한 지식으로서의 문이다.14) 이것은 현실에서 부재한 주대의 문을 옛부터 전해져 오는 전적이나 기억을 통해 학습한다는 의미를 지닌다. 이 속에는 ‘문’에 관한 지식인 시서(詩書) 등의 육예가 포함되어 있다. 셋째, 인간 행위의 아름다운 형식으로서의 문이다. “질박함이 문채로움보다 지나치면 거칠어지고, 문채로움이 질박함보다 지나치면 화사해진다”15)의 문이 그러한 의미를 지닌다. 본래 문은 내면의 바탕(덕성)이 예악의 의식으로 발현된 상태를 뜻한다. 그런데 공자의 시대는 예악의 근본이 되는 덕성이 미흡한 상태에서 그 외적 형식인 예악의 의식만을 추종하는 참람 현상이 벌어진다. 공자는 바탕[質]과 드러남[文]의 부조화를 비판하며 바탕과 드러남이 조화로운 상태[彬彬]를 추구한다. 군자(君子)는 바로 자신의 내면 속에 존재하는 사적

---

13) 『論語』「子罕」. “文王旣沒, 文不在玆乎”; 『論語』「八佾」. “周監於二代, 郁郁乎文哉! 吾從周.”

14) 『論語』「先進」. “行有餘力, 則以學文”(學而), “敏而好學, 不恥下問, 是以謂之文也”(公冶長), “子曰 : 從我於陳蔡者, 皆不及門也. 德行, 顔淵, 閔子騫, 冉伯牛, 仲弓. 言語, 宰我, 子貢. 政事, 冉有, 季路. 文學, 子游, 子夏”; 『荀子』「王制」, “雖庶人之子孫也, 積文學, 正身行, 能屬於禮義, 則歸之卿士大夫”; 『韓非子』「八說」, “息文學而明法度, 塞私便而一功勞, 此公利也.”

15) 『論語』「雍也」. “質勝文則野, 文勝質則史, 文質彬彬, 然後君子.”

인 욕망과 혼란을 극복하고 인(仁)한 마음의 수양을 통해 이러한 조화의 경계에 도달한 사람이다. 공자는 질박한 바탕에 치우쳐 예악의 의식을 소홀히 하는 상태를 거칠[野]다고 하고 바탕의 성숙이 부족한 채 예악의 의식에 치우친 상태를 화사하다[史]고 한다. 여기서 문은 바탕과 형식이 통합되어 있는 상태에서 행위의 아름다운 형식으로 의미가 축소된다. 넷째, 말의 문채로움 혹은 글의 의미이다. 『춘추좌전(春秋左傳)』에 "공자가 말하기를 고서에서 '말은 뜻을 표출하고, 문은 말을 표출한다'고 말한다. 말하지 않으면 누가 그 뜻을 알 수 있겠는가? 말에 문체가 없으면 멀리 행하지 못한다. 진나라는 패주로 정나라가 진니라로 진입하는데, 말을 잘하지 못했더라면, 성공하지 못했을 것이다. 말에 신중해야 할 것이다"16)라는 구절이 있다. 여기서 말하는 문은 인간의 뜻[志]을 나타내는 말의 무늬를 의미한다. 이 속에는 인간의 생각과 말 사이의 언어론적인 문제가 내포되어 있다.

그런데 이러한 문의 의미들 가운데 이 시대에 가장 많이 사용되는 의미는 문에 관한 지식으로서의 문 혹은 문학이다. 이 속에는 시서예약 등 주대의 문에 관한 지식들이 포함되어 있다. 공자를 비롯한 이 시대 지식인들이 문에 대한 지식에 관심을 지니는 것은 순수한 학술적인 관심을 넘어 사회적 위기의식에서 연원한다. 이 시대는 왕과 봉건제후, 지배층과 피지배층의 관계가 가부장적 종법질서에 의해 유지되던 사회적 분화가 깨어지고, 제후들 사이의 전쟁과 계층간의 대립 충돌로 인해 사회적 혼란과 어지러움이 발생한 위기의 시대이다.17) 이들은 자기 시대의 위기가 주대의 조화로운 질서를 파괴하고 사적인 욕망에 따른 데서 근원한다고 비판하며, 주대의 인륜적 질서를 회복하는 것이 바로 사회

---

16) 『春秋左傳』「襄公二十五年」. "仲尼曰 : 志有之, 言以足志, 文以足言. 不言, 誰知其志. 言之無文, 行而不遠. 晉爲伯, 鄭入陳, 非文辭不爲功. 愼辭哉."
17) 송영배, 『중국사회사상사』(한길사, 1990), 제1부 '유교의 본질' 중 '3. 춘추전국시대의 사회경제적 변화와 사회구조의 근본적 전환' 참조

적 위기를 구원하는 길이라고 인식한다. 그들에게 문은 주대라는 특정한 시대에 형성된 문화나 풍속을 넘어 세계를 다스리는 근본원리나 질서로 의미화된다. 그래서 공자는 이러한 문이 부재하거나 어지럽혀진 자기 시대를 "세상에 도가 사라졌다"[18]라고 비판하고, "문왕이 이미 돌아가셨으니 인문의 질서가 어디에 있겠는가"[19]라고 개탄하며, "자기를 극복하고 예로 돌아가는 인(仁)"[20]을 통해 잃어버린 문의 세계로의 귀환을 추구한다. 그러나 이것은 단순한 복고취향이 아니라 근본에 대한 정명(正名)작업을 통해 혼란스런 현재를 바로잡으려는 비판적 사유라고 할 수 있다.

이 시대인들이 추구하는 주대의 문은 현실 공간에서 사라진 사물로, 문에 관한 지식 속에서 '개념'의 상태로 보존된 것이다. 그래서 문의 세계는 직접 체험할 수 없으며 그 표상체인 문에 관한 지식을 통해서 해석될 수 있을 뿐이다. 다시 말하면, 주대의 현실적 질서인 문은 그들에게 더 이상 현실이 아닌 이상적 가치 혹은 이념으로 다가온다는 것이다. 그들이 시서예악과 같은 문에 관한 지식들을 신성하게 대하는 것은 사라진 이상적 가치를 자기 시대에 구현할 수 있는 통로로 인식하기 때문이다. 그래서 이 시대의 문 속에는 이상적 가치의 의미와 혼란에 빠진 자기 시대를 구원할 수 있는 실천적 지식의 의미를 함축하고 있다. 문이 이념의 영역에서 조화의 세계라는 이상적 가치로 인식된다면, 현실의 영역에서는 위기를 극복하기 위한 실천적 지식으로 작용한다고 할 수 있다.

그렇다면 이 시대에 문은 어떠한 실천적 기능을 수행하는가? 실천적 지식으로서 문은 사(士)의 인격 수양과 민(民)에 대한 교화에 관계한다. 주대의 문은 본래 덕성과 인륜적 질서가 통합된 개념이다. 이것은 주대가 천명사상(天命思想)과 명덕보민(明德保民)의 사상을 바탕으로 성립되고, 가

---

18) 『論語』「季氏」. "天下無道."
19) 『論語』「子罕」. "文王旣沒, 文不在玆乎."
20) 『論語』「顏淵」. "克己復禮爲仁."

족 내에서 아들의 부모에 대한 존경[孝]과 연소자의 연장자에 대한 존경
[悌]이라는 혈연적 유대가 확대되어 사회적 질서로 되기 때문이다. 그래
서 주대의 문은 단순한 사회적 질서가 아니라 덕성이 외적으로 발현된
형태로서의 인륜적 질서를 의미한다. 춘추전국(春秋戰國) 시대에는 문의
바탕이 되는 덕성이 사라진 채 그 외적 형식인 문만이 남아 함부로 문을
참람하거나 심지어 신하가 군주를 죽이고 아들이 아버지를 죽이는 극도
의 혼란이 벌어진다. 공자는 이러한 비인간적이고 어지러운 현실을 개탄
하며 친친(親親)하고 애인(愛人)하는 인간성[仁] 회복을 통한 도덕적 실천
의 길에 주목한다. 공자는 이러한 도덕적 존재를 군자라고 명명하며, 군
자가 바로 자기 시대의 위기를 극복할 실천적 주체라고 인식한다. 그리고
문에 대한 공부를 군자가 되기 위한 도덕 수양의 문제와 결부시킨다.

> 시를 통해 정감이 계발되고, 예를 통해 행위를 세우고, 음악을 통해 자신을
> 완성한다.[21]

> 시를 배우지 않으면 말할 것이 없다. …… 예를 배우지 않으면 어떻게 행동해
> 야 하는 가를 알지 못한다.[22]

주대의 문에 관한 지식에 정통한 공자는 문의 지식들이 인격 수양에
관계하는 부분을 분별적으로 인식하여, 시를 정감의 계발에, 예를 행위
의 설립에, 음악을 인격의 완성에 관련시킨다. 공자는 이러한 문에 대한
공부를 통하지 않으면 도덕적 인격의 완성에 도달하지 못한다고 인식한
다. 또한 순자(荀子)는 성인(聖人)의 개념을 설정하여 문과 인격의 관계를
더욱 분별적으로 인식한다.

> 성인은 도의 주재자이다. 천하의 도가 그에 의해 관할된다. 모든 왕의 도도

---

21) 『論語』「泰伯」. "興於詩, 立於禮, 成於樂."
22) 『論語』「季氏」. "不學詩, 無以言 …… 不學禮無以立."

그에 의해 하나가 된다. 그래서 시서예악의 도도 그에게로 귀결된다. 시는 그의
뜻을 말한 것이고, 서는 그의 사적을 말한 것이고, 예는 그의 행적을 말한 것이
고, 악은 그의 조화를 말한 것이고 춘추는 그의 미언대의를 말한 것이다.[23]

성인은 군자 가운데 가장 지성(至誠)한 인물이자 고대의 문을 창조한[制
禮作樂] 근원지로 상징된다. 성인은 세계의 근본원리인 도를 관할하며 그
것의 구체적인 형태인 시서예악의 문을 창조한 존재이다. 그래서 순자는
문을 조화의 시대의 외적인 표상체로서보다는 그것을 창조한 성인이라는
인격체와 관련지어 설명한다. 시는 성인의 뜻, 서는 성인의 사적, 예는 성
인의 행위, 악은 성인의 조화, 그리고 공자가 지었다는 춘추를 포함시켜
성인의 미언대의(微言大義)와 연결시킨다. 문의 근원이 성인에 있다는 것
은 문의 학습을 통해 다시 성인의 경지로 돌아갈 수 있음을 의미한다. 이
것은 도덕적 존재인 군자를 실천의 주체로 설정하여 그의 인격의 확장을
통해 현재의 위기가 극복 가능하다는 신뢰감에 바탕하고 있다. 그래서
순자는 문에 대한 신뢰감을 근거로 "서민의 자손이라 하더라도 문학을
학습하고 몸의 행실을 바르게 하여 예의에 다가갈 수 있다면 경상이나
사대부로 귀속될 수 있다"[24]고 한다.

이 시대의 사회적 위기와 혼란은 상층 지배층에 국한된 문제가 아니
라 인심의 타락과 백성들의 반란으로 이어지는 전사회적인 문제이다.
이것은 효제의 인간관계가 무너지면서 사회적인 질서가 파괴된 데에서
빚어진 결과이다. 공자는 이러한 혼란한 현실에 직면하여 무력의 힘이
아니라 군자가 백성들로부터 신뢰를 획득하여 혼란을 다스릴 것을 제시
한다. 그래서 군자와 백성의 관계를 형법과 같은 강제적인 힘이 아니라
군자의 덕치를 통한 민심의 순화를 주장한다. 순자는 타락한 민심에 대

---

23) 『荀子』「儒效」. "聖人也者, 道之管也. 天下之道管是矣, 百王之道一是矣, 故詩書
　　禮樂之道歸是矣. 詩言是其志也, 書言是其事也, 禮言是其行也, 樂言是其和也, 春秋
　　言是其微也."
24) 『荀子』「王制」. "雖庶人之子孫也, 積文學, 正身行, 能屬於禮義, 則歸之卿士大夫."

한 교화를 문의 심성 계발의 힘과 결합시켜, 예를 통해 계층간의 불화와 갈등을 조정하고, 음악을 통해 민심을 선양할 수 있다고 인식한다.

> 음악이라는 것은 성인이 즐거워하는 바이자, 민심을 착하게 할 수 있는 것이다. 음악이 사람을 깊이 감동시키고, 풍속을 바꿀 수 있어서, 선왕들이 예악으로 교화하여 백성들이 화목하게 된 것이다. 무릇 백성들은 호악의 감정만 있고 절제된 감정이 없으면 어지러워진다. (그래서) 선왕들은 백성들의 마음이 어지러워지는 것을 싫어하여, 그 행동을 수양하게 만들고, 그 음악을 바로잡아 세상이 순응하게 되었다.[25]

> 그래서 음악이 행해지면 마음이 맑아지고, 예의가 수양되면 행동이 완성된다. (그래서) 귀가 밝아지고 눈이 환해지며, 혈기가 안정되어, 풍속을 바꿀 수 있게 된다. 천하가 모두 평온해져 선함을 칭찬하며 서로 즐거워한다.[26]

순자는 백성에 대한 교화를 외적 행위에 대한 강제적인 규범이나 의무감보다는 백성의 마음속에 내재하는 감응력의 계발에 관심을 지닌다. 여기서 순자는 마음을 조화롭게 하는 음악을 통해 백성의 마음을 선하게 만들고[善民心], 이렇게 양성된 도덕적인 자발성을 바탕으로 예를 통해 행위를 바르게 함으로써 어지럽혀진 풍속을 바로잡을 수 있다고 인식한다. 일반적으로 순자는 성악설(性惡說)에 근거하여 사회적 규범인 예를 통해 행위를 규제한다고 인식된다. 그러나 순자는 행위 강제적인 예만을 독단적으로 사용한 것이 아니라 음악을 통해 순정한 상태가 된 마음[志淸]이 외적인 행위로 올바르게 발현되기 위한 과정에서 예를 요청한다. 즉, 순자는 도덕적인 자발성과 행위의 규범을 통해 사회적 위기를

---

25) 『荀子』「樂論」. "樂者, 聖人之所樂也, 而可以善民心, 其感人深, 其移風易俗. 故先王導之以禮樂而民和睦. 夫民有好惡之情, 而無喜怒之應, 則亂. 先王惡其亂也, 故脩其行, 正其樂, 而天下順焉."

26) 『荀子』「樂論」. "故樂行而志淸, 禮脩而行成, 耳目聰明, 血氣和平, 移風易俗, 天下皆寧, 美善相樂."

극복하려는 덕치주의의 길을 지향하며 그것을 현실 속에 실현하기 위한 방법으로 예악의 힘에 의존한다고 할 수 있다.

이 시대에 문은 사(士)의 인격수양과 백성의 교화에 관계하는 실천적 지식으로서 사회적 위기를 구원하는 '쓸모 있는' 사물로 인식된다. 여기서 우리는 문의 쓸모가 교화나 정치적인 목적을 수행하는 효과적인 수단이라는 차원에서 사유되는 것이 아니라는 사실에 주목할 필요가 있다. 다시 말하면, 문에 대해 사들이 관심을 가지는 것은 문의 개념 속에 현실에서 사라져버린 이상적 가치 혹은 근본원리의 의미가 내포되어 있기 때문이다. 사들에게 문은 쓸모 있는 사물 이전에 이상적 세계에 존재하는 인간의 무늬(인문)라는 신성한 사물로 인식된다. 문이 교화를 위한 쓸모의 차원으로 전환되는 것은 현실 속에서 이러한 이상적 세계를 구현할 수 있는 통로가 바로 문이라는 생각에서 비롯된다. 사들은 문밖에 존재하는 어떠한 목적을 실현하기 위해 문의 쓸모를 빌어 오는 것이 아니라, 문 속에 내포되어 있는 이상적 가치를 현실화시키기 위해 인간의 심성 계발과 교화라는 문의 실천적 힘에 관심을 가진다. 따라서 사들이 문을 통한 교화론을 제기하는 것은 문을 정치 목적의 실현을 위한 수단으로 간주하는 논리가 아니라 이상적 가치로서의 문을 실천적 지식으로서의 문을 통해 구현하려는 논리로 이해해야 할 것이다. 이것이 바로 사들이 민을 교화하기 위한 목적에 문을 사용하면서도 수단의 차원으로 간주하지 않고 신성한 사물로 인식하는 내적 원인이다.

이상을 종합하면, 중국의 문이라는 말은 천지만물에 존재하는 무늬라는 의미에서 주대에는 덕성과 인륜적 질서가 통합된 인간 사회의 무늬(인문)라는 의미로 인신(引伸)되고, 춘추전국시대에는 주대의 문화, 주대의 문에 관한 지식, 행위의 외적 아름다움, 말의 문채로움이나 글 등의 의미로 확장된다. 그리고 고대인들에게 문은 사라져버린 주대의 이상적 질서라는 의미와 현실 속에서 그것을 구현하기 위한 실천적 지식이라는 의미로 이해된다. 고대인들은 이러한 문을 이념적 차원에서 인간의 삶을 조정하는 근본원리로 이해하고 실천적 차원에서 혼란과 위기를 구원하는 쓸모 있는 사물로 인식한다. 문에 대한 이러한 근본적인 생각들은 시대에 따라 문의 존재방식과 구체적인 의미는 변천하지만 근대의 계몽론적 문학관에 이르기까지 유사한 형태로 지속된다고 할 수 있다.

2. 언(言)과 문의 관계

그렇다면 고대의 문은 현재적 의미의 문학과 어떠한 관련성을 지니는 것인가? 주지하듯이 고대의 문은 시서예악을 포괄하는 혼융적 개념이어서 문화의 형태로 존재한다. 존재방식의 면에서 고대의 문은 현재적 의미의 문학이 글쓰기의 범주 속에서 존재하는 것과 근본적인 차이를 지닌다. 그래서 많은 연구자들이 중국의 문학 개념을 추적할 때 문화의 형태로 존재하는 고대의 혼융적 문에서 글쓰기 개념인 문으로 분화되는 양상에 주목한다. 이러한 논리에 따르면, 선진시대에 문이 문화학술의 총칭이던 것이 양한(兩漢) 때에 이르러 문학과 문장의 의미가 구별되어 사장(詞章)의 아름다움을 따지는 작품을 문장이라고 하고 학술적인 글은 문학이라고 부른다. 그리고 위진남북조(魏晉南北朝) 시대에 이르러 그 형식과 성질에 따라 유(儒)·학(學)·문(文)·필(筆)로 구별되어, 문은 후대의 예술문과 같이 실제 사무와 관련이 없는 시부류의 작품을 가리키며, 필은 후대의 응용문과 같이 조정이나 관청의 용무에 쓰여지는 조(詔)·책(策)·장(章)·주(奏) 류의 작품을 지칭한다.[27] 이것은 문 내부에 존재하는 다양한 형태의 글쓰기 방식에 주목하여, 그 가운데서 현대적 의미의 '문학적' 글쓰기가 파

---

27) 周勳初, 중국학연구회 고대문학분과 역, 『中國文學批評史』, 이론과실천, 1992, '3章 魏晉南北朝의 文學批評' 참조.

생되어 나오는 과정에 관심을 가지는 논리라고 할 수 있다.

고대의 혼융적 문 개념 속에는 말의 문채로움 혹은 글이라는 의미가 내포되어 있는데, 이것이 바로 문화 형태의 문에서 글쓰기라는 개념이 파생되어 나오는 근거가 된다. 여기서 우리는 말의 문채로움으로서 문의 개념이 '문론'의 체계 가운데서 어떠한 위치를 차지하고 있는지를 이해할 필요가 있다. 문화나 글쓰기라는 범주는 문의 본질론·창작론·언어론·수용론 등의 이론체계 가운데서 언어론과 관계되는 문의 존재형태 혹은 존재방식의 차원에 해당하는 것이다. 다시 말하면, 문론은 크게 문이란 무엇인가라는 지식과 문은 어떻게 존재하는가라는 지식으로 구성되어 있다면, 문화나 글쓰기의 범주는 후자의 문의 존재방식에 관한 지식에 속한다는 뜻이다.

말의 문채로움으로서의 문이 관계하는 영역은 '글쓰기'의 범주가 아니라 '말하기'의 범주에 속한다. 이러한 문은 글을 쓴다는 차원이 아니라 말을 '문채롭게' 나타내는 영역에 해당한다. 앞에서 인용한 『춘추좌전』의 "언이족지, 문이족언(言以足志, 文以足言)"의 구절은 지(志)—언—문 사이의 관계를, 말은 뜻을 표출하고 글은 말을 표출하는 관계로 설정한다. 현상적으로 볼 때 이것은 글은 뜻을 직접 나타내지 못하고, 말을 거쳐야 뜻을 나타낼 수 있다는 의미로 해석될 수도 있다. "언지무문, 행이불원(言之無文, 行而不遠)"의 경우도 말이 문에 선행하는 관계를 지니고 있다. 만약 지—언—문 사이의 관계를 위계적으로 해석한다면, 문은 말의 종속적인 기능을 수행하는 것으로 '비하'될 수도 있다. 이 구절과 유사한 논리를 펴고 있는 『주역』「계사전(繫辭傳)」의 다음 구절을 살펴보자.

공자는 '글은 말을 다할 수 없고, 말은 뜻을 다할 수 없다'고 말한다. 그렇다면 성인의 뜻은 엿볼 수 없는 것인가? 공자는 '성인은 상을 세워 뜻을 다하고, 궤를 만들어 옳고 그름을 다하고, 문사를 엮어서 그 말을 다한다. (그래서) 변하면서 통하여 그 이로움을 다하고, 북을 치고 춤을 추며 신명을 다한다.[28]

여기서는 의―언―서(書)의 개념을 통해 뜻과 말과 글의 관계를 정립하는데, 『춘추좌전』의 구절과 달리 글은 말이 이르는 바를 다하지 못하고 말은 뜻이 이르는 바를 다하지 못한다고 인식한다. 그래서 뜻과 말 사이에는 말로 완전하게 나타낼 수 없는 뜻이 남아 있고 말과 글 사이에는 글로 완전히 나타낼 수 없는 말이 존재하게 된다. 「계사전」은 나아가 이러한 거리감으로 인해 뜻에는 말과 글의 언어로 표현할 수 없는 부분이 남게 되어 그것을 나타낼 수 있는 언어인 형상(象)과 괘(卦)를 요청한다. 그렇다면 고대 중국인들은 글(문자)을 말을 전달하는 일차적인 수단으로 비하하거나 뜻을 다 표현하지 못하는 부정적인 사물로 인식한 것인가?

갑골문(甲骨文)에서 보이듯이 고대 중국인들은 문자를 하늘이나 조상과 소통하는 신성한 사물로 인식하며, 고대중국의 문자 가운데 최소한 어느 일부분은 그 종족의 정치나 종교적인 권력을 상징하는 족휘로부터 변천되었을 가능성이 많다.29) 또한 「계사전」의 다음 구절에서는 문자의 기원을 우주적인 차원으로 설명하고 있다.

> 옛날에 포희씨가 천하를 다스릴 때, 우러러 하늘의 모습을 관찰하고, 굽히어 땅의 법칙을 살피며, 새와 짐승의 무늬와 땅의 이루어진 모양을 살피고, 가까이는 몸에서 취하고, 멀리는 천지만물에서 가져다가, 처음으로 팔괘를 만들어 그로써 신명한 덕에 통달하고, 만물의 정황을 분류하였다.30)

이 구절에서는 팔괘(八卦)의 창조가 천지 사물의 모습에 대한 면밀한 관찰작업을 통해 이루어진 것이라고 설명함으로써 문자의 기원을 자연계의 현상과 연결시킨다. 그리고 문자 창조의 원인을 신명한 덕의 통달

---

28) 『周易』「繫辭傳」. “子曰. 書不盡言, 言不盡意. 然則聖人之意, 其不可見乎. 子曰. 聖人立象以盡意, 設卦以盡情僞, 繫辭焉以盡其言, 變而通之以盡利, 鼓之舞之以盡神”
29) 장광직, 『신화 미술 제사』, 동문선, 1990, 141면.
30) 『周易』「繫辭傳」. “古者庖犧氏之王天下也, 仰則觀象於天, 俯則觀法於地, 觀鳥獸之文與地之宜, 近取諸身, 遠取諸物; 於是始作八卦, 以通神明之德, 以類萬物之情.”

과 만물의 정황의 분류에 두며, 문자를 통한 사회 문화와 제도의 완성을 추구하고 있다. 이러한 맥락에서 볼 때 글(문자)은 결코 말을 전달하는 도구와 같은 비하적인 사물이 아니라 우주적인 기원을 가지며 문화 창조와 관계하는 신성한 사물로 상징된다. 그렇다면 글에 대한 신성한 의식을 지니고 있던 고대 중국인들이 왜 뜻과 말과 글 사이의 관계를 이렇게 규정한 것인가? 더군다나 한자가 표음문자가 아니라 표의문자라는 사실을 상기한다면, 말을 매개하지 않고 직접 뜻을 나타낼 수 있을 텐데 왜 말을 나타내는 것으로 글을 설정한 것인가?

인간이 자기 의사를 나타내기 위해서는 그것을 밖으로 표출할 수 있는 어떠한 외적인 형태가 필수적으로 요청된다. 언어는 인간의 의사 표현의 방법으로 그것은 어느 하나로 고정되어 있는 것이 아니라 역사적 조건에 따라 그 표현방식이 변천한다. 고대의 언어는 현재와 같이 언어의 제 영역이 분화되어 있지 않고 노래나 춤·말·글 등의 다양한 형식들이 혼융되어 존재한다. 그러나 이러한 언어들 사이에는 표현의 방법이나 대상, 그리고 표현의 정도의 차이는 존재하지만 어떠한 위계질서로 관계지어져 있지는 않다.31) 그 언어들은 의사(뜻) 표현이라는 중심 목적 속에서 '통합되어' 존재한다. 「모시서(毛詩序)」의 다음 구절을 읽어보자.

> 정이 마음에서 움직여 말로 드러난다. 말이 부족하면 감탄하게 되며, 감탄이 부족하면 길게 노래하게 되며, 길게 노래하는 것이 부족하면 자기도 모르게 손이 춤추고 발이 구르게 된다.32)

이 구절은 해석의 관점에 따라 언어 자체에 대한 설명이기보다는 무당이 굿을 벌이며 노래와 춤과 북으로 신과 소통하는 상황일 수 있다.

---

31) 이 부분에 대해서는 M·S 까간, 『미학강의』 1(진중권 역, 벼리, 1989) '예술의 기원' 부분 참조.

32) 『毛詩序』. "情動於中而形於言. 言之不足, 故嗟歎之. 嗟歎之不足, 故永歌之. 永歌之不足, 不知手之舞之足之踏之也."

그러나 이러한 상황론을 벗어나 언어론의 입장에서 볼 경우 우리는 고대 중국의 뜻과 언어 그리고 언어들 사이의 관계에 대해 이해할 수 있을 것이다. 고대의 언어는 마음에서 일어난 느낌을 표현하기 위해 존재하며 말과 탄식, 노래, 춤은 그러한 느낌을 표현하기 위한 구체적인 언어로 등장한다. 고대의 언어는 마음속에 있는 느낌(뜻)을 밖으로 적합하게 나타내는 것을 목적으로 삼으며, 구체적인 언어들은 느낌의 표현이라는 동근원성을 갖는다. 그래서 느낌과 언어 사이에는 대립과 모순의 벽이 없으며 마음의 안과 밖에 위치하는[在心爲志, 發言爲詩] 친연적인 관계를 지니게 된다. 고대에는 뜻의 표출을 중심으로 삼는 언어관으로 인해 언어에 관한 자세한 언급보다는 마음의 상태나 수양에 더욱 많은 관심을 지니게 된다. 그러나 이것은 어디까지나 언어가 표현하려는 근원을 마음에 두는 것이지 언어에 대해 무관심하거나 도구화한다는 것을 의미하지는 않는다. 오히려 말과 탄식과 노래와 춤의 언어 사이에 어떠한 차이가 있음을 감지한다. 「모시서」에서는 이러한 차이를 말이 나타낼 수 없는 느낌을 탄식으로 나타내고 탄식으로 나타낼 수 없는 느낌을 노래로 나타내고 노래로 나타낼 수 없는 느낌을 춤으로 나타낸다고 인식한다. 여기서 우리는 언어 사이의 이러한 차이가 무엇을 의미하는지에 대해 주목할 필요가 있다. 언어의 차이에 대한 이해와 언어 사이의 순차적인 관계 설정은 위에서 인용한 「계사전」의 구절과 유사하다. 만약 언어 사이의 관계를 이어주는 말인 부족(不足)이나 부진(不盡)의 의미를 위계적 관계로 해석한다면 글은 말보다, 말은 탄식보다, 탄식은 노래보다, 노래는 춤보다 뜻의 표현에 적합하지 못하다는 우열의 관계로 설정된다. 또 글은 뜻의 표현에 제일 부적합한 열등한 언어가 되고 춤은 뜻의 표현에 제일 적합한 우월한 언어가 되어 버린다. 이 문제를 『예기(禮記)』「악기(樂記)」의 다음 구절과 관련지어 해석해보자.

金, 石, 絲, 竹은 음악의 도구이다. 시는 그 뜻을 말하고, 노래는 그 소리를

길게 늘이는 것이며, 춤은 몸을 움직이는 것이다. 이 세 가지는 모두 마음에서
근본하며, 그런 후에 악기가 따르는 것이다.[33]

　여기서는 시·악·무(舞)를 모두 사람의 마음에 근본을 두며, 시는 뜻
을 말하는 것이고 노래는 그 소리를 길게 늘이는 것이며 춤은 그 모양
을 움직이는 것이라고 설명한다. 언어의 근본을 사람의 마음에 두는 것
은 「모시서」와 동일하다. 그러나 언어 사이의 관계를 설명함에 있어 시
는 뜻에 음악은 소리에 춤은 모양에 연결지음으로써 언어와 그 표현 대
상을 분별적으로 이해한다. 이것은 「모시서」처럼 언어 사이의 관계를 점
층적으로 해석하는 것이 아니라 언어들을 동일한 지평 위에 놓고 그 언
어가 관계하는 대상의 특성에 주목하는 해석방식이다. 『예기』「악기」의
해석방식을 받아들인다면 언어들을 우열의 관계로 해석할 여지는 없다.
이런 맥락에서 볼 때 「모시서」의 내용은 말이 노래나 춤보다 열등한 표
현이라는 해석보다는 말과 탄식과 노래와 춤 사이에 나타낼 수 있는 느
낌의 강한 정도의 차이가 있다고 보아야 할 것이다. 다시 말해서, 말로
표현해서 좋을 느낌이 있고, 탄식으로 해야 하는 느낌이 따로 있고, 노
래나 춤으로 표현해야 하는 느낌이 또 따로 있으니, 표현수단의 선택이
마음 안의 무엇을 나타내려 하느냐에 따라 달라진다는 뜻이다.[34]

　고대 언어의 통합적 성격과 언어 사이의 관계를 설정하는 중국인의
논리를 이해한다면, 말과 글은 모두 뜻의 표현에 근본을 두는 언어이며
글은 말을 나타내는 열등한 수단이 아니라 말과는 다른 방식으로 뜻의
어떠한 영역을 표현하는 언어로 해석해야 할 것이다. 글쓰기의 개념이
보편화된 현재와 달리 고대는 말하기가 보편적인 언어로 인식된다. 그
래서 이 시대의 텍스트 속에는 문이나 서(書)와 같이 글쓰기와 관계된 개

---

33) 『禮記』「樂記」. "金石絲竹, 樂之器也. 詩, 言其志也. 歌, 永其聲也. 舞, 動其容也.
　　三者本於心, 然後器氣從之."
34) 유형규, 「『주역』「계사전(繫辭傳)」의 언어이론」, 『현대비평과이론』 12호, 1996, 153면.

념보다는 언(言)이나 사(辭)와 같은 말하기와 관련된 개념이 더 많이 사용
된다. 가령, 전통적인 시의 정의인 시언지(詩言志)나 「모시서」의 "시자,
지지소지야, 재심위지, 발언위시(詩者, 志之所之也. 在心爲志, 發言爲詩)"를
보면 시는 글로 쓰는 '시문지(詩文志)' 혹은 '시서지(詩書志)'가 아니라 뜻
을 말[言]하는 것으로 인식된다. 그리고 『논어』의 "덕이 있는 자는 반드
시 할 말이 있지만, 할 말이 있는 자가 반드시 덕이 있는 것은 아니
다"35)나 "말을 하지 못하면 그 뜻을 알 수가 없다"36)에서도 인간의 마
음을 드러내는 언어로 글보다는 말을 설정하고 있다. 이것은 고대의 텍
스트에 공통적으로 나타나는 현상이다.37) 그렇다면 고대에 말이라는 것
은 어떠한 개념으로 이해되는가? 고대인들은 말을 의사소통을 위한 단
순한 발화행위로 바라보지 않고 인간의 뜻을 가장 근접하게 표현할 수
있는 언어로 이해한다. 다시 말하면, 그들은 말을 뜻을 나타내는 도구로
인식하는 것이 아니라 뜻을 밖으로 표출할 수 있는 언어적 '통로'로 생
각한다. 「모시서」에서 "마음에 있으면 뜻이 되고 그것을 바로 드러내면
시가 된다[在心爲志, 發言爲詩]"고 한 것은 말을 뜻과 시를 연결해주는 내
적 통로로 이해하기 때문이다. 뜻은 말을 통해서 외부로 표출될 수 있으
며, 말이 없으면 그 뜻을 이해할 길이 없게 된다. 그래서 공자가 "말을
하지 않으면 그 뜻을 알 수가 없다"고 한 것이다. 고대인들은 입언(立
言)·입덕(立德)·입공(立功)을 심불후(三不朽)38)라고 하여 말에 대한 숭고
한 생각을 지니는데, 이것은 말이 뜻의 본의를 가장 잘 표출할 수 있는

---

35) 『論語』「憲文」. "有德者必有言, 有言者不必有德."
36) 『春秋左傳』「襄王二十五年」. "不言, 誰知其志."
37) 그래서 우리는 고대의 문학의 개념을 논할때 고대 언어의 이러한 특성을 전제한 상
   태에서 접근해 들어가야 할 것이다. 언어의 존재방식의 하나인 글쓰기 개념이 보편화
   되지 않았다는 이유로 고대의 문학이 열등하다고 부정적인 판단을 내릴 어떠한 근거
   는 없다. 오히려 그 시대의 맥락에서 그 시대 문학의 존재방식을 이해해야 현재적 관
   점에서 놓치지 쉬운 사실을 발견할 수 있을 것이다.
38) 『春秋左傳』「襄公二十四年」. "豹聞之, 大上有立德, 其此有立功, 其此有立言. 雖
   久不廢, 此之謂不朽."

언어로 인식하기 때문이다. 그들에게 말을 세운다는 것은 바로 뜻을 세운다는 의미에 다름 아니다. 이처럼 고대인들은 말을 뜻을 가장 근접하게 표출할 수 있고 또 그 뜻을 알 수 있는 신성한 언어로 인식하고 있다. 이런 맥락에서 볼 때 글이 말을 나타낸다고 하는 것은 말 자체가 아니라 뜻의 목소리로서의 말을 나타낸다는 의미로 해석해야 할 것이다.

글이 말의 범주에서 독립되어 글쓰기의 개념이 보편화되기 시작한 것은 언제부터인가? 제자백가(諸子百家)의 텍스트는 글로 쓰여진 것이지만 그 내용은 대체로 대화로 구성되어 있다. 대화는 글이 아니라 말을 사용하는 의사소통 방식이다. 텍스트가 대화로 구성된다는 것은 일종의 서사기교라기보다는 뜻의 목소리인 말에 가깝게 글을 써야 한다는 생각에서 비롯된 현상으로 보인다. 즉, 제자백가는 당시의 지배적인 언어관인 ‘글은 말을 나타낸다’는 논리에 따라 쓰여진 텍스트임을 의미한다. 이것은 말하기의 범주 속에서 글을 ‘쓰는’, 그 시대의 특수한 글쓰기 방식이라고 볼 수 있다. 글은 문자의 제약을 받는 언어이다. 글쓰기의 개념이 일반화된다는 것은 의사표현이 가능할 정도로 문자가 축적되고 서사능력이 성숙했다는 것을 뜻한다. 그리고 글쓰기 경험의 축적에 따라 말하기와 글쓰기 사이의 분별적인 차이를 감지하며 말하기에서 벗어나 문장과 수사에 대한 관심을 지니게 된다.

진한대에 이르러 글쓰기 개념이 정착되면서 문의 존재방식이 문화형태에서 글쓰기로 전환된다.39) 이것은 혼융적 문 개념 속에 일부분으로 존재하던 말의 문채로움의 의미가 문을 지시하는 대표개념으로 확장된 것이라고 할 수 있을 것이다. 문의 본래적 의미가 천지 만물에 존재하는 무늬이며 여기서 문채로움 혹은 아름다움의 의미가 파생되듯이, 글쓰기의 개념으로 존재 전이된 문에 대해서도 문채로움이라는 일차적 의미가

---

39) 김학주 교수는 『중국고대문학사』(민음사, 1987)에서 진한대에 들어와 문장을 구성하는 그 자체에서 순수한 아름다움을 발견하며 수사에 대한 자각을 통해 글쓰는 사람의 개성을 드러내기 시작한다고 주장한다.

내포되어 있다. 한대 유희(劉熙)는 『석명(釋名)』에서 "문이란 여러 가지 채색을 모아서 비단의 수를 이룬 것이다. 여러 글자들을 모아서 말의 뜻을 이룬 것도 수놓은 무늬와 같은 것이다"[40]고 한다. 이것은 중국인들이 글쓰기로서의 문도 비단의 무늬처럼 아름다운 어떠한 것이라는 생각을 지니고 있음을 의미한다. 그래서 수사에 대한 자각을 통해 사장의 아름다움을 추구하는 사부(辭賦)와 같은 글을 문장이라고 하고, 고대의 문에 관한 지식인 육경과 같은 글을 문학이라고 부른 것이다. 그런데 수사와 관계되는 문장이라는 말 속에는 긍정보다는 부정적인 의미가 깔려 있다. 전통적인 언어론은 지—언—문의 관계에서 말과 글은 모두 뜻의 표출에 근본을 두고 있으며 뜻의 본의에 대한 충실한 표출을 목적으로 삼는다. 문채로움은 그 자체가 목적이 아니라 뜻의 효과적인 표출을 위한 형식에 속한다. 그래서 뜻의 표현보다는 아름다운 수사에만 관심을 지니는 문장은 어린애들의 '조충전각(雕蟲篆刻)'과 같은 유희행위로 비쳐지는 것이다. 여기서 글쓰기 범주로 정착된 문 개념 속에 모순이 발생한다. 문이라는 말 속에 내포되어 있는 이상적 가치와 아름다운 수사를 추구하는 글쓰기 의식 사이의 거리감이다. 젊은 시절 아름다운 수사 속에서 풍간(諷諫)의 뜻을 담으려고 했던 양웅(揚雄)이 후기에 『법언오자(法言吾子)』에서 시인지부(詩人之賦)와 사인지부(辭人之賦)를 구별하여 시인지부는 "법도를 지키면서 아름답고[麗以則]" 사인지부는 "아름답지만 방탕하다[麗以淫]"고 한 것은 이러한 거리감에서 비롯된 곤혹스런 인식이다. 왕충(王充)은 이러한 거리감을 전통적인 언어론에 입각하여 해결하려고 한다. 그의 대표적 저서인 『논형(論衡)』의 다음 구절을 살펴보자.

① 아래에 뿌리가 있으면 위에 꽃잎이 있고, 안에 열매의 핵이 있으면 밖에 껍질이 있게 된다. 글과 말은 선비의 꽃잎이자 껍질이다. 진실이 가슴속에 있으면, 글이 죽백에 나타나, 절로 밖과 안이 부합되며, 뜻이 솟구쳐 붓이 따르게

---

40) 劉熙, 『釋名』. "文者, 會集衆綵, 以成錦繡; 會集衆字, 以成辭義, 如文繡然也."

된다. 그래서 글이 드러나면서 진실이 나타난다.[41]

　②무릇 글은 말과 같아, 간혹 쉽게 드러나서 명료하기도 하고 간혹 완곡하게 말해서 우아하기도 하다. 어느 것이 말을 잘 하는 것인가? 그래서 입으로 말하여 뜻을 밝히고, 말이 없어질 것을 걱정해서 문자로 기록한다. 문자와 말은 동일한 것이니, 어찌하여 가리키는 뜻을 은폐해야 하는가?[42]

　①의 "실성재흉의, 문묵저죽백(實誠在胸臆, 文墨箸竹帛)"을 보면 왕충이 글쓰기 개념을 염두에 두면서 논리를 전개하고 있음을 알 수 있다. 즉, 『춘추좌전』의 "언이족지, 문이족언(言以足志, 文以足言)"과 같이 뜻과 글 사이에 말을 매개하지 않고 마음속에 있는 뜻[實誠]을 글[文墨]로 죽백에 드러낸다고 인식하고 있다. 이것은 뜻을 말하기의 범주 속에서 표출하는 것이 아니라 글쓰기의 범주 속에서 나타냄을 의미한다. 왕충은 뜻의 충실한 표출을 목적으로 삼는 전통적인 언어관에 따라 뜻과 글쓰기의 관계를 규정하며 그것을 뿌리와 꽃잎, 열매와 껍데기 즉, 근본과 지엽의 관계로 이해한다. 이것은 뜻의 표출이라는 언어의 전통적 의미를 망각한 채 형식적인 아름다움만을 추구하거나 뜻의 본의가 잘 드러나지 않는 수사적 글쓰기에 대한 비판적 인식이다. 그리고 ②에서 왕충은 "언지무문, 행지불원(言之無文, 行而不遠)"의 논리처럼 글의 위상을 말의 유한성 극복에 두며, 뜻을 표현함에 있어 말과 글의 동근원성[文字與言同趣]을 주장한다. 사실 이러한 논리는 관심의 대상이 말에서 글쓰기로 전환되었다는 점을 제외하면 전통적인 언어관의 충실한 계승이라고 할 수 있다. 그렇지만 이 말이 고인의 글을 모방하는 복고적인 글쓰기를 추구한다는 뜻은 아니다. 오히려 왕충은 귀고천금(貴古淺今)의 풍조를 비

---

41) 王充, 『論衡』 「超奇」. "有根株於下, 有榮葉於上, 有實核於內, 有皮殼於外, 文墨辭說, 士之榮葉皮殼也. 實誠在胸臆, 文墨箸竹帛, 外內表裏, 自相副稱, 義奪而筆從, 故文見而實露也."

42) 王充, 『論衡』 「自紀」. "夫文由語也, 或淺露分別, 或深迂優雅, 孰爲辯者? 故口言以明志; 言恐滅遺, 故箸之文字. 文字與言同趣, 何爲猶當隱閉指意?"

판하며 글쓰기 주체의 진실한 감정에 따른 글쓰기를 지향한다. 다시 말하면, 왕충은 인간의 성실한 뜻을 충실하게 표출하는 '말에 가까운 글쓰기'를 통해 문 내부에 존재하는 갈등을 해소한다고 할 수 있다. 그러나 왕충은 전통적 언어관에 입각하여 뜻과 글쓰기 사이의 관계를 조정할 뿐이며, 아직 글쓰기의 독자적인 원리에 대한 인식에는 도달하지 못하고 있다.

위진시기에는 고대의 문에 관한 지식인 경학에 의존하여 사회질서를 구현하려던 양한에서 벗어나 노장사상(老莊思想)으로부터 발전한 현학(玄學)이 중심을 이룬다. 이 사상은 대체로 유가적인 인문의 명교(名敎)를 경시하고 자연과 자연적 존재로서 인간에 대해 관심을 지닌다. 그래서 그들은 덕성의 바탕이 사라진 채 예법과 같은 외재적인 규범의 형식으로만 남은 '문'에서 탈피하여 인간의 자연스런 상태에 주목한다. 이러한 사유로 인해 이 시대에는 인간의 자연스런 감정, 재질과 풍격에 대한 관심과 아울러 글쓰기로서의 문 자체의 원리에 대해 인식하기 시작한다. 이것은 문의 위상을 뜻을 나타내는 언어의 차원으로 이해하는 데에서 벗어나, 문이라는 독립적 세계 속에서 인간의 개성적인 삶의 표현 가능성에 대해 인식함을 의미한다. 다시 말하면, 이 시대에는 글쓰기로서의 문의 위상이 언어적 차원을 넘어 인간의 삶과 통합된 '정신세계'의 차원으로 승인된다는 것이다. 조비(曹丕)는 문에 대한 이러한 인식을 바탕으로 그것을 신성한 가치를 지니는 사물로 이해한다.

> 대개 문장은 나라를 다스리는 위대한 사업이자 사라지지 않는 풍성한 일이다. 수명은 때가 되면 다하고 즐거움은 그 몸에서 그친다. 이 두 가지는 반드시 도달하게 되는 정해진 시간이 있으니 끝이 없는 문장보다 못하다. 그래서 옛날의 작자들은 몸을 붓과 먹에 깃들이고 뜻을 서적에 나타내어, 사관의 문사를 빌리지 않고 권세의 힘에 의존하지 않아도, 그 이름이 절로 후세에 전해진 것이다.[43]

여기서 조비는 문장을 한대의 양웅이 어린아이의 유희행위로 비하하던 것과 달리 "나라를 다스리는 위대한 사업, 사라지지 않는 풍성한 일[經國之大業, 不朽之盛事]"이라는 신성한 사물로 인식한다. 고대인들은 나라를 다스리는 근본원리를 시서예악 등의 문에 두고 있으며, 불후한 것으로는 입언·입덕·입공을 삼불후라고 명명하여, 이러한 사업을 글쓰기로서의 문과 연결시키지 않는다. 그런데 조비는 고대의 문이 담당하던 신성한 사업을 '문장'에 부여함으로써 언어적 차원에 머물러 있던 글쓰기를 나라를 다스리는 근본에 관계되는 일로 상승시킨다. 조비가 뜻하는 문장은 아름다운 수사만을 추구하는 언어적 차원의 문장과는 질적으로 다르다. 또한 조비는 역사나 권력과는 다른 방식으로 인간의 자기 삶을 드러내주는 글쓰기의 존재론적 차원에 주목한다. 조비 역시 "몸을 붓과 먹에 깃들이고, 뜻을 서적에 나타낸다[寄身於翰墨, 見意於篇籍]"라고 하여 뜻의 표출을 중시하는 전통적인 언어관을 따르지만 이것은 단순한 뜻의 표출이 아니라 문의 세계를 통한 뜻의 표출이다. 이러한 조비의 사유는 인간의 뜻과 문의 원리에 따라 그 존재방식이 달라짐에 주목한 "문장이란 근본은 같으나 끝은 다르다[文本同而末異]"나 "문장은 기를 위주로 한다[文以氣爲主]"에 나타난다. 그래서 조비는 언어적 차원으로 인지되던 문장을, 정신적 의미와 신성한 쓸모가 있는 존재론적 차원의 글쓰기 개념으로 끌어올림으로써, 문의 광활한 세계를 열어놓았다고 할 수 있다. 이 시대에는 조비가 열어놓은 문의 세계를 바탕으로 뜻과 문의 관계에 주목하는 언어론을 넘어 문의 세계 내부의 제 원리를 탐색하는 사유들이 출현한다. 조비의 『전론(典論)』 「논문(論文)」에 이어 육기(陸機)의 『문부(文賦)』, 소통(蕭統)의 『문선(文選)』, 유협(劉勰)의 『문심조룡(文心雕龍)』, 종영(鍾嶸)의 『시품(詩品)』 등은 창작론·풍격론·문체론·성률론 등 문에 관한 다양한 지식을

---

43) 曹丕, 『典論』 「論文」. "蓋文章, 經國之大業, 不朽之盛事. 年壽有時而盡, 榮樂止乎其身, 二者必至之常期, 未若文章之無窮. 是以古之作者, 寄身於翰墨, 見意於篇籍, 不假良史之辭, 不託飛馳之勢, 而聲名自傳於後."

체계적으로 사유한 글들이다. 이것은 문을 독립적 대상으로 삼을 때만이 가능한 체계적 문론이라고 할 수 있다.

이상을 종합하면, 선진시대에 문화의 형식으로 존재하던 문에서 글쓰기의 개념이 분화되고, 한대에는 글쓰기 개념이 수사에 대한 관심이라는 언어론적 차원에서 출발하지만, 위진시대에 이르러 인간의 정감을 표현하는 존재론적 글쓰기 개념으로 정착된다. 그리고 이러한 문은 의사 전달수단으로서의 글이 아니라 독자적인 정신세계를 지니는 문학적 사유공간으로 인식됨에 따라, 더 이상 가벼운 유희행위가 아니라 쓸모 있는 신성한 사물로 승인된다. 고대의 문 개념에서 현재의 문학과의 유사성을 찾는다면 바로 이러한 부면이 될 것이다.

3. 문이재도론(文以載道論)

그렇다면 이러한 문과 근대 중국인들이 비판한 '재도(載道)'의 문학 혹은 그 글쓰기 원리로서 '문이재도론'의 문 사이에 어떠한 관계를 지니는 것인가? 문이재도론 속의 문은 독자적인 정신세계를 지니지 못하고, 도를 담기 위한 수사적 차원으로 존재한다. 이것은 문을 "경국지대업, 불후지성사(經國之大業, 不朽之盛事)"하는 것으로 인식한 조비나, 문의 기원을 우주론적인 차원에서 설명하는 유협의 사유와는 극단적인 대조를 이룬다. 동일한 문을 놓고 왜 이러한 극단적인 해석 차이가 일어나는 것인가? 문이재도란 말은 송대 주돈이(周敦頤)의 『통서(通書)』에 나오는 구절인데, 주희(朱熹)가 주돈이를 성리학의 종사(宗師)로 추존하고 그의 『통서』에 관한 주석을 달고 중시하면서 성리학자의 문학관으로 정립된 것이다. 그러면 이 말이 나타나는 주돈이의 『통서』의 구절을 살펴보자.

문이란 도를 담는 것이다. 수레바퀴와 멍에가 장식되어 있어도 사람이 쓰지 않으면 헛된 장식일 뿐이다. 하물며 빈 수레에 있어서야! 문사는 기예이고 도덕이 실체이다. 그 실체를 돈독히 하고 기예로써 나타내어 아름다우면 좋아하게 되고 좋아하게 되면 전해지게 된다. 현명한 사람이 배워서 도달할 수 있으면 이것이 가르침이 된다. 그래서 "말에 문채가 없으면 행해도 멀리 이르지 않는다"고 한 것이다. 그러나 현명하지 못한 사람은 아버지와 형이 권하고 스승이 독려해도 배우지 않으니 억지로 하면 따르지 않는다. 도덕에 힘쓸 줄 모르고 단지 문사로 능함을 삼는 자는 기예일 뿐이다. 아, 폐단이 오래되었구나![44]

여기서 주돈이가 뜻하는 문은 바탕인 도덕을 나타내는 글 혹은 문사의 차원으로 이해한다. 이러한 문은 위진시대의 문학적인 글쓰기로서의 문이 아니라 뜻을 표출하는 수사적 글쓰기의 의미에 가깝다. 그래서 이러한 문은 도덕의 표출에 관계할 때 의미 있는 기예(藝)가 되지만 그것과 무관한 채 수사만을 추구할 때는 '조충전각'과 같은 유희로 전락하고 만다. 사실 실질을 담고 있지 않는 수사적인 글에 대한 비판은 주돈이의 새로운 견해가 아니라 뜻의 표출을 목적으로 삼는 전통적인 언어관과 상통하는 것이다. 오히려 우리가 주목해야 할 부분은 문의 위상을 도와의 관계 속에서 찾는 사유방식이다. 전통적인 사유방식으로 볼 때 문은 도의 개념이 아니라 지나 의, 정과의 관계 속에 위치한다. 문은 마음속에 있는 뜻을 표출하는 것인데, 이때의 뜻은 사물에 감응되어 마음속에 일어나는[感於物而動] 느낌을 포괄하는 개념이다. 문학적 글쓰기로서의 문은 바로 이러한 느낌(정감)의 세계를 문학적 언어로 표현하는 정신활동이다. 그런데 주돈이가 말하는 문은 문학적 글쓰기로서의 문이라기보다는 수사적 차원의 문장에 가까우며 문의 위상을 뜻과의 관계가

---

44) 周敦頤, 『通書』. "文所以載道也. 輪轅飾而人弗庸, 徒飾也. 況虛車乎. 文辭, 藝也, 道德, 實也. 篤其實, 而藝者書之, 美則愛, 愛則傳焉. 賢者得以學而致之, 是爲敎. 故曰, 言之無文, 行之不遠. 然不賢者, 雖父兄臨之, 師保勉之, 不學也. 强之不從也. 不知務道德, 而第以文辭爲能者, 藝焉而已. 噫, 弊也久矣."

아니라 도와의 관계 속에서 설정한다. 물론 문은 도를 근본으로 삼아야 한다는 논리 자체는 전통적인 입장이라고 할 수 있다. 그러나 뜻을 매개하지 않고 문과 도의 관계를 직접 연결시키는 것은 새로운 사유방식이라고 볼 수 있다. 문과 도의 관계가 나타나기 시작하는 것은 수당(隋唐) 때의 일이다. 이것은 연정기미(緣情綺靡)한 글쓰기가 성행한 육조(六朝) 문풍에 대한 반성과 새로운 문인계층의 출현에서 연원한다. 그들은 사회적인 쓸모가 부재한 수사적인 글쓰기를 비판하며 유가 경전에 근본한 글쓰기를 주창한다. 이러한 문학적 풍토 속에서 그들은 시문(時文)을 내용 없는 수사적인 글쓰기로 규정하며 신성한 사물로서 문의 본래적 의미를 회복하기 위하여 도라는 형이상학적 개념을 요청한다. 왕도(王道)와 문의 관계를 제기한 왕통(王通)과 왕발(王勃)에서 한유(韓愈)의 명도론(明道論)에 이르는 소위 고문운동(古文運動)의 논리가 문과 도의 관계에 주목하는 사유들이다. 문이재도는 이러한 고문가(古文家)의 사유와 유사하면서도 문의 새로운 가능성을 추구하는 것이 아니라 도를 나타내기 위한 그릇의 차원으로 문의 의미를 부여하는 지점에서는 대립의 길을 걷는다.

문이재도론은 사물에서 촉발된 정감의 표현을 목적으로 삼는 문학적 글쓰기와 달리 성리학적 세계의 근본원리인 도의 전달을 목적으로 삼는다. 원시 유가에서는 정(情)을 "일음일양(一陰一陽)"하며 만물을 생성하는 우주의 동인이라고 인식한다. 정은 감정을 일으키고 이를 매개로 해서 상반된 양자의 교섭과 조화, 나아가서 변화생성이 일어난다. 다시 말하면, 생성의 근원작용을 음양의 어느 한 면에서 구하지 않고 양자 사이에서 교류되는 느낌45)에서 구한다는 것이다. 그래서 유가는 이러한 순수감정을 바탕으로 사물을 파악하며, 인간성의 근원을 이러한 순수감정의 발로에서 찾는다. 공자가 말하는 인(仁)이나 맹자의 불인지심(不忍之

---

45) 『周易』「繫辭傳」. "感而遂通天下之故."

心)은 모두 이법(理法)이 아니라 정의 세계에 속한다. 본래 유가는 정 자체를 불신하지 않으며, 다만 어떻게 정을 '충돌 없이' 소통시킬 것인지를 문제로 삼는다. 『중용(中庸)』에서는 정의 소통의 문제를 다음과 같이 말한다.

> 기쁨과 성남과 슬픔과 즐거움이 아직 발현되지 않는 상태를 중(中)이라고 말한다. 발현하여 모두 절도에 들어맞는 것을 화(和)라고 말한다. 중이라는 것은 세계의 근본이며, 화라는 것은 세계가 도달해야 하는 길이다. 중과 화의 상태에 이르면, 천지가 자기의 위치를 갖게 되고, 만물이 생장하게 된다.[46]

『중용』에서는 인간의 정을 부정해야 할 대상이 아니라 세계의 근본으로 이해하며, 이것을 어떻게 절도에 맞는 상태로 발현할 것인지를 중시한다. 이것은 절도에 맞는 정의 발현이 만물의 존재와 생장을 하는 추동하는 근본원리이기 때문이다. 정에 대한 이러한 이해방식은 『예기』「악기」에도 나타난다.

> 사람이 태어나 고요한 것은 하늘로부터 받은 본성이요, 외물에서 느낌을 받아 마음이 움직이는 것은 본성의 욕구이다. 외물에 이르면 그것을 지각하게 되고, 그런 다음에 좋아하고 미워하는 감정이 생긴다. 좋아하고 미워하는 감정이 안에서 조절되지 못하고, 지혜가 밖에서 유혹당하면 자신의 몸을 돌이켜 궁리할 수가 없고, 천리는 소멸된다. 좋아하고 미워하는 감정에 절도가 없으면 곧 외물이 이르러 사람이 물화된다. 사람이 외물에 물화된다는 것은 천리를 멸하고 인욕을 다하는 것이다. 이에 도리에 어긋나고 거짓된 마음이 생기며, 음탕하고 난동을 부리는 일이 일어난다.[47]

---

46) 『中庸』. "喜怒哀樂之未發, 謂之中. 發而皆中節, 謂之和. 中也者, 天下之大本也; 和也者, 天下之達道也. 致中和, 天地位焉, 萬物育焉."
47) 『禮記』「樂記」. "人生而靜. 天之性也, 感於物而動, 性之欲也. 物至知知, 然後好惡形焉. 好惡無節於內, 知誘於外, 不能反躬, 天理滅矣. 夫物之感人無窮, 而人之好惡無節, 則是物至而人化物也. 人化物也者, 滅千里而窮人欲者也. 於是有悖逆詐僞之心, 有淫洗作亂之事.

이 구절은 송대 신유학(新儒學)의 "인욕을 제거하고, 천리를 보존한다 [去人欲, 存天理]"의 연원이 되는 것으로 해석되기도 한다. 그러나 여기서 도 인간의 정 자체는 멸해야 하는 대상이 아니라 외물과 접촉할 때 발생 하는 본성의 욕구라고 인식한다. 이 글의 저자[公孫尼子]가 문제삼는 것 은 본성의 욕구인 정이 아니라, 감정이 조절되지 않고 외부에 유혹되어 반성력이 상실된 상태이다. 이것은 천리가 보존되어 있는 '조절된' 감정 이 아니라 천리가 소멸한 물화된 감정이다. 저자가 부정하는 것은 감정 일반이 아니라 조절되지 않은 감정이라고 할 수 있다. 물론 이 글의 목적 은 정에 대한 신뢰보다는 감정의 조절을 위한 선왕(先王)의 예악을 요청 하는 일48)이지만, 이것을 정과 천리를 대립시키는 송대 신유학의 논리와 동일하다고 볼 수는 없다.

정을 부정적인 대상으로 이해하는 경향은 당대에 이르러 현저하게 나 타난다. 당대에 이르러 유가는 불가의 영향을 받아 '기(器)'의 세계를 경 시하고 '도'의 세계만을 추구하는 관념론에 빠져들어 성과 정을 이분하 는 지정복성설(止情復性說)로 전변한다. 한유는 성은 오상[五常 : 仁義禮智 信], 정은 칠욕[七欲 : 喜怒哀樂愛惡欲]이라고 분류하며 억정(抑情)의 길을 추구한다. 이고(李翶)는 성정의 문제를 성선정악(性善情惡)으로 이해하여, 악의 내원은 전적으로 정에 있어서 정이 작용하지 않아야 성이 온전할 수 있다는 멸정론(滅情論)을 표방한다. 여기서 우리는 억정 혹은 멸정의 경향이 공교롭게도 문을 명도(明道)나 관도(貫道)의 수단으로 인식하는 문 학론과 상통한다는 사실에 주목할 필요가 있다.

송대 신유학에서 정은 표출되어야 할 긍정적 개념이 아니라 억제되 어야 할 부정적 개념이다. 정이천(程伊川)은 심(心)의 동정(動靜)을 기준으 로 미발(未發)한 것을 성이라고 하고 기발(旣發)한 것을 정이라고 구별하 여, 성은 천리 그대로여서 무불선(無不善)이나 정은 인욕이어서 혹선(或

---

48) 『禮記』「樂記」. "此大亂之道也. 是故先王之制禮樂, 人爲之節."

善) 혹악(或惡)한 것이라고 인식한다. 이 때문에 동적인 정욕의 의미를
외면함으로써 정좌(靜坐)를 일삼는 선적(禪寂)에 치우친다. 주자는 정이천
의 성정론을 계승하여 천리를 보존하는 성과 인욕의 상태인 정을 이원
화하여 '존천리멸인욕(存天理滅人欲)'하는 정적인 수양론을 주장한다.[49]
이것은 원시 유가의 정이 만물과 소통하는 순수감정이거나 최소한 조절
되야 할 대상인 것과는 확연히 다르다. 성리학적 세계 속에서 정은 발
현되어야 할 대상이 아니라 거경(居敬)의 수양을 통해 극복되어야 할 인
욕으로 인식된다. 이것은 인성의 성악의 내원이 정에 있다고 이해하기
때문이다. 따라서 성리학의 문학적 원리인 문이재도론은 인간의 정감의
절제를 통해 천리의 보존을 지향한다고 할 수 있다. 이러한 사유 속에
서 문은 사물에 감응되어 자연스럽게 유출되는 정감활동과의 관계가 차
단된 채, 도덕이성에 의해 수양된 성정이나 성리학이 설정한 조화로운
우주적 질서를 나타내는 기능을 수행할 뿐이다. 여기서 문은 인간의 뜻
과의 관계 속에서 정감의 세계를 추구하는 문학적 글쓰기의 의미를 상
실하고, 도덕적인 내면 수양과 관계되는 '윤리학적' 글쓰기로 전환된다.
  이 대목에서 우리는 다음과 같은 질문을 던질 필요가 있다. 상식적으
로 볼 때, 어떤 사물이 목적이 아니라 수단 정도로 치부된다면 그 사물
은 더 이상의 발전의 길이 차단된 채 사멸의 운명을 맞이할 것이다. 그
리고 문이재도론이 문의 위상을 도를 전달하는 수단으로 '비하'하는 문
학론이면, 송대 이후 중국문학은 사멸의 길을 걷게 될 것이다. 송대 이후
중국문학에 의론을 중시하는 송시풍(宋詩風)이 형성되고, 구양수(歐陽
修)·소식(蘇軾)·증공(曾鞏)·왕안석(王安石) 등의 육대가(六大家)가 출현하
여 고문운동을 완성하고, 송사(宋詞)라는 새로운 시가가 발전하고, 민간
에서는 강창(講唱)·골계희(滑稽戲)·가무희(歌舞戲) 등의 연예가 발전하고,
더욱이 명대에 이르러 팔고문(八股文)과 같은 극도의 형식주의적인 문장

---

49) 김충렬, 「동양인성론설」, 『동양철학의 본체론과 인성론』, 연세대 출판부, 1982, 178면.

이 완성되었다면, 완전히 상식과 상반되는 이러한 현상을 어떻게 설명해야 하는가? 이러한 의문점을 해결하기 위해서 문이재도론에 대한 언어적 차원의 해석에서 벗어나 그것의 사유체계와 궁극적 관심이 무엇인지를 탐색할 필요가 있다.

먼저, 문과 도의 관계에 대해 살펴보자. 주희는 한유의 문이관도론(文以貫道論)과 유종원(柳宗元)의 문이명도론(文以明道論)을 비판하고, 주돈이의 문이재도론을 수용하여 문과 도의 관계를 다음과 같이 언급한다.

> 이 문은 모두 도에서 나온 것이지, 어찌 문에 도리어 관도(貫道)하는 이치가 있겠는가? 문은 문이고 도는 도라고 한다면, 문은 밥을 먹을 때 반찬을 먹는 것에 지나지 않는다. 만약 문으로 도를 관통한다고 말한다면, 이것은 본을 말로 삼고 말을 본으로 여기는 것이니, 타당하겠는가?[50]

> 도는 문의 근본이고, 문은 도의 지엽이다. 오직 도에 근본하여 문에 그것을 나타내면 모두 도가 된다. 삼대의 성현은 모두 이러한 마음에서 (문을) 쓰기 때문에, 문이 바로 도가 된다. 오늘날 소식은 "내가 말하는 문에는 반드시 도가 갖추어져 있다"고 말한다. 그렇다면, 도는 도이고 문은 문이니, 문을 지을 때마다 재빨리 도를 빌어 그 속에 넣어야 한다. 이것이 그의 큰 병폐이다.[51]

주희는 문과 도의 관계를 본과 말, 근본과 지엽의 관계로 설정한다. 본과 말, 근본과 지엽은 형이상과 형이하, 체와 용, 도와 기(器)의 관계처럼 유가 지식인들이 이질적인 두 사물을 관계지을 때 흔히 사용하는 인식방법이다. '기일원론(氣一元論)'적인 입장에서 볼 때, 이것은 상하, 선후, 우열의 위계적 질서를 나타내는 관계가 아니라 근본적으로 구분될 수 없는,

---

50) 『朱子語類』 卷139 「論文上」. "這文皆是從道中出流, 豈有文反能貫道之理. 文是文, 道是道, 文只如喫飯時下飯耳. 若以文貫道, 各是把本爲末, 以末爲本, 可乎."

51) 『朱子語類』 卷139 「論文上」. "道者, 文之根本, 文者, 道之枝葉. 惟其根本乎道, 所以發之於文, 皆道也. 三代聖賢文章, 皆從此心寫出, 文便是道. 今東坡之言曰, 吾所謂文, 必與道俱, 則是文自文而道自道. 待作文時旋去討箇道來放入裏面, 此是他大病處."

같은 세계 안에서의 변화과정으로 이해된다. 다시 말하면, 형이상·체·도는 그 자체로 존재할 수 없으며, 항상 형이하·용·기의 변화과정 속에서만 인식될 수 있는 것이다. 이것은 기일원론이 본질과 형상의 명확한 구분보다는 서로가 상대하여 생성되는 '횡적인' 관계를 중시하기 때문이다. '리기이원론(理氣二元論)'적인 입장에서 볼 때, 이것은 동일한 지평 위에 놓일 수 없는, 상하·선후·본말·우열 등의 '종적인' 관계를 지닌다. 그래서 형이상·체·도는 형이상·용·기에 선행하여 존재하며, 그것을 주재하는 상위개념이 된다. 이것은 리기이원론이 세계를 지배하는 절대적인 개념을 설정하여 그것을 만물 생성의 근본원리로 인식하기 때문이다. 주지하듯이 주희는 리기이원론적인 사유방식을 소유하고 있다. 주희가 사용하는 본과 말, 근본과 지엽의 관계가 바로 이러한 사유틀에서 기원한다는 사실을 유의해야 한다.

　그렇다면 주희의 사유 속에서 문이 말과 지엽의 위치에 있다는 것은 무엇을 의미하는가? 주희는 문이 도와 성인의 마음에서 나온다고 인식한다. 그러나 이 말 자체에는 문에 대한 어떠한 말단적이고 지엽적인 인식을 찾아볼 수 없다. 오히려 문을 세계의 근본원리인 도나 성인과 연결지어줌으로써 더욱 신성한 사물로 부각시킨다고 할 수 있다. 이것은 발생론적으로 볼 때 도나 성인이 문에 선행하여 존재하고, 가치론적으로 볼 때 도나 성인이 문의 상위개념임을 의미할 뿐이다. 주희가 한유와 소동파(蘇東坡)를 비판하는 것은 그들이 문이 도에서 발생하고 도에 의해 가치롭게 되는 관계를 이해하지 못하고, 문이 마치 도에서 독립하여 존재하는 것(문은 문이고 도는 도다)처럼 이해하기 때문이다. 주희는 도와 문의 관계를 근본과 지엽의 관계로 보지만, 이것을 종적으로 결합되어 있는 '일체(一體)'의 관계로 이해한다. 주희의 사유 속에서 문과 도의 관계는 리와 기의 관계와 상통한다. 즉, 리와 기를 서로 떨어질 수 없으면서도[不相離] 서로 섞일 수 없는[不相雜] 관계로 이해하는 것과 동일하다. 문과 도는 서로 분리될 수 없지만, 지엽인 문은 근본인 도를 위해 존재한다. 이것은 분명 주돈이의 문이재도론보다는 문의 위상을 높여놓은 것이지만, 문을 도에서 분리될 수 없는 것으로 봄으로써 문의 독립 가능성은 영원히 배제된다. 이러한 사유 속에서 문이관도나 문이명도는 결코 승인될 수 없으며, 도에서 문이 발생하는 위계적인 관계만이 성립될 뿐이다. 이 지점이 바로 도학자(道學者)와 고문가가 대립하는 곳이다.

그래서 도학자에게 문의 개념은 두 가지로 나뉘어진다. 하나는 도에서 발생하는 문이며, 다른 하나는 도에서 발생하지 않은 문이다. 그들이 부정하거나 비하하는 문은 문 자체가 아니라 도에서 발생하지 않은 문이다. 그리고 도에서 발생한 문에 대해서는 그 가치를 승인한다. 문에 대한 이러한 인식은 극단적인 작문해도론(作文害道論)을 주장한 정이(程頤) 역시 예외가 아니다.

문을 짓는 것은 도에 해롭습니까? 해가 된다. 무릇 문을 짓는데 생각을 전념하지 않으면 공교롭지 않게 된다. 생각을 전념한다면 뜻이 이에 얽매이게 되니, 어찌 천지와 그 광대함을 함께 하겠는가? 『서경』에서는 '외물을 즐기다 보면 뜻을 잃는다'고 한다. 문을 짓는 것 또한 외물을 즐기는 것이다.52)

옛날에도 문을 지었습니까? 사람들은 육경을 보고 성인도 문을 지었다고 생각한다. 그러나 성인은 단지 마음속에 함양된 것을 바탕하여 나타내는데, 그것이 저절로 문이 된 것뿐이라는 점을 알지 못한다. 소위 덕이 있는 자에게 반드시 말이 있다는 것이다. 자유와 자하가 문학으로 명성을 얻었다는 것은 무엇을 말합니까? 자유와 자하가 어찌 붓을 잡고 사장을 지었겠는가? 또한 천문을 관찰하여 때의 변화를 살피고, 인문을 관찰하여 천하를 교화한다는 것이 어찌 사장의 문이겠는가?53)

---

52) "問, 作文害道否. 曰, 害也. 凡爲文不專意則志局於此, 又安能與天地同其大. 書云, 玩物喪志, 爲文亦玩物也."

53) "曰, 古者爲文否. 曰, 人見六經, 便以謂聖人亦作文, 不知聖人只據發胸中所蘊, 自成文耳. 所謂有德者必有言也. 曰, 游夏稱文學, 何也. 游夏亦何嘗秉筆學爲詞章也. 且如觀乎天文以察時變, 觀乎人文以化成天下. 此豈詞章之文也."

정이는 도를 근본하지 않은 문을 '완물(玩物)'이나 사장(詞章)이라고 명명하며, 이것이 도를 해롭게 하는 문이라고 인식한다. 이러한 문은 문의 근본인 도를 망각한 채 아름다운 수사에만 관심을 가지는 것이다. 정이가 이러한 문을 비판하는 것은 한대에 양웅이 조충전각을 비판하고 왕충이 사장을 비판하는 것과 상통한다.[54] 앞에서도 지적했듯이 이것은 중국의 문 개념 내부에 도나 인간의 뜻에 근본하는 문의 관념과 아름다운 수사를 추구하는 문의 관념이 모순적으로 통합되어 있는 데에서 기인한다. 즉, 문이라는 동일한 말로 대립되는 두 관념을 표현하는 것은 그 자체가 이미 모순적이다. 실제로 주희나 정이의 텍스트 속에는 두 관념이 확연히 대립하고 있으면서도 서로 구분하지 않고 문이라는 말만 사용한다. 따라서 텍스트의 문맥 속에서 문의 개념을 해석하지 않을 경우 '문이재도론'을 단순히 문을 수단화하거나 부정하는 논리로 해석하기 십상이다.

정이가 긍정하는 문 개념은 "천지와 그 광대함을 함께 한다"나 "천문을 관찰하여 때의 변화를 살피고, 인문을 관찰하여 천하를 교화한다"는 것으로 볼 때, 천문을 인간사회의 질서로 유비해 놓은 주대의 '인문'과 맥이 닿아 있다. 또 "덕이 있는 자에게 반드시 말이 있다"나 자유(子游), 자하(子夏)의 문학으로 볼 때, 인간의 내면의 덕성이나 주대의 인문에 대한 지식과 상통하는 것임을 알 수 있다. 그런데 이러한 문은 글쓰기 범

---

54) 장구의 조탁에만 힘쓰는 것을 배우라고 보는 견해는 二程 이전에도 많이 있었다. 한대의 대표적인 부 작가인 사마상여나 매승 등은 수사기교만 중시하는 부를 짓는 것을 배우 같은 짓으로 보아 부끄럽게 여겼고, 양웅은 부를 짓는 일을 조충전각이라 하여 장부가 할 일이 아니라고 여겼다. 그리고 육조의 배자야도 문사에 힘을 들이는 것을 반대하여 조충론을 주장하였는데, 다 같은 맥락이라고 할 수 있다. 그러나 이들이 문사에 힘쓰는 것을 반대하였던 이유는 주로 수사기교에만 힘을 들이면 공자 이래 문학의 본래 목적이라고 여겨왔던 문학의 정치사회적 공용성을 제대로 발휘하지 못할까 우려하기 때문이다. 이에 비하여, 정이가 문장에 전념하는 것을 반대한 주된 이유는 그것이 성정을 길러 안으로 성인을 이루는 것에 방해가 된다고 여겼기 때문이다(박석, 「宋代 理學家 文學觀 研究」, 서울대 박사논문, 1992)

주로 분화되기 이전의 문화나 학술을 지칭한다. 이것은 고대 중국인들의 영혼을 지배하던 문 개념으로 천년이 훨씬 지난 송대의 도학자에게 반복되어 나타난다. 이러한 맥락에서 볼 때 문이재도론이 관심을 가지는 문은 글쓰기 범주로 분화되기 이전의 전통적인 인문 개념에 근접한다고 할 수 있다. 그렇다면 문이재도론은 이러한 인문 전통의 부활을 통해 무엇을 추구하려 한 것인가?

이러한 문 개념 자체는 송대 문이재도론만의 독특한 현상이 아니라 문의 기원을 우주론적인 차원으로 끌어올리려는 시도들 속에서 끊임없이 계승되어 온 것이다. 우리는 그 대표적인 논리를 유협의 『문심조룡』 「원도(原道)」편에서 찾아볼 수 있다.

> 문의 본성은 포괄적이다. 천지와 더불어 생겨났다는 것은 무엇 때문인가? 대체로 하늘의 검은 빛과 땅의 누런빛이 혼합되고, 땅의 네모남과 하늘의 원형이 나누어지는데, 해와 달이 구슬처럼 쌓여 하늘에 수놓아진 형상이 나타나고, 산천의 아름다운 모양으로 땅에 새겨진 형상이 펼쳐진다. 이것은 자연[道]의 무늬이다. 위를 쳐다보면 해와 달이 빛을 발하고, 아래를 내려보면 산천의 아름다운 무늬를 살필 수 있어서, 높고 낮음의 위치가 정해지는데. 이로써 하늘과 땅이 생겨난 것이다. 오직 인간만이 같이 어울릴 수 있는데 마음이 이것을 감응하기 때문이다. 그래서 천지인을 삼재라고 부른다. 인간은 오행의 정수이며 천지의 마음이다. 마음이 생기면 말이 세워지고, 말이 세워지면 글이 분명해진다. 이것이 자연의 이치이다.[55]

이 구절 속에 나타난 유협의 문 개념은 정이가 언급한 『주역』 「계사전」의 인문 개념을 계승하고 있다. 유협은 문을 자연 현상의 형상(천문, 지문)과 연결시킴으로써 문의 기원을 추적하고, 문의 위상을 우주론적인

---

55) 劉勰, 『文心雕龍』 「原道」. "文之爲德也, 大矣, 與天地並生者, 何哉? 夫玄黃色雜, 方圓體分, 日月疊璧, 以垂麗天之象; 山川煥綺, 以鋪理地之形; 此蓋道之文也. 仰觀吐曜, 俯察含章, 高卑定位, 故兩儀旣生矣. 惟人參之, 性靈所鍾, 是謂三才. 爲五行之秀, 實天地之心. 心生而言立, 言立而文明, 自然之道也."

상태로까지 끌어올린다. 그리고 우주적 질서와 인간의 마음 사이, 인간의 마음과 말 사이, 말과 문 사이에 놓인 여러 가지 관계를 포괄하고 있다.56) 유협은 천문과 인문의 관계에서 문의 기원을 파악하는 전통을 계승하여, 문의 생성 과정을 우주(도, 천문)-마음(인간)-말-문의 관계로 설정한다. 문이재도론도 이러한 논리의 연속선상에 놓여 있다. 유협과 마찬가지로 문이재도론도 문을 도와 관계시키는 우주론적 기원을 승인하고 있다. 그런데 하나는 문의 독자적인 원리와 체계를 분석하는 '문론'으로 발전하고, 다른 하나는 체계적인 문론이 형성되지 못하고 도의 전달을 위한 '언어'의 차원으로 절제되는 것은 무엇 때문인가? 필자는 이 문제가 바로 문이재도론이 문학적 사유의 확장을 제한하는 원인이라고 생각한다.

유협은 문이재도론이 도와 문을 직접 연결시켜 도에서 문이 발생하는 관계로 설정하는 것과 달리, 그 사이에 인간의 마음과 말을 매개시켜, 인간의 마음속에 자연에 대한 느낌이 생기면 말이 세워지고 말이 세워지면 문이 분명해진다고 인식한다. 유협은 문을 자연과 접촉하여 인간의 마음에 있는 느낌이 자연스럽게 현시되는 우주 질서의 한 과정으로 이해하여, 자연과 문 사이에서 그것을 연결하는 인간의 마음을 중시한다. 그래서 유협은 그 마음이 자연을 느끼어 문으로 발생하는 과정을, 지식을 축적하고 경험을 연구하는 관찰단계, 마음에 반응한 사물을 느끼는 교류단계, 마음을 허하게 하여 우주적인 도를 직관하는 감수단계, 사물에 마음을 투사하는 투사단계, 실제세계에 존재하지 않는 사물을 상상하는 창조단계로 인식한다.57) 이것에 대한 이해과정이 바로『문심조룡』의 문론체계를 구성한다. 그러나 문이재도론은 문이 도나 성인의 마음에서 직접 발생한다고 설정함으로써, 도가 인간의 마음을 통해 문으로 창조되는 과정에 대해서는 생략되어 있다. 다시 말하면, 도에 근

---

56) 유약우, 이장우 역,『중국의 문학이론』, 명문당, 1994, 66면.
57) 유약우, 이장우 역, 위의 책, 313~314면.

본하는 문이 되기 위한 마음의 보존과 성정의 올바름만이 강조될 뿐이다. 이러한 문은 도가 언어문자로 표현된 것이어야 하되 자연스럽게 유출된 도심이어야 함을 의미한다. 이것은 문의 독립성을 강조하는 것이 아니라 마음을 보존하고 성을 기르며 이치를 밝히고 성정의 올바름을 드러내는 문, 즉 도를 표현하는 문은 인정하나 그렇지 못한 문은 배척하는 논리이다.58) 이것은 문이재도론이 사물에 의해 촉발된 인간의 자연스런 느낌을 표현하는 정감적 글쓰기가 아니라, 인간의 정감의 절제와 도덕적 이성의 수양을 통해 천리를 보존하려는 윤리학적 글쓰기이기 때문이다. 그들은 자기 시대의 부화(浮華)한 문풍의 근원이 인간의 사적인 감정에 있다고 판단하고, 그것의 제거를 통해 주대의 인문 전통을 회복하는 일이 문풍을 바로잡고 시대를 교화하는 통로라고 인식한다. 이 부분이 바로 문이재도론이 추구하는 궁극적 관심이며, 윤리학적 글쓰기는 인문 전통의 성리학적 계승이라고 볼 수 있다.

이상을 종합하면 문이재도론은 다음과 같은 체계를 구성하고 있다. 첫째, 문의 근본을 형이상학적인 도에 연결시키는 우주론적인 기원을 가지고 있다. 그래서 문이재도론은 문을 도에 근본하는 문과 도에 근본하지 않는 문을 구별한다. 문이재도론은 도를 우선하지 않고 수사적인 관심만을 추구하는 문을 문장이나 사장이라고 비판하고, 도를 근본한 문 곧, 인문은 그 자체 도로 승인한다. 이것이 바로 '문은 도를 전달한다'는 비하적인 해석과 달리, 문이 함부로 지어질 수 없는 신성한 사물로 취급되는 근본원인이다. 둘째, 문이재도론은 문의 독립적 세계를 인정하지 않고 성리학적 본체론의 언어적 등가물로 인식한다. 그래서 문이재도론 속에는 순수한 의미의 문학가가 존재할 수 없으며, 성리학적 세계로 귀환하기 위해 '존천리거인욕(存天理去人欲)'하는 도학가만이 양성된다. 셋째, 문이재도론은 사물에 촉발되어 나타나는 정감을 성정의

---

58) 조민환, 『중국철학과 예술정신』, 예문서원, 1997, 105면.

올바름을 위해 절제해야 하는 대상으로 취급한다. 그래서 문이재도론은 개별자의 정감에 기반하여 자연스런 느낌을 표출하는 개성적 글쓰기를 부정하고, 성정의 수양을 통해 천지인이 합일된 세계를 실현하려는 윤리학적 글쓰기를 추구한다. 이것이 바로 문이재도론 속에 문의 창작론이 부재하고 문을 통한 성정의 도야나 인격론이 강조되는 이유이다. 넷째, 문이재도론은 문장과 글자의 법도와 격식을 중시하는 규범의 미학을 형성한다. 이것은 문이 도와 성인의 마음에 근본하고 있어서 함부로 지어질 수 없기 때문이다. 그래서 문이재도론은 개성과 창조적 상상력에 기반한 자유로운 글쓰기를 경계의 대상으로 삼으며, 팔고문의 문체나 동성파(桐城派)의 의법(義法)과 같은 법도 있는 글쓰기를 추구한다.

근대에 이르기까지 문이재도론은 중국 문인의 영혼을 지배하는 강력한 문학적 전통으로 작용한다. 그러나 근대 중국인에게 문이재도론은 경전에 근거한 형이상학적 도론(道論)과 성정론(性情論), 그리고 엄격한 규범의 추구로 인해, 현실과의 접촉을 차단하고 인간의 자유로운 개성과 정감의 표현을 근원적으로 장애하는 전통으로 인식된다. 이러한 반전통주의의 풍조 속에서 문이재도론은 해체해야 할 우선적인 전통으로 취급되며, 그것이 바로 중국 근대문학이 생성될 수 있는 가능성의 조건으로 인식된다.

부화한 글쓰기에서 벗어나 인문 전통을 계승하려던 문이재도론은 근대에 이르러, 전통적 인문의 세계와 거리가 먼, 이데올로기적이고 규범화된 문학론으로 변질된다. 근대문학은 문이재도론이 단절시켜놓은 자연과 문학, 문학과 정감, 말에 가까운 글쓰기, 문학적 실천 등의 원리를 복원시켜 새로운 문학의 가능성을 열어놓는다. 그러나 이러한 해체 속에서도 (인)문에 대한 신성한 관념은 사라지지 않고 근대 중국인의 영혼 속에 흐르고 있다. 그들은 문학을 세계의 인식과 주체의 확립의 문제와 긴밀히 연결시키며 문학을 통해 그러한 이상을 실천하려고 한다. 그들에게 문학은 단순히 정치 선전을 위한 도구적 사물이 아니라, 그 속에 추구해야 할 이상 세계를 간직하고 있는 실천적 지식으로 인식된다. 하지만 근대문학이 열어 가는 문학은 더 이상 전통적 형이상학과 유가적 인문에 기반하는 과거의 '문'이 아니다. 그것은 이질적인 세계문학과 접목되어 새로운 문학적 세계를 열어 가는 미래의 '문학'이라고 할 수 있다.

　자신이 나아갈 세계를 지시해 주던 정신이 부정되고 타자의 가치들이 그 자리를 차지하는 시대에 문학은 무엇을 할 수 있는가? 주지하듯이 중국 근대문학은 민족의 위기의식에서 기원하는 실천적인 관심에서 출발한다. 그러나 문학의 힘에 대한 낙관과 달리, 문학 자체는 과학기술이나 제도와 같은 직접적인 현실 변혁의 기능을 수행하지 못한다. 그런데도 왜 근대 중국인들은 민족 위기의 구원이라는 절박하면서도 신성한 일을 문학을 통해 수행하려고 한 것일까? 문학의 효용론적인 측면에서 볼 때, 이 문제는 전통문학의 교화론이나 문이재도론과 연관시켜 설명할 수 있을 것이다. 그렇지만 여기에는 효용론상의 구조적인 유사성만으로 해결할 수 없는 근본적인 차이가 존재한다. 그것은 중국 근대문학이 어떠한 차원이든지 간에 전통문학을 부정한 곳에서 출발하고, 그로 인해 문학의 개념과 범주 등에 있어서 상당한 변화가 발생하기 때문이다. 근대 중국인은 어떠한 관심의 차원에서 문학에 접근하며 또 문학을 통해 어떠한 가능성의 세계를 사유하는 것인가? 그 첫 길목에서 우리를 기다리고 있는 것이 량치차오의 문학적 사유이다.

제 4 장

량치차오[梁啓超]의 문학적 사유

1. 문학과 시대

량치차오는 전통 중국의 학문인 문사철뿐만 아니라 서구의 근대학문까지도 포괄하는 방대한 지식의 소유자이다. 그래서 어느 분야이든 그가 걸어간 길은 근대적 가능성을 개척한 선구적인 작업으로 평가된다. 하지만 량치차오의 행보를 근대성과 관련지어 긍정적으로 평가하기 시작한 것은 그리 오래된 일이 아니다. 캉여우웨이[康有爲]와 함께 만청(晚淸) 유신파(維新派)의 대표 인물인 량치차오는 '개량주의'라는 사상적 척도에 묶여, 객관적인 평가보다는 시대적 '한계'를 지니는 비판적인 대상으로 취급된다.[1] 이러한 현상은 '개량'과 '한계'로 점철되는 만청의 구

---

[1] 中華民國 성립 이전에 梁啓超에 대한 평가서로는 魯迅의 『中國小說史略』, 胡適의 『五十年來中國之文學』, 陳子展의 『中國近代文學之變遷』, 朱自淸의 『中國新文學硏究綱要』, 阿英의 『晚淸小說史』, 吳文祺의 『近百年來的中國文藝思想』이 있는데, 대

민주주의(舊民主主義) 시대와의 '단절'을 선언하며, 5·4 이후를 새로운 계급혁명의 시대로 가치평가하는 '신민주주의(新民主主義)'적 역사관에서 비롯된 것이다. 리저호우[李澤厚]는 「량치차오왕궈웨이간론[梁啓超王國維簡論]」에서 유심주의(唯心主義)나 정치사상의 측면에서 량치차오를 부정하는 기존의 평가를 비판하고, 그가 기여한 객관적 작용과 영향에 근거하여 평가해야 한다고 주장하면서, 량치차오의 의의를 다음과 같이 서술한다.

> 이처럼 수많은 신지식(인용자—서양의 학문)은 원래 사서오경(四書五經)과 공맹노장(孔孟老莊)의 봉건전통문화만 알던 사람(특히 청년)의 시야를 열어 세계가 얼마나 크고 많으며 풍부한지를 보여 주었다. 더욱 중요한 점은 이러한 신지식 속에 수많은 참신한 이론과 관점, 기준과 척도를 소개함으로써, 고대의 성현 이외에도 정박(精博)한 사상과 도리, 원칙과 방법이 얼마나 많은가를 알게 했다는 것이다. 바로 봉건 문화와 부르조아 문화의 이러한 대비 속에서 자기 민족의 낙후함을 느끼게 되었고, 구국과 혁명의 열정을 더욱 강력하게 불태웠다. 우물 안 개구리식으로 좁은 소견을 가지고 제 잘났다고 뽐내던 모든 보수적인 것은 새로운 지식과 개념의 선전·소개과정에서 저절로 파멸되어 신성한 빛이 바랬으며, 불가침적이던 존엄성을 잃어버리고 이성적 회의와 검증을 받게 되었다. 이것이 바로 계몽의 힘과 의의이다.[2]

체로 新文學 형성에 끼친 梁啓超의 선도적 작용에 대해 긍정적 평가를 하고 있다. 中華民國 성립 이후에는 李何林의 「從阿片戰爭到五四的社會背景和文學槪況」, 北大 편 『中國文學史』, 胡繩武, 金沖及의 「關于梁啓超的評價問題」, 劉柏靑의 「晚淸的小說理論」, 梁叔安의 「近代小說理論初探」, 朱眉叔의 「梁啓超與小說界革命」, 王文興의 「梁啓超的小說理論與小說界革命」 등이 있는데, 이들은 대체로 사상적인 측면에서 梁啓超를 비판하는 공통적인 논조를 띠고 있다. 1979년 사상해방운동이 일어나고 李澤厚가 「梁啓超王國維簡論」에서 梁啓超를 객관적으로 평가하자고 주장한 이래 1991년 夏曉虹의 『覺世與傳世』가 나오기까지 사상적인 측면에서 벗어나 다양한 시각으로 梁啓超의 역사적인 공헌을 긍정하고 있다.

2) 李澤厚, 「梁啓超王國維簡論」, 『中國近代思想史論』, 人民大學出版社, 1979, 428~429면. "這種大量新鮮知識打開了元來只知四書五經孔孟老莊的封建傳統文化的人們(特別是靑年)的眼界, 看到了世界元來有那麼大那麼多和那麼豊富. 更重要的是, 在這種新鮮知識中, 介紹進來了大量新鮮的理論觀點標準尺度, 使人們知道了元來除了古聖昔賢之外, 世界還有

이 글에서 리저호우는 무술변법(戊戌政變) 이후 1903년 전까지 일본에서 『청의보(淸議報)』와 『신민총보(新民叢報)』를 창간하여 부르주아 계급의 사회·정치·문화·도덕·사상을 소개한 것이 량치차오가 중국 지식인에게 영향을 끼친 일이라고 평가한다.[3] 이러한 평가 속에는 중국의 보수적인 봉건문화에 충격을 가하고 문명화된 세계문화를 수용하여, 중국의 근대적 '계몽'과 '구국'의 시금석 역할을 한 인물로, 량치차오를 전면에 내세우려는 전략이 내포되어 있다. 이것은 비단 량치차오 일 개인에 대한 재평가에 국한된 일이 아니다. 여기에는 '신민주주의'적 역사관에 의해 '단절'된 중국의 역사를 '극복'하여 중국의 정체성(整體性)을 '복원'시키려는 신시기(新時期) 중국의 욕망이 스며들어 있다. 이러한 반사(反思)의 흐름 속에서 '사회주의 4개 현대화 건설의 요구', '개혁과 개방의 요구', '건국이래 역사에 대한 반사', '학술 연구의 독자적 발전의 요구'가 새로운 지도원리로 대두되면서, 신시기의 삶의 혼돈과 유사한 구조(신구의 대립과 중서의 대립이 모순의 복합체를 이루는 상황)를 지니고 있고, 현재 중국이 안고 있는 문제의 본원지인 '근대'에 대한 관심이 고조된다. 량치차오에 대한 관심은 바로 근대의 의미에 대한 재평가이자 중국의 근대사를 '단절'이 아닌 '계승—변형'의 과정으로 파악하기 위한 반성의 과정이라고 볼 수 있다.

기존의 중국 현대문학사에서 근대문학에 관한 서술은 현대문학이 질적으로 새로운 의미와 가치를 지니는 문학임을 부각시키기 위해서 그

那麼多精深博雅的思想和道理, 原則和方法. 也正是從封建文化與資産階級文化這種對比影照中, 才使人們更感自己民族的落後, 才更强烈地燃燒起救國和革命的熱情. 一切夜郎自大, 坐井觀天, 抱殘守缺, 因循守舊, 都在這種知識和觀念的宣傳介紹中不攻自破, 褪去神聖的顔色, 失去其不可侵犯的尊嚴, 而受到理性的懷疑和檢驗. 這就正是啓蒙的力量和啓蒙的意義"

3) 이러한 평가의 타당성은 량치차오와 동시대적 인물들의 증언에 의해 뒷받침된다. 가령, 후스는 『胡適自傳』에서 "량치차오는 민족혁명을 주장한 것은 아니지만 일군의 젊은이들의 가슴에 적지 않은 혁명의 씨앗을 뿌려주었다. 옌푸의 문장은 고아한 탓에 젊은이들이 그에게서 받은 영향은 량치차오의 것만큼 크지 못하다"고 술회한다.

‘한계성’을 지적하는 것에 초점이 맞추어져 있다. 이는 ‘신민주주의’적 역사관의 문학사적 투영물인 근대-현대-당대의 문학사 3분법에 의해 근대문학을 개량주의자의 문학으로 동일시하던 이념비평의 산물이다. 그러나 1979년 이후 ‘사상해방운동’과 ‘개혁’, ‘개방’의 흐름하에 ‘속류사회학주의’적 문학연구에 대한 ‘반사’가 이루어지면서, 근대문학에 관한 저작이 쏟아지고 전국 규모의 ‘근대문학연토회(近代文學硏討會)’가 개최되어 1988년에는 돈황(敦煌)에서 ‘중국근대문학학회’가 결성된다.4) 이러한 지적 관심 속에서 가장 영향력이 컸던 문학사 논리는 1985년 첸리췬[錢理群], 황즈핑[黃子平], 천핑위안[陳平原]이 「20세기 중국문학을 논함[論二十世紀中國文學]」에서 주장한 ‘20세기 중국문학’이다. 그들은 전통적인 문학사 3분법이 정치적인 논리에 의해 문학의 자율성이 배제된 단절적인 시기구분법이라고 비판하며, 1898년부터 ‘민족 영혼의 개조’를 총주제로 하는 문학인 ‘20세기 중국문학’이 ‘연속’적으로 창작된다고 주장한다. ‘20세기 중국문학’의 시작으로 1898년을 설정한 것은 이때 옌푸[嚴復]의 『천연론(天演論)』, 량치차오의 「역인정치소설서(譯印政治小說序)」, 치우정량[裘庭梁]의 「백화문이 유신의 근본임을 논함[論白話文爲維新之本]」이 출판되어 고대문학과 ‘단절’된 새로운 문학이 출현한다는 근거에서 자리매김된 것이다.5) 이러한 ‘20세기 중국문학’의 논리는 많은 근대문학 연구자들의 호응을 받아 1898년이 본격적인 ‘근대문학’의 시점으로 수용되며, 1898년에 문학사적 의미를 부여한 량치차오는 ‘근대문학’의 시금석으로 상징화된다.6) 그래

---

4) 중국의 근대문학 변천과정에 대해서는 민정기의 「중국에서의 자국 ‘근대문학’연구 개황」(중국 현대문학학회 『자료와소식』 제4호, 1994) 참조.
5) 錢理群·黃子平·陳平原, 「論二十世紀中國文學」과 錢理群 외, 『中國現代文學三十年』 서문 참조.
6) 한 가지 재미있는 현상은, 근대문학 전공자들은 근대문학을 하나의 독립된 영역으로 설정하면서 근대문학 내부의 발전과정에 주목하는(任訪秋의 『中國近代文學史』, 郭延禮의 『中國近代文學發展史』 등) 반면, 현대문학 전공자들은 1898년 이후의 문학을 현대문학의 ‘연속’적인 부분으로 수용하고 있다(『二十世紀中國小說史』 시리즈, 朱德發의 『五四文學史』 등)는 점이다.

서 개량주의 문학가로 낙인찍혔던 량치차오는 '변혁과 불철저한 변혁이 통일'된 '과도기적' 인물 혹은 교량으로 재평가된다.7)

그러나 량치차오를 근대문학의 시금석으로 삼아 '연속'적인 문학사를 구상하려는 시도 속에는 '연속'을 위해 량치차오의 '본래적 모습'을 '단절'시키는 또 다른 '위험'이 도사리고 있다. 자기 우월적인 현대문학이나 20세기 중국문학의 범위에 량치차오를 편입시키기 위해선 가능한 한 그의 문학사적 긍정점을 부각시킬 필요가 있다. 그래서 량치차오의 특정한 부면을, 량치차오에 대한 총체적인 이해 속에서 해석하는 것이 아니라, 그 부면만을 량치차오에게서 떼어내어 '도장찍기'식으로 문학사의 '연속성'을 편집하는 것이다. 가령, 리저호우나 '20세기 중국문학'론이 1898년 이후 계몽선전가로 활동하던 특정 시기의 량치차오만을 염두에 둔다거나 주더파(朱德發)가 『중국오사문학사(中國五四文學史)』에서 일본에서 계몽선전활동을 벌인 시기의 량치차오를 사상적인 면에서는 비판하지만 이 시기부터 중국의 '신소설'이 싹텄다고 긍정하는 등의 이중적인 평가는 이러한 '도장찍기'의 혐의를 다분히 내포하고 있다. 물론 사물을 역사적으로 파악하기 위해선 특정한 '가치의식'이 개입되기 마련이다. 그러나 역사적 가치의식도 평가되는 인물 고유의 사유체계와 결합할 때 의미를 지닐 수 있다. '문제상황'의 변수가 복잡한 전환기에 살았던 인물일수록 내부의 '혼돈'이 극심하여 단일한 시각으로 해석하기가 어렵기 때문이다. 이러한 인물의 '혼돈' 속에서 특정한 부분은 문학사적으로 의미 있다고 평가하여 부각시키고, 소극적인 부분은 어쩔 수 없는 시대적인 한계라고 기피해버린다면, 그 시대를 살아간 그 인물의 삶의 '흔적'은 어디에서 찾아야 하는가?

이러한 논리 역시 '본래적 모습'에 대한 총체적 인식을 방해하는 또 다른 맥락의 '권위'일 수 있다. 필자는 량치차오의 문학적 사유에 접근

---

7) 중국 근현대문학사의 시기구분론에 관한 상세한 논의는 임춘성, 「중국 근현대 문학사론의 검토와 과제」, 『중국현대문학』 12호(1997) 참조.

하는 '통로 찾기'를 위해서 다음과 같은 방법을 동반할 것이다. 첫째, 전환기로서 만청은 신구의 교체기이자 중서문화의 충돌기이기 때문에, 차분한 현실인식과 냉정한 이성으로 세계를 해석할 가능성이 오히려 제약될 수 있다. 신과 구, 중과 서가 이원적으로 대립하고, 신과 서의 진보적이고 새로운 면에 경도된 시대분위기는 구와 중에 대한 절대적 비판과 단절이 바로 새로운 사회를 건설하는 길로 이해된다. 따라서 이러한 중서 대비적 사유 속에 존재하는 과장과 환상에 휘말리지 않아야 객관적인 분석이 가능할 것이다.[8]

둘째, 량치차오는 정치가이자 사상가이며 계몽 교육자이자 문인이기 때문에, 그의 문학론을 이해하기 위해선 현실의 실천에 관계하는 량치차오의 총체적 의식 속에서 문학론이 차지하는 위치를 분석해야 한다. 레벤슨(Levenson)은 『량치차오와 중국근대사상(*Liang Chi-chao and the Mind of Modern China*)』에서 량치차오의 사상전변을 서구사상의 수용방식에 따라 3단계로 구분한다. 1단계는 1873~98년 시기로, 공양학(公羊學)을 유교의 중심으로 삼아, 그것을 서구사상과 대등하게 보고, 서구사상을 전자 속으로 도입하려는 절충주의 사고를 한다. 2단계는 1898~1912년의 시기로, '전통에 대신하는 것'으로서 유교적 질서를 지양하여 서구문명을 급속히 그리고 과감하게 받아들여야 한다는 경향과, 서구문명이라는 '보통개념'에서 벗어나 서구내의 개별적인 문명형태에 주의하여 그것을 중국의 현실과 견주어 중국에 적당한 것을 받아들이려는 경향이 존재한다. 3단계는 1912~1929년 시기로, 중국의 국수를 선양하고 서구를 물질문명이라는 '보통개념'으로 파악한다.[9] 이러한 3단계 과정에서 소설이 량치차오의

---

8) 량치차오는 『淸代學術槪論』, '26. 량치차오의 파괴사업'에서 자신의 이러한 혼란된 사유를 반성하며 "량치차오 역시 당시 혁명가의 활동에 만족하지 못하고 지나치게 조심한 결과 그의 주장은 조금씩 변화하였다. 그러나 그의 보수성과 진보성은 항상 마음 속에서 서로 갈등을 일으켰고, 감정에 따라 발동하기도 하여 주장이 간혹 앞뒤가 서로 모순되었다"고 평가하고 있다.
9) 이 부분에 대해서는 Levenson, *Liang Chi-chao and the Mind of Modern China*(Harvard

주된 관심대상이 된 것은 모든 시기가 아니라 2단계의 시기에 국한된다. 이 시기에 량치차오는 무술변법이 실패한 후 일본에 망명하여 국민성 개조를 위한 계몽 활동에 종사한다. 이때 량치차오는 계몽의 효율성을 위해 시·소설·문·희곡 등의 문학 장르를 요청한다. 량치차오와 소설의 만남은 이러한 계몽활동 시기뿐이다. 이후 정치가·문화가로 변신한 량치차오는 소설에 대해 별다른 관심을 보이지 않는다. 또 시의 경우는 전통 문인으로서 량치차오와 친연성을 지니는 장르로 전시기에 걸쳐 논의되고 있다. 시에 대한 량치차오의 관심은 시계혁명(詩界革命) 시기와 제1차 세계대전 이후가 확연히 다르다. 시계혁명 시기가 계몽적 관심에서 비롯된 것이라면 제1차 세계대전 이후는 정감적 사유와 인격론의 측면에서 시에 대해 관심을 보인다. 따라서 량치차오의 문학적 사유를 이해하기 위해선 매 시기 량치차오의 총체적 의식 속에서 그것이 차지하는 위치를 고려해야 할 것이다.

셋째, 전환기라는 시대적 성격뿐만 아니라 량치차오 개인의 모순이 텍스트 속에 그대로 투영되기 때문에, 한 담론의 표면적인 언술만을 좇아갈 것이 아니라, 그 표면적인 언술이 무의식적으로 감추거나 상징하고 있는 것들을 섬세하게 해독할 필요가 있다. 대부분의 비평적 담론에서 '타자'의 그림자는 표층적인 담론의 너머에 숨겨진 채로, 일종의 '보이지 않는 끈'으로 존재하는 경우가 많다.[10] 따라서 량치차오의 텍스트를 분석할 때, 원문에는 나타나지 않으나 그의 담론 속에 구축되어 있는 사유체계에 입각하여 텍스트를 해석해야 할 것이다.

필자는 량치차오의 문학적 사유가 투명한 것이라기보다는 제 요소들에 의해 '혼돈된' 사유에 가깝다고 생각한다. 그래서 그 혼돈 속에 침투

University Press, 1953)과 『梁啓超與中國近代思想』(劉偉·劉麗·姜鐵軍 譯, 臺北 谷風出版社, 1987)의 서론 참조.

10) 권성우, 「한국근대문학비평에 나타난 '타자의 현상학' 연구 1—김환태의 비평을 중심으로」(『세계의 문학』, 1993년 여름) 참조.

하여 내부의 구성요소와 제 요소들이 맺는 관계를 탐색하고, 헐겁게 연결되어 있거나 비약되어 있는 지점을 부각시킴으로써, 량치차오의 문학적 사유 속에 내재된 역사적 의미와 한계를 밝힐 것이다.

2. 계몽적 관심과 소설

중국문학에서 소설의 위상은 발생기부터 '자질구레한 이야기', '소도(小道)', '소가진언(小家珍言)' 등으로 가치 폄하되며,[11] 민간 설창의 흥성으로 백화소설이 널리 창작된 명대에도 3대를 벙어리로 만드는 '악의 근원'[12]이라고 눈총을 받는다. 명말 청초에 이지(李贄), 김성탄(金聖歎) 등은 역대로 소설에 씌워진 누명을 벗기기 위해 전통적인 문학론인 '정사(正史)의 보조', '소설 교화론'을 근거로 소설의 '정당성'을 논증한다.[13] 이것은 문학체계의 주변부에서 통속문학으로 경시되던 소설을 기존의 '문학론'에 합당한 부면을 제시함으로써 중심부로 끌어올리기 위한 '우회로'라고 할 수 있다. 만청에 이르기까지 이 두 가지 관점은 소설비평가들이 소설의 문학적 가치를 긍정하기 위한 척도로 줄곧 작용한다.

일반적으로 '문이재도(文以載道)'를 문학 효용론의 대명사처럼 사용하는데, 소설론에서의 구체적인 내용은 이 두 가지로 볼 수 있을 것이다. 여기에는 민중문학이자 통속문학인 소설을 문인문학적인 기준으로 평

---

11) 中國 小說論의 발생에 관해서는 方正耀, 홍상훈 역, 『中國小說批評史略』(을유문화사, 1994) '제1장 소설에 대한 흐릿한 관념' 부분 참조
12) 明人 田汝成의 『西湖遊覽志余』 卷25에서는 羅貫中의 삼대가 모두 벙어리였다고 말하고, 淸人 石成金의 『基狂言』에서는 施耐庵의 삼대가 모두 벙어리였다고 말한다.
13) 이 점에 관해서는 홍상훈, 「명말 청초의 소설관에 대한 시론」(서울대 석사논문, 1991) '제5장 명말 청초의 소설관' 참조

가하는 내적 모순이 잠재되어 있다. 다시 말하면, 한 장르를 평가하는 데 있어 그 장르에 적합한 기준을 마련하여 평가하지 않고, 권위적인 타 장르의 평가기준을 적용함으로써 소설에 대한 '오해'가 선험적으로 존재할 수밖에 없다는 것이다. 역대로 소설을 경시하는 입장은 중국 민족 일반의 것이 아니라 전통 문인의 관념인데, 이것이 마치 중국 민족 전체의 입장인 것처럼 수용되어 왔다. 이러한 현상은 소설에 관해 비평한 문인들의 서발문(序跋文)과 개인적인 글만을 근거로 중국인의 소설관을 분석하기 때문이다. 여기에는 당연히 문인들이 소설을 바라보는 입장과 가치의식이 드러나 있기 마련이다. 그러나 이러한 글에 드러난 소설관은 문인들의 것일 뿐 소설의 일반적인 향유층인 민중들의 소설의식을 포괄한다고 보기는 어렵다. 민중들은 결코 소설을 '정사의 보조'나 '소설 교화론'으로 이해하지 않으며, 자신의 '삶의 이야기' 혹은 '역사적인 이야기'를 재미있게 서술한(연행한) '유희'의 일종으로 간주한다. 이러한 민중들의 '유희'는 문인들의 '소일거리'처럼 삶과 분리된 오락이 아니라, 소설 속의 '삶의 이야기'를 '놀이'적으로 즐기면서 빈곤한 자신의 삶을 인식하고 비판하는 특수한 미적 체험이다.14) 그래서 소설은 민중의 '유희'적 관념과 밀접하게 연결된 장르로서 항상 그들의 관심과 사랑을 받으며 꾸준히 성장해 온 것이다.

량치차오는 어려서부터 경학(經學)·문자학(文字學)·문장학(文章學) 등 전통적인 학문을 위주로 공부하며 과거를 위한 문인의 소양을 쌓아왔기 때문에 당연히 소설보다는 시문(詩文) 쪽에 더 친화력이 있었다. 비록 18세 때부터 『영환지략(瀛環志略)』 및 제조국(製造局)에서 번역해 낸 서양서적을 읽고, 캉여우웨이에게서 육왕심학(陸王心學)·사학(史學)·서학(西學)에 대한 강론을 듣는15) 등 전통적인 학문체계에서 벗어난 새로운 분야

---

14) 이 부분에 대해서는 全弘哲, 「敦煌 講唱文學의 敍事體系와 演行樣相 硏究」(한국외국어대 박사논문, 1995) '제5장 敦煌 講唱文學의 小說史的 意義' 참조.
15) 李炳漢, 『梁啓超』(『중국사상대계』 9, 신화사, 1983)와 毛以亨, 『梁啓超』(명문당, 1990)

에 관해 많은 학습을 하였다. 하지만 이는 난세를 구하기 위한 경세치
용적 관점에서 출발한 것이었으며, 전통적인 문인과 본질적으로 구별될
만큼 소설을 본격적으로 연구하거나 창작한 적은 없었다. 사실상 전통
문인인 량치차오와 소설의 만남은 서로의 영혼이 소통되는 예술적인 관
계라기보다는 선험적으로 이질감 내지 거리감이 존재하던 상태에서 외
부적인 계기에 의해 친밀해진 관계라고 볼 수 있다.[16] 소설에 대한 량
치차오의 관심은 그의 스승인 캉여우웨이가 1897년에 쓴『일본서목지
(日本書目志)』에서 소설의 효용성을 강조한 시기에서부터 시작된다. 캉여
우웨이는 그 책에서 생리·미학·종교·정치·법률·문학·소설·미술
등 15부문으로 나누어 일본서적을 소개하는데, 이 책을 통해 비로소 소
설의 효용성을 구국의 문제와 관련지음으로써 소설의 공용성과 정치적
변혁을 연결시키고 있으며, 아울러 소설을 정치, 법률과 동일한 것으로
간주한다.[17] 량치차오가 캉여우웨이의 이러한 소설관에서 주목한 것은
계몽을 위한 '소설의 힘'이었다.

> 오늘날의 사람들은 말을 할 때 모두 오늘날의 말을 사용하지만, 글을 쓸 때
> 는 반드시 고인의 말을 모방한다. 이 때문에 부녀자와 아이들, 농민들 중에서
> 독서를 어려운 일이라고 여기지 않는 이가 없다. 그래서『수호전』·『삼국지연
> 의』·『홍루몽』 등을 읽는 이가 오히려 육경을 읽는 이보다 많은 것이다.[18]

'제2장 소년독서시기' 참조.

16) 중국의 士는 객관세계를 추상화하고 논리화하는 이성능력보다는 내면의 심성과 도
덕률에 의해 융화시키는 즉, 眞—善, 理—情이 통일된 사유원리에 의해 사물을 인식한
다(李澤厚,『中國美學史』서문 참조). 그래서 객체의 독립적인 운동원리를 분석하는
과학적 사유보다는 객체가 내심의 가장 깊은 곳에 융화, 합일되어 개체의 체험과 직관
을 중시하는 정감적 사유가 성숙하게 된다. 士들에게 있어 문학은 바로 사물의 조화상
태를 인식하기 위한 내면수양의 기능을 수행한다. 따라서 士들의 사유방식은 상상에
의한 삶의 이야기와 유희를 추구하는 장르인 소설과 별로 친연성이 없는 것이다. 士들
의 소설이라 할 수 있는 傳奇나 筆記小說도 그들은 소설로서보다는 문체의 한 유형
으로 간주한다.

17) 김은희,「梁啓超의 小說論 硏究」,『중국문학』19집, 1991, 117면.

18) 梁啓超,「變法通議·論幼學」,『飮冰室文集』1冊, 臺灣中華書局, 1970, 54면. "今人

　　그러므로 일본의 변법은 완전히 리가(俚歌)와 소설의 힘에 의지하고 있다. 생
각컨대, 아이들을 기쁘게 하고 어리석은 백성들을 깨우쳐 인도할 방법으로 이
보다 나은 것은 없을 것이다. 다른 나라도 이러한데, 우리 중국은 문맹인이 열
사람 중 여섯이요, 겨우 글자는 알지만 문법을 이해하지 못하는 이가 네 사람
중 세 사람이나 된다. 따라서 어린아이들과 어리석은 백성들을 가르치는 것이
오늘날 중국을 구하는 제일의(第一義)가 된다.[19]

　　위의 두 가지 글은 량치차오의 본격적인 소설론인 「소설과 군치의 관
계를 논함[論小說與群治之關係]」 이전에 나온 것으로, 언어적 차원에서
사회 계몽의 통로로서 소설의 유효성을 주장한다. 이는 "고인은 글과
말이 합치되어 있으나, 오늘날의 사람들은 글과 말이 분리되어 있다"[20]
는 전제하에 말과 글이 비교적 합치되어 있는, 더 정확히 말하면 일반
우민들의 말과 가장 가까운 글인 소설을 통해 계몽을 추구해야 한다는
논리이다. 량치차오는 소설을 '삶의 이야기'에 관한 유희적 장르라는 측
면에서보다는, "사물에는 각기 부류가 있고, 인간에게는 각기 등급이 있
다"[21]는 위계적인 관점에 근거하여, "성현의 가르침"이 들어 있는 글(문
언)을 모르는 우민에게 접근하기 위하여 소설 언어의 '통속적 힘'에 주
목한 것이다. 량치차오는 말과 글의 불일치를 비판하고 일반 대중의 수
용 가능성을 주목한다는 점에서 소설 계몽의 이론적 근거를 제공하고
있다.[22]

　　出語, 皆用今語, 而下筆效古言, 故婦孺農甿, 靡不以讀書爲難事, 而水滸三國紅樓之
　　類, 讀者反多於六經."
19) 梁啓超, 「蒙學報演義報合敍」, 위의 책, 56~57면. "故日本之變法, 賴俚歌與小說之
　　力. 蕾以悅童子, 以導愚氓, 未有善於是者也. 他國且然, 況我支那之民不識者, 十人
　　而六, 其僅識字而未解文法者, 又四人而三乎. 故敎小學敎愚民, 實爲今日救中國第
　　一義."
20) 梁啓超, 「變法通議·論幼學」, 위의 책, 54면. "古人文字與言語合, 今人文字與言語
　　離."
21) 梁啓超, 「譯印政治小說序」, 『二十世紀中國小說理論資料』 第1卷(陳平原·夏曉虹
　　編), 北京大學出版社, 1989, 21면. "物各有群, 人各有等."
22) 물론 량치차오의 언어관을 근대적이라고 할 수는 없다. 언어의 근대성은 속어의 사

량치차오는 무술변법이 실패한 후 일본에 망명한 시기부터『신소설』·
『신민총보』등의 잡지를 중심으로 계몽선전가로서의 활동을 본격적으로
시작한다. 이때 시계혁명·소설계혁명·문계혁명(文界革命)·희극개량·문
체혁신·백화사용 등 혁신적인 문학주장을 펼치며 개혁의 관심을 사회 전
반으로 확산한다. 1902년『신소설』1호에 발표된「소설과 군치의 관계를
논함」은 량치차오의 본격적인 소설론이 서술된 글이다. 이 글에서 그는 언
어적 차원에서 '소설의 힘'을 분석하는 것에서 벗어나 소설미학적인 관점
에서 소설의 불가사의한 힘을 주장한다.

량치차오는 소설이 문장 중에서 "타 세계"와 "현실 세계"를 "사람을
감동시키는 오묘한 이치와 기술로 다 펼쳐내는 것"23) 이라고 주장한다.
소설은 "항상 사람들을 이끌어 타 세계에서 노닐게 하여 늘 접촉하고 받
아들이던 환경을 바꾸어버리게"24) 하거나, 일상감정 중에서 "그 감정 상
태를 묘사하고자 해도 마음에서 정리가 안 되어 입으로 펼쳐낼 수 없고,
붓으로 써내려 갈 수 없게 된"25) 것을 흡족하게 표현하여 감동을 준다.
다시 말하면, 이것은 독자가 소설을 통해 타 세계를 간접경험함으로써
자신의 시야를 확대하고 현실을 초월한 환상과 공상의 세계를 자유로이
노닐 수 있다는 점과, 독자의 일상화된 감정 중에서 그 감정의 근원과

용이라는 단순한 기표의 문제가 아니라 근대적인 감성(세계관)과 밀접한 연관을 가진
'의미 있는 형식'이기 때문이다. 말과 글은 기의와 기표의 관계가 아니라 모두 '언어
이전의 세계'를 표현하는 기표이다. 더욱이 중국의 문자는 자음과 모음의 결합으로 이
루어진 표음문자가 아니라 어떤 뜻은 어떤 기표로 그려야 한다는 '관습적인 합의'에
의해 이루어진 표의문자이다. 그래서 말에 가까운 '음성적인 글쓰기'로의 전환은 글
속에서 시대적인 의의를 상실한 채 버티고 있는 '관념'을 비판하고 동시대적인 감성을
표현하는 '투명한' 기호가 될 때 역사적 의미를 지닌다. 이런 맥락에서 볼 때, 량치차
오의 언어관은 '언어 이전의 세계'와 '언어'의 관계보다는 교화의 대상인 몰개성적인
대중을 주목하는 '수용자 중심'의 언어관이라고 볼 수 있다.

23) 梁啓超,「論小說與群治之關係」,『飮冰室文集』1冊, 臺灣中華書局, 1970, 34면. "能
極其妙而神其技者."
24) 梁啓超, 위의 글, 33면. "常導人遊於他境界, 而變換其常觸常受之空氣者也."
25) 梁啓超, 위의 글, 33면. "於其所懷抱之想像, 所經閱之境界, 往往有行之不知, 習焉
不察者."

느낌이 무엇인지를 표현할 수 없는 것을 구체적으로 형상화하여 독자의 삶을 환기시킨다는 두 가지 측면을 설명한 것이다. 이것은 소설이 이상과 현실이라는 두 가지 경계를 넘나들며 삶을 낯설게 함으로써 독자에게 특수한 심미체험을 제공하는 소설의 내면작용이라고 할 수 있다.26)

량치차오는 이러한 두 가지의 소설의 덕목과 더불어 소설의 네 가지 힘을 서술함으로써 소설의 예술적 특수성에 대한 인식을 심화시킨다. 그는 소설의 네 가지 힘으로 훈(熏)·침(浸)·자(刺)·제(提)를 들고 있는데, 이것은 소설의 세계(예술형상)가 독자에게 일종의 예술상상활동을 유발시킬 수 있고, 이러한 예술상상활동은 주체(감상자)와 대상(예술형상)을 서로 침투시키고 융화시켜 하나로 만들 수 있다는 원리이다. 훈이란 "연기 속에 휩싸여 그을리거나 묵주(墨朱)에 가까이 다가가 검게 혹은 붉게 물드는 것"27)처럼 소설에 감동되는 것을 가리킨다. 훈이 공간적인 개념이라면, 침은 시간적인 개념으로서 소설이 독자 개인에게 주는 여운을 가리킨다. 자는 소설이 독자에게 주는 자극력을 가리키는데, 훈과 침이 점수(漸修)라면 자는 돈오(頓悟)에 해당된다. 제는 최고의 경지로서 독자가 자신의 몸을 책 속으로 융입시켜 책 속의 주인공처럼 느끼는 동일시 현상을 가리킨다. 량치차오는 이 네 가지의 역량을 제일 쉽게 기탁할 수 있는 것이 소설이라고 인식한다. 팡정야오[方正耀]에 따르면, 량치차오가 제시한 소설의 네 가지 힘은 소설을 감상하는 독자의 심리상태에 근거한 것인데, 독자가 작품을 감상하는 심리 상태에 비춰볼 때 이 네 가지 힘의 배열은 마땅히 자·제·침·훈의 순서로 되어야 한다. 자는 독자가 작품을 감상하면서 예술적 인물의 정황에 감동할 때 우선

---

26) 이러한 견해는 狄平子의 「論文學上小說之位置」나 俠人의 「小說叢話」에서 계승되어 연구되고 있다. 그리고 嚴復, 夏曾佑의 「本官說部緣起」는 人性論的 接近으로 소설이 인류의 공성(영웅과 남녀의 정)을 표현하기 때문에 널리 보급된다는 주장을 한다. 이것은 梁啓超와 각도를 달리할 뿐 '수용의 원리'에 주목하여 논리를 끌어낸다는 데에는 공통점이 존재한다.

27) 梁啓超, 앞의 글, 34면. "如入雲煙中, 而爲其所烘, 如近墨近朱處, 而爲其所染."

적으로 느끼는 힘의 일종이고, 이 힘의 자극 아래서 주체와 객체가 비로소 가까이 접근하는 것이며, 제는 예술적 정경에 감동받은 독자가 자신을 소설의 세계 속에 들여놓음으로써 작중인물들과 기쁨과 근심을 공유하게 되고, 이러한 상태에 이르러서야 침이 나타날 수 있다. 훈은 소설을 감상하는 과정에서나 소설 속의 정경을 돌이켜 생각하는 과정에서 은연중에 소설의 영향을 받아 독자의 사상과 감정에 점차적인 변화를 생기게 하는 힘이라고 할 수 있다.[28]

이상으로 볼 때 량치차오가 인식한 '소설의 힘'은 언어적 차원에서 미학적 차원으로 발전하기는 하지만, 모두 '수용자'를 중심으로 하는 이론구조를 지닌다고 할 수 있다. 이 때문에 그의 소설론은 소설의 서사구조, 형상화, 서술방법과 같은 소설 내적 이론보다는 소설과 대중의 친연성에 대해 관심이 집중되어 있는 것이다.

불가사의한 '소설의 힘'을 인식한 량치차오는 서구나 일본에서 소설이 국민의 영혼을 개발하는 공구로 기능한 것과 달리 중국에서 소설은 왜 회도회음(誨盜誨淫)하는 '악의 근원'으로 작용하는가의 문제로 고민이 옮아간다. 량치차오는 그러한 고민을 풀어 가는 과정에서 한편으로 서구소설, 특히 정치소설의 가능성을 발견하고, 다른 한편으로 사대기서(四大奇書)를 포함한 중국 전통소설을 "중국 정치가 부패하게 된 총근원"[29] 이라고 전면적으로 부정한다. 여기서 우리는 소설의 힘을 승인한 량치차오가 왜 유독 중국 전통소설을 부정하는지에 대해 의문을 가질 필요가 있다. 그 사이에 어떠한 모순관계가 있는지를 살피기 위해 중국소설과 서구소설에 대한 량치차오의 이해방식을 분석해 보자.

---

28) 方正耀, 『中國小說批評史略』(을유문화사, 1994) 제4장 제3편 '소설의 특성에 대한 인식' 참조

29) 梁啓超, 「論小說與群治之關系」, 『飮冰室文集』 1冊, 臺灣中華書局, 1970, 36면. "吾中國群治腐敗之總根源."

① 옛날 유럽 각 국이 개혁을 처음 착수했을 때 그 나라의 석학, 지성인들은 항상 자기의 경험과 마음속에 품었던 정치사상을 소설을 통해 반영하였다. 따라서 공부가 끝나고 학업을 떠나는 학생이 한가할 때 소설을 베껴 읽고, 나아가 병사, 시민, 농민, 장수, 부녀, 어린이까지 소설을 읽지 않는 이가 거의 없었다. 항상 책이 나오자 마자 온 나라의 사상이 이로 인해 변화하였다. 저 미국, 영국, 독일, 프랑스, 오스트리아, 이태리와 일본 등이 정치가 날로 발전된 것도 정치소설의 공이 지대하였다. 어떤 영국의 명사가 소설을 국민의 영혼이라고 말하는데, 그것이 어찌 옳은 말씀이 아니겠는가?30)

② 우리 중국인들이 장원급제하여 재상이 된다는 사고는 어디에서 비롯된 것인가? 바로 소설이다. 우리 중국인들이 재자가인에 대한 사고는 어디에서 연유하는 것인가? 바로 소설이다. 우리 중국인들이 강호에서 의적 노릇한다는 생각은 어디에서 말미암은 것인가? 바로 소설이다. 우리 중국인들이 요괴와 귀신에 대한 생각은 어디에서 시작된 것인가? 바로 소설이다. …… 아아, 소설이 사람들을 함정에 빠지게 함이 결국 이 지경에까지 이르게 되었구나! 위대한 성현들이 수만 마디의 말로 사람들을 가르치고 계도하고자 해도 부족했는데, 황당한 생각이나 하는 선비나 장사치들은 한 두 권의 책으로 사람들을 퇴폐적으로 만들거나 쇠락하게 만들고도 남음이 있었다. 이러한 일들은 고상한 군자들이 자질구레하게 말할 바가 못된다고 여겨, 부득불 황당한 생각이나 하는 선비나 장사치의 손아귀에 맡겨지게 되었다. 그러나 그 성질이나 위치는 마치 공기나 곡식과도 같은 것으로, 한 사회에서 피할래야 피할 수 없고, 막을래야 막을 수도 없는 것이다. 이것이 허황된 생각이나 하는 선비와 장사치들에게 맡겨져 있으니, 결국 그들이 한 나라의 주권을 쥐고 조정하는 지경에 이르게 되었다. 아아, 이와 같은 상황이 영원히 계속된다면 우리나라의 장래를 그래도 물어볼 수 있단 말인가, 그래도 물어볼 수 있단 말인가! 그래서 ㉠오늘날 대중정치를 개량하고

---

30) 梁啓超,「譯印政治小說序」, 위의 책, 21~21면. "在昔歐洲各國變革之時, 其魁儒碩學, 仁人志士, 往往以其身之所經歷, 及胸中所懷, 政治之議論, 一寄之於小說, 於是彼中綴學之子,黌塾之暇, 手之口之, 下而兵丁, 而市會, 而農氓, 而工匠, 而車夫馬卒, 而婦女, 而童孺, 靡不手之口之. 往往每一書出, 而全國之議論爲之一變. 彼美英德法奧意日本各國政界之日進, 卽政治小說爲功最高焉. 英名士七某君曰 : '小說爲國民之魂.' 豈不然哉! 其不然哉!"

자 하면 반드시 소설계혁명에서 시작해야 하며, 국민을 혁신시키고자 하면 반
드시 소설을 혁신시키는 데서 시작해야 한다.[31]

①에서 량치차오는 서구사회가 부강한 원인이 정치소설을 통한 정치
사상의 전파와 민지(民智)의 개량에 있다고 인식하며 소설을 국민의 영
혼이라고 극찬한다. 여기서 주목할 만한 점은 서구사회에서 개혁의 공
구로 소설이 지대한 역할을 한 것은 우연한 현상이 아니라, 그 나라의
석학과 지성인이 정치사상과 '소설의 힘' 사이에서 매개역할을 수행한
다는 것이다. 다시 말하면 서구의 석학과 지성인이 대중적인 수용력을
지니는 소설의 '불가사의한 힘'에 대해 관심을 가지고 이를 개혁의 공
구로 '존재 전이'시키는 실천과정이 존재한다는 점이다. 이런 맥락에서
볼 때, 량치차오가 정치소설을 '국민의 영혼'이라고 과장한 면[32]이 분명
존재하지만, 오히려 정치소설에 관심을 가진 이면에는 정치소설의 창작
주체로서 석학과 지성인의 실천성을 강조하는 논리가 깔려 있다고 할
수 있다.

---

31) 梁啓超,「論小說與群治之關係」,『飮冰室文集』1册, 臺灣中華書局, 1970, 36~37면.
   "吾中國人壯元宰相之思想, 何自來乎? 小說也. 吾中國人佳人才子之思想, 何自來乎?
   小說也. 吾中國人江湖盜賊之思想, 何自來乎? 小說也. 吾中國人妖巫狐鬼之思想, 何
   自來乎? 小說也 …… 嗚呼! 小說之陷溺人群, 乃至如是, 乃知如是! 大聖鴻哲數萬言
   劬誨之而不是者, 華土坊賈一二書敗壞之而有餘. 斯事旣愈爲大雅君子所不屑道, 則
   愈不得專歸於華土坊賈之手. 而其性質, 其位置, 又如空氣然, 如菽粟然, 爲一社會中
   不可得避, 不可得屛之物. 於是華土坊賈, 遂至握一國之主權而操縱之矣. 嗚呼! 使長
   此而終古也, 則吾國前途, 尙可問耶! 尙可問也! 故今日辱改良群治, 必自小說界革命
   始! 欲新民, 必自新小說始!"
32) 夏志淸은 "Yen Fu and Liang Chi-chao as Advocators of New Fiction"(*Chinese Approaches to
   Literature from Confucius to Liang Chi-chao*, Princeton, New Jersey, Princeton University Press,
   1985)에서 실제로 량치차오가 말한 바와 같은 영향력을 가진 정치소설은 그렇게 많지
   않으며, 굳이 찾는다면 스토우 부인이 쓴 '엉클톰스캐빈'이라는 작품이 그러한 영향을
   행사했다고 할 수 있다. 그러나 이 작품이 하루 밤 사이에 정치적인 변화를 가져왔다
   는 것은 사실과 다르다는 것이다. 우선 이 작품이 발표된 이후로 흑인 노예해방이 이
   루어지기까지 의회에서는 이 작품으로 인한 정치적인 견해의 변화가 전혀 일어나지
   않았다는 점을 지적하고 있다.

이러한 관점을 근거로 중국소설에 대한 ②의 비평을 살펴보자. 중국에서 '소설의 힘'은 어떠한 기능으로 작용하고 있는가? 량치차오가 보기에, 중국소설은 중국사회를 부패하게 만든 봉건 관념인 장원급제에 대한 사고, 재자가인에 대한 사고, 의적에 대한 사고, 요괴에 대한 사고 등을 유포시켜 중국의 문명화를 근원적으로 방해하는 '독성'으로 작용하고 있다. 서구사회에서 '국민의 영혼'이었던 소설이 중국에서는 '중국 정치가 부패하게 된 총근원'으로 '역향(逆向)'되는 원인이 무엇인가? 서구사회에서는 그 나라의 석학과 지성인이 정치소설을 창작하는 주체로 존재하는 데 반해, 중국에서는 '황당한 생각이나 하는 선비나 장사치'들의 손에 소설의 '불가사의한 힘'이 넘어가 '한 나라의 주권을 쥐고 조정하는 지경'에 이르렀기 때문이다. 량치차오는 이러한 분석을 바탕으로 중국사회의 석학과 지성인 격인 '고상한 군자'가 소설을 '자질구레한 것'으로 여겨 중국사회 개혁의 임무를 방기한다고 비판한다. 량치차오가 염두하는 '고상한 군자'는 당면 중국사회의 질서를 재편할 세력으로서 '유신파'를 겨냥한 것이므로, 여기에는 자기 비판의 성격이 가미되어 있다. 따라서 량치차오가 중국소설을 '악의 근원'으로 인식하는 것은 바로 '정치사상'과 '소설의 힘' 사이를 매개하는 주체인 석학과 지성인의 '부재'에서 본질적으로 연원한다. 이러한 맥락에서 ②의 마지막 구절 ㉠은, 대중정치의 개혁과 소설계혁명, 국민의 혁신과 소설의 혁신 사이에서 괄호로 닫혀 있는 '주체' 확립의 논리를 풀어놓으면, "오늘날 대중정치를 개량하고자 하면 반드시 '공의식'을 소유한 주체를 확립하여 그들의 지도하의' 소설계혁명에서 시작해야 하며, 국민을 혁신시키고자 하면 반드시 '공의식을 소유한 주체를 확립하여·그들이' 소설을 혁신시키는 데서 시작해야 한다"로 보충할 수 있을 것이다.

그렇다면 량치차오가 소설계 혁명의 담당자로 설정하는 공의식을 소유한 주체는 누구인가? 량치차오는 현실 중국이 쇠퇴한 원인을 민권에 기반한 국민국가의 부재에서 찾는다. 역대로 중국은 황제 1인이 사천하

(私天下)하는 봉건 전제국가였기 때문에 개인보다 사회와 집단을 우선시하는 '공'적인 의식이 부재하여 온 나라와 국민이 "자치능력이 없고 독립심도 없는"33) 노예상태에 빠진 것이다.34) 서구사회가 전 세계가 실력으로 경쟁하는 시대에 우월적인 지위를 차지하게 된 원인은 일찍부터 민족국가가 성립되고 민권이 강화되어 전체 국민의 공적인 소유35)가 되었기 때문이며, 한 성씨의 사적인 나라인 중국은 문명국과의 경쟁에서 자연도태할 수밖에 없는 것이다. 이러한 '사'의 전일화 혹은 '공'의 부재는 사회체제의 쇠약함뿐 아니라 국민성의 나약성까지 조장하는 중국 부패의 '총근원'으로 작용한다. "사람마다 제 몸 있는 것만 알고 집단이 있는 것을 모르게 되면 그 집단은 금방 전락되고 무너져서 마침내는 다른 집단에 의해서 멸망되고 말 것이다."36) 그래서 량치차오는 당면 중국의 변혁과제로 공의식에 기반한 국가의 형성을 제시한 것이다. 이러한 공의식을 소유한 주체가 바로 신민이다. 량치차오 담론 속에 등장하는 핵심적인 언어인 민족·종족·동족·인종·국가·국민·민권·평등·군치(群治)·민지 등은 바로 이러한 공의식을 강조하기 위해 구사한 것이며, 심지어 량치차오가 사용하는 아(我)나 오(吾)의 개념도 자율적인 자아와 개성이 강조되는 서구적인 의미의 '개인'이 아니라 인간 집단적인 '우리'의 의미를 강하게

---

33) 梁啓超, 「積弱之源於風俗者」, 『梁啓超文選』 上(夏曉紅 編), 中國廣播電視出版社, 1992, 73면. "旣無自治之力, 亦無獨立之心."
34) 량치차오는 「積弱之源於近事者」에서 "중국이 약해진 원인을 따라 올라가면 總因 가운데 가장 큰 책임은 국민 전체에 있고, 分因가운데 가장 큰 사람은 那拉 한 사람에 있다. 그 遠因은 수천 년 전으로 올라가지만 그 근인은 최근 200년래의 사태에 있고, 그 중에서도 가장 가까운 遠因은 那拉가 정권을 손에 쥐었던 30년 동안에 있다"고 말한다.
35) 량치차오는 「積弱之源於理想者」에서 서구사회의 公意識에 대해 "경쟁하는 가운데 저마다의 존립을 추구하여 왔다. 그러므로 그들 머리속에 있는 이상 가운데는 언제나 '우리나라'라는 생각이 떠올랐고, 나라를 사랑한다는 말을 가르치지 않아도 그렇게 할 줄 알았고, 그러한 마음은 약속하지 않아도 한결 같았던 것이다"라고 서술하고 있다.
36) 梁啓超, 「積弱之源於風俗者」, 앞의 책, 76면. "人人知有身不知有群, 則其群忽渙落摧壞, 而終被減於他群."

내포하고 있다.37)

　　량치차오는 중국을 쇠약하게 만든 장본인으로서 사천하한 봉건황제를 민적(民賊)이라고 비판38)하고, '공'의 원리의 구현이 중국이 생존하기 위한 시급한 과제로 인식하면서, 민지의 개량과 민권(民權)의 확립을 강조한다.

> 어떤 일이고 그 일이 한 사람에게만 매어 있을 경우에는 그 사람이 가버리면 그 일도 가버리게 된다. 그러기에 나라를 잘 다스릴 줄 아는 자는 반드시 국민의 기상을 북돋워 국민들의 지혜를 개발하는 일부터 시작하는 것이다.39)

　　그런데 장기간 사천하한 세상에서 방관자 내지 노예로 길들여진 4억의 중국 국민은 국제 경쟁 속에서 생존할 수 있는 자립능력을 상실했기 때문에, 공의 원리를 구현하기 위해선 "공리에 복종하고 시세에 통달한"40) 호걸이 매개역할을 수행해야 한다. 량치차오는 서구사회에서 국

---

37) 장성만, 「개항기의 한국사회와 근대성의 형성」, 『세계의 문학』, 1993년 가을 참조.
38) 여기서 우리는 량치차오가 어떤 맥락에서 중국의 역대 봉건황제를 민적이라고 비판하는가에 대해 살펴볼 필요가 있다. 량치차오는 「積弱之源於近事者」에서 "오늘날 국가라는 것은 온 나라의 사람들이 긴밀히 관계를 맺고 공동의 이해를 가지고 서로 친하며 서로 사랑하고 힘을 합하여 일을 해나가야만 존립할 수 있는 것이다. 그래서 두 종족이 한 정부의 통치를 받을 때 오래 안정된 나라가 없는 것이다. 우리 한인으로서도 참으로 나라를 사랑하고 남다른 이해와 식견을 가진 사람이라면 만주인을 원수처첨 생각하지 않을 것이다. 어째서 그런가? 일본이 다른 나라인데도 우리는 그들이 同種同文이라고 해서 친절하게 대해주는 터에 만주인에 대해서야 우리와 무슨 큰 차이가 있겠는가? 우리들이 가장 절치통한스럽게 생각하는 것은 민적이다. 어찌 그들이 한인이라고 해서 다 두둔할 것인가? …… 그런 때문에 특출한 식견을 가지고 참으로 나라를 사랑하는 사람이라면 민권이 신장될 수 있느냐의 여부를 중시하는 것이지, 임금의 자리가 누구에게 속해 있느냐를 중시하지 않는 것이다"라고 말한다. 이렇게 볼때 량치차오가 民賊이라고 비판한 것은 총체적인 봉건 정치체제가 아니라 민권을 신장하지 않고 천하를 私有化하는 君을 겨냥한 것이다. 이후 량치차오가 입헌군주제로 돌아서는 것도 여기에서 이미 그 징후가 보인다고 할 수 있다.
39) 梁啓超, 「加布兒與諸葛公明」, 앞의 책. "凡事而專屬於一人者, 此一人去而大事皆去矣, 故善謀國者, 必自養國民之氣, 開國民之智始."
40) 梁啓超, 「豪傑之公腦」, 위의 책. "有豪傑者服公理者也, 達時勢者也."

민국가가 성립되는 과정을 분석하면서 서구의 정치인들이 위기의 순간에 굴하지 않는 '굳센 힘'으로 국민을 계몽하고 교육시켜서 문명국가를 건설했다는 점을 은유적으로 부각시킨다. 이는 서구의 정치인들이 국가를 건설하는 과정에서 수행한 역할처럼, 중국의 유신파가 민적과 노예상태인 민 사이에서 공의 원리를 구현하는 임무를 수행하며, 그 구현의 방법으로 군(君)의 견제와 계몽적 교육을 제시하는 논리인 것이다. 그런데 문제는 량치차오가 의미하는 '공'과 '민'의 실체가 무엇인가 하는 점이다. 이것은 당면 중국의 위기를 담지하고 극복할 '주체'로 누구를 설정하고 있느냐 하는 것과 연관되어 있다.

　민의 구성원리는 서양의 다원주의의 군(群)개념에서 구한 것이다. 사회적 다원주의에서의 군개념을 처음으로 중국에 소개한 것은 옌푸[嚴復]가 1895년 2월 8일~18일의 천진(天津)의 『직보(直報)』에 처음 발표한 「원강(原強)」이다. 이것은 경쟁에서 군이 살아남으려면 군이 부강해야 하며 그 부강은 민이 자사(自私)·자유(自由)해야 하는데, 자사·자유는 자치능력에서 오며 그것을 갖추기 위해서는 '고민력(鼓民力)'·'개민지(開民智)'·'신민덕(新民德)' 해야 한다는 것이다.41) 그러나 량치차오의 담론 속에는 군의 개념이 널리 받아들여지고 있지만, 민의 자사·자유의 개념은 이기적이라고 부정되거나 모호하게 처리되어 있다. 이러한 군의 원리에서 출발한 민은 민 각자의 기본적 자유권에 입각한 주체적 민의 개념으로 발전하지 못한다. 이때의 민은 신사(紳士)의 정치적 지도를 통해 결집될 수 있는 종속적인 대상으로, 오히려 군과 민의 원리에서 부각되는 것은 이들을 지도할 수 있는 권력형 주체로서 '유신파'의 확립이다. 실제로 량치차오의 언술 속의 민은 물질적 정신적 가치의 생산자이자 자율적인 주체로 위치하기보다는, 오랜 민적의 통치하에서 노예상태로 길들여진 몽매한 대중으로 취급된다. 그래서 량치차오의 공의 개념은 군(君)의 정

---

41) 閔斗基, 「改革運動에 있어서의 民權論·平等論」, 『中國近代 改革運動의 研究』, 일조각, 283면.

당성을 천명에서 구하던 전통적인 위계적 군주관에서 벗어나는 진보적인 측면도 있지만, 군－신(紳)－민의 횡적인 연계하에서 신사충의 권력을 상대적으로 증대시키기 위한 계몽적 기획하에 진행된 것이다. 그래서 봉건적인 위계질서에서 벗어난 개성적인 개인의 의미나 각 계층간에 의사소통 행위의 합리화[42]가 보장되는 민주적인 관계가 미약하다. 특정한 계급의 권력적 욕망을 정당화시키기 위한 이러한 공의식은 근대적 맥락의 '주체' 정립의 길보다는, 외부 세력에 대한 민족적 감정에 호소함으로써 집단의 힘을 결집하려는 '의사 민족주의'의 길로 나아간다.

다음으로 량치차오의 담론 속에 존재하는 소설 부정의 논리에 대해 살펴보자. 중국 근대사회의 면모를 비교적 진실하게 반영한 견책소설이 창작되기 이전에 중국소설계를 풍미하던 것은 화류소설(花柳小說)·애정소설·협사소설(俠邪小說)·협의소설(狹義小說) 등의 상업주의 소설이었다.[43] 「소설과 군치의 관계를 논함」에서 량치차오가 '황당한 생각만을 하는 선비나 장사치'라고 비판한 이들이 바로 이러한 상업주의 소설가인 것이다. 량치차오는 이들의 소설이 대중들을 향락적인 감정에 젖게 만들고 퇴폐적인 풍속을 조장하여 민족적인 위기상황에서 괴리시키며, 심지어 4대 기서를 포함한 전통 백화소설조차 대중들을 회도회음(誨盜誨淫)하는 교과서라고 부정한다. 량치차오는 이러한 '부정' 위에서 중국문학체계의 변두리 저급문학의 위치를 차지하고 있던 소설을 "문학의 최상승"으로 부각시킨다. 일견 모순되게도 량치차오 자신이 부정했던

---

42) 하버마스는 "의사소통 행위의 합리화란 상호작용의 구조 안에 무의식적으로 짜여들어간 역학관계를 제거하는 것을 의미한다. 그러한 역학관계는, 사람들 사이의 의사소통을 이용하여 충돌을 의도적으로 해소시키는 것을 방해하며, 논쟁을 합의하에 조정시키는 것을 막기 때문이다. 여기서의 합리화란 따라서 대화자 서로 간에 문제된 효력 주장들이 다만 가상적으로만 검증되고 있는, 구조적으로 왜곡된 의사소통의 상황을 극복하는 것을 뜻한다"고 말한다(윤평중, 『푸코와 하버마스를 넘어서』,교보문고, 1997, 123면에서 재인용).

43) 任訪秋, 『中國近代文學史』 上(開封河南大學出版社, 1988), '제6장 1940년에서 80년 사이의 소설창작' 참조

(전통)소설을 이번에는 새로운 전통을 창조하는 신성한 사물로 승인한 것이다. 이러한 모순점을 이해하기 위해선 중국소설을 비판하는 량치차오의 사유방식을 살펴보아야 한다. 앞에서 분석했듯이 량치차오는 사회 진보에 영향을 끼친 서구 정치소설과의 대비적 사유, 그리고 소설의 가치를 경시하여 장사치들의 손에 조정되게 만든 전통 지식인의 자기 비판 속에서 중국소설을 인식한다. 이러한 관점에서 볼 때 량치차오가 부정한 전통소설은 소설 자체가 아니라 서구 정치소설과 같이 국민을 개혁할 만한 정치사상이 없는(주체가 부재하는) '과거'의 소설이며, 량치차오가 새롭게 긍정한 '소설'은 공의식을 소유한 '주체'와 '소설의 힘'이 만나 사회를 개혁하는 '미래'의 소설이다. 량치차오의 대비적 사유 속에서 중국의 소설과 서구의 소설은 낙후한 것과 진보된 것이라는 '가치화된' 개념으로 이해된다. 따라서 량치차오의 담론 속에 존재하는 소설부정의 논리는, 공의식을 소유한 새로운 주체가 소설 창작의 주체로 확립되어, 기존의 소설과는 질적으로 다른 새로운 내용의 소설을 창작해야 한다는 문학적 실천성으로 해석할 수 있다.44) 량치차오는 이러한 문학적 실천성을 바탕으로 다음과 같은 유명한 발언을 한다.

> 한 나라의 백성을 새롭게 하려면 먼저 소설을 새롭게 하지 않으면 안 된다. 그러므로 도덕을 새롭게 하려면 반드시 소설을 새롭게 해야 한다. 종교를 새롭게 하려면 반드시 소설을 새롭게 해야 한다. 정치를 새롭게 하려면 반드시 소설을 새롭게 해야 한다. 풍속을 새롭게 하려면 소설을 새롭게 해야 한다. 학예를 새롭게 하려면 소설을 새롭게 해야 한다. 나아가 인심을 새롭게 하려면 반드시 소설을 새롭게 해야 한다. 왜 그런가? 소설에는 불가사의한 힘이 있어서 인도를 지배하기 때문이다.45)

---

44) 많은 논자들이 량치차오가 1915년에 발표한 「告小說家」가, 초기에 소설의 가치를 중시하는 것에서 벗어나 소설의 가치를 부정한다고 지적한다. 그러나 필자의 논리에 따른다면 량치차오가 「告小說家」에서 비판하는 것은 소설 자체가 아니라, 소설을 창작하는 주체가 아직 公意識을 획득하지 못하여 중국 국민들의 영혼을 타락하게 만든 소설계의 현실이 된다.

　위의 글은 소설로 사회문화 전반을 개혁하자는 소설계혁명의 대표적 선언으로 제일 주목받는 것이다. 그러나 다른 한편으로 이것은 소설과 사회에 대한 변증법적이고 유물론적인 인식이 결핍되어 소설의 사회적 효용을 지나치게 과장한다고 비판받는 대목이기도 하다. 현상적으로 보면 이러한 비판은 타당한 것이다. 그러나 당시 량치차오가 냉정한 이성적 사유보다는 계몽적 관심에 경도된 사유방식을 지녔다는 사실을 조금만 이해한다면 이러한 해석에서 벗어날 수 있을 것이다. 사회 개혁의 공구로서 소설의 힘에 대한 과도한 맹신은 비단 소설에만 국한되는 것이 아니라 그가 중시하는 대상에 따라 수시로 바뀌고 있다. 가령, 『청의보(淸議報)』100권에 발표한 「본보 100권 축사 및 잡지사의 책임과 본 잡지사의 경력을 논함[本報100冊祝辭並論報館之責任及本館之經歷]」에서 그는 언론이 국가사회에서 가장 중요한 활동이라고 역설하며, 『신민총보(新民叢報)』1호에 발표한 「학술의 세력이 세계를 좌우함을 논함[論學術之勢力左右世界]」에서는 학술의 세력이 세계를 좌우하는 것이므로 중국이 살아남기 위해서는 학술을 부흥시키지 않으면 안 된다고 주장한다. 또 '무엇 무엇을 하려면 반드시 무엇 무엇부터 해야 한다'는 논리는 량치차오의 텍스트 속에 등장하는 '낯익은' 문법이다. 이러한 량치차오의 사유방식을 염두에 둔다면, 이 글에 나타난 량치차오의 의도는 소설과 사회의 본말을 전도시키는 데에 있지 않고, 사회 개혁을 위한 소설의 힘에 방점이 놓여진다고 할 수 있다. 량치차오는 이러한 사유를 통해 문학체계의 주변부에 통속문학으로 위치하며 문인들의 경시를 받던 소설을 문학의 최상승의 지위로 끌어올린다. 이러한 량치차오의 노력으로 인해 소설은 사회적 실천에 관계하는 '문사(文士)'적 글쓰기의 범주로 포용된다.

---

45) 梁啓超, 「論小說與群治之關係」, 『梁啓超文選』 上(夏曉紅 編), 中國廣播電視出版社, 1992, 33면. "欲新一國之民, 不可不先新一國之小說. 故欲新道德, 必新小說; 欲新宗敎, 必新小說; 欲新政治, 必新小說; 欲新風俗, 必新小說; 欲新學藝, 必新小說; 乃至欲新人心欲新人格, 必新小說. 何以故? 小說有不可思議之力, 支配人道故."

그리고 공의식을 소유한 주체와 소설의 만남을 통해 소위 견책소설이라
는 독특한 형식을 창출하는 유력한 담론으로 작용한다.

그러나 량치차오의 소설론은 소설에 대한 미학적 담론의 의미보다는
소설적 가능성을 열어주는 선언적 '효과'에 기울어져 있다. 이것은 동시
대에 출현한 량치차오의 시론이계몽론적 관심과 아울러 시인지시(詩人之
詩)를 위한 요건으로 '구풍격(舊風格)'의 개념을 요청하는 것과 달리, 소
설론에서는 훈침자제(熏浸刺提)와 같이 그 수용적 가능성에 주목하는 개
념은 있지만 '소설다움'을 위한 미학적 원리가 부재하기 때문이다. 그래
서 량치차오는 사상적인 평가 이외에 소설적 요건에 입각하여 소설답다
거나 소설답지 못하다는 비평을 하지 않으며 그 자신도 소설이 아니라
정론문에 가까운 『신중국미래기(新中國未來記)』를 소설로 창작한다. 이것
은 무엇을 의미하는가? 량치차오에게 시라는 장르는 어린시절의 전통교
육을 통해 친연성을 지니는 영역으로 다가오지만 소설이란 장르는 전통
지식인으로서 량치차오의 사유와 원활히 소통되지 않는 영역이다. 량치
차오는 소설 자체에 대한 깊은 체험과 고민이 없는 상태에서 즉, 소설
본질론에 대한 물음을 배제한 채 계몽적 관심으로 소설을 '끌어들여'
공의식과 소설언어의 결합에 치우친 빈곤한 미학론을 창출한다. 이것은
이질적으로 존재하는 계몽론과 소설론을 통합하는 과정에서 빚어진 불
가피한 현상이다. 량치차오 스스로도 자신의 사유 속에 존재하는 이러
한 내적 모순을 감지하고 있어서 1915년 「소설가에게 고함[告小說家]」을
발표한 이후 계몽론적 관심이 사라지면서 소설에 대한 별다른 언급을
하지 않는다. 소설에 대한 량치차오의 관심은 중국소설의 생명력과 미
학적 가치의 발견을 통해 그 가능성을 확인하는 과정이 아니며, 소설의
지위를 문학체계의 중심부로 부각한 것 역시 소설의 독립적 가치나 형
상적인 매력 같은 소설의 예술적 '정당성'에서 기인하지 않는다. 이는
량치차오가 '소설의 힘'에 주목하여 기존에 시문이 수행하던 교화의 기
능을 소설이라는 '시대적' 장르로 존재 전이한 것에 불과함을 의미한다.

3. 인격의 세계와 시

　전통 중국의 세계가 몰락하고 근대 서구의 세계가 지배하는 시대에 살아가는 량치차오에게 시는 어떠한 의미로 다가오는가? 량치차오가 『영환지략(瀛環志略)』과 같은 서양문물을 소개하는 서적을 접하고 캉여우웨이 문하에서 서양 학문을 배우기 시작한 것은 18세 이후의 일이다. 그 전까지 량치차오는 조부와 부친 밑에서 6세 때 사서와 시경을 완전히 읽고 8세 때 오경을 독파하는 등 전통 학문의 범주 속에서 성장한다.46) 어린 시절 전통 지식인으로서의 모범적인 길을 걸은 량치차오는 여느 문인과 마찬가지로 전통시를 암기하고 창작하면서 시와 친연적인 관계를 지닌다. 이것은 량치차오 역시 신성한 언어로서 시의 의미와 그 조화의 세계를 의식적 무의식적으로 체득하고 있음을 뜻한다. 그런데 량치차오가 서구문화를 수용하여 유신 개혁가의 길로 들어선 이후 시에 대한 관심의 구조가 전환되기 시작한다. 량치차오의 시에 대한 관심은 1901년 『하와이유기(夏威夷遊記)』에서 시작되어 1902년부터 1907년 사이의 시계혁명 시기에 『신민총보』에 연재된 『음빙실시화(飮冰室詩話)』에

---

46) 량치차오는 『三十自述』에서 "네다섯 살까지 나는 할아버지와 어머니 슬하에서 사서와 시경을 배웠고……. 여섯 살이 되어서는 아버지에게 『中國略史』와 『五經卒業』을 읽었다. 그리고 여덟 살 때에는 글짓는 법을 배워서 아홉살 때에 꽤 긴 문장으로 글을 지을 줄 알게 되었다. 열두 살 때에는 학원에 응시하여 博士弟子員이 되었다. 날마다 과거 시험 준비의 帖括만을 해나가는 것이 마음이 즐겁지 않았으나 이 세상에 첩괄 이외에 다시 배워 나갈 학문이 있는 줄을 알지 못했다. 그래서 그것을 공부하고 연마하는 데 몰두하였으나 오히려 사장학을 더 좋아하였다. 王父와 아버지 어머니는 때로 당시를 가르쳐주었다. 나는 팔고문을 무척 좋아하였다. 가정이 가난하였기 때문에 다른 읽을 만한 책은 없었고, 다만 『史記』 한 질과 『網鑑易知錄』 한 질이 있을 뿐이었다. 왕부와 아버지께서는 매일 그것으로 일과를 주었던 것이다. 그리하여 지금까지도 나는 이 『史記』 문장을 대부분 외우고 있다. 아버지는 나의 총명함을 매우 사랑하여 『漢書』 한 질과 姚鼐의 『古文辭類纂』 한 질을 구비해 주셨는데 나는 크게 기뻐하면서 그것을 읽었다. …… 열세 살 때 들어서야 비로소 단, 왕씨의 훈고학이 있다는 것을 알았다. 나는 그것을 무척 좋아하였다"고 말한다.

집중적으로 표출되고 있다. 그리고 10여 년의 시간이 지난 1920년에 현실 정치가의 길에서 벗어나 중국 문화와 학문에 대한 연구로 방향전환하면서 시에 대한 새로운 차원의 관심을 보여준다. 대체적으로 앞의 시기는 시계혁명이라는 계몽론적 차원에서 시에 접근한 것이고, 뒤의 시기는 '정감'이란 개념을 중심으로 시 자체의 본질론으로 회귀하는 경향을 띤다. 물론 시계혁명이란 말은 앞의 시기뿐만 아니라 1920년에 발표한 「『만청양대가시초제사(晩淸兩大家詩鈔』題辭)」의 글 속에서도 "중국의 시계대혁명이 곧 도래할 것이다"47)라고 쓰고 있으며, 정감 혹은 성정이란 말도 시계혁명 시기에 자주 사용되는 개념이다. 그러나 용어상의 동일성에도 불구하고 두 시기의 시에 대한 관심의 구조는 근본적인 차이를 지니고 있다.

시계혁명 시기 량치차오는 변법운동의 실패 후 일본에 망명하여 국민성 개조를 위한 계몽활동에 전념한다. 량치차오는 효과적인 계몽활동을 위해 시·소설·문·희곡 등의 문학 장르를 요청한다. 그런데 량치차오가 요청한 문학(론)들은 그 장르상의 차이에도 불구하고 계몽론적 사유로 통합되어 동일한 지평 위에 놓인다. 이러한 관점에서 볼 때 시계혁명 시기 시에 대한 량치차오의 관심은 소설에 대한 관심과 별다른 차이를 지니지 못한다고 할 수 있다. 하지만 소설이란 장르가 전통 지식인의 사유와 본질적으로 소통되지 못하는 것과 달리 시라는 장르는 그들의 정신세계와 상통하는 친근한 영역이라는 점을 염두에 둔다면, 쉽사리 그 관심의 구조를 동일한 지평 위에서 해석할 수는 없을 것이다. 우선 시는 그 본질론을 별도로 묻지 않더라도 이미 어린 시절부터 체득하고 있는 것이다. 가령, 시를 계몽론과 통합할 때 소설보다 더 용이하게 그 '껄끄러움'을 감지할 수 있으며 그 간격을 좁히기 위하여 '시인지시(詩人之詩)'를 위한 개념인 '구풍격(舊風格)'을 요청한다. 또한 시계혁명

---

47) 梁啓超, 「『晩淸兩大家詩鈔』題辭」, 『梁啓超文選』, 中國廣播電視出版社, 1992, 20면. "中國詩界大革命, 是候是快到了."

시기 이후 시에 대한 계몽적 관심이 사라진 뒤에도 소설과 달리 정감 중심의 시 본질론으로 회귀하여 '시에 대한 본연의 사유를 진행하게 된다. 이러한 동일성과 차이를 전제하면서 시계혁명 시기 량치차오가 시에 대해 어떠한 관심의 구조를 지니는지 살펴보자.

량치차오가 전통적인 시 해석에서 벗어나 시의 새로운 가능성에 주목하게 되는 것은 시계혁명 시기 이전의 일이다. 1897년 그는 「몽학보연의보합서(蒙學報演義報合敍)」에서 "일본의 변법도 민간가요와 소설에 의지했다"[48]는 언급을 하면서 문학의 힘을 통한 중국의 개혁 가능성을 사유하기 시작한다. 여기서 량치차오가 말하는 민간가요는 정형적인 율격을 지니는 전통시가 아니라 일반 대중들이 쉽고 자유롭게 노래 부를 수 있는 통속적인 가요이다. 이것은 량치차오가 글을 모르는 민중들이 쉽게 수용할 수 있는 언어로서 소설에 대해 관심을 가지는 것과 마찬가지로 시에 대한 관심도 문학 본질론보다는 문학의 '수용의 힘'에 주목하는 데서 연원하는 것임을 의미한다. 즉, 전통시의 창조력 부재를 극복하고 그 시적 사유를 확장하기 위한 것보다는 계몽 대중들이 쉽게 수용하여 따라 부를 수 있는 민간가요에 대한 관심에서 출발한 것이라고 할 수 있다. 가요에 대한 이러한 관심은 시계혁명 시기에 와서도 연속된다. 량치차오는 계몽교육을 위한 창가(唱歌)의 필요성에 대해 역설하고, 『신소설』에 실린 '잡가요(雜歌謠)'란에는 광동(廣東) 지방의 민간 설창인 월구(粤謳)의 형식을 차용한 '신월구(新粤謳)'를 소개하며, 실제 시 창작에서도 민간형식을 수용한 통속적인 가체시(歌體詩)의 창작을 추구한다.[49] 그러나 노래화된 민간가요와 율격과 서면성을 지니는 시의 이상적인 결합은 그렇게 간단한 문제가 아니다. 더군다나 시 내부의 미학적 공간을 확대하기 위하여 음악적 요소를 요청한 경우가 아니라 시 외적인 계몽

---

48) 梁啓超, 「蒙學報演義報合敍」, 위의 책, 56~57면. "日本之變法, 賴俚歌與小說之力."
49) 이 부분에 대해서는 설순남 「淸末 維新派詩 硏究」(서울대 박사논문, 1997) '제3장 維新派 시의 변천과 詩界革命' 참조.

적 관심에 의해 수용한 민간가요를 시 내부로 '끌어들여' 조화시켜야
한다는 것은 여간 곤혹스러운 일이 아니다. 계몽의 영역에서 민간가요
의 유효성의 문제와 미학의 영역에서 시적 공간의 확장의 문제는 동일
한 것이 아니다.50) 오히려 계몽적 관심이 문학의 영역에 침투하여 미학
적 관심을 밀어내고 그 중심적 자리를 차지하게 되면 이론과 실제 사이
의 '미학적 거리'만을 유발할 뿐이다. 이러한 거리감은 실제 창작의 영
역에서뿐만 아니라 량치차오가 어린 시절부터 체득하고 있는 시 관념
사이에도 존재한다. 량치차오는 이러한 곤혹을 해결하기 위하여 시의
개념에 관한 전통적인 해석에서 벗어나 그 범위를 제한 없이 확대한다.
　시계혁명 시기 량치차오는 시란 무엇인가라는 본질론의 영역보다는
시는 무엇을 할 수 있는가라는 효용론의 영역에 관심을 두어 시의 개념
규정에 대해서는 명확한 언급이 없다. 그러나 량치차오가 사용하는 이
시라는 말 속에는 전통시의 범주를 넘어 민간가요나 당시 성행하던 노
래가사·번역가사, 심지어는 시 작품이라고 칭하기 어려운 서구의 호
머·세익스피어·밀턴·테니슨 등의 작품까지 포괄한다.

　　희랍의 시인 호머는 고대의 제일가는 문호이다. 그의 시 작품은 오늘날 희랍
　　역사를 고증해내는 유일무이한 자료이며, 매 작품이 모두 만 수천 어로 되어
　　있다. 세익스피어, 밀턴, 테니슨 같은 근세의 시인들은 말할 것도 없고, 그 기백
　　은 참으로 마음을 빼앗는구나.51)

이러한 작품들은 운문이라는 공통점 외에는 별다른 유사성이 없다.
량치차오는 왜 이렇게 시의 영역을 경계 없이 확대해버린 것인가? 이러

---

50) 량치차오는 이론상에서 시와 음악의 결합을 강조하지만 『飮冰室詩話』에서 비평하
　　고 있는 작품은 대체로 전통시의 영역인 五七言의 律詩와 古體詩에 해당한다.
51) 梁啓超, 『飮冰室詩話』 第8則. "希臘詩人荷馬(舊譯作和美耳), 古代第一文豪也. 其
　　詩篇爲今日考據希臘史者獨一無二之秘本, 每篇率萬數千言. 近世詩歌, 如莎士非亞,
　　彌兒敦, 田尼遜等, 其詩動亦數萬言. 偉哉! 物論文藻, 卽其氣魄固已奪人矣."

한 확대를 통해 중국시는 격률의 구속에서 벗어나 자유로운 창조의 가능성이 주어지게 된다. 그러나 관습적인 개념의 해체는 창조력을 제약하는 테두리를 제거하여 자유로운 사유를 가능케 하지만, 개념의 경계 없는 혼란은 오히려 사유의 중심을 상실하여 형식적인 모방과 확대에만 그칠 수 있다. 량치차오는 일본의 변법에서 민간가요의 힘을 발견하듯이 서구의 시계에서 중국시의 변혁 가능성을 찾는다. 그런데 량치차오가 서구의 시계에서 관심을 가지는 것은 중국 사회의 변혁과 관계하는 유럽의 물질문명·정신·사상 등의 내용적인 측면이며, 형식상에서는 운문이라는 광의의 형식 이외에는 중국의 시와 특별한 유사성을 발견하지 못한다. 그렇지만 량치차오는 서구의 시가 중국 시가 추구해야 할 이상형으로 설정하고, 중국 전통시 개념에 대한 '위반'을 감수한 채 시라는 말로 서구의 시를 수용한다. 량치차오의 사유 속에서 시는 운문이라는 형식 속에 서구의 새로운 내용을 결합한 광의의 개념으로 전환된다. 이 속에는 통속적인 노래와 시어에서 서구의 선진화된 정신문명에 이르기까지 이질적인 사물들이 동일선상에 놓여져 있다. 시의 개념이 이렇게 확대된 상태에서는 시란 무엇인가라는 본질론에 대한 물음은 불필요하며 '어떠한 시를 추구할 것인가'라는 물음만이 문제가 될 뿐이다. 이 지점에서 바로 시에 대한 계몽론적 관심과 미학적 관심이 충돌하게 된다. 이상적으로 생각하는 어떠한 시 속에는 내용적인 측면뿐만 아니라 형식적인 측면도 포함되어 있기 때문이다. 여기서 량치차오는 신의경(新意境)과 구풍격의 결합론을 제기한다. 이 이전에 량치차오는 『하와이유기』에서 신의경·신어구(新語句)·고인지풍격(古人之風格)의 결합론을 제기하지만 『신민총보』에서는 신어구를 제외하고 신의경과 구풍격의 결합론으로 전환한다. 이것은 당시의 새로운 시들이 신어구나 신명사만을 늘어놓아 형식적인 변화만을 추구할 뿐 실질적인 변혁을 이루지 못한 것을 비판하는 데서 비롯된다. 신의경과 구풍격의 개념 규정에 앞서 두 개념이 어떠한 관계를 지니는지에 대해 먼저 살펴보자.

오늘날 시를 짓지 않으면 그만이지만, 시를 지으려고 한다면 반드시 시계의 콜롬부스나 마젤란이 된 후에야 가능하다. 이것은 유럽의 땅에 기력이 이미 쇠진하고 생산이 지나쳐, 아메리카 및 태평양 연안에서 새로운 땅을 구하지 않을 수 없는 것과 같다. 시계의 콜롬부스나 마젤란이 되고자 한다면, 세 가지의 장점을 갖추어야 한다. 첫째는 의경이 새로워야 하고, 둘째는 어구가 새로워야 하며, 또한 반드시 고인의 풍격으로 품어야 한다.52)

구풍격으로 신의경을 머금을 수 있어야 혁명의 실제라고 할 수 있다. 진실로 이렇게 할 수 있다면 한 두 개의 신명사를 섞어 쓰더라도 병폐가 되지 않는다.53)

근세 시인 가운데 신이상을 녹여 구풍격에 넣을 수 있는 인물로 황쭌셴을 추천해야 할 것이다.54)

량치차오는 두 개념을 연결해주는 계사(繫詞)로 '입(入)', '함(含)'이라는 말을 사용하고 있다. '들인다(담는다)', '품는다'는 의미를 지니는 이 말들은 이질적인 두 사물을 어느 한쪽으로 '품어들인다'는 뜻을 내포하고 있다. 즉, 구풍격이라는 공간 속으로 신의경이라는 이질적 사물을 품어들인다는 의미이다. 이러한 말로 결합할 경우 관계의 중심은 품어들이는 공간인 구풍격이 차지하고 신의경은 "내 비록 시를 지을 수는 없지만, 유럽의 정신, 사상을 힘껏 수입하여, 후세의 시의 재료로 제공하고자 한다"55)처럼 그 속에 채워지는 시의 재료의 수준으로 위치 지워진다. 이것은 중국 전통 시론의 정경교융(情景交融)의 "교융"이나 후기 량치차

---

52) 梁啓超,「夏威夷遊記」,『梁啓超專集』之二十二, 189면. " 今日不作詩則已, 若作詩必爲詩界之哥侖布, 馬賽郎然後可. 猶歐洲之地力已盡, 生産過度, 不能不求新地於阿米利加及太平洋沿岸也. 欲爲詩界之哥侖布馬賽郎, 不可不備三長. 第一要新意境, 第二要新語句, 而又須以古人之風格入之."

53) 梁啓超,『飮冰室詩話』第63則. "能以舊風格含新意境, 斯可以擧革命之實矣. 若能爾爾, 則雖間雜一二新名詞, 亦不爲病."

54) 梁啓超, 위의 책 第4則. "近世詩人, 能鎔鑄新理想以入舊風格者, 當推黃公度."

55) 梁啓超,「夏威夷遊記」,『梁啓超專集』之二十二, 189면. "吾雖不能詩, 惟將竭力輸入歐洲之精神,思想, 以供來者之詩料可乎."

오가 시적 취미를 "내부에서 유발되는 정감과 외부에서 촉발된 환경이
교융하여 발생된 것"56)이라고 정의할 때 사용하는 "교구(交媾)"의 개념
이 주객관의 두 사물이 서로 교융하여 하나의 새로운 시적 세계를 창조
하는 의미인 것과는 다르다. 량치차오는 왜 '교융'과 같이 혼연일체를
의미하는 개념이 아니라 서로간의 경계가 지워지지 않는 '입(入)', '함
(含)'이라는 말로 신의경과 구풍격의 관계를 규정한 것인가? 량치차오는
시를 운문의 형식이라는 광의의 개념으로 확대하면서도 시는 어떠해야
한다라는 시의 요건을 체험적으로 설정하고 있다. 광의의 개념이 민간
가요와 서구의 시 속에 담긴 신의경을 수용하기 위해 요청된 것이라면
시의 요건은 량치차오가 중국 전통시 속에서 체득한 '시인지시(詩人之
詩)'의 경계로 다가가기 위해 설정된 것이다. 이것은 량치차오가 시를
특정한 격률이나 형식으로 한정하지는 않지만 시다운 시가 되기 위한
미학적 요건을 요청하고 있음을 의미한다. 량치차오는 이러한 미학적
요건을 고인지풍격(古人之風格) 혹은 구풍격이라고 부른다. 이러한 요건
을 구비하지 못한 시는 시답지 못한 운문에 불과한 것이 된다. 결국 량
치차오는 시의 영역을 확대하면서도 시의 요건을 설정하는 셈이 된다.
이것은 시의 영역 확대와 시의 요건이라는 두 측면이 통일적으로 결합
되지 않고 계몽적 관심으로 넓혀진 영역을 미학적 요건으로 정비하는
'절충'이 발생함을 의미한다. 다시 말하면, 시의 요건의 확장과 개방을
통해 시의 영역이 확대된 것이 아니라 계몽적 관심에 의해 시의 영역을
확대한 이후에 시의 요건의 문제를 결합시키는 절충적인 상황이 벌어진
다는 것이다. 절충이라는 것은 자연스럽게 융합되지 못하는 것을 인위
적으로 결합시키는 것을 뜻한다. '입'과 '함'은 바로 신의경과 구풍격의
절충적 관계에 대한 언어적 표현에 다름 아니다.
　　량치차오는 시에 대한 분명한 개념 정의를 내리지 않듯이 신의경과

---

56) 梁啓超, 「『晚淸兩大家詩鈔』題辭」, 『梁啓超文選』, 中國廣播電視出版社, 1992, 10
　　면. "由內發的情感和外受的環境交媾發生出來."

구풍격에 대해서도 명확한 정의를 내리고 있지 않다. 이것은 의경이나 풍격이란 말이 특별한 정의를 내리지 않더라도 쉽게 통용될 수 있는 보편적 개념이고, 량치차오의 글쓰기 방식이 학술적이라기보다는 저널리스틱하기 때문일 것이다. 그래서 량치차오는 이 두 가지 개념이 자신의 논리를 전개하는 핵심어임에도 불구하고 구체적인 설명 없이 직접 사용하고 있다. 량치차오가 말하는 신의경은 대체로 유럽의 학문, 정신, 사상과 관계되는 새로운 세계나 이상을 의미하는 것으로 새롭게 개척되고 확장되어야 할 인식의 영역이다. 의경은 옛 사람의 것을 답습해서는 안 되며 새로운 의식과 경험을 바탕으로 새롭게 열어나가야 할 정신 세계이다. 그래서 의경은 구의경을 모방해서는 안 되며 항상 신의경을 추구해야 한다. 구풍격은 확대된 인식의 영역인 신의경을 품어들여 시적인 것으로 만드는 시적 요건이자 장치를 뜻한다. 이 풍격은 의경과 달리 새롭게 추구하거나 확장되어야 할 것이 아니라 고인의 것을 따르거나 추구해야 할 영역이다. 그래서 풍격은 구풍격을 모범으로 삼아야 하는 것이어서 신풍격이라는 말은 사용하지 않는다. 중서의 대비적 관계를 통해 중국의 것을 구라고 부정하며 서구의 것을 신이라고 승인하는 량치차오의 사유방식으로 볼 때 신풍격이라는 말을 만들어 추구하는 것이 당연할 것인데, 유독 풍격의 영역에서만은 신풍격이라는 말을 만들지 않고 고인의 구풍격을 수용해야 한다고 주장한다. 미학적으로 볼 때 한 작품에서 의경과 풍격은 내용화된 형식 혹은 형식화된 내용처럼 분리되어 존재할 수 있는 개념이 아니다. 그래서 신의경은 신풍격과 상응해야 하고 구의경은 구풍격과 교융되어야 마땅하다. 이 점에 대해 량치차오 자신도 "신의경과 구풍격은 항상 배치된다"[57]고 인식하고 있다. 그런데도 량치차오는 무엇 때문에 이러한 상식을 위반하고 신의경과 구풍격의 결합을 지향하는가? 같은 시기의 소설론에서는 소설의 통속적 언어와 계

<hr>

57) 梁啓超, 「夏威夷遊記」, 『梁啓超全集』 之二十二, 中國廣播電視出版社, 1992 189면. "新意境與舊風格, 常相背馳."

몽사상의 결합만을 주장하여 시의 구풍격에 해당할 만한 소설적 요건의 개념이 존재하지 않는다. 그런데 시론은 소설론과 달리 구풍격이라는 미학적 요건을 제시하며 시다운 시와 시답지 못한 시의 표준으로 삼는다. 하지만 량치차오가 말하는 시적 요건으로서 구풍격은 시체나 체식·운미·격률과 같이 시적 언어(형식)에 관련된 미적 범주가 아니다. 이것은 시인의 정감이나 기질, 인품과 관련된 주관 세계를 개성적 언어로 표현한 시적 세계에 가깝다. 량치차오는 『음빙실시화』에서 구풍격으로 준위격월(俊偉激越)·방형비측(芳馨悱惻)·주경(遒勁)·침울(沈鬱)·주절(遒絶) 등의 용어를 들며, 굴원(屈原)이나 두보(杜甫)·조식(曹植)·육기(陸機)·좌사(左思)·완적(阮籍) 등의 시인들의 시풍을 연관시켜 설명한다. 량치차오는 이러한 용어를 통해 당대에 '우뚝 솟아 세차게 드높이'고, 시대의 아픔에 대해 '꽃향기 퍼지듯 마음에 슬픔을 간직'하거나 '침울'해 하며, 현실의 역경에 '굳세고 휘지 않는' 고인의 시적 세계를 구풍격이라고 인식한다. 량치차오가 의미하는 구풍격은 시의 형식적인 측면보다는 시인의 독특한 정신세계와 관련된 개념에 가깝다. 이러한 맥락에서 볼 때 신의경과 구풍격은 내용과 형식의 관계라기보다는 넓은 의미의 내용범주 속에 위치하는 개념이라고 할 수 있다. 그렇다면 인식과 이상의 영역에 관계하는 신의경은 시인의 주관 정신세계와 관계하는 구풍격 속에 포함되는 개념이 된다. 시적 사유에서 인식과 이상은 관념적 용어로 직접 시 속에 드러나는 것이 아니라 시인의 정감을 통과한 시적 언어나 이미지로 번역되어 나타나기 때문이다. 따라서 신의경 자체로는 시를 구성할 수 없으며 반드시 구풍격 속에 품어들여져야 만이 시적 세계로 변환될 수 있다. 여기서 우리는 량치차오가 신의경과 구풍격의 관계를 '입'과 '함'이란 말로 연결한 이유를 엿볼 수 있을 것이다. 결국 량치차오가 추구하는 시인지시의 문제는 시계혁명에 대한 선언에도 불구하고 신의경의 확장 여부보다는 구풍격 혹은 고인의 시 세계를 얼마나 잘 체득하여 운용할 수 있느냐에 달려 있게 된다. 더욱이 신의경의 근원지인 서구에 대한 입장이 반성적으로 변화되는 후기에서는 더 이상 신의경과 구풍격의 문제가 제기되지 않으며 두 개념은 정감(情感) 중심의 전통적인 시적 사유 속으로 통합된다.

민국(民國) 성립 이후 일본에서 귀국한 량치차오는 정계에 투신하지만 위안스카이[袁世凱]의 칭제(稱帝)와 장쉰[張勳]의 복벽(復辟)운동을 반대하다 1917년 재정총장(財政總長)을 맡은 이후 정계를 떠난다. 1918년 제1차 세계대전이 끝나자 북경정부는 량치차오를 특사로 임명하여 유럽에 보낸다. 이때 량치차오는 전후 유럽문명에 대한 반성의 목소리를 접한다. 특히 당시 베스트셀러인 슈펭글러의 『서양의 몰락』에서는 중국문화로써 서구문화의 몰락을 구원할 수 있다고 주장한다. 량치차오는 서구의 이러한 변화를 직접 체험하고 바라보면서 세계사에 대해 새로운 인식을 한다. 그는 현재의 시대는 과학만능의 꿈이 기계주의를 대두하여 마침내 도덕을 타락하게 하고 인생을 방황하게 만들어 곧 '과학파산'의 구호를 부르게 될 것이며, 사상적으로는 유심과 유물의 모순, 평등과 자유의 모순, 경쟁과 박애의 모순, 그리고 방임과 간섭의 모순으로 상호간의 조화의 길이 없는 세기말의 시대이어서, 신문화의 탄생은 반드시 '인격적인 사회'를 만드는 데서 비롯된다고 인식한다.[58] 량치차오는 이러한 시대인식을 바탕으로 중국의 정신문명은 타락한 서구 과학문명을 구원하고 동서문화를 조화하여 인류 전체를 위한 새로운 문화를 만들어야 하는 큰 책임을 지니고 있다고 판단한다.[59] 이러한 인식 변화로 인해 중국은 진화론이 지배하는 세계 속의 낙후된 지위에서 벗어나 타락한 서구문명에 새로운 희망을 주는 구원자의 자리로 탈바꿈한다. 이제 시대는 적자생존의 경쟁의 시대에서 벗어나 대립과 편견을 지양하는 조화의 시대로 나

---

58) 梁啓超, 『歐游心影錄』 上(『梁啓超文選』), 大戰前後之歐洲 중 '第7章 科學萬能之 夢', '第9章 思想之矛盾與悲觀', '第10章 新文明再造之前途' 참조
59) 梁啓超, 『歐游心影錄』 下(『梁啓超文選』), 大戰前後之歐洲 중 '第13章 中國人對世 界文明之大責任' 참조

아가며, 인간의 도덕을 타락시킨 물질문명에서 탈피하여 인간의 정신적 가치를 중심으로 삼는 인격의 사회를 추구한다. 중국문화는 바로 이러한 새로운 시대로 이행하는데 필요한 정신적 자양분을 제공하는 신성한 역할을 맡게 된 것이다. 그래서 량치차오는 이러한 시대인식과 역사적 사명감을 바탕으로 이후 중국 전통문화와 학술을 연구하여 그 현대적 가치를 발견하는 일에 전념하게 된다.

유럽에서 귀국한 이후 전통문화 연구가로 변신한 량치차오는 구국을 위한 계몽의 관심에서 벗어나 조화와 인격의 세계에 대한 관심으로 전환한다. 량치차오는 1920년 「『만청양대가시초』제사(『晚淸兩大家詩鈔』題辭)」라는 글을 발표하여 1907년 『음빙실시화』의 연재를 중단한 이후 소원했던 시에 대해 다시 관심을 보이기 시작한다. 그런데 이 글에서 드러나는 시에 대한 관심은 시계혁명 시기에 지배했던 계몽론적 관심과는 차원이 다르다. 량치차오는 특정한 목적론에 의해 시를 끌어들이는 방식이 아니라 시 내부의 정감론에 근거하여 시에 관한 지식을 탐구한다. 여기서 우리는 제1차 세계대전 후 근대 서구의 위기와 중국문화의 가능성이 대두되는 이 시기에 왜 량치차오가 다시 시에 대해 관심을 가지는지를 주목할 필요가 있다. 단순히 문학 일반에 대한 새로운 관심 차원이라면 근대의 장르라고 할 수 있는 소설을 주목하는 것이 당연한 일이다. 그러나 량치차오는 소설에 대해 별다른 언급을 하지 않으며 유독 시에 대해 한층 깊은 관심을 보인다. 이것은 량치차오가 인간의 정신의 타락이라는 동시대의 문제를 해결할 수 있는 대안으로 조화와 인격의 세계에 관심을 지니는 것과 밀접히 관련된다. 앞에서 언급한 것처럼 조화와 인격은 새로운 개념이 아니라 중국 전통 지식인의 이상론과 실천론과 상통하는 낯익은 것이며, 시는 사라져버린 조화의 세계의 흔적이 남아 있는 신성한 언어이자 그 세계로 다가가기 위한 인격 수양과 관계하는 정감의 언어이다. 조화의 세계와 그 통로로서 시, 그리고 실천 주체로서 인격의 관계는 전통적인 사유방식 속에 위치한다. 따라서 량치차오가 조화와 인격에 관심을 지니게 되면서 그 실현방법으로 시를 요청하는 것은 지극히 당연한 일인 것이다. 이것이 바로 량치차오가 다시 전통시를 현재로 불러들이게 되는 내적 원인이다.

량치차오는 시계혁명 시기와 같은 계몽론적 관심에서 탈피하여 "인생의 제일 고상한 기호"의 일종으로 시를 바라본다. 이것은 변법을 위한 통속적인 노래나 서구시의 신의경 차원이 아니라 인간의 정감적 사유인 시 자체의 미학적 원리에 입각하여 시를 이해한다는 것을 의미한다. 량치차오는 시의 본래적 의미에 대한 이해에 다가가기 위하여 중국시의 개념에 대한 '정명(正名)'론적 작업을 진행한다. 이것은 모든 외적인 편견과 구속에서 벗어나 자유로운 시적 사유를 모색하기 위한 가능성의 조건이다.

시는 문학의 일종이지만 매우 중요한 위치를 확보하고 있다. 중국에서는 더욱 그러하다. 유럽의 시는 종종 매우 긴 것이 있다. 위대한 작가는 일생 몇 수를 지을 뿐이지만 한 수가 수만 자에 달한다. 우리 중국에는 오히려 그러한 것이 없다. 어떤 사람은 중국 시인의 재능이 얕은 증거라고 하지만 사실은 그렇지 않다. 중국에는 광의의 시와 협의의 시가 있다. 협의의 시는 "시경"과 후세의 소위 "고근체(古近體)"시가 바로 그것이고, 광의의 시는 일반적으로 운이 있는 작품이 모두 그것이다. 그래서 부는 고시의 부류라고 칭하고 사는 시여(詩餘)라고 불린다. 광의의 시로 말하자면, 이전의 소, 칠, 부, 요, 악부 그리고 후세의 사, 곡본, 산가, 탄사를 모두 시의 범위 속에 넣어야 한다. 이러한 설명에 근거하면 우리의 고금의 모든 시는 짧은 작품은 십여 자이지만 긴 작품은 십여만 자에 이르니 유럽의 시와 심한 차이가 없다. 다만 分科가 발달한 결과 시란 말이 전명(專名)이 되어 다른 운이 있는 문과 대치하게 되어 시의 범위가 협소하게 되었다. 후세의 시인들은 이러한 전명 아래서 앞사람을 모방하고 스스로를 속박하는 것을 만들어 "격률"이라고 하는데 시가 오히려 사람을 고통스럽게 하는 도구가 되었다. 지금 우리들이 시학을 제창한다면 제일 먼저 시의 광의의 관념을 회복해야 할 것이다. 그러면 자연스레 격률의 구속을 받지 않게 될 것이다.[60]

여기서 우리는 시계혁명 시기의 시론과의 차이를 엿볼 수 있다. 중서의 시를 대비하는 량치차오의 태도를 보면, 시계혁명 시기에는 대체로 서구의 시계를 절대적 거울로 삼아 중국의 시계의 결핍된 점을 비판하며 그것을 추구하는 경향을 띤다. 그런데 이 시기에는 비록 시의 규모라는 형식적인 면이기는 하지만 서구 시에 비해 중국 시가 뒤쳐지지 않는다는 논리를 구사한다. 이러한 논리 속에서 중국의 시는 더 이상 부정과 해체의 대상이 아니라 독자적인 세계와 의미를 지니는 사물로 승인된다. 이것은 중서의 관계를 신구로 대비하는 서구 중심적인 진화론적 사유에서 벗어나 인류 보편적인 문화를 지향하는 중서문화의 조화론으로 전환한 것에서 비롯된다. 그러나 중국의 현재의 시가 인류 보편적인 시가 되기 위해선 선차적으로 중국 시 내부에 존재하는 편견을 제거해야 한다. 량치차오는 이것을 시의 개념에 관한 문제로 접근한다. 량치차오는 중국시를 협의의 시와 광의의 시로 분류하여, 협의의 시는 시경과 고체시, 그리고 근체시의 전통적인 시이며 광의의 시는 운(韻)이 있는 모든 작품이 해당한다고 인식한다. 량치차오는 협의의 시 개념을 편견과 구속이라고 이해하며, 시의 영역을 특정한 범주로 한정하지 않고 운이 있는 모든 작품으로 넓혀놓는다. 시적 공간의 확장은 시인이 자유로운 상상력을 발휘하기 위한 가능성의 조건이다. 량치차오는 광의의 시

---

60) 梁啓超「『晩清兩大家詩鈔』題辭」,『梁啓超文選』, 中國廣播電視出版社, 1992, 11면. "詩, 不過文學之一種, 然確占極重要之位置. 在中國尤甚. 歐洲的詩, 往往有很長的. 一位大詩家, 一生只做得十首八首, 一首動輒數萬言. 我們中國却沒有. 有人說是中國詩家才力薄的證據, 其實不然. 中國有廣義的詩, 有狹義的詩. 狹義的詩, ‘三百篇’和後來所謂‘古近體’的便是; 廣義的詩, 則凡有韻的皆是. 所以賦亦稱‘古詩’之類", 詞亦稱‘詩餘.’ 講到廣義的詩, 那麼從前的‘騷’咧, ‘七’咧, ‘賦’咧, ‘謠’咧, ‘樂府’咧, 後來的‘詞’咧, ‘曲本’咧, ‘山歌’咧, ‘彈詞’咧, 都應該納入詩的範圍. 據此說來, 我們古今所有的詩, 短的短到十幾個字, 長的長到十幾萬字, 也和歐人的詩沒甚差別. 只因分科發達的結果, ‘詩’字成了個專名, 和別的有韻之文相對待, 把詩的範圍弄狹了. 後來做詩的人在這個專名底下, 模倣前人, 造出一種自己束縛自己的東西, 叫做什麼格律, 詩却成了苦人之具了. 如今我們提唱詩學, 第一件是要把‘詩’字廣義的觀念回復轉來, 那麼自然不受格律的束縛."

개념을 수용하고 나서 "홀로 왕래하며, 자신의 성정과 감촉한 대상을 매우 핍진하고 미묘한 필력으로 묘사해내면 바로 진시(眞詩)라고 할 수 있다"61)고 말한다. 중국의 시가 고인의 시를 모방하여 창조력이 부족하고 격률에 얽매여 사람을 고통스럽게 만드는 도구로 전락한 것은 바로 광의의 시 개념을 망각하기 때문이다. 광의의 시 개념을 회복하는 것은 격률에 구속된 시를 해방하여 시란 무엇인가라는 시 본연의 물음을 추구하기 위한 전제이다. 그러나 량치차오가 제기한 광의의 시 개념은 중국시의 기원을 회복하는 문제가 아니라 운의 유무에 관계하는 언어형식의 문제이다. 다시 말하면, 광의의 시 개념은 격률의 속박에서 벗어나기 위해 요청된 것이지 중국 시의 본래의 모습을 탐색하기 위한 물음이 아니다. 이러한 개념 설정을 통해서는 형식상의 자유는 획득할 수 있지만 시적 사유 내부에 존재하는 근원적인 문제에는 다가가지 못한다.

시계혁명 시기에 량치차오는 시인지시에 도달하기 위하여 신의경과 구풍격의 결합을 요청한 적이 있다. 그런데 이 시기에 량치차오는 그러한 개념을 거의 사용하지 않는다. 의경이나 호의경(好意境)이라는 말은 보이지만 신의경이라는 말은 잘 쓰지 않으며, 구풍격이라는 말은 거의 사용하지 않는다. 그렇다면 량치차오는 어떠한 논리구조를 통해 이러한 드넓은 시적 공간 속에 존재하는 시다운 시를 추구하는 것인가?

취미는 내부에서 발생한 정감과 외부에서 받은 환경이 교융하여 발생하는 것이다.62)

홀로 왕래하며, 자신의 성정과 감촉한 대상을 매우 핍진하고 미묘한 필력으

---

61) 梁啓超, 「『晚淸兩大家詩鈔』題辭」, 『梁啓超文選』, 中國廣播電視出版社, 1992, 11면. "只是獨往獨來, 將自己的性情, 和所感觸的對象, 用極淋漓極微妙的筆力寫將出來, 這才算是眞詩."
62) 梁啓超, 위의 글, 위의 책, 10면. "趣味這個東西, 是由內發的情感和外受的環境交媾發生出來."

로 묘사해내면 바로 진정한 시라고 할 수 있다.[63]

자신의 진실한 성정을 그 안에 표현해내면 불후의 작품이라고 할 수 있다.[64]

(예술가의) 제일 긴요한 공부는 자기의 정감을 수양하는 일이다. 고결하고 진지한 방면으로 힘껏 나아가, 위로 법도를 고양하고, 안으로 느낀 바를 체득하면, 자신의 마음속에 우미한 정감이 양성된다.[65]

예술은 정감의 표현이며, 정감은 진화의 법칙의 지배를 받지 않는다.[66]

여기서 량치차오는 취미·성정·정감의 개념을 통해 시적 사유의 본질을 이해하고 있다. 사실 이러한 정감론은 량치차오의 독특한 시론이 아니라 시를 정감의 표현으로 인식하는 중국 전통시론과 상통한다. 이 때문인지 량치차오는 정감이라는 개념이 자신의 시론의 핵심어임에도 불구하고 그것이 어떠한 의미내용을 지니는지 별다른 설명을 하지 않는다. 이것은 시계혁명 시기 신의경과 구풍격이 중요한 위치를 차지하고 있지만 특별한 개념 정의 없이 사용하고 있는 것과 유사하다. 이 정감이라는 말은 어떠한 의미구조를 지니고 있는 것인가? 여기서 우리는 이 문제에 접근하기 위하여 신의경과 구풍격의 결합론이 왜 정감론으로 전환되는가에 주목할 필요가 있다. 앞에서 서술한 것처럼 신의경은 서구의 정신, 사상과 관계되는 새로운 인식의 영역이며, 구풍격은 시인의 정신·기질·감정 등의 주관세계를 개성적 언어로 표현하는 시적 세계에

---

63) 梁啓超, 위의 글, 위의 책, 11면. "只是獨往獨來, 將自己的性情, 和所感觸的對象, 用極淋漓極微妙的筆力寫將出來, 這才算是眞詩."
64) 梁啓超, 위의 글, 위의 책, 20면. "還要把自己眞性情表現在里頭, 就算不朽之作."
65) 梁啓超,「中國韻文里頭所表現的情感」, 위의 책, 23면. "最要緊的工夫, 是要修養自己的情感, 極力往高洁純摯的方面, 向上提潔, 向里體驗, 自己腔子里那一團優美的情感足了."
66) 梁啓超,「情聖杜甫」, 위의 책, 135면. "藝術是情感的表現, 情感是不受進化法則支配的."

근접한다. 신의경과 구풍격을 이러한 의미로 볼 경우 두 개념은 내용과
형식과 같은 상반된 차원의 것이 아니라 구풍격 속에 신의경이 포함되
는 관계를 지닌다. 그런데도 신의경이 독자적인 개념으로 승인되는 것
은 시계혁명 자체가 서구 시계의 직접적인 영향을 받고 서구의 사상,
정신, 학문의 수용이라는 인식론적 측면이 부각되기 때문이다. 이러한
인식론적 요소는 시 속에 바로 드러나는 것이 아니라 시적 사유를 통과
한 후 시적 언어나 이미지로 나타난다. 그래서 신의경은 시의 요건인
구풍격의 공간 속에서 시적으로 품어들인 이후 시가 될 수 있다. 이러
한 맥락에서 볼 때 신의경은 시적 사유(구풍격) 이전에 존재하는 새로운
인식론의 영역으로 그 자체 시가 아닌 '시료(詩料)'적인 성격을 지닌다고
할 수 있다. 시료적 차원의 신의경이 시의 중요한 요소가 되는 것은 그
것의 모태인 서구 근대문명의 가치가 중국 현실 속에서 진보의 의미를
소유하고 있기 때문이다. 그런데 제1차 세계대전 이후 서구 과학문명에
대한 반성이 진행되고 중국 정신 문화에 의한 구원의 가능성이 제기되
면서 신의경은 예전과 같은 지위를 상실하게 된다. 즉, 절대적인 거울이
대등한 관계로 변모되면서 서구에 관한 지식이 더 이상 신성한 사물로
여겨지지 않게 된 것이다. 량치차오는 새로운 시대는 경쟁과 대립이 지
배하는 물질사회에서 벗어나 조화와 인격이 중심되는 도덕사회로 지향
해야 한다고 인식한다. 이러한 변화된 인식에 의해 신의경의 신성한 가
치가 일반화되면서 구풍격 역시 존립할 근거를 잃어버리게 된다. 구풍
격이라는 말은 신의경이라는 이질적 존재를 중국의 시적 세계로 끌어들
이기 위해 편의적으로 사용한 개념에 불과하기 때문이다. 량치차오의
시론에서 구풍격이라는 말은 고인의 시적 창작 경험을 지칭하는 개념이
지 시적 사유의 본질을 나타내는 근원적인 개념은 아니다. 즉, 구풍격은
시적 사유의 광활한 공간을 의미하는 것이 아니라 시적 사유의 한 개성
화된 형태를 뜻할 뿐이다. 그래서 신의경의 의미가 상실된 상태에서 그
것과 절충적인 관계를 맺고 있는 구풍격 역시 존재해야 할 의미를 상실

하게 되는 것이다. 신의경과 구풍격의 절충적 관계가 해소된 지점에서 량치차오는 중국 본연의 시적 사유로 귀환한다. 그곳이 바로 정감의 세계이다. 정감은 량치차오에게 낯익은 말이다. 전통시를 암기하던 어린시절부터 체득한 것이면서 시를 비평하고 창작하는 현재의 자신과 친연성을 지니는 세계이다. 이것은 이질적인 타자의 것이기에 앞서 중국 본연의 세계이며 이론의 문제이기 전에 체험의 세계이다.

  시를 정감의 표현이라고 인식하게 되면 시에 관한 물음은 정감의 문제와 표현의 문제로 나누어진다. 그래서 량치차오는 시의 문제를 신의경과 구풍격의 관계가 아니라 정감과 표현의 관계로 설정한다. 이것은 시의 광의의 개념을 통해 시에 부가된 편견의 요소를 제거한 보편적인 시의 상태이다. 량치차오는 정감과 표현의 앞에 신이나 구의 수식어를 붙이지 않는다. 그것은 "정감은 진화의 법칙의 지배를 받지 않"고 진과 선의 세계를 지향하기 때문이다. 정감의 세계에서는 신이나 구와 같은 물질세계의 논리를 따르지 않고 인간 정신의 본질의 세계인 진실을 추구한다. 그래서 정감의 표현인 시 역시 신시가 아니라 진시(眞詩)를 자신의 궁극 목적으로 삼는다. 량치차오는 이러한 진시의 경계에 다가가기 위해 진실한 정감의 수양을 요청한다. 그렇다면 시의 생명과 같은 정감은 무엇을 의미하는 것인가? 량치차오는 정감을 "인류의 모든 행위의 원동력"67)이자 "자아의 생명과 우주와 인류[衆生]을 합일하는"68) 유일한 통로라고 인식한다. 이러한 정감은 사물에 대한 감각적인 인식과 거기서 유발되는 감정 차원의 것이 아니다. 이것은 개별적인 감정의 차이를 넘어 자아와 우주와 인류가 합일될 수 있는 보편적인 세계이다. 정감은 바로 그 합일의 세계로 진입하기 위한 통로가 된다. 그 합일의 세계는 사물에 대한 편견과 혼란이 제거된 조화의 상태이다. 량치차오에

---

67) 梁啓超,「中國韻文里頭所表現的情感」,『梁啓超文選』, 中國廣播電視出版社, 1992, 22면. "人類一切動作的原動力."
68) 梁啓超, 위의 글, 22면. "把我的生命和宇宙和衆生進合爲一."

게 정감은 이러한 조화의 세계로 다가가기 위한 인간 내면의 통로로 인식된다. 이러한 정감을 지닌 인간의 확대가 인류이고 우주가 되는 것이다. 따라서 정감의 표현인 시는 이러한 통로에 관계하는 언어적 세계가 된다. 량치차오가 광의의 시 개념을 통해 추구하려는 보편적인 시는 바로 이러한 시가 된다. 이것은 시를 통해 조화의 세계에 진입하려는 고전시와 상통한다. 이것은 시계혁명 시기 서구의 시계에 경도되어 신의경과 구풍격의 절충론을 모색하던 데에서 벗어나 고전시의 정감과 인격의 세계 속에서 생성의 계기를 발견함을 의미한다. 그 세계는 생존 경쟁이 지배하는 진화론의 세계가 아니라 편견과 혼란이 제거된 조화의 공간 속에 위치하며, 현실 공간에서 량치차오가 추구하는 인류 보편성의 세계라고 할 수 있다.

4. 문이재'군'(文以載'群')

　몇 겹의 시대적 혼돈 속에서 량치차오가 걸어온 길은 어느 곳을 향하고 있는가? 레벤슨(Levenson)은 『량치차오와 중국근대사상(*Liang Chi-chao and the Mind of Modern China*)』에서 량치차오가 중국의 역사적 현실 속에서 서구의 사상을 어떻게 수용하느냐에 초점을 맞추어 그의 인생 역정의 일관성(unity)을 조망한다. 레벤슨은 역사와 선택 가치의 긴장관계를 "추상적 이론적 보편성과 그것을 획득하고자 역사적 입장에서 타협하는 노력과의 긴장"[69]이라고 정의하고, "변화하는 외계를 지각하여, 그것을 일정한 내적 수요에 적용시키는 것"[70]이 일관성의 원리가 된다고 인식한다. 그래서

---

69) Levenson, *Liang Chi-chao and the Mind of Modern China*, Harvard University Press, 1953, p.153.
70) Levenson, Ibid., p.4.

레벤슨은 량치차오 사상의 일관성을 서구사상의 수용의 역사로 이해한
다. 이러한 관점은 서구사상을 중국 역사에 선행하여 존재하는 보편성으
로 삼아, 중국의 현실에 적합한 서구사상을 수용하여 자기화하는 과정에
주목하는 논리이다. 폴 코헨이『미국의 중국 근대사 연구』에서 밝히듯이,
레벤슨의 이러한 사유방식은 중국의 근대화 과정을 서구문화에 대한 '충
격―대응'의 관계로만 파악하여, "아편전쟁에서부터의 '서구문화와 중국
모든 것과의 명백한 대비'가 중국 지식 세계의 중심 문제를 하룻밤 사이
에 실질적으로 바꾸어 버린다"71)는 서구 중심주의에서 기인하는 것이다.
이러한 사유 속에는 인류의 역사가 왜 서구적 패러다임에 의해 진행되어
야 하는지, 그리고 민족적 위기에 저항하면서 새로운 가능성의 세계를
추구해나가는 중국인의 실천적 삶의 문제가 간과되어 있다.

　　량치차오는『청대학술개론(淸代學術槪論)』에서 불교의 생주이멸(生住異
滅)의 원리에 기반하여, 청대의 학술 변천과정을 계몽기(啓蒙期)·전성기
(全盛期)·탈분기(脫分期)·쇠락기(衰落期)로 구분한다. 그리고 자신의 위치
를 탈분기와 쇠락기에 설정하며, 전성기를 지난 진부한 학술을 파괴하
고 새로운 것을 창조하는 '제3사조'의 계몽기로 접어드는 시대로 인식
한다. 또『중국역사연구법보편(中國歷史硏究法補編)』에서 중국 도술(道術)
(철학)을 주계(主系)·윤계(閏系)·방계(旁系)의 세 가지로 분류한다. 그 중
제일 가치 있는 것은 주계로 중국 철학 발전의 주류이며, 방계는 새로
운 주계를 형성하는데 필수적인 조건이다. 선진과 송대는 두 가지 주계
가 생성된 시대인데, 그 사이에 육조, 수당 시기의 불학(佛學)이 제일의
방계가 되어, 제일의 주계인 선진 사상과 결합하여 제2의 주계인 송명
사상을 생성한다. 그리고 명 중엽 기독교가 수입되면서 제2의 방계가
발생하여, '제3의 주계'의 생성이 반드시 실현될 것이라고 예언한다. 량
치차오는 자기 시대가 방계인 서구사상을 융합하여 제3사조 혹은 제3의

---

71) 폴A. 코헨, 장의식 외역,『미국의 중국 근대사 연구』, 고려원, 1995, 127면.

주계가 생성되는 시기라고 인식한다. 그리고 암묵적으로 자신의 위상은 이러한 시대적 사명을 담당하거나 적어도 그것을 위한 초석을 다지는 역할로 설정한다. 이런 맥락에서 볼 때, 서구사상에 대한 량치차오의 관심은 레벤슨이 분석한 것과는 달리, 충격－대응의 과정이 아니라 제3의 중국사상을 생성하기 위한 방계적 역할에 있다고 할 수 있다. 물론 이 것은 량치차오가 중국 전통문화와 학술에 대한 연구가로 변신한 이후의 일이다. 그러나 이러한 관심은 공양학적 입장에서 서구사상을 수용하는 시기는 말할 것도 없고, 서구사상에 경도된 시기라고 평가되는 일본 망명기에도 량치차오의 사유를 지배하는 ‘일관된’ 것이라고 할 수 있다. 량치차오의 행보가 단순히 서구에 대한 충격－반응의 과정이 아니라면, 공양학적 실천의 길에서 변법운동, 국민성 계몽과 국가주의의 길, 그리고 현실 정치가에서 전통 문화와 학술에 대한 연구가의 길은 도대체 무엇을 실천하기 위한 것인가?

　량치차오의 사유 속에는 량치차오가 걸어온 비일관적인 길들을 관통하는 하나의 개념이 존재하데 그것이 바로 ‘군(群)’이다. 이 군의 개념은 전 시기에 걸쳐 출현하며 매 시기마다 그 의미는 차이를 지닌다. 그 차이는 매 시기 군의 개념이 발현되는 역사적 조건과 그것이 연원하는 개념에서 기인한다. 량치차오가 정치 개혁을 위해 신사상을 고취하고 언론활동을 시작한 것은 1896년부터의 일이다. 군의 개념은 당시 중국 사상계에서 매우 유행하던 말이다. 량치차오는 군의 개념을 다음과 같이 설명한다. 군은 “배우지 않아도 알고, 고려하지 않아도 실행할 수 있는” “천하의 공리”이자 “만물의 공성”으로, 우주 만물의 선험적 본질이자 최고 원칙이다. 우주 만물이 군으로 결합하는 것은 우주의 본질이며, 우주의 모든 변화와 전진은 군의 원칙에 의해 주재된다. 량치차오는 이 군의 개념을 자연계뿐만 아니라 인간 사회에도 적용되는 보편법칙으로 이해한다. 그래서 군은 한 국가, 한 가족, 한 성의 공리가 아니라 천하 만물의 공성으로 확장된다. 이것은 인간과 자연, 천하와 국가, 천하와 개

인, 국가와 국가, 국가와 개인, 개인과 개인의 상호관계에 모두 적용되
는 보편법칙이다. 량치차오는 군의 개념을 "자신만 알고 천하를 모르는"
"독(獨)"·"기(己)"·"사(私)"의 개념과 대립시킨다.[72] 여기서 량치차오는
개인의 도덕적 자발성에 기반하여 조화롭고 유기적인 사회를 지향하는
전통적인 독술(獨術)과 다른, 민족 공동체적인 의식과 정감의 일치에 기
반하여 집체적인 사회를 추구하는 군술(群術)을 주장한다. 이러한 군의
개념은 전통적인 민의 개념과 중대한 차이를 지닌다. 군은 천의(天意)를
대신하여 정치적 정당성을 보장하는 최고 원칙이 되며, 국가의 모든 정
치는 군의 집체의지에 의거할 때 정당성을 확보할 수 있게 된다.[73] 이
러한 군의 세계는 대내적으로 사적인 이해충돌이 없는 조화로운 세계이
자 대외적으로 제국주의 세력에 대항할 수 있는 공동체이다.[74] 량치차
오에게 이것은 자기 시대가 구현해야 할 이상적 질서로 현상한다. 이
시기 량치차오는 의회제도를 군의 이상을 체현하고 있는 현실적 질서로
이해한다.

　일본 망명 시기 량치차오는 신민과 국가의 문제에 관심을 가진다. 앞
에서 살펴보았듯이 량치차오는 변법운동이 실패한 근본원인이 제도의
근간이 되는 민지의 부재에서 기인한다고 생각한다. 그러나 이전 시기
에 량치차오가 추구한 군의 세계 역시 단순히 제도를 통해 실현할 수
있는 질서는 아니다. 오히려 그 세계는 군의식을 소유한 인재들이 유기
적으로 결합할 때 형성 가능한 '사회'이다. 그 세계는 국가나 민족을 정
점으로 삼아 구현되는 것이 아니라 공적인 인격을 소유한 인간들이 합
군(合群)하여 이루어지는 이상적 공동체이다. 따라서 제도 개혁은 이러
한 군의 세계를 실현하기 위한 현실적 실천 방안이지 그 자체 목적적인

---

72) 梁啓超, 「說群序」, 『飮冰室合集』 第2冊, 臺灣中華書局, 1970, 3~7면.
73) 張灝, 『梁啓超與中國思想的過渡』, 江蘇人民出版社, 1993, 75면.
74) 群이란 일차적으로 열강에 의한 분할의 위기 속에서 국가적 보존, 독립 유지의 상징
　　적 구심체이며 근대적 민족국가로서의 결합의 중심을 의미한다(閔斗基, 「改革運動에
　　있어서의 民權論·平等論」, 『中國近代改革運動의 硏究』, 일조각, 1985, 282면).

활동은 아니다. 무술변법이 실패한 후 량치차오는 현실 속에서 이러한 군의 실체가 부재한다는 사실을 직감한다. 량치차오가 민지의 개발에 관심을 가지게 되는 것은 서구의 영향일 뿐만 아니라 군의 이상 실현과 밀접히 관련된다. 이 시기에 량치차오는 신학문을 두루 접하며 그 출로를 모색한다. 량치차오는 「국가사상변천이동론(國家思想變遷異同論)」에서 현재 세계를 지배하는 2대 학파로, 루소의 『민약론(民約論)』에 근간한 평권파(平權派)와 스펜서의 진화론을 기반한 강권파(强勸派)가 있다고 한다. 평권파에 따르면 국가는 인민의 합의로부터 계약을 맺어 성립하는 것이기 때문에 민은 무한한 권한을 가지며, 정부는 민의에 따르지 않으면 안 된다. 이것이 민족주의의 원동력이 되지만, 무정부당에 빠져 국가 질서가 파괴되는 폐해가 있다. 반면 강권파의 주장은 국가는 경쟁과 도태로 인해 끊임없이 사회를 단결시켜 외적에 대항하기 때문에, 정부는 무한한 권한을 가지고 있고 민은 그 의무에 복종해야만 한다. 이것은 제국주의의 원동력이 되지만, 침략주의에 빠져 세계질서를 유린할 우려가 있다. 자연법 사상에 기반한 루소의 민약론이나 천부인권설은 이전 시기 량치차오의 군 개념과 상통하는 면이 많다. 그래서 량치차오는 쉽게 루소의 사상에 동감하며 지대한 관심을 보인다. 그러나 제국주의가 고조되는 현실 정세 속에서 량치차오는 국가를 중심 단위로 삼는 벤자민 키드와 브른츄리의 사회진화론에 기울어진다. 량치차오는 「정치학대가 브른츄리학설[政治學大家伯倫知理之學說]」에서 다음과 같이 말한다.

> 중국 최고의 결점이자 가장 급한 것은 유기적 통일과 유력한 질서이다. 자유평등은 그 다음이다. 왜냐하면 부민(部民)은 국민이 된 연후에야 비로소 국민의 행복을 얻을 수 있기 때문이다. 브른츄리가 말한 것처럼 민약론은 사회에는 적합하나 국가에는 적합하지 않다. 민약론을 잘못 응용하면 국민은 흩어져 다시 부민이 되지만 부민이 모아져 국민이 될 수는 없다.[75]

---

75) 梁啓超, 「政治學大家伯倫知理之學說」, 『飮冰室文集』 第3冊 13卷, 臺灣中華書局,

여기서 량치차오는 국가의 기반이 되는 민을 어떻게 창출할 것인가의 문제에서 유기적 통일체인 국가를 어떻게 건설할 것인가의 문제로 전환한다. 이것은 국가의 확립이 제국주의 시대에서 중국이 생존하기 위한 현실적 방안이라고 인식하기 때문이다. 이러한 논리 속에서 민권의 문제는 최우선적인 선결과제가 아니라 현실적인 국권 확립을 위한 부차적인 문제로 전락한다. 민의 자발성에 기반한 유기체 사회의 건설은 국가 자체를 목적으로 하는 국가유기체로 대체된다. "루소의 민약론은 하나의 회사를 세우기에는 족하나 국가를 세우기에는 족하지 않다. …… 민약론은 국민과 사회를 구분하지 못한다. 민약론을 주장하는 무리는 국민과 사회의 구분을 알지 못하고 국민이 곧 사회라고 인정한다. 그것은 민약론의 폐단이다. …… 민과 사회는 일물이 아니라 국민은 일정부동(一定不同)의 전체이고 사회는 변동불거(變動不居)의 집합체일 따름이다. 국민은 국가와 상대하고 그것과 잠시라도 떨어질 수 없다. 사회는 다수 사인(私人)의 결집에 불과하다."76) 이러한 국권 강화의 논리 속에서는 민족간의 차이는 무의미하며 외세와 대항하기 위한 민족단결을 확보하는 일이 더욱 시급한 과제로 인식된다. 이것이 바로 량치차오의 개명전제론으로 연결되는 논리적 통로이다.

신해혁명 이후 중국은 입헌 공화국을 전복하고 군주전제로 회귀하려는 위안스카이의 칭제, 장쉰의 복벽, 캉여우웨이의 공교운동 등이 이어진다. 량치차오는 국민적 합의를 부정하는 과거 회귀적인 시도들에 반대하며 위안스카이를 토벌하는 등의 활동을 하지만, 민국 6년 재정총통

1970, 69면. "故我中國今日所最缺點而最急需者, 在有機之統一與有力之秩序, 而自由平等直其次耳. 何也. 必先鑄部民使成國民, 然後國民之幸福乃可得言也. 伯氏言, 則民約論者適於詞匯而不適於國家, 苟不善用之, 則將散國民復爲部民而非能鑄部民使成國民也."

76) 梁啓超, 위의 글, 67~68면, "故從盧氏之說, 僅足以立一會社(公司), 民約論之徒, 不知國民與社會之別, 故直認國民爲詞匯, 其弊也. …… 夫國民與詞匯, 非一物也. 國民者一定不動之全體, 社會則變動不居之集合體而已. 故號之曰國民, 則始終與國相待而不可須叟離, 號之曰, 社會則不過多數私人之結集."

을 맡은 이후 영원히 정계를 떠난다. 현실 정치에서 군의 이상적 질서를 구현하려는 량치차오의 꿈은 현실의 벽 앞에 무기력하게 좌절당하고 만다. 1918년 제1차 세계대전이 끝나자 북경정부는 량치차오를 특사로 임명하여 유럽에 보낸다. 제1차 세계대전 이후 세계는 서구 근대 과학 문명과 진화론적 세계질서에 대한 반성이 제기되면서 인간의 도덕성 회복의 문제가 대두되고 있다. 이때 량치차오는 세계를 생존경쟁의 시대로 몰아넣은 제국주의가 비판되고 인간성 회복을 통한 조화롭고 인격적인 사회 건설이 요청되는 유럽의 현실을 체험한다. 이것은 비단 유럽의 문제일 뿐만 아니라 타락한 중국 현실을 개혁할 수 있는 정신의 문제이기도 하다. 여기서 량치차오는 국가주의 사상에서 도덕성에 기반한 인격적 '사회'와 그것의 확장된 형태인 세계 인류의 문제로 관심을 전환한다. 량치차오는 「구주유영록(歐洲游影錄)」에서 다음과 같이 말한다.

> 인생의 최대의 목적은 인류 전체를 위해 공헌하는 것이다. 왜 그런가? 인류 전체는 '자아'의 극한인데, 자아를 발전시키려면 반드시 이 길을 향해 전진해야 하기 때문이다. 그렇다면 왜 국가가 있어야 하는가? 국가가 있어야 국가 내부의 사람들의 문화적 힘을 쉽게 결집, 지속, 증가시켜, 인류 전체에 가입하여 그것의 발전을 돕기에 좋기 때문이다. 그래서 국가의 건설은 인류 전체 진화의 수단이며, 시나 향촌 같은 자치조직은 국가의 성립의 수단이다.[77]

여기서 량치차오가 말하는 국가는 국권 확립을 목적으로 하는 제국주의 시대의 국가가 아니다. 량치차오는 국가를 자아와 인류를 매개하는 문화적 고리로 생각한다. 세계의 기본 단위는 자아(개인)이며 인류는

---

77) 梁啓超, 「歐洲游影錄」, 『梁啓超文選』, 中國廣播電視出版社, 1992, 35면. "人生最大目的, 是要向人類全體有所貢獻. 爲什麽呢? 因爲人類全體才是 '自我' 的極量, 我要發展爲有個國歌, 就須向這條路努力前進. 爲什麽要有國家? 因爲有個國家, 才容易把這國家以內一群人的文化力量聚攏起來, 繼續起來, 增長起來, 好加入人類全體中助他發展. 所以建設國家是人類全體進化的一種手段, 就像市府鄉村的自治結合, 是國家成立的一種手段."

자아의 확장된 형태(극한)인데, 국가가 그 사이의 원활한 소통을 가능케 하는 통로로 작용한다. 이러한 논리 속에서 국가는 정치적 단위라기보다는 인간의 자발적인 약속에 의해 구성된 사회적 단위에 가깝다. 그래서 자아·향촌·시·국가·인류 사이의 관계는 상위 단위에 편입되는 과정이 아니라 자아가 확장된 범위에 따른 구분이다. 이것은 개인과 개인, 개인과 사회, 개인과 국가, 개인과 인류가 자유로이 소통할 수 있는 관계이다. 이러한 개인은 이기적인 욕망에 따르는 존재가 아니라 인류 전체를 위해 공헌하는 '공적인' 인간이다. 량치차오가 말하는 자아는 개성이나 내면의식에 충실한 사적인 개인과는 다르다. 량치차오에게 개인의 사적인 감정은 인류 전체의 조화를 장애하는 편견에 불과하다. 량치차오의 자아는 인간의 이기적인 본성을 제거한 '인격적인' 인간이다. 그래서 량치차오의 인류는 인격적이고 공적인 인간이 결집된 도덕사회라고 할 수 있다. 이것은 초기 량치차오가 지향한 군의 이상적 질서와 상통한다.

　량치차오의 사유 속에는 공적인 인격에 기반한 군의 세계가 '이상'의 계기로 작용한다. 이러한 이상적 질서는 역사적 현실과 량치차오의 욕망에 따라 매 시기 구체적인 현상형태가 변모하지만, 량치차오의 실천적 관심을 추동하는 일관된 근원이라고 할 수 있다. 량치차오의 혼돈스런 행보는 바로 군의 세계 내부에서 기인한다. 군의 세계의 공적인 인격 속에는 개인적 욕망의 절제가 내재되어 있다. 실천과정에서 국가의 기반이 되는 민권을 간과한 채 쉽사리 국가주의로 경도되는 것은, 단순한 역사적인 한계가 아니라 공적인 인격 속에 내포된 모순이 사회적 실천 속에서 노출된 현상이라고 할 수 있다. 또 군의 세계가 설정하는 개인─사회─국가 사이의 관계는 공적인 인격의 확장으로 이해되어, 교육론을 제외하면 그 사이를 연결시킬 구체적인 질서가 부재하다. 이것은 역동적 구조가 아닌 정태적 세계상이다. 그래서 군의 세계는 현실적 질서를 창출하는 역동적 힘이 부재하여, 현실의 변화에 순응하거나 이상적 질서 속에 안주하는 경향이 잠재되어 있는 것이다.

량치차오의 문학적 사유는 이러한 「군의 세계에 근본한 문학」에 궁극적 관심을 지닌다. 이러한 문학은 진실한 사상감정 없이 유희나 격률에 빠져 국민의 영혼을 갉아먹는 과거의 문학과 달리, 공의식을 소유한 주체가 창출한 국민적 문학이다. 이러한 주체의 사상 감정에서 발생한 문학은 그 자체로 신성한 가치를 지니는 사물이 되며, 군의 세계를 투사하는 기호체계이자 국민성을 개조하는 실천적 지식이라고 할 수 있다. 량치차오가 재구성한 이러한 문이재군의 문학론 속에는 몇 가지 의미와 한계를 내포하고 있다.

먼저, 문학 개념의 대립화에 대해 살펴보자. 량치차오는 소설을 문학의 최상승이라고 선언하여, 전통 문학체계의 주변부에 통속문학으로 위치하던 소설을, 새로운 문학체계의 중심부로 끌어올린다. 이것은 소설의 위상이 시문과 동등한 지위로 올라감에 따라 문인들이 자유롭게 소설을 선택하여 창작할 수 있음을 의미한다. 그래서 소설은 근대문학의 중심적 장르로 재생되어, 전문 소설가가 탄생하고 견책소설이라는 독특한 소설장르를 창출하게 된다. 그러나 량치차오의 소설론 속에는 소설 본질에 관한 체계적인 이론이 부재하여 계몽을 위한 선언적인 효과에만 머무는 내적 한계를 지니고 있다. 또 량치차오는 시경·고체시·근체시만을 국한하는 협의의 시 개념에서 벗어나 운이 있는 모든 작품을 포괄하는 광의의 시 개념을 확립한다. 량치차오는 격률에 구속되지 않는 광의의 시 개념을 확립하여 시인이 자유롭게 상상할 수 있는 시적 공간을 확장시킨다. 그래서 전통시의 격률과 상상력 빈곤을 해체하고 민간가요, 노래가사, 서구의 시 등을 수용하여, 새로운 시적 세계를 개척할 수 있는 가능성을 열어준다. 그러나 시 개념의 경계 없는 혼란으로 형식적인 모방과 확대에만 그치고, 구풍격에 신의경을 담는다는 절충적인 시론만을 창출할 뿐이다. 다시 말하면, 량치차오는 문학 개념의 대립화를 통해 소설의 위상 제고와 시 개념의 확대를 이루어 과거문학의 테두리를 벗어나기 위한 새로운 가능성을 열어놓지만, 이것은 계몽론적 관심에 의해 요청된 것이어서 미학적 이론이 부재하고 실용성에 지배되는 한계를 지닌다고 할 것이다.

둘째, 문학의 기원 설정 문제에 대해 살펴보자. 량치차오는 새로운 문학의 기원을 서구 문학에 설정하여 문학의 질적 새로움과 가치를 부여한다. 이것은 문의 기원을 형이상학적인 도에 두는 문이재도론과 달리, 동시대 서구라는 현실적인 공간에 뿌리를 대는 것이다. 형이상학적 기원에서 현실적 기원으로 전변함에 따라, 문학 자체도 형이상학과 관계되는 본체론·성정론·실천론의 영역에서 현실적인 문제와 관련된 서구사상·물질문명·인식·변혁 등의 영역을 다루는 지식으로 전환한다. 그래서 문학이 포괄하는 주제나 내용, 형식과 방법이 더욱 확장되고 다양해진다. 가령, 신체시(新體詩)는 일본의 창가와 서구 가곡뿐 아니라 민간 문예 양식인 탄사(彈詞)나 월구(粵謳) 등의 형식을 차용하여 만들어진 양식이다. 이러한 시 양식을 통해 20세기 새로운 시대의 도래와 시대정신, 민족혼의 각성, 자유·평등·독립 등의 서구사상, 여성교육, 봉건 정치문화 비판 등의 다양한 내용을 표출한다.[78] 하지만 서구문학사의 문맥 속에서 서구문학을 이해하지 않고, 서구 우위의 진화론적 사유를 통해 그것을 수용함으로써, 중서 문학의 소통적 만남을 이루지 못한다. 이 때문에 현상적으로는 반전통적이고 전반서화적인 경향을 띠면서도, 심층에서는 문이재군적인 사유를 통해 서구문학을 끌어들이는 절충성이 두드러지게 되는 것이다.

셋째, 문학 주체의 문제에 대해 살펴보자. 새로운 문학은 군의 세계에 대한 언어적 등가물이다. 군의 세계는 성정의 올바름을 통해 천리를 보존하는 절제된 공간이 아니라 공의식을 소유한 인간들이 결집한 민족 공동체의 공간이다. 공적 인간은 민족의 위기에 직면하여 중국을 구원

---

78) 설순남, 「淸末 維新派 詩 硏究」(서울대 박사논문, 1997) '第四章 維新派의 文學思想
　　과 詩 特徵' 참조.

하기 위한 시대적 사명을 실천한다. 공적 인간은 자신의 사상 감정을 문학을 통해 표출하며, 그러한 문학을 국민의 영혼을 각성하는 신성한 사물로 인식한다. 가령, 「소설과 군치의 관계를 논함」에서 량치차오는 소설을 '군치'라는 시대적 사명과 연관시킨다. 여기서 군치는 흔히 번역되듯이 대중정치라는 세속적인 개념이 아니라 군의 이상적 질서를 구현하기 위한 국민 교육 혹은 공의식의 각성의 의미를 지니고 있다. 량치차오는 이러한 '경국지대업(經國之大業)'을 소설이 수행해야 할 임무로 인식하며, 소설을 '문학의 최상승'이나 '국민의 영혼'이라고 이해하고 있다. 량치차오가 신성시한 소설은 일반 소설이 아니라 바로 군치와 관계된 소설을 의미한다. 그러나 이러한 문학은 문학의 독자적 세계보다는 공적 인간의 사상 감정의 표출을 중시하지 않을 수 없다. 이 때문에 소설계혁명에서는 국민의 민지를 개발하는 정치사상이 우선시되어 소설다움의 요건에 관한 설명이 생략되어 있으며, 시계혁명에서는 서구사상, 물질문명, 정신에 관한 신의경이 중국의 구풍격 속에 품어져야 한다고 주장하지만, 그 관계는 시적인 융합이기보다는 절충적인 결합에 가깝게 되는 것이다. 그래서 이러한 문학은 독자적인 문학세계를 형성하지 못하고 주체의 사상감정이 직접 노출되는 한계를 지니게 된다.

　량치차오의 문학적 사유는 민족적 위기를 극복하기 위한 실천적 관심에서 출발하여, 문학의 힘을 통해 현실 변혁을 추구하려는 경향을 띠고 있다. 량치차오류의 문학적 사유방식이 근대 중국문학계의 지배적 담론으로 기능함에 따라, 이러한 현상을 비판하며 문학의 독자적인 정신세계를 통해 민족적 개인적 정체성 위기를 극복하려는 이가 등장하는데. 그가 바로 왕궈웨이이다.

제5장 왕궈웨이[王國維]의 문학적 사유

1. 무용지용(無用之用)과 공리(功利)

일반적으로 왕궈웨이는 문학의 '초공리성' 혹은 '예술을 위한 예술'을 주창한 근대 지식인이라고 평가된다. 그래서 왕궈웨이를 연구하는 글들에서는 항상 초공리성의 개념이 연구의 출발점이 되거나 주요 범주가 되어 그의 그림자처럼 따라 다닌다. 중국 현대사는 리저호우의 지적처럼 '구망과 계몽'이 정신계를 지배하는 역사이며, 현대문학사 역시 그것을 위한 공리적 문학의 역사라고 해도 지나친 표현은 아닐 것이다. 이러한 역사적 조건하에서 초공리적인 문학은 자신의 고유 영역을 확립하기가 쉽지 않다. 그래서 공리 / 초공리에 대한 '이원적' 사고는 왕궈웨이 자체에 대한 접근뿐만 아니라 그의 본래적 면모를 해석하는데 걸림돌로 작용한다. 여기서 이원적 사고란 말은 단순히 대립되는 두 항의 설정을 의미하는 것이 아니다. 그 속에는 대립되는 두 항 중 한쪽의 전제권과 독점권을 확보하려는 배타성이 내포되어 있다. 다시 말하면, 중국 현대 문학사에서 공리문학(론)이 비공리적 문학(론)에 대한 우월한 담론으로 기능함으로써 다양한 문학적 사유공간을 제한한다는 뜻이다. 이러한 문제점을 짚어보기 위해서 공리 / 초공리의 개념이 지니는 의미내용과 상관관계에 대해 재검토할 필요가 있을 것이다.

많은 연구자들이 왕궈웨이를 초공리적 문학가라고 규정한다. 그러나 그의 텍스트를 읽다보면, 철학(문학)의 '무용지용' 혹은 정신의 '위안'1)이란 말이 자주 등장한다. 그는 이것을 정치나 실업과 달리 문학이 수행하는 독자적인 실천의 영역으로 인식한다. 왕궈웨이는 왜 문학이 담당하는 실천의 영역을 정치, 실업의 실천의 영역과 구별하려 한 것인가? 왕궈웨이는 「철학가와 미술가의 천직을 논함[論哲學家與美術家之天職]」에서 다음과 같이 말한다.

> 세상에 가장 신성하고 고귀하면서도, 당대의 쓰임에 관계하지 않는 것은 철학과 예술뿐이다. 세상 사람들이 시끄럽게 그것을 무용하다고 해도 철학과 예술의 가치는 깎기지 않는다. 이러한 학문을 하는 사람이 스스로 그 신성한 위치를 망각하고 당대의 쓰임에 부합하기를 추구하자 이 둘의 가치가 상실되었다. 철학과 예술이 뜻을 두는 것은 진리이다. 진리는 세상의 영원한 진리이지 일시의 진리가 아니다. 이 진리를 밝혀내거나(철학자) 그것을 기호로 표현하는 것(예술)은 세상의 영원한 공적이지 일시의 공적이 아니다. 오직 세상의 영원한 진리이기 때문에 한 때 한 나라의 이익에 완전히 부합될 수 없으며 때때로 서로 부합될 수가 없다. 여기에 바로 그 신성함이 존재한다. 세상의 소위 유용한 것으로 정치가와 실업가 만한 것이 없다. 세상 사람들은 공리를 말하기를 좋아하니 내 잠시 그것에 대해 말해 보겠다. 사람이 금수와 다른 것은 순수한 지식과 미묘한 감정이 있기 때문이다. 그런데 생활에 대한 욕망은 사람이나 금수나

---

1) 이 말은 삶을 고통의 연속이라고 허무적으로 인식한 왕궈웨이가 인간의 정신적 고통을 달래고 '평화의 순간', '잠시의 휴식'을 얻을 수 있게 하는 지식으로서 문학을 설정한 데서 비롯된 것이다. 왕궈웨이는 이것을 다른 지식과는 다른 문학 고유의 신성한 '임무'라고 생각한다.

조금도 다를 바가 없다. 후자의 충족은 정치가와 실업가가 제공하는 것이며, 전자의 위안과 만족은 철학과 예술에서 구하지 않으면 안 된다. 이들이 인간사에 공헌한 바에 대해 말한다면, 그 성질의 귀하고 천함은 진실로 다른 것이다. 공리가 미치는 바에 대해 말한다면, 철학자와 예술가가 하는 일은 비록 천년 이후 사해 밖이라 해도, 그것이 밝혀낸 진리와 그것을 표현한 기호가 여전히 남아 있다면, 인류의 지식과 감정은 이것을 통해 만족과 위안을 얻을 수 있다. 이것은 옛날과 다를 것이 없다. 그러나 정치가와 실업가가 하는 일은 5대, 10대에 미치는 것이 드물다. 이것이 또한 영원과 일시의 차이이다. 그렇다면 사람이 되어 철학과 예술에 공헌하는 바가 없으면 그만이지만, 진정한 철학가, 예술가가 된다면 어찌 정치가에 비해 불만스런 일이겠는가?2)

여기서 왕궈웨이는 정치가와 실업가가 추구하는 공리가 생활의 욕망을 충족하는 일시적인 것인 데 반해, 철학가나 예술가가 추구하는 것은 세계의 진리에 관계하는 영원한 공리라고 생각한다. 왕궈웨이는 정치가나 실업가의 유용(有用)과 철학가나 예술가의 무용(無用) 사이의 관계를 '쓸모'의 있고 없음의 차이로 설정하지 않는다. 왕궈웨이의 사유 속에서 유용과 무용은 관계하는 대상이나 쓸모의 내용이 확연히 다르다. 유용은 '현상' 세계의 생활 욕망에 관계하며 당대 현실에 직접적인 효과를 볼 수

---

2) 王國維,「論哲學家與美術家之天職」,『王國維文學美學論著集』(周錫山 編校), 北岳文藝出版社, 1987, 34면. "天下有最神聖最尊貴而無与于當世之用者, 哲學與美術是已. 天下之人囂然謂之曰無用無損于哲學美術之價値也. 至爲此學者自忘其神聖之位置, 而求以合當世之用, 于是二者之價値失. 夫哲學與美術之所志者, 眞理也. 眞理者, 天下萬世之眞理, 而非一時之眞理也. 其于發明此眞理(哲學家), 或以記號表之(美術)者, 天下萬世之功績, 而非一時之功績也. 唯其爲天下萬世之眞理, 故不能盡與一時一國之利益合, 此有時不能使用, 此卽其神聖之所在也. 且夫世之所謂有用者, 孰有過于政治家及實業家者乎 世人喜言功用, 吾故以其功用言之. 夫人之所以異于禽獸者, 豈不以其有純粹之知識與微妙之感情哉. 至于生活之欲, 人與禽獸無以或異. 後者政治家及實業家之所供給, 前者之慰藉滿足非求諸哲學及美術不可. 就其所貢獻于人之事業言之, 其性質之貴賤, 故以殊矣, 至就其功效之所及言之, 則哲學家與美術家之事業, 數千年以下, 四海以外, 苟其所發明之眞理, 與其所表之之記號之尙存, 則人類之知識感情由此而得其滿足慰藉者, 曾無以異于昔. 而政治家及實業家之事業, 其及于五世十世者希矣. 此又久暫之別也. 然則人而無所貢獻于哲學美術, 斯亦已耳, 苟爲陳情之哲學家美術家, 又何慊乎政治家哉."

있는 것이다. 무용은 '본질' 세계의 진리에 관계하며 일시적인 효과보다
는 인류에게 영원한 쓸모를 제공한다. 정치가나 실업가의 유용은 현상
세계에 관계하는 일시적인 지식이며, 철학가나 예술가의 무용은 본질 세
계에 관계하는 영원한 지식이라고 할 수 있다. 따라서 유용과 무용의 구
별을 통해 왕궈웨이가 목적하는 것은 쓸모의 유무가 아니라 정치나 실업
과 다른 철학과 예술의 독립적 영역의 확립이라고 할 수 있다. 왕궈웨이
가 의미하는 무용은 쓸모 일반을 부정하는 말이 아니라 정치와 실업과
같은 현상적이고 일시적인 공리와 구별한다는 뜻이다. 다시 말하면, 무용
의 '무'는 철학과 문학의 독자적인 실천 영역을 설정하기 위해 사용한 부
정어일 뿐이며 공리 자체가 없음을 알리기 위해 쓴 말이 아니라는 것이
다. 왕궈웨이의 관심은 유용 / 무용이나 공리 / 초공리의 이원적 대립이 아
니라 어떻게 문학의 '독자적인' 실천을 수행하느냐에 있다.[3]

　왕궈웨이는 이러한 구별을 통해 문학의 독자적인 실천 영역을 망각
한 채, 정치적인 목적을 위해 문학을 수단화하는 논리를 비판한다. 당시
문학계는 유신파의 공리적 문학관이 지배하고 있다. 왕궈웨이는 이것을
서구 학술의 지엽적인· 말을 빌어 정치적인 목적을 달성하려는 천박한
공리주의라고 인식한다. 다시 말하면, 문학의 무용의 영역과 정치의 유
용의 영역을 분별하지 않고, 정치의 관점에서 문학을 종속시키는 실용
적인 논리라고 비판한다. 그래서 왕궈웨이는 정치적인 유용에서 벗어나

---

3) 루쉰도 1908년에 쓴 「摩羅詩力說」에서 "문학은 사람의 정신과 영혼을 함양한다"라
　는 의미에서 '不用之用'을 주장한다. 두 사람의 '無用之用'說은 사적인 권력적 욕망만
　을 추구하는 유신파의 공리개념을 비판대상으로 삼고, 정치와 과학과 같은 가시적이
　고 공리적인 것과 달리, 즉각적인 효용은 드러나지 않으나 인간의 정신영역에 밀접히
　관계하는 문학특유의 '공리'를 겨냥한다는 점에서 유사성이 있다. 그러나 왕궈웨이가
　현상계와 본질의 대립적 사고하에 과학을 현상계의 지배원리를 분석하는 수준의 학문
　으로 여겨 문학과 철학보다 한 차원 낮은 것으로 생각한 데 반해, 루쉰은 과학을 그
　시대의 진보를 추동하는 '정신'을 내포하는 것으로 파악하여 과학과 문학의 연대가능
　성 혹은 자연과학과 인문과학의 접점을 염두해 두고 있다(魯迅, 「科學史敎篇」, 『魯迅
　全集』 1卷, 人民文學出版社, 1993 참조)는 점에서 차이를 보인다.

본질 세계의 진리 인식에 관계하는 문학이 진정한 문학이라고 인식하며, 이것을 '순수'문학 혹은 '순수'예술이라고 명명한다. 여기서 순수라는 말 역시 무용과 마찬가지로 공리와 무관함을 의미하는 것이 아니다. 이것은 정치적인 천박한 공리주의에서 탈피하여 문학적인 순수한 실천 영역의 확립을 뜻한다. 왕궈웨이에게 문학의 독자적인 정신세계를 확립하는 일은 근대문학을 창출하는 가능성의 조건으로 인식된다. 이러한 무용지용의 원리는 정치와 문학의 실천 영역을 분별하는 근거일 뿐 아니라 왕궈웨이가 걸어가야 할 길을 비춰주는 사유의 등불로 작용한다. 따라서 우리의 관심은 공리의 유무라는 현상적인 차원을 넘어 왕궈웨이가 추구하는 문학의 '무용지용'이 도대체 어떠한 세계인가의 문제로 향해야 할 것이다. 이 문제를 풀어나가는 과정이 바로 왕궈웨이 문학적 사유의 경계를 밝히는 통로가 될 것이다.

왕궈웨이가 즐겨 사용하는 형이상학·철학·예술·독립·위안·무용·순수 등의 말은 그의 사유체계를 지탱하고 있는 중심 개념이다. 왕궈웨이의 문학적 사유에 접근하기 위해서 우리는 그의 사유체계 속에서 이러한 개념들이 차지하는 본래적 의미를 밝히는 일을 출발로 삼아야 할 것이다. 어떠한 말이나 개념은 그것을 사용하는 그 사람의 사유체계 속에서 그리고 그의 문맥 속에서 이해해야 한다. 동일한 말이라 하더라도 그것의 의미를 조정하는 사유체계에 따라 문맥의 의미가 달라지기 때문이다.[4] 개념의 관성적 이해로부터의 탈피, 그것은 왕궈웨이의 본래적 면모에 접근하는 첫걸음이자 그의 문학적 사유를 해석할 수 있는 관건이다.

---

4) 그 말을 하나의 의미로 규정하려는 노력은 오히려 오독현상을 초래하기 십상이다. 이것은 비단 공리 / 초공리의 문제에만 국한된 것이 아니다. 현대문학사의 친숙한 논쟁점들 가령, 전통 / 근대, 현실주의 / 반현실주의, 정치 / 문학 등의 대립적인 개념에 모두 이러한 오독의 가능성이 내포되어 있다. 이러한 이원적 사고의 평면성을 해체하고 그것이 배태되어 나온 본래적 문맥에서 재해석할 때 그 말들의 결 속에 담지되어 있는 다양한 의미를 만날 수 있을 것이다.

2. 형이상학과 문학

1898년, 그 해는 중국 근대 정신사의 맥락에서 볼 때 한 획을 긋는 매우 중요한 시기이다. 중국 근대 지식인의 인식틀의 근간이 된 옌푸[嚴復]의 『천연론(天演論)』이 번역되어, 봉건 대제국의 세계질서 체계인 화이론을 해체하고, 적자생존의 진화론의 논리에 따라 중국을 열등한 비문명국의 대열로 재편한 시기이기 때문이다. 이러한 '충격'은 중국 지식인에게 전통적 화이론이 공허한 것임을 자각하게 할 뿐 아니라, 중국 이외의 문명화된 새로운 세계가 존재한다는 '개방'적 인식 혹은 '타자의식'을 지니게 한다. 1898년, 그 해는 왕궈웨이 개인사적으로 볼 때도 매우 의미 있는 시기이다. 그때 그는 평소 동경하던 신학문의 꿈을 실현하기 위하여 과거를 통한 출세의 욕망도 포기한 채 고향인 저쟝[浙江]을 떠나 상하이[上海]로 향하는데, 우연찮게 루쉰이 고향인 저쟝을 떠나 난징[南京]으로 가는 시기와 일치한다. 익숙한 봉건 가정5)을 떠나 신문명이 가득한 낯선 세계로 간다는 것은 전통 지식인이 밟았던 입신출세의 길과는 다른 모험스런 행보이자, 자신의 몸 속에 박혀 있는 낡은 흔적에서 벗어나 새로운 세계상을 획득하려는 고뇌에 다름 아니다. 왕궈웨이는 상하이에서 시무보(時務報)6)와 뤄전위[羅振玉]가 창설한 동문학사(東文學社)7)에서

---

5) 왕궈웨이의 아버지 王乃譽는 『時務報』 같은 잡지를 왕궈웨이와 같이 읽고 새로운 정치 새로운 학문에 대해 관심을 가지는 인물인 것으로 보아 왕궈웨이의 가정을 일반적인 봉건 가정이라고 볼 수는 없다. 그러나 근대 지식인들에게 있어 가정을 떠나 낯선 세계로 간다는 사실 자체가 동일한 상징적 행위라고 생각할 수 있을 것이다.

6) 왕궈웨이는 22세가 되는 1898년 정월에 時務報에 들어가 서기와 교열을 담당하지만, 이때는 이미 時務報의 책임자인 량치차오와 章炳麟이 떠나고 전성기가 지난 상태였다.

7) 羅振玉은 1897년 上海에서 農學會를 설립하여 각국의 농학 관련 서적과 잡지를 번역하였으나 후에 번역할 자료가 부족하여, 다음 해인 1898년에 사비로 東文學社를 설립하고 일본인 藤田豊八를 교수로 초빙하였다. 羅振玉은 『集蓼編』 自序에서 東文學社의 창립과정을 "학자 藤田豊八은 성격이 강직하고 성실하여, 오래동안 지내면서 사이가 날로 깊어졌다. 하루는 내가 그에게 편지를 보내, 중국과 일본은 떨어질 수 없는

신학문을 학습한다. 여기에서 왕궈웨이는 일어와 영어·화학·물리·수학 등 자연과학을 배우며, 1900년에는 의화단의 난으로 동문학사가 해산되자 그 해 겨울 뤄전위의 도움으로 일본에 유학하여 스승 등전(藤田)의 권유로 수리학(修理學)과 수학을 배운다. 그러나 왕궈웨이는 몸이 아파 다음 해 여름에 귀국하여 "몸이 본래 쇠약한데다 성격이 다소 우울해져 인생의 문제가 날마다 내 앞에서 오락가락하여, 이때부터 철학에 종사하기로 마음먹는다."[8] 이때부터 왕궈웨이는 자연과학류의 실용적인 학문에서 벗어나 우주와 인생의 문제를 탐구하는 형이상학의 영역으로 전환한다.

여기서 우리는 왕궈웨이가 당시 신지식인들의 영혼을 지배하며 중국의 장래를 보장할 것이라고 의심치 않았던 서구의 자연과학에서 하필이면 현실적 계몽의 요구와 상관없어 보이는 형이상학으로 전환하게 되는 이유에 대해 주목할 필요가 있다. 이것은 왕궈웨이 개인의 독특한 성격에서 비롯된 것이기도 하지만, 여기에는 왕궈웨이가 자기 시대의 위기를 인식하는 독특한 사유방식이 내포되어 있다. 왕궈웨이의 텍스트 속에서 비판적 맥락이긴 하지만 '생존경쟁'·'공리'·'진화론'·'열등' 등의 용어가 자주 출현하는 것으로 보아, 그 역시 당시의 시대사조인 사회진화론의 인식틀에서 자유로울 수 없었던 것으로 보인다. 「최근의 학술계를 논함[論近年之學術界]」이나 「신학술용어의 수입[論新學語之輸入]」 등의 글 속에서 왕궈웨이는 옌푸의 사유체계와 용어에 관한 근본적인 비판을 함으로써, 진화론을 자신의 논리 전개를 위한 타자의 담론으로

우방 사이이니 서로 친선하여 서양의 東漸을 막아야 한다고 하였다. 그는 나의 말에 계기가 되어 양국의 친선은 사대부에서부터 시작해야 한다고 말했다. 그래서 일본 학자 가운데 중국에 유학하는 이들을 소개해 주었다. 그러나 언어가 소통되지 않아 어려움을 겪었지만, 오랫동안 추진하여 東文學社를 창립하고 東文으로 과학을 전수하였다"고 말한다.

8) 王國維, 「自序」, 『王國維文學美學論著集』(周錫山 編校), 北岳文藝出版社, 1987, 242면. "體素羸弱, 性復憂鬱, 人生之問題日往復于吾前, 自是始決從事于哲學."

사용하고 있다. 하지만 왕궈웨이 역시 계몽론에 대해 상당한 관심을 드러내고 있다. 왕궈웨이가 세태에 관심을 가지고 국가의 존망에 대해 우려하는 심경은 이 시기에 발표된 「문학과 교육[文學與敎育]」·「교육소언 10칙(敎育小言十則)」·「독성의 제거[去毒篇]」·「인간 기호의 연구[人間嗜好之硏究]」·「평범한 교육주의를 논함[論平凡之敎育主義]」 등의 글에서 드러난다. 여기서 왕궈웨이는 중국의 존망에 대한 위기를 중국인의 정신과 감정상의 위기에서 연원하는 문제로 파악하며, 국민의 정신에 위안을 주고 정신상의 이익을 추구할 수 있는 교육을 자신의 실천론 혹은 계몽론으로 삼는다. 왕궈웨이는 이러한 교육을 통해 진선미를 체현하는 정신 주체를 확립하는 일이 문학의 독자적인 계몽방식이라고 생각한다.9) 이런 맥락에서 볼 때, 현재의 위기에 대한 수용방식과 대응방식이 다른 지식인들과 다르다 할지라도, 왕궈웨이 역시 '시대에 대한 고민'10)

---

9) 왕궈웨이가 말하는 미적 교육이란 미를 통해 인간의 감정과 마음을 순화시키는 교육이다. 왕궈웨이가 미적 교육에서 인간의 감정 및 마음과의 관련을 통찰한 데는 다음 몇 가지의 이유를 들 수 있다. 첫째, 그의 미의식 자체가 인간의 심리와 감정에 관련된 순수미학적 성질을 지녔다는 것이다. 둘째, 그 자신이 회프딩의 『심리학개론』을 번역하면서 인간심리에 관심을 가졌으며 아울러 1903년에서 1905년경에 南通과 江蘇의 사범대학에서 심리학을 가르친 적이 있는데 이 과정에서 왕궈웨이는 인간의 감정심리에 대해 인식하였으며 이것은 그가 미가 인간의 감정 및 심리에 미치는 영향을 파악하는 데 깊이를 더해 주었던 것으로 생각된다. 셋째, 교육 전문 잡지인 『敎育世界』를 주필하면서 당시 중국 근대사회의 병폐를 교육과 연관시켜 사고했다는 것이다. 넷째, 왕궈웨이의 학술 생애를 보면 羅振玉이라는 인물은 다방면으로 영향을 끼치는데 나진옥은 일찍이 과학과 교육으로써 구국할 것을 주장한 바 있다. 더구나 왕궈웨이가 『敎育世界』를 주필하게 된 것은 羅振玉의 주선에 의한 것이었다. 그러므로 왕궈웨이가 미를 교육과 연계시켜 생각할 수 있었던 데에는 羅振玉의 영향이 있었던 것으로 보인다(류창교, 「王國維 文藝批評 硏究」, 서울대 박사논문, 1996, 100~101면).

10) 왕궈웨이가 이 단계의 전변과정에서 나타낸 것은, 그가 세상의 변화에 대해 관심을 가지면서도 진정으로 세상에 간여하거나 쓰임을 구할 수 없어서, 물러나 학술 연구를 함으로써 자신의 위안과 인생의 곤혹에 대한 해답을 추구한다. 그러나 자신의 학술 연구에서는 세상사를 잊을 수 없어서 학술 연구를 통해 세상의 혼란을 도울 수 있는 이상을 제시한다. 이러한 모순적 표현 및 이중적 추구의 노력은 바로 왕궈웨이 학술연구 전변과정 중에 제일 주목해야 할 특색이다(葉嘉瑩, 「從性格與時代論王國維治學途徑之轉變」, 『臺港暨海外學界論中國知識分子』, 河南人民出版社, 1994).

이라는 본질적인 측면에서는 동일한 관심을 지닌다고 할 수 있다.

그렇다면 동시대 지식인의 보편적 관심인 '시대에 대한 고민'이 왕궈웨이에게서 유독 '초월'적이고 '순수'한 세계나 지식에 대한 관심으로 전환되는 것은 무엇 때문인가? 여기서 우리는 동시대 계몽주의 지식인에 대한 왕궈웨이의 비판에 주목할 필요가 있다. 왕궈웨이는 「최근의 학술계를 논함[論近年之學術界]」에서 다음과 같이 말한다.

> 옌푸가 신봉한 것은 영국의 공리론과 진화론 철학일 뿐이다. 그의 흥미가 있는 곳은 순수철학이 아니라 철학의 각 분과이다. 경제·사회학 등은 그가 제일 좋아하는 것이다. 그래서 옌푸의 학풍은 철학이 아니라 차라리 과학이라고 할 수 있는데, 이것이 우리나라의 사상계를 감동시킬 수 없는 이유이다. 근 3, 4년간 프랑스 18세기 자연주의가 일본의 소개를 거쳐 중국에 들어와 일시에 학계에 유행하였다. 그러나 이 설에 부합하는 자는 지식 자체의 목적이 아니라 (정치적) 의도에서 나온 것이다. 이들은 자연주의 근본사상에 대해서 실로 아는 바가 없으며 잠시 그 지엽적인 말을 빌어 정치상의 목적을 달성하려고 할 뿐이다. 학술적 측면에서 볼 때 가치가 없다고 말해도 괜찮을 것이다.11)

이 글에서 왕궈웨이는 근대 지식인의 정신적 근간이 되었던 옌푸의 지식을 '순수한' 철학적 지식이 아니라 실용적인 과학적 지식이며, 그것은 지식 자체의 목적이 아니라 정치상의 의도에서 나온 편향일 뿐이라고 비판한다. 왕궈웨이가 겨냥하는 비판대상은 옌푸뿐만 아니라 캉여우웨이·량치차오 등 그의 지식을 추종하는 모든 지식인들을 포함한다. 이들은 자신의 사적인 권력적 욕망을 실현하기 위하여 서양 사상의 지엽적인 말을 빌어 자신의 논리를 일시적으로 정당화할 뿐, 어떠한 학술

---

11) 王國維, 「論近年之學術界」, 『王國維文學美學論著集』(周錫山 編校), 北岳文藝出版社, 1987, 107면. "顧嚴氏所奉者, 英吉利之功利論及進化論之哲學耳, 其興味之所存, 不存于純粹哲學, 而存于哲學之各分科. 如經濟社會學, 其所最好者也. 故嚴氏之學風, 非哲學的, 而寧科學的也, 此其所以不能感動吾國之思想系者也. 近三四年, 法國十八世紀之自然主義, 由日本之介紹, 而入于中國, 一時學海波濤沸渭矣."

적 지식도 구비하지 못한다. 왕궈웨이의 이러한 비판은 소위 신지식인
들이 서구사상에 대한 깊이 있는 이해 없이 생존경쟁이니 적자생존이니
하는 정치적인 유행어로 외부세력에 대한 민족적 감정에만 호소함으로
써, 중국 정신계의 무정부 상태를 심각하게 만드는 '위기의식'에서 연원
하는 것이다.12) 그가 '순수'란 말을 즐겨 사용하는 것도 계몽주의 지식
인들의 권력적 욕망과 실용적 지식을 비판하며, 타락한 정신계에 가려
져 있는 '진리'를 갈망하기 때문이다. 그래서 왕궈웨이의 철학적 관심은
과학과 정치가 추구하는, 일시적이고 현상적인 공리가 아니라 우주와
인생의 문제를 탐구하는 형이상학적인 지점에 접근한다. 그가 보기에
이것은 시대적 상황에 따라 달리 나타날 뿐 인간 세계에 영원히 존재하
는 것으로, 인간의 존재 의미를 밝혀주는 사유체계이다.13) 과학과 정치
는 이러한 형이상학에 기반할 때 일시적인 공리의 수준에서 벗어날 수
있다. 현재 중국의 정치와 과학이 천박한 공리주의에 빠진 것은, 그것의
근간이 되는 형이상학의 문제를 망각하기 때문이다. 왕궈웨이의 형이상
학적 사유 속에서 정치 사회적 제도의 문제는 가시적 방안일 뿐이며,
중국의 참모습과 정신을 발견하는 일이 민족적 위기의 극복과 정체성
확립의 관건이 된다. 왕궈웨이가 '학술(철학과 예술)'에 신뢰를 보내는 것
도 이러한 문제에 대한 관심과 해결에 가장 근접해 있기 때문이다. 이
렇게 볼 때 순수한 지식에 대한 왕궈웨이의 관심은 단순히 초월 세계에
대한 개인적인 취미에서 비롯되기보다는 그 근저에 깔린 중국 정신의
위기의식에서 연원한다고 할 수 있을 것이다.

　　이제 왕궈웨이 자신에게로 돌아가서 이러한 사유방식이 형성되게 된

---

12) 이종민, 「량치차오의 소설적 길찾기-'公'의식과 소설의 힘 비판」, 『중국소설논총』
　　4, 1995 참조.
13) 王國維, 「論近年之學術界」, 『王國維文學美學論著集』(周錫山 編校), 北岳文藝出
　　版社, 1987. "知力人人之所同有, 宇宙人生之問題, 人人之所不得解也. 具有能解釋此
　　問題之一部分者, 無論其出于本局或出于外國, 其償我知識上之要求, 爲我懷疑之苦
　　痛者, 則一也."

인식론적 근거에 대해 살펴보자.[14] 왕궈웨이의 철학적 관심은 우주와 인생의 근본문제가 무엇이며 그것의 본질과 실체가 어떠한지, 그리고 어떠한 방법으로 인식 가능한지에 대한 물음으로 시작한다. 그의 인식론에서 세계는 현상계와 실재세계로 구분된다. 현상계는 감각적 인식의 대상이 되는 물질세계로 충족 이유의 원리(인과율)에 의해 지배되는 세계이다. 이것은 인간의 생활에 대한 욕망(의지)이 만들어낸 세계이다.

> 쇼펜하우어는 지식론에 있어서 칸트의 설을 받들어 '세계는 우리의 관념이다'라고 말하였다. 일체 사물은 모두 충족이유의 원리에 의해 결정되며 이 원리는 우리의 지력의 형식이다. 사물이 인간에 의해 파악되려면 이 형식에 들어가지 않을 수 없다. 그러므로 우리가 알고 있는 사물은 결코 물 자체가 아니라 다만 현상일 따름이다. 바꾸어 말하면 우리의 관념일 뿐이다.[15]

이러한 현상계는 인간의 생활에 대한 욕망과 충족이 중심을 이룬다. 그러나 인간의 욕망은 그 무제한성으로 인해 충족시키기가 힘들며 오히려 결핍감 때문에 고통이 증가할 뿐이다. 왕궈웨이가 「홍루몽평론(紅樓夢評論)」에서 "삶의 본질은 무엇인가? 욕망이다. 욕망의 본성은 싫증냄이 없고 그 근원은 결핍에서 생기며 결핍된 상태는 고통이다"[16]라고 한 것은, 바로 인간의 욕망이 지배하는 현상계의 모습을 지적한 것이다. 과학과 정치 등은 이러한 현상계를 대상으로 하는 지식으로 인간의 욕망 충족을 목적으로 삼는다. 그래서 현상계의 지식은 인간의 이해관계에

---

14) 왕궈웨이의 사유는 칸트·쇼펜하우어·니체 등의 서구 현대철학을 수용하여 형성된 것이다. 여기서는 왕궈웨이와 각 철학가 사이의 비교보다는 그들을 재해석한 왕궈웨이 자신의 사유를 대상으로 분석할 것이다.

15) 王國維, 「叔本華之哲學及其敎育學說」, 앞의 책, 77면. "叔本華于知識論上奉汗德之說曰, '世界者, 吾人之觀念也. 一切萬物皆有充足理由之原理決定之, 以此原理吾人智力之形式也. 物之爲吾人所知者, 不得不入此形式, 故吾人所之物決非物之自身, 而但現象而已, 易言以明之, 吾人之觀念而已."

16) 王國維, 「紅樓夢評論」, 위의 책, 2면. "生活之本質何? '欲'而已矣. 欲之爲性無厭, 而其原生于不足. 不足之狀態, 苦痛是也."

따라 "이 사물을 이용하여 그 이익은 취하고 그 해는 없애서 우리의 삶의 욕망을 무한히 증진시키"[17]기는 하지만, 가시적인 이익의 차원에 머무를 뿐 절대적이고 영원한 진리를 발견하지 못한다. 왕궈웨이가 이러한 지식들에 대해 신뢰하지 않고 일시적인 유용성만을 지닌다고 비판하는 것은, 바로 인간의 욕망에 의해 변화되는 현상계 속에서 벗어나지 못하기 때문이다.

왕궈웨이의 궁극적 관심은 현상계의 두께 속에 깊숙이 은폐되어 있는 본질의 세계를 인식하는 데에 있다. 이것은 인간의 욕망을 벗어나고 현상계를 초월할 때 가능한 일이다. 그 세계는 '대상 속에서 현묘한 생의 참모습이 훤출하게 드러나는 상태'이자 '시간과 공간이 훨씬 심오해지고 존재감이 무한히 증가되는 순간'이다. 그 상태가 바로 실재세계이자 본체이며 진리와 이념의 세계이다.

> 공간과 시간은 우리의 직관의 형식이 되며 사물이 공간에 나타나는 것은 모두 병립하고 시간에 나타나는 것은 모두 이어져 있다. 그러므로 시간과 공간에 나타나는 것은 모두 특별한 사물이다. 일단 특별한 사물로 본다면 이 사물과 나는 이해관계가 생겨 그것이 마음에 생기지 않게 해도 그럴 수 없다. 만약 이 사물이 나와 이해관계가 있는 것으로 보지 않고 그 사물만을 보면 이 사물은 이미 특별한 사물이 아니며 그 사물의 전체 종류를 대표한다. 쇼펜하우어는 이것을 '이념'이라고 하였다.[18]

그러나 그 세계는 현상계 너머에 존재하기 때문에 인식 주체에게 직

---

17) 王國維, 「紅樓夢評論」, 『王國維文學美學論著集』(周錫山 編校), 北岳文藝出版社, 1987, 3면. "有其利而無其害, 而使吾人生活之欲, 增進于無窮."

18) 王國維, 「叔本華之哲學及其教育學說」, 위의 책, 79면. "夫空間時間旣爲吾人直觀之形式, 物之現于空間皆竝立, 現于時間子皆相續. 故現于空間時間者, 皆特別之物也. 其視爲特別之物矣, 則此物與我利害之關係, 欲其不生于心不可得也. 若不視此物爲與我有利害之關係, 而但觀其物, 則此物已非特別之物, 而代表其物之全種, 叔氏謂之曰實念."

접 주어지지 않는다. 그 세계에 도달하기 위해선 반드시 인간을 현상계에 묶어두는 생활의 욕망을 끊어야 한다. 욕망은 본질세계로의 진입을 장애하는 근원이다. 그래서 인식 주체는 현상의 두께를 꿰뚫고 그 너머의 세계를 엿볼 수 있는 지력(知力)을 지니고 있어야 한다. 대상에 대한 개인적인 탐구와 주관적 체험의 총체성은 현상계를 벗어나기 위한 필수적인 작업이다. 그러나 이러한 차원에서의 인식은 존재와 존재 사이의 연관관계나 이해관계를 탐구하는 수준에 불과하다. 이것은 현상계를 인식하는 고통의 체험이며 아직은 본체의 세계로 스며들지 못한 상태이다. 현상계 너머 시간성을 초월하는 의미를 발견하고, 그 세계와 교응하기 위해선 인식 주체의 '직관'이 필수적으로 요청된다.

　　대개 중세 이후의 철학은 왕왕 가장 보편적인 개념으로부터 입론하여, 개념이라는 것이 본래 갖가지 직관에서 추상하여 나온 것임을 알지 못하였다. 그래서 그 내용은 직관 이외의 것은 가질 수 없는데도 직관이 일단 개념이 되자 이후에 조금씩 그 형태를 바꾸어 직관 자체의 완전 명석함과 같을 수 없었다. 모든 오류는 모두 여기에서 생겨났다. 개념이 보편적이 될수록 직관에서 점점 멀어지게 되고 오류가 발생하기는 더욱 쉽다. 그러므로 우리가 한 개념을 깊이 알려고 한다면 반드시 직관에서 실현해야 하며 직관으로써 그것을 대표한 이후에 가능한 것이다. 직관적 지식이야말로 가장 확실한 지식이며 개념이란 단지 지식의 기억 전달작용이며 이 때문에 새로운 지식을 얻을 수는 없다.19)

　직관은 현상계의 미로를 거쳐 실재세계와 교응하기 위한 유일한 통로이다. 직관은 현상계의 실리적 이해관계나 개념에 얽매인 단층적 인

---

19) 王國維, 위의 글, 82면. "盖自中世以降之哲學, 往往最普遍之槪念立論, 不知槪念之爲物, 本由種種直觀抽象而得者, 故其內容不能有直觀以外之物. 而直觀旣位槪念以後, 亦稍變其形而不能與直觀自身之完全明哲, 一切謬妄皆生于此. 而槪念之愈普遍者, 其離直觀愈遠, 其生謬妄愈易. 苦吾人欲深知一槪念, 必實現之于直觀, 而以直觀代表之以後可. 若直觀之知識, 乃最確實之知識, 而槪念者, 儘爲知識之記號傳達之用, 不能由此而得新知識."

식을 벗어나 순수한 세계에 접근하기 위한 진리의 인식이다. 직관은 모든 진리의 근본이며, 직관과 소통되어야 진리에 다가갈 수 있다. 만약 개념이 그 사이에 섞이면 점점 진리에서 멀어지게 된다. 왕궈웨이가 학문과 수양을 강조한 것은 '개인적 탐구와 주관적 체험의 총체성'을 획득하기 위한 과정이며, 현상계의 사물과 '초연(超然)'·'망(忘)'·'유(遺)'·'관(觀)'·'리(離)'하라고 한 것은 바로 가상적인 현상계를 벗어나 본질세계로 스며들기 위한 직관을 중시한 것이다.

그러한 연후의 세계는 어떠한가? 왕궈웨이가 "그 사물이 실제 사물이 아닌 뒤에야 가능하다"[20]고 한 것은 자족적인 질료 차원의 사물이나 이해관계를 지니는 현상계에서 벗어나, 사물의 존재감이 무한히 충만된 상태나 순간을 의미한다. 그 순간은 바로 인간의 욕망에서 해탈된 상태이다. 이때 인간은 삶의 고통을 잊고 생명력이 충만한 세계 속으로 진입하여 물아일체의 존재감을 느끼게 된다. 이것은 "산빛 맑고 물빛 청명하며 새들이 날고 꽃이 지는 자연계의 현상이 평화의 나라요 극락의 영토"[21]이며, 고통에 지친 인간의 정신을 위안해 주는 평화의 순간이다. 또 『홍루몽(紅樓夢)』 제5회에서 경환선녀(警幻仙女)가 보옥(寶玉)에게 들려주는 홍루몽곡(紅樓夢曲) 중 마지막 곡인 "날으는 새 뿔뿔이 숲 속으로 흩어지네[飛鳥各投林]"에서 말한 세속의 욕망이 "흔적 없이 텅 빈 하이얀 땅[片白茫茫大地眞乾淨]이다. 이러한 세계는 인간의 욕망이 섞이지 않는 텅빈 풍요로움의 세계이다. 그래서 이 세계는 평면적인 언어나 개념으로 표현 불가하다. 언어나 개념은 대상을 지시하고 명명하지만 그 속성상 대상의 존재 의미를 자신의 내부에 가두어둠으로써 생명의 빛을 발하지 못하게 만든다. 왕궈웨이는 개념화된 언어에 대해 원초

---

20) 王國維, 「紅樓夢評論」, 『王國維文學美學論著集』(周錫山 編校), 北岳文藝出版社, 1987, 3면. "必其物非實物而後可."
21) 王國維, 위의 글, 위의 책, 3면. "山明水媚, 鳥飛花落, 故無往而非華胥之國, 極樂之土也."

적인 불신감을 지니고 있으며, 직관을 통해 그 세계에 수직적으로 진입
함으로써 그 세계의 언어를 발견하여 표현하는 것을 최상으로 여긴다.

> 진정한 지식은 오직 직관에 있다. 사색할 때도 상상의 힘을 빌리지 않을 수
> 없다. 그래서 추상적인 사색에서 직관을 근거로 삼지 않으면 공중누각과 같아
> 서 끝내 실재 사물이 아니게 된다. 다시 말하면, 문자와 언어의 궁극적인 뜻은
> 독자에게 작가가 얻은 구체적 지식을 되돌려 주는 것이다. 만약 이러한 뜻이
> 없다면 그 저술은 귀할 것이 못된다.[22]

이 때문에 왕궈웨이는 실재세계와 교응하지 못하는 현상계의 언어나
개념 그리고 그것들을 집적한 서적을 부정하고 존재의 빛을 드러내 줄
시적 언어 혹은 자연스런 언어[言言在目前]를 중시한다.

그렇다면 우주와 인생의 근본문제를 탐구하고 직관을 통해 현상의
숲을 통과하여 본질의 세계를 투시할 수 있는 이는 누구인가? 그가 바
로 왕궈웨이가 염두해 둔, 중화 문명의 위기를 극복하고 정신세계의 타
락을 구원해 줄 주체이다. 이러한 신성한 천직을 담당할 주체는 누구인
가? 왕궈웨이는 그를 천재 혹은 시인이라고 부르고 그의 지식을 문학이
라고 명명한다.[23]

---

22) 王國維, 「叔本華其哲學及教育學說」, 위의 책, 87면. "眞正之知識, 唯存于直觀, 卽
思索(比較概念作用)時, 亦不得不藉想像之助, 故抽象之死色, 而無直觀爲之根柢者,
如空中樓閣, 終非實在之物也. 卽文字與言語, 其究竟之宗旨, 在使讀者反于作者所
得之具体的知識, 苟無此宗旨, 則其著述不足貴也."
23) 王國維, 위의 글, 80면. "獨天才者, 由其知力之偉大, 而全離意志之關係, 故其觀物
也視他人爲深, 而其創作之也與自然爲一. 故美者, 實可謂天才之特許物也."

3. 객관의 시인과 기억의 서사

왕궈웨이의 「홍루몽평론」은 『홍루몽』에 관한 소설 비평으로 읽을 수도 있지만, 그 근저에 인간의 삶에 대한 왕궈웨이의 철학적 태도가 깔려 있어서 그의 인생관을 엿볼 수 있는 은유적 텍스트로 해독할 수 있다. 「홍루몽평론」은 왕궈웨이가 "요즈음의 기호는 점점 철학에서 문학으로 바뀌었는데, 문학 속에서 직접적인 위로를 얻기 위함이다"[24]고 하며, 철학에서 문학으로 전환하는 시점에서 쓰여진 최초의 글이다. 그래서 「홍루몽평론」 속에는 철학과 문학의 경계가 불분명하다. 왕궈웨이는 「경학과대학 문학과대학 장정을 상소한 후[奏定經學科大學文學科大學章程書後]」에서 "문학과 철학의 관계에 대해서는 그 밀접함이 또한 경학보다 못하지 않다. …… 특히 문학 가운데 시가 부문은 철학과 동일한 성질을 갖추고 있으며, 그것이 해석하고자 하는 것은 모두 우주와 인생의 근본적 문제이다. 다만 그 해석의 방법에 있어서 하나는 직관적이고 다른 하나는 사변적이며, 하나는 돈오적이고 다른 하나는 합리적일 따름이다"[25]고 말하듯이, 「홍루몽평론」 속에는 소설비평 기준을 사용하여 『홍루몽』을 분석한 대목을 찾아보기 힘들다. 이렇게 볼 때, 왕궈웨이가 이 글을 쓴 의도는 소설비평의 차원을 넘어 우주와 인생에 관한 형이상학에서 기원한다고 할 수 있다. 그렇다면 왕궈웨이가 「홍루몽평론」을 통해, 아니 『홍루몽』이란 인간의 삶에 대한 문학적 텍스트를 빌어 인지하고자 한 세계는 무엇인가?

---

24) 王國維, 「自序」 二, 『王國維文學美學論著集』(周錫山 編校), 北岳文藝出版社, 1987, 244면. "近日之嗜好, 所以漸由哲學而移于文學, 而欲于其中求直接之慰藉者也."

25) 王國維, 「奏定經學科大學文學科大學章程書後」, 위의 책, 57면. "至文學與哲學之關係, 其密切亦不下于經學 …… 特于文學中之詩歌一門, 尤與哲學有同一之性質, 其所欲解釋者, 皆宇宙人生根本之問題. 不過其解釋之方法, 一直觀的, 一思考的, 一頓悟的, 一合理的耳."

삶의 본질은 무엇인가? 욕망이다. 욕망의 본성은 싫증냄이 없고 그 근원은 결핍에서 생기며 결핍된 상태는 고통이다. 일단 한가지 욕망이 이루어지면 이 욕망은 끝난다. 그러나 이루어진 욕망은 한가지이고 이루지 못한 것이 열 가지 백 가지나 된다. 한가지 욕망이 끝나면 다른 욕망이 따라온다. 그래서 끝내 위안을 얻을 수 없다. ······ 인생의 욕망은 삶에서 벗어날 길이 없고 삶의 성질은 고통에 다름 아니다. 그래서 욕망과 삶과 고통은 세 가지이면서 하나이다.[26]

왕궈웨이는 인간의 삶을 현상계라고 인식한다. 이것은 세계를 현상계와 본질 세계로 구분하는 왕국의 철학적 사유에서 기인한다. 현상계는 인간의 생활 욕망이 지배하는 세계이다. 현상계 속에 위치하는 인간의 삶은 생활 욕망과 그 충족을 위해 존재한다. 그러나 욕망의 무한성으로 인해 인간의 삶은 결핍과 고통의 악순환 속에 빠져든다. 이러한 고통스런 삶 속에서 인간은 자신의 존재 의미를 찾거나 삶의 위안을 얻기가 힘들다. 하지만 삶을 고통의 연속이라고 보는 것은 삶에 대한 기본적인 태도일 뿐, 그 속에 어떠한 '구원' 혹은 '위안'의 가능성도 존재하지 않는다고 인식하는 것과는 다르다. 왕궈웨이는 『홍루몽』이 이러한 인간의 삶을 진실하게 구현하는 문학적 텍스트라고 인식한다. 그리고 「홍루몽평론」을 통해 삶의 고통에서 벗어나 마음의 위안을 얻거나 해탈할 수 있는 길에 대해 탐색한다. 「홍루몽평론」에서 왕궈웨이의 궁극적 관심은 삶의 본질을 통찰하여 고통스런 세계를 벗어나기 위한 '초월적 계기'를 발견하는 데에 있다. 왕궈웨이는 이 '해탈'의 영역에 관계하는 지식이 바로 시이며 그것을 담당하는 주체가 바로 시인이라고 인식한다.

객관의 시인은 체험을 많이 하지 않을 수 없다. 체험이 더욱 깊을수록 시의 재료가 더욱 풍부해지고 변화 있게 된다. 『수호전』, 『홍루몽』의 작가가 그러하

---

26) 王國維, 「紅樓夢評論」, 위의 책, 2면. "生活之本質何? '欲'而已矣. 欲之爲性無厭, 而其原生于不足. 不足之狀態, 苦痛是也. 旣償一欲, 則此欲以終. 然欲之被償者一, 而不償者十伯. 一欲旣終, 他欲隨之. 故究竟之慰藉, 終不可得也 ······ 然則人生之所欲, 旣無以逾生活, 而生活之性質, 又不外乎苦痛, 苦欲與生活, 與苦痛, 三者一而已矣."

다. 주관의 시인은 체험을 많이 할 필요가 없다. 체험이 더욱 얕을수록 성정이
더욱 진실하다. 이욱이 그러하다.[27]

　왕궈웨이는 시인을 객관의 시인과 주관의 시인으로 나눈다. 여기서
왕궈웨이가 사용하는 시는 특정한 문학 장르를 지칭하는 것이 아니라
문학 일반을 총칭한다. 그래서 왕궈웨이는 수호전, 홍루몽의 작가를 객
관의 시인이라고 부르고, 사 작가인 이욱(李煜)을 주관의 시인이라고 명
명한다. 이것은 헤겔이 서정시·서사시·극시를 산문이 아닌 시라고 명
명하며 산문과는 다른 시의 세계를 구별한 것처럼, 왕궈웨이의 '시' 역
시 개별화된 문학장르라기보다는 어떠한 정신세계와 연관되어 있다. 이
것은 장르 혼돈의 문제라기보다는 다른 지식과 구별되는 문학의 독자적
인 정신세계라고 할 수 있다. 왕궈웨이는 「홍루몽평론」에서 "예술의 임
무는 인생의 고통과 해탈의 도를 묘사하는 데 있으며, 삶에 의지하는
우리들로 하여금 이 질곡의 세계 속에서 이 삶의 욕망의 투쟁에서 벗어
나 잠시의 평화를 얻게 한다. 이것은 모든 예술의 목적이다"[28]고 말한
다. 그래서 왕궈웨이는 시인이 해탈의 상태를 표현하는 것은 동일하며,
시인의 자질과 세계 인식방법에 따라 시의 내용이 달라진다고 이해한
다. 시인의 자질에 따라, 객관의 시인은 자신의 넓은 체험을 바탕으로
산문의 세계의 지식(서사)을 담당하고, 주관의 시인은 자신의 진실한 성
정을 바탕으로 정감의 세계의 지식(시)을 담당한다. 그리고 세계 인식방
법에 따라, 객관의 시인은 삶에 대한 고통의 '기억'을 통해 '해탈'을 추
구하고, 주관의 시인은 '성정의 진정성'을 통해 본질 세계로 진입한다.

---

27) 王國維, 「人間詞話」 17, 『王國維文學美學論著集』(周錫山 編校), 北岳文藝出版社,
　　1987. "客觀之詩人, 不可不多閱世, 閱世愈心則材料愈豊富, 愈變化, 『水滸傳』, 『紅樓
　　夢』之作者是也. 主觀之詩人, 不必多閱世, 閱世愈深則性情愈眞, 李後主是也."
28) 王國維, 「紅樓夢評論」, 위의 책, 9면. "美術之務, 在描寫人生之苦痛與其解脫之道,
　　而使吾儕憑生之徒, 于此桎梏之世界中, 離此生活之欲之爭鬪, 而得其暫時之平和,
　　此一切美術之目的也."

바로 이러한 맥락에서 왕궈웨이는 『홍루몽』을 객관의 시인이 창조한 '기억'의 서사로 독해하고 있다.

그렇다면 객관의 시인이 의지하는 '기억'은 어떠한 것인가? 쇼펜하우어의 『의지와 표상으로서의 세계』에서는 기억에 대해 다음과 같이 말한다.

> 숭고의 경우, 그러한 순수 인식의 상태는 불리한 것으로 인식된 그 객관의 의지에 대한 관계로부터 의식적으로 또한 무리하게 이탈함으로써, 즉 의지와 그것에 관계하는 인식을 자유롭게 의식적으로 초월함으로써 비로소 달성되는 것이다. 이 초월은 의식적으로 달성될 뿐 아니라, 또한 지속되어야 한다. 따라서 끊임없이 의지에 대한 기억이 따라다니는 것이지만, 그것은 공포나 소망과 같은 개별적이고 개인적인 의욕이 아니라, 객관성을 통하여 인간 신체에 의해 일반적으로 표현된 한에서의, 인간의 의욕 일반에 대한 기억이다.[29]

이러한 '기억'은 현실 비판을 위해 과거 세계를 기억하는 현실주의 시학의 기억과는 의미가 다르다. 현실주의 시학의 기억은 과거를 망각한 인간에 대한 비판을 통해 현실을 환기시키거나 현실의 변혁을 목적한다. 그러나 왕궈웨이의 기억은 삶의 본질을 통찰하기 위해 겪어야 하는 욕망의 체험이나 고통을 '지속'시켜, 해탈에 도달하는 그 순간 자신의 목적을 다하게 된다. 이것은 현실 세계의 리얼리티를 인식하기 위한 것이 아니라 현실적인 삶에 초연하거나 욕망하는 현실에서 벗어나기 위한 '형이상학적인' 기억이다. 두 가지 기억은 현실의 본질에 대한 통찰을 목적한다는 점에서는 동일하다고 할 수 있다. 하지만 현실주의 시학의 기억은 현실로 다시 돌아와 그 속에서의 변혁 가능성을 모색하기 위한 인식론적 계기라면, 왕궈웨이의 기억은 현실적 이해관계를 떠나기 위한 초월적 계기라는 점에서 차이를 지닌다.

그렇다면 왕궈웨이가 객관의 시인의 기억의 서사인 『홍루몽』에서 통

---

29) 쇼펜하우어, 곽복록 역, 『의지와 표상으로서의 세계』, 을유문화사, 1898.

찰한 '삶의 본질'은 무엇인가? 왕궈웨이는 쇼펜하우어의 세 가지 비극 가운데 인간에게 가장 감동을 주는 비극을 "극 중의 인물의 위치와 관계가 그러하지 않을 수 없는 경우로"30) "인생의 최대 불행이란 예외가 없고 인생 본래의 것임을 보여주는"31) 것이라고 생각한다. 이러한 비극은 "극악 무도한 사람"이나 "맹목적 운명"에 의해 우연히 벌어지는 것이 아니라, 삶 자체의 본질이 인간의 운명을 그렇게 결정한 것으로 인류 보편성을 지니고 있다. 다시 말하면, 이러한 비극은 인간이 욕망과 고통의 순환 속에서 실망의 상태에 빠져 "삶을 화로로 삼고 고통을 재로 삼아 해탈의 솥을 만들"어 "우주 인생의 진상"을 깨닫는 순간을 보여주는 것이다. '객관의 시인'의 임무는 이 지점에 관계한다. 그러나 서사에서의 '통찰의 계기'는 '주관의 시인'의 시와 같이 삶의 본질을 직관하는 일 순간이 아니다. 서사는 '객관의 시인'의 풍부한 체험을 바탕으로 삼아, 서사 속의 인물이 자신의 삶은 욕망에서 비롯된 고통의 연속임을 스스로 깨닫는 기나긴 '역정' 가운데에 통찰의 계기가 존재한다. 이것은 객관의 서사가 인간의 욕망이 지배하는 현상계에 대한 체험과 그 속의 고통을 기억하며 통찰하는 과정 속에서 창출되기 때문이다. 그래서 『홍루몽』 속에는 해탈의 순간뿐만 아니라 해탈하기까지의 고통스런 현실의 체험이 공존한다. 객관의 시인은 이러한 서사적 공간 속에서 자신의 시를 창조한다. 객관의 시인은 끝없는 고통에 대한 기억을 통해 인간으로 하여금 세계의 끝없는 결핍상태를 느끼게 하고, 벗어날 수 없는 신화적 인연32)에 얽어매인 존재임을 깨닫게 만들어, 스스로 잠시 쉴

---

30) 王國維, 『王國維文學美學論著集』(周錫山 編校), 北岳文藝出版社, 1987, 11면. "由于劇中之人物之位置及關係而不得不然者."
31) 王國維, 위의 책, 11면. "彼示人生最大之不幸, 非例外之不幸, 而人生之所固有故也"
32) 왕궈웨이는 욕망의 신화적 인연에 대한 근거로 『紅樓夢』 제1회의 "각설하고, 여와씨가 달구어 하늘을 깁을 때 大荒山 無稽 벼랑에서 높이 열두길에 너비 스물네 길이나 되는 우둔한 돌 3만 6천 5백 1개를 달구었다. 그때 여와씨는 오직 3만 6천 5백 개를 사용하고 홀로 한 개를 사용하지 않고 남겨두어 靑硬峰 아래에 버려두었는데, 누가 알았으랴! 이 돌이 스스로 단련을 거친 뒤에 신비한 성질에 달통하여 혼자 마음대로

곳을 찾게 한다. 이때가 바로 해탈의 순간이다. 왕궈웨이는 이러한 해탈의 방법을 다음과 같이 말한다.

> 해탈에는 두 가지가 있다. 하나는 타인의 고통을 바라보는 데 있고, 다른 하나는 자신의 고통을 각성하는 데 있다. 그러나 전자의 해탈은 오직 비범한 사람만이 할 수 있으며 그 고상함은 후자에 비해 백 배나 되고 그 어려움 또한 백 배나 된다. 그러나 성공이라는 측면에서 본다면 둘 다 같다. 보통사람은 그 해탈이 고통을 '체험'함으로써 이르게 되는 것이지 고통을 안다는 것으로 되는 것이 아니다. 오직 비범한 사람만이 비범한 지혜로 우주 인생의 본질을 통찰하여 비로소 삶과 고통이 서로 떨어질 수 없다는 것을 안다. 그러나 해탈로 가는 길에 저 삶의 요망이 여전히 때때로 일어나 서로 겨루면서 각종의 환영이 생겨나니 소위 악마라는 것은 이와 같은 환영의 화신에 불과하다. 그러므로 보통의 해탈은 자신의 고통에 존재하며 저 삶의 욕망은 그 만족을 얻지 못함에 따라 더욱 강렬해지고, 또한 더욱 강렬해짐에 따라 더욱 그 만족을 얻지 못한다. 이와 같이 순환하면서 실망의 상태에 빠져 마침내 우주 인생의 진상을 깨닫고 문득 잠시 쉴 곳을 찾는다. 그는 기질을 완전히 바꾸고 고락의 밖으로 벗어나 지난날에 집착했던 것을 하루아침에 버린다. 삶을 화로로 삼고 고통을 재로 삼아 해탈의 솥을 만든다. 그는 삶의 욕망에 지쳤으므로 그 삶의 욕망은 다시 일어나 더 이상의 환영은 되지 못한다. 이것이 보통 사람이 해탈하는 상태이다.[33]

크게 할 수도 있고 작게 할 수도 있었다. 그리하여 모든 돌이 하늘을 깁을 수 있었는데 오직 자기만이 재주가 없어서 선발되지 못하였다는 것을 알고 마침내 스스로 원망하고 후회하며 밤낮으로 슬퍼하였다"는 구절을 들고 있다.

33) 王國維, 「紅樓夢評論」, 앞의 책, 1987, 8~9면. "通常之人, 其解脫由于苦痛之閱歷而不由于苦痛之知識. 唯非常之人, 由非常之知力而洞觀宇宙人生之本質, 始知生活與苦痛之不能相離, 由是求絶其生活之欲而得解脫之道. 然于解脫之途中, 彼之生活之欲猶時時起而與之相抗, 而生種種之幻影, 所謂惡者, 不過此等幻影之人物化而已矣. 故通常之解脫存于自己之苦痛, 彼之生活之欲因不得其滿足而愈烈, 又因愈烈而愈不得其滿足, 如此循環而陷于失望之境遇, 遂悟宇宙人生之眞象, 遽而求其息肩之所. 彼前變其氣質且超出乎苦樂之外, 擧昔之所執着者, 一旦而舍之, 彼以生活爲爐, 苦痛爲, 而鑄其解脫之鼎. 彼以疲于生活之欲故, 故其生活之欲不得復起而爲之幻影. 此通常之人解脫之狀能也."

그러나 인물이 자신의 삶의 역정을 고통스레 ‘기억’하지 않거나 ‘기억’하더라도 삶의 욕망이 내미는 또 다른 ‘현혹(眩惑)’에 지배당할 때, 그는 다시 삶의 욕망 속으로 전락하고 만다. 왕궈웨이는 이러한 서사를 ‘대단원(大團圓)’ 서사라고 명명한다. 중국인은 성격이 세속적이고 낙천적이어서 그 정신을 대표하는 희곡과 소설이 대부분 이 범주에서 벗어나지 못한다. 이러한 ‘대단원’ 서사가 바로 삶의 본질에 도달하지 못하고 욕망의 테두리 속에서 타락하게 되는 원인이다. 왕궈웨이가 『홍루몽』을 비극 중의 비극이라고 극찬하는 것은 ‘대단원’ 서사의 유혹에서 벗어나 ‘기억’의 서사를 구현하기 때문이다. ‘대단원’ 서사는 삶의 고통에 대한 망각의 서사이자 삶의 본질을 통찰하지 못하는 유희의 서사에 불과하다.

‘기억’의 서사가 ‘대단원’의 서사로 타락하는 것을 방지하기 위해선 인간의 ‘숭고’한 정신이 요청된다. 왕궈웨이는 ‘숭고’를 “사물이 우리에게 크게 불리하여 우리의 삶의 의지가 그것 때문에 파열되고 그로 인해 의지가 숨어버리고 지력이 독립적으로 작용하여 그 사물을 깊이 관찰하는 것을 숭고미라 하고 그 감정을 숭고미의 감정”[34]이라고 정의한다. 칸트에 따르면, 이성적인 것에 대한 감성적인 것의 ‘불충분성’은 숭고의 체험을 위한 전제 조건이다. 이성과 자연 그리고 유한과 무한의 대립이 없는 곳에서는 숭고에 대한 어떤 미적 체험도 존재하지 않는다. 그 두 대립항이 더욱더 첨예하게 대립하면 할수록, 그리고 이성과 이념의 초감성적인 것 일반에 비해 우리의 상상력과 감성적인 것들 전체가 더욱더 불충분한 것이라고 판명되면 될수록, 그리하여 결과적으로 우리의 정신이 우리 자신의 감성적 표상 능력과 우리를 둘러싸고 있는 감성적 자연의 현존만큼 더 높아지고 그만큼 더 숭고해지는 순수한 정신의 고

---

34) 王國維,「紅樓夢評論」,『王國維文學美學論著集』(周錫山 編校), 北岳文藝出版社, 1987, 4면. “若此物大不利于吾人, 而吾人生活之意志爲之破裂, 因之意志遁去, 而知力得爲獨立之作俑, 以深觀其物, 吾人爲此物曰壯美, 而謂畿感情曰壯美之情.”

양을 경험하는 것이다. 왜냐하면 순수이성의 이념은 오직 상상력의 한계, 그 어둠의 심연을 통해서 자신을 부정적인 방식으로만 드러낼 수 있기 때문이다. 그러므로 절망이 없는 곳에 숭고는 없다. 정확하게 말하자면, 여기서 절망이 따로 있고 숭고가 따로 있는 것이 아니라 인간이 자신의 감성적 현존에 대하여 좌절하고 절망한다는 사태 자체가 사실은 인간의 숭고함의 표현이다.[35]

그런데 「홍루몽평론」에서 말하는 숭고는 「미학에서 고아의 위치[古雅之在美學上之位置]」에서 말하는 숭고와 그 의미 차이가 존재한다. 「미학에서 고아의 위치」에서는 우미와 숭고의 개념을 모두 이해관념 밖으로 초월하여 그 대상의 형식을 달관하는 것으로 인식하여, 「홍루몽평론」과 같은 숭고한 감정의 의미가 없다. 이것은 쇼펜하우어의 숭고 개념에 가깝다. 그러나 「홍루몽평론」에서는 숭고를 비극과 연관시키면서 숭고한 감정과 비극적 효과를 같은 맥락에서 파악하고 있다. 그리고 비극이 인간의 정서를 감동시켜 승화한다는 아리스토텔레스의 『시학』을 인용하면서 미학상의 최종적인 목적은 윤리학상의 목적과 일치한다고 보고 있다. 이것은 칸트의 숭고 개념에 접근한다. 왕궈웨이가 사용하는 '숭고' 개념 속에는 순수 직관적인 의미와 숭고한 감정의 의미가 모순적으로 통합되어 있는데, 「홍루몽평론」에서 사용하는 숭고는 칸트의 숭고 개념에 근접한다고 할 수 있다.

숭고는 인식주체와 객관사물이 특정한 상황 속에서 만날 때 발생하는 미적 체험이라는 면에서 공통점을 지니지만, 주체와 객관이 관계하는 형식에 따라 여러 가지 의미로 해석할 수 있다. 첫째, 독자와 작품 사이에서 발생하는 것으로, 독자가 작품 『홍루몽』의 기보옥(賈寶玉)과 임대옥(林黛玉) 등의 인물의 행위를 보면서 느낄 수 있는 '미적 체험'으로 볼 수 있다. 둘째, 작품 속의 인물과 작품 속의 상황 사이에서 발생한다.

---

35) 김상봉, 「칸트와 숭고의 개념」, 『칸트와 미학』, 민음사, 1997, 270~271면.

이것은 가보옥과 임대옥 등이 대관원에서 오랜 욕망의 체험을 하고 자신들의 운명이 비극적인 상황에 처하게 될 것임을 직관하면서 삶의 욕망에 연연해하지 않고 '비극'을 자신의 피할 수 없는 운명으로 받아들이는 순간에 드러나는 인물의 '정신'으로 볼 수 있다. 셋째, 작가와 현실 사이에서 발생하는 것이다. 대부분 중국의 소설과 희곡이 대단원으로 결말짓는 '현혹'으로 빠지는 반면,『홍루몽』은 작가 자신의 삶의 체험을 바탕으로 인생의 비극성을 통찰하고 '비극'으로 작품을 마무리하는데, 이 과정에서 드러나는 작가의 '정신'으로 볼 수 있다. 물론 '숭고'에 대한 이 세 가지의 해석은 분리되지 않으며, 그 사이에서 인식주체이자 독자이며 혹은 작가와 자신을 동일시하고 있는 왕궈웨이의 '정신'이 긴장감을 유지하고 있다. 이렇게 볼 때, 「홍루몽평론」의 숭고는 순수한 미적 인식의 차원보다는 삶의 욕망과 비극 혹은 비극과 해탈 사이에서 긴장감을 형성하는 인간의 '정신'의 문제에 주목한다고 할 수 있다.[36]

이런 관점에서 숭고의 정신을 기억의 서사와 연결시키면 다음과 같이 해석할 수 있을 것이다. 삶의 고통이 극에 달한 인간이 그 상황을 자신의 공포나 소망과 같은 개별적이고 개인적인 감정으로 대하는 것이 아니라, 이것은 자신을 포함한 인류 전체가 운명적으로 받아들일 수밖에 없는 삶의 본질임을 깨닫고, 더 이상 삶의 욕망에 연연해하지 않고 잠시 쉴 곳을 찾는다. 이 순간은 고통스런 삶의 끝머리와 해탈의 가능성이 조우하는 '경계'로 숭고의 정신이 그 사이에서 긴장감을 유지한다. 이것은『도화선(桃花扇)』의 주인공이 "세상의 변화를 목격하고 몸소 체험하였지만 스스로 깨달을 수 없다가 장도사(張道士)의 한 마디에 깨달았지만, 수천 리를 지나 예측불허의 모험을 하고 감옥 속으로 들어가 찾고 있는 여자를 한 번 보자 도사의 말을 하루아침에 버리는"[37] 그러

---

36) 이런 맥락에서 왕궈웨이는 「紅樓夢評論」 第2章의 제목을 '紅樓夢之超越意識'이 아니라 '紅樓夢之精神'이라고 명명하고 있다.

37) 王國維, 「紅樓夢評論」, 『王國維文學美學論著集』(周錫山 編校), 北岳文藝出版社,

한 일시적인 감정상태가 아니다. '기억'은 그 자체가 목적이 아니라 삶의 체험의 진정성을 유지하여 해탈의 영역에 도달하기 위한 방법이며, 숭고는 '기억'과 해탈 사이에 긴장감을 형성하여 본질의 세계에 진입하기 위한 정신의 힘이다. 이러한 맥락에서 왕궈웨이는 "해탈의 영역에 도달하려면 인간 세상의 우환을 맛보지 않으면 안 된다. 그러나 우환이 귀한 까닭은 그것이 해탈의 수단이 되기 때문이며 우환 자체의 가치를 중시하기 때문이 아니다"[38]고 한 것이다.

왕궈웨이는 『홍루몽』에서 이 순간(숭고미)을 가장 잘 보여주는 장면이 보옥과 대옥이 마지막으로 만나는 부분(제96회)이라고 지적한다. 그러나 이 장면에 대해 "우리를 감동시키는 것이 어떠한가? 조금이라도 미적 취향이 있는 자라면 감동치 않는 사람이 없을 것이다"[39]라는 평범한 말만을 덧붙인 채 자신의 분석을 생략하고 있다. 여기서 우리는 생략된 왕궈웨이의 분석을 복원함으로써 그의 『홍루몽』 독법에 한층 접근할 수 있을 것이다.

그들의 만남은 玉[40]을 매개로 한 신화적 인연에 의한 것으로 처음 만나는 순간부터 '어디선가 본 듯한 낯선 얼굴'이라는 느낌을 동시에 받는다. 그러나 그들의 전생의 인연은 이생에까지 이어지지 않아 그들은 서로 일정한 거리[隔]를 두고 그리워하는 것만이 허락될 뿐이다. 설보차[薛寶釵]는 어려서 금목걸이를 지니고 있었는데 보옥의 옥의 글귀와 보채의 금목걸이의 글귀가 대구를 이루어 보옥의 배필이 될 것임을 암시하고 있다. 보옥과 대옥의 이러한 이율배반적인 운명은 보옥과 보채가 결혼하게 되는 제96회에 이르러 거대한 힘으로 다가온다.

    1987, 10면. "滄桑之變, 目擊之而身歷之, 不能自悟, 而悟于張道士之一言; 且以歷數千里, 冒不測之險, 投누세之中, 所索之女子, 才得一面, 而以道士之言, 一朝而舍之."
38) 王國維, 위의 글, 4면. "欲達解脫之域者, 固不可不賞人世之憂患, 然所貴乎憂患者, 以其爲解脫之手段故, 非重憂患自身之價値也."
39) 王國維, 위의 글, 14면. "其動吾人之感情何如! 凡稍有審美的嗜好者, 無人不經驗之也."
40) '玉'과 '欲'은 중국어 발음이 'yu'로 동일하며 옥은 '욕망'을 상징한다.

그때 대옥은 보옥이 보채에게 장가간다고 월아주머니가 말하는 것을 들었다. 이때 대옥의 가슴속에 기름과 간장, 사탕과 초를 한꺼번에 부어넣은 것같이 달고 쓰고 시고 짜고 하여 그야말로 무슨 맛인지 형언할 수가 없었다. …… 말을 마친 대옥은 몸을 돌려 소상관으로 돌아가려 했다. 그런데 어찌 된 셈인지 몸은 갑자기 천근같이 무겁고, 두 다리는 솜을 밟고 있는 것처럼 휘청거리기만 했다. 대옥은 한 걸음 한 걸음 힘겹게 발을 옮겨 디뎠다. 그렇게 한참이나 걸었건만 걸음은 미처 심방교 근처에도 가지 못했다. 그럴 수밖에 없는 것은 다리가 휘청거려 걸음이 느렸던 데다가 정신이 흐리멍텅하여 길을 빙빙 돌다보니 두어 번 헛걸음을 했던 것이다. 그렇게나마 간신히 심방교 근처에 이르렀는데 이번에 또 자기도 모르게 둑을 따라 지금까지 오던 쪽을 향해 되돌아 걷기 시작했다. 자견은 그 사이 손수건을 찾아들고 뒤쫓아왔지만 대옥이 보이지 않았다. 이리저리 찾아가 보니 이게 어떻게 된 닐인가! 대옥은 얼굴이 백지장처럼 질려서 휘청거리는 몸을 간신히 가누고 있지 않는가! 두 눈은 꼿꼿해지고 발길은 자꾸만 한 곳에서 맴돌고 있었다. 어떻게 된 영문인지 알 수가 없어 자견은 급히 다가와 조심스레 물었다.

"아가씨, 왜 되돌아오시는 거예요? 어디로 가시려고 그러세요?"

대옥은 자견의 목소리가 어렴풋이나마 들렸던 모양으로 혼자소리로 대답했다.

"난 보옥 도련님께 물어보러 가는 길이야." …… 자견은 그냥 대옥을 부축하여 안으로 들어갔다.

그런데 어떻게 된 셈인지 대옥은 방금처럼 몸이 휘청거리지도 않았을 뿐 아니라 자견이 가 문발을 들어주기도 전에 손수 문발을 쳐들고는 안으로 들어서는 것이었다…….

방안에는 보옥이 앉아 있기는 했지만 대옥이 들어서는 것을 보고도 앉으라는 말 한마디 없이 그저 히죽히죽 웃고만 있었다.

대옥은 자기도 의자에 걸터앉아 보옥을 마주보며 피식피식 웃었다. 두 사람은 인사말 한마디 없이 앉으라는 소리도 하지 않고 그냥 마주 건너다 보며 멍한 웃음을 지었다.

이때 대옥이 별안간 보옥에게 물었다.

"도련님, 도련님은 무엇 때문에 병이 나셨어요?"

"난 대옥 아가씨 때문에 병이 났어!" 보옥이 웃으면서 대답했다.

보옥의 이런 대답에 기겁하듯 놀란 습인과 자견은 얼른 화제를 딴 데로 돌려보려 했다. 그러자 보옥과 대옥은 또다시 말을 잃고 먼저와 같이 웃기만 했다…….

자견은 대옥을 부축해 일으켰다. 대옥은 부축하는 대로 일어서더니 보옥을 뚫어지게 바라보며 웃으면서 고개를 끄덕였다.

"아가씨, 어서 돌아가 쉬시도록 하세요"

자견이 재촉했다.

"참말 그렇구나, 난 진작 돌아갔어야 하는 건데."

대옥은 그러면서 몸을 휙 돌려 웃으면서 밖으로 뛰쳐나가더니 시녀들의 부축도 받지 않고 자기 혼자 빠른 걸음으로 걸어가는 것이었다.[41]

피할 수 없는 운명의 끝에 직면한 그들은 삶의 위력 앞에 무기력한 자신을 인지하고 사적인 감정에 연연해하지 않는다. 그들의 마음속엔 처음의 만남에서 이 순간에 이르는 만남의 기억들이 고통스레 흘러가며 '멍한 웃음[呆笑]'[42]을 짓는다. 이것은 감정에 짓눌린 흐트러진 '울음'이나 모든 것을 초월한 듯한 '텅빈 웃음'이 아니다. 이것은 개인적인 욕망

---

41) 王國維, 「紅樓夢評論」, 『王國維文學美學論著集』(周錫山 編校), 北岳文藝出版社, 1987, 13면. "那黛玉聽着傻大姐說寶玉娶寶釵的話, 此時心裏正是油兒醬兒糖兒醋兒倒在一處的一般, 甛苦酸咸竟說不上什麼味兒來了. …… 自己轉身要回瀟湘館去. 那身子却有千百斤重的, 兩脚却象踏着棉花一般早已軟了, 只得一步一步慢慢地走將下來. 走了半天還沒到沁芳橋畔, 脚下愈加軟了, 朱的慢, 且又迷迷痴痴, 信着脚從那邊繞過來, 更添了兩箭地路. 這時剛到沁芳橋畔, 却又不知不覺的順着堤往前回裏走起來. 紫鵑取了絹子來, 却不見黛玉. 正在那裏看時, 只見黛玉顏色雪白, 身子恍恍蕩蕩的, 眼睛也直直的, 在那裏東轉四轉 …… 只得赶過來輕輕的問道, '姑娘怎麼又回去? 是要往哪裏去?' 黛玉也只模糊聽見, 隨口答道. '我問問寶玉去.' …… 紫鵑只得 他進去. 那黛玉却又奇怪了, 這時不似先前那樣軟了, 也不用紫鵑打簾子, 自己掀起簾子進來. …… 見寶玉在那裏坐着, 也不起來讓坐, 只瞧着嘻嘻的呆笑. 黛玉自己坐下, 却也瞧着寶玉笑. 兩個也不問好, 也不說話, 也無推讓, 只管對着臉呆笑起來. 忽然聽着黛玉說道. '寶玉, 你爲什 病了?' 寶玉笑道, '我爲林姑娘病了.' 襲人紫鵑兩個嚇得面目改色, 連忙用言語來岔. 兩個却又不答言, 仍舊呆笑起來. …… 紫鵑 起黛玉, 那黛玉也就站起來瞧着寶玉, 只管笑, 只管點頭兒. 紫鵑又催道, '姑娘, 回家去歇歇罷!' 黛玉道, '可不是, 我這就是回去的時候兒了.' 說着便回身笑着出來了, 仍舊不用丫環們扶, 自己却走得飛往常飛快."

42) '멍한'이란 의미의 '呆'는 위다푸 소설 속에서도 일상세계를 벗어나 환상세계로 진입하는 순간에 부사어 '呆呆地'로 자주 사용된다.

에서 터져 나오는 감정 표출이 아니라, 고통스런 기억의 저 심연에서
무의식적으로 터져 나오는 표정이다. 그 순간이 바로 존재의 문턱을 넘
어서는 '경계'이며, '멍한 웃음'은 그 경계를 드러내는 인물의 행위이다.
대옥이 '멍한 웃음' 지으며 "난 진작 돌아갔어야 하는 건데"라고 하는
말은, 제117회에서 보옥이 스님과의 대화에서 "제가 그 옥을 돌려 드리
죠"라고 하는 말과 상응한다.

> 제자로서 사부님께 여쭙겠습니다. "스님께서는 우주의 신비한 세계에서 오셨
> 습니까?" 스님이 말했다. "무슨 신비한 세계? 오는 곳에서 오고, 떠날 곳에서 떠
> 날 뿐이지. 나는 너의 옥을 돌려주려 왔다. 한번 물어보자. 그 옥은 어디에서
> 왔느냐?" 보옥은 순간 대답하지 못하였다. 그 스님이 웃으면서 말하였다. "네가
> 온 길도 모르면서 나에게 묻느냐?" 보옥은 본래 각성한 바가 있고 또한 교화를
> 거쳐 일찌감치 홍진을 간파하였는데, 단지 자신의 내력을 알지 못하다가 한번
> 그 승려가 옥에 대해 묻는 것을 듣자 마치 머리에 한 대 맞은 것처럼 말하였다.
> "스님께서는 돈을 쓸 필요가 없습니다. 제가 그 옥을 돌려 드리죠" 그 승려가
> 웃으면서 말하였다. "진작 돌려줄 것이지."43)

왕궈웨이는 『홍루몽』의 이 구절을 인용하고 나서 "소위 자신의 내력
을 깨닫지 못한 자들은 삶이 바로 자신의 한 생각의 잘못이며, 이 생각
이 스스로 만든 것인 줄을 모른다. 한 번 스님의 말을 듣자 비로소 이
불행한 삶이 자신의 욕망에 의해 비롯되었으며, 그것을 거절하는 것 또
한 자기 자신이 하지 않으면 안 된다는 것을 알아 이에 옥을 돌려드리
겠다는 말을 하였다. 소위 옥이라는 것은 삶의 욕망의 대표일 따름이다.

---

43) 王國維, 「紅樓夢評論」, 『王國維文學美學論著集』(周錫山 編校), 北岳文藝出版社,
1987, 7면. "弟子請問師父, 可是從太虛幻境而來? 那和尙道 : '什麼幻境! 不過是來處
來, 去處去罷了. 我是送還你的玉來的. 我且問你, 那玉是從那里來的? 寶玉一時對答
不來. 那和尙笑道 : '你的來路還不知, 便來問我!' 寶玉本來穎悟, 又經點化, 早把紅塵
看破, 只是自己的底里未知 : 一聞那僧問其玉來, 好象當頭一棒, 便說 : '你也不用銀
子了, 我把那玉還你罷. 那僧笑道 : 早該還我了!'

그러므로 홍진 속으로 이끄는 것은 저 두 사람이 하는 것이 아니라 우둔한 돌 자신일 뿐이며, 피안으로 올라가게 하는 것 역시 두 사람의 힘이 아니라 우둔한 돌 자신일 뿐이다. 이것이 어찌 유독 보옥 한 사람만 그러하겠는가? 인류의 타락과 해탈 또한 그 의지에 따른 것이다"44)고 말한다. 가보옥과 임대옥은 종교에의 귀의와 비극적인 자살이라는 상반된 길을 걷지만, 자신의 '삶의 욕망을 거절'하고 세속을 벗어난다는 의미에서는 동일한 형식이다. 이 두 가지 행위는 모두 삶으로부터의 '벗어남'에 관계한다. 그래서 왕궈웨이는『홍루몽』의 19년의 역사와 120회의 대서사시는 이 두 순간을 위해 바쳐진 것이며, 객관의 시인의 천재적인 역량이 유감 없이 발휘된 대목이라고 하는 것이다. 여기에『홍루몽』을 '기억의 서사'로 읽어내는 왕궈웨이의 독특한 독법이 숨어 있다.

이러한 독법은 비단 소설을 다룬 「홍루몽평론」뿐 아니라 희곡을 다룬『송원희곡고(宋元戲曲考)』에도 여실히 드러난다.

명 이후에 전기는 희극이 아닌 것이 없지만 원대에는 비극이 있다. 남아 있는 작품들에 대해 말해본다면,『한궁추』·『오동우』·『서촉몽』·『화소개자추』·『장천체살처』 등은 애초에 소위 처음에 헤어졌다가 나중에 만난다든가, 처음에는 곤란했다가 나중에는 형통한다는 내용이 없다. 그 중에서 가장 비극적인 성질이 있는 것으로 관한경의『두아원』과 기군상의『조씨고아』 같은 작품이 있다. 극 중에 비록 악인이 그 사이에 끼어 들어 일을 꾸미지만 물불 속으로 뛰어드는 것은 여전히 주인공의 의지에서 나온 것이므로 세계 대비극 중에 나열되어도 부끄러울 것이 없다.45)

---

44) 王國維, 위의 글, 7면. "所謂'自己的底里未知'者, 未知其生活乃自己之一念之誤, 而此念之所自造也. 及一聞和尙之言, 始知此不幸之生活, 由自己之所欲, 而其拒絶之也, 亦不得由子器, 是以有還玉之言. 所謂玉者, 不過生活之欲之代表而已矣. 故携入紅塵者, 非彼二人之所爲, 頑石自己而已; 引登彼岸者, 亦非二人之力, 頑石自己而已. 此豈獨寶玉一人然哉? 人類之墮落與解脫, 亦是其意志而已."

45) 王國維『宋元戲曲考』,『王國維戲曲論文集』, 中國戲劇出版社, 1984, 85면. "明以後, 傳奇無非喜劇, 而元則有悲劇在其中. 就其存者言之, 如「漢宮秋」,「梧棟雨」,「西蜀夢」,「火燒介子推」,「張千替殺妻」等, 初無所謂先離後合, 始困終亨之事也. 其最有

『송원희곡고』는 왕궈웨이가 "우리 중국에서 가장 부진한 것으로 희곡만한 것이 없다"[46]라는 문제의식하에 1912년 일본에서 완성한 것이다.『홍루몽평론』이 1904년 쓰여진 것을 감안하면 8년이란 시간차를 두고 출현한 것인데도, 그 비평원리인 '비극', '대단원 서사 비판', '주인공의 의지에 의한 욕망의 거절' 등은『홍루몽평론』에서 소설『홍루몽』을 비평할 때 사용했던 것과 상통한다. 사실『홍루몽평론』에서도 희곡 작품을『홍루몽』과 동일선상에서 비교하여 논술하고 있다. 이것은 무엇을 의미하는가? 왕궈웨이의 사유 속에는 희곡과 소설을 동등하게 비평할 수 있는 그 무엇이 내포되어 있다는 말이다. 그의 사유 속에는 소설과 희곡의 장르상의 차이나 위계적 질서가 존재하기보다는 그것이 삶을 다루는 방식과 그것을 통찰하는 원리가 어떠한지, 다시 말하면 삶에 관계하는 그 지식의 형태가 어떠한지에 궁극적 관심이 있다.[47] 그의 사유 속에서 소설과 희곡의 형식적인 구분은 무의미하다. 단지 그들 지식이 삶의 고통을 '기억'하고 본질을 통찰하여 '이념'의 세계에 진입하는 '문학'으로서의 의미만을 지닐 뿐이다. 이것은 그가 이 두 장르를 '객관의 시인'이 창조한 '기억의 서사'로 동일하게 인식하고 있기 때문이다.

悲劇之性質者, 則如關漢卿之「竇娥冤」, 紀君祥之「趙氏孤兒」. 劇中雖有惡人立構其間, 而其蹈湯赴火者, 仍出於其主人翁之意志, 卽列之於世界大悲劇中亦無愧色也."

46) 王國維,「自序」二,『王國維文學美學論著集』(周錫山 編校), 北岳文藝出版社, 1987, 245면. "吾中國文學之最不振者莫戲曲若."

47) 이런 입장에 설 때 왕궈웨이가 희곡의 비평기준으로 '의경', '자연', '곡사'를 든 이유를 이해할 수 있을 것이다. 이것은 서정 비평의 기준으로 희곡을 비평한 혼돈현상이 아니다. 그리고「文學小言」에서 "삼국연의는 순문학의 자격이 없다. 그러나 관우가 조조를 풀어주는 서술은 대문학가가 아니면 처리하지 못한다.『수호전』의 노지심,『도화선』의 유경정, 소곤생의 행위에는 정말 아무런 의의가 없다. 그러나 한 사람의 이해를 돌보지 않기 때문에 우리로 하여금 무한한 흥미를 생기게 하고, 무한한 존경을 드러내게 한다. 하물며 관우의 겸손에 있어서랴!"고 비평한 것도 모두 일반적인 서사 비평의 기준으로 논한 것이 아니다. 왕궈웨이의 사유 속에는 모든 장르가 '문학'적 지식으로 통합되며, 그것이 어떻게 삶의 본질을 통찰하고 정신의 위안을 제공하는가가 문제될 뿐이다.

4. 주관의 시인과 성정의 '진정성'

『인간사화(人間詞話)』는 주로 사를 대상으로 한 글이지만 그 속에 시나 소설, 희곡에 대해 다루거나 사와 비교하여 분석한 부분이 많다. 또 '주관의 시인'이란 말에서 보여지듯이 사를 지은 사람을 '사인'이라고 하지 않고 '시인'이라고 명명한다. 왕궈웨이는 「홍루몽평론」이 소설 『홍루몽』을 다루면서도 삶에 대한 철학적 해석을 주된 관심영역으로 삼듯이, 『인간사화』역시 형이상학적인 관심으로 사를 해석하고 있다. 물론 바라보는 관점에 따라 이를 문학 장르에 대한 왕궈웨이의 불명료한 인식이라고 비판할 수도 있을 것이다. 그러나 왕궈웨이의 관심은 주로 시인과 그의 문학적 지식이 본질세계와 관계 맺는 방식에 있으며, 장르 사이의 차이나 분별은 그 다음의 문제라고 할 수 있다. 앞서 언급했듯이, 『인간사화』는 진실한 성정에 근본한 주관의 시인의 문학적 지식에 속한다. 객관의 시인이 현실 체험을 통해 세계의 본질을 통찰한다면, 주관의 시인은 체험보다는 진실한 성정에 기반하여 "진감정과 진경물이 있는" '경계'의 창출을 목적으로 한다. 이 지점에서 객관의 시인의 길과 주관의 시인의 길이 나누어진다.

그렇다면 주관의 시인이 창출하는 경계는 어떠한 문학세계인가? 이것은 『인간사화』 전체를 관통하는 근본물음이자 주관의 시인의 독자적인 영역이다. 왕궈웨이는 경계를 '자아가 있는 경계[有我之境]'와 '자아가 없는 경계[無我之境]'의 두 세계로 나눈다.

> (경계에는) 자아가 있는 경계와 자아가 없는 경계가 있다. "눈물 젖은 눈으로 꽃에게 물어보니 꽃은 아무 말이 없고, 붉은 꽃잎만이 어지러이 그네 위로 날아가네[淚眼問花花不語, 亂紅飛過鞦韆去]", "외로운 객사의 문 닫아도 봄의 한기 견딜 수 없고, 두견 새 우는 소리에 석양 저무네[可堪孤館閉春寒, 杜鵑

聲里斜陽暮]"는 자아가 있는 경계이다. "동쪽 울타리 밑에서 국화 꽃잎을 따다가, 한가로이 남산을 바라보네[采菊東籬下, 悠然見南山]", "차가운 물결 잔잔이 일어나고, 백조는 한가로이 내려오네[寒派澹澹起, 白鳥悠悠下]"는 자아가 없는 경계이다. 자아가 있는 경계는 자아의 눈으로 사물을 본다. 그래서 자아의 색채가 드러난다. 자아가 없는 경계는 사물로써 사물을 본다. 그래서 어느 것이 자아인지 어느 것이 사물인지를 알지(분별하지) 못한다.[48]

왕궈웨이는 이 두 경계의 구별을 '자아'의 있고 없음으로 간략히 설명하고, 정작 그 의미에 대해선 시(詞)로 예를 들어 은유할 뿐이다. 아마도 이 경계라는 것은 지시하고 명명하는 언어로는 다할 수 없는 뜻[言不盡意]이 있어서, 불가피하게 경계 있는 시를 통해 경계의 의미를 드러내려고 한 듯하다. 그래서 이 시의 의미를 해석하는 일이 바로 경계에 다가서는 통로가 된다.

먼저 '자아가 있는 경계'의 시에 대해 살펴보자. "눈물 젖은 눈으로 꽃에게 물어보니 꽃은 아무 말이 없고, 붉은 꽃잎만이 어지러이 그네 위로 나아가네"를 해석해보자. 시인은 눈물 젖은 눈으로 꽃에게 물어본다. 꽃에게 묻는 내용은 시인으로 하여금 눈물을 흘리게 만든 그 무엇이다. 시인은 자신을 고통스럽게 만든 그 무엇에 대해 꽃에게 묻는다. 그러나 그 꽃은 아무 말이 없이, 자신의 붉은 꽃잎을 그네 위로 날려보냄으로써 시인에게 말 아닌 말을 건넨다. 이 순간은 그네가 들쑥[入] 날쑥[出]하는 것처럼 시인의 고통의 기억(개인의 감정)과 꽃의 무언의 대화가 '경계'를 이루는 긴장된 상태이다. 시인은 꽃의 말을 인지하며 삶의 본질에 대해 통찰한다.

다음으로 "외로운 객사 문 닫아도 봄의 한기 견딜 수 없고, 두견새 우

---

48) 王國維, 「人間詞話」 3, 『王國維文學美學論著集』(周錫山 編校), 北岳文藝出版社, 1987. "有有我之境, 有無我之境. '淚眼問花花不語, 亂紅飛過鞦韆去.' '可堪孤館閉春寒, 杜鵑聲裏斜陽暮.' 有我之境也. '采菊東籬下, 悠然見南山.' '寒波澹澹起, 白鳥悠悠何者爲我, 何者爲物.'"

는 소리에 석양 저무네"를 해석해보자. 시인은 객사에 홀로 묵고 있다. 쓸쓸하게 느껴지는 외로움이 봄의 한기 때문이라 여겨 객사의 문을 닫는다. 그래도 시인의 외로움은 달래지지 않는다. 시인은 자신을 이토록 외롭게 만드는 그 무엇을 사유한다. 이때 시인은 망제(望帝)의 혼을 위로하는 듯한 두견새 우는 소리를 듣고, 대지를 검붉게 물들이는 석양이 지는 순간을 목도한다. 문득 시인은 자신의 외로움은 객사에 홀로 묵어서도, 봄의 한기 때문도 아님을 '기억'한다. 그리고 시인은 저무는 석양과 같은 삶 자체의 거대한 힘 앞에 무기력한 인간의 모습과 그 속에서 외로이 떨고 있는 시인을 위로하는 두견새의 울음소리를 발견한다. 마침내 시인은 이것이 거부할 수 없는 삶의 본질이고 자신의 운명임을 직관한다.

이 두 시는 인간의 고통에 대한 기억 속에서 삶을 통찰하는 순간에, 왕궈웨이의 말을 빌면 "움직임에서 고요함으로 가는 순간에 얻을 수 있는"[49] 시이다. 두 시 속에는 시인 개인의 감정[淚, 孤]과 욕망하는 행위[問, 閉]가 드러나 있다. 그러나 이 시들이 인간의 욕망적 감정만을 표출하는 상태로 머물렀다면, 왕궈웨이는 여기에 경계라는 신성한 말을 덧붙이지 않았을 것이다. 시인은 이러한 체험의 기억을 바탕으로 사물의 실상에 관한 말[飛過, 暮]을 발견하고 그 의미를 통찰한다. 그래서 왕궈웨이는 이 시를 "자아의 눈으로 사물을 보"아 "자아의 색채가 드러나는" '자아가 있는 경계'라고 한 것이다. 여기서 자아는 단순히 개인적인 감정을 표출하는 자아가 아니라 삶의 고통스런 체험을 통해 우주의 진상에 대해 통찰하는 순간의 자아를 의미한다. 만약 인간의 삶에 대한 통찰 없이 개인의 감정만을 드러낸 것이라면, 그러한 시는 자신의 신세에 대한 느낌을 말하는 것에 불과하다.

니체는 "모든 문학 가운데서 나는 혈서로 쓴 것을 좋아한다"고 말한다. 이욱의 사는 참으로 이른바 혈서로 쓴 것이다. 송의 도군 황제의 「연산정」 또한 대

---

49) 王國維, 「人間詞話」 4, 위의 책, 1987. "于由動之靜時得之"

략 그것과 비슷하다. 그러나 도군은 자기 신세에 대한 느낌만을 말한 것에 불과하고, 이욱은 정중히 석가와 그리스도가 인류의 죄악을 짊어진 뜻을 지니고 있다. 그래서 그 사의 깊이가 진실로 같지 않다.[50]

　　왕궈웨이는 이러한 경계를 구현한 시를 '굉장(宏壯)'하다고 말한다. 이 '굉장'은 '자아가 없는 경계'의 '우미(優美)'와 상대하고 있는 것으로 보아 「홍루몽평론」에서 논하는 '숭고미[壯美]'와 상통한다. 그래서 이 '자아가 있는 경계'의 시는 개인의 고통의 체험과 본질에 대한 통찰이 공존한다는 측면에서 볼 때, 객관의 시인의 기억의 서사가 관계하는 영역과 공유하며, 서사의 거대한 편폭을 한 순간에 응축해 놓은 것이라고 볼 수 있다.

　　다음으로 '자아가 없는 경계'에 대해 살펴보자. 이 두 시는 시인의 개인적 감정 색채는 물론이고 시인 자신의 모습도 잘 드러나지 않는다. 앞의 시에는 국화 꽃잎을 따는 주체로서 시인이 시 속에 존재하지만, 시인 자신도 그 풍경의 일부가 되어 동화됨으로써 그 모습이 구별되지 않는다. 이것은 '자아가 있는 경계'의 시 속에 시인의 감정이 확연히 노출되어 있는 것과 다르다. 뒤의 시에는 시인의 모습이 시 속에서 완전히 사라져 단지 '보는 자[見者]'로서 존재할 뿐이다. 시인은 물결이 일렁거리며 백조에게 손짓하자 백조가 날아들어 서로의 뜻을 상응하는 그 평화로운 순간을 바라본다. 이때 시인은 "보는 것이 진실이고 인지한 것이 깊은"[51] 순수한 직관을 소유한다. 두 시인은 개인적 탐구와 주관적 체험의 총체성을 바탕으로 '현상의 숲'을 지나 자신조차도 그 일부분이 되는 실재 세계로 스며든다. 그 곳에서 시인은 더 이상 자신의 삶의 고통에 대한 기억이 필요치 않다. 그것은 욕망의 두께를 통과하고

---

50) 王國維, 「人間詞話」 18, 『王國維文學美學論著集』(周錫山 編校), 北岳文藝出版社, 1987. "尼釆謂：'一切文學, 余愛以血書者.' 後主之詞, 眞所謂以血書者也. 宋道君皇帝 「燕山亭」詞亦略似之. 然道君不過自道身世之感, 後主則儼有釋迦, 基督擔荷人類罪惡之意, 其大小固不同矣."

51) 王國維, 「人間詞話」 56, 위의 책, 1987. "其所見者眞, 所知者深也."

본질을 통찰하기 위해 요청되는 것이지 그것 자체가 목적이 아니기 때문이다. 그것은 인간의 삶을 '잊어버리기' 위한 '기억'인 것이다. 그곳은 주관과 객관, 현상과 실재, 자아와 사물 등이 구별되지 않고 혼연일체된[52] 평화의 공간이자 안식처이다. 그 곳은 인간의 관성적인 감각과 욕망의 눈으로는 포착될 수 없는 새로운 질서와 조화의 세계이다. 시인은 그곳에서 만난 사물과 자연스레 대화하거나 노래 소리를 듣는다.[53] 그것은 인간의 감각과 언어로 표현불가하며 그들의 눈으로 그들을 바라보고 그 세계의 언어로 그들의 감정을 말할 수 있을 뿐이다.[54] 시인은 그저 바라보고 말하기만 하면 된다. 이러한 맥락에서 왕궈웨이는 다음과 같이 말한다.

> "붉은 살구나무 가지 끝 봄 그리는 마음 시끌거리네[紅杏枝頭春意鬧]"는 "뇨(鬧)"자를 씀으로써 경계가 완전히 드러난다. "구름 사이로 달빛 내리니 꽃이 그림자를 희롱하네[雲破月來花弄影]"는 "농(弄)"자를 씀으로써 경계가 완전히 드러난다.[55]

왕궈웨이는 왜 "뇨(鬧)", "농(弄)" 두 자가 두 시의 경계를 완전히 드러낸다고 생각했을까? "뇨(鬧)"자는 살구나무가 봄을 그리워하는 마음을 마치 인간이 봄 그리워하는 마음을 호들갑스럽게 표출하듯이 발랄한 생명력을 불어넣어 준다. "농(弄)"자는 꽃이 달빛 내릴 때면 언제나 나타나는 자신의 그림자에게 마치 인간이 친숙한 이에게 짓궂게 대하는 것처럼 그에 대한 정겨움을 느끼게 해준다. 두 글자는 모두 시인이 사물 속으로 진입하여 사물의 말소리를 엿들은 것으로 고요한 순간을 활기찬

---

52) 王國維, 「人間詞話」 3, 위의 책. "不知何者爲我, 何者爲物."
53) 王國維, 「人間詞話」 61, 위의 책. "與花鳥共憂樂."
54) 王國維, 「人間詞話」 52, 위의 책. "以自然之眼觀物, 以自然之舌言情."
55) 王國維, 「人間詞話」 7, 위의 책. "'紅杏枝頭春意鬧', 着一'鬧'字而境界全出. '雲破月來花弄影', 着一'弄'字而境界全出矣."

움직임에 가득차게 한다. 이 두 글자 덕분에 살구나무와 꽃은 자신의 존재감이 무한히 증대되는 순간을 맞이하게 된 것이다. 그래서 왕궈웨이는 이 두 자가 시의 '경계'를 완전히 드러낸다고, 다시 말하면 무감동한 사물에서 생명 있는 사물로 탄생시켰다고 본 것이다.

왕궈웨이는 '자아가 있는 경계'와 '자아가 없는 경계'가 숭고미와 우미를 구현한 경계 있는 시라고 인식한다. 그리고 그 두 가지 경계에 대해 "옛 사람들의 사에는 '자아가 있는 경계'를 묘사한 것이 많지만 애초부터 '자아가 없는 경계'를 묘사할 수 없었던 것은 아니다. 이것은 다만 호걸한 선비들만이 스스로 수립할 수 있을 따름이다"고 한 것으로 보아, '자아가 없는 경계'에 상대적인 우위를 인정한다. 그러나 그것은 경계가 있고 없음만큼 질적인 차이를 지니는 것은 아니다. 왕궈웨이는 「홍루몽평론」에서 우미를 숭고미보다 한 차원 높은 상태로 평가하지만, 사물과의 이해관계를 잊게 한다는 측면에서는 우미와 다를 바가 없다고 인식한다. 그리고 해탈의 방법에서도 타인의 고통을 바라보며 해탈하는 것은 비범한 사람만이 가능한 것이고, 자신의 고통을 통해 각성하는 것은 보통 사람의 방법이지만, 해탈의 측면에서는 동일하다고 말한다. 실제로 왕궈웨이가 『인간사화』에서 다루고 있는 작품은 대부분 '비장(悲壯)'·'처완(悽宛)'·상심('傷心')·'우생(憂生)'·'우세(憂世)'한 것이다. 이것은 굳이 따지자면 '자아가 있는 경계'에 속하는 작품들이다. '호걸한 선비' 즉, 지력이 비범한 천재가 쓴 소수의 작품들만이 '자아가 없는 경계'에 속한다. 이렇게 볼 때 왕궈웨이 역시 '자아가 없는 경계'는 얻기 힘들다는 사실을 선배들의 작품을 통해 인지하고 있으며, 우선의 관심은 "진감정과 진경물이 있는" 경계 자체에 있었던 것으로 보여진다. 그래서 왕궈웨이에게 더욱 중요한 문제로 다가온 것이 바로 '경계'에 도달할 수 있는 시인의 가능성의 조건이 된다.

왕궈웨이는 주관의 시인은 성정의 진정성에 기반해야 한다고 말한다. 이것은 주관의 시인이 구비해야 할 '인격'의 문제를 제기하는 것이다. 「문

학소언(文學小言)」에서 왕궈웨이는 고상한 문학의 창작을 위대한 인격의
문제와 연관시켜 사유한다.

> ① 삼대 이하 시인들은 굴원·도연명·두보·소식을 능가하지 못한다. 이 네
> 사람이 만약 천재가 아니라 하더라도 그 인격은 또한 영원히 전해질만 하다.
> 그래서 위대한 인격 없이 고상하고 위대한 문학이 있는 경우는 거의 드물다.[56]

> ② 천재란 수십 년에 한번 나오거나 수백 년에 한번 나오는데, 반드시 학문
> 으로 구제하고 덕성을 스승으로 받들어야 비로소 진정으로 위대한 문학을 탄
> 생시킬 수 있다. 이것이 바로 굴원·도연명·두보·소식 등이 넓은 세상에서
> 한번에 만나지 못하는 이유이다.[57]

여기서 왕궈웨이는 위대한 문학의 창작을 천재와 연결시키는 사유에
서 벗어나 인격의 문제를 제기한다. 인격론은 왕궈웨이의 독창적인 사유
가 아니라 전통 시론의 시품 인품론에서 기원하는 뿌리깊은 문제이다.
시는 시인의 인품에서 발생하고 "자신의 감정 묘사를 위주로 한다"[58]는
것은, 예술의 임무를 인간의 욕망(의지)을 끊어버리고 해탈하는 데 목적
이 있다는 「홍루몽평론」의 정의와는 사뭇 다르다. 이것은 천재의 직관(지
력)에 의지하여 사물과의 이해관계에서 벗어나 본질 세계로 진입하는 것
을 최고로 삼는다. 그러나 왕궈웨이의 인격론이 천재의 직관을 부정하는
것은 아니다. ②에서 알 수 있듯이, 천재만으론 진정한 문학을 창출할 수
없으며 반드시 학문과 덕성이 결합되어야 비로소 위대한 문학이 가능하
다고 인식한다. 이것은 문학이 비범한 천재만의 독점물이 아니며 일반

---

56) 王國維, 「文學小言」 6, 『王國維文學美學論著集』(周錫山 編校), 北岳文藝出版社,
   1987, 26면. "三代以下詩人, 無過於屈子, 淵明, 子美, 子瞻者. 此四者者苟無文學之天
   才, 其人格亦自足千古. 故無高尙偉大之人格, 而有高尙偉大之文學者, 殆未之有也."
57) 王國維, 「文學小言」 7, 위의 책, 26면. "天才者, 或數十年而一出, 或數百年而一出,
   而又須濟之以學問, 帥之以德性, 始能産眞正之大文學. 此屈子, 淵明, 子美, 子瞻等
   所以曠世而不一遇也."
58) 王國維, 「屈子文學之精神」, 위의 책, 31면. "以描寫人生爲事."

사람들도 인격 수양여부에 따라 진정한 문학을 창조할 수 있다는, 시인이 가능한 조건의 확장이다. 이것은 왕궈웨이가 비범한 사람만이 가능한 우미를 보통 사람들이 가능한 숭고와 동일하게 평가하는 것과 상통한다. 그런데 왜 왕궈웨이는 이러한 천재론에서 탈피하여 전통적인 인격론으로 되돌아가는 것인가?

왕궈웨이는 「홍루몽평론」의 제4장 '홍루몽평론의 윤리학상의 가치'에서 쇼펜하우어의 윤리학설에 대해 의문을 제기한다. 왕궈웨이는 앞 3장까지는 쇼펜하우어의 의지설과 예술의 임무를 충실하게 따르고 있지만, 4장에서는 쇼펜하우어의 윤리학설에 대해 본격적으로 의문을 품는다. 쇼펜하우어는 개인의 의지부정을 통해 삶에서 해탈하는 것을 최고의 목적으로 삼는다. 그런데 "쇼펜하우어의 철학에 따르면 모든 인류와 만물의 근본은 하나이다. 그래서 쇼펜하우어가 말하는 의지거절설을 충족시키려면, 인류와 만물이 각각 그 삶의 의지를 거절하지 않으면 안 된다."[59] 왕궈웨이는 이 지점에서 만물의 한 부분에 불과한 개인의 해탈을 통해 세계의 해탈이 가능하다는 쇼펜하우어의 논리가 자기 모순에 빠져 있다고 비판한다. 그래서 쇼펜하우어의 해탈설이 일시적이고 가상적이어서 인간의 도덕규범이 되기에는 부적절하다고 인식한다. 왕궈웨이는 「성을 논함[論性]」에서 쇼펜하우어의 의지설에 내포된 자기 모순을 "쇼펜하우어는 인간의 근본은 생활의 욕망이라고 말한다. 그러나 생활의 욕망을 거절하려는 마음은 어디에서 나오는가"[60]라고 반문한다. 다시 말하면, 인간의 삶이 생활 욕망에 대한 의지라면, 쇼펜하우어가 말하는 의지를 거절하는 천재의 지력은 도대체 어디에서 기원하는 것인가에 대해 의문을 제기하는 것이다. 이것은 마치 순자가 인간의 성악설을 제기하면서 그 구원 방

---

59) 王國維, 「紅樓夢評論」, 『王國維文學美學論著集』(周錫山 編校), 北岳文藝出版社, 1987, 17면. "夫由叔氏之哲學說, 則一切人類萬物之根本, 一也. 故充叔氏拒絶意志之說, 非一切人類萬物, 各拒絶其生活之意志, 則一人之意志亦不可得拒絶."

60) 王國維, 「論性」, 위의 책, 115면. "叔本華曰 : '吾人之根本, 生活之欲也.' 然所謂拒絶生活之欲者, 又何自來歟?"

법으로 성인의 예악을 요청하지만, 그 성인은 인간이 아니면 누구란 말인가라고 반문하는 것과 유사하다. 왕궈웨이는 중국의 인성론이 경험적인 지식으로 인성의 문제를 해결하려다가 오히려 이원론적인 자기 모순을 드러낸 것처럼 쇼펜하우어 역시 그러한 혐의에서 자유롭지 못하다고 비판한다. 여기서 왕궈웨이는 천재론의 모순점을 감지하고 인간의 인격과 그에 기반한 문학의 가능성을 모색한다.

왕궈웨이가 주관의 시인에게 천재의 지력이 아니라 성정의 진정성을 요청하는 것은 바로 이러한 인격론에서 기원한다. 왕궈웨이는 삶의 고통을 감내하면서 강인한 인격과 직관으로 삶의 본질을 통찰하는 시인을 갈망한다. 왕궈웨이는 중국의 역대 시인 중에서 굴원을 가장 이상적인 시인으로 인식한다. 그래서 왕궈웨이는 굴원의 문학 정신을 통해 주관의 시인이 구비해야 할 가능성의 조건을 사유한다. 그는 「굴원문학의 정신[屈子文學之精神]」에서 "세상을 피하여 고민 없이 조용하게 인생을 자득하는"[61] 남방문학의 유희성을 비판하고 '유머'적 현실인식과 진지한 감정을 강조한다. 이 '유머'는 일반적 의미의 웃음이나 수사학적 기교가 아니라 삶의 대립적인 양면을 통찰하고 그 사이의 긴장감을 유지하는 인식원리이다. 쇼펜하우어의 『의지와 표상으로서의 세계』에 따르면, 유머는 외양은 농담이지만 내포는 엄숙한 것으로 일종의 무거운 혹은 진지한 농담이라고 할 수 있다. 이것은 현실과의 화해와 불화라는 긴장 속에서 차마 꿈을 버리지 못하는 시인의 세계관을 설명한다. 시인은 원초적으로 현실에 대한 애정을 품지만 현실은 그 사랑을 받아주지 않는다. 시인은 현실과 삶이 합치되지 못하는 비애감과 슬픔이 극단으로 치닫는 것을 조절하여, 여유와 부드러움을 통해 다시 한번 강인한 정신을 연마할 수 있는 휴지기를 가지게 된다.[62] 왕궈웨이는 굴원이 자신의 현실에 관계하는 방식을 "그가 사회를 보는 것도 어느 때는 원수 같이 여기다가 어느 때는 친하게 여

---

61) 王國維, 「屈子文學之精神」, 위의 책, 31면. "有遁世無悶, 屈然自得以沒齒者矣."
62) 류창교, 「왕궈웨이의 굴원예찬론」, 『중국문학』 제27집, 310면 참조.

긴다. 이렇게 순환하다가 드디어 유머의 인생관을 형성한다"[63]고 인식한
다. 하지만 유머적 인생관에서 왕궈웨이가 주목하고자 한 부분은 삶의
대립적 인식 자체가 아니라 그 대립을 의미 있게 만드는 그 무엇이다. 그
가 '가볍다'고 비판한 남방문학 역시 삶을 대립적으로 바라보는 인식론
에서 연원한 것이기 때문이다. 다시 말하면, 굴원이 현실세계와 이상세계
를 넘나들면서도 초월세계와 유희의 세계에 머무르지 않고 다시 현실 속
에서 자신의 자유정신을 추구하는, 두 세계 사이에서 끊임없이 '긴장상
태'를 이루게 만드는 그 무엇이다. 왕궈웨이는 이것을 굴원의 '진지(肫摯)'
한 감정이라고 명명한다. 이 진지한 감정이 굴원의 내면에 굳게 자리함
으로써 굴원이 남방문학의 풍토 속에서 성장했음에도 불구하고 유희적
인 '위안'의 문학으로 전락하지 않은 것이다. 유머적 인생관은 진지한 감
정과 결합될 때만이 그 인식의 풍부성을 담지할 수 있는 것이다. 그래서
왕궈웨이는 "요컨대 시가는 감정의 산물이다. 비록 그 속에 상상의 원질
(지력의 원질)이 있다 하더라도, 반드시 진지한 감정을 바탕으로 삼아야 이
후에 '원질'이 드러난다"[64]고 한 것이다.

   이런 맥락에서 볼 때, 『인간사화』는 역대 시인들의 성정의 진정성에
대한 왕궈웨이의 탐구로 읽을 수 있을 것이다. 『인간사화』에서 왕궈웨
이는 성정의 진정성이 발현되는 과정을 다음과 같이 은유화한다.

   고금에 위대한 업적과 학문을 이룩한 사람은 모두 세 가지의 경계를 거쳤다.
   "어제 밤 서풍에 푸른 나무 시들었네, 홀로 높은 누대에 올라, 하늘에 닿는 길
   을 한없이 바라보네[昨夜西風凋碧樹, 獨上高樓, 望盡天崖路]." 이것이 첫 번
   째 경계이다. "허리띠 점점 느슨해져도 끝내 후회하지 않고, 그댈 위해서라면

---

   63) 王國維, 「屈子文學之精神」, 『王國維文學美學論著集』(周錫山 編校), 北岳文藝出
       版社, 1987, 31면. "故彼之視社會也, 一時以爲寇, 一時以爲親, 如此循環, 易遂生歐穆
       亞(Humour)之人生觀."
   64) 王國維, 위의 책, 33면. "要之詩歌者, 感情的産物也. 雖其中之想像的原質, (卽知力
       的原質) 亦須有肫摯之感情, 爲之素地, 而後此原質乃顯."

초췌한들 어떠리[衣帶漸寬終不悔, 爲伊消得人憔悴]." 이것이 두 번째 경계이다. "온 세상 그대 찾아 수없이 헤매다, 고개 돌려 문득 바라보니, 그대는 바로 등불 희미해져 가는 곳에 있구나[衆里尋他千百度, 回頭驀見, 那人正在燈火闌珊處]." 이것이 세 번째 경계이다. 이와 같은 말은 위대한 사인이 아니라면 말할 수 없는 것이다. 그렇지만 이런 뜻으로 여러 사를 해석하는 것은 안수나 구양수 등이 허락하지 않을지 모른다.65)

왕궈웨이는 안수(晏殊)·구양수(歐陽修)·신기질(辛棄疾)의 사를 통해 진정한 시가 창출되는 과정을 은유화한다. 첫 번째 경계는 안수의 「접연화(蝶戀花)」를 빌어 체험의 진정성을 은유한다. 시인은 세상의 변화를 몸소 체험하며 삶의 본질이 무엇인지에 대해 사유하기 시작한다. "어제 밤 서풍에 푸른 나무 시들었네"는 푸른 생명이 한 순간에 시들어가는 세상의 변화를 체험하는 것이며, "홀로 높은 누대에 올라, 하늘에 닿는 길을 한없이 바라보네"는 현실의 고통 체험을 바탕으로 우주와 인생의 본질에 관한 문제를 고뇌하는 것이다. 두 번째 경계는 구양수의 「접연화」를 빌어 수양의 진정성을 은유한다. 시인은 현실의 고통과 현혹에 굴하지 않고 정신적 자유 상태를 추구하기 위하여 내면을 수양한다. "허리띠 점점 느슨해져도 끝내 후회하지 않고"는 내면 수양 과정의 고통을 말하는 것이며, "그댈 위해서라면 초췌한들 어떠리"는 수양의 고통을 감내한 후 도달할 수 있는 이상세계에 대한 의지를 말한다. 세 번째 경계는 신기질의 「청옥안(靑玉案)」을 빌어 직관의 진정성을 은유한다. 왕궈웨이는 "첫 번째와 두 번째 단계를 거치지 않고 세 번째 단계로 들어갈 수 있는 경우는 없다. 문학 또한 그러하다. 이것이 문학상의 천재 또한 막대한 수양이 필요한 까닭이다"66)고 말한다. 이 세 번째 경계가 바로 인

---

65) 王國維, 「人間詞話」 26, 위의 책. "古今之成大事業, 大學問者, 必經過三種之境界. '昨夜西風凋碧樹, 獨上高樓, 望盡天崖路.' 此第一境也. '衣帶漸寬終不悔, 爲伊消得人憔悴.' 此第二境也. '衆里尋他千百度, 回頭驀見, 那人正在燈火闌珊處.' 此第三境也. 此等語皆非大詞人不能道. 然據以此意解釋諸詞, 恐晏, 歐諸公所不許也."
66) 王國維, 「文學小言」 5, 위의 책, 26면. "未有不閱第一第二階級, 而能遽躋第三階級

격론과 천재론이 만나는 지점이다. 시인은 체험과 수양의 진정성을 바탕으로 삶의 본질에 대해 직관하며, 인간의 욕망의 굴레를 벗어나 정신의 무한한 자유로움을 구현한다. "온 세상 그대 찾아 수없이 헤매다"는 직관의 순간을 위한 체험과 수양의 과정을 말하며, "고개 돌려 문득 바라보니, 그대는 바로 등불 희미해져 가는 곳에 있구나"는 시인의 인격을 바탕으로 우주와 인생의 본질을 직관하는 것을 말한다. 주관의 시인은 이러한 체험과 수양과 직관의 진정성의 발현과정을 통해 경계 있는 시를 창조하는 것이다. 이것이 바로 주관의 시인이 경계 있는 시를 창조할 수 있는 가능성의 조건이다.

그래서 왕궈웨이는 경계 있는 시는 인간의 관성적인 감각이나 언어[羇套]로는 도달할 수 없다고 인식한다. 성정의 진정성에서 출발하지 않을 경우 경계와의 '거리[隔]'만이 넓어질 뿐이다. 나의 감정이 사물에 이입된 흔적이 남거나 사물을 나의 감정 세계로 '끌어당김'으로써, 나와 사물의 구별이 확연히 지워지지 않아 안개에 가린 듯[隔霧] 한 층이 가려진 듯[隔一層]한 현상이 '거리[隔]'이다. 이러한 '거리'는 순화되지 않은 감정의 여분들에 의해 조성되어 시의 경계를 가리거나 그것과의 '거리'를 더욱 '멀어지게[離隔]' 만든다. 경계는 '한 몸 상태[不隔]'일 때만 드러난다. 삶의 욕망 속에서 벗어나지 못하거나 사물과의 소통이 부재한 이가 타인의 언어의 모방을 통해 시를 지을 때 경계는 더욱 멀어진다. 경계는 관습을 통해 만들어진 상용구나 수사학적 포장물로는 도달할 수 없는 시적 충만함의 세계이기 때문이다. 경계는 '언어'를 통해 드러날 수밖에 없지만 결코 언어에 갇혀 있는 고정물이 아니다. 시인의 정감에 기반하지 않은 언어는 격조가 높다하더라도 경계 없는 언어의 껍데기에 불과하다. 그래서 왕궈웨이는 "엄우가 말하는 흥취나 왕사정이 말하는 신운은 그 껍데기[面目]를 말한 것에 불과하며, 내가 경계 두 자를 끄집어내어 그

者. 文學亦然, 此有文學上之天才者, 所以又需莫大之修養也."

본질을 탐구하는 것만 못하다"67)고 하고, "고금의 詞人 중에 격조가 높기로는 강기만한 자가 없다. 그러나 '의경'에 힘을 들이지 않아 언어 밖의 맛이나 울림 밖의 소리가 없어 끝내 일류 작가에 들어갈 수 없는 것이 애석하다"68)고 한 것이다. 그가 보기에, 흥취·신운·격조 등은 성정의 진정성에 기반하지 않은 채 언어적 측면에 주목한 논리에 불과하다. 이러한 방식으로는 "진감정과 진경물이 있는" 경계 있는 시를 창조하지 못한다. 주관의 시인의 시는 성정의 진정성에서 발원하기 때문이다.69)

5. 문학을 위한 삶

왕궈웨이는『송원희곡고』를 쓰면서 "한 시대에는 한 시대의 문학이 있다"70)라는 매우 중요한 사실을 발견한다. 이것은 "한 시대에는 한 시대의 정신이 있다"는 물음의 확산이다. 이 물음은 근대 '중국'이라는 거대 텍스트 속에 살아간 왕궈웨이가 항상 놓지 않았던 것이며, 그의 모든 지식과 연구성과는 모두 이것을 해결해 가는 과정 속에 위치한다. 왕궈웨이는 자신의 시대에 해당하는 자신의 '정신'을 무엇이라고 보았

---

67) 王國維,「人間詞話」9,『王國維文學美學論著集』(周錫山 編校), 北岳文藝出版社, 1987. "然滄浪所謂興趣, 阮亭所謂神韻, 猶不過道其面目, 不若鄙人拈出'境界'二字爲其本也."
68) 王國維,「人間詞話」42, 위의 책. "古今詞人格調之高無如白石. 惜不于意境上用力, 故覺無言外之味, 彈外之響, 終不能與于第一流之作者也."
69) 왕궈웨이는『人間詞話未刊稿』14에서 "기질과 신운을 말하는 것은 경계를 말하는 것만 못하다. 경계 있는 것이 근본이고 기질, 신운은 말단이다. 경계가 있으면 두 가지는 그것을 따르게 된다"고 말한다.
70) 王國維,『宋元戱曲考』序(『王國維戱曲論文集』), 中國戱劇出版社, 1984, 3면. "凡一代有一代之文學."

을까? 이것은 왕궈웨이의 사유 속에 '현재성' 혹은 '동시대성'은 어떠한 의미를 지니고 있는가라는 물음과 상통한다. 현실적 삶과 단절된 예술 지상주의자 혹은 관념론자로 왕궈웨이를 치부한다면 이러한 물음은 부적절한, 아니 원초적으로 성립불가한 질문일지 모른다. 그러나 왕궈웨이의 사유와 그것의 표상체인 글 속에는 자신의 현실 혹은 담론의 장과 긴밀히 대화를 나누고 있는 무수한 흔적을 발견할 수 있다. 이러한 흔적을 따라 읽어 나가다 보면 왕궈웨이가 생각한 자신의 시대의 '정신'을 만날 수 있을 것이다. 『자서(自序)』의 다음 구절에 왕궈웨이가 '고뇌'한 흔적이 가장 많이 남아 있다.

내가 철학에 시달린 지 여러 날이 되었다. 철학상의 학설은 대체로 좋아할 만한 것은 믿을 수 없고 믿을 만한 것은 좋아할 수가 없다. 나는 진리를 알지만 또한 그 오류도 좋아한다. 위대한 형이상학, 고상하고 엄숙한 윤리학과 순수미학, 이것은 내가 본래 좋아하던 것이다. 그러나 그 믿을 만한 것을 찾아본다면 차라리 지식론상의 실증론이나 윤리학상의 쾌락론과 미학상의 경험론에 있다. 그것이 믿을 만하다는 것을 알면서도 좋아할 수는 없고 그것이 좋아할 만하다는 것을 느끼면서도 믿을 수 없다는 것, 이것이 근 2, 3년 동안의 최대 번민이다. 요즈음의 기호는 그래서 점점 철학으로부터 문학으로 바뀌었는데 문학 속에서 직접적인 위로를 얻으려 함이다. 요컨대 나의 성질은 철학가가 되기에는 감정은 지나치게 풍부하고 이지적인 면은 지나치게 부족하다. 시인이 되기에는 감정은 지나치게 부족하고 이성은 지나치게 풍부하다. 시가를 할 것인가? 철학을 할 것인가? 훗날 무엇으로 종신하게 될는지는 알 수 없으나 이 두 가지 중의 하나가 아니겠는가?71)

---

71) 王國維, 「自序」 二, 『王國維文學美學論著集』(周錫山 編校), 北岳文藝出版社, 1987, 244면. "余疲于哲學有日矣. 哲學上之說, 大都可愛者不可信, 可信者不可愛. 余知眞理, 而余于愛其謬誤. 偉大之形而上學, 高嚴之倫理學, 與純粹之美學, 此吾人所酷嗜也. 然求其可信者, 則寧在知識論上之實證論, 倫理學上之快樂論, 與美學上之經驗論. 知其可信而不能愛, 覺其可愛而不能信, 此近二三年中最大之煩悶, 而近日之嗜好所以漸由哲學移于文學, 而欲于其中求直接之慰藉者也. 要之, 余之性質, 欲爲哲學家則感情固多, 而知力苦寡; 欲爲詩人, 則又苦感情寡而理性多. 詩歌乎? 哲學乎? 他日

　　이 글에서 왕궈웨이는 이성과 감정 혹은 '믿을 만한 것'과 '좋아할 만한 것' 사이의 고뇌를 노출하고 있다. 이 고뇌는 단순히 양자택일로 해결될 성질의 문제가 아니라 그의 정신적 행보와 긴밀히 연관되어 있다. 그러나 루쉰이 의학에서 문학으로 전환했을 때는 '환등기 사건'이라는 충격적인 계기가 있어서 쉽사리 설명되지만 왕궈웨이가 철학에서 문학으로의 전환한 과정에는 상대적으로 그러한 큰 '충격'이 알려져 있지 않다. 이는 왕궈웨이의 전환이 우연적인 사건에 의해 진행된 것이 아니라 삶에 대한 형이상학적인 고뇌가 축적되어 일어난 정신현상임을 엿볼 수 있다. 어떠한 정신적 요인이 그의 전환을 추동한 것인가?

　　왕궈웨이는 1901년 본격적으로 철학을 공부하기 시작하면서 우주와 인생에 관한 문제에 관심을 지닌다. 그러나 초기에 그가 접했던 학문은 사회학·논리학·심리학 등 '믿을 만한' 지식론에 관한 것이며, 그 후 칸트와 쇼펜하우어를 책을 접하면서 '좋아할 만한' 형이상학을 공부하게 된다. 지식론은 현상계를 지배하는 인과율의 분석을 목적으로 하기 때문에 우리의 경험과 감각을 통한 체계화가 가능하다. 그래서 왕궈웨이는 이러한 지식론(실증론·쾌락론·경험론)을 '믿을 만한 것'이라고 한 것이다. 그러나 이것은 삶의 본질에 관한 지식이 아니라 현상계에 관한 지식이어서 '좋아할 만한 것'이 되지 못한다. 왕궈웨이의 궁극적 관심은 삶의 참모습을 통찰할 수 있는 지식들(형이상학, 윤리학과 순수미학)에 있다. 이것은 일시적이고 순간적인 가치가 아니라 영원하고 절대적인 가치를 지닌다. 그래서 왕궈웨이는 이것을 자신의 관심에 부합하는 '좋아할 만한 것'이라고 부른 것이다. 그러나 이것은 순수한 '이념'의 상태로 존재하여 경험적인 방법으로 체계화하기 힘들기 때문에 '믿을 만한 것'이 되지 못한다. 바로 이 지점에 왕궈웨이의 정신적 갈등이 내재되어 있다. 그런데 왕궈웨이는 믿을 만한 것과 좋아할 만한 것 즉, 지식론과 형이

以何者終吾身, 所不敢知, 抑在二者之間乎?"

상학 사이의 갈등을 왜 문학으로 해결하려 한 것인가?

왕궈웨이의 사유 속에서 문학은 ‘좋아할 만한’ 형이상학과 상통하는 것이다. 「홍루몽평론」이 소설 『홍루몽』 속에 나타난 형이상학적인 문제를 사유하기 위해 쓴 것이라는 사실을 상기한다면 그 친연성을 쉽사리 이해할 수 있다. 왕궈웨이는 문학과 철학을 우주와 인생의 문제를 해석한다는 점에서 동일하며, 다만 그 해석의 방법에서 직관과 사변, 돈오와 합리의 차이가 존재할 뿐이라고 인식한다. 그렇다면 왕궈웨이가 철학에서 문학으로 전환한 것이 무슨 의미가 있는가? 더 구체적으로 말하자면, 형이상학적인 문제를 문학적 방법으로 사유한다는 것은 어떠한 의미를 지니는가? 형이상학적인 관심을 지속한다는 것은 현상계에 대한 지식보다는 삶의 본질에 관한 고민을 ‘이어받는’다는 것을 뜻한다. 왕궈웨이는 1906년 문학에 대한 관심이 높아지면서 대부분 문학에 관련된 글을 쓰기 시작한다. 1906년 쓴 「문학소언」은 그 전환의 경계에 놓여 있는 글이다. 「문학소언」은 철학적 해석에 가까운 「홍루몽평론」과 달리 문학적 해석에 속하는 글이다. 여기서 왕궈웨이는 쇼펜하우어 의지거절설의 자가당착과 천재론의 자기 모순에 대한 비판을 이어받아, 현실 속에서의 해탈 가능성과 인격론에 기반한 문학세계를 열어나간다. 이러한 문학적 사유는 「인간사화」와 『송원희곡고』에 이르러 그 절정에 달한다.

그렇다면 지식론에서 형이상학 그리고 문학으로의 전환과정을 현실 존재 왕궈웨이에게 어떠한 의미가 있는가? 중국의 사유는 통속적이고 현실적이어서 서구와 같은 사변적이고 과학적인 사유가 부재하다. 그래서 왕궈웨이는 서구의 지식론을 통해 중국적 사유를 바로잡으려고 한다. 그러나 이러한 지식론은 ‘근대 중국’에 관한 공리적인 지식일 뿐이며 중국인의 삶의 참모습을 통찰하는 형이상학이 아니다. 왕궈웨이는 이러한 형이상학이 중국의 정신의 무정부상태를 극복할 수 있는 구원방법이라고 생각한다. 그러나 왕궈웨이는 서구의 형이상학 내부에 자기 모순이 존재하여 중국의 문제를 해결할 수 없음을 직감한다. 왕궈웨이는 자기 시대가 절망의 극점에 도달한 순간이며, 쇼펜하우어와 같은 개인의 해탈을 통해서는 구원이 불가능하다고 생각한다. 시인은 절망의 끝에서 탄생하며 정신의 위대한 힘으로 절망을 극복하여, 인류에 정신적 위안을 주는 신성한 인물이다. 왕궈웨이는 고통의 기억과 성정의 진정성을 통해 삶의 본질을 통찰하는 시인의 길이, 근대 중국이 걸어가야 할 참모습을 발견할 수 있는 통로라고 생각한다. 이것이 바로 왕궈웨이를 당면 현실에 관한 공리적 지식과 개인적인 해탈을 넘어 문학으로 전환하게 만든 고뇌의 힘이다.

왕궈웨이는 '청(淸)'과 '탁(濁)', '친(親)'과 '구(寇)'의 두 세계 사이에서 고통스러워하는 굴원처럼 현상계와 본질의 경계 위에서 고독을 자신의 성찰의 계기로 삼는 시인이다. 1911년 신해혁명으로 민국이 성립한 후 연이어 위안스카이의 찬탈과 장쉰의 복벽 등 추악한 사건을 겪고 나서 왕궈웨이는 더욱더 현상계인 당면 현실에 대해 "본래 서양의 학설이 세상에 풍미한 것은 국가의 부강 때문이었다. 그러나 세계대전 이후 유럽의 여러 강국의 세력이 약해지고 도덕이 타락하며 본업이 쇠미하고 화폐 가치가 하락하며 물가가 비등하고 공업의 경쟁이 날로 심해지며 사상의 위기가 날로 깊어졌다. …… 중국은 이 10여 년 동안 기강이 땅에 떨어지고 분쟁이 빈번하며 재정이 빈궁하여 나라가 나라꼴이 아니게 되었는데, 이러한 원인도 대개 여기에서 비롯된 것이다"72)고 절망한다. 왕궈웨이의 사유 속에는 혁명과 개량과 같은 현실적인 제 세력들간의 차이가 없으며, 단지 정치와 공리에 몰두하는 가벼운 지식인일 따름이다. 그런데다 민국 이후 이들이 보여주는 추악한 행태는 이들에 대한 왕궈웨이의 불신을 더

---

72) 王國維, 「論政事疏」. "原西說之所以風靡一世者, 以其國家之富强也. 然自歐戰以後, 歐洲諸康國情見勢絀, 道德墮落, 本業衰微, 貨幣低降, 物價登涌, 工業之鬪爭日烈, 危險之思想日多 …… 而中國此十餘年中, 紀綱掃地, 爭奪頻仍, 財政窮蹙, 國幾不國者, 其原亦半出于此"(葉嘉瑩, 「從性格與時代論王國維治學途徑之轉變」, 『臺港暨海外學界論中國知識分子』, 河南人民出版社, 1994, 278면에서 재인용)

욱 강화한다. 이제 그에게는 '중국'의 이념을 실현할 존재의 껍데기 마저 상실한 채 고독만이 엄습할 뿐이다. 1911년 이후 그는 철학 아니면 문학에 종사할 것이라는 예상과 달리 경학·역사학·소학 등을 연구하는 '위반'의 길을 걷는다.[73] 공교롭게도 이러한 지식들의 대상은 중국 '고대' 문화와 문물에 관한 것이다. 이 점은 무엇을 의미하는가? 모방과 상투성 그리고 타락으로 점철하는 근대 중국과 달리, '중국'의 본질을 고스란이 보존하고 있는 시공간이 바로 '고대'라는 말이다. 이제 그는 현실과의 일정한 긴장관계 마저 끊어버리고 '이념'의 세계 자체에 귀의한다.[74] 이것은 철학에서 문학 그리고 고대문화 연구로의 전환과정이 현상계에 대한 관심에서 현상계와 이념세계와의 통합의 가능성에 대한 관심으로, 그리고 이념세계 자체로의 귀환이라는 역정임을 의미한다. 이러한 역정에는 근대 중국의 미묘한 현실 변화를 감지한 왕궈웨이의 고뇌가 내포되어 있다. 민국 이후 추악한 정치 현실이 왕궈웨이가 디딜 '현상의 숲'마저 무화시켜 버린 것이라면, 1924년 마지막 황제 푸이[溥儀]의 출궁(黜宮)은 전통 지식인으로서 왕궈웨이가 '현실인'으로 버틸 수 있는 상징적 유대를 상실한 일이며, 1927년 큰 아들 첸밍[潛明]의 죽음은 혈연의 존속마저 허락치 않는 운명의 비정함을 느끼게 한 사건이다. 이제는 『홍루몽』의 가보옥이나 임대옥처럼 운명이란 피할 수 없는 거대한 힘 앞에 무기력한 자신을 발견하고, 평생의 과제였던 삶의 본질의 통찰을 위하여 '자살'이란 마지막 '시'[75]를 쓸 수밖에 없었다. 그러나 그 시는 예술지상주의나

---

73) 辛亥革命의 격변이 조성한 정치의 혼란현상이 실제로 왕궈웨이 연구방향이 고고학으로 향하게 했으며, 이전에 종사했던 서방철학과 문학을 완전히 버리게 한 중대한 외재적 요인이다(葉嘉瑩, 「從性格與時代論王國維治學途徑之轉變」, 『臺港暨海外學界論中國知識分子』, 河南人民出版社, 1994, 280면).

74) 侯外盧는 『近代中國思想學說史』(上海生活書店, 民國11年版) 17章 '古史學家왕궈웨이'에서 왕궈웨이가 '古史'를 연구한 것에는 실제로 그의 '이상과 신앙'이 담겨져 있다고 말한다.

75) 왕궈웨이의 자살과 그의 문학이론의 상관관계에 대해서는 佛雛, 『王國維詩學硏究』(北京大學出版社, 1987) '5장 왕궈웨이 소년 시기와 만년의 심미관'과 王斑, 「王國維

예술을 위한 예술이 아니라 예술을 위한 삶76) 혹은 잃어버린 '중화'의 꿈을 향하고 있었다.

왕궈웨이는 인간 존재에 대한 형이상학적 사유를 통해, 전통 문이재도론이나 동시대의 지배담론인 량치차오류의 공리주의적 사유와는 상이한 문학적 길을 열어놓는다. 다음 장에서 우리는 유사한 인생역정을 걸어가면서도 왕궈웨이의 심미적 문학의 길과는 달리, 역사적이고 구체적인 삶의 문제 속에서 문학적 실천과 근대문학의 가능성을 탐색해나가는 루쉰의 문학적 사유를 만나게 될 것이다.

'壯美'說的政治無意識」(『學人』第6輯, 江蘇文藝出版社, 1994) 참조.
76) 왕궈웨이는 「文學小言」 17(『王國維文學美學論著集』(周錫山 編校), 北岳文藝出版社, 1987)에서 "직업적 문학가는 문학을 생활의 방편으로 삼지만 전문적 문학가는 문학을 위해 생활한다[職業的文學家, 以文學爲生活; 專門的文學家, 爲文學而生活]"고 말한다.

제6장

루쉰[魯迅]의 문학적 사유

1. 계몽의 이야기와 반성적 글쓰기

루쉰의 문학세계로 들어가는 입구에 「광인일기(狂人日記)」가 가로놓여 있다. 그래서 루쉰의 세계에 진입하기 위해서는 부득불 「광인일기」라는 다층적인 텍스트를 통과해야만 한다. 이것은 물론 「광인일기」가 『납함(吶喊)』의 첫 작품이라는 단순한 이유 때문만은 아니다. 우리는 「광인일기」를 『납함』의 세계와 분리된 독립체로서 해석할 수도 있다. 그러나 『납함』이 독자적인 내용과 형식을 지닌 정신세계이고 「광인일기」를 그 세계로 진입하는 관문으로 이해한다면, 우리는 「광인일기」 속에서 루쉰 문학의 출발점과 전체적인 상을 읽어볼 수 있을 것이다. 「광인일기」는 루쉰에게 어떠한 인간학적인 의미를 지니고 있는 것인가?

「광인일기」는 서문과 본문의 이야기로 이루어진 액자형 구조를 지니고 있다. 본문은 광인이 출현하면서 벌어진 이야기를 백화로 쓴 것이며

서문은 병이 낳은 광인이 관리후보로 떠나버린 후 「광인일기」를 세상에
알리게 된 경위를 문언으로 쓴 것이다. 이러한 구조로 인해 「광인일기」
에는 많은 의미들이 중첩되어 있지만, 이야기 흐름만으로 볼 경우 「광
인일기」는 광인—백화—진보의 세계가 관리—문언—전통의 세계에 패
배하는 이야기로 읽혀질 수 있다. 그런데 「광인일기」의 이야기 공간을
텍스트 밖으로 확장하여 루쉰 문학지평 속의 한 지점으로 해석할 때 그
의미는 한층 풍부해질 수 있다. 물론 텍스트 밖의 이야기는 「광인일기」
속에 나타나지 않는 '해석될' 이야기지만, 「광인일기」 자체의 개별적 의
미를 넘어 루쉰의 문학세계 속에서 파악할 경우 새로운 해석의 가능성
이 숨겨져 있다. 이것은 「광인일기」를 광인이 관리로 패배(좌절)해 가는
이야기로 읽을지 아니면 어떠한 새로운 '열림'의 이야기로 읽어낼지의
문제와 연관되어 있다. 그러면 먼저 「광인일기」 본문의 이야기 속으로
들어가 보자.

　「광인일기」의 본문은 광인의 단편적인 행위와 내면을 일기체 형식으
로 서술하여 뚜렷한 사건이 없는 듯 하지만 전체적인 흐름을 따라가다
보면 몇 가지의 이야기들로 구성되어 있음을 알 수 있다. 첫 번째의 이
야기는 광인의 발광과 '식인'의 발견에 대한 이야기(1~3장)이다. 30년 동
안 완전히 '암흑' 속에서 지내온 광인은 달빛을 바라보고 그동안 자신
이 혼미한 생활을 해왔음을 깨닫는다. 그 깨닫는 과정은, 다시 말하면
자신의 존재를 망각케 했던 혼미 속에서 서서히 '분리되어 나오는' 과
정은 바로 광인의 내부에서 '광기[內曜]'가 발현되는 시간이다. 달빛이
어두운 밤 세상을 밝히는 등불이라면 광기는 사물의 은폐된 부분을 꿰
뚫어보는 통찰의 눈이다. 혼미 '밖'으로 빠져나온 광인은 홀로 발광한
'눈'을 번뜩이며 두리번거린다. 그 순간 광인에게 혼미 속에서 느끼지
못했던 세상에 대한 '두려움'이 엄습해 온다. 광인은 알 수 없는 두려움
에 떨며 그 두려움의 '근원'이 어디에 있는지를 살핀다. 그는 혼미 밖에
서 그 속을 '들여다보며' 혼미한 세계와 그 속의 인간을 지배하고 규정

하는 '힘'을 파헤친다. 광인의 들여다보는 행위는 길거리를 두리번거리며 그곳에서 만난 사람들을 대상으로 이루어진다. 광인이 길거리에서 만난 자오구이 영감, 사내들, 아이들, 그 여자 등은 자신의 고유한 개성과 얼굴을 소유하지 못한 무인칭의 군상이다. 그러나 광인은 연령이나 신분, 관계의 여부에 상관없이 그들에게서 어떠한 '유사성'을 발견한다. 그들은 광인을 두려움에 빠지게 하는 '눈빛'을 지니고 있는 것이다. 광인은 그들의 눈빛 속에서 어떠한 '동일성'을 감지하고 그것의 정체를 연구하기 시작한다.

여기서 우리는 광인이 어떠한 공간에서 그것을 연구하고 사유하는지에 대해 주목할 필요가 있다. 길거리에서 군상들과 대면한 광인은 자신의 광기 때문에 천라오우[陳老五]에게 집으로 끌려와서 '감금'당한다. "내가 서재로 들어섰더니 곧 밖에서 문을 잠가버렸다"[1]. 광인은 바로 외부와 차단된 어두운 '방'에서 방 밖의 세계에 대한 연구를 진행한다. 그래서 광인이 "밤에는 전혀 잠을 이룰 수가 없다"[2]거나 "캄캄해서 낮인지 밤인지 알 수 없다"[3]고 할 때 그 밤은 실제 시간이기보다는 빛이 차단된 캄캄한 방에서 거주하며 느끼는 체감의 시간일 가능성이 크다. 이러한 감금된 상태에서 광인은 어떻게 바깥세계의 은폐된 비밀을 들추어(연구) 내는가? 바깥세계와 소통할 수 있는 출로가 단절되어 있고 모든 것이 자신을 적대시하는 극한적 상황에서 그 무엇에 의존하여 사유를 밀고 나갈 것인가? 광인은 바로 자신이 바깥세계에 몸담고 있을 때 체험한 사건들에 대한 '기억'에 의지한다. 광인은 기억의 길가에 무의미한 듯 널려져 있는 사건들에 의미를 부여하고 사건과 사건 사이를 가로지르는 거대원리를 발견하고자 욕망한다. 기억은 과거 사건에 대한 단순한 회고가 아

---

1) 魯迅, 「狂人日記」, 『魯迅全集』 1卷, 人民文學出版社, 1993, 424면. "進了書房, 便反扣上門."
2) 魯迅, 위의 글, 423면. "晩上總是睡不着."
3) 魯迅, 위의 글, 427면. "不知是日是夜."

니라 현재의 오류의 근원을 추적하는 비판의 힘이다.[4] 광인은 길거리에서 만났던 사람들의 흉악한 얼굴과 눈빛, 그리고 늑대촌에서 식인한 이야기, 큰형이 글쓰기를 가르쳐주던 일들을 떠올리며 "옛날부터 사람을 잡아먹어 왔다"[5]는 것을 기억하고, 세상에 우글거리는 '식인'의 흔적을 포착한다. 나아가 광인은 개인적인 기억의 영역을 넘어 '역사'책을 조사하며, 그 속에 '인의도덕'과 '식인'이란 글자가 가득히 쓰여져 있는 것을 발견한다. 광인은 길거리에서 만난 이들의 눈빛 속에 감추어진 유사성이 다름 아닌 그들의 삶을 기록한 역사책 속에 깊이 누적되어 있는 식인의 그림자임을 인식한다. 그런데 그 식인이란 글자는 어느 특정 시대에만 존재한 것이 아니라 '연대'에 상관없이 역사가 흐르는 어느 곳이나 검게 드리워져 있다.

그 글자들이 지배하는 역사는 암흑의 시간과 밀폐된 공간 속에 위치하며 대개 얼굴과 이름이 없는 몰개성적인 인간이 거주한다. 그 속의 인간들은 '인의예교'라는 선험적 구조가 지정해 준 자신의 '자리' 주위를 두리번거리며 무료하고 태평스런 일상을 보낸다. 그 구조는 오랜 시간 동안 변화 없이 누적되어 촘촘한 그물망[三綱]의 형식으로 존재하며 '동일성'과 '망각'을 자기 재생산 장치로 소유하고 있다. 그 구조 속에 포섭된 인간은 자기 존재실현이나 욕망이라는 이름을 망각한 지 오래며, 타인의 불행이나 낯선 사건에 대한 구경을 유일한 감각쾌락의 수단

---

4) 김상환은 「해체론 시대의 인문학」(『해체론 시대의 철학』, 문학과지성사, 1997, 329~330면)에서 "그러나 어떻게 변하고 어떻게 벗어나는가? 여기에는 하나의 길밖에는 없다. 그것은 역사적 회상이며 계보학적 재반복이다. 무엇에 대한 회상이며 재반복인가? 그것은 오류가 처음 우리에게 말 걸었던 곳에 대한 기억이다. 처음 말해졌던 것에서 아직 말해지지 않은 것, 최초의 확신이 성립할 때 미처 생각되지 않은 것, 최초의 자명성이 우리를 변모시켰을 때 아직 자명하지 않던 것, 바로 그런 것들을 회상하여야 한다. 그것은 최초의 여백에 대한 기억이다. 여기서 오류의 교정 가능성이 비로소 배태된다. 이 최초의 교정 가능성이 배태될 때 변신 가능성이 또한 허락된다. 정신의 변모란 시작에 대한 회상적 재구성과 교정적 재반복에서 시작된다. 진리로 다가갈 수 있는 가능성이 비로소 허락되는 것도 바로 여기에서부터이다"고 말한다.

5) 魯迅, 「狂人日記」, 『魯迅全集』 1卷, 人民文學出版社, 1993, 424면. "古來時常吃人."

으로 삼는다. 그 곳은 역사와 인간의 정신이 제거되고 개별 인간 사이의 소통과 차이가 부재하여 동일한 상태의 지겨운 반복만이 있을 뿐이다. 그래서 그 곳은 황량한 어둠과 침묵만이 들려오는 소리 없는 공간이자 생기가 메말라 아이들이 성장할 수 없는 폐허의 마을로 존재한다. 그 마을은 외부와 접촉할 수 있는 통로와 욕망 배설의 출로가 차단되어 곳곳에 오래된 분비물과 썩는 냄새가 우글거리며, 그 주위에는 냄새를 맡고 시뻘건 눈을 번뜩거리는 무인칭의 구경꾼들과 굶주린 개, 파리, 모기, 성장이 멈춘 아이들이 모여들어 시끌거리는 쓰레기장이다. 개인적인 기억에서 시작한 광인의 연구는 역사의 광활한 공간에 진입하여 세상의 두려움의 근원과 식인의 선험적 구조가 빚어낸 행태악들을 간파한다. 이것이 바로 감금된 방에서 바깥세계를 쏘아보며 발견한 '광인의 진실'이다.

두 번째의 이야기는 '식인의 자의식'에 의한 세상 읽기와 '계몽'에 관한 이야기(4~10장)이다. 감금된 방에서 기억과 연구를 통해 식인의 역사를 확신한 광인은 세상을 바라보는 일정한 '안목'을 갖게 되어, 이제 그것으로 세상 사람들의 갖가지 행동양식을 해석하고 그 본질을 파헤친다. 광인에게 그것은 '식인의 자의식'의 형태로 현상한다. 광인은 객관 사물들을 그 자체의 구체적인 실상으로 바라보지 않고 자신의 자의식 속에 '투영'하여 식인의 징후로 인식한다. 광인의 모든 인식은 이러한 자의식의 '눈'의 조정을 받아 수행되고, 그의 모든 사유는 자의식이 '과잉'한 공간 속에서 진행된다. 광인이 혼미 속에서 빠져나오면서 느꼈던 감정이 두려움과 공포라고 한다면, 광인이 그것의 정체인 식인의 역사를 발견하고 나서 반응한 행위는 무엇인가? 광인은 날라 온 밥상 위의 생선을 보면서 "생선인지 사람인지 미끌미끌한 게 도무지 분간할 수 없어서 뱃속의 것을 모두 토해버린다." 이 '구역질'은 식인의 자의식에 이끌리어 벌인 첫 행위로서 세상에 대한 '역겨움'의 표현이다. 광인은 자신의 예민한 감각으로 식인의 역사가 만들어낸 오물과 악취의 세상 속을 거닐며 그것을 직접 파헤친다. 이러한 세상과 대면하는 데 있어 구역질은 날개를 창조하고 물음을 찾아내는 능력을 만든다. 식인의 악취를 풍기는 세계의 많은 것들에 대해 구역질하는 것 속에는 '통찰'의 눈이 감추어져 있다. 악취에 익숙하여 무감각해진 자의 눈에는 오물을 배설하는 거대한 '장치'가 보이지 않는다.

광인에게 식인의 거대 장치는 '그물'의 형식으로 다가온다. 광인은 일시적으로 감금에서 풀려나[6] '마당'을 거닐다 형과 늙은이를 만나는데, 광인은 그들에게서 그 흉측한 눈빛을 포착한다. "그들은 여럿이 연락을 취하고 '그물'을 쳐서 내가 자살하도록 몰아넣고 있다."[7] 그들은 저마다 식인의 그물코를 쥐고서 굶주린 하이에나처럼 먹이감을 찾아 두리번거린다. 그런데 광인에게 더 충격적인 사실은 '식인 사냥'의 주도자가 바로 자신의 큰형이라는 점이다. 주지하듯이 이것은 봉건 예교사회를 지탱하는 근간이 효제(孝悌)를 근본으로 삼는 가족제도라는 점을 인식한 것이다. 유교 사상은 가족 성원 사이의 관계를 규정하는 효제의 원리를 전 사회로 확대하여 지배와 피지배의 불평등한 권리를 정당화하고 공고화한다. 이것이 바로 식인의 거대 장치인 '삼강'이다. '강'은 문자 그대로 그물의 주된 매듭을 말하는 것으로, 그것에 모든 다른 줄들이 매어져서 그물이 되는 것이다. 삼강은 신하를 임금에게, 아들을 아버지에게, 처를 남편에게 묶는 매듭을 말한다.[8] 광인은 세상이 이러한 식인의 그물이 빽빽하게 얽혀진 사냥터이며, 자신은 영락없이 그 그물에 포획될 운명에 처한 먹이감에 불과하다는 것을 직감한다. 이러한 식인의 역사에 대한 물음은 광인의 무의식까지 스며들어, 광인은 몽경 속에 한 사나이를 등장시켜 그에게 식인의 역사와 그것의 정당성에 대해 집요하게

---

6) 魯迅 「狂人日記」, 『魯迅全集』 1卷, 人民文學出版社, 1993, 425면. "我說'老五, 對我哥說, 我悶得慌, 想到園里走走.' 老五不答應, 走了, 停一會, 可就來開門了."
7) 魯迅, 위의 글, 427면. "所以他們連絡, 布滿了羅罔, 逼我自戕."
8) 임육생, 『중국 의식의 위기』, 대광문화사, 1990, 29면.

캐묻는다9). 광인의 이러한 의식적 무의식적 행위는 식인의 거대 장치에 직접 맞서려는 '전투'정신에 다름 아니다. 광인은 식인의 자의식을 바탕으로 자신을 잡아먹으려는 세상을 필사적으로 쏘아본다. 그의 눈은 식인의 정체를 한겹 한겹 벗겨낼수록 더욱 '충혈'되어 간다. 벌겋게 상기된 눈은 은폐된 부면을 드러내는 불빛이다. 광인은 그 눈을 번뜩이며 식인의 세계를 '저주'한다. 그러나 광인의 저주는 타락한 세상을 등지는 초월의 길을 걷지 않고, 그 세계 속으로 더욱 파고들어 악습의 끈을 끊어 놓으려는 '계몽'의 길을 선택한다. 그는 식인의 선험적 구조에 갇혀 무의식적으로 식인하는 사람들을 '구원'할 것을 결심한다.

    광인의 계몽과 구원은 타락한 역사와 인심을 어지럽히는 시인의 시처럼 망각한 것을 '일깨우는' 데에서 시작한다. 그런데 광인은 그 일깨움의 대상을 우선적으로 자신의 큰형으로 삼는다. "나는 사람 잡아먹는 사람을 저주하는 일을 우선 형으로부터 시작해야겠다. 사람 잡아먹는 사람을 개선시키는 것도 우선 형부터 손을 써야겠다."10) 이것은 광인이 식인 예교는 가족제도를 근간으로 삼는다라고 인식한 바에 따른 것이다. 자신이 식인하는 것은 물론이고 타인의 식인행위조차 주도하는 큰형을 우선적인 계몽대상으로 삼는 것은 자연스런 일이다. 그래서 광인은 먼저 큰형을 찾아가 식인의 부당함에 대해 호소한다. "옛날부터 늘 그랬다고 해도 오늘부터라도 열심히 착하게 되고자 마음먹고 우리는 사람을 잡아먹을 수는 없는 것이라고 말하십시오 큰형님! 나는 형님이 그렇게 말할 수 있으리라고 믿습니다."11) 그런데 큰형에 대한 광인의 목소리를 살펴보면

---

9) 9장에 등장하는 사나이는 "내가 벌떡 일어나 눈을 뜨자 그 사내는 이미 보이지 않았다"라는 구절로 보아 실제 인물이기보다는, 식인에 대한 물음을 던지기 위하여 꿈속에 등장시킨 가상 인물이라고 보아야 할 것이다.

10) 魯迅, 앞의 글, 427~428면. "我詛呪吃人的人, 先從他起頭; 要勸轉吃人的人, 也先從他下手."

11) 魯迅, 앞의 글, 430면. "雖然從來如此, 我們今天也可以格外要好, 說是不能! 大哥, 我相信你能說, 前天佃戶要減租, 你說過不能."

이것은 훈계와 애원이 엇섞인 설득하는 목소리이다. 광인은 구원의 방식으로 사람들의 '양심'에 호소하는 '개선'의 방법을 선택하여, 식인의 습관을 버리는 일은 "그건 단지 문지방 하나, 고비 하나 차이"[12]로써 식인에 대해 부끄러운 생각을 지닐 경우 구원이 가능하다고 여긴다. 이것은 식인의 거대구조를 발견하고 그것의 해체를 선언한 광인이 하기에는 지나치게 소박한, 다시 말하면 식인하는 것이 이미 역사만큼이나 공고하게 박힌 이에게 별다른 충격을 주지 못하는 계몽방법이다. 식인이 '내면화'되어 식인 행위 자체가 정당한지 어떠한지에 대한 물음조차 '망각'한 이에게, 그들의 양심을 믿고 설득하는 것은 순진한 행위라고 볼 수밖에 없다. 광인은 식인의 문제에 대해서는 역사적 구조적 차원에서 접근하면서, 그 계몽에 있어서는 식인의 부당함이라는 윤리적 지향을 띤다. 이러한 측면에서 볼 때 광인의 계몽은 식인하지 않은 '윤리적 인격체'의 실현을 통해 사회 구조의 개혁을 추구하는 '도덕론'에 가깝다고 할 수 있다. 그래서 광인의 주된 계몽방식이 군중의 윤리적 양심에 호소하여 '마음을 고쳐먹어'라고 반성을 촉구하는 것이다.

그렇다면 광인의 계몽 논리의 핵심인 실천의 주체는 누구인가? 광인은 그를 '진정한 인간'이라고 명명한다. 광인이 설정한 이상적 인간인 '진정한 인간'은 어떠한 존재인가? 그는 식인하지 않은 인간이다. 그런데 광인의 기억과 언술 속에 등장하는 모든 군상들은 식인한 경험이 있거나 적어도 식인 사냥에 가담한 사람들이다. 또한 '연대 없는' 전 역사를 통해 식인을 자각하고 그 그물에서 벗어난 이는 (광인을 제외하고는) 아무도 없다. 아이들도 연령의 차이만 있을 뿐 부모의 가르침을 받아 이미 식인의 역사에 발을 들여놓은 자들이다. 모든 이가 식인의 거대장치에 포획되어 있다면 즉, 이 세계에서는 식인하지 않은 '순수 존재'를 찾아보거나 탄생할 수 있는 '여지'가 없다면, 진정한 인간은 어떻게

---

12) 魯迅, 「狂人日記」, 『魯迅全集』 1卷, 人民文學出版社, 1993, 429면. "這只是一條門檻, 一個關頭."

존재할 수 있는가? 만약 진정한 인간이 기억이나 이 세계에 기반하지 않은 채 존재한다면 도대체 그는 어떻게 출현한 것인가? 그는 광인이 기억하지 못하는 '기억 밖'의 인간이 아니면 이 세계가 아닌 '타 세계'의 인간일 수밖에 없다. 이것은 광인이 의식하지 못한 자기 모순이자 광인의 계몽이 안고 있는 내적 위기이다.

광인은 스스로 이 문제를 풀어내지 못한다. 그래서 '계몽'에 대한 의식이 강하면 강할수록 식인한 사람들과의 '적대감'이 더욱 심해지는데도, 광인은 식인한 경험이 없는 '진정한 사람'을 마음으로 간구할 수 있을 뿐이다. 광인의 계몽은 그 의지만 '충만'할 뿐 구체적 실천에 대해서는 '무능'하다. 그래서 광인은 군상들에 대한 계몽의지가 높아갈수록 그 목소리는 더욱 커지지만, 동시에 계몽대상과의 '간극'은 더욱 벌어지게 되는 것이다. 그 간극은 광인을 극한상황으로 몰아 넣는다. 광인은 계몽되어져야 할 대상들에 의해 '다시' 어두운 방 속으로 내몰리어 '감금'당한다. 그리고 식인에 대한 혐오감이 심해질수록, 다시 말하면 이 세상에 '진정한 사람'이 존재할 가능성이 점점 희박해질수록 광인 내부에 고통의 무게가 더욱 증가한다. "방안은 어둡기만 하였다. 대들보와 서까래가 머리 위에서 흔드는가 싶더니 점점 더 세게 흔들면서 나를 짓눌러버렸다."[13] 이제 광인의 계몽에의 의지는 더 이상 외부로 발산되지 못하고 자의식 속으로 가라앉아 중얼거림으로 변환된다. "너희는 지금 당장 마음을 고쳐 먹어라. 진심으로 마음을 고쳐먹어라! 이제 머지 않아 사람을 잡아먹는 놈들은 이 세상에서 살 수 없게 된다는 것을 알아야 해! ……."[14] 계몽은 외부 대상에 대한 의지적 행위이다. 광인의 목소리가 자기 내부로 젖어 들어간다는 것은 의지의 '좌절'을 의미한다. 결국 식인의 자의식을 통해 세상

---

13) 魯迅, 위의 글, 431면. "屋里面全是黑沈沈的. 橫梁和椽子都在頭上發抖; 抖了一會, 就大起來, 堆在我身上."
14) 魯迅, 위의 글, 431면. "你們立刻改了, 從眞心改起! 你們要曉得將來是容不得吃人的人, ……."

을 인식하고 개선하려던 광인은 '식인의 벽'의 공고함을 넘어서지 못하고 다시 자의식 속으로 '회귀'하고 만 것이다.

세 번째 이야기는 광인 자신의 식인에 대한 자각과 절망에 관한 이야기(11~13장)이다. 다시 감금된 광인은 기억을 통해 또 다른 사유를 시작한다. 그는 다섯 살 된 누이동생이 죽은 원인이 큰형에 있다는 것과 식인을 부정하지 않고 눈물만 흘리시던 어머니를 기억한다. 그러나 광인의 목소리는 예전처럼 강한 어조를 띠거나 혐오감이 짙게 배어 있기보다는 차분히 가라앉아 있다. 식인에 대한 부정의식은 그대로 유지하고 있지만 그 의식을 지탱하는 광인의 내부에 무언가 '불확실'한 기운들이 꿈틀거리며 사유의 '틈'을 만들어 놓는다. 광인은 이제 식인의 자의식으로 세계를 전지적이고 확정적으로 해석하던 예전과 달리 "나로서는 알 수 없다"15), "참으로 이상한 일이다"16), "생각을 할 수가 없다"17) 등 '유보'적인 자세를 보인다. 무엇이 광인의 사유에 불확실과 유보의 틈을 생기게 한 것인가? 광기로 충만한 사유에 틈이 생긴다는 것은 광기가 서서히 빠져나간다는 것을 의미하며, 이는 바로 광인이 더 이상 광인으로서 존재할 수 없는 '변신'을 내포하고 있는 것이다. 광인은 이 틈새로 자기 자신을 들여다보며 계몽이 실패한 원인을 사유한다. 광인은 그 사유의 끝에서 광인식 계몽이 안고 있는 '자기 모순'을 끄집어낸다. 그 누구도 식인의 역사에서 자유로울 수 없다는 현실 인식과 식인하지 않은 진정한 인간이 존재할 수 있다는 이상 사이에서 빚어지는 모순과 혼란. 광인은 이 풀리지 않는 모순 속을 헤매면서 자기 자신을 반추의 대상으로 삼는다. 예전에 광인이 이 모순을 의식하지 못한 것은 암묵적으로 자기 스스로를 진정한 인간으로 '가정'한 데서 연원한다. 다시 말하면, 진정한 인간이 이 세상에 단 한 명이라도 존재한다면, 그의 개선행위를

---

15) 魯迅, 「狂人日記」, 『魯迅全集』 1卷, 人民文學出版社, 1993, 431면. "我可不得而知."
16) 魯迅, 위의 글, 431면. "這眞是奇極的事!"
17) 魯迅, 위의 글, 432면. "不能想了."

통해 많은 사람을 구원할 수 있다는 가정이 그 모순을 덮어버렸던 것이다. 광인은 자신을 식인의 구조 밖이 아닌 그 안에 '객관화'시켜 바라보면서 이 가정 자체의 '허구성'을 인지한다. "4천년 동안 내내 사람을 잡아먹어 온 곳, 거기서 나도 오랜 세월을 함께 살아왔다는 것을 오늘에야 비로소 알게 되었다."18)

광인은 자신의 허구성을 인정함으로써 이상을 현실에 패배시키는 방식으로 모순을 해결한다. 이러한 해결방식은 계몽의 근원적 '실패'를 자인하는 것이며, 광인 자신 역시 식인의 역사에서 자유롭지 못하기 때문에 결국 계몽의 주체가 될 수 없음을 고백하는 것이다. "4천년 동안 사람을 잡아먹은 이력을 가진 나는 애초에는 진정한 인간을 만나기 어렵다는 것을 몰랐었지만 지금은 똑똑히 알고 있다."19) 외적 패배에 내적 좌절까지 겹친 광인에게 남겨진 것은 절망과 허무의 길뿐이다. 거듭된 세계의 배반과 그에 대한 광인의 저주와 복수는 밖으로 발산되지 못하고 자아 내부의 고통의 무게로 변환되어 광인을 절망의 세계로 미끄러뜨린다. 이것은 계몽자 광인의 현재적 의미가 부정되고 그의 '죽음'이 예고되는 순간이다. 광인은 최후로 "아이를 구해야지……"20)라는 목소리를 남긴다. 여기서 광인이 말하는 아이는 광인의 기억 속에 있는, 다시 말하면 식인의 역사에 발을 들여놓은 그러한 인간이 아니라 광인의 이상 속에서만 존재하는 순수 인격이다. 광인은 이러한 이상적 인간이 존재할 수도 없고 자기 자신은 구원의 주체가 될 수 없음을 인정하면서도 끝내 계몽의 의지를 포기하지 않는다. 이것은 일시적이나마 진정한 인간으로 자처하던 광인이 어쩔 수 없이 죽음의 길로 빠져들지만, 그가 해체하려던 식인 세계가 소멸하지 않는 한 '광인'의 존재의미 자체는

---

18) 魯迅, 위의 글, 432면. "四千年來時時吃人的地方, 今天才明白, 我也在其中混了多年."
19) 魯迅, 위의 글, 432면. "有了四千年吃人履歷的我, 當初雖然不知道, 現在明白, 難見眞的人!"
20) 魯迅, 위의 글, 432면. "救救孩子……."

부정될 수 없다는 가능성의 '여운'이다. 여기에는 현재적 죽음을 완전한 죽음으로 닫아놓지 않고 그 틈새를 열어놓으려는 작가의 음성이 배어 있다. 이것은 의지적인 목소리나 참회의 묵직한 음성이기보다는 오히려 감금된 어두운 방 속에서 절망의 끝에 서서 내뱉는 '신음소리'에 가깝다. 그 소리는 점점 어둠 속으로 빨려 들어가고 광인은 현실에서 사라진다.

「광인일기」의 본문의 이야기는 광인의 세계 구원(신생)에 대한 이상이 현실 벽 앞에 좌절된 채 끝이 나고, 병이 낳은(광기가 제거된) 광인(그는 더 이상 광인이 아니다)은 서문의 일상 세계 속으로 '복귀'하여 관리 후보의 길로 떠난다. 서문은 광인의 시점에서 그의 내면을 묘사한 본문과는 달리 작가의 관찰자 시점에서 광인의 후일담과 「광인일기」를 쓰게 된 경위를 진술하고 있다. 본문과 서문 사이에는 서술 시점의 차이만큼이나 일정한 시간의 간격이 놓여 있는데, 공교롭게도 서문을 쓴 시간인 민국 7년 4월 2일은 「광인일기」를 발표한 시간과 일치한다. 이것은 무엇을 의미하는가? 이러한 시간 설정으로 화자는 「광인일기」를 쓴 '현재'의 시점에서 광인의 이야기를 과거의 사건으로 대상화하고, 의도적으로 본문의 이야기와 '서사적 거리'를 둠으로써 자신의 '무관'함을 부각시킨다. 화자는 이러한 미학적 장치를 통해 '의학자들에게 연구의 자료를 제공하려고 한다'는 언술에서도 드러나듯이 끊임없이 자기를 은폐한다. 이러한 무관함과 은폐로 인해 화자는 냉정한 관찰자의 위치에 서게 되는데, 이것은 얽매임 없는 '반성의 공간'을 확보하기 위함이다. 이러한 서술 의도로 볼 때 서문은 광인의 이야기에 대한 반성적 관찰을 지향한다고 할 수 있다. 그러나 그 반성은 '무언'으로 진행하고 있어서 독자의 해석의 '여백'만을 남겨놓을 따름이다.

광인은 왜 관리 후보로 변신하여 그토록 혐오하던 혼미한 세계 속으로 다시 돌아온 것인가? 광인과 관리 후보가 별개의 인물이 아니라면 그 변신은 우연한 선택이기보다는 광인 내부의 모종의 변화를 통해 이루어진 방향 전환일 것이다. 다시 말하면, 광인이 단순히 계몽의 실패로 인한 충격 때문에 돌변한 것이 아니라, 광인 자체에 변신의 기미들이 내포되어 있고 그것이 관리 후보라는 상반된 길을 걷게 만든다는 것이다. 이 문제는 광인은 어떻게 병이 낳았는가라는 물음과 연관되어 있다. 광인에게 광기가 사라지고 나면 그는 평범한 인간과 다름없이 일상 세계에서 생존하기 위하여 그 세계의 논리에 따르지 않을 수 없다. 광인은 자의식의 세계 속에서 광기를 먹고 살 수 있지만, 일상인은 현실의 굴레를 벗어나 살 수 없기 때문이다.

그러면 광인의 계몽의 내면풍경에 관해 살펴보자. 광인의 계몽은 식인에 대한 확신을 가지면서 시작된다. 이러한 확신은 감금된 어두운 방에서 자신의 체험과 기억을 근거로 사유하고 연구하여 형성된 것이다. 감금된 방이라는 억압적 조건과 식인의 위협하에서 사유를 확장하고 생의 보존을 가능케 하는 동력은 바로 내면의 의지이다. 확신이 인식을 뒷받침하는 힘이라면 의지는 실천을 추동하는 힘이다. 이러한 확신과 의지가 결합하여 자의식이 형성되며, 주체는 이러한 자의식을 통해 세계를 접촉한다. 이때 사물은 그 자체로 의미를 지니지 못하며 자의식 속에 투영되어 해석될 때 비로소 의미화된 사물이 된다. 자의식 '밖'은 허위성이 가득한 세계이며 자의식 '안'만이 진실을 담지한 세계이다. 그래서 자의식이 밖의 세계와 마주칠수록 안과 밖의 '대립'은 더욱 고조된다. 자의식이 과잉된 배타적 공간에서는 타자의 음성이 들리지 않으며, 오히려 타자와 접촉할수록 타자에 대한 적대감이 증가할 뿐이다. 이러한 몇 겹의 닫힘 속에서, 다시 말하면 세계에 의한 감금과 자의식에 의한 배타성 속에서 주체는 두려움·갑갑함·격막감·역겨움·힘겨움·저주·복수 등의 감정이 생기며, 이 닫힌 세상에 존재하는 것은 살아가는 것이 아니라 '버텨냄[拼扎]' 그 자체이다. 이러한 생의 조건하에서 주체는 자신의 생을 보존하기 위하여 '광기'를 발산한다. 광기는 인식의 눈이자 버텨냄의 의지이다. 광인은 바로 이러한 광기를 먹고 고립

무원의 벌판에서 생존해 가는 자이다.

이러한 광인이 벌이는 세계 구원의 계몽은 어떠한 성격을 띠는가? 광인은 스스로를 식인 세계를 벗어난 '예외자'로 설정하며 식인 세계와 자신의 '경계'를 뚜렷하게 긋는다. 광인은 경계 밖에 위치하며 그곳에서 안 세계를 쏘아본다. 이러한 안과 밖의 경계는 광인이 세계에 관여하는 지점을 나타낼 뿐 아니라 광인과 식인 세계의 군상 사이에 감정의 벽을 공고화한다. 그 감정 소통을 불능케 하는 벽이 바로 '격막감'이다. 광인은 세계의 안이 아니라 밖에서, 그 속의 사람들과 의사 소통이 부재한 채 세계에 대한 계몽을 시도한다. 그의 계몽은 계몽대상 내부에서 계몽대상과의 끊임없는 접촉을 통해 수행되기보다는, 계몽대상의 밖에서 계몽대상과의 접촉이 금지되고 그들을 저주하는 관계 속에서 진행된다. 그래서 계몽대상과의 접촉(계몽)이 진행될수록 오히려 계몽대상과의 격막이 더욱 높아지고 광인은 매번 감금당한다. 광인의 계몽은 계몽대상에 스며들어 감염되기보다는 그 벽에 부딪쳐 튕겨 나오며, 그럴수록 광인의 위치는 더욱더 세계 밖으로 내몰리고, 세계를 향해 자의식 밖으로 나온 계몽의 목소리는 좌절의 고통을 매단 채 자의식 안으로 다시 회귀한다. 이것은 우선적으로 식인 세계가 공고하기 때문이다. 그러나 이러한 외적 요인과 아울러 광인의 계몽방식 자체에 대한 반성이 전제될 때 실패하게 된 근본 원인에 대해 이해할 수 있을 것이다.

광인이 위치하는 곳인 세계 밖은 다름 아닌 광인의 자의식 속이다. 광인은 이 속에서 식인의 역사를 발견하고 세계의 구원을 결심한다. 광인에게 자의식은 식인의 흔적이 없는 유일한 공간이자 식인 세계에 포획되지 않은 순수 세계이다. 그러나 이 세계 역시 식인 세계와 무관하게 존재할 수 있는 곳은 아니다. 광인은 식인의 역사를 발견할수록 '잡아먹힘'에 대한 두려움이 증가한다. 자의식의 세계가 식인 세계에 대해 완전한 우월성을 지닌다면, 식인 세계의 타락성이 드러날수록 그 세계 밖으로 탈주해야 할 것이다. 그런데 자의식의 세계로 돌아온 광인은 식인 세계의 일을 망각하지 않고 오히려 그 세계에 대한 기억을 더듬는다. 이것은 자신이 세계 밖에 위치한다 하더라도 자신의 생존 기반은 어쩔 수 없이 그 세계 안임을 무의식적으로 감지하고 있기 때문이다. 스스로를 세계 밖에 위치시키는 것은 현실이 아니라 '생각' 속에서만 가능한 일이다. 여기에 광인의 자기 모순이 또 하나 내포되어 있다. 자신은 세계 밖에 위치한다고 생각하지만 결코 그 세계로부터 자유로울 수 없는 것이다. 광인이 혼미한 세계에서 분리되어 나온 것은 세계를 객관적으로 바라보기 위함이다. 그런데 광인의 인식은 결코 객관적이지 않다. 그 인식은 자신의 살해위협과 연관되어 있기 때문이다. 식인에 대한 확신이 커질수록 그 정보는 식인 세계의 구체적 원리나 전체에 대한 객관적 통찰로 향하기보다는 살해위협이라는 자아의 두려움으로 변환된다. 이것이 바로 피해망상증이다. 피해망상증은 세계에 대한 객관적 인식을 장애하고 자아의 주관 속으로 침잠하게 만든다. 피해망상증과 결합된 계몽은 계몽대상과 융합하지 못하고 '내성화'될 뿐이다. 내성화된 계몽은 계몽 주체의 심한 자기 고통과 상처를 동반한다. 그래서 그 계몽은 타락한 세계에 대한 개혁이라는 공적인 차원을 넘어 계몽자 자신의 죽음의 그림자를 떨쳐버리기 위한 자기 위안의 요소를 내포하고 있다. 이러한 맥락에서 볼 때 광인의 계몽은 식인세계에 대한 해체와 살해 위협의 무화의지(無化意志)가 결합되어 있다고 할 수 있다. 그런데 계몽이 외부로 확산되지 않고 내성화 경향을 띠면, 세계에 의해 패배하고 좌절할 때, 자의식 속으로 도피하여 계몽의지를 상실하거나 좌절의 허무함을 견디지 못하고 자포자기하기 쉽다. 그것은 외부 세계와 자아가 소통할 수 있는 매개가 단절됨으로써 더 이상 자아가 계몽을 추구할 수 있는 가능성이 사라지기 때문이다. 계몽의 내성화는 바로 계몽의 실패를 의미한다. 더군다나 광인과 같이 자신의 식인 가능성을 발견하여 회귀할 수 있는 순수 세계를 상실하고 계몽의 목적과 주체를 동시에 부정할 경우, 좌절감은 더욱 극심하며 그 어디에도 안주할 곳이 없게 된다. 이제 외부 세계와 구별되는 진실의 세계이자 계몽을 추동하는 의지의 공간인 자의식을 스스로 부정함으로써 세계와 자의식 사이에 그어진 경계가 사라진다. 다시 말하면, 타락한 세계와 자의식 사이에 구별이 없어지고 자의식이 다시 세계 안으로 귀착됨으로써 자기 모순이 세계의 승리로 해소되어 버린 것이다. 이때 그가 선택할 수 있는 길은 무엇인가? 자아는 우월자인 세계 속에서 살아남기 위하여, 자아 우월적 입장에서 세계를 부정하던 계몽의 기억을 떨쳐버리고, 세계의 논리에 따르지 않을 수 없다. 자아가 세계에서 분리되어 있다가 회귀하는 과정은 광인이 발광하다가 다시 광기가 제거되는 시간에 다름 아니다. 광기 없는 광인은 더 이상 광인이 아니라 일상인이다. 일상인은 현실의 생존경쟁에 순응하지 않을 수 없다. 광인이 치유되어 관리 후보의 길을 간 것은 바로 이러한 내부 변모에서 연원한다.

　루쉰은 계몽이 실패하여 관리 후보로 떠난 광인을 바라보고 무엇을 생각한 것일까? 이 물음은 루쉰이 「광인일기」를 쓴 내적 동기가 무엇인지 그리고 이를 통해 루쉰은 무엇을 모색하려 하는지의 문제와 상통한다. 이것은 서문에서 설정한 서사적 거리 속에 무언으로 녹아 있으며, 「광인일기」 이후의 창작 속에 구체적인 형태로 드러난다. 여기서 이 물음에 접근하기 위하여 루쉰이 1923년 12월 26일에 북경여자고등사범학교 문예회에서 강연한 「노라는 가출한 후 어떻게 되었나[娜拉走後怎樣]」라는 글을 주목할 필요가 있다. 물론 이 글은 「광인일기」와 5년이라는 시간차가 존재하지만 '문제적 개인'으로서 광인과 노라 사이에는 어떠한 유사성이 잠재되어 있다. 그래서 유사한 인물을 바라보는 루쉰의 시선을 역추적함으로써 광인에 대한 루쉰의 무언의 사유를 짐작할 수 있을 것이다. 주지하듯이 노라는 가정의 굴레를 벗어나 개인의 자유를 추구하기 위하여 한밤중에 가출한 인물이다. 루쉰은 노라의 현실 인식의 문제보다는 노라가 가출하고 난 후 어떻게 되었는가라는 텍스트 밖의 문제에 주목한다. 루쉰은 노라가 자신의 인식을 현실 속에서 실천하기 위한 어떠한 응전력도 소유하지 못한 채 가출하였기 때문에 '타락하든지 아니면 집으로 돌아가는' 두 가지 길을 상정한다. 이러한 두 가지 길은 노라의 깨달음이 세계 속에 수용되는 것이 아니라 오히려 자아가 세계에 패배하여 희생(죽음)으로 전락하는 것이다. 여기서 루쉰은 노라의 길을 보면서 노라의 현실 응전력 부재와 일시적 희생의 무의미성에 대해 문제 제기한다. 다시 말하면, 노라의 가출은 억압적 현실 속에서 인식을 어떻게 실천할 것인가의 문제를 간과하여 대중을 위한 일시적인 희생이 되어버릴 것이라는 추측이다. 루쉰은 이러한 노라식 희생(계몽)을 지양하고 새로운 전투의 길을 탐색한다.

> 대중—특히 중국의—이란 것은 영원히 연극의 관객입니다. 희생이 등장했다고 합시다. 만약 그 희생이 용감하다면 그들은 비극을 본 것이 되고 비겁하다면 희극을 본 것이 됩니다. 북경의 양육점(羊肉店) 앞에는 언제나 몇 사람인가 모여 양의 가죽을 벗기는 것을 재미있다는 듯이 구경합니다. 인간의 희생이 그들에게 안겨주는 유익함도 그런 것에 지나지 않을지 모릅니다. 더군다나 일이 끝나버리면 두세 걸음도 걷기 전에 얼마되지 않는 즐거움마저 잊어버립니다. 그와 같은 대중에 대해서는 그들이 보는 연극을 없애는 것 이외의 다른 방법이 없으며 그러는 편이 오히려 구제가 됩니다. 다시 말하면, 일시적으로 짧게 놀라게 하는 희생은 아무런 소용이 없으며 묵묵하고 끈기 있는 전투를 하는 쪽이 효과가 있다는 것입니다.[21]

여기서 루쉰은 묵묵하고 끈기 있는 전투를 제기한다. 루쉰이 모색하는 이러한 전투는 어떠한 것인가? 이것은 노라식 희생이 희생자의 모습을 전면에 부각시키는 것과 달리 자기의 모습을 드러내지 않고 신중히

---

21) 魯迅, 「娜拉走後怎樣」(1923년 12월 26일에 북경여자고등사범학교 문예회에서 강연), 163~164면. "群衆—尤其是中國的—永遠是戲劇的看客. 犧牲上場, 如果顯得慷慨, 他們就看了悲壯劇; 如果顯得殻殻, 他們就看了滑稽劇. 北京的羊肉鋪前常有幾個人張着嘴看剝羊, 彷佛頗愉快, 人的犧牲能給與他們的益處, 也不過如此. 而況事后走不幾步, 他們并這一点愉快也就忘却了. 對于這樣的群衆沒有法, 只好使他們無戲可看倒是療救, 正无需乎震駭一時的犧牲, 不如深沈的覺性的戰斗."

사유하며[深沈], 대중을 일시적으로 진동시키다 좌절에 빠지는 것과 달리 쉽사리 절망하지 않고 끝까지 반항의 의지를 밀고 나가는[靭性] 전투를 의미한다. 즉, 루쉰은 이러한 전투가 바로 노라식 희생의 한계를 탈피하여 영원한 연극의 관객인 중국의 대중과 맞서는 효과적인 방식이라고 본 것이다.

여기서 우리는 노라식 희생과 광인식 계몽을 연관지어 생각해보자. 앞에서 살펴보았듯이 식인한 이의 양심에 호소하는 광인의 계몽방법은 현실 앞에 무기력하며, 광인의 계몽은 대중의 의식에 스며들지 못하고 오히려 그들의 구경거리를 제공하는 일시적 희생으로 종결된다. 광인 역시 무기력한 실천과 일시적 희생이라는 면에서 노라와 유사성을 지닌다. 그리고 가출 이후의 길과 관리 후보의 길은 모두 전투해야 할 현실을 빗겨난 자기 위안적 행위(루쉰의 사유 속에서는 노라의 가출 역시 현실 전투적인 행위가 아니다)이다. 루쉰은 어쩌면 노라가 가출하고 난 이후의 일을 생각할 때 광인이 관리 후보로 간 일을 떠올리고 두 인물의 비극적 운명과 한계를 직감했는지도 모른다. 그렇다면 루쉰이 광인의 계몽을 반성적으로 사유하며 모색한 출로는 바로 묵묵하고 끈기 있는 전투라고 볼 수 있다. 루쉰은 광인이 관리 후보로 간 것에 대해 아쉬워하거나 미련을 두기보다는 현실 밖에서 진행하는 내성화된 계몽의 실패를 선언하고, 이러한 '침묵'의 전투를 통해 식인 세계의 해체의 가능성을 모색했던 것이다. 이것은 세상과의 격막감을 지니며 구조 밖에서 반항의 전투를 하던 광인식 계몽이 아니라, 구조 속으로 깊숙이 침투하여 자신의 모습을 숨긴 채 은폐된 구조의 작동원리를 들추어내는 우회적 전투이다. 자신의 모습은 표면에 드러나지 않지만 그의 '눈'만은 작품의 보이지 않는 곳에서 번뜩거리며 암흑을 파헤친다. 그는 이 황폐한 세계를 먼발치에서 구경하는 것이 아니라, 그 속으로 들어가 통찰의 '눈'을 부릅뜨고 등급의 그물망 속에 포획되어 사멸해 가는 영혼과 그 무의식적 징후들을 포착한다. 일상 속에서 이러한 현상들은 식인 구조의 자기 보호장치(동일성과 망각)에 의해 가

리어진 것인데, 루쉰의 '눈'은 풍자의 칼을 들고 구조의 그물을 찢어발김
으로써 그 속에 썩어 있는 분비물들을 지면 위로 쏟아낸다. 이것이 바로
『납함』이란 이름의 저주스런 이야기이다. 그 속에서 루쉰은 「광인일기」
의 광인처럼 식인한 이들을 깨우치기 위해 직접 소리치지 않고, 일정한
거리를 유지하며 일상세계를 지배하는 선험적 구조의 작동원리를 파헤
친다. 그래서『납함』에는 동일성과 망각의 장치에 의해 숨겨진 식인 메카
니즘의 실체만이 냉정하게 드러날 뿐 그것을 직접 파괴할 주체가 등장하
지 않는다. 루쉰은 바로 광인과의 반성적 대화를 통해 내성화된 계몽에
서 벗어나 묵묵하고 끈기 있는 전투로 방향 전환하고 있었던 것이다. 이
러한 창조적 전환은 계몽에 대한 루쉰의 현실주의적 고뇌가 있었기에 가
능했던 일이다.

2. 식인의 상상력과 저주의 이야기

　일반적으로 5·4시기는 전통 중국의 모든 관습과 우상을 부정하고
새로운 세계에 대한 희망·열정·광명·영웅·낭만 등의 이미지가 지
배하는 시대로 인식된다. 그런데 동일한 시대를 살아간 루쉰의 텍스트
속에는 이러한 변화에 대한 희망을 거의 찾아보기 힘들다. 오히려 루쉰
텍스트는 동시대인 5·4의 이야기를 다루지 않고 신해혁명 전후의 이야
기를 취급하며, 모든 희망을 무화시켜 버리는 암흑의 거대 구조와 이
구조 앞에 무기력하게 사라지거나 좌절당하는 인간들의 양태만을 보여
줄 따름이다. 왜 루쉰은 세칭 희망의 시대에 살고 있으면서도 이렇게
어두운 과거에 대한 기억과 5·4와 직접적 관련성이 없어 보이는 이야
기를 문학적 대상으로 삼은 것일까? 이 문제에 접근하기 위하여『납함』

「자서」의 다음 구절을 살펴볼 필요가 있을 것이다.

① 나도 젊었을 때는 많은 꿈[夢]을 가졌던 적이 있었다. 나중에는 대개 잊고 말았지만, 그렇다고 별로 애석하게 생각한 적은 없다. 회상(回憶)이란, 사람을 즐겁게 만들기도 하지만 때로는 적막하게 만들기도 한다. 마음속의 실 한 가닥으로, 지나가 버린 쓸쓸한 시간을 매어둔들 무슨 의미가 있겠는가. 그것을 완전히 잊어버리지 못한 데에서 나는 오히려 고통을 느낀다. 그 완전히 잊혀질 수 없는 일부분이 지금에 와서 『납함』을 쓰게 된 원인이 되었다.22)

② 나는 비록 끝없는 비애 속에 빠져 있었지만, 결코 그로 인해 분노를 터뜨리거나 하지는 않았다. 이런 경험은 나를 반성하게 하고 나 자신을 돌아볼 수 있게 했기 때문이다. 즉 나는, 내가 한 손을 높이 쳐들고 외치면 나에게 호응하여 수많은 사람이 운집하는 그런 영웅이 절대 아니라는 점을 깨달았던 것이다.23)

루쉰은 젊었을 때 가졌던 많은 '꿈' 중 완전히 잊혀질 수 없는 일부분이 『납함』을 쓰게 된 원인이라고 말한다. 여기서 루쉰이 말하는 젊었을 때란 서구 근대사상을 접하면서 반만(反滿) 민족혁명에 종사하던 신해혁명 전후의 시절을 가리키며, 꿈이란 타락한 봉건제국을 해체하고 민족적이고 민주적인 근대 중국을 '신생'하려는 희망일 것이다. 이러한 루쉰의 젊은 시절의 꿈은 어떻게 되었는가? 그것의 역사적 사회적 실천형태인 신해혁명은 봉건세력에 의해 무기력하게 실패해버리고, 루쉰 개인적으로는 "낯선 사람들 속에서 홀로 외쳤는데 아무 반응이 없으면, 즉 찬성도 반대도 없다면, 마치 끝없는 벌판에 홀로 버려진 듯 자신을 어찌

---

22) 魯迅,「自序」,『吶喊』(『魯迅全集』 1卷), 人民文學出版社, 1993, 415면. "我在年青時候也曾經做過許多夢, 后來大半忘却了, 但自己也幷不以爲可惜. 所謂回憶者, 雖說可以使人歡欣, 有時也不免使人寂寞, 使精神的絲縷還牽着已逝的寂寞的時光, 又有什麼意味呢, 而我偏苦于不能全忘却, 這不能全忘的一部分, 到現在便成了『吶喊』的來由."

23) 魯迅, 위의 글, 417~418면. "然而我雖然自有無端的悲哀, 却也幷不憤懑, 因爲這經驗使我反省, 看見自己了 : 就是我決不是一個振臂一呼應者云集的英雄."

해야 좋을지 모를" 고통과 적막감에 휩싸이게 된다. 루쉰은 이러한 내
면상태 속에서 신해혁명 실패 이후 1918년까지 "신해혁명을 보고, 위안
스카이의 칭제와 장쉰의 복벽운동을 보는 등 여러 가지를 차례로 보면
서 심각한 회의에 빠지고, 실망하여 극도로 낙담하며"[24] 비문 베끼기에
전념한다. 그러나 루쉰은 '철방'과 같은 중국의 암흑구조에 의한 꿈의
좌절, 극도의 고통과 허무, 적막감이 커다란 독사처럼 자신의 영혼에 달
라붙어 떨어지지 않는 '한계상황' 속에서도, 자기 내부에 갇혀 동시대와
의 '접촉'을 회피하는 자폐적 양상을 띠지는 않는다. 그의 내부에는 '완
전히 잊어버릴 수 없는' 꿈의 일부분이 꿈틀거리며, 루쉰이 현실과의 유
대의 끈을 완전히 놓아버리지 않도록 만든다. 첸쉔퉁[錢玄同]이 루쉰을
찾아와서 『신청년』에 글을 싣도록 권유했을 때 단호히 거절하지 않고
그의 제의를 받아들인 것도, 그 꿈이 루쉰의 내부에서 완전히 사라지지
않고, 변화된 현실과의 새로운 '연대가능성'을 모색할 수 있는 기제로
작용하기 때문일 것이다.

　　그렇다면 『납함』 창작의 원인이 되며 동시대와 연대 가능케 한 루쉰의
그 꿈은 무엇인가? 일반적으로 꿈은 지금 여기에는 존재하지 않으나 앞
으로 실현되기를 바라는 어떠한 것으로 이상적이고 미래적인 개념이다.
그런데 루쉰의 『납함』 속에는 이상과 미래성을 담지한 꿈에 관한 이야기
나 그 흔적들이 보이지 않으며, 오히려 암흑적인 중국 현실과 과거의 시
공간에서 벌어진 이야기들이 주종을 이룬다. 왜 루쉰의 꿈은 본래적 모
습을 드러내지 않고 『납함』식의 형상으로 출현하는 것인가? 5·4시기 루
쉰의 내부에 '완전히 잊혀질 수 없는 일부분'의 꿈은 젊은 시절의 그것이
아니다. 그것은 희망과 열정 속에서 피어난 뜨거운 꿈이 아니라 끝없는
비애 속에서 자기를 '반성'하고 돌아보는 가운데 차분히 '가라앉은' 꿈이

---

24) 魯迅, 『自選集』, 「自序」(『魯迅全集』 4卷), 人民文學出版社, 1993, 455면. "見過辛亥
　　革命, 見過二次革命, 見過袁世凱稱帝, 張勛復辟, 看來看去, 就看得懷疑起來, 于是
　　失望, 頹唐得很了."

다. 루쉰은 이러한 젊은 시절의 꿈과 자신의 행적을 돌이켜 보는 반성적
기억을 통해『납함』의 이야기를 엮어나간다.『납함』속의 과거의 이야기
는 과거의 현실 속에서 사라져버린 것이 아니라 현재까지 지속되는 동시
대적인 이야기이다. 그래서 반성적 기억의 장치에 투영된『납함』의 이야
기는 과거라는 제한적 시간을 넘어 '현재'적 지평 속으로 끊임없이 흐르
며, 특정한 시공간의 경계에 묶이지 않는 보편적인 이야기로 공감되는
것이다.

　루쉰은 「광인일기」에서 식인예교가 중국이 정체되고 타락한 근본 원
인임을 드러낸다. 그런데 이것은 광인의 자의식과 목소리를 빌어 관념적
으로 '제시'된 것으로 식인 세계의 구체적인 실상은 보이지 않는다. 「광
인일기」 이후 루쉰은 자신의 기억세계에 진입하여 관념화된 식인 세계
의 실체를 상상하고 그 본 모습을 냉철하게 드러낸다.『납함』은 과거적
사건에 대한 경험적 '기억'을 통해 중국을 정체하게 만든 무의식적 징후
와 선험적 구조, 그리고 그 구조 속에 포섭된 마비된 영혼을 '과거적 형
식'으로 서사하고 있다. 그러면 루쉰의 기억을 따라『납함』의 세계 속으
로 들어가 보자.

　『납함』속에 등장하는 마을은 황혼의 노을과 사멸의 그림자가 드리
워진 폐허의 공간 위에 위치한다. 그곳에는 푸른 빛의 생성의 이미지가
부재하며 암흑·마비·망각·침묵 등 죽음의 이미지가 지배한다. 이것
은 그 마을의 곳곳에 수시로 '식인의 광장'이 형성되어 인간의 생명을
구경거리로 삼켜버리기 때문이다.

　　두세 명씩 서성대던 사람들도 눈 깜박할 사이에 한데 어울려 조수처럼 앞으
　로 몰려갔는데 정(丁)자 삼거리에 이르자 멈춰 서서 반원형으로 빙 둘러섰다.25)

---

25) 魯迅, 「藥」,『魯迅全集』1卷, 人民文學出版社, 1993, 441면. "那三三兩兩的人, 也忽
　然合作一堆, 潮一般向前趕; 將到丁字街口, 便突然立住 , 簇成一個半圓."

　이 마을의 사람들은 오랜 시간 동안 동일한 문화와 관습 속에 묶여 있
어서 자신의 개성이나 삶의 의미를 느끼지 못한 채 마을의 주위를 두리
번거리며 무료하고 태평스런 나날을 보낸다. 그들은 이러한 존재의 결핍
감을 채우기 위해 일상에서 벗어난 낯선 사건이나 구경거리를 찾아 헤매
며 이것을 생의 유일한 즐거움으로 삼는다. 구경거리가 생긴 어느 곳이
든 그들은 굶주린 개처럼 모여들어 '반원형'의 광장을 형성한다. 구경거
리 주위로 몰려든 구경꾼은 그 사건이 발생한 인간적 역사적 의미는 망
각하고, 그것이 제공할 구경의 기쁨과 강도에만 관심을 지닌다. 그래서
반원형 속에는 감각쾌락의 구경만이 최상의 가치로 인정된다. 존재에 관
한 물음이 부재한 반원형의 공간은 바로 '무덤'의 형상이다. 이 무덤은
자연으로 되돌아간 생의 안식처가 아니라 생명을 죽음으로 몰아넣는 '죽
임'의 장치이다. 이 무덤의 황량한 어둠 속에는 식인의 눈초리가 섬짓 빛
나고 마비와 망각의 웃음소리가 간간이 들릴 뿐이다. 『납함』의 세계는
바로 이러한 무덤들이 즐비하게 널려져 있는 식인의 광장 위에 위치한다.
　식인의 광장과 구경꾼의 이미지는 『납함』의 세계뿐만 아니라 루쉰의
전 텍스트 속에 출현하는 보편적인 것이다. 이 이미지는 두 가지의 형태
로 나타난다. 하나는 중국 사회구조의 식인성 이미지이다. 변화 없는 태
평스런 구조 속의 인간들이 자신의 무료함을 채우기 위해 타인의 불행을
구경거리로 삼아 그 사람을 고립되게 만들고 마침내 죽음으로 내몬다. 구
경거리로 포섭된 대상은 집단의 즐거움을 위한 희생이 되어 검은 죽음의
구멍 속으로 빠져들어 흔적 없이 사라져간다. 이 식인의 구조는 차기 속에
내재된 생의 결핍감과 모순을 끊임없이 구경거리를 산출함으로써 자신의
위기를 감추고 안정성을 유지한다. 또한 구조 속의 인간은 구조의 메카니
즘을 내면화한 부속물에 불과하여 구조에 대한 의문이나 자신의 존재에
대한 반성적 사유가 부재하다. 이러한 현상이 바로 구조의 식인성과 비인
간성의 이미지로 나타난다. 이것은 「콩이지[孔乙己]」·「내일[明天]」·「축복
(祝福)」 등에 나타나는 이미지로, 중국 사회가 정체하고 중국 민중이 마비된

영혼을 소유하게 된 역사적 구조를 상징한다. 다른 하나는 혁명가와 구경꾼의 이미지이다. 이것은 환등기 사건에서 「광인일기」·「약(藥)」·「아Q정전(阿Q正傳)」·「조리돌림[示衆]」·「주검(鑄劍)」 등에 이르기까지 지속적으로 나타나는 이미지로, 중국의 암흑구조를 변혁하려는 혁명가와 역사적 사건을 구경거리로 만들고 일회적인 해프닝으로 변질시키는 것을 상징한다. 이것은 중국 사회구조의 식인성 이미지가 루쉰 당대의 역사적 상황에서 변형화된 것으로 볼 수 있다. 다시 말하면, 사물의 본래적 의미를 제거한 채 구경거리로 만들어버리는 중국 사회구조의 식인성이, 변혁기인 루쉰의 시대에서는 혁명활동과 혁명가를 구조의 즐거움을 위한 구경거리로 삼아 그 역사적 의미를 무화시켜 버린다는 것이다. 그래서 이 두 가지 이미지는 구경거리에 대한 소재적인 차이가 있지만, 중국 사회의 식인성의 이미지를 체현하고 있다는 점에서 불가분의 관계를 맺고 있다.

『납함』의 세계는 이러한 식인의 광장과 구경꾼의 이미지들이 짙게 배어 있는 사멸의 공간이다. 그것은 길거리에서 수시로 형성되는 타원형의 공간으로 나타나거나 함형 주점 등의 실제적인 공간으로 등장한다. 이것은 모두 납함의 세계에서는 일상화되어 낯설지 않은 곳이다. 「광인일기」에서 광인이 군상의 웃음거리가 되는 길거리나 마당, 「콩이지」에서 콩이지가 조소대상이 되는 함형주점, 「약」에서 혁명가 샤위[夏瑜]가 처형되는 길거리, 샤위와 화샤오취안[華小栓]의 죽음 자체가 유희화되는 가게, 「내일」에서 등장하는 함형주점, 「아Q정전」에서 아큐가 조리돌림 당하는 길거리 등은 모두 식인의 광장으로 작용하는 공간이다. 그러면 식인의 광장에서 벌어지는 구경꾼과 구경거리, 그리고 그 죽임의 내면풍경에 대해 살펴보자.

「콩이지」는 몰락한 사대부인 콩이지에 관한 일화가 이야기의 중심을 이룬다. 콩이지는 봉건사회의 지배계급인 사대부로서의 물적 정신적 기반을 상실한 인물이다. 노진 사람들은 그의 정확한 이름이나 고향, 출신 성분 등 한 사람의 뿌리에 해당하는 정보에 대해서는 별 관심이 없다.

다만 낡은 장삼옷을 입고 알쏭달쏭한 문어를 쓰고 붓글씨를 쓰는 그의 외형적 모습을 보고 몰락한 사대부라고 추측할 뿐이다. 콩이지는 천성적으로 "술 마시기만 좋아하고 일하기는 싫어하는 나쁜 버릇"26) 있어서 책 베끼는 일자리를 잃고 함형 주점의 외상값만이 늘어간다. 그에 관한 사람들의 시선에는, 사대부 신분에 대한 최소한의 존중이나 몰락한 사람에게 보내는 최소한의 연민도 없이, 그저 그가 벌이는 우스꽝스러운 행동에 대한 조소만이 서려 있다.

재자가인(才子佳人)이나 영웅의 이야기를 다루는 전통소설의 입장에서 볼 때 콩이지는 소설의 주인공이 될 만한 요소를 갖고 있지 못한 인물이다. 콩이지가 사람들의 주목을 끄는 이유는 그의 학식이나 품위가 아니라 오히려 일상인들의 기대치에도 못 미치는 모순된 행동 때문이다. 노진은 결코 지배계급인 사대부들의 허위와 폭력을 풍자할 만한 깨어 있는 공간이 아니다. 그곳은 아직까지 딩거인[丁擧人]의 권위가 살아 있는 봉건왕국이다. 그런데 콩이지는 그 사회의 하층인들로부터 온갖 멸시와 조롱을 받으며 테두리 밖으로 '추방'당하고 만다. 콩이지가 추방된 것은 그 사회의 권위와 금기사항을 위반하여 질서를 혼란시켜서가 아니다. 오히려 콩이지는 자신이 생존할 물적 기반을 상실했음에도 불구하고, 그 사회를 원망하거나 저주하기보다는 이미 무의식까지 봉건적 논리에 젖어 있는 인물이다. 그는 몰락한 자신에 대한 타인의 웃음조차 지각하지 못할 정도로, 현재의 자신과 몰락 이전의 자신과의 '차이'를 느끼지 못한다. 그에게 몰락이 현실성으로 다가오는 것은 생계라는 곤혹스런 문제를 해결해야 하는 순간뿐이다. 그래서 그는 남에게 책을 베껴주거나 심지어 도둑질을 하게 되지만, 그의 사유는 몰락 이전의 세계에서 벗어나지 못하여 아이러니한 행동을 연출하는 것이다. 그것은 구경꾼이 보기에 한낱 웃음거리에 불과하지만 콩이지 자신에게는 하나의

---

26) 魯迅, 「孔乙己」, 『魯迅全集』 1권, 人民文學出版社, 1993, 435면. "他又有一樣壞脾氣, 便是好喝懶做."

'혼동'된 삶의 방식이다. 몰락은 기득권을 가진 인간이 그 능력을 상실하여 도태되는 사회화 과정이다. 그래서 몰락한 인물은 그 사회의 비정한 생존논리를 인식하고 새로운 삶을 모색하거나 아니면 자포자기에 빠지기 십상이다. 그런데 몰락한 콩이지는 그러한 길을 걷지 않는다. 새로운 삶은 과거 세계에의 집착으로 인해 모색되지 못하고, "스스로 그들과는 이야기 상대가 되지 않는다"[27]고 자존하는 이상 자포자기의 늪에 빠지지도 않는다.

그는 과거적 삶의 기반 위에서 변화된 현재를 수용하는 '자기 도착'적인 방식을 선택한다. 문어투성이의 말을 쓰고 어린아이에게 글을 가르쳐주면서 생계를 위해 도둑질을 하는 것 등은 바로 그러한 삶의 방식의 흔적이다. 그러나 콩이지의 삶은 그 어디에서도 받아들여지지 않는다. 마을 사람들에겐 감각쾌락의 대상에 불과하고 아이들 역시 그의 우스운 행동과 안주에 관심이 있을 뿐이다. 콩이지가 이 마을에서 존립할 수 있는 유일한 순간은 유쾌한 웃음거리를 제공할 때이다. 콩이지의 슬픈 삶은 타인의 구경거리로 전락하며, 그의 생이 곤궁에 처할수록 마을 사람들의 웃음의 강도는 높아져 간다. 노진 사람들은 콩이지의 불행을 구경거리로 삼아 자신의 무료함을 떨쳐버릴 뿐 그에 대한 연민의 눈길을 보내지는 않는다. 콩이지란 존재는 "이처럼 사람들을 유쾌하게 해주지만 그가 없어도 다른 사람들은 별일 없이 지내"[28]는 구경거리에 불과하다. 그런데 콩이지가 정거인의 물건을 훔치다 들켜서 다리가 부러졌다는 소문이 나돌면서, 콩이지에 대한 사람들의 시선은 웃음거리의 차원을 넘어 주검처럼 싸늘해져간다. "어찌 되었는지 …… 그걸 누가 압니까? 아마 죽었을 거예요."[29] 어느 날 콩이지는 다리가 부러진 채 함형

---

27) 魯迅, 「孔乙己」, 『魯迅全集』 1卷, 人民文學出版社, 1993, 436면. "孔乙己自己知道不能和他們談天."
28) 魯迅, 위의 글, 437면. "孔乙己是這樣的使人快活, 可是沒有他, 別人也便這麼過."
29) 魯迅, 위의 글, 437면. "怎樣? …… 誰曉得? 許是死了."

주점으로 되돌아오는데, 그것 역시 구경꾼들에겐 놀림의 대상일 뿐이다. 이제 콩이지가 노진이라는 공간 속에서 존립할 자리는 점점 사라진다. 그는 함형 주점이란 식인의 광장에 걸려들어 구경꾼들에게 심심찮은 즐거움을 제공하다, "하루종일 화롯가에 있어도 솜옷을 입어야 하는"30) 초겨울 "너덜너덜한 겹옷을 입고 책상다리를 한 채"31) 차가운 어둠 속으로 '내몰린 것이다.' 콩이지는 구경꾼들의 기억 속에서 잊혀져 가고, 함형 주점의 주인만이 외상자 가운데 한사람으로 기억할 뿐이다. 노진에서 콩이지는 흔적도 없이 사라지고 구경꾼들은 또 다른 웃음거리를 찾아 술잔을 기울인다. 이것이 바로 「콩이지」 속의 식인의 광장에서 벌어지는 죽임의 내면풍경이다.

「콩이지」는 함형 주점의 어린 사환인 '나'의 눈을 통해 콩이지의 아이러니한 행적을 그린다. 그런데 이 작품의 1인칭 관찰자인 '나'는 콩이지를 관찰하는 '어린' 나뿐 아니라 어린 나의 눈을 통해 관찰된 이야기를 기억하는 '성장한' 나로 구성되어 있다. 두 가지의 나로 서술된다는 것은 「콩이지」가 액자식 구조를 지니고 있다는 뜻이다. 이러한 문학적 장치로 인해 어린 나의 눈은 그 자체로 순수한 것이 아니라 성장한 나의 '기억'에 이끌리어 현재화된다. 그래서 콩이지에 관한 이야기는 나의 어린 시절에 벌어졌던 과거의 일이 아니라 성장한 나의 의식이 침윤된 확장된 이야기로 읽어야 한다. 성장한 나는 어린 나의 눈을 통해 콩이지에 관한 무엇을 이야기하려 한 것인가? 표면적으로 볼 때 「콩이지」는 몰락한 사대부인 콩이지의 허위성을 풍자하고 있다. 그러나 그 이면에서 '성장한 나(루쉰)'는 『납함』의 세계 곳곳에 널려져 있는 식인의 광장과 구경꾼, 그것에 걸려든 구경거리인 콩이지에 관한 슬픈 이야기를 어린 나의 눈을 통해 파헤치고 있다. 「콩이지」는 「광인일기」 이후 루쉰이 쓴 첫 작품이다. 「광인일기」를 초기 루쉰의 세계와 『납함』의 세계를 이

---

30) 魯迅, 위의 글, 437면. "我整天的靠着火, 也須穿上棉袄了."
31) 魯迅, 위의 글, 437면. "穿一件破夾袄, 盤着兩腿."

어주는 교량으로 본다면, 「콩이지」는 그 세계를 열어 가는 첫 걸음이
되는 셈이다. 다시 말하면, 「콩이지」는 루쉰이 식인의 상상력을 통해
『납함』 세계의 본질을 통찰하는 첫 번째 반성적 기억인 셈이다. 루쉰의
이러한 기억은 루쉰 당대의 역사적 문제인 혁명가와 구경꾼의 이미지로
확산되어 『납함』 세계의 본질로 더 한층 다가간다.

　혁명가와 구경꾼의 관계는 루쉰 텍스트의 중심적인 문제설정으로, 루
쉰을 의학에서 문학으로 전환케 한 환등기 사건 가운데서 그 원형을 찾
아볼 수 있다.

　　어느 때였던가, 나는 마침 화면에서, 오래 전에 헤어졌던 많은 중국인들을 갑
　자기 보게 되었다. 가운데 한 사람이 묶여 있고, 주위엔 많은 사람들이 둘러서
　있는 장면이었다. 모두 건장한 체격이었지만 넋이 빠진 듯 멍청한 표정들이었
　다. 해설에 의하면, 묶여 있는 중국 사람은 러시아를 위해 군사상의 기밀을 정
　탐했기 때문에, 본보기를 보이기 위하여 일본군이 목을 자르려 한다는 것이다.
　둘러선 사람들은 이 본보기가 되는 큰 일을 구경하러 온 것이라고 했다.[32]

　루쉰은 1906년 무렵에 벌어진 이 사건을 통해 중국 사회가 정체하게
된 본질적 구조를 직관하고 소위 '국민성 개조'를 위한 문학의 길로 나
아간다. 이 사건은 비단 루쉰의 방향전환을 추동할 뿐 아니라, 루쉰의
사유 속에 혁명가와 구경꾼의 이미지를 깊이 심어두어 이후 루쉰 문학
세계의 중심적 이미지로 확장된다. 「약」은 그 이미지가 최초로 형상화
된 작품이다. 주지하듯이 「약」은 폐병에 걸린 화소전이 처형된 혁명가
샤위의 피를 적신 만두를 먹고 죽는다는 이야기를 다룬다. 「약」에서 구
경꾼들은 길거리인 정(丁)자 삼거리에서 반원형의 식인의 광장을 형성하

---

32) 魯迅, 「自序」, 『吶喊』(『魯迅全集』 1卷), 人民文學出版社, 1993, 416면. "有一回, 我
　竟在畵片上忽然會見我久違的許多中國人了, 一個綁在中間, 許多站在左右, 一樣是
　强壯的體格, 而顯出麻木的神情. 据解說, 則綁着的是替俄國做了軍事上的偵探, 正
　要被日軍砍下頭顱來示衆, 而圍着的便是來賞鑒這示衆的盛擧的人們."

여 처형대상을 구경한다. 그들은 그 처형대상이 어떠한 사람인지, 그 사람이 어떠한 일을 하였는지 그리고 왜 처형을 당하는지 등에 대한 의미 있는 물음을 던지지 않고, 그 처형놀이가 가져다 줄 감각적 쾌락에만 관심을 둘 뿐이다. 반원형의 공간 속엔 역사와 인간에 대한 근본적인 물음이 부재하며, 그 속의 인간들은 "수많은 오리떼가 보이지 않는 손에 목이 잡혀 매달려 있는 듯"[33]이 무의식적으로 구경거리에 달려든다. 식인의 광장에서는 중국사회의 구조적 모순을 온몸으로 맞서며 변혁하려던 혁명가도 구경꾼들의 무료함을 달래주는 웃음거리로 변질된다. 우매한 구경꾼들을 계몽하려던 혁명가는 오히려 그들에게 자신의 영혼과 육체를 갉아 먹힌다. 그곳은 역사적 행위를 웃음을 제공하는 놀이로 뒤바꾸고, 혁명가의 변혁활동을 모순구조를 온존강화하는 활력으로 변신시키는 공간이다. 그 변신의 위력으로 신성한 혁명은 일회적인 해프닝으로 반전되어 구경꾼들의 웃음 속으로 흔적 없이 사라져버린다. 이러한 관계구조로 인해 「약」에서 혁명가의 형상은 구체적인 자신의 육체를 소유하지 못하고 구경꾼들의 대화 속에 편린으로 드러날 뿐이다. 그 편린 역시 혁명가의 본래 모습이 사상된 채 구경꾼들에 의해 웃음거리화된 것이다.

> "그 머저리 같은 놈은 맞아도 겁도 안내고, 도리어 불쌍하다 불쌍해라고 했대"
> 흰 수염쟁이가 말했다. "그런 놈이야 맞아도 싸지. 불쌍할 게 뭐 있어?"
> 캉씨가 비웃는 표정으로 코웃음을 치며 말했다. "대체 말을 어떻게 듣고 있는거야? 그놈 말은 아이(옥리의 이름)가 불쌍하단 거야."
> 귀를 기울이고 있던 사람들의 눈빛이 갑자기 멍청해졌다. 말소리도 뚝 끊겼다.
> ……
> "아이가 불쌍하다니 …… 미친 소리, 완전히 미쳤군." 흰 수염쟁이가 별안간 깨달았다는 듯이 말했다.

---

33) 魯迅, 「藥」, 『魯迅全集』 1卷, 人民文學出版社, 1993, 441면. "彷彿許多鴨, 被無形的手捏住了的."

　혁명가와 구경꾼의 관계에서 그 관계를 주도적으로 이끌어나가는 쪽은 구경꾼들이며, 혁명가는 거미줄에 걸려든 먹이처럼 그 관계망에 압도되어 혁명의 의미가 무기력화되고 자신의 존재마저 온전히 설 자리를 상실한다. 이 관계 속에서는 혁명가가 공감되어질 공간이 부재하며, 그는 구경꾼들에게 '미친'자의 이름으로 기억되다 이 죽임의 놀이판이 해소되면서 영원히 망각된다. 다시 말하면, 혁명가이자 인간으로서 샤위는 그를 둘러싼 구경꾼들에 의해 웃음으로 갈기갈기 희석되어 그 존재 자체가 무화되어 버리는 것이다. 그런데 여기서 우리는 구경꾼들의 식인의 웃음이 혁명가라는 이질적인 대상에만 국한되지 않고 동료 구경꾼이자 인혈만두의 수요자인 화라오취안과 화샤오취안으로 확산된다는 점을 주목해야 한다. 화로전은 폐병에 걸린 아들을 치유하기 위하여 약효가 있다는 인혈만두를 구하러 반원형 속의 일원으로 가담한다. 그가 그 속으로 들어가는 것은 '보이지 않는 손'에 이끌린 듯 거의 무의식적이다. 그 역시 구경꾼에 둘러 쌓인 처형대상의 신원에 대해서는 질문이 없으며 오로지 자기 자식의 치료를 위한 '약'에만 관심을 가진다. 그는 누군가가 죽어야 만이 자기 자식을 살릴 수 있다는 생각에 사로잡혀 타인의 죽음을 간절히 기다리고 있는 셈이다. 그러나 그는 폐병에 인혈만두가 좋다는 이야기 자체가 구경꾼들의 호기심을 자극하고, 자신과 자신의 아들이 구경거리가 된다는 사실을 알지 못한다. 구경거리는 바로 죽음을 의미한다. 구경꾼들은 인혈만두의 신비한 약효에 대해 자신 있게 떠들어대고 자신들의 공로에 대해 자랑스러워한다.

---

34) 魯迅, 「藥」, 『魯迅全集』 1卷, 人民文學出版社, 1993. "'他這賤骨頭打不怕, 還要說可憐可憐哩.' 花白胡子的人說, '打了這種東西, 有什麼可憐呢?' 康大叔顯出看他不上的樣子, 冷笑着說, '你沒有聽淸我的話; 看他神氣, 是說阿義可憐哩!' 聽着的人的眼光, 忽然有些板滯, 話也停頓了 …… '阿義可憐－瘋話, 簡直是發了瘋了.' 花白胡子恍然大悟似的說. '發了瘋了.' 二十多歲的人也恍然大悟的說."

가게 안의 손님들은 다시 활기를 띠고 담소하기 시작했다. 샤오취안은 그 왁자지껄한 소리에 섞여 연방 쿨럭이며 기침을 했다. 캉씨는 앞으로 다가와 그의 어깨를 두드리며 말했다.

"틀림없이 낫는다! 샤오취안! …… 그렇게 기침하면 안돼. 꼭 나을거야."[35]

표면적으로 볼 때 구경꾼들은 샤오취안의 폐병에 대해 연민과 동정의 눈길을 보내는 듯 하다. 그러나 그들은 샤오취안의 병을 진심으로 걱정하고 아파하는 마음으로 바라보는 것이 아니다. 그들은 '인혈만두를 먹으면 폐병이 반드시 낫는다'는 제목의 죽음의 놀이를 감상하는 '관객'으로서 그 주인공을 대한다. 그들은 샤오취안의 생명을 되살리는 데에 무능하다. 오히려 그들의 활기는 샤오취안의 생명을 구경거리로 소진시킴으로써 생겨난 것이다. 그래서 샤오취안은 그들이 떠드는 소리를 들을수록 연신 쿨럭이며 병이 더욱 악화되는 것이다. 구경꾼들의 눈길엔 샤오취안을 죽음으로 몰아넣는 '살기'가 서려져 있다. 혁명가의 죽음의 놀이판에서 구경꾼이었던 화라오취안은 자신의 가게가 식인의 광장이 되고 자신의 아들이 동료 구경꾼들에 의해 구경거리가 되어 새로운 죽음의 놀이가 벌어지고 있다는 사실을 알지 못한다. 이것은 구경꾼의 영혼이 망각과 마비의 상태에 빠져 있다는 점을 넘어, 구경꾼 자신도 언제든지 자기도 모르게 구경거리가 되어, 죽음으로 내몰릴 수 있는 구조적 '악순환'이 잠재되어 있음을 의미한다. 「약」은 『납함』의 세계가 바로 이러한 식인의 메카니즘에 의해 조정되는 죽임의 광장임을 통찰한다.

그렇다면 이러한 죽음의 이미지가 지배하는 『납함』의 세계에는 어떠한 사람들이 살며 또 어떻게 살아가는가? 『납함』 세계에 사는 사람들은 대체로 자신의 이름이 없는 '무인칭의 군상'으로 존재한다. 그들은 『납함』 세계가 지정해 준 자신의 자리에 안주하며, 그 자리를 탈피하여 새로

---

35) 魯迅, 위의 글, 446면. "店里的坐客, 便又顯出活氣, 談笑起來. 小栓也趁着熱鬧, 拚命咳嗽; 康大叔走上前, 拍他肩膀說 : '包好! 小栓—你不要這麼咳. 包好.'"

운 자리를 추구하는 모험을 감행하지 않는다. 그들은 이러한 '동일성'의 세계 속에 오랜 시간 동안 길들여져 있어서 그들 사이의 어떠한 차이나 구별을 감지하지 못한다. 동일성은 그들을 하나의 집단의식을 갖게 한다. 그러나 그들은 동일성의 지겨운 반복으로 인해 자신의 일상을 무료해하고 따분한 현재에서 벗어나게 할 그 무엇에 굶주려 있다. 그렇지만 그들은 동일성 구조에서 배태된 존재의 결핍감을 자신의 개별성 혹은 주관성의 욕망을 분출하거나 폭발함으로써 해소하지 않는다. 그러한 무료와 굶주림은 그들로 하여금 끊임없이 자신의 주위를 두리번거리며 자신과 상이한 것을 발견케 만든다. 그들은 자신과 동일하지 않은 것에 대해 호기심과 배타성을 지니며, 그것을 구경거리로 삼는 방식을 통해 자신의 굶주린 속을 채운다. 그들은 '동일성'의 그물망을 탈피하려는 모반의 욕망이 부재하며, 오히려 동일성을 위반하는 모든 것을 그들의 빈 속에 삼켜버림으로써 동일성을 온존 보호한다. 그들은 동일성 구조로부터 별다른 혜택을 받지 못하는 피억압 계층이면서, 그 구조를 재생산하는 지배자적인 기능을 수행한다. 그래서 그들은 구조의 동일성 속에 포획되어 그 명령을 충실하게 따르기 때문에 자신만의 특별한 이름이 필요 없는 것이다. 그들은 구경꾼이란 동일한 이름을 지니는 한 인물이다. 『납함』 세계에서 어떤 사람의 이름이 입에 오르내린다는 것은 죽음 혹은 불행을 의미한다. 이것은 구경꾼의 이름과 구별되는 다른 이름은 바로 구경거리이며, 구경꾼의 식인의 웃음 속에 흔적 없이 사라질 운명에 처해 있음을 뜻하기 때문이다. 『납함』 세계의 사람들은 대부분이 자신의 이름과 얼굴이 없는 무인칭의 인물이지만, 그 중 몇 명은 제 이름을 지니고 있다. 자기 이름을 가진다는 것은 자신의 의지와 감각에 따라 자유롭게 사유하고 개성적으로 행위한다는 것을 의미한다. 그런데 『납함』 세계에서는 제 이름을 가진다는 것은 이러한 신성한 의미와 연결되지 않는다. 「콩이지」의 콩이지, 「약」의 샤위와 화샤오취안, 「내일」의 산스[單四] 부인과 바오얼[寶兒], 「풍파(風波)」의 치진[七斤]과 자오치[趙七] 「아Q정전」의 아Q 등은 제 이름은 갖고 있지만 그 이름에 값할 만한 인간적 의미가 부각되지 못하고, 구경꾼들에 의해 구경거리가 된 파편적인 대화나 장면으로 서술될 뿐이다. 『납함』의 세계에서 그들은 이름에 부합할 만한 영혼과 육체의 소유자로 기억되지 않고 구경꾼 집단에 둘러싸인 구경거리의 이름으로 이리저리 떠돈다. 떠돌다 구경거리로서의 실효가 상실되면 곧 잊혀지고 만다. 다시 말하면, 『납함』 세계에서의 이름은 구경거리의 목록에 다름 아니며, 구경거리가 사라지고 나면 동시에 잊혀져버리는 풍문이다. 『납함』 세계의 사람들은 이러한 식인의 구조 속에서 무인칭 혹은 구경꾼의 형식으로 살아간다.

『납함』의 세계에는 생명 창조와 관계하는 생성의 이미지가 부재하여 어린아이가 자라지 못하거나 시름시름 앓다가 죽는다. 이것은 『납함』의 세계 곳곳에 널려 있는 반원형의 무덤들이 살기를 발산하여 아이의 성장을 가로막거나 그 생명을 갉아먹기 때문이다. 그래서 『납함』의 세계에는 푸른 꿈을 먹고 활기차게 뛰노는 아이들이 거의 없다. 그곳에는 아이들이 마음껏 꿈을 펼칠 만한 놀이공간이 없으며, 아이들의 주된 오락거리는 식인의 광장에 기웃거리면서 어른들이 벌여놓은 죽음의 놀이판을 구경하는 일이다. 아이들은 일찍부터 이러한 구경에 길들여져서 어른처럼 구경거리에 대해 별다른 물음을 던지지 않는다. 그들 역시 어엿하게 구경꾼의 한 성원이 되어버린 것이다.

> 그래도 나는 무서워하지 않고 태연히 나의 길을 걸어갔다. 앞에 있던 한 떼의 어린애들까지 나에 대해 이것저것 쑥덕거리고 있었다. 눈초리도 자오구이 영감과 같고 얼굴색도 모두 푸르죽죽했다. 아이들이 내게 무슨 원한이 있어 아이들조차 이러는 것일까 하고 생각하자니 참을 수가 없어서 큰소리로, "이놈들, 말해봐!" 하고 소리쳤다. 그러자 아이들은 달아나 버렸다.[36]

---

36) 魯迅, 「狂人日記」, 『魯迅全集』 1卷, 人民文學出版社, 1993, 423면. "我可不怕, 仍舊走我的路. 前面一伙小孩子, 也在那里議論我; 眼色也同趙貴翁一樣, 臉色也都鐵青. 我想我同小孩子有什麼仇, 他也這樣. 忍不住大聲說, "你告訴我!" 他們可就跑了."

어떤 때는 이웃의 아이들까지 웃음소리를 듣고 다투어 달려와 콩이지를 둘러싸는 것이었다. 그러면 그는 아이들에게 회향두를 한 아이에 한 개씩 나누어준다. 아이들은 콩을 먹고 나서도 접시만 바라볼 뿐 돌아가려 하지 않았다. 콩이지는 당황해서 다섯 손가락을 펴서 접시를 가리고는 허리를 굽히면서 말한다. "이제 없어! 난 이제 별로 남은 게 없다구!" 그는 몸을 똑바로 세워 다시 콩을 흘긋 보고는 고개를 저으며 혼자 말한다. "많지 않도다. 많지 않도다. 많은가? 많지 않도다." 그러면 아이들은 모두 웃으며 흩어져 가는 것이었다.[37]

여기에서 구경거리를 대하는 아이들의 얼굴과 행위는 어른 구경꾼의 그것과 별반 차이가 없어 보인다. 『납함』 세계의 아이들은 아이들 특유의 동심과 천진무구함을 갖고 있지 않으며, 어른 사회의 행태악을 무의식적으로 모방하고 있을 따름이다. 그런데 아이들은 자신이 모방한 어른 사회로부터 보호와 관심을 받지 못하고, 오히려 어른 구경꾼들의 무료함을 해소하는 구경거리로 변신하여, 제 생명을 활짝 꽃피우지 못하고 시름시름 앓다가 죽음의 길로 내몰린다. 「약」에서 화샤오취안은 폐병에 걸려 연신 콜록거리며 식은땀을 흘리지만, 『납함』 세계의 특효약인 인혈만두를 먹고 죽음의 나락으로 떨어진다. 「내일」에서 산스 부인의 아들 바오얼은 약방의 처방약을 먹고 온 몸이 싸늘히 식어간다. 「약」과 「내일」의 마을 사람들은 아이들의 병에 대해 인정어린 관심을 가지는 듯 하지만, 그들의 말과 눈빛은 아이들의 '살림'에 대해서는 무기력하며 어린 생명을 죽음으로 이끄는 몽매와 무지만을 발산할 뿐이다. 또한 간신히 죽음을 면한 아이들은 이러한 식인의 구조 속에서 생기를 잃고 마비와 망각증에 빠진 어른들을 닮아간다. 「풍파」에서 리우진은 구세계의 질서와 구세대의 힘에 이끌려 변발과 전족의 굴레서 벗어나지 못하고, 깨어진

---

37) 魯迅, 「孔乙己」, 『魯迅全集』 1卷, 人民文學出版社, 1993, 436~437면. "有幾回, 隣舍孩子聽得笑聲, 也赶熱鬧, 圍住了孔乙己. 他便給他們茴香豆吃, 一人一顆. 孩子吃完豆, 仍然不散, 眼睛都望着碟子. 孔乙己着了慌, 伸開五指將碟子罩住, 彎腰下去說道, '不多了, 我已經不多了.' 直起身又看一看豆, 自己搖頭說, '不多不多! 多乎哉? 不多也.' 于是這一群孩子都在笑聲里走散了."

자신의 밥그릇도 새 것으로 바꾸지 못한 채 열 여섯 개의 구리못으로 때워서 사용하는 등 그에게는 새로운 삶을 위한 조금의 변화도 주어지지 않는다. 이처럼 『납함』 세계의 아이들은 꿈과 희망과 새로움이 제거된 '고성(古城)'에서 자신의 존재의미도 망각한 채 구경꾼으로 길들여져 간다. 반성적 기억을 더듬어 『납함』의 세계로 진입한 루쉰은, 그곳에 무인칭의 구경꾼이 형성한 반원형의 식인의 광장이 수시로 즐비하게 널려 있고, 그 속에서 혁명가와 불행한 많은 사람들이 고통스레 죽어 가는 광경을 목도한다. 또한 그곳은 푸른 빛의 생성의 이미지가 부재하고 황폐한 사멸의 이미지만이 짙게 배어 있어서 희망과 새로움의 상징인 아이들이 성장할 수 없다는 사실을 통찰한다.

　여기서 우리는 '완전히 잊혀질 수 없는 일부분의 꿈'이 추동한 『납함』의 글쓰기 공간에서 루쉰은 어디에 위치하고, 그러한 글쓰기가 루쉰에게 어떠한 의미를 지니는지에 대해 살펴볼 필요가 있다. 이것은 「광인일기」 이후 '묵묵하고 끈기 있는 전투'로 방향전환한 루쉰이 어떠한 길을 걷고 있는가의 문제와 상통한다. 납함의 세계에서 루쉰은 자기 모습을 잘 드러내지 않는다. 물론 납함 세계에 대한 기억과 루쉰의 현재적 사유가 교차하는 「두발 이야기[頭髮的故事]」, 「고향(故鄕)」 등의 작품에서는 루쉰과 친연성을 지니는 인물이 등장하지만, 『납함』 세계 자체에 대한 글쓰기에서는 루쉰의 모습이 끊임없이 감추어진다. 그러나 『납함』 세계의 표면에서는 루쉰의 직접적인 모습이 나타나지 않지만, 루쉰의 '눈'만은 『납함』의 암흑 속을 꿰뚫어보면서 그 세계의 은폐된 모습을 발각한다. 루쉰의 발각은 먼발치에서 자신과 무관한 일을 감상하는 차원이 아니다. 그것은 제 모습을 숨긴 채 『납함』 세계의 내핵에 깊숙이 진입하여 어둠에 의해 가리어진 식인의 구조와 구경꾼의 행태악을 파헤치는 행위라고 볼 수 있다. 루쉰은 그곳에서 벌어지는 일들을 '저주'한다. 생의 의미를 망각한 채 타인의 생명을 구경거리로 삼아 존재의 결핍감을 해소하는 식인의 구조, 그 속에서 발생하는 먹고 먹힘에 관한 이야기, 이것이 바로 납함의 세계이다. 그래서 그 세계에 관한 기억의 서사인 『납함』은 저주의 형식을 띨 수밖에 없다. 하지만 그 저주는 단순한 저주가 아니다. 루쉰의 저주는, 그 세계에 대한 저주 자체를 목적으로 하지 않고 반성을 통한 변혁의 가능성을 목적으로 하기에, ‘슬픈 저주’의 목소리로 승화된다.

루쉰의 실천론에서 볼 때 『납함』은 신해혁명 좌절 이후 허무와 적막감에 빠져 있던 루쉰이 그것을 떨쳐버리고 신청년의 문학혁명에 ‘가세’하는 적극적인 의미를 지닌다. 그래서 루쉰이 『납함』「자서」에서 언급하듯이, 희망이 부재한 상태를 부정하기 위해, 텍스트 내부의 서사과정에 상관없이 의도적으로 희망을 집어넣은 흔적이 드러난다. 이러한 가세론에서 비롯되는 희망은 루쉰 개인의 사유 속에서 꿈틀거리는 희망과는 다른 것이다. 오히려 『납함』 세계에 대한 루쉰의 기억에서 중심을 이루는 것은 희망이 아니라 식인성에 대한 슬픈 저주이다. 그래서 중국 사회의 식인 구조를 발각할수록, 루쉰의 내면은 희망으로부터 더욱 멀어져 가고 허무와 절망감이 엄습한다. 루쉰에게 이러한 중국의 변혁은 개인이 감당하기엔 너무나 힘겨운, 그리고 인간의 영역을 초월하여 거대한 힘에 묶여 있는 ‘운명론’적인 문제로 다가온다.

① 아아, 조물주의 채찍이 중국의 등짝 위에 내려쳐지지 않는 한, 중국은 영원히 이런 식의 중국이지. 스스로는 결코 머리카락 한올조차 바꾸려하지 않을 걸세.38)

② 그러나 이 이후로 나는 매우 서글픈 마음이 들었다. 깊은 밤 등불 아래 앉아서 그 두 마리의 어린 생명들을 생각했다. 결국 사람도 모르고 귀신도 모르는 어느 사이에 없어지고 말았다. 생물의 역사 위에 조금의 흔적도 남기지 않고 S조차도 짖지 않았던 것이다. …… 만약 조물주에게 비난할 만한 점이 있다

---

38) 魯迅, 「頭髮的故事」, 『魯迅全集』 1卷, 人民文學出版社, 1993, 465면. “阿, 造物的皮鞭沒有到中國的脊梁上時, 中國便永遠是這一樣的中國, 決不肯自己改變一支毫毛!”

고 한다면, 나는 그가 너무 멋대로 생명을 만들고 또 너무나 멋대로 생명을 짓밟아버린다는 점이라고 생각한다.39)

①은 「두발 이야기」에서 나와 대화하는 'N'선생의 말이다. N선생은 중국의 변혁을 위해 투신했던 많은 청년들이 생명을 빼앗겼거나 사회의 조롱과 박해 속에서 일생을 보내고 있는데도, 사람들의 기억 속에 그 사실조차 '망각'되어 사라지는 절망적 상황을 비난한다. 그는 이러한 망각의 공간인 중국에서는 어떠한 행위도 행위자의 희생만이 따를 뿐 아무런 소용없이 '무화'된다고 인식한다. 그래서 그는 망각과 무화를 통해 모든 의미가 무의미로 변신하거나 그 의미의 흔적조차 사라지는 상태에서 변혁은 불가하며 오직 '조물주'의 운명적 선택만이 그것을 가능케 한다고 보는 것이다. 이러한 사유 속에는 변혁하려는 욕망조차 무화되어 버린 허무와 절망감이 깊이 스며져 있다. 물론 「두발 이야기」에서 N선생은 화자인 나에 의해 '반성되는 자아'로 등장하기 때문에 루쉰과 동일시할 수는 없으며, 나(루쉰)는 그와 공유하는 부분인 허무와 절망감을 떨쳐버리기 위해 반성적 거리를 유지하고 있다. 그러나 루쉰이 의식적으로 반성하고자 했던 이러한 내면상태는 지속적으로 따라다니며 「토끼와 고양이[兎和猫]」에서 다시 출현한다. 「토끼와 고양이」는 갓 태어난 아기 토끼를 흔적 없이 잡아먹은 고양이 이야기를 어린 나의 눈으로 서술한 작품이다. 화자인 나는 어린 토끼의 생명이 고양이에게 잡아먹힌 것을 보고 세상의 많은 생명들이 폭력에 의해 무기력하게 사라져버린다고 인식한다. 어린 나에게 더욱 충격적인 것은 토끼의 죽음 자체를 넘어 "그곳에서 하나의 생명이 끊어졌다"40)는 사실조차 아무도 기억하지 못하고 다시 일상이 시

---

39) 魯迅, 「兎和猫」, 위의 책, 552~553면. "但自此之後, 我總覺得凄凉. 夜半在燈下坐着想, 那兩條小性命, 竟是人不知鬼不覺的早在不知什麼時候喪失了, 生物史上不着一些痕迹, 幷S也不叫一聲 …… 假使造物也可以責備, 那麼, 我以爲他實在將生命造得太濫, 毀得太濫了."

40) 魯迅, 위의 글, 352면. "有一個生命斷送在這里."

작되는 악순환이다. 어린 나는 이 질문에 대해 조물주의 무책임이라는 '운명론'적인 해답을 내리고 그 운명에 대해 저주하며 '청산가리'를 통한 복수를 꿈꾼다. 루쉰은 이 이야기를 통해 무엇을 말하려 한 것인가? 「토끼와 고양이」는 『납함』 세계에 대한 우화이다. 동심의 눈에 비친 이러한 악순환은 『납함』 세계에서 수시로 벌어지는 죽임의 놀이에 대한 은유이며, 루쉰은 토끼와 고양이의 죽임의 놀이를 발각한 어린 나처럼 『납함』 세계에서 벌어지는 식인의 역사를 파헤치는 수색자로 볼 수 있다. 그러나 루쉰은 이러한 우화를 통해 비인간적인 중국의 식인구조를 저주하지만, 아직은 극한 상태를 극복할 어떠한 출로도 발견하지 못한다. 『납함』 세계에 대한 기억은 루쉰에게 가능성 없음의 절망감으로 다가올 뿐이다. 조물주에 대한 루쉰의 원망은 이러한 극단적인 고통에 다름 아니다.

그렇다면 절망감만을 확인시켜줄 뿐인 『납함』 세계에 대한 글쓰기는 루쉰에게 무슨 의미가 있는 것인가? 모든 행위가 무화되버리는 『납함』 세계의 악순환 속에서 루쉰의 글쓰기만은 무화되지 않고 살아날 수 있단 말인가? 루쉰은 이러한 몇 겹의 고통 속에서 '닫혀져 가는' 자신의 내면과는 달리, 텍스트 밖의 현실과의 '유대'를 모색하며, 암흑 세계와 절망에 대한 반항을 시도한다. 이것이 『납함』을 통해 열어나가려 한 루쉰적 맥락의 '희망'이다.

> ① 그렇다. 나는 비록 내 나름대로의 확신을 갖고 있었지만, 희망에 대해서 말하자면 그것을 말살시킬 수는 없는 것이다. 왜냐하면 희망이라는 것은 미래를 향하는 것이므로, 반드시 없다고 하는 내 증명을 가지고, 있을 수 있다는 그의 주장을 꺾을 수는 없는 것이기 때문이다. 그래서 나는 그에게 글을 쓰겠다고 응답했다.41)

---

41) 魯迅, 「自序」, 『吶喊』(『魯迅全集』 1卷), 人民文學出版社, 1993, 419면. "是的, 我雖然自有我的確信, 然而說道希望, 却是不能抹殺的, 因爲希望是在于將來, 決不能以我之必無的證明, 來折服了他之所謂可有, 于是我終于答應他也做文章了."

② 나는 생각했다. 희망이라는 것은 본래 있다고도 할 수 없고, 없다고도 할 수 없다. 그것은 마치 땅 위의 길과 같은 것이다. 본래 땅 위에는 길이 없었다. 걸어가는 사람이 많으면 그것이 바로 길이 되는 것이다.[42]

『납함』 시기에 루쉰은 희망에 대해 커다란 확신을 갖고 있지 않으며, 루쉰의 내면은 오히려 '희망 없음'에 의해 지배당한다. 그것은 『납함』의 세계는 죽음의 이미지가 전일적으로 지배하여 생성의 이미지와 관계하는 어떠한 상징도 자라나지 못하기 때문이다. 그래서 루쉰은 『납함』에 식인 구조의 실체만을 냉정하게 드러낼 뿐 그것을 직접 해체할 주체를 등장시키지 않는다. 그러나 루쉰은 자신의 희망 없음에 대한 생각이 타인에게 전염되지 않도록 그것을 자신의 내면 속에 국한시킨다. 다시 말하면, 희망 없음을 주관화시킴으로써 희망의 존재 가능성을 열어놓는 것이다. 루쉰은 희망 없음을 개인의 경험범위 속에 묶어두며 타인들의 행보에 희망의 가능성을 맡겨둔다. 루쉰은 개인적인 희망 없음을 끊임없이 유보한다. 이것은 텍스트 속의 희망 없음을 텍스트 밖의 현실의 가능성과 유대함으로써 희망 없음에 저항하는 루쉰식의 '희망'이다. 이러한 희망은 텍스트 속에서는 발현되지 않지만 텍스트를 수용하는 독자들을 통해 추구될 수 있는 미래적인 희망이라고 할 수 있다. 그래서 ①에서 루쉰은 '철방'의 인식론을 가지고 있으면서도 신청년의 희망에 가세한 것이고, ②에서 홍얼[宏兒]과 수이성[水生]의 관계가 자신과 룬투[閏土]처럼 단절되지 않도록 바란 것이다. 비록 루쉰은 희망 없음에 대한 운명론적인 고통 속에 시달리고 있었지만, 희망을 사람들이 만들어 가는 길로 은유하듯이, 루쉰은 『납함』이 그 길을 열어 가는 밑거름이 되기를 기대한 것이다.[43] 이것이 『납함』 속에 희망의 기제가 부재함에도 불구하고 희망

---

42) 魯迅, 「故鄕」, 『魯迅全集』 1卷, 人民文學出版社, 1993, 485면. "我想 : 希望示本無所謂有, 無所謂無的. 這正如地上的路, 其實地上本沒有路, 走的人多了, 也便成了路."
43) 루쉰은 『自選集』, 「自序」(『魯迅全集』 4卷, 人民文學出版社, 1993)에서 희망 없음에 대한 유보와 신청년에 대한 가세를 다음과 같이 말한다. "그러나 나는 내 자신의 실망

을 열어 가는 텍스트로 읽혀지는 이유이다. 루쉰은 이러한 가능성을 확산하기 위하여 자기 내면 속의 허무와 절망에 대한 힘겨운 싸움을 벌여나간다. 『납함』은 바로 이러한 루쉰식 희망에서 연원하는 슬픈 저주의 이야기로 읽을 수 있다.

3. 변신의 상상력과 박탈의 이야기

　루쉰은 5·4운동의 퇴조로 인해 외침의 시대가 사라지고, 『신청년』의 해체로 인해 문학혁명의 선구자들이 분화되는 현실의 변화를 겪으며, 다시 한번 중국의 암흑 구조의 실체를 통감한다. 그것은 오늘날 빛나는 역사적 지위를 부여받고 있는 '문학혁명'도, 루쉰에게는 신해혁명의 좌절에 의하여 중국 사회가 매달릴 데 없는 끝없는 암흑이라는 사실을 재확인하는 것일 뿐이다.[44] 하지만 루쉰은 『납함』을 통해 기대했던 우회적 희망이 여지없이 무너지는, 곧 텍스트 밖의 어디에서도 유대할 수 있는 가능성이 '차단'된 상황 속에서, 자신의 내부적인 힘만으로 절망적 현실을 버텨나가는 더욱 힘겨운 싸움을 벌여나간다. 5·4운동이나 문학혁명이 루쉰 개인에게 별다른 희망의 계기를 던져주지 못한 것을 감안

에 대해서도 회의하기 시작했다. 왜냐하면 내가 본 사람들이나 사건은 지극히 한정되어 있기 때문이다. 이런 생각이 내게 붓을 들 힘을 주었다. "절망은 허망하다. 희망이 그러하듯이" 문학혁명에 대한 직접적인 열정이 아니었다면 무엇 때문에 붓을 들었는가? 그것은 아무래도 열정가들에 대한 공감 때문이었을 것이다. 생각해보면, 이들 전사들은 지금 적막 속에 있지만 그들의 생각은 훌륭하다. 그래서 나는 몇 마디 외쳐 그들을 도우려 했던 것이다. 처음에는 그것뿐이었다. 물론 그런 생각 속에는 구사회의 병의 뿌리를 폭로하여 사람들의 주의를 촉구하고, 치료의 방법을 찾아보려는 희망도 당연히 섞여 있었다."

44) 丸山昇, 『魯迅評傳』, 일월서각, 1982, 164면.

하면, 이러한 상황의 변화는 희망 없음을 재증명하는 것 이상의 어떠한 의미 있는 변화로 다가오지 않았을 수도 있다. 그러나 루쉰은 5·4운동에 희망을 걸고 혁명하다 좌절당한 신청년들 속에서 신해혁명에 투신하다 좌절한 자신의 모습을 발견하며 모종의 동질감을 느낀다. 그러한 동질감은 루쉰을 과거적 공간인『납함』세계에서 끌어올려 동시대 현실과 '접촉'할 수 있는 기제로 작용한다. 그러나 그 접촉의 공간은 5·4 퇴조기라는 동시대 현실이 아니라 여전히 루쉰 사유의 원점이라고 할 수 있는 신해혁명 전후로 설정된다. 루쉰은 자신의 체험과 고뇌가 담긴 이야기를 통해 신청년의 좌절과 슬픔에 관한 이야기를 우회적으로 드러낸다. 그리고 그 속에서 중국의 암흑 구조가 어떻게 '문제적 개인'의 본래적 모습을 '박탈'하여 타락하고 나약한 인간으로 '변신'시키는가의 문제를 사유한다. 이 변신은 인간이 진보적인 성장을 거쳐 새로운 길로 나아가는 의미 있는 모색이 아니다. 그것은 실존의 모든 가능성을 차단당한 인간이 그 사회에서 살아남기 위하여 고통과 마비의 삶을 선택하는, 생존하기 위해 자기를 부정하고 해체해야만 하는 절망적 역설이다. 루쉰은 이러한 변신의 상상력을 통해 박탈당한 인간의 내면에 감추어져 있는 고통과 침묵의 이야기를 재생한다.

　『방황(彷徨)』은 바로『납함』의 세계 속에 얼굴과 이름을 지닌 '인간'들이 출현하면서 벌어지는 사건에 대한 이야기이다.『방황』의 세계는『납함』의 세계와 동떨어진 곳이 아니라, 암흑 구조와 직접 맞서며 새로운 가능성을 창출하려는 이야기가 나타나는 곳이다. 그래서『방황』은 암흑 세계의 실체에 대한 폭로의 이야기를 넘어 '변혁'의 역할을 수행하는 이들이 등장하여 폐허의 세계와 '맞부딪친' 전후의 이야기를 취급한다. 그들은 자신의 존재의미를 마음껏 펼쳐보기도 전에, 구조에 대한 위반의 모험을 감행하기도 전에 구조의 거대한 작동원리 앞에 좌절(감금)당하고 그 열정마저 허무와 회의에 빼앗겨 버릴(방황) 운명을 지니고 있다. 『방황』은 박탈당한 존재들의 침묵을 다시 소리로 번역하고 재생한다.

그것은 구조 앞에 자기를 헌납하여 스스로 부정의 대상이 되고자 하는 인간에 대한 따가운 시선과 그러한 삶의 형식으로 밖에 존재할 수 없게 만든 사회적 구조에 대한 비판이다. 그것은 살기 위해 자기를 해체 혹은 부정해야만 하는 비참한 현실을 저주하는 소리다. 이러한 이야기 공간의 확장에 따라 『방황』은 과거적 사건에 대한 기억의 형식을 벗어나, 현실의 루쉰이 접촉한 사건이나 비교적 가까운 시간에서 벌어진 이야기에 대한 '성찰'의 형식을 지닌다. 그러면 루쉰의 변신의 상상력과 성찰의 이야기를 따라 『방황』의 세계 속으로 들어가 보자.

「축복」은 『방황』의 세계 속으로 진입하는 첫 관문인 작품이다. 루쉰의 전 문학세계에서 조망할 때 「축복」은 『납함』의 세계에서 벗어나 『방황』의 세계로 확장되어 가는 '접점'의 공간이기도 하다. 「축복」은 상린[祥林]댁의 슬픈 삶이 노진 사람들에게 조롱되고 외면 받아 결국 죽음으로 내몰리는 이야기와, 상린댁의 죽음에 대한 질문과 그녀가 고립되어 죽어 가는 비참한 현실에 대해 무기력한 '나'의 이야기로 구성되어 있다. 그런데 상린댁에 관한 이야기만 놓고 볼 경우 이것은 『납함』 세계에서도 흔히 볼 수 있는 일이다. 즉, 깊은 사연이 있는 이야기와 이야기 서술의 성숙 등을 제외하면, 타인의 불행을 웃음거리로 삼아 흔적 없이 사라지게 만드는 식인의 이야기는 그리 낯설지 않다는 것이다. 이런 면에서 볼 때 「축복」은 『납함』의 연속이라고 할 수 있다. 그러나 「축복」은, 화자를 이야기 밖으로 은폐하거나 관찰자로 처리하여 과거에 대한 기억의 형식으로 만드는 『납함』의 이야기와 다르다. 「축복」은 그 이야기와 직접 관계하는 '나'가 등장하여 그것에 대해 사유하는 '접촉'의 공간을 열어놓음으로써 '현재'의 이야기로 읽혀진다. 이것이 바로 「축복」을 『납함』의 불연속 혹은 확장이라고 간주할 수 있는 지점이다.

그렇다면 『방황』의 세계를 열어 가는 '나'는 어떠한 존재인가? 「축복」의 '나'는 신당(新黨)이나 캉여우웨이와 비견되며 "선생님은 글도 아시고 또 외처에 나다녀 세상 일에도 밝으신 분"45)이라고 말하는 것으로 보아

신교육을 받은 지식인일 것이다. 그런데 '나'는 죽음에 관한 상린댁의 질문을 받을 때 신지식인 특유의 명쾌한 대답을 하지 못하고 '정확히 말할 수 없다'고 얼버무린 채 그 자리를 떠난다. 당연히 이것은 질문자에 대한 '나'의 무책임을 드러낸다. 그러나 「축복」 속에 나타난 '나'의 사유를 따라가다 보면, 본래 '나'는 그렇게 가볍고 무기력한 행위를 하는 사람은 아니다. '나'가 이러한 태도를 지니게 된 데에는 어떠한 '사연'이 내포되어 있는 듯 하다. '나'는 고향 밖의 세계에서 잠시 귀향하여 어디론가 다시 떠나야 할 사람이며, 귀향한 목적 역시 분명하지 않다. 다만 '나'는 무료와 권태로움에 젖어 있으며, 상린댁을 제외하고 고향 사람이나 고향 어느 곳에서도 "별로 달라진 데가 없다"[46]고 느낀다. 또 상린댁을 대하는 태도도 무언가 유보적이며 불확정적이다. 고향 밖의 세계에서 도대체 어떠한 일을 겪었길래 '나'는 이런 모호한 태도를 취하는 것일까? 「축복」 속에서는 '나'의 경력에 대한 서술이 나타나지 않지만 아마도 무언가에 의해 좌절당하여 허무감에 휩싸인 듯한 기운이 풍긴다. 만약 '나'를 작가 루쉰과의 일정한 친연성을 지니는 인물로 해석한다면, 신해혁명에 투신하다 좌절당하여 그 출로를 찾지 못하고 허무와 절망감에 시달리는 자로 볼 수 있을 것이다. 아무튼 '나'는 세계에 대해 어떠한 확신도 갖지 못한 채 무료한 일상을 보내다 고향에 들른 인물임에는 틀림없다. 그런데 이러한 '나'는 상린댁의 죽음에 대해 방관하거나 무책임한 모습만을 보내는 것이 아니라 모종의 슬픈 유대감을 지니고 있다. 다시 말하면, '나'는 상린댁의 질문에 무기력한 대답을 내리는 자기 자신에 대해 죄책감을 지니고, 식인 구조에 의해 흔적 없이 사라져간 상린댁에 대해 깊은 슬픔을 느낀다는 것이다. 그 슬픔은 결코 상린댁의 죽음을 애써 외면하거나 회피하려는 자가 느낄 수 있는 감정이 아니다. 그것은 암흑 사회에 의해 자

---

45) 魯迅, 「祝福」, 『魯迅全集』 2卷, 人民文學出版社, 1993, 7면. "你是識字的, 又是出門人, 見識的多 ……."

46) 魯迅, 위의 글, 5면. "他比先前幷沒有什麽大改變."

신의 존재의미가 박탈되어 살아갈 자리를 잃어버린 자만이 느낄 수 있는
공감의 아픔이다.

> 그녀는 자기의 슬픔이, 여러 날 많은 사람들에게 저작되고 감상되어 이미 찌
> 꺼기로 변해서 단지 혐오와 타기의 대상이 되고 있다는 것을 알았다. 하지만
> 사람들의 웃음의 그늘에 차갑고 가시 돋친 듯한 것을 느끼고, 자기는 이제 말
> 할 필요가 없다고 생각하게 된 것 같다. 그래서 그녀는 그들을 흘긋 바라볼 뿐,
> 별로 대답하려고 하지 않았다.[47]

'나'는 바로 그러한 공감을 바탕으로 상린댁의 죽음을 바라본 것이다.
그렇지만 '나'는 상린댁의 죽음에 대해 무기력할 수밖에 없다. 그것은
'나' 역시 상린댁을 죽음으로 내몬 식인 구조에 의해 생존 가능성이 차
단되어 절망 속을 빠져나오지 못하기 때문이다.

결국 상린댁의 죽음은 암흑 사회를 '축복'하는 향연의 희생이 되어
그 속의 사람들에게 즐거움을 제공하는 구경거리로 전락하고 만다. 이
러한 악무한의 현실은 『납함』의 세계처럼 '나'에게도 가히 운명적인 아
픔으로 다가오지만 상린댁의 죽음에 대해 무기력하게 회피해버린다. 소
설의 말미에서 나는 "이 들뜬 소리에 둘러싸인 채 나른하고도 편안한
기분에 젖"[48]고, 그리하여 "낮부터 저녁때까지 떠나지 않던 근심이 이
축복의 분위기에 완전히 씻겨나"[49]가게 된다. 소설에서 서사의 전개는
화자인 나가 도덕적 책임 의식으로부터 벗어나는 과정이고, 나 자신은
"마음이 가벼워져" 상린댁의 비극을 야기한 고향의 싸늘함과 합류하게
된다. 나는 자기와 고향 사이의 격막과 소원함만을 의식할 뿐, 자기의
내면의식과 스스로 작별했다고 여기는 고향 사이의 끊을 수 없는 연계

---

47) 魯迅, 「祝福」, 『魯迅全集』 2卷, 人民文學出版社, 1993, 18면. "她未必知道她的悲哀
  經大家咀嚼賞鑒了許多天, 早已成爲渣滓, 只値得煩厭和唾棄; 但從人們的笑影上,
  也彷佛覺得這又冷又尖, 自己再沒有開口的必要了 ……."
48) 魯迅, 위의 글, 21면. "我在這繁響擁抱中, 也懶散而且舒適."
49) 魯迅, 위의 글, 21면. "從白天以至初夜的疑慮, 全給祝福的空氣一掃而空了."

성에 대해 전혀 자각하지 못하고 있다.50) 여기서 루쉰은 이러한 나와 반성적 거리를 유지하며 절망적 현실 앞에 무기력한 나를 '성찰'한다. 이러한 나와의 반성적 대화를 통해 루쉰은 절망한 자가 그 누구로부터도 위안 받을 길 없이 홀로 절망적 현실을 감내하다가, 그 자신 역시 무의식적으로 그 세계 속으로 순응해 들어가는 아이러니한 현실을 성찰한다. 루쉰은 『납함』처럼 더 이상 텍스트 밖의 현실에서 유대의 가능성을 찾지 않고, 직접 텍스트 속으로 들어가 절망적 현실에 의해 무기력하게 변신당하는 이들과 접촉의 공간을 만든다. 이것이 바로 『납함』 세계를 넘어 『방황』 세계를 열어 가는 「축복」의 의미이자 루쉰 내부의 '변화'이다.

그러면 『방황』 속에 새로이 등장하여, 세상을 '버텨나가는' '나'란 존재의 삶과 그 존재방식에 대해 살펴보자. 『방황』에서 그러한 인물은 반드시 '나'란 이름으로 등장하지 않고, 「술집에서[在酒樓上]」에서는 뤼웨이푸[呂緯甫], 「고독자(孤獨者)」에서는 웨이롄수[魏連殳], 「상서(傷逝)」에서는 쥐안성[涓生]과 즈쥔[子君]의 형상으로 출현하고, 화자인 나는 그러한 인물과 관계하며 그들을 성찰하는 역할을 수행한다. 이들은 『납함』세계의 사람들이 대부분 이름과 얼굴이 없는 무인칭의 군상인 것과 달리, 모두 제 이름과 얼굴을 지니며 개별성과 주관성의 세계를 소유하고 있는 존재이다. 물론 이러한 존재는 『납함』에서 「광인일기」의 광인이나 「고향」의 나, 그리고 「단오절(端午節)」에서 '차부뚜어[差不多]'를 즐겨 쓰는 황셴쥐[黃玄緯]의 이미지와 겹친다. 그러나 그들이 루쉰의 문학세계에 본격적으로 출현하여 중심적인 이미지로 자리하는 것은 『방황』에서라고 보아야 할 것이다. 공통적으로 이들은 자신이 추구하던 바가 낡은 세계에 가로막혀 나아갈 길이 차단된 상태에 처해 있다. 그런데 한가지 의문이 드는 것은, 『방황』 세계에 나타날 때부터 이들은 이미 좌절당하

---

50) 汪暉, 「反抗絶望－魯迅小說的精神特徵」, 『無地彷徨』, 浙江文藝出版社, 1994, 395면.

여 '변신한 이후'의 모습을 지니고 있다는 점이다. 『납함』에서는 이들이 혁명을 한 구체적 모습이나 좌절해 가는 과정이 나타나지 않으며, 『방황』에서도 단지 자신의 과거 행적에 대한 기억 속에서 그 흔적을 엿볼 수 있을 뿐이다. 그것도 자기 혐오감에 찌들어 다시는 떠올리고 싶지 않은 기억 속에서이다. 이것은 무엇을 의미하는가? 중국에서 혁명이라는 것은 낡은 세계에 의해 삼켜져 무화될 운명에 처해 있어서, 혁명은 흔적 없이 사라지고 그 절망자들만이 고통스레 살아간다는 점을 암묵적으로 보여준 것인가? 아니면 이들은 모두 루쉰의 기억 속의 인물로서 동시대 현실에 대한 루쉰의 인식에 따라 기억 속에서 끄집어내어 형상화된 것임을 의미하는 것인가?

필자는 이 문제를 「광인일기」의 광인이 관리 후보로 변신한 이후의 행보와 관련시켜 해석할 필요가 있다고 생각한다. 앞에서 필자는 광인이 관리 후보로 변신할 수밖에 없는 모종의 '필연성'에 대해 지적한 바 있다. 「광인일기」를 쓴 이후 루쉰은 광인이 파헤친 식인 구조의 문제를 집중적으로 묘파하지만, 관리 후보로의 변신과정이나 '광인 이후'의 삶에 관한 문제에 대해서는 침묵을 지킨다. 그것은 변혁 주체와 그 분화에 관한 문제이다. 루쉰은 동시대에 신청년이란 주체가 현실적으로 존재한 상태이어서, 가세론적 희망을 가지고 그 문제에 대한 탐구를 유보해 놓는다. 루쉰은 비록 5·4 신청년에 대해 완전한 신뢰와 희망을 보내지는 않았지만[51], "적막 속에서 달리는 용사들에게 약간의 위로가 되게 하고 그들이 앞으로 달려가는 데 거리낌이 없게 하려는"[52] 생각을

---

51) 루쉰은 1920년 5월 5일 宋崇義에게 보낸 편지에서 "요 몇 해 국내가 소란스럽고 그 영향은 교육제도에도 미쳐서 벌써 1년간이나 뒤숭숭한 상태입니다. 보수파는 이것을 난세의 근원이라 생각하고, 진보파는 이것을 극히 찬미하고 있습니다. 전국의 학생은 화근으로 불리기도 하고 지사로 우러러지기도 합니다. 그러나 내가 보기에는 중국에는 전혀 아무런 영향도 없습니다. 일시적인 현상일 뿐입니다. 지사라고 하는 것도 물론 과찬이며, 화근이라는 것도 대단한 누명인 것입니다"라고 말한다. 이 부분에 대해서는 丸山昇, 『魯迅評傳』, 일월서각, 1982, 146면 참조.

52) 魯迅, 「自序」, 『吶喊』(『魯迅全集』 1卷), 人民文學出版社, 1993, 419면. "聊以慰藉那

가지고 있었기 때문에, 그들의 공격 목표인 암흑 사회의 본질에 대한 통찰이 우선적인 과제로 다가왔을 것이다. 그런데 1922년 7월 9권 6호를 끝으로『신청년』이 폐간되고 사상문화 혁명의 선구자들은 구심을 잃은 채 흩어지게 된다.53) 이로써 루쉰은 자신과의 확고한 유대는 아니지만 가세해주던 주체가 현실에서 사라짐에 따라, 그동안 유보해 놓았던 '주체의 변신과 변신 이후의 삶'에 관한 문제가 중요한 관심사로 떠오른다. 이것은 비단 좌절당한 신청년의 문제를 넘어 루쉰 개인적인 체험을 포괄하는, '현실에 부재한 진정한 주체 찾기'를 위한 정신 역정이다. 루쉰이 이러한 문제를 탐구하는 글쓰기 공간이 바로『방황』이라고 할수 있다. 그래서『방황』은 이러한 새로운 주체를 모색하기 위해 절망한주체를 해부하고 성찰한다.

　『방황』에서 이러한 인물이 등장하여 성찰 대상이 되는 작품은「술집에서」·「고독자」·「상서」이다. 먼저「술집에서」에 대해 살펴보자. 이작품은 화자인 나가 어머니가 부탁한 일로 고향에 들른 뤼웨이푸와 일석거(一石居)란 술집에서 우연히 만나 대화하는 이야기로 이루어져 있다. 이런 측면에서 보면「술집에서」도「축복」처럼 귀향형 소설에 속한다. 뤼웨이푸는 타지에서 교원 생활을 하다 고향에 잠시 들른 인물이다. 하지만 그의 교원 활동은 고향을 떠나 타지를 선택할 만큼 대우가 좋거나안정적인 것이 아니며, 그의 모습 역시 "기력도 전혀 없고 오히려 위축되어 있다."54) 뤼웨이푸는 한때 성황당에 있는 신상의 수염을 뽑거나중국의 개혁 방법에 대해 논의하는 진보적인 삶을 추구한 인물이다. 그런데 현재의 그는 자신이 추구하던 진보적인 삶과 상반된, 오히려 그가변혁하려던 '공자'와 '시'를 가르치며 생계를 꾸려가는 배반된 삶을 영

在寂寞里奔馳的孟士, 使他不憚于前驅."
53) 丸山昇,『魯迅評傳』, 일월서각, 1982, 157~158면 참조.
54) 魯迅,「在酒樓上」,『魯迅全集』2卷, 人民文學出版社, 1993, 26면. "精神很沉靜, 或者却是頹唐."

위한다. 왜 그는 타지를 떠돌며 모순된 삶을 사는 것인가? 떠돌이는 삶의 기반을 상실하여 머물 곳 없이 헤매는 사람이다. 그래서 떠돌이의 삶은 무언가 불안정하고 중심이 없어 보인다. 뤼웨이푸의 모습에는 이러한 삶에 지친 떠돌이의 이미지가 스며져 있다. 하지만 그의 모습에는 생계에 찌든 떠돌이의 삶만으로 해석할 수 없는, '거칠어진 영혼'의 문제가 겹쳐 있다. 그의 영혼은 상당히 거칠어져 있는 데다 자기 혐오감까지 가미되어 이중의 고통 속에 시달린다. 이것은 그가 삶의 터전만을 상실한 것이 아니라 그곳에서 자신의 존재 의미마저 박탈당한 채, 어쩔 수 없이 타지로 떠돌아다닌다는 것을 의미한다. 다시 말하면, 낡은 질서가 지배하는 현실은 뤼웨이푸의 개혁 활동을 일회적인 해프닝으로 변질시키고, 살아남는 것이 우선시되는 현실은 뤼웨이푸를 생계의 위협으로 곤혹스럽게 만들어, 중심 잃고 방황하는 인간으로 밀어낸 것이다.

개혁적인 삶에서 떠돌이의 삶으로 떠밀린 뤼웨이푸는 이러한 '변신' 과정 속에서 자신의 실패에 대한 반성적 사유와 절망에 대한 반항 의지로 이것을 버텨내지 못한다. 내면적인 버팀의 힘보다 내모는 현실의 힘이 강한 상태에서 그는 세계에 대한 자신의 무기력함을 승인해버림으로써, 즉 자신의 존재 의미를 부정하고 자신이 부정하던 세계의 질서에 순응해버리는 방식으로 변신을 이룬다. 자신의 변신에 대해 곤혹스러워하면서 그의 내면은 몇 겹의 고통을 감수한다. 현실적인 측면에서 그것은 생계의 문제이다. 개혁에의 의지가 좌절된 상태에서 뤼웨이푸는 먹고사는 문제의 심각성에 직면한다. 개혁에 전념하고 개혁된 날을 꿈꾸는 이는 개혁이란 정신적인 밥을 먹고 살기 때문에 상대적으로 생계의 어려움을 버텨내기가 쉽다. 그러나 그 버팀 역시 정신적인 의지로 현실의 배고픔을 참아나가는 것이지 완전히 해결할 수 있는 것이 아니다. 개혁이 좌절당한 뤼웨이푸의 경우는 정신적인 버팀의 힘마저 상실하여 생계의 문제가 더욱더 현실적으로 다가온다. 그는 생계를 해결하기 위해서 자신이 한때나마 부정하던 세계 속으로 들어와 일정한 타협을 해야 한다. 그 세계 속에 들어온 이상 그곳의 논리를 따라야 하기 때문이다. 아이러니하게도 그곳에서 그가 찾은 것은 자신이 부정하려던 이념을 교육하는 일이다. 그는 이러한 변신의 과정 속에서 세계와 자기로부터 이중의 부정을 경험한다. 그는 세계로부터 부정을 당해 삶의 터전을 박탈당하고, 자기를 부정해야만 그 세계 속에 존립할 수 있는 비참한 현실을 체감한 것이다. 자신이 존재해야 할 이유가 부정되고 생존하기 위해선 자신을 배반하고 해체해야 되는 이러한 세계에서 산다는 것, 그것은 무의미한 삶의 시간이자 죽음의 고통에 다름 아니다. 그런데도 뤼웨이푸는 무엇 때문에 죽음과도 같은 삶을 살아가는 것인가? 뤼웨이푸는 그러한 이율배반적인 삶 속에서도 인간적 삶을 완전히 끊을 수 없게 만드는 '유대'의 기억을 간직하고 있다. 그가 귀향한 것은 냇물에 잠길지 모를 동생의 무덤을 이장하고 아순(阿順)에게 붉은 벨벳 리본을 사주라는 어머니의 부탁 때문이다. 뤼웨이푸는 세살 때 죽은 동생에 대한 기억이 거의 없지만, 어머니의 얘기와 눈물을 통해 죽은 동생과의 단절된 관계를 이어나간다. 막상 동생의 무덤을 파보니 그 속에는 아무 흔적도 없는데, 그는 그곳의 흙을 솜으로 싼 뒤 새로 산 관속에 넣어 아버지 묘지 옆에 묻어둔다. 그는 왜 흔적도 없는 동생의 무덤을 이장한 것일까? 생 자체에 대해서 허무함에 빠져 '어물어물' 살아가는 그가 기억도 없는 동생의 죽음에 애착을 가지는 이유는 무엇인가? 그는 동생의 무덤을 대하면서 자신의 내면 속에 무언가 숨어 있던 것이 꿈틀거린다.

> 그때 나는 웬지 기분이 매우 좋았네. 무덤을 파헤쳐서, 일찍이 나와 사이가 좋았다는 동생의 뼈를 보고자 했네. 이런 일은 내 평생에 한번도 경험한 일이 없는 것이었네. 묘지에 도착하니 과연 무덤에서 거의 두 자쯤 가까이까지 냇물이 침습해 들어와 있더군. 불쌍하게도 동생의 묘는 이년 동안 흙을 북돋아 주지 않아 평평하게 되어 있더군. 나는 눈 속에 서서 그 무덤을 가리키면서 인부들에게 단호히 말했지. '파헤쳐!' 나는 사실 일개 평범한 사람이었지. 하지만 이

때만은 나의 음성이 조금 이상하게 들렸고, 이 명령 또한 내 일생 중 가장 위대
한 명령인 것 같이 생각되었네.[55]

동생은 생의 세계를 채 밟아보기도 전에 죽음의 세계 속으로 빠져든
자이다. 그는 이러한 동생의 무덤을 보며 혈육의 정 이상의 그 무엇을
느낀다. 그는 자신의 꿈과 존재 의미를 채 펼쳐보기도 전에 공고한 현
실의 벽 앞에 좌절되어 낯선 곳으로 추방된 자이기 때문이다. 이러한
공감적 관계로 인해 동생의 무덤은 바로 자신의 현재의 삶과 겹쳐진다.
동생의 무덤을 이장하는 것은 세계로부터 버림받은 자신의 삶을 스스로
기억하려는 행위에 다름 아니다. 그가 흔적도 없는 동생의 무덤을 이장
한 것은, 흔적 없이 사라지기는 했지만, 그러나 흔적 없이 사라진 그 흔
적만은 다시 사라지지 않게 하기 위한, 기억을 위한 몸부림이다. 이것은
무덤의 실재는 사라져도 죽은 자에 대한 기억만은 보존하려는 생의 의
지인 것이다. 다시 말하면, 이것은 동생의 흔적을 자신의 기억 속에 살
려둠으로써, 이 세계에서 무화되어 버린 존재(자신을 포함하여)를 그래도
무화되지 않고 살아나갈 수 있게 만드는 힘겨운 생의 욕망인 셈이다.

아순에게 붉은 벨벳 리본을 전해주려는 행위 역시 이러한 의미를 지
니고 있다. 뤼웨이푸는 예전의 이웃이던 창푸[長富]의 딸 아순을 위해 벨
벳 리본을 가까스로 구해서 그녀를 찾아간다. 그는 아순이 그를 위해 밀
범벅을 타 주던 기억을 간직하며 그녀를 기쁘게 해주려 하지만 아순은
이미 죽은 이후이다. 그녀는 큰아버지인 창껑[長庚]의 악담으로 인해 삶
의 의미를 잃고 시름시름 앓다가 죽은 것이다. 뤼웨이푸는 아순의 죽음
을 접하고 나서 그 벨벳 리본을 동생인 아자오[阿昭]에게 주고 되돌아온

---

55) 魯迅, 「在酒樓上」, 『魯迅全集』 2卷, 人民文學出版社, 1993, 28면. "我當時忽而很高
興, 願意掘一回墳, 願意一見我那曾經和我很親睦的小兄弟的骨殖: 這些事我生平都
沒有經力過. 到得墳地, 果然, 河水只是喓進來, 離墳已不到二尺遠. 可憐的墳, 兩年沒
有培土, 也平下去了. 我站在雪中, 決然的指着他對土工說, '掘開來!' 我實在是一個
庸人, 我這是覺得我的聲音有些希奇, 這命令也是一個在我一生中崔爲偉大的命令."

다. 여기서 아순은 타인을 죽음으로 몰아넣는 식인 구조에 의해 불행하게 희생된 사람이다. 뤼웨이푸에게 아순의 죽음은 예사롭지 않게 다가온다. 그도 아순처럼 식인의 그물에 걸려들어 생의 의미를 박탈당해 동일한 운명에 처해있기 때문이다. 그가 주인 없는 리본을 아소에게 전해주는 것은, 이 세계에서 아순이 망각되지 않고 동생 아소의 삶 속에 영원히 간직될 수 있기를 바라는 마음에서 비롯된 것이다. 이러한 뤼웨이푸의 행위는 흔적 없는 동생의 무덤과 아순의 죽음이 무화의 어둠 속에서 망각되지 않도록, 살아남은 자의 기억 속에 '유대의 *끈*'을 연결하는 의미를 지닌다. 표면적으로 볼 때 뤼웨이푸는 존재의 의미를 잃고 마지못해 살아가는 무기력한 인간으로 비쳐진다. 하지만 그는 '완전히 잊혀질 수 없는' 기억에 의지하여, 생의 가능성을 상실하지 않고 절망 속을 '버텨나가는', 거칠어진 영혼을 소유하고 있다. 그의 영혼 속에는 미래에 대한 희망이나 강인한 의지가 존재하지 않으며, 자기 혐오감에 휩싸여 하루하루를 버텨 나가고 있을 뿐이다. 그래서 "그렇다면, 자네는 앞으로 어떻게 할 셈인가?"[56]라는 질문을 받자, "앞으로? …… 나도 모르겠어. 자넨 우리들이 미리 예상했던 일 중에서 마음먹은 대로 된 게 하나라도 있다고 믿나? 난 지금 아무 것도 모르겠어. 내일 어찌될지 조차 모르겠고, 당장 일분 후의 일마저도……"[57]라고 얼버무릴 따름이다. 이것은 뤼웨이푸의 허위성에 대한 단순한 풍자가 아니다. 루쉰은 뤼웨이푸의 삶에 대한 반성을 통해, 생의 의지를 박탈해버리는 절망적 현실과, 그러한 현실을 버텨내지 못하고 무기력하게 소멸해 가는 고통의 목소리를 성찰하고 있다.

「고독자」는 개혁적인 삶을 살아가는 웨이롄수가 세계로부터 좌절을 당하여 끝내 출로를 찾지 못한 채 군벌의 고문 노릇을 하며 삶을 탕진

---

56) 魯迅, 위의 글, 34면. "那麼你以後豫備怎麼辨呢?"
57) 魯迅, 위의 글, 34면. "以後?－我不知道. 你看我們那時豫想的事可有一件如意? 我現在什麼不知道, 連明天怎樣也不知道, 連後一分 ……"

하다 죽어간다는 이야기를 다룬다. 웨이롄수도 뤼웨이푸와 마찬가지로 생계 문제와 존재 의미의 박탈로 인한 극심한 고통 속에서 힘겹게 살아간다. 그러나 그는 뤼웨이푸와 달리 생과 내적으로 유대할 수 있는 '틈새'가 막혀 죽음의 세계로 빠져든다. 웨이롄수에게는 일생동안 바느질로 생계를 꾸려나가며 쓸쓸하게 살아간 할머니 한 분이 존재한다. 그녀는 웨이롄수의 친할머니가 아니라 아버지의 계모인데, 그는 그 할머니가 돌아가셨을 때 극심한 통곡을 할 정도로 남다른 애정을 느낀다. 그것은 할머니에게서 "스스로 고독을 만들어내고 그것을 입에 넣어 씹어 온 인간의 일생"58)을 읽어내고 현재 자신의 삶과 겹쳐지는 모종의 동질감을 발견했기 때문이다. 그는 죽은 할머니의 고독한 일생을 보며 주위로부터 단절되어 가는 자신의 모습을 반추하고, 고독한 삶 사이의 간(間)세대적 유대관계를 이어나간다. 이것은 자신과 유사한 삶을 살아간 사람을 애도하거나 그것을 통해 스스로를 위안 받는 차원을 넘는다. 이것은 그렇게 살아가지 않을 수 없게 만든 비참한 현실을 저주하면서 이러한 세계에서 고독한 삶이 필요한 이유와 의미를 찾아나가는 존재론적인 문제이다. "마치 상처를 받은 한 마리 이리가 깊은 밤 광야에서 울부짖는 것 같은"59) 웨이롄수의 통곡은 "노여움과 슬픔"이 뒤얽힌 듯이 들리는데, 이것은 고독한 삶에 대한 의지에 다름 아니다. 그런데 웨이롄수는 실직과 거듭된 생계 찾기의 실패, 그리고 사회로부터의 공격을 겪고 나서, 무기력한 삶의 고통을 처절하게 느낀다. 생계를 위해 현실에 발을 들여놓을수록 그는 자신이 설 자리가 없다는 사실을 확인할 뿐이다. 그는 할머니와 같은 삶의 방식으로는 이 세계를 살아가기가 힘겨움을 직감하면서 그러한 삶에 대해 회의하기 시작한다. "나 자신이 세상일을

---

58) 魯迅, 「孤獨者」, 『魯迅全集』 2卷, 人民文學出版社, 1993, 98면. "親手造成孤獨, 又放在嘴里去詛嚼的人的一生."
59) 魯迅, 위의 글, 88면. "像一匹受傷的狼, 當深夜在曠野中嗥叫, 慘傷里夾雜着憤怒和悲哀."

조금씩 알게 되면서 확실히 할머니와 점차 멀어져 갔오."[60] 여기에는
할머니와의 유대관계를 회의함으로써 자신의 삶의 의미를 스스로 부정
하는 변신의 기미가 내포되어 있다. 이것은 어린아이에 대한 웨이롄수
의 태도 변화에서도 나타난다. 처음에 그는 세든 집 주인의 아이들을
귀여워하며 선물을 사준다. 이것은 어른의 세계와 다른 어린아이의 천
진함에 기대를 걸어 미래의 가능성을 열어보려는 희망적 행위이다. 그
러나 웨이롄수는 변신의 아픔을 겪으면서 어린아이와의 관계도 소원해
지고 그들에 걸었던 희망도 어디론가 사라져버린다. 이제 웨이롄수는
현실로부터의 단절뿐만 아니라 스스로 할머니와 어린아이와의 관계를
단절시켜버림으로써, 마치 닻 풀린 조각배가 험한 파도에 휩쓸리듯이
삶의 구심을 잃고 절망의 깊은 늪 속으로 빠져 들어간다.

　　이제는 정말 실패자가 되고 말았소 이전에는 그래도 아직 내가 좀더 살아
있기를 바라던 사람도 있었소 나 자신도 좀더 살아보려고 했소 그러나 살아갈
수가 없소 지금은 살아가야 할 필요도 없게 되었으나 그래도 살아가려 하오
그래도 살아가야만 하는 것이오? 내가 좀더 살기를 바라던 사람 자신이 살질
못했소 그 사람은 이미 적에게 모살당하고 말았소 누가 죽었느냐고? 아무도
모르오! 인생의 변화란 정말 빠르오! 이 반 년 동안 나는 거의 거지나 다름없었
소 아니, 사실 이미 구걸을 하고 있다고 할 수 있소 그러나 내게는 아직 할 일
이 있소 나는 그걸 위해서 구걸하고 굶주리고 추위에 떨고 쓸쓸해하고 쓰라린
고생도 기꺼이 감수했소 다만 멸망하는 것만은 원하지 않소 내가 좀더 살아
있기를 바라는 한 사람의 힘이 이렇게도 컸던 것이오 그런데 지금은 없어졌소
그 한 사람조차 없어져버렸소 동시에 나 자신도 살아갈 자격이 없다고 느꼈소
다른 인간은? 역시 자격이 없소[61]

---

60) 魯迅, 위의 글, 98면. "便是我自己, 從略知世事起, 就的確逐漸和她疏遠起來了……."
61) 魯迅, 위의 글, 100면. "現在才眞是失敗者了. 先前, 還有人願意我活幾天, 我自己也
　　還想活幾天的時候, 活不下去; 現在大可以先無須了, 然而要活下去. …… "然而就活
　　下去麽? 願意我活幾天的, 自己就活不下去, 這人已被敵人誘殺了. 誰殺的呢? 誰也不
　　知道. 人生的變化多麽迅速呵! 這半年來, 我幾乎求乞了, 實際, 也可以算得已經求乞.
　　然而我還有所爲, 我願意爲此求乞, 爲此凍餒, 爲此寂寞, 爲此辛苦. 但滅亡是不願意

웨이롄수는 절망적 상황을 버텨나가도록 힘이 돼주었던 '한 사람'이 모살을 당하는 극한상황에 직면하면서, 그를 지탱해주는 외적인 존재와 자기 내적인 생존의 이유를 상실하게 된다. 그는 더 이상 이 세계에서 고통을 감내하며 발버둥치고 살아야 할 의미를 찾지 못한다. 그는 자기 삶의 실패를 선언하고 자신이 해체하려던 세계에 순종하는 방식으로 자기 삶을 '탕진'해버린다. 이제 그는 세계에 대한 인식의 진리성 여부에 관심을 두지 않는다. 이것은 삶 자체가 그에게 무의미하기 때문이다. 어떠한 세계에서 살든 그것은 생의 욕망이 사라진 소모의 시간일 뿐이다. 그가 군벌의 고문이 되어 향락적인 생활을 하는 것이나 심한 각혈을 하면서도 자기 몸을 돌보지 않고 죽음을 앞당기는 것, 그리고 집주인의 아이들을 괴롭히며 즐기는 것은 모두 생의 의지를 상실한 채 자학의 고통을 즐기는 행위들이다. 웨이롄수는 암흑 사회에 대한 반란과 복수를 마음껏 감행하기도 전에 자신의 존재 의미를 송두리째 빼앗겨버리고 죽음의 세계로 내몰린다. 그의 주검은 군벌의 복장이 어색하게 입혀져 있고 그의 재산을 노리는 유족들에 둘러싸인 채 "마치 길다란 울부짖음 같은 소리"[62]를 토한다. 이것은 그의 죽음의 의미를 공감하는 자만이 들을 수 있는 침묵과 고통의 목소리이다. 그래서 「고독자」는 바로 생의 의미를 박탈당한 자가 거칠게 울부짖는 '한탄과 번민, 노여움, 그리고 슬픔'의 이야기로 읽혀진다.

「상서」는 자유 연애를 하던 쥐안성과 즈쥔이 생활의 어려움과 사랑의 균열로 인해 서로 헤어지고 그 후 쥐안성이 즈쥔의 죽음에 대해 슬퍼하는 이야기를 다룬다. 이 작품은 「술집에서」나 「고독자」처럼 세계와 자기로부터 부정당하여 진보적인 존재에서 무기력한 존재로 변신하는

的. 你看, 有一個願意我活幾天的, 那力量就這麼多. 然而現在是沒有了, 連這一個也沒有了. 同時, 我自己也覺得不配活下去; 別人呢? 也不配的."

62) 魯迅, 「孤獨者」, 『魯迅全集』 2卷, 人民文學出版社, 1993, 107면. "像一匹受傷的狼, 當深夜在曠野中嗥叫."

이야기를 서술한다. 하지만 이 작품은 앞의 두 작품과 달리 생의 의미
를 박탈당한 자가 어떻게 공허하고 적막한 삶을 살아가는가라는 변신
이후의 삶에 초점을 맞추지 않는다. 앞의 두 작품 속에는 그들이 어떠
한 이상을 추구하다가 왜 좌절당해야만 하는가라는 '변신 이전'의 삶이
생략되어 있거나 간간이 대화나 서술 속에 그 편린들이 엿보일 뿐이다.
그러나 「상서」는 상대적으로 변신 이전의 삶에 주목하여 변신하기까지
의 구체적 과정과 그것에 대한 자기 반성이 중심을 이룬다. 그래서 변
신 이전과 변신 이후 삶 사이의 모종의 필연성이 부각되어 변신 자체에
대한 성찰을 가능케 하고, 변신 이후 어떠한 삶을 살아갈 것인지에 대
한 '출로'의 문제를 열어둔다. 이것은 이야기 서술과 이야기에 대한 성
찰이 1인칭 화자인 쥐안성에 의해 통합되는 점과 밀접히 관련되어 있다.
즉, 「상서」는 이야기 밖에서 이야기를 서술하는 별도의 '나'가 등장하지
않고 이야기 당사자인 쥐안성의 시각에서 서술과 성찰을 진행한다. 쥐
안성은 즈쥔에게 가정의 전제, 구습 타파, 남녀 평등 등에 관한 새로운
사유들을 들려주어 여성의 자유로운 삶에 대해 각성케 하는 계몽자이
다. 즈쥔은 쥐안성의 계몽에 감화되어 가정의 모든 굴레로부터 벗어나
"가까운 장래에 찬란한 새벽을 맞이할 것"63)이라는 희망을 안고 그와
동거 생활을 시작한다. 쥐안성과 즈쥔의 동거는 각성한 자 사이의 동지
적 결합이다. 그들은 이러한 정신적 공감으로 인해 희망을 꿈꾸며 행복
한 삶을 꾸려나간다. 그런데 동거한지 얼마 안 되어 쥐안성이 실직통보
를 받고 생계의 어려움에 직면하면서 이들의 사랑은 서서히 균열되기
시작한다. 그들은 생계라는 현실 앞에 정신적인 사랑만의 유대가 얼마
나 무기력하고 공허한지를 느낀다. 쥐안성은 이러한 현실에 맞서며 삶
을 위한 여러 가지 방안을 모색하지만 마음대로 일이 풀리지 않으며,
즈쥔은 점점 쓸쓸하고 무료한 나날을 보낼 뿐 생활을 위해 분투하는 모

---

63) 魯迅, 「傷逝」, 위의 책, 112면. "在不遠的將來, 便要看見輝煌的曙色的."

습은 보이지 않는다. 여기서 쥐안성과 즈쥔의 변신이 시작된다. 쥐안성은 "지난 반 년 동안 오직 사랑 — 맹목적인 사랑 — 을 위하여 그 밖의 인생의 의의를 소홀히 했음을 깨달았다. 첫째는 생활이다. 사람은 반드시 생활을 해야 만이 사랑이 비로소 따르게 되는 것이다. 세상에는 분투하지 않는 사람을 위하여 활로를 열어주는 일은 결코 없다"[64]고 생각한다. 쥐안성은 자신의 지난 삶을 되돌아보면서 산다는 것 앞에 맹목적인 사랑의 공허와 분투하지 않는 즈쥔의 모습을 비판하며 그녀와 헤어질 것을 결심하게 된다. 즈쥔에 대한 쥐안성의 태도는 예전의 사랑의 공감을 찾아볼 수 없을 정도로 냉정하다. 생활에의 분투가 없는 즈쥔은 그의 삶을 지체시키는 굴레로 다가올 뿐이다. 그는 이러한 냉정한 태도로 즈쥔과의 관계를 청산하고 원래의 자신의 삶 속으로 회귀한다. 즈쥔은 생활의 곤궁함과 쥐안성의 태도 변화에 직면하여 어찌할 바를 모르고 무기력한 나날을 보낸다. 그녀는 새로운 삶에 대한 희망과 의지를 상실한 채 일상의 권태로운 생활을 반복할 따름이다. 이러한 즈쥔의 모습에는 막 꿈에서 깨어난 소녀가 어디로 가야 할지 몰라 그 주위를 맴도는 불안감이 감추어져 있다. 즈쥔은 그 불안감을 현실 속에서 해소하지 못하고 유일한 동지인 쥐안성의 버림을 받은 채 예전의 가정 속으로 회귀한다. 사랑의 꿈이 깨어진 후 그들의 변신은 모두 새로운 삶을 위해 탈피했던 곳으로 다시 회귀하는 방식으로 종결된다. 그러나 변신 이후 그들은 영원히 만날 수 없는 길로 접어든다. 쥐안성은 냉정한 태도로 깨어진 꿈의 조각 속을 뛰쳐나와 고독하고 적막한 생활을 버텨나가지만, 즈쥔은 깨어진 꿈 밖의 현실에 적응하지 못하고 "사랑 없는 사람에 둘러싸여 죽어갈"[65] 운명이 돼버린 것이다. 쥐안성은 즈쥔의 죽음에

---

64) 魯迅, 「傷逝」, 『魯迅全集』 2卷, 人民文學出版社, 1993, 121면. "這才覺得大半年來, 只爲了愛, 一盲目的愛 — 而將別的人生的要義全般疏忽了. 第一, 便是生活. 人必生活着, 愛才有所附麗. 世界上幷非沒有爲了奮鬪者而開的活路."

65) 魯迅, 위의 글, 128면. "死于無愛的人們的眼前的黑暗."

대해 깊은 참회를 하며 죽음과 함께 사라진 즈쥔의 고통의 소리를 듣는다. "주위는 광대한 공허이고 또 죽음의 정적이 있었다. 사랑이 없는 인간들의 눈앞에서 죽는 암흑이 내게는 마치 하나하나 보이는 것 같고 또한 일체의 고민과 절망의 몸부림 소리도 들려오는 것 같았다."[66]

「상서」가 「술집에서」와 「고독자」와 유사한 이야기를 지니면서도 이 두 작품의 경계를 뛰어넘는 것은 절망적 상황 속에서 열림의 가능성을 모색한다는 데에 있다. 그래서 이야기의 구조와 의미에 있어서는 동일시할 수 없는 차이가 내재되어 있다. 두 작품이 변신 이후 닫혀져 가는 자아의 모습과 세계에 굴종하여 삶을 탕진하는 이야기를 성찰하는 것과 달리, 「상서」에서는 사랑과 파멸 그리고 죽음의 과정에 대한 서술을 넘어 즈쥔의 죽음을 딛고 일어서 새로운 출로 찾기를 시도하는 이야기가 확장되어 있다. 이 속에 절망과 절망의 악순환을 돌파하려는 주체의 저항이 내재되어 있다. 이 때문에 두 작품이 닫힌 구조 속에 흔적 없이 사라져갈 가느다란 '떨림'의 이야기로 들린다면, 「상서」는 닫힌 구조에 맞부딪쳐 '틈새'를 열어 가는 이야기로 읽혀지는 것이다. 우선적으로 이러한 현상은 이야기를 다루는 '시선'의 차이에서 빚어진다. 앞의 두 작품은 암흑 구조에 의해 존재 의미를 박탈당한 자가 허무와 고독 속에 자학적인 삶을 사는 이야기 자체에 무게 중심이 놓여져 있다. 그러나 「상서」는 이야기의 당사자인 쥐안성이 1인칭 화자가 되어 자신의 의식 속에서 이야기를 서술하고 또 스스로를 해부하고 성찰한다. 이것은 무엇보다도 쥐안성 자신이 세계에 대한 자기의 패배를 반성하며 현재의 절망 속에서 생을 위한 길 찾기를 추구하기 위해서이다. 이것은 단순히 시점상의 차이가 아니라 삶에 대한 태도의 문제이다. 쥐안성은 자신의 진보적인 삶이 실패로 귀결된 원인을 객관적인 현실의 문제로만 돌리지 않고, 현실과 생활의 문제를 간과한 채 자의식 속에서 이상을 추구하는 것이 얼마

---

66) 魯迅, 위의 글, 128면. "四圍是廣大的空虛, 還有死的寂靜. 死于無愛的人們的眼前的黑暗, 我彷佛一一看見, 還聽得一切苦悶和絶望的挣扎的聲音."

나 무기력한 것인가라는 주체의 미성숙성에서 찾는다. 그는 삶에 기반하지 않은 이상의 추구가 무기력하며 실패의 공허로 끝날 수밖에 없다는 것을 성찰한다. 이것은 뤼웨이푸나 웨이렌수의 경우 실패는 현실 사회의 폭력성으로 인한 불가피한 것이며 그들은 생의 출로가 차단된 채 비극적인 삶을 살아갈 수밖에 없다는, 일종의 운명적 색채를 띠는 것과는 다르다. 쥐안성의 열림의 가능성 역시 객관적 현실에서 주어지는 것이 아니라 주체의 저항의식과 생의 의지에서 연원한다. 그래서 쥐안성은 실패가 자아 밖의 힘에 의해 끌려가는 운명적인 것이라 하더라도, 그것을 자기 삶 속의 문제로 파악하여 실패에 맞설 수 있는 내적인 힘을 축적한다. 이러한 힘이 바로 죽음의 구덩이 속에 빠진 개 아수이[阿隨]가 살아나온 것처럼, 절망의 늪 속에 빠진 생명을 끌어올리는 생의 욕망이다. 쥐안성은 내면 속에 꿈틀거리는 생의 욕망으로 죽음과 허무의 유혹에서 벗어나 새로운 삶의 길[生路]을 찾아 '묵묵하고 끈기 있는 전투'를 벌여 나간다. "나는 새로운 삶의 길을 향해 첫걸음을 내딛어야 한다. 나는 진실을 마음의 상처 속에 깊숙이 감추고 묵묵히 전진해야 한다. 망각과 거짓말을 나의 길잡이로 삼고서……."67) 이것이 바로 「상서」 속에 내장된, 죽음을 삶으로 변신시키는 '살림'의 글쓰기이다.

살림의 글쓰기, 이것이 바로 『납함』의 경계를 넘어서는 『방황』의 확장된 공간이다. 그러나 살림의 틈새를 열어 가는 『방황』의 세계 역시 아직은 암흑이 지배하는 곳이다. 그것은 이러한 살림을 담지할 주체가 현실 존재로 구체화된 것이 아니라 절망을 딛고 일어설 가능태로서 존재하기 때문이다. 방황 속에서 이러한 살림의 이미지는 표면으로 부상하지 않고, 죽음의 고통을 견디며 "암흑의 수문을 어깨로 밀어 올리는"68) 삶에의 의지로 표상된다. 다시 말하면, 변신 이후 죽음과 무의미

---

67) 魯迅, 「傷逝」, 『魯迅全集』 2卷, 人民文學出版社, 1993, 130면. "我要向着新的生路跨進第一步去, 我要將眞實深深地藏在心的創傷中, 默默地前行, 用遺忘和說謊做我的前導……."

의 세계 속에 빠진 인간들의 고통·비애·절망·번뇌·회한·분노·반
항의 이야기를 기억하고 성찰하는 것이 바로 살림의 힘이다. 기억을 통
해 죽은 자는 식인의 구조 속에서 흔적 없이 사라지지 않고 살아남은
자의 삶 속에 영원히 간직되며, 성찰을 통해 실패와 죽음의 악순환을
밟지 않고 새로운 삶의 길을 찾아갈 수 있는 것이다. 이것이 바로 존재
의미를 박탈당한 채 현실에서 사라진 주체를 재생시키고 생의 가능성을
열어가려는 『방황』의 궁극적 의미라고 할 수 있다.69)

4. '현재'적 사유지평과 역사 이야기

'깨어 있는 현실주의'자인 루쉰의 사유 공간은 '현재'의 시간이 지배
하는 곳이다. 이것은 단순히 루쉰의 관심이 현재라는 시간에만 국한되
어 과거나 미래의 시간이 사유 밖으로 밀려나 있다는 의미가 아니다.
오히려 루쉰의 '현재'적 사유는 절대적인 과거세계나 미래의 황금세계
에 무비판적으로 빠져들지 않도록 반성적 거리를 유지하여, 그러한 시
간과 세계의 역사적 맥락과 현재적 의미에 대해 끊임없이 질문케 한다.
그래서 이 '현재'는 현실적인 실용과 실리 혹은 사적 욕망에 집착하는
목적 개념이 아니라, 모든 사유들을 추동하는 출발점이자 길떠난 사유

---

68) 魯迅,「我們現在怎樣做父親」,『魯迅全集』1卷, 人民文學出版社, 1993, 140면. "肩
   住了暗黑的閘門."
69) 이러한 맥락에서 볼때, 루쉰이『彷徨』의 제사로 인용한 屈原의「離騷」의 "길은 아득
   히 길고 멀지만, 하늘 땅 오르내리며 찾아내리라[路漫漫其修遠兮, 吾將上下而求索]"
   의 구절이나『自選集』,「自序」(『魯迅全集』4卷, 人民文學出版社, 1993)에서 말한 "새
   로운 전우는 어디에 있는가[新的戰友在哪里呢]"라는 말의 의미를 이해할 수 있을 것
   이다.

들이 다시 귀환하는 근원지라고 할 수 있다. 루쉰은 이 '현재'의 눈으로 가능한 모든 시공간에서 벌어지는 이야기들을 해석하고 통찰하며, 그것을 '현재'의 관심 속으로 통합하여 의미화한다. 이러한 측면에서 볼 때 루쉰의 문학적 상상력은 시공간의 형식적 제약이 없으며 '현재'적 사유 지평 위에서 무한히 확장된다고 할 수 있을 것이다.

루쉰의 『고사신편(故事新編)』은 중국의 신화, 전설이나 고대사 속의 고사를 '신편'한 소설이다. 이 속에는 1922년에 쓴 「보천(補天)」에서 1935년에 쓴 「채미(采薇)」·「출관(出關)」·「기사(起死)」에 이르기까지 13년 동안에 창작한 8편의 작품이 있다. 또 『고사신편』의 작품 배열은 창작한 시간 순서에 따른 것이 아니라 이야기의 시간 선후에 의거하여 재편한 것이다. 이 점은, 『고사신편』 자체의 난해성이 가중되어, 『고사신편』에 흐르는 일관된 작품 세계가 있는지에 대해 의심스럽게 만든다. 그러나 이러한 의심은 『고사신편』에 대한 명징한 해석의 어려움을 의미하는 것이지 루쉰의 문학세계를 벗어난 우연적인 것임을 뜻하지는 않는다. 『고사신편』이 '현재'적 사유 지평에 기반한 루쉰의 상상력이란 측면에서 볼 경우 개별 작품 사이에 모종의 유사성이 존재하며, 더욱이 『고사신편』의 문학세계를 『납함』의 문학세계, 『방황』의 문학세계와의 연속—불연속의 유기체적 관계로 파악할 때 『고사신편』이 열어나가는 세계를 엿볼 수 있을 것이다.

『고사신편』은 천지창조의 신화시대에서 노자·공자·장자가 등장하는 선진 시대에 이르기까지 중국 고대문화의 '근원'에 해당하는 공간을 무대로 삼는다. 중국인들에게 이 시대는 자신들의 뿌리가 탄생하는 지점이어서 각별히 중요한 의미로 다가온다. 그것은 중국이란 국가와 민족이 창조되고, 중국인들의 전통적 이상세계인 요순의 시대가 존재하고, 중국인들의 정신세계를 지배하는 유가사상과 노장사상이 성립되는 등 중국 문화의 '본체'가 살아 숨쉬는 생명의 공간이기 때문이다. 그래서 반전통의 시대인 근대 중국에서도 '선진'은 타락하기 이전의 중국 문화의 실체가 그대로 보존되어 있는 시대로 존중되어 그 원류를 찾기 위한 역사적 탐구들이 무수히 진행된다. 근대 중국인에게 '선진'은 결코 계승의 대상이지 부정의 대상은 아니다. 그들이 부정하는 것은 대체로 '선진'의 본래적 의미를 오독하여 타락시킨 선진 이후의 문화이다. 그런데 『고사신편』 속의 선진은 중국인들의 마음속에 살아 있는 '선진'과는 이질적인 모습을 지닌다. 그곳은 이상적 질서가 지배하는 조화로운 공간으로 현현하지 않고 혼란과 대립이 충만한 현실 세계의 실상과 닮아 있다. 그 속에는 세속적인 인간세계에서나 볼 수 있는 혼란·권력·이데올로기·영웅·민중·복수·배반·죽음 등의 문제들이 산재해 있다. 이것은 무엇을 의미하는가? 루쉰은 선진을 복원해야 할 이상적인 세계로 간주하지 않는다. 오히려 루쉰은 이상세계가 아니라 현재적인 문제를 배태시킨 근원적 공간으로 선진을 바라본다. 그 속에는 현재와 유사한 상황과 문제들이 중첩되어 있다. 루쉰은 이러한 유사성의 상상력을 근거로 선진에 대한 관습적 해석을 전복하고, 그 근원 속으로 진입하여 현재의 문제들을 풀어나갈 가능성을 우회적으로 모색한다. 『고사신편』은 루쉰 특유의 현재적 사유지평 위에서 유사성의 상상력을 통해 중국 고대문화의 제 문제를 신편한 역사의 이야기라고 할 수 있다. 그 신편된 이야기 속에는 선진이란 과거세계와 루쉰 당대의 현재세계, 그리고 가능성의 미래세계가 겹쳐져 있다. 그래서 『고사신편』은 과거의 이야기를 통해 현재의 문제적 상황을 반추하고 미래의 가능성을 예언하는 종합적인 텍스트로 읽혀질 수 있다. 그러면 루쉰의 역사적 상상력을 따라 '고사신편'의 세계 속으로 들어가 보자.

「보천」은 '신편'한 이야기의 세계를 여는 첫 관문으로, 여왜(女媧)의 인류창조 신화를 다루고 있다. 이 작품은 크게 여왜의 인류창조, 여왜의 무너진 천지 복구와 죽음, 여왜의 죽음 이후 이야기의 세 부분으로 구성되어 있다. 여왜가 잠에서 깨어나 인류를 창조하기 이전의 세계는, 분홍빛 하늘엔 황금빛 태양이 유동하고 땅 위엔 연둣빛이 감도는, 생명

창조의 기운이 충만한 공간이다. 여왜는 이러한 세계에서 전신의 기력을 발산하여 생명을 창조한다. 처음에 여왜는 정성을 다하여 귀여운 생명을 만들지만, 창조의 일에 심신이 피곤하고 귀찮아져 '멍청하고 천한 몰골'을 만든다. 작업을 마친 후 여왜는 지쳐 잠에 빠져 있다가 천지가 무너지는 소리를 듣고 깨어난다. 여왜는 자신이 창조한 인간들을 만난다. 하나는 선술을 배우는 도사들인데, 여왜는 이들에게서 천지가 무너졌다는 소식을 듣고, 이들을 거북 위에 태우고 "평온한 곳"으로 떠나보낸다. 또 다른 하나는 전쟁을 하는 군사들인데, 여왜는 이들에게서 전쟁에 패한 공공(共工)이 부주산(不周山)에 머리를 부딪쳐 이러한 일이 생겼다는 얘기를 듣는다. 여왜는 갈대를 쌓아 갈라진 틈을 메우고 갈대더미에 불을 붙여 천지를 보수하고 자신은 기력이 쇠진하여 죽는다. 여왜의 인류창조와 하늘 보수의 신화는 여기서 끝이 난다.

「보천」은 이 이야기에다 여왜가 죽은 이후의 인간 세상의 이야기를 추가한다. 전쟁에 승리한 금위군(禁衛軍)은 여왜의 배 위에 진을 치고 자신이 여왜의 적장자파(嫡長子派)라고 주장하고, 방사(方土)들은 대대로 임금의 총애를 얻으려고 선산(仙山)을 찾아 헤맨다. 추가된 이 이야기는 무엇을 의미하는가? 이 부분으로 인해 「보천」은 전체적인 의미가 한층 모호해진다. 루쉰 스스로 "「부주산」의 후반은 매우 엉성하여 결코 가작이라고 칭할 수 없다"[70]고 하지만, 이것을 작품의 일관성을 헤치는 사족적인 부분으로 보기에는 무언가 미심쩍은 점이 남는다. 이 부분을 제거한다고 하여 「보천」이 여왜의 희생적인 창조정신을 예찬하는 이야기로 일목요연해지지는 않기 때문이다. 필자는 「보천」에 상반된 두 가지 이야기가 섞여 있다고 생각한다. 여왜의 인류창조와 천지 보수에 관한 이야기와 여왜의 죽음 이후 창조된 인간에 의해 세상이 혼란되고 타락한 이야기이다. 이러한 두 이야기의 결합으로 「보천」을 바라볼 경우 그 해

---

70) 魯迅, 「序言」, 『古事新編』(『魯迅全集』 2卷), 人民文學出版社, 1993, 342면. "『不周山』之後半是很草率的, 決不能稱爲佳作."

석의 가능성은 더욱 넓어진다.

여왜가 창조한 인간들은 갓 태어난 생명의 푸르름이나 순수함보다는
생기를 잃고 불안해한다. 그리고 그들은 한결같이 평화와 행복한 삶을
추구하지 않고 선악을 구하거나 전쟁에 매달린다. 이것은 여왜의 인간
창조 목적과 위반되는 것이다. 그래서 여왜도 자신의 기력을 발산하여
만든 생명들에 대해 그렇게 탐탁한 시선을 보내지는 않는다. '얼굴 하반
부에 흰 털이 난 것'을 만날 때 "그녀는 이상스럽기도 하도 두렵기도 하
여 소리를 질렀다. 피부에는 마치 쐐기벌레에게라도 쏘인 것처럼 좁쌀
같은 소름이 끼쳤"71)고, '온 몸이 쇳조각으로 감싸인' 것을 만나 그의 애
기를 들을 때 "그녀는 화가 나서 금방 양볼에서 귀밑까지 붉어졌"72)고,
마침내 여왜는 "이런 것들과 이야기를 해봤자 말이 통하지 않는다는 것
은 진작부터 알고 있었던 것이다"73)고 생각한다. 본래 루쉰이 현실적 삶
을 벗어나 신선세계를 동경하거나 권력적 욕망을 위해 폭력적 방법을
사용하는 이들을 비판하는 것으로 볼 때74), 결코 이러한 유형의 인간들
을 긍정적인 형상이라고 볼 수는 없을 것이다. 그러나 여왜는 이후 타락
한 인간에게 형벌을 내리는 대신에 오히려 그들을 위해 천지를 보수하
는 데에 자신의 생명을 바친다. 이것은 인간에게 삶의 기반을 마련해 주
기 위한 여왜의 포용적인 희생정신이다. 여왜는 인간들의 행위에 대해서
혐오하면서도 그들의 생존을 위해 자신이 희생하는 양면적인 태도를 지
니고 있는 것이다. 그렇지만 인간들은 여왜의 죽음과 희생정신에도 불구

---

71) 魯迅, 「補天」, 『魯迅全集』 2卷, 人民文學出版社, 1993, 348면. "伊詫異而且害怕的
   叫, 皮膚上都起粟, 就像觸着一支毛刺蟲."
72) 魯迅, 위의 글, 350면. "伊氣得從兩頰立刻紅到耳根."
73) 魯迅, 위의 글, 352면. "伊本已知道和這類東西扳談, 照例是說不通的."
74) 루쉰은 「隨感錄57－現在的屠殺者」(『魯迅全集』 1卷, 人民文學出版社, 1993)에서 "인
   간이면서 신선이 되기를 꿈꾸는 자, 지상에서 살면서 하늘에 오르려는 자, 분명히 현대
   인이고 현재의 공기를 호흡하고 있으면서 썩은 명교와 죽은 언어를 억지로 퍼뜨리고
   현재를 소멸하는 자, 이들은 모두 현재를 도살하는 자이다. 현재를 죽이는 것은 장래를
   죽이는 것이다"라고 말한다.

하고, 자신의 뿌리와 근본을 망각한 채 권력과 신선의 유혹에 빠져 세계를 혼란스럽게 만든다. 인간들은 여왜의 죽음 이후 자신의 모태인 여왜와 단절된 채 스스로 타락한 세계를 만든다. 그러나 인간들은 자신이 뿌리와 근본을 망각한 사실 자체를 망각하고, 자기 행위의 정당성 확보를 위해 여왜를 끌어들이는 본말 전도적인 방식으로 혼란을 더욱 가중시킨다. 금위군이 여왜의 배 위에 진을 치고 여왜의 적장자파라고 하는 것이나 방사들이 인간을 구조하기 위해 거북 위에 태워보낸 여왜의 행적을 전해듣고 신선의 땅을 찾아 헤매는 것은 모두 근본과 멀어진 인간들의 사욕적 행동인 것이다. 여왜의 죽음 이후 인간 세상은 이러한 '미망된 생각'에 유혹되어 삶의 중심을 상실한 채 타락과 혼란의 세계로 떨어지고 만다. 이런 맥락에서 볼 때, 「보천」은 여왜의 창조와 희생의 이야기를 벗어나 창조주의 정신을 위반한 인간들이 미혹된 생각에 빠져 타락해가는 이야기로 보아야 할 것이다. 루쉰은 왜 인류창조의 이야기와 인류 타락의 이야기를 겹쳐놓은 것인가? 주지하듯이 「보천」은 1922년에 「부주산」이란 이름으로 창작되어 『납함』의 말미에 수록한 작품이다. 그래서 이 작품은 『납함』의 세계와 연관지어 해석할 필요가 있다. 『납함』 시기 루쉰은 모든 것을 흔적 없이 무화시켜 버리는 중국의 식인 구조를 통찰하며, 중국의 변혁은 인간의 힘으로 어찌할 수 없는 조물주나 운명론적인 영역에 속한다고 할 만큼 절망스러워 한다. 비록 『납함』 식의 희망론인 '희망 없음에 대한 끊임없는 연기'를 통해 극단적인 절망에서 벗어나기는 하지만, 루쉰의 사유 속에서 당대 현실은 구체적인 출로를 찾을 수 없는 암흑 자체였을 것이다. 어쩌면 루쉰은 중국은 조물주의 채찍이 내려치지 않는 한 고쳐지기 힘든, 태생적이며 근본적인 결함을 안고 있다고 여겼을지 모른다. 이런 맥락에서 볼 때 「보천」은 단순한 인류 창조의 이야기가 아니라 『납함』 세계의 창조에 관한 이야기로 은유될 수 있다. 다시 말하면, 「보천」 속의 이야기는 바로 『납함』 세계에 전해져 내려오는 창조 신화이며, 「보천」은 『납함』 세계의 근원에 대한 저주의 이야기로 읽혀지는 것이다.

그러나 『고사신편』에서 「보천」의 의미는 여기서 그치지 않는다. 「보천」은 타락한 인간의 출현으로 인한 세상의 혼란을 알려주는 전주곡이지 세상의 종말을 선언하는 대단원이 아니다. 「보천」 이후 『고사신편』에는 세계를 혼란시키는 '미혹된 생각'과 그 사람의 이야기(「채미」·「출관」·「기사」), 인간적인 정과 의리를 배반하는 이야기(「분월(奔月)」), 타락한 세계에 복수하는 전사의 이야기(「주검(鑄劍)」), 혼란된 세계의 근본을 바로잡고 공적인 삶을 추구하는 인간의 이야기(「이수(理水)」, 「비공(非攻)」)가 이어진다. 이 이야기의 주인공들은 모두 「보천」에서 여왜가 창조한 인물들이다. 여왜는 처음에는 즐거움과 정성어린 마음으로 '귀여운' 인간을 만들고 나중에는 심신이 피로하여 '멍청하고 천한 몰골'을 만든다. 신화, 전설의 이야기가 대체로 선악이 대립되는 이원적인 구조인 것을 염두에 두면, 여왜의 죽음 이후 세상이 혼탁하고 타락한 것은 바로 '멍청하고 천한 몰골'들이 자신의 근본을 망각하고 미혹된 생각들에 빠져들기 때문이다. 「보천」에는 이들이 세계를 지배하는 단면이 나오지만 '귀여운' 인간들이 그 세계에서 어떠한 삶을 살아가는지에 대해서는 나타나지 않는다. 그러나 「보천」 이후에는 미혹된 생각들이 세계를 지배하는 구체적인 모습이 나타나고, '귀여운' 인간들이 혼란된 세계에 복수하고 망각된 근본을 바로잡는 이야기가 출현한다. 그들은 여왜의 죽음 이후 사라진 근본을 재생시킴으로써 혼란된 세계를 맞서 나간다. 그들은 여왜의 인간 창조와 희생 정신을 계승하여 타락한 세계를 다시 '보천'하는 이상적 인간들이다. 그래서 『고사신편』은 타락한 인간세계에서 생명의 이미지가 충만한 창조 공간을 열어 가는 '예언'의 이야기로 읽을 수도 있다. 그러면 「보천」 이후의 이야기에 대해 살펴보자.

세계를 혼란시키는 '미혹된 생각'과 그러한 인간의 이야기. 이러한 이야기는 「보천」에 이미 내재되어 있는 것인데, 금위군과 방사의 이야기가 바로 그러하다. 금위군은 '오래된 군기'를 내세우고 전쟁을 일삼는 무리로, 그들은 자신의 행위를 여왜의 적장자파라는 명분론에 의해 정당화한

다. 이는 '선왕의 도'75)를 행위 규범으로 삼는 유가사상을 은유하는 것
인데 「채미」의 백이(伯夷) 숙제(叔弟)의 이야기로 구체화된다. 방사는 현
실세계를 도피하여 이상적인 신선세계를 추구하는 무리이다. 이는 도가
사상을 은유한 것인데, 「출관」과 「기사」의 노자, 장자의 이야기로 구체
화된다. 루쉰은 『고사신편』에서 이 두 가지 전통사상을 중국을 정체시키
는 '미혹된 생각'으로 비판한다. 먼저, 「채미」에 관해 살펴보자. 「채미」
는 주 문왕이 선왕의 도를 따르지 않고 은 걸왕을 친다고 여기며, 주나
라 곡식을 먹지 않으려고 수양산에 들어가 고사리를 캐먹다 죽은 백이
숙제의 이야기를 다룬다. 주지하듯이 백이 숙제는 공자 이래 유가의 문
인들에 의해 고절(孤節)의 표상으로서 칭송되어 온 인물이다. 그런데 「채
미」에서는 백이 숙제를 의로운 선비가 아니라 허식적이고 나태한 인물
로 묘사한다. 이것은 루쉰이 백이 숙제의 행위 속에 숨겨져 있는 현실적
인 욕망을 들추어 유가사상에 의해 신비화된 표상을 '벗겨내기' 때문이
다. 루쉰은 이러한 시선으로 백이 숙제의 삶을 지극히 세속적인 것으로
끌어내린다. 무엇보다도 루쉰은 백이 숙제의 영혼을 지배하는 유가적
'명분론'에 파고들어 그것이 어떻게 그들의 삶을 미혹되게 하는지를 주
목한다. 그들은 '선왕의 도'에 따라 현실을 인식하고 판단한다. 그들은
선왕의 도를 진리 판단의 절대적 표준으로 삼아 그것을 위반하는 행위
에 대해 배타성을 지닌다. 그래서 그들은 선왕의 도의 기원이나 의미에
대해 질문을 던지지 않으며 영원불변의 가치로 신봉한다. 그들은 선왕의
도가 근본적으로는 그 시대에 주어진 사회경제적인 관계에 의해 조성된
당시 사회질서의 반영이며, 새로운 생산관계나 인간관계에 의해 필연적
으로 변할 수밖에 없다는 역사 인식이 없다.76) 즉, 그들은 현실 인식에

---

75) 「補天」(『魯迅全集』2卷, 人民文學出版社, 1993)에서 "네모진 널판지를 머리에 얹은
   것"이 지니고 있는 푸른 대나무 조각에 "벌거벗고 음탕에 빠지게 되면, 덕을 잃고 예
   를 버리게 되며, 법도를 어기게 되니, 금수의 행위가 된다. 나라에 법도가 있으니 이를
   금하노라"고 쓰여 있다. 푸른 대나무 조각은 죽간을 의미하며, 죽간에 쓰여진 내용은
   유가사상에 입각한 선왕의 도를 나타낸다.

근거하지 않고 선왕의 도라는 특정한 권위에 의지하여 사유하고 행위할
뿐이다. 이러한 사유방식으로는 현실의 변화를 따라잡지 못한다. 그들에
겐 선왕의 도에 조응하는 세계만이 현실이며, 선왕의 도를 위반하는 세
계는 허상으로 인식된다. 백이 숙제가 은나라 주왕을 침공한 주나라 무
왕에게 "아비가 죽어 장사를 치르지 않았는데 군사를 일으키는 것을 효
라고 할 수 있겠습니까? 신하가 군주를 시해하려는 것을 인이라고 말할
수 있겠습니까?"[77]라고 비판하는 것은 이러한 사유방식에서 연원하는
것이다. 그래서 그들은 선왕의 도를 위반한 주 무왕을 군주로 인정하지
않으며, 무왕이 다스리는 땅인 주나라는 허상의 세계로 인식한다. 그들
은 허상의 세계인 주나라를 부정하고 그곳으로부터 탈주를 시도한다. 이
러한 탈주는 허상의 세계를 벗어나 선왕의 도와 조응하는 '그들만의 세
계'를 찾아가는 환상여행에 다름 아니다. 이 여행이 환상인 것은 변화된
현실 속에 그러한 공간은 부재하며, 단지 그들의 환상 혹은 명분 속에서
만 존재하기 때문이다. 즉, 주나라에서 더 이상 살지 못하는 것은 현실적
인 폭력에 의해서가 아니라, 주나라를 허상으로 인식한 이상 그곳에서
살아야 할 명분이 사라졌기 때문이다. 그들은 현실적인 삶의 공간이 아
니라 명분 있는 곳을 찾아 헤맨다. 그러나 그들은 살아야 할 명분이 없
는 곳에서 살아야 하기에 삶에의 의지가 박약하고 나태하다. 그들은 삶
의 의미를 상실한 채 그저 고사리에 의존하여 목숨을 연명한다. 그들에
게 고사리는 허상의 세계를 벗어난 징표이자 그들의 삶을 지탱하는 명
분이다. 그들은 명분이 허용하는 내에서 탐욕스러울 정도로 삶에 집착한
다. 하지만 "무릇 하늘 아래 '임금의 땅이 아닌 곳이 없다'고 하는데, 당
신들이 먹고 있는 고사리인들 설마 우리 성상 폐하의 것이 아니라고 할
수 있겠습니까!"[78]라는 말을 듣고 나서는 더 이상 버틸 수 있는 명분이

---

76) 송영배, 『중국사회사상사』(한길사, 1986), '제2장 유교사상의 본질' 참조
77) 魯迅, 「采薇」, 『魯迅全集』 2卷, 人民文學出版社, 1993, 397면. "老子死了不葬, 倒來
動兵, 說得上'孝'嗎? 臣子想要殺主子, 說得上'仁'嗎?"

없어진다. 명분의 상실은 곧 죽음을 의미한다. 루쉰은 백이 숙제의 죽음에 대해 엄숙해하지 않고 '익살'스러워 한다. 그것은 현실과 명분이 전도된 삶이 얼마나 무기력하고 허위적인지를 보여주기 위해서이다. 그러나그 익살이 백이 숙제 개인에게 향하는 것은 아니다. 백이 숙제는 그것이진실이건 허위이건 간에 자신의 신념을 지키기 위해 스스로 죽음을 선택한 비극적 인물이기 때문이다. 루쉰의 익살은 백이 숙제를 선왕의 도를 위해 죽은 의로운 선비로 신화화한 유가사상과 그 지식인들에게 향한다. 그 신화 속에는 현실적인 삶의 가능성을 모색하지 않고 유가적인낡은 질서의 재확립을 정당화하려는 '권력적 욕망'이 숨겨져 있기 때문이다. 그 들춰냄의 사유가 바로 익살이다. 루쉰은 「채미」에서 백이 숙제에 대한 익살을 통해, 현실의 실제 모습에 대한 인식 없이 과거세계에대한 자기 도취에 빠지고, 현재의 문제 해결에 무기력한 채 끊임없이 낡은 질서로 회귀하는 유가사상을 비판한다.

다음으로 「출관」과 「기사」에 대해 살펴보자. 이 두 작품에서 루쉰은노자와 장자를 세속에서 초탈한 달관의 철학자가 아니라 사물에 대한분별력을 무화시키는 공담가(空談家)로 묘사한다.79) 루쉰은 이러한 묘사를 통해 도가사상의 미혹된 면을 비판하는데, 「출관」보다는 「기사」의익살이 한층 선명하다. 그래서 필자는 「기사」를 중심으로 노장사상에대한 루쉰의 익살을 살펴보려고 한다. 「기사」는 장자가 죽은 자를 살려내어 그와 대화하는 이야기를 다룬다. 장자는 길을 가다가 해골을 발견하고서 그를 살려주려고 사명대사를 부른다. 장자는 그 특유의 '산 것이곧 죽은 것이고, 죽은 것이 곧 산 것이다'라는 역설 논법을 내세워 죽은자를 살려낸다. 장자는 살아난 자와 대화를 하다가 강도로 몰려 곤경에

---

78) 魯迅, 「采薇」, 『魯迅全集』 2卷, 人民文學出版社, 1993, 409면. "'普天之下, 莫非王土', 難道他們在吃的薇, 不是我們聖上的嗎!"
79) 물론 「출관」의 경우 이데올로기 비판 기능과 아울러 루쉰의 '허무적' 인생철학이 중첩되어 있다는 점을 간과해서는 안 될 것이다.

처하자, 그를 원상태로 되돌려놓으려다 실패하고 순경에게 맡겨놓은 채 자신은 길을 떠난다. 역설은 성립 불가능한 모순진술이나 화해 불가의 갈등요소들을 순간적으로 통일하고 그 통일의 순간에 튀어나오는 섬광 속에서 '진리'를 발견하려는 인식방법이다.[80) 이것은 관습적 사유에 묶여 있는 진부한 논리를 뒤집어 새로운 진리를 발견하려는 앎에의 욕망이다. 그러나 역설은 세계에 존재하는 분별의 세계를 뒤흔들어 그 경계를 무화시켜 버리는 '혼동'의 논리가 아니다. 그것은 관습의 유혹에서 벗어나 새로운 해석과 통찰을 가능케 하는 변화의 어법이다. 그런데 장자가 구사하는 역설은 이러한 진리의 어법과는 차원이 다르다. 그것은 "삶과 죽음에는 명이 있다[死生有命]"는 명징한 실제를 삶과 죽음의 경계선이 제거된 '미망한' 상태로 만드는 혼동의 담론이다. 장자는 이렇게 삶과 죽음의 본래 의미를 흩뜨려놓음으로써 현실에서 죽은 자를 '역설' 속에서 살려낸다. 그러나 장자는 자신의 말로 살아난 자에게 감사의 인사를 받기보다는 오히려 강도로 몰리는 곤경에 처한다. 살아난 자는 자신이 죽기 이전과 되살아난 현재 사이의 변화된 현실을 분별하지 못한다. 그것은 그가 사물의 분별을 혼동시키는 장자의 역설 속에서 되살아난 것이어서 죽음 이전과 이후의 차이를 느끼지 못하기 때문이다. 그의 현실은 죽음 이전의 세계이지 되살아난 현재가 아니다. 현재는 장자의 역설의 세계 속에 위치하고 있어서 그에게 '미망한' 상태로 다가올 뿐이다. 그래서 그는 되살아난 것 자체를 현실로 수용하지 못하며 자신의 현실인 죽음 이전의 기억에 의지하여 장자를 강도로 인식한 것이다. 장자는 자신이 쳐놓은 역설의 함정에 스스로 빠진 셈이다. 그가 장자에게 옷을 요구하자 이번에는 시비(是非)의 역설로 그의 요구를 거절한다.

  우선 옷 생각은 그만 두시오 옷은 있어도 되고 없어도 되는 것이오 아마 옷이 있는 것이 옳은 것인지도 모르겠고, 옷이 없는 것이 옳은 것인지도 모르겠

---

80) 도정일, 『시인은 숲으로 가지 못한다』, 민음사, 1995, 103면.

소 새는 날개가 있고 짐승은 털이 있소 그러나 오이나 가지는 알몸이오 이것이 이른바 '저것도 하나의 시비이고, 이것도 하나의 시비'요 당신은 물론 옷이 없는 게 옳은 것이라고 말할 수는 없을거요 그러나 당신은 또 어떻게 옷이 있는 것이 옳은 것이라고 말할 수 있겠소[81]

장자는 자신이 혼동의 역설로 살려낸 자를 이번에는 시비의 역설을 통해 자신과의 관련성을 끊어버린다. 장자는 그를 자신의 역설 밖으로 쫓아 버린다. 추방당한 그는 이제 그 어디에서도 살아갈 공간이 부재하다. 그는 장자의 역설 속에서만 존재하는 인물이기 때문이다. 그래서 그는 자신의 존립을 위해 더욱 장자에게 매달리며 떨어지지 않으려 한다. 강도로 몰린 장자는 지나가던 순경에게 문제 해결을 부탁하는데, 순경이 장자의 옷을 그에게 주어 부끄러운 데라도 가리게 하자, 이번에 장자는 자신의 현실적 처지를 내세워 거절한다.

> 옷이란 본래 내 소유가 아니요 그렇지만 지금은 초왕을 만나러 가는데 도포를 입지 않고는 갈 수가 없고, 적삼을 벗고 알몸에 도포만 입고 갈 수도 없고……[82]

이번에 장자는 '있어도 되고 없어도 된다'는 시비의 역설에서 '입지 않고는 갈 수 없다'는 현실론으로 태도를 바꾼다. 이것은 장자의 사유 속에 내재한 자기 모순 혹은 말과 실천의 모순을 스스로 드러낸 것이다. 다시 말하면, 장자의 역설은 표면적으로 현실을 초월한 형이상학의 세계를 추구하는 듯 하지만, 사실은 현실을 교묘하게 은폐하는 모호한 진술에 불과한 것임을 의미한다. 그것은 장자의 역설이 진리에의 욕망이

---

81) 魯迅, 「起死」, 『魯迅全集』 2卷, 人民文學出版社, 1993, 474면. "你先不要專想衣服罷, 衣服是可有可無的, 也許是有衣服對, 也許是沒有衣服對. 鳥有羽, 獸有毛, 然而王瓜茄子赤條條. 此所謂'彼易一是非, 此亦一是非', 你固然不能說沒有衣服對, 然而你又怎麼能說有衣服對呢? …… "
82) 魯迅, 위의 글, 477면. "衣服本來幷非我有. 不過我這回要去見楚王, 不穿袍子, 不行, 脫了小衫, 光穿一件袍子, 也不行 ……."

아니라 사적 욕망에 의해 추동되는 '미혹된 생각'이기 때문이다. 결국 장자는 그를 삶도 아니고 죽음도 아닌 모호한 상태 속에서 죽음보다 더한 고통을 가한 채 떠나버린다. 애초에 그는 초왕이라는 권력의 세계로 가는 중에 이런 일을 벌인 것이다. 장자는 다시 아무 일 없다는 듯이 자신의 길을 재촉한다. 장자에게 버림받은 그는 이제 살아도 산 것 아닌 혼돈 속에 빠져 순경만을 "더욱 단단하게 붙잡을"[83] 수 있을 뿐이다.

루쉰은 「기사」를 통해 도가사상이 어떻게 세계를 혼란시키고 사람들을 미혹되게 만드는 지를 파헤친다. 루쉰은 도가사상을 세속적 현실을 초월하여 무위자연의 세계를 추구하는 진리의 담론으로 인식하지 않는다. 오히려 현실 속에 존재하는 대립과 갈등을 역설적 어법으로 은폐하고 사물에 대한 분별적 인식을 무화시키는 혼동의 담론으로 해석한다. 그래서 루쉰은 도가사상이 현실의 모순을 해결하여 새로운 삶의 세계를 추구하는 것이 아니라 현실의 모순을 모호하게 만들어 현실에 대한 관심과 실천을 무의미하게 한다고 비판한다. 「기사」에서 장자가 역설적 진술을 통해 추구하는 것은 진리가 숨쉬는 창조의 공간이 아니라 오히려 세속적인 권력자인 초왕이 지배하는 세계이다. 이것은 도가사상이 현실의 모순을 은폐함으로써 낡은 질서의 지배를 원활하게 만드는 이데올로기로 작동함을 의미한다. 그래서 루쉰은 도가사상이 현실에 대한 인식과 실천을 방해할 뿐 아니라 지배구조를 온존 강화시키는 '미혹된 생각'이라고 비판하는 것이다.

다음으로 타락한 세계에 복수하는 전사의 이야기에 대해 살펴보자. 이것은 미혹된 생각과 권력적 인간이 지배하는 세계에 근본적이고 인간적인 삶을 추구하는 이들이 출현하면서 벌어지는 세계에 대한 반항과 복수의 이야기이다. 이 이야기는 『납함』, 『방황』의 세계와 구별되는 『고사신편』의 독특한 세계이면서 루쉰이 「마라시역설(摩羅詩力說)」에서 주

---

83) 魯迅, 위의 글, 479면. "揪得更緊."

장한 전사의 이미지가 다시 재생하는 공간이다. 「주검」은 주검의 명수
인 간장막사(干將莫邪)가 초왕에게 검을 바치고 죽자 그 아들이 자객의
도움으로 초왕을 죽인다는 이야기를 신편한 작품이다. 16세가 되는 해
에 미간척(眉間尺)은 어머니로부터 아버지의 죽음에 관한 이야기를 듣는
다. 아버지는 왕비가 낳은 쇳덩이를 검으로 만들라는 초왕의 명으로 웅
검과 자검을 만들어서 자검만을 바치는데, 이것은 자신의 죽음을 예견
하고 웅검을 숨겨둔 뒤 그것으로 아들이 자신의 원수를 갚게 하기 위한
것이다. 여기서 우리는 아버지와 왕의 관계에 대해 주목할 필요가 있다.
「보천」에서 금위군은 오래된 군기와 '도끼'를 들고 여왜의 적장자파라
고 자처한다. 고대의 문자에서 왕은 도끼를 들고 있는 사람으로 형상된
다.84) 고대사가 영토 확장을 위한 전쟁의 역사인 것을 감안하면 도끼는
이러한 전쟁을 수행하는 구심이자 권력의 상징인 왕을 의미하는 말이
다. 「채미」에서도 주 무왕이 도끼를 들고 있는 자로 묘사된다. 이런 맥
락에서 볼 때, 금위군의 도끼는 권력의 중심인 왕을 상징하며, 오래된
군기를 들고 여왜의 적장자파로 자처하는 것은 창조주인 여왜와 그 통
치원리를 통해 자기 권력의 정통성을 확보하려는 행위라고 할 수 있다.
즉, 왕은 자신의 권력을 유지하기 위해 물리적인 힘과 상징행위를 통합

---

84) 고대에 왕이라 칭한 것은 하, 상, 주에서부터 비롯되었다. 역사상 하대의 기록은 비
록 적으나 『상서』 「감서(甘誓)」편을 보면 하의 계(啓)가 이미 "조(租)"와 "사(社)"를 건
립한 것으로 쓰고 있다. "조"는 아들에게 전하는 세습제를 대표하고 "사"는 토지의 사
유제를 대표한다. 계는 처음으로 세습제로써 선양제를 대신하였고, 토지 사유제로써
씨족 및 부락의 공유제를 대체하였으니 이것은 사회발전의 표시이기도 하고 사회제도
의 변혁이기도 하다. 이로부터 계층이 분화되고 점차적으로 노예제 사회로 들어가면
서 국가가 출현하게 된다. 국가가 노예를 비롯한 하부 조직을 다스리는 데는 물리적인
힘이 필요한데 "왕"자는 바로 이를 다스리는 무기를 상형한 것이다. 『예기』 「명당위
(明堂位)」에 "옛날의 주공이 명당의 예로 제후를 접견할 때에 천자는 부의를 등뒤에
놓고 남쪽을 향하여 섰다[昔者周公朝諸侯于明堂之位, 天子負斧扆南向而立]"라는
구절이 있는데 여기서 "부의"란 도끼 모양을 그려넣은 병풍으로서 도끼의 모양은 왕
위를 표시하는 것이기도 하다. 이것은 왕자의 본의가 노예주가 노예를 압도하기 위하
여 사용한 무기임을 명확히 표명하고 있다(陸宗達・金槿 역, 『說文解字通論』, 계명대
출판부, 1994, 286면).

하려는 것이다. 「주검」의 왕이 명검을 만들려는 것도 이러한 상징행위
의 일종이다. 그런데 초왕은 역사적인 정통성보다는 현재적인 힘의 확
장을 통해 자신의 권력을 보존하려는 자이다. 다시 말하면, 그는 선왕의
도를 내세운 상징적인 통치보다는 검의 직접적인 힘에 의지하여 권력을
강화하려고 한다. 이것은 금위군의 피를 이어받은 초왕이 그나마 기억
되던 근본의 존재를 완전히 망각한 채 세계를 한층 타락하게 만든다는
것을 의미한다. 금위군의 후손들은 시간이 흐를수록 자기 존재의 뿌리
에서 더욱 멀어지게 되고 사라진 뿌리의 자리를 권력적 욕망이 차지하
여 세상이 더욱 혼탁하게 된 것이다. 「주검」에서 검은 왕의 권력적 욕
망을 상징한다. 대대로 전해오는 것이 아닌 왕비가 낳은 쇳덩어리가 검
의 재료가 된 것은 뿌리가 단절된 현상태를 의미하며, 그것으로 검을
만드는 것은 폭력적 방법으로 현재를 지배하려는 권력적 욕망을 나타낸
다. 검은 왕의 권력을 유일하고 영원하게 수호해주는 상징물이다. 그 상
징물은 이 세계에서 하나이어야 한다. 또 다른 검이 존재하거나 그 가
능성이 있다는 것은 왕의 무소불이의 권력을 위협하거나 부정하는 대립
물이기 때문이다. 왕이 미간척의 아버지에게 주검을 명하면서 그를 살
해한 것은 상징물의 획득과 그 대립물의 제거의 과정이다. 그러나 왕의
이러한 욕망은 복수의 대물림을 배태시킨다. 미간척의 아버지는 왕의
명을 받아 검을 만드는데, 그의 작업은 단순한 주물행위가 아니라 흡사
혼신의 힘을 바쳐 예술품을 만드는 예술가의 창조활동과 유사하다. 그
는 왕을 위해서 검을 만드는 것이 아니라 자신의 생기를 발산하여 새로
운 생명을 창조하는 조물주와 같이 명검 자체를 위해서 장인정신을 발
휘한다. 그런데 주검 작업을 마친 그의 얼굴에는 "슬픔의 주름살이 이
마와 입매에 나타난다."85) 그것은 자신의 분신과도 같은 검이 타락한
왕의 권력을 유지하는 상징물로 기능할 뿐 아니라 자신의 죽음을 예고

---

85) 魯迅, 「鑄劍」, 『魯迅全集』 2卷, 人民文學出版社, 1993, 420면. "然而悲慘的皺紋, 却
也從他的眉頭和嘴角出現了."

하는 것이기 때문이다. 자신이 창조한 인간을 위해 목숨을 바친 여왜처럼 그도 자신이 만든 검을 위해 죽어야만 하는 이율배반의 상황에 직면한다. 그래서 그는 검과 그 검의 사회적 완성을 위해 웅검과 자검의 두 종의 검을 만든다. 자검은 왕에게 바치고 웅검은 복수를 위해 숨겨둔다. 그는 검을 왕의 권력적 욕망을 위해서가 아니라 타락한 세계에 대한 복수를 위해 창조한 것이다. 아버지에게는 여왜의 창조정신과 희생정신의 피가 흐르며 그 피는 다시 미간척에게로 대물림된다. 아버지와 자신의 관계를 알기 이전의 미간척은 왕이 지배하는 타락한 세계에 사는 한 백성에 불과하다. 그러나 자기 내부에 흐르는 피의 본질을 인지한 미간척은 그 세계에 복수하는 전사로 변신한다. 이것은 미간척 개인으로는 단절된 아버지와의 관계를 복원하는 일이며, 역사적으로는 뿌리 잃고 타락해 가는 혼동의 시간을 끊어버리는 일이다. 하지만 이러한 일은 나약한 성격을 지닌 16세의 미간척이 감당하기엔 너무나 벅찬 것이다. 이때 시커먼 사나이가 나타나 미간척의 머리와 검을 받아들고 그의 복수를 대신할 것을 약속한다. 이 시커먼 사나이와 미간척은 어떠한 관계이기에 복수를 대신하려 하는가?

　　나는 전부터 네 아버지를 알고 있다. 전부터 너를 알고 있는 것과 마찬가지로 말이다. 그러나 내가 원수를 갚으려는 것은 결코 그 때문은 아니다. 영리한 아이야, 말해주마. 너는 아직 모르는가 보구나, 내가 얼마나 복수의 명인인가를. 너의 원수가 바로 나의 원수이고 그가 바로 또 나인 것이다. 내 영혼에는 그토록 많은 것이 있다. 남과 내가 입힌 상처 말이다. 나는 이미 나 자신을 증오하고 있다.[86]

---

86) 魯迅, 「鑄劍」, 『魯迅全集』 2卷, 人民文學出版社, 1993, 426면. "我一向認識你的父親, 也如一向認識你一樣. 但我要報仇, 却幷不爲此. 聰明的孩子, 告訴你罷. 你還不知道麼, 我怎麽地善于報仇. 你的就是我的; 他也就是我. 我的靈魂上是有這麽多的, 人我所加的傷, 我已經憎惡了我自己."

이 시커먼 사나이는 미간척 아버지의 세계와 동일한 곳에 살았던 인물로 왕과 적대적인 관계에 있다. 「주검」에서 그가 왜 왕과 원수의 관계에 있는지는 나타나 있지 않다. 그러나 그가 검을 사용하는 무사인 것을 보면 검을 매개로 아버지와 모종의 관계를 지니고, 왕과 원수의 관계에 있는 것을 보면 그 역시 아버지와 같은 처지를 당하여 왕에 대한 뿌리깊은 복수의 감정이 배어 있음을 알 수 있다. 그는 왕 주위를 맴돌며 복수의 시기를 기다리고 있다. 그는 미간척이 웅검은 가지고 있지만 복수의 정신만으론 그 세계의 벽을 허물 수 없음을 직시한다. 그리고 복수의 명인인 자신이 미간척의 죽음을 담보로 삼아 복수해줄 것을 약속한다. 왕은 미간척과 자신의 공동의 원수이므로 이것은 대리 복수가 아니라 세대가 연대한 복수이다. 솥 안에서 미간척의 머리와 왕의 머리가 엉겨붙어 싸울 때 미간척이 몰리자 자신의 머리를 베어 왕을 공동으로 상대하는데 이것은 그 복수가 바로 연대한 복수임을 의미한다. 그런데 그는 왜 자신이 미간척의 원수라고 한 것인가? 미간척은 자신의 꿈과 희망을 펼쳐나갈 젊은 세대이다. 그런데 미간척은 아버지 세대가 남겨놓은 역사적인 지배구조 때문에 새로운 삶을 열어가지 못하고 죽음을 통한 복수의 길에 접어든 것이다. 이것은 아버지 세대가 짊어져야 할 역사적 무게임에도 불구하고 미간척의 어깨 위로 고통이 대물림된 것이다. 세대론적 관점에서 볼 때 미간척의 세대가 새로운 세계로 '이행'하기 위해선 아버지 세대와의 모순의 고리를 끊어야 한다. 이것은 아버지 세대의 소멸을 의미한다. 그는 자기 세대가 안고 있는 모순과 대립 자체가 새로운 세대의 새로운 삶을 가로막는 방해물이라고 인식한 것이다. 그래서 미간척과 그는 왕이라는 공동의 적에 대해서는 연대의 관계에 있지만, 세대론의 입장에서는 새로운 세계를 열기 위해 반드시 뛰어넘어야 하는 관계에 있다고 할 수 있다. 그의 죽음 속에는 왕에 대한 공동의 복수뿐만 아니라 다음 세대를 위해 자기 세대의 모순을 해소하려는 뜻이 내포되어 있다.

다음으로 혼란된 세계의 근본을 바로잡고 공적인 삶을 추구하는 인

간의 이야기에 대해 살펴보자. 「비공」의 묵자(墨子)나 「이수」의 우(禹)는
초기 루쉰이 「과학사교편(科學史敎篇)」과 「파악성론(破惡聲論)」에서 추구
한, 근본을 통찰하고 공적인 인간성을 소유한 인물의 이미지를 구현하
고 있다. 이러한 '이상적 주체'는 『납함』, 『방황』의 세계에 부재하던 인
물이며, 초기 루쉰에게 이념의 형태로 존재하던 것이 『고사신편』에서
구체적인 형상으로 부활한다고 할 수 있다.

　먼저 「비공」에 대해 살펴보자. 「비공」은 묵자가 송나라를 공격하기
위해 운제(雲梯)를 만든 공수반(公輸般)과 초왕을 찾아가 침공하지 말 것
을 설득하는 이야기를 다룬다. 묵자가 살던 춘추전국시대는 영토확장을
위해 전쟁이 끊이지 않던 혼란의 시대이다. 묵자는 이러한 혼란 속에 내
재한 전쟁의 본질을 꿰뚫어보며 그 허위성을 간파한다. 묵자는 전쟁이라
는 것이 봉건 영주들이 자신의 세력을 확장하기 위해 사용하는 폭력적
방법에 불과하다고 인식한다. 그리고 전쟁을 정당화하는 '미혹된 생각'
과 그것을 수행하는 인간의 비인간성을 파헤친다. 그들은 전쟁과 인간적
인 삶에 관한 물음이나 백성에 대한 근본적인 사랑이 부재한 채 자신의
권력적 욕망을 구현하기 위해 전쟁을 목적화하는 것이다. 묵자는 근본에
대한 통찰 없이 사욕에 집착하는 자들의 타락한 지식을 비판하며, 망각
되어진 인간적 삶에 관한 근본 물음을 던진다. 묵자는 유가인 공손고(公
孫高)를 만나 그의 전쟁 옹호론 속에 숨겨진 비인간적인 논리를 드러내
고, 약자인 송나라를 침공하기 위해 성을 공격하는 무기인 운제를 만든
공수반을 찾아간다. 공수반에게는 송나라를 공격해야 하는 뚜렷한 이유
가 없으며, 자신이 만든 운제의 성능을 초왕에게 확인 받아 그 신임을
두터이 하기 위한 것이다. 초왕 역시 송나라를 공격할 만한 명분 없이
"공수반이 이미 나를 위해 운제를 만들었으니 공격하지 않을 수 없다"87)
고 한다. 묵자는 초나라의 송나라 공격이 대의적인 명분 없이 무기를 실

---

87) 魯迅, 「非攻」, 『魯迅全集』 2卷, 人民文學出版社, 1993, 461면. "不過公輸般已經給
　　我在造雲梯, 總得去攻的了."

험하기 위한 단순한 전쟁놀이 이상이 아님을 비판하고 전쟁이 아닌 사랑과 공경의 인간적 도리를 통한 다스림의 원리를 제시한다.

묵자는 공수반이 사물의 교묘함이나 효용에 치우쳐 그 사물이 "인간에게 이로운 것"인지에 대한 근본물음을 망각한다는 점을 환기시키고 근본과 말단이 전도된 미혹된 생각을 바로잡는다. 다시 말하면, 묵자는 권력과 수단을 목적으로 삼는 사리사욕에서 사물의 근본과 인간을 중심으로 삼는 '공적'인 사유로 전환하는 것이 전쟁의 위험에서 벗어나는 길이라고 인식한 것이다. 묵자의 이러한 사유는 「이수」에서 우의 사유로 연결된다. 「이수」는 순임금의 명을 받고 홍수를 막은 우의 이야기를 신편한 작품이다. 우가 활동하는 세계는 천재지변인 홍수로 인해 혼란스러워진 곳이다. 그런데 그 혼란은 단순히 홍수로 인한 것을 넘어 홍수에 대한 인식과 치수방법을 둘러싼 인위적인 혼란이 가중된 상태이다. 문화산(文化山)의 학자들은 홍수의 실상에 대한 이론적인 연구와 실천방안보다는 곤(鯀)과 우 사이의 유전관계와 족보 문제와 같이 현실과 무관한 것에 대한 쓸데없는 학설만을 늘어놓는다. 또 수리국(水利局)의

---

88) 魯迅, 위의 글, 463면. "我用愛來鉤, 用恭來拒. 不用愛鉤, 是不相親的, 不用恭拒, 是要油滑的, 不相親而又油滑, 馬上就離散. 所以互相愛, 互相恭, 就等于互相利. 現在你用鉤去鉤人, 人也用鉤來鉤你, 你用拒去拒人, 人也用拒來拒你, 互相鉤, 互相拒, 也就等于互相害了. 所以我這義的鉤拒, 比你那舟戰的鉤拒好."

관리들은 홍수의 실태와 홍수로 인한 백성들의 참상과 실태를 파악하거나 현실적인 치수의 방법과 백성들의 구제방법에 대한 구체적인 논의를 하지 않는다. 그들은 현실과 동떨어져 있어서 사물의 본질을 파악하지 못하고 백성들의 구체적인 실상을 미화시키는 데에 급급해한다. 우는 이들을 비판하며 홍수 난 곳을 몸소 체험하고 그 실정을 바탕으로 구체적인 실천방안을 제시한다.

> 내가 말하고자 하는 것은 내가 산이나 못의 형편을 살펴보고 백성들의 의견을 모아서 이미 실정을 완전히 파악하고 생각을 정한 것입니다. 어찌 되었든 '물을 터주는 방법'을 하지 않으면 안됩니다. 이 동료들도 모두 나와 같은 생각입니다.[89]

관리들은 낡은 사고방식에 의해 현실의 본모습을 은폐한 채 실정에 적합하지 않은 옛 방법을 고집한다. 그들이 치수방법으로 '물을 막는 방법'을 주장하는 것은 단순히 선조들이 대대로 사용해오던 전통이라는 이유 때문이다. 그들의 생각은 현재의 실정에 맞는 치수방법이 무엇인지에 대한 고민보다는 옛 것에 대한 배타적 우월성에 근거한 것이다. 그래서 그들은 현실적 조건에 대한 근본물음을 배제한 채 전통의 권위에 의존하여 우가 제시한 현실적인 방법을 부정한다. 그들이 판단기준으로 삼는 것은 현실의 적합성 여부가 아니라 방법의 전통성 여부이다. 이 때문에 그들은 홍수를 다스리는 적합한 방법에 대해 무지할 뿐 아니라 백성들이 처한 어려움이나 구제방법에 대해서도 무감각하다. 현실에 기반하지 않고 근본을 망각한 옛 지식은 현실을 더욱더 혼란스럽게 할 뿐이다. 우는 이러한 실정에 근거하지 않는 미혹된 생각들을 비판하고 현실에 적합한 '물을 터주는 방법'을 제시하며 마침내 그것으로 치수에

---

89) 魯迅, 「理水」, 『魯迅全集』 2卷, 人民文學出版社, 1993, 383~384면. "我要說的是我查了山澤的情形, 征了百姓的意見, 已經看透實情, 打定主意, 無論如何, 非'導'不可! 這些同事, 也都和我同意的."

성공한다. 우의 실정을 중심으로 하는 사유나 묵자의 의로움을 중심으로 하는 사유는 모두 삶의 근본과 인간성의 이념에서 출발한 사유들이라고 할 수 있다. 루쉰은 이러한 사유들을 통해 현실을 미혹시키는 타락한 생각들에서 탈피하여 새로운 삶의 가능성을 예언하고 있다. 이것이 바로 루쉰이 '현재'적 사유지평을 통해 역사 이야기에서 건져 올리려고 한 '고사신편'의 세계인 것이다

5. 묵묵하고 끈기 있는 전투

루쉰이 걸어간 문학적 길은 어디를 향하고 있는가? 어쩌면 이 물음은 황금세계나 미래세계를 끊임없이 부정하고 '현재'적 사유지평 속으로 수렴하는 루쉰 특유의 사유방식을 감안할 때 성립불가한 것인지도 모른다. 그러나 이것은 현실과 현재적 삶에 기반하지 않는 미혹된 이상세계를 부정한 것이지, 무수한 혼돈과 대립, 모순 속에서 루쉰이 묵묵하고 끈기 있게 추구한 그 무엇이 부재하다는 것을 의미하지는 않는다. 가령, 다께우찌[竹內好]는 매 작품의 독립성이 "비존재의 형식을 통해 하나의 공간의 존재를 암시하고 있"[90]고, "마치 자석에 이끌리듯이 집중적으로 향하는 한 점이 있다"[91]고 하며, "그것이 무엇인지 언어로 표현하기 어렵지만", "억지로 얘기하자면 '무(無)'라고 할 수밖에 없다"[92]고 말한다. 왕후이[汪暉]는 다께우찌의 '무'자가 루쉰 문학적 사유의 본체를 설명하

---

90) 竹內好, 『魯迅』(중문판), 浙江文藝出版社, 1985, 102면. "這種獨立性却以非存在的
　　形式暗示着一個空間的存在."
91) 竹內好, 위의 책, 102면. "像磁石似地被集中地指向某一點."
92) 竹內好, 위의 책, 102면. "勉强地說, 也只好說是'無品속"

지 못한다고 비판하며, "앞이 무덤인 줄을 분명히 알면서도 기어이 가는" '절망에 대한 반항'[93]이 바로 그 중심이라고 인식한다.

형이상학적 궁극점인 무, 반항절망과 역사적 중간물의 인생철학, 그리고 마루야마[丸山昇]가 말하는 "혁명을 궁극의 과제로 삼고 살아간 루쉰이 문학가 루쉰을 낳은 무한의 운동"[94]으로서의 '혁명'은 루쉰의 길을 설명하는 중요한 내면 원리이다. 이러한 개념들은 어떠한 규정된 세계나 이념을 뜻하는 것이 아니라 어떠한 세계를 추구해 가는 루쉰의 일관된 내적 '태도'나 지향을 의미한다. 루쉰의 사유 속에는 무엇이라 말할 수 있는 이상세계를 찾기가 힘들며, 그보다는 절망적인 현실을 반항하며 버텨나가는 루쉰의 주체적 실천 속에 어떠한 인생철학이 존재한다. 그래서 많은 연구자들이 루쉰이 추구하는 객관적인 세계보다는 삶과 인생에 대한 루쉰의 태도 속에 내재되어 있는 주체성에 관심을 가졌던 것이다. 다시 말하면, 루쉰의 길이 지향하는 이상의 문제보다는 그러한 길을 걸어가는 루쉰의 인생 태도를 주목한다는 것이다.[95] 이러한 인생 태도를 루쉰의 사상이나 철학이라고 부른다면, 이것이 바로 루쉰 문학을 추동하는 내적인 힘으로 작용한다고 할 수 있다.

필자는 이러한 사상이 루쉰 문학을 생성하는 '가능성의 조건'이라고 생각한다. 루쉰이 "중국의 변혁이라는 과제와 한시도 떨어지지 않고 존재했으며 어디까지나 중국혁명이라는 것이 그의 근본에 자리잡고 있었다"[96]고 보는 마루야마에게는 혁명이 루쉰 문학의 가능성의 조건이 되는 셈이다. 생과 사, 희망과 절망, 꿈과 현실 등의 본질적 대립이 "절망은 허망하다. 희망이 그러하듯이"라는 사유 구조 속에서 '반항절망'이라

---

93) 汪暉, 「反抗絶望－魯迅小說的精神特徵」, 『無地彷徨』, 浙江文藝出版社, 1994, 417면.
94) 丸山昇, 『魯迅評傳』, 일월서각, 1982, 113면.
95) 루쉰의 문학 또는 루쉰이라는 문학자는 내게 있어서는 우선 그의 문학의 존재방식, 문학자의 자세를 생각하게 하는 대상으로 존재하고 있다(丸山昇, 「혁명문학 논쟁에 있어서의 루쉰」, 『루쉰』, 문학과지성사, 1997).
96) 丸山昇, 『魯迅評傳』, 일월서각, 1982, 112면.

는 내재적 심리지향으로 전환된다고 인식하는 왕후이에게는 반항절
망97)이 루쉰 문학의 가능성의 조건이 된다. 하지만 우리는 이러한 가능
성의 조건 즉 주체성의 원리가 루쉰 문학이 기반하고 있는 내적인 힘에
해당하는 것이지 루쉰의 문학세계 자체는 아니라는 점에 주목할 필요가
있다. 다시 말하면, 루쉰 '문학세계'는 루쉰 문학의 성립을 위한 가능성
의 조건과 동일시될 수 없는 또 다른 영역이라는 것이다. 마루야마는
「혁명문학 논쟁에 있어서의 루쉰」에서 정치와 문학의 관계를 "정치의
과제가 문학의 주제로 될 때에는 한번 전환될 필요가 있다. 정치와 문
학의 가장 정당한 관계는 서로 상대방에게 자기의 존재의의를 분명히
한다는 입장보다는 각기 자기의 논리 체계 속에 상대방을 포함하면서
자립하고 있는 상태"98)라고 말한다. 환산승은 정치와 문학의 관계 정립
을 통해 세계를 해석하는 문학의 독자적 방식을 주목하고 있다. 그렇다
면 "혁명을 궁극의 과제로 삼고 살아간 루쉰이 문학가 루쉰을 낳은 무
한의 운동"이라는 마루야마의 말 속에는 혁명이 루쉰 문학의 가능성의
조건이라는 표면적인 뜻과 아울러 루쉰은 어떠한 문학적 방식으로 혁명
을 수행해나가는가의 문제까지 포함되어 있다고 할 수 있다. 또 왕후이
의 반항절망에 있어서도, '반항절망'의 인생 태도에 기반하여 루쉰이 열
어가려는 문학세계가 무엇인가의 문제는 별도로 존재한다는 것이다. 다
시 말하면, 루쉰이 혁명을 위하여 그리고 '반항절망'의 인생태도에 기반
하여 어떠한 문학적 상상력과 서사를 추구하며, 그것을 통해 어떠한 가
능성의 세계를 열어 가는지를 주목해야 한다. 우리는 이러한 문제를 해
결해 가는 과정 속에서 루쉰이 걸어간 '문학적' 길에 한층 접근할 수 있
을 것이다.

　루쉰이 걸어간 길은 일직선적인 발전이나 진보의 개념으로 설명할
수 없는, 연속―불연속의 '중첩된' 과정이다. 환등기 사건 이후 루쉰이

---

97) 汪暉, 「反抗絶望―魯迅小說的精神特徵」, 『無地彷徨』, 浙江文藝出版社, 1994, 417면.
98) 丸山昇, 「혁명문학 논쟁에 있어서의 루쉰」, 『루쉰』, 문학과지성사, 1997.

문학으로 전향했을 때 그가 염두한 문학은 장르적 차원의 분별화된 문학이 아니라, 인간 삶의 근본인 정신의 영역에 관계하는 문학이다. 그래서 루쉰 문학세계를 접근할 때 중요한 것은 개별 장르간의 차이보다는 특정 시기에 루쉰이 어떠한 현실인식과 내면세계를 지니고 있는가 하는 점이다. 장르가 루쉰 사유를 유혹하는 것이 아니라 루쉰의 정신세계가 장르를 규정하는 것이다. 루쉰을 '사상화된' 작가라 부른 것은 바로 이러한 글쓰기 방식에서 연원한다.

루쉰의 문학세계는 연속성과 불연속성의 직물운동으로 구성된다. 초기 루쉰의 문학세계 역시 이러한 직물운동 속에서 사라지거나 다른 세계로 흡수되지 않고 『고사신편』의 세계에 이르기까지 지속적으로 반복된다. 그러나 이러한 반복은 굳어진 형태가 아니라 루쉰의 정신역정에 따라 새로운 세계를 열어 가는 과정 속의 재생이다. 이것은 반복이라기보다는 중첩에 가깝다. 그렇다면 루쉰의 문학세계 속에서 중첩되는 이미지는 무엇인가? 첫째, 혁명가의 죽음과 구경꾼의 이미지. 이것은 환등기 사건에서 「광인일기」·「약」·「아Q정전」·「조리돌림」·「주검」 등에 이르기까지 지속적으로 나타나는 이미지로, 중국을 변화시키려는 사람과 사건을 구경거리로 삼아 일회적인 해프닝으로 변질시킨다. 둘째, 식인의 이미지. 이것은 중국 사회가 정체하고 중국 민중이 마비된 영혼을 소유하게 된 역사적 구조를 드러내는 이미지로, 이 구조 속에 포획된 인간은 타인의 불행을 자신의 감각적 쾌락으로 삼아 그 사람을 흔적 없이 죽음의 세계로 밀어낸다. 이것은 민중과 민중 사이의 관계를 지배하는 선험적 구조를 이미지화한다. 「광인일기」·「콩이지」·「약」·「내일」·「아Q정전」·「축복」 등에 나타난다. 셋째, 초인의 이미지. 이것은 억압적 질서에 반항하고 투쟁하는 정신계의 전사, 근본을 통찰한 무욕적 인간을 나타내는 이미지로 악마파 시인, 「광인일기」·「장명등(長明燈)」·「보천」·「분월」·「주검」·「이수」·「비공」 등에 등장한다. 넷째, 허위적 지식인의 이미지. 이것은 근본을 통찰하지 못하고 사욕에 치우쳐 행위하는 인간의 이미지로, 전통 지식인의 허위성과 신지식인의 허위성의 두 가지 형태로 등장한다. 이 속에는 지식인의 허위성을 비판하는 측면과 아울러 그들을 좌절시켜 타락한 삶을 걷게 만드는 사회적 관계에 대해 비판하는 측면을 공유하고 있다. 「콩이지」·「풍파」·「단오절」·「백광(白光)」·「술집에서」·「행복한 가정[幸福的家庭]」·「비누[肥皂]」·「가오 아저씨[高老夫子]」·「고독자」·「상서」·「형제(弟兄)」·「이수」·「채미」·「출관」·「기사」 등에 나타난다. 다섯째, 인정의 이미지. 이것은 식인구조에 의해 희박해져 가는 인간의 원초적 본성이 간간이 드러나거나 유년시절의 추억 속에 나타나는 이미지로 암흑 속의 가느다란 빛이나 틈새로 기능한다. 「파악성론」에 나타나는 농민의 노동과 축제, 「광인일기」의 어머니의 눈물, 「약」의 꽃, 「작은 사건[一件小事]」의 인력거꾼, 「고향」의 아이들의 만남, 「시골연극[社戲]」의 동심, 「조리돌림」의 노동자 등에 구현되어 있다. 루쉰의 문학세계는 이러한 이미지들이 제각기 위치를 차지하며 상호간에 총체적인 긴장의 흐름을 형성하고 있다. 이러한 이미지들은 개별시기 루쉰의 현실인식과 내면세계의 변화에 따라 연속─불연속적으로 출현하며, 루쉰 문학지평의 확장을 가능케 하는 사유공간으로 작용한다.

루쉰 문학이 이러한 중첩운동을 하게 되는 것은 루쉰의 문학세계가 신해혁명에 대한 체험과 절망에 그 뿌리를 대고 있기 때문이다. 루쉰은 동시대의 문제를 고민하면서도 항상 그것을 신해혁명의 체험과 연관지어 사유한다. 그래서 루쉰은 신해혁명에 대한 기억을 통해 동시대의 문제를 풀어나가며, 문학적 상상력이나 이야기 역시 신해혁명 전후의 체험에 기반하고 있다. 그러나 이것은 루쉰이 과거 속에 맴돌아 현실과의 긴장관계를 상실한다는 의미가 아니다. 오히려 루쉰의 사유는 '현재'를 구심으로 과거와 미래의 시간을 끌어들이며, 희망과 절망의 끊임없는 부정 속에서 절망적 '현실'을 버텨 나가고 있다. 신해혁명이 루쉰 문학의 뿌리라는 것은 현재의 문제를 배태시키는 근원이자 그 문제를 반성할 수 있는 거울로 작용한다는 것을 의미한다. 루쉰의 사유는 항상 현

재라는 자장 안에서 진행된다. 그것은 개별적인 시간으로의 현재가 아
니라 과거와 미래의 시간이 중첩되어 있는 역사적 순간으로서의 현재이
다. 루쉰의 현재는 과거의 뿌리가 달린 현재이며 미래로 나아가는 시점
으로서의 현재이다. 루쉰에게 신해혁명은 현재의 뿌리로 인식된다.

　루쉰은 이러한 현재의 세계를 통찰하기 위하여 끊임없이 타락한 현
실을 어지럽혀나간다. 「마라시역설」에서 루쉰은 시인은 "인심을 어지럽
히는 자"라고 하고, 이후 쉬광핑[許廣平]에게 쓴 편지에서 "나의 반항은
암흑을 교란시키는 것"99)이라고 말한다. 루쉰은 세상에 순응하는 화락
한 시가 아니라 그것에 반항하며 세상사람들을 깨우는 시가 진실한 시
라고 인식한다. 이러한 시는 타락하고 혼란한 세상에 순응하지 않고 이
세상의 어지러움을 다시 어지럽힌다. 어지럽힘은 혼란의 근본원인을 통
찰하여 그것을 한겹 한겹 벗겨내는 작업이다. 어지럽힘은 두 가지 방향
으로 나아간다. 하나는 근본을 망각한 채 허위적 이데올로기로 작용하
는 사회적 구조를 들추어내는 길이고, 다른 하나는 이데올로기에 의해
마비된 영혼을 일깨워 세상에 저항케 하는 길이다. 시인은 이러한 방식
으로 타락한 역사와 인심을 어지럽힘으로써 망각된 근본을 바로잡아나
간다. 루쉰 문학에서 절망적 현실을 '열어나가는' 행위 역시 어지럽힘의
작업에서 시작하며, 그 특유의 '풍자'의 방법을 통해 비판의 작업을 수
행하고 있다.

　암흑적 현실을 어지럽히는 것이 현실인식 방법에 관한 것이라면, 이
러한 현실을 버텨나가기 위하여 루쉰은 전투적인 인생철학을 구축한다.
루쉰은 신해혁명의 좌절 이후 적막과 허무, 무료와 비애의 나날을 보내
며, 중국의 현실을 악무한의 철방으로 인식한다. 그러나 루쉰의 내면 속
에는 '완전히 잊혀질 수 없는' 꿈이 꿈틀거리며 루쉰을 자폐적인 허무의
세계로 빠지지 않게 만든다. 그리고 절망감을 개인적인 경험범주 속에

---

99) 魯迅, 「致許廣平信手迹(1925.3.8)」, 『魯迅全集』 11卷, 人民文學出版社, 1993.

국한하며 『납함』의 글쓰기를 통해 『신청년』의 희망에 가세한다. 그러나 루쉰의 이러한 '가세'는 희망에 대한 확신에서 비롯된 것이 아니다. 이것은 루쉰의 가세가 자신의 희망 없음을 끊임없이 '유보하고', 자신의 절망감을 타인에게 감염시키지 않으려는 인생 태도에서 기인하기 때문이다. 루쉰에 있어서 세상에 절망하는 것은 세상에 순응하는 행위와 동질적이다. 그래서 삶에 대한 힘겨운 버팀 속에는 절망적 현실에 대한 반항일 뿐만 아니라 주체의 무기력한 태도에 대한 반성이 포함되어 있다. 그래서 루쉰은 「광인일기」에서 광인이 계몽에 실패하여 관리후보의 길을 가고, 「축복」·「술집에서」·「고독자」·「상서」에서 계몽에 실패한 지식인이 어떻게 자신의 생의 의미를 박탈당하고 무기력한 삶에 빠져 가는지를 직시하며, 변신의 상상력을 통해 현실과 결합되지 않는 계몽은 실패할 수밖에 없고, 절망적 현실에 대해 강인하게 저항하지 못하는 자는 자신이 부정한 현실 속에서 무의미하게 삶을 소진해버린다는 점을 성찰하는 것이다. 이러한 성찰 과정을 통해 루쉰은 광인식의 내성화된 계몽에서 벗어나 묵묵하고 끈기 있는 전투로 전환하면서, 현실에 맞서나갈 수 있는 강인한 주체의 발견을 욕망한다.

루쉰은 현실의 어지럽힘과 삶의 버팀의 과정 속에서 인생의 근본과 공적인 인간성을 구현하는 묵자, 우와 같은 실천주체를 '예언'[100]한다. 그들은 광인식의 내성화된 계몽에서 벗어나 현실적 조건과 사회관계 속에서 공적인 인간학을 구현한 인물로, 생명의 힘을 통해 폐허의 땅 위에서 새로운 세계를 창조하고 있다. 그래서 그들에게는 암흑과 회색빛

---

100) 루쉰은 1933년 12월 20일 「서무용에게 보내는 편지」에서 "예술적 진실은 역사적 진실이 아니라는 말을 우리는 들었읍니다. 역사적 사실은 반드시 그런 일이 있어야 하지만, 창작은 꿰매고 서술 묘사할 수 있으므로 진실에 가깝고자 하면 되지 실제로 그런 일이 있어야 할 필요가 없기 때문입니다. 그러나 그가 꿰매고 서술 묘사하는 바가 어느 하나라도 사회적으로 존재하는 것에 근거하지 않은 것이 있겠읍니까? 바로 눈 앞에 있는 사건이나 인물로부터 추단하여서 더욱 발전시키는 것입니다. 이는 그 후에 나타나는 그 인물과 사건이 바로 거기에 묘사된 것과 같기 때문에 예언과 비슷합니다"라고 말한다.

속에서 생명의 푸른빛이 꿈틀거리며, 밀폐된 껍데기를 벗겨 외부와 소통하는 열림의 기운이 배어 있다. 그들은 식인구조에 포섭되어 영혼이 마비된 군상들에게 '생명'이란 새 기운을 불어넣는다. 이것은 『납함』, 『방황』이 어지럽히고 끊어놓은 지배구조의 그물 마디마디를 다시 직조하는 창조의 작업이라고 할 수 있다. 그들이 열어나가는 세계는 초기 루쉰이 추구한 정신계 전사의 진실한 목소리를 형상의 언어로 번역하여 재생한 세계이기도 하다. 이 세계는 초기 루쉰의 사유 속에서 개념의 형태로만 존재하던 것이, 식인의 상상력을 통해 식인 구조를 통찰하는 『납함』, 식인구조와 맞서다 좌절당한 주체를 재생시키고 생의 가능성을 열어 가는 『방황』을 거쳐, 절망적 현실 속에서 "묵묵하고 끈기 있는 전투"를 통해 일구어놓은 루쉰 문학의 역정이라고 할 수 있다. 그 역정의 끝에 루쉰은 생명의 기를 발산한 깡마른 육체와 초췌한 얼굴에, 누더기 옷을 걸친 채 눈빛만 반짝거리며 서 있다.

제 7 장

위다푸[郁達夫]의 문학적 사유

1. 예술과 인생

위다푸는 5·4시기 개성해방과 자아발견의 흐름을 주도하던 '신세대' 지식인이자 낭만서정파로 불리는 창조사의 대표적 작가이다. 필자가 그를 신세대라고 부르는 것은, 전세대 지식인들이 반만(反滿)민족주의 운동인 신해혁명을 정신적 실천적 근간으로 삼으며 '민족', '국가'라는 거대이념이 의식 깊숙이 박혀 있는 것에 반해, 위다푸에게는 이러한 개념보다는 '개성', '자아', '내심' 등 인간의 존재에 대한 자각이 보편적 관심사로 자리잡고 있다는 점 때문이다. 정치 중심의 국가주의 사상에 기반하고 있는 량치차오는 논외로 하더라도, 인간의 삶에 대한 존재론적 사유를 추구하는 왕궈웨이와 루쉰의 경우도 거대이념의 자장에서 벗어나지 못한다. 물론 위다푸 역시 어린 시절 신해혁명을 겪고 일본 유학 시절 민족적 굴욕감을 심하게 느끼지만, 그것은 순수한 민족주의적 사유방식에서 비롯되기보다는 자기 실현을 제약하는 외적 조건에 대한 혐오감에서 근원한다고 할 수 있다. 위다푸는 모든 인간 외적 조건으로부터 해방되어 있는 자유로운 인간을 자기 사유의 근원으로 삼는다. 국민국가 건설의 근간이 되는 신민(량치차오), 형이상학적 정신세계를 추구하는 심미적 인간(왕궈웨이), 인간적 삶을 위해 현실적 전투를 벌이는 전사(루쉰)와 달리, 위다푸의 자아는 국가 세계 현실보다 선행하여 존재하는 우주의 중심으로서, 과거의 모든 전통으로부터 자유로운 '반전통주의' 속의 개인과 상통하며, 자기 존재의 실현을 최고 이상으로 삼는다. 그래서 민족과 국가를 중심으로 삼던 사유에서 탈피하여, 우주의 중심으로서 자아를 승인하고 자아의 확장을 궁극목적으로 삼는 것은, 전세대의 인간론과 구별되는 새로운 사유방식이라고 할 수 있다.

위다푸는 이러한 자아 중심적인 문학관으로 인해 예술을 위한 예술, 유미주의, 퇴폐파라는 '이질적인' 평가를 받으며 구세대 문인들은 물론이고 동시대의 젊은 독자와 비평가를 당혹스럽게 만든다. 특히 그의 첫 작품인 『침륜(沈淪)』 속의 성 묘사를 둘러싸고 문단에서는 찬반의 양론이 대립하는데, 어떤 이들은 봉건사회의 구도덕을 과감하게 타파한 작품이라고 찬사를 보내고, 또 다른 이들은 육욕과 음란함을 묘사한 퇴폐적인 작품이라고 비난한다.[1] 두 가지 입장은 작품에 대한 평가가 상반되기는 하지만 도덕 윤리적인 기준에 입각한 비평이라는 점에 있어서는 동일하다고 할 수 있다. 이러한 도덕적 비평으로는 성에 대한 위다푸의 관심이 우주의 중심으로서 자아가 자신의 고독한 실존적 삶을 자각해 가는 과정 속에서 발생한다는 사실을 이해하기가 어렵다. 위다푸의 자아 속에는 도덕성의 영역으로 포함할 수 없는 새로운 인간 존재에 대한 문제가 내포되어 있기 때문이다.

5 · 4 문단의 또 다른 신세대 그룹이라고 할 수 있는 문학연구회(文學

---

1) 김시준, 『중국 현대문학사』, 지식산업사, 1992, 129면.

研究會)와 위다푸(문학집단으로서 창조사) 사이에서 벌어진 논쟁은 '인생파'
와 '예술파'로 대립되는 감정비평의 양상으로 확대되어 지금까지 문학
연구회와 창조사의 대명사로 불려지고 있다.[2] 그러나 논쟁 당사자 어느
쪽도 인생과 예술의 관련성에 대해 부정하지는 않으며, 더군다나 비판
의 주 대상인 위다푸는 '예술을 위한 예술'이라는 곱지 않은 시선에 대
해 강한 거부감을 표출하고 있다.

> 못난 후인들이 전인들의 고충을 간파하지 못하고 오히려 무슨 '예술을 위한
> 예술'이니 '인생을 위한 예술'이니 하는 명사를 만들어, 그들을 꾸짖고 그들은
> 인생에 보탬이 되지 못한다고 여길 줄을 누가 알았겠는가? 내가 보건대, 이 두
> 개의 명사를 창조한 문예비평가는 마땅히 죽음으로 다스려야 한다. 예술이 곧
> 인생이고 인생이 곧 예술인데, 어째서 양자를 나누어 공연히 소란을 피워야 하
> 는가? 예술이 없는 인생이 인생이라고 할 수 있는가? 또한 고금의 어떠한 예술
> 품도 인생과 관계없는 것이 있는가?"[3]

여기서 위다푸는 예술을 위한 예술과 인생을 위한 예술이라는 구분
자체를 무의미한 것으로 인식한다. 위다푸는 예술과 인생은 서로 분리
될 수 없는 것이며, 구분하는 것 자체가 선인들의 예술을 이해하지 못
하는 소란에 불과하다고 비판한다. 이런 맥락에서 볼 때 위다푸는 자아
의 삶과의 친연성이 제거된 '예술을 위한 예술'을 의식적으로 거부하고
있다고 할 수 있다. 그런데도 문학연구회는 물론이고 지금에 이르기까
지 위다푸 텍스트에 대해 '예술을 위한 예술'이란 비평을 견지하는 것

---

2) 문학연구회와 창조사의 논쟁에 대해서는 최영하, 「초기 창조사 작가 소설 연구」(서
  울대 박사논문, 1996) 중 '문학연구회와의 논쟁' 부분 참조.
3) 郁達夫, 「文學上的階級鬪爭」, 『郁達夫文集』5卷, 花城出版社, 1991, 135면. "知沒
  出息的后起者, 不能看破前人的苦衷, 反造了些什麽, "爲藝術的藝術"和"爲人生的藝
  術"的名詞出來, 痛詆他們, 以爲他們是于人生無補的. 依我看來, 始創這兩個名詞的
  文藝批評家, 就罪該萬死. 因爲藝術就是人生, 人生就是藝術, 又何必把兩者分開來
  瞎鬧呢? 試問無藝術的人生可以算得人生麽? 又試問古今來那一種藝術品是和人生
  沒有關係的?"

은 무엇 때문인가?

위다푸는 삶의 본질은 "생(실존)"이며, 인간의 생활은 "생"의 구체적 표현방식이라고 인식한다. 위다푸는 이러한 생의 본질이 무엇인지에 대해서는 분명히 밝히고 있지 않지만, "생"은 삶에의 의지 혹은 존재에의 욕망이라고 이해할 수 있을 것이다. 다시 말하면, 이러한 "생"은 객관적인 사물이 아니라 인간 내부의 심연에서 울려 퍼지는, 자기의 존재감을 표출하려는 욕망이나 충동에 가깝다. 이러한 "생"의 욕망이 삶의 원동력이자 창조의 충동이며, 이것을 통해 인간은 불완전에서 완전을 향해 진화해나간다. 그래서 인간사회는 이러한 생의 욕망에 의해 창조되며, 생의 욕망에 위배되는 낡은 사회는 다시 생의 욕망에 의해 파괴되고 재창조된다. 위다푸의 사유 속에서 인간은 우주의 중심이자 만물 창조의 주재자로 위치하며, 객관세계는 인간의 "생"의 욕망에 의해 창조되는 피조물로 인식된다.

> 예술의 충동, 창조력이 바로 인류진화의 원동력이다. 우리의 내부에는 작용을 일으키는 힘이 있어서 우리의 생활에 하나의 방식(제도)을 만들 수 있고 내용도 점점 조화롭게 발전시킬 수 있다. 만약 새로운 시기가 도래하여 외부의 방식이 우리 내부의 요구와 부합하지 않을 때는 진부한 방식을 파괴하여 새롭게 개조할 수 있다.[4]

위다푸는 생활 세계의 변혁 가능성을 외부적 질서에서 구하지 않고 인간 내부의 요구에서 찾는다. 제도는 그 자체 독립적인 것이 아니라 인간 내부의 요구에 부응하여 만들어진 산물이다. 그래서 제도 이전에 존재하는 인간 내부의 요구가 인류 진화의 원동력이 된다. 위다푸에게

---

4) 郁達夫,「文學槪論」,『郁達夫文集』5卷, 花城出版社, 1991, 68면. "這一種藝術的衝動, 這一種創造欲, 就是我們人類進化的原動力. 因爲我們內部有這一種力量在那里起作用, 所以我們的生活能够造成一種方式, 內容亦能日漸調整發展, 若到了一個新時期, 覺得外面的方式, 不合我們內部的要求的時候, 更能破壞這老的方式, 而重新改造."

는 이러한 인간 내부의 요구를 발견하고 추구하는 일이 바로 세계를 변혁하는 가능성의 조건이 된다. 이러한 인간 내부의 요구 없이는 세계의 어떠한 변화도 불가능하기 때문이다. 그러나 자아가 창조한 생활의 방식이 굳어져버릴 경우, 종종 이것은 자아의 내적 충동을 자유롭게 발휘하지 못하게 만든다. 이때 자아는 다시 생의 욕망을 장애하는 외부세계에 대해 불굴의 의지로 반항하며 그것의 개조를 시도한다. 자아는 내면에서 출렁거리는 창조적 충동을 외부로 발산하여 그것에 위배되는 모든 것을 파괴함으로써 새로운 삶의 출로를 찾는다. 즉 인간 내부의 요구에 따라 그에 부합하지 않는 진부한 제도를 파괴하고 그에 부합하는 제도를 새롭게 개조한다. 타락한 세계의 변혁은 바로 이러한 자아의 내심요구와 그것의 확장을 통해 이루어진다.

위다푸는 이러한 생의 의지, 내면 요구가 창조적 충동 혹은 예술적 충동이며 그것을 밖으로 표출한 상태가 예술이라고 인식한다. 생의 의지를 지닌 모든 인간은 선천적인 예술가가 될 수 있으며, 표현력의 차이에 따라 아마추어와 전문 예술가가 구별될 수 있을 뿐이다. 그래서 위다푸에게 예술은 허구적 상상력이나 표현방법의 차원이 아니라 인간의 내면 깊은 곳에서 자기 존재감을 발산하는 진실한 정신세계를 의미한다. 이러한 예술은 인간의 내면을 투명하게 표출하는 것을 목적으로 삼는다. 이 때문에 예술이 인간의 진실한 내면 요구에서 기원하지 않고 내면 밖의 어떠한 이념이나 주의에 따르는 것은 진정한 예술이 되지 못한다.[5] 위다푸는 이것을 타락한 예술이라고 부르며 예술가는 자신의 양

---

5) 위다푸는 「自我狂者須的兒納」(『郁達夫文論集』, 浙江文藝出版社, 1985)에서 그의 생애와 사상을 소개하면서 "그는 더욱이 각종 주의를 반대하였다. 이것은 일단주의가 생기는 자아는 주의 앞에 굴복해야 하기 때문이다. 따라서 만약 어떤 사람이 그를 유아주의자 또는 무정부주의자라고 말하든지, 나아가 무정부주의를 받든다고 말한다면 그는 틀림없이 저승에서 원통해 할 것이다"고 말한다. 위다푸가 Max Sterner의 '자아 일체론'을 신뢰하고 동일시하는 것으로 볼 때, 위다푸 역시자아의 요구를 억압하는 어떠한 주의도 반대한다고 확대해석할 수 있을 것이다.

심과 의지에 따라 생의 진실한 요구를 표출해야 한다고 인식한다. 이러한 예술의 관건은 진실한 자아의 확립 여부에 달려 있다. 다시 말하면, 자아 외부에 존재하는 그 무엇으로부터도 구속되지 않으며 오로지 자신의 내면요구에 따라 자유롭게 사유하는 자아가 존재할 때 진정한 예술이 성립할 수 있게 되는 것이다.

그런데 자아 밖의 현실세계에서는 순수한 자아가 실존할 수 있는 공간이 주어지지 않으며, 오히려 자아에게 현실 세계는 암흑과 허위가 지배하는 절망적 현실로 인식된다. 가령, 부국강병을 유일한 이상으로 삼아 개인의 인격과 권리의 희생을 강요하는 국가는 위다푸에게 있어, 자아의 실존을 위협하는 근원으로 다가온다. 개인은 선천적으로 자유롭고 평등한 존재이지만 국가는 특정한 소수의 욕망을 위하여 제도와 계급을 만들어 인류의 평화와 사랑과 자연을 파괴한다. 위다푸에게 이러한 국가는 내면의 진실한 요구를 억압하여 예술의 순수세계를 타락하게 만드는 허위세계로 인식된다. 그래서 예술의 진실세계는 국가의 허위세계와 대립하며, 현실 국가의 해체는 예술 창조를 위한 가능성의 조건이 되는 것이다. 이 때문에 국가를 궁극목적으로 삼는 문학적 사유와 달리, 위다푸는 개인의 실존을 지상과제로 삼는 이상적 '예술세계'를 추구하는 것이다. 5·4 정신계 혁명이 개인주의 사상에서 출발하듯이 위다푸의 문학적 사유는 개인의 내면에 그 뿌리를 대고 있다.

위다푸에게 예술은 두 가지 의미를 지닌다. 하나는 세계를 개조할 수 있는 자아의 내면요구를 표출하는 것이며, 다른 하나는 극도의 절망에 빠진 자아를 포근하게 감싸며 거칠어진 영혼을 위안하는 것이다. 다시 말하면, 예술은 타락한 세계에 대한 반항의지를 드러내는 곳이자 절망적 현실에 지친 자아의 영혼을 위안하는 공간으로 작용한다. 위다푸는 "나는 비록 유미주의자들이 지니는 생각처럼 그렇게 극단적이지는 않지만, 미의 추구를 승인하는 것이 예술의 핵심이라고 생각한다."[6] 이것은 예술 속에서 "미의 도취를 얻어, 일시에 세상의 고통에서 벗어나 열반의 경계에 들어갈 수 있고, 우리의 생활을 즐겁게 할 수 있"[7]기 때문이다. 하지만 위다푸의 텍스트는 미적이기보다는 오히려 고독과 우울함 등의 어두운 이미지가 지배적이다. 위다푸는 미의 세계를 자아와 세계의 갈등이 근원적으로 해소되어 생기에 충만케 하는 진리의 세계로 인식하지만, 절망적 현실 속에서 그러한 세계는 실현 불가능한 이상일 뿐이기 때문이다. 미의 세계에 다가가기 위해서 자아는 절망적 현실과 '맞부딪치며' 그것을 열어나갈 수 있는 통로를 찾아야 한다. 그래서 위다푸의 텍스트 속에는 미의 세계에 대한 직접적인 추구보다는, 허위와 억압의 힘이 우월한 세계에서 고뇌하고 방황하는 자아의 우울한 내면이 유출되어 있다. 이것은 현실의 조건을 배제한 채 곧바로 미의 세계로 진입할 수 없음을 의미한다. 위다푸가 추구하는 미는 감각적 차원의 쾌감이나 허구적 공간이 아니다. 그것은 억압적이고 허위적이며 분열된 세계와 상반된 평화롭고 진실되며 완결적인 정신세계를 의미한다. 위다푸에게 미 혹은 예술의 세계는 현실적인 삶을 초월하는 도피공간이 아니라 허위적 현실에 반항하며 진실한 세계를 추구하는 '상상적' 공간이라고 할 수 있다. 그 속에서 자아는 자신의 감각에 따라 마음껏 울고 웃고 떠들고 사랑하며 우주의 중심으로서 자아의 확장을 욕망한다.[8]

---

6) 郁達夫, 「藝術與國家」, 『郁達夫文集』 5卷, 花城出版社, 1991, 152면. "我雖不同唯美主義者那麼持論的偏激, 但我却承認美的追求是藝術的核心."

7) 郁達夫, 위의 글, 152면. "也只因爲我們由藝術可以常常得到美的陶醉, 可以一時救我們出世間苦Weltschmerz, 而入于涅槃Nirvana之境, 可以使我們得享樂我們的生活."

8) 김기붕은 문예사조에서 낭만주의와 상징주의를 구분하며 그 차이를 다음과 같이 정리한다. 낭만주의가 주로 감성체계에 바탕을 둔 서정적인 산물인 데 반해 상징주의는 주로 감각체계와 이성체계에 공히 근거를 둔 이념적 정화라는 점에 있을 것이다. 낭만주의는 우주의 중심을 주관적 개인적 자아에 두고서 그 자아의 본질을 감성과 심정을 통해 파악하고자 하고, 상징주의는 우주의 중심을 인간까지 포괄하는 우주 자신에게로 환원시키고서 그 우주의 본질을 감각과 이념을 통해 파악하고자 한다. 낭만주의가 웃고 울고 절규하는 반면, 상징주의는 느끼고 투사하고 그리고는 무성하고 잡다한 현상의 숲을 헤치고 뚫어 우뚝하게 불 밝혀진 사원으로 들어가 명상에 잠기면서 깨치기를 꿈꾼다(김기붕, 「상징주의」, 『문예사조』, 고려원, 178~179면 참조).

위다푸에게 예술은 자신의 삶과 떨어질 수 없는 운명적 동반자이다. 예술과 그의 삶과의 친연성을 제거한다면, 다시 말해 그의 내면에 예술충동이 사라진다면 그것은 그의 삶의 타락이자 죽음을 의미한다. 그래서 위다푸가 추구하는 예술은 삶에 대해 무관심한 채 미에 탐닉하는 '예술을 위한 예술'의 영역이 아니다. 오히려 예술과 자신의 삶을 동일시하거나 예술을 지독히 '사유화'한다. 위다푸 텍스트 속에 가득한 자아와 관련된 개념들은 이러한 사유방식에서 출현한 것이다. 독자들이 텍스트 속의 인물과 위다푸를 혼동하여 퇴폐적이고 음란하다고 도덕비평한 것도 사실상 개연성이 충분한 일이다. 예술은 '내심요구의 자연스런 유출'이고 '문학은 작가의 자서전'이라는 일련의 자아 중심의 문학적 사유로 인해, 그의 텍스트 속에는 사실과 허구의 경계가 불분명하기 때문이다.

현상적으로 볼 때, 위다푸의 텍스트 속에는 외부 세계와 자아의 경계가 분명하게 대립되어 있는 데 반해, 자아(삶)와 문학의 경계는 모호한 채 통합되어 있다. 더욱이 그 통합의 방식이 삶이라는 현실적인 문제보다는 예술이라는 '비현실적' 공간 속에서 이루어지기 때문에, 삶과 무관한 '예술을 위한 예술'이라는 인상을 불러일으킬 수 있다. 하지만 그의 사유 속에서 예술은 인간의 허구적 창조물이 아니라 순수하고 진실한 세계에 다가가기 위한 통로이자 정신세계에 가깝다. 이 때문에 그가 추구하는 것은 '예술을 위한 예술'의 세계라기보다는 '(순수한 정신세계인) 자아를 위한 예술'이라고 볼 수 있다. 그것은 자아와 세계가 근원적으로 일치하는 평화로운 삶이기도 하다. 위다푸의 이러한 문학세계를 이해하기 위해서 우리는 삶과 예술의 관련성 유무가 아니라 삶과 예술의 '관계맺음' 방식에 주목해야 한다. 가령, 위다푸가 문학연구회의 피와 눈물의 문학 혹은 공리주의를 비판한 것은 문학과 삶의 관련성이나 문학의 실천적 기능을 부정한 것이 아니다. 문학연구회 작가들의 문학을 대하는 태도가 내면의 고민과 진실의 요구에서 비롯된 것이 아니라 특정한

목적과 유행에 따른 선전적 기물이나 밥벌이 수단으로 삼는다는 점을
겨냥하고 있다. 위다푸는 문학연구회의 창작경향을 풍자한 작품이라고
알려져 있는 「혈루(血淚)」에서 이점을 분명히 드러내고 있다. 「혈루」 속
의 인물들은 자신의 현실 인식과 진실한 체험에 기반하여 어떠한 '주의'
를 수용하지 않고, 서구문예의 흐름과 세상 사람들의 관심 여부에 따라
자신의 주의를 선택한다.

> 현재 우리는 인생을 위한 예술을 논하지 않으면 안 된다. 노동자나 가난한
> 사람들에게 동정을 하지 않으면 안 된다. 저 서양사람들은 제4계급이나 제6계
> 급 문학을 주장하고 있는데, 우리들이 만약 제5계급 제6계급 문학을 주장하지
> 않는다면 어떻게 저 사람들을 쫓아갑니까? 더군다나 현재 중국의 청년은 모두
> 피눈물의 문학을 요구하고 있는데, 우리가 인생의 예술을 제창하지 않으면 아
> 마도 일반 청년들이 우리를 욕할 것입니다.9)

위다푸는 이것이 자아의 진실한 내면 요구에 입각한 문학사상이 아
니라, 자아 밖의 어떠한 주의나 사적 욕망에 의한 허위적 이념이라고
비판한다. 다시 말하면, 위다푸는 진실한 내면에 기반하지 않는 인생파
나 인도주의 역시 세상의 타락과 허위에 동조하는 비순수한 것일 따름
이라고 인식하는 것이다. 여기서 위다푸가 주목하고 있는 것은 바로 예
술 이전의 예술충동 혹은 내심요구의 진실성 여부이다. 자아의 허위성
은 바로 예술의 타락이자 세계의 허위성에 다름 아니기 때문이다.

그렇다면 위다푸 문학적 사유의 관건인 자아, 개성, 내심요구, 자기
표현 등과 같이 진실성을 보장하는 개념들의 실체는 무엇인가? 이러한
말들은 예술사에서 볼 때 소위 낭만주의 작가들에게 공통적으로 나타나

---

9) 郁達夫, 「血淚」, 『郁達夫文集』 1卷, 花城出版社, 1991, 177면. "現在我們非要講爲人
生的藝術不可. 非要和勞動者貧民表同情不可. 他們西洋人在提倡第四階級的文學,
我們若不提倡第五第六階級的文學, 怎麼能趕得他們上呢? 況且現在中國的靑年都在
要求有血有淚的文學, 我們若不提倡人生的藝術, 怕一般靑年就要罵我們了."

는데, 위다푸의 문학적 사유 속에서 이것은 어떠한 인간학적인 의미를 지니고 있는가? 이러한 문제를 해석하기 위하여 우리는 위다푸에게 짐 지어진 '예술을 위한 예술'이란 편견을 벗어나 위다푸적 맥락의 삶과 예술의 '소통방식'에 대한 고찰로 전환해야 할 것이다. 문학과 인생 사이에 가로놓여 있는 장벽을 제거할 때 위다푸의 삶과 문학적 사유에 관련된 많은 문제들을 이해할 수 있을 것이다.

2. 자아의 탄생과 수난

위다푸가 근대 중국이란 낯선 시공간에서 어렴풋이 자신의 존재를 감지하기 시작했을 때 그에게 다가온 느낌은 어떠했을까? 이러한 질문을 던지는 것은 '모든 문학작품은 작가의 자서전이다'[10]라는 그의 문학적 언급과 관련하여, 작가 위다푸의 원체험과 작품 사이에 어떠한 관계가 있는지를 단순히 확인하는 차원을 넘어선다. 이것은 사실적인 것과 허구적인 것 사이의 경계가 불분명한 '자전체'적인 방식을 통해 어떠한

---

10) 위다푸는 「『過去集』序文」에서 "나는 '문학작품은 모두 작가의 자서전'이라는 말을 더 할 수 없이 정확한 것이라고 생각한다"고 말하고 있다. 그리고 「五六年來創作生活的回顧」에서는 작가의 개성을 강조하며, "내가 창작에 대해 지니고 있는 것은 이러한 태도이다. 처음부터 이러했으며, 현재도 이러하고, 앞으로도 아마 변하지 않을 것이다. 작가의 생활이 작가의 예술과 한몸으로 연결되어 있어야, 작품 속의 Individuality가 결코 상실되지 않을 수 있다"고 인식한다. 물론 위다푸는 「她是一個弱女子後敍」에서 "소설 속의 인물과 사건들은 완전한 허구일 수밖에 없다. 독자들은 공연히 머리를 써 가면서 그것을 맞춰보려는 시도를 하지 말기를 바란다"고 하여 상반된 견해를 피력한다. 그러나 이것은 실제 인물의 이야기와 작품 속의 인물의 이야기를 동일시하여 해석하려는 독자들에 대한 경고일 뿐이며 위다푸의 작품세계가 자서전적 경향에서 탈피한 것을 의미하지는 않는다. 위다푸에게 삶과 예술의 분리는 예술이 존립할 수 있는 근거 자체를 상실하는 일이다.

문학세계를 추구하는지를 탐구하기 위해서이다. 다시 말하면, 이러한 물음은 자신의 실존에 대한 인식과 문학 사이에는 어떠한 친화성이 있으며 또 그것이 어떠한 방식의 문학적 글쓰기로 전환되는지를 탐색하기 위한 것이다. 그렇다 하더라도 위다푸의 문학세계를 엿보기 위한 첫 번째 물음을 하필이면 '실존'에 대한 성장기의 의식(기억)에서 출발해야 하는가? 그의 선배나 동시대 지식인의 경우 사회적 주체로 성장하는 계기가 대체로 신학문의 접촉과 반전통, 민족의 위기에 대한 자각에 있는 것으로 볼 때, 그의 정신세계는 이러한 시대적 정념으로부터 자유로웠던 것인가? 물론 그것은 아니다. 그 역시 성장기에 구중국의 몰락을 선고한 신해혁명을 겪었고, 고향의 학당에서 신학문을 배웠으며, 제국주의 대열에 들어선 일본에 유학하여 중국의 망국적 상황을 몸소 체험하였다. 그럼에도 불구하고 위다푸의 텍스트 속에는 '나는 무엇인가?', '나는 어디에서부터 왔는가?'라는 위다푸 고유의 '실존'에 대한 본질적 고민이 글쓰기를 추동하는 근본원리로 작용함에 따라, 시대적 상황으로 간단히 환원할 수 없는 독특한 정신세계가 구축되어 있다. 그래서 위다푸의 문학세계를 이해하기 위해서는 그의 실존에 깊은 영향을 끼친 현실적 조건인 가족, 학교, 국가의 문제를 먼저 살펴볼 필요가 있다.

  일반적으로 중국 근대 지식인들에게 가족은 삶의 원초적 공간이 아니라 가부장적인 봉건제도를 보존 강화하는 제도이자 개인의 자유를 박탈하고 권위와 복종만을 강요하는 권력세계로 인식되어, 가족제도를 비판하고 그로부터 탈피하여 문명세계로 가는 것이 자신의 자유를 획득하는 길로 인식된다.11) 위다푸에게 있어서도 가족은 이러한 측면을 지니

---

11) 개인이 가족제도로부터 해방되어야 한다는 것은 康有爲가 『大同書』를 구상하던 당시에도 이미 명확하게 나타나고 있지만, 그는 이러한 선진적인 관념을 실제적인 행동으로 옮기는 것을 대단히 두려워하여 줄곧 이를 숨기고 드러내지 않는다. 嚴復, 林緖, 량치차오뿐 아니라 루쉰이나 胡適 같은 선진적 지식인들은 가족제도와 전통적 가정에 대해 격렬한 비판과 부정을 가하면서도 행위상으로는 여전히 부모, 형제, 처자에 대한 전통적인 규범과 요구를 그대로 따르고 있다. 그러나 5·4 반전통주의 지식인들은 가

고 있기는 하지만, 그보다는 가족 구성원 사이의 애정이 부재하는 공동
(空洞)의 공간으로 기억된다. 그의 자전에 따르면, 아버지는 그가 3세 때
돌아가시고, 어머니는 아버지의 몫인 생계를 꾸려 가는데 전력을 다한
다. 아버지의 죽음과 어머니가 대리하는 부권은 그에게서 어린 시절 양
친의 애정을 모두 박탈해버린다. "남자 반 여자 반의 성격으로 변해버
린"12) 어머니는 집안에 늘 부재한 채 그에게 모성의 결핍감을 심어주며
세속적 일(돈)에 간여하는 인물로 비춰진다. 또 그와 나이 차이가 나는
형들은 타지에서 생활하고 있어서 그는 집안에서 늘 외로움을 느낀
다.13) 가족의 유대와 사랑으로부터의 소외, 이것은 어린 위다푸를 결핍
감에 시달리게 하며, 나아가 사람과 사람의 관계를 서툴게 만들어 자신
과 외부세계 사이에 벽이 있다는 '격막감(隔膜感)'을 느끼게 한다. 그래
서 그는 동네 친구들과 마음껏 뛰놀며 모험을 즐기기보다는 그러한 친
구들을 자신의 소영웅으로 삼아 부러워하거나, 어머니를 대신하여 그를
보살펴주는 여종인 취화(翠花)를 따라다니고 서재에서 책을 읽으며 소일
하는 소극적 성격을 지닌다. 타인의 가족이 지나친 간섭(관계의 가중)과
복종의 강요로 인해 혐오의 대상14)이 되었다면, 위다푸에게 가족은 관

족제도로부터의 이탈을 직접 실천하며 그것을 봉건사회에서 해방되어 자유로운 세계
를 창조하는 행위방식으로 이해하고 있다(李澤厚, 「계몽과 구망의 이중 변주」, 『중국
현대사상사의 굴절』, 지식산업사, 26~31면 참조).

12) 위다푸는 「南遷」의 주인공 伊人의 어머니에 대해 "伊人의 어머니는 그의 아버지가
일찍 돌아가셔서, 남자 반 여자 반의 중성의 성격으로 변해버려, 그는 어려서부터 어
머니의 사랑을 받지 못했다"고 서술한다. 이러한 어머니의 형상은 위다푸 자전 속에
나타나는 어머니의 이미지와 유사하다.

13) 郁達夫, 「悲劇的出生」, 『郁達夫文集』 3卷, 花城出版社, 1991 참조.

14) 가부장적인 가족제도에 대한 부정의식은 순종과 無才를 최대의 미덕으로 간과되어
온 여성에게서 더욱 분명하게 표출된다. 이러한 남성 중심적 이데올로기는 여성을 성
적 대상으로 간주하는 남존여비의 도덕관념과 여성의 성을 극도로 억압하는 정절문화,
그리고 여성의 자아실현을 제한하는 가족제도를 확립한다. 신식 여성들은 이러한 전
통적인 가족제도를 비판하며 여성교육과 여성 운동을 통해 가족제도의 개조를 시도한
다. 20년대 여성 작가 중에서 陳衡哲은 학문을 통한 여성의 자아실현을 추구하고 있
으며, 氷心은 여성교육을 통한 신현모양처의 양성과 가정개조를 추구한다. 비록 이들

계 자체의 부재로 인해 애초부터 그것이 어떠한 '만남'인지 느끼지 못하는, 그래서 늘 공허한 채 그리움의 대상으로 남겨져 있다. 가족에 대한 혐오감과 공허감은 모두 사랑의 결핍에서 연원하는 것이다. 이런 그에게 마음의 위안을 주는 것은 그를 따스한 사랑으로 대해주는 취화[15)와 어머니 품과 같이 포근한 대자연이다. 이것은 가족의 사랑이 부재한, 특히 아버지의 부재와 모성의 부재라는 본원적인 결핍감을 채우는 대체물로 기능한다. 그러나 이것은 어린 위다푸의 마음의 빈 구석을 완전히 충족시켜주지는 못한다. 위다푸의 텍스트 속에는 취화로 상징되는 포근한 여성과 자연에의 동경과 같은 모티브들이 중요한 요소를 차지하고 있지만, 위다푸의 여성들은 쌍방적 관계에 의해서가 아니라 일방적으로 그를 감싸주고 동정해주는 인물로 작용한다. 또 대자연은 자연적 존재로서 인간이 자연에 귀의하여 그 우주적 질서를 깨닫거나 평화롭게 거주하는 공간으로 작용하기보다는 상심한 인간을 동정적으로 달래는 어머니의 품과 같은 역할을 수행한다. 이러한 측면은 위다푸에게 가족이 가족 구성원 사이의 유대관계가 붕괴되어 공동화된 혹은 애정이 결핍된 공간으로 기능하기 때문이다. 그에게 고독은 낡은 제도를 해체하기 위하여 스스로 선택한 자유인의 고독이 아니다. 그는 어려서부터 고독한 생활에 익숙하지만 그것은 사랑의 근본적 결핍에 의해 던져진 것일 뿐

은 개인적인 경험에만 기반하여 사회구조적인 문제까지 접근하지는 못하지만, 가족제도를 사회변혁의 우선적인 과제로 인식한다는 점은 동시대 지식인의 공통된 관심이라고 할 수 있다. 이점에 대해서는 김은희 「1920年代 中國의 女性小說 硏究」(서울대 박사논문, 1993) 참조.

15) 위다푸는 「悲劇的出生」에서 翠花라는 헌신적인 여성을 다음과 같이 서술하고 있다. "그의 바로 앞, 물가에 놓인 푸른 돌 위에는 열대여섯 살 정도의 하녀로 보이는 한 여인이 꿇어앉아서 쌀을 일고 채소를 씻고 있다. 이 생김새가 마른 아이는 그곳에서 내려가 다른 동년배의 아이들과 놀지도 않고, 말조차 하기 싫은 듯 말없이 먼 곳만을 바라보고 있을 뿐이다. 그 여자가 채소를 다 씻은 뒤 일어나서 가려고 하다가 그에게 웃으면서 말을 건다. '배고프지 않니?' …… '엄마가 보고 싶은 모양이구나? 엄마는 내일이나 모래쯤 돌아오실 거다.' 아이는 고개를 돌려 그녀를 올려다보면서 처량하고 쓸쓸한 쓴웃음을 짓는다."

이다. 그는 고독 자체에 낯설다. 오히려 그는 고독 밖으로 탈출을 시도
하며 자신을 포용하고 동정해 줄 대상을 찾아 헤맨다.

학교는 일차적인 가족관계로부터 벗어나 처음 접하게 되는 사회제도
이다. 근대 지식인들에게 신식 학교는 낡은 구사회(가족)에서 벗어나 새
로운 세계로 진입하기 위한 통로이자, 근대문명에 관한 지식과 정보를
제공하여 새로운 주체를 탄생시키는 계몽의 공간으로 인식된다.16) 가령,
루쉰이 위밍전[兪明震]과 장타이옌[章太炎]이란 스승으로부터 학문을 전
수받고 그의 평생지기인 쉬서우창[許壽裳]을 만난 곳도 바로 학교이다.
그래서 학교는 세계에 대한 안목과 지혜를 제공하는 스승을 만나고 우
정과 지식을 교류하며 낯선 세계를 헤쳐 가는 동반자를 만나는 소통의
공간으로 작용한다. 그렇다면 위다푸에게 이러한 신성한 공간인 학교는
어떻게 인식되고 있는가?

① 그때 그는 현립의 소학당을 졸업하고 중학당을 이리저리 옮겨다니는 때였
다. 그의 집안 식구들은 그의 줏대 없음을 괴상히 여기고 그의 멋대로임을 나
무랐다. 그러나 그 자신의 말에 의하면 그는 다른 학생들과는 같지 않아 차례
대로 진급하는 다른 학생과 함께는 공부할 수 없다는 것이다. 그래서 그는 K부
의 중학에 들어갔다가 반년도 못되어 갑자기 H부의 중학으로 전학했다.17)

② 어쩌다 학교에 가면 여러 사람들은 자기를 응시하고 있는 것 같이 생각되
었다. 그는 학우들의 눈을 피하려 이리저리 피해 다니나 어디를 가든지 학우들
은 모두 악의를 품고 그의 등을 쏘아보는 듯이 느꼈다. 수업 시간에도 그는 그
반 전체 학생의 중간에 앉아 있으면서 항상 고독을 느꼈다. 여러 사람으로 둘

---

16) 지식청년들이 집이나 마을 혹은 자기가 소속하는 소집단을 떠나서 도시에 특히 외
　국에 유학한다는 것은 전근대적인 사회를 떠나서 일단 근대적인 사회 속에 들어가는
　것을 의미할 것이다(丸山昇, 『魯迅評傳』, 일월서각, 1982, 111면).
17) 郁達夫, 「沈淪」, 『郁達夫文集』 1卷, 花城出版社, 1991, 26면. "那時候他已在縣立小
　學堂卒了業, 正在那裏換來換去的換中學堂. 他家裏的人都怪他無恒性, 說他的心思
　太活; 然而依他自己講來, 他以爲他一個人同別的學生不同, 不能按部就班的同他們
　同在一處求學的. 所以他進了K府中學之後, 不上半年又忽然轉到H府中學來;"

러싸인 가운데에서도 고독은 홀로 조용한 장소에 있을 때의 고독보다도 더 참을 수가 없었다. 학우들을 보면 각기 기쁨에 넘쳐 강의를 듣고 있는데 그만은 몸이 교실 안에 있으면서 마음은 뜬구름과 같이 끝이 없는 공상의 날개를 펴고 있었다.[18]

  ①의 글은 그의 자전과 부합하는 내용이다.[19] 그는 왜 이렇게 중학당을 자주 옮겨다니는 것인가? 그의 집안 식구들은 이러한 점을 '줏대가 없다'거나 '제멋대로'라고 나무란다. 하지만 어려서 혼자 지내기에 익숙한 그는 대인관계가 서툴러서 자신의 자유를 제약하거나 자신을 포용하지 못하는 곳에서는 잘 적응하지 못한다. 그는 어린 시절 고독한 서재에서 축적한 상당량의 독서와 천재적인 창작능력, 특히 고체시 창작으로 인해 동료들로부터 괴물소리를 듣는다. 하지만 '괴물'이라는 이름이 널리 퍼질수록 그와 친구들 사이에 놓여 있는 장벽이 갈수록 공고해진다. 그는 새로 만난 부유한 친구들의 화려한 외모단장을 그의 지적 수준과 비교함으로써 즉 자신의 물질적 열등감을 정신적 우월감으로 극복함으로써 그들의 부박한 면을 혐오한다. 그는 '차례차례 진급하는 학생들과는 함께 공부할 수 없다'고 생각한다. 그러나 동료들에 대한 지적 우월감은 그들과의 관계를 더욱 단절시켜 스스로 고독의 늪 속에 빠지게 만든다. 그는 더 이상 동료들의 '악의'를 견딜 수 없어 그곳에 정착하지 못하고 다른 곳을 찾아 표류하기 시작한다. 그의 이러한 악순환은 마침내 큰 형을 따라 일본 유학을 가면서 해소되는 듯 하다. 당시 유학은 근대문명에 대한 지식과 체험을 습득하여 근대 중국의 건설에 일조

---

18) 郁達夫, 위의 글, 21면. "有時候他到學校裏去, 他每覺得衆人都在那裏凝視他的樣子. 他避來避去想避他的同學, 然而無論到了甚麽地方, 他的同學的眼光, 總好象懷了惡意, 射在他背脊上的樣子. 上課的時候, 他雖然坐在全班學生的中間, 然而總覺得孤獨得很 : 在稠人廣衆之中感得的這種孤獨, 倒比一個人在冷淸的地方感得的那種孤獨還更難受. 看看他的同學看, 一個個都是興高采烈的在那裏聽先生的講義, 只有他一個人身體雖然坐在講堂裏頭, 心思却同飛雲逝電一般, 在那裏作無邊無際的空想."
19) 郁達夫, 「書塾與學堂」, 『郁達夫文集』 3卷, 花城出版社, 1991 참조.

하려는 선구자적 행위라고 할 수 있다. 그러나 이러한 유학생활도 그의 격막감과 고독을 떨쳐버리지는 못한다. 오히려 민족적 국가적 열등감은 그를 더욱더 자폐적인 공간으로 내몰 뿐이다. 그에게 있어 학교는 지식을 매개로 한 소통의 공간이 아니라, 정신적 우월감에 의해 타인과의 단절감이 심화되고 무료함만을 불러일으키는 낯선 공간으로 작용한다. 가족이라는 선험적인 보호막조차 부재한 학교관계에서 그는 학교 옮겨다니기와 학교 벗어나기의 모험을 감행하며, 자신을 포용하고 동정해 줄 대상을 찾아 정처 없이 헤맨다. 가족을 탈피하여 접한 최초의 사회관계인 학교가 그의 심상에 던져준 것은 격막한 관계 속에서 방황하며 느낀 고독과 우울이다. 이것은 이후 그가 한 곳에 정착하지 못하고 표류하거나 직장을 자주 옮겨다니며 사회생활에 적응하지 못하는 현상과 밀접히 관련된다.

주지하듯이 근대 중국 지식인들의 삶과 영혼을 지배하던 가장 큰 요인은 망국에 대한 위기감이다. 이것은 청일전쟁 이후 과분의식(瓜分意識)에 대한 위기감을 몸소 체험했던 옌푸·캉여우웨이·량치차오 세대의 지식인들뿐만 아니라 신해혁명과 위안스카이의 반혁명 과정을 소년의 '눈'으로 통과했던 위다푸 세대의 지식인들에게도 깊이 각인되어 있던 동시대적 문제의식이다. 그들은 어린 시절부터 대내적으로 만주족에 대한 민족적 울분감과 대외적으로 제국주의 세력들에 대한 민족적 열등감에 시달리며 근대국가 건설이란 역사적 사명감을 짊어지고 성장한다.[20] 가정의 중심인 아버지의 부재로 형성된 사랑의 결핍은 민족(국가)적 차원

---

20) 위다푸는 「書塾與學堂」에서 "내가 13세 되는 해 겨울은 광서 34년으로 황제가 서거하였다. 자그마한 부양현에도 哀詔가 왔으며, 많은 의론이 일어났다. 웅서기의 안휘기의, 무지하고 유약한 부의의 계승, 황실의 부패, 종족의 갈등 등은 모두 잡지를 보시는 선생님의 입에서 내 귀로 전달되었다. 인상이 제일 깊은 것은 국문 선생님이 우리에게 보여준 잡지의 한 청년군관의 반신초상이다. 그가 말하기를, 이 혁명의사는 하얼빈에서 체포되어 길림에서 만청의 관원과 한족의 매국노에 의해 살해되었다고 한다. 우리는 복수해야 하며 노력해서 힘써야 한다. 소위 종족, 혁명, 국가 등의 개념은 이때에 비로소 어렴풋이 나의 머리 속에 뿌려내렸다"고 말한다.

의 주권의 상실로 확대되어, 위다푸는 희망과 꿈속에서 자라나야 할 성
장기를 자기의 존재 기반에 대한 위기감 속에서 우울하고 고독하게 지
낸다. 그는 이러한 몇 겹의 결핍감에 휘감기어 자신의 정체성(Identity)을
자각하기도 전에, 존재 자체를 위협받는 비극적 운명을 타고난 것이다.
게다가 일본 유학시절 일본인에게서 받은 민족적 설움은 그 어디에도
뿌리내릴 곳 없는 자기 존재의 비극성을 더욱 확인해 준다.21) 이러한 상
황 속에서 위다푸에게 남겨진 선택은 어찌되었든 자신의 조국으로 돌아
가 온갖 수모 끝에 배운 지식을 조국의 미래를 위해 사용하는 일이다.
비록 귀국 이후 중국에 자신을 포용할 공간이 부재하여 중국과 일본 사
이에서 갈등하며 출구 없는 공허감에 시달리기도 하지만 자신의 방황의
종착역이 중국이라는 것만은 잊지 않는다. 위다푸에게 중국과 일본은 이
중적인 이미지를 지니는 공간이다. 중국은 앞으로 자신이 살아가야 할
궁극적인 공간이지만 현재의 중국은 자신의 실존을 장해하는 타락한 세
계이며, 일본은 중국 민족의 발전을 억압하는 제국주의 국가이지만 중국
이 추구해야 할 근대적인 삶을 구현하고 있는 공간이다. 위다푸는 이러
한 혼돈 속에서 고민하고 방황하다 중국의 현실세계로 되돌아온다.22)
그러나 타락하고 격막한 중국 현실 어디에도 그가 정착할 공간이 주어
져 있지 않으며, 끝내 그를 좌절의 나락으로 미끄러지게 만든다.

　위다푸는 모성이 부재한 가족, 격막하고 고독한 학교, 안주할 공간 없
는 국가로 인해 현실 세계에서 자기 실존의 근거를 상실당한다. 그래서

---

21) 위다푸는 『沈淪』에서 "원래 일본인은 중국인을 멸시한다. 우리가 개나 돼지를 무시
　하듯 한다. 일본인은 중국인을 모두 지나인이라고 부른다. 이 지나인이란 석 자는 일
　본에서 우리를 賤賊이라고 욕하는 것보다 더 듣기 싫다. 지금 꽃 같은 계집 앞에서 지
　나인이라고 말하지 않을 수 없다. 중국이여! 중국이여! 너는 어째서 강해지지 못하나?
　그는 전신이 떨리며 눈물이 주르륵 흘렀다"고 서술한다.
22) 위다푸는 『空虛』에서 "중국의 사회는 학문이 무엇인지도 모르고, 단순히 학교 출신
　의 사람을 가소롭게 여긴다. 그는 이러한 상황에 대해 화내고 비웃으며, 즉시 옛처럼
　일본에 돌아가려고 생각하면서 회상하였다. '나는 결국 중국인인데, 일본에서 일생을
　보낼 수 없다. 돌아가면 잠시 일자리나 찾아보자'"고 진술한다.

위다푸는 「진눈깨비 내리는 아침[微雪的早晨]」의 주인공 주야루[朱雅儒]
가 자신이 사랑하는 여인이 그 지방의 군벌에게 시집을 가버리자, "죽어
라 몇 잔의 술을 들이키고는 소리를 높여 잘못된 사회제도, 불공평한 경
제분배, 군벌, 관료 등을 욕하다가 마지막에는 북방 농민계급의 우매함을
욕하는 등 언급하지 않는 것이 없다. …… '이런 세상, 이런 사회에서 우
리가 삶에 애착을 느낄 일이 무엇이 있겠는가? 몸을 아낄 필요가 어디에
있는 것인가'[23]라고 하듯이 비인간적인 현실 세계에 대해 극도로 저주한
다. 위다푸는 이러한 저주의 방식으로 현실 세계의 악압성에 대해 반항
한다. 그러나 자신이 근거할 수 있는 삶의 중심을 잃어버림으로써 격막
감·고독·근심·우울·허무·공허·나약·권태 등 현존 질서체계에서
이완된 정신세계를 구축한다.[24] 이것은 위다푸가 사랑 가득 찬 축복 속
에서 탄생한 것이 아니라 태어나면서 세계에 버림받고 감싸줄 대상 없이,
오직 자신의 감각과 '눈'에 따라 험난한 삶을 헤치며 재창조해야 하는
'수난'의 운명을 타고난 것이기 때문이다. 그는 자신에 대해 명상하면서
비밀스런 본성의 심층을 포착하기 위해 자신의 욕망과 분노를 탐색한
다.[25] 그리고 자아와 근원적으로 부조화한 세계를 헤매며 자신을 포용,
동정, 구원할 대상 혹은 이미지를 찾아 끊임없이 방황하고 표류한다.
　　그러나 그의 행위는 세계와 직접 맞서며 현실 속에서 벌이는 전투가
아니다. 그의 행위는 생의 원동력인 내심요구 혹은 예술충동에 의해 추
동되며, 현실적 시공간이 아닌 자의식 속의 상상공간에서 수행된다. 위

---

23) 郁達夫, 「微雪的早晨」, 『郁達夫文集』 1卷, 花城出版社, 1991, 407면. "拼命的喝幾
杯之後, 他就放聲罵社會制度的不良, 罵經濟分配的不均, 罵軍閥, 罵官僚, 末了他尤
其攻擊北方農民階級的愚昧, 無未不至 …… 象這樣的世界上, 象這樣的社會裡, 我們
偸生着有什麽用處? 什麽叫保重身體?"
24) 이러한 현상은 그 자체로 목적적인 것일 수는 없으나, 기존의 질서로부터 이탈해 나
와 새로운 세계로 나아가고자 하는 정신의 출발점이 된다고 할 수 있다. 이것은 위다
푸만의 특이한 현상이 아니라 5·4대 지식인들이 공통적으로 소유하던 내면상태라고
할 수 있다.
25) 샤르트르, 『시인의 운명과 선택―보들레르: 시인과 시』, 문학과지성사, 24면 참조.

다푸는 자신의 환상 속에 현실과는 별개의 현실을 구축하여 그것을 통해 일상적 현실을 경험하고 평가한다. 현실과 인물 사이에 그것을 여과하고 해석하는 하나의 그물이 설치되어 있는 셈이다. 객관적으로 볼 때 그것은 환상이고 허구에 불과하지만 텍스트의 주인공에게 그것은 너무도 강하고 뚜렷한 현실성을 갖는다. 그래서 이것은 눈을 뜨고 꾸는 백일몽에 비유될 수도 있다. 이 꿈의 본질은 잠재의식 속에 숨어 있는 욕망이다. 그것은 성취되기를 기대하는 욕망이며 변형된 욕망이다. 텍스트의 주인공은 이 같은 욕망들을 환상세계 속에서 실현시키고 있는 셈이다. 따라서 그것은 환상이고 꿈이긴 하지만 일상적 현실보다 상대적 우위를 점할 정도의 강한 현실성을 갖는 것이다.[26] 이 순간 현실 속에서 무기력한 자아는 현실보다 한층 우월적인 자리에서 현실을 대상화하며 자신의 존재감을 만끽한다. 이러한 충동(욕망)이 바로 그의 문학적 글쓰기를 유혹하는 동력이자 자아의 실존의 세계를 '열어 가는' 길이다. 그는 문학을 통해 자아의 탄생과 수난에 관한 슬픈 이야기를 표출하며 이 속에서 자기 생의 보존을 욕망한다. 이것이 바로 위다푸의 문학세계가 그의 삶과 불가분의 관계를 지니는 근본원인이라고 할 수 있다.

3. 일탈욕망

　위다푸 문학세계 속의 인물은 현실 세계에 대해 격막감을 느끼며 늘 무료하고 공허해한다. 현실 세계에는 그들이 안주할 곳이나 일정한 직업, 그리고 그들을 따스하고 진실하게 대해주는 대상이 없다. 그래서 그

---

26) 강경구, 「위다푸 소설의 주제의식 연구」, 영남대 박사논문, 1993, 68면.

들은 이러한 격막감을 해소하고 마음의 빈 구석을 채워줄 새로운 세계를 찾아 이리저리 두리번거린다. 그들은 위다푸 자신의 삶처럼 일정한 직장이나 삶의 거주지를 확보하지 못하고 늘 어디론가 떠돌아다닌다. 가령, 「은회색의 죽음[銀灰色的死]」의 그는 아내의 죽음으로 인해 상처받은 마음을 달래기 위하여 술집으로 떠돌아다니며, 「침륜」의 그는 고독한 자신의 마음을 위안해줄 대상을 찾아 이리저리 표류하며, 「남천(南遷)」의 이런[伊人]은 병을 치유하기 위하여 남방으로 여행을 가며, 「조라행(蔦蘿行)」의 나는 직장을 찾아 이 지방 저 지방으로 헤매다니며, 「망망한 밤[茫茫夜]」의 위즈푸[于質夫] 역시 직장을 찾아 타지방으로 떠돌아다닌다. 주인공이 이리저리 표류하는 현상은 위다푸의 전 텍스트를 관통하는 보편적인 특징이다. 그러나 그들의 표류는 특정한 대상을 찾아다니는 일시적인 행위가 아니라 이미 일상화된 내적 충동에 가깝다. 그들의 일상은 현실 생활이 아니라 현실 세계를 벗어나기 위한 일탈행위가 중심을 이룬다. 「소박한 제사[薄奠]」의 주인공인 나의 일상에 대해 살펴보자.

> 그러나 나 혼자만 외로이 내 한몸을 인산인해의 황성(皇城) 속에다 붙여 놓고 마음속이 우울하여 항상 무료한 느낌을 느끼며, 무료한 나머지 성의 서북쪽으로부터 남쪽으로 가서, 극장, 다방, 기생집, 술집으로 들어가서 쾌락을 일삼는 많은 친구 속에 끼어들어 내 자신을 잊고 그들과 어울려 취생몽사(醉生夢死)를 배우다가 문득 나 혼자 평칙문 밖으로 뛰어나와 이곳의 풍경을 맛보러 가곤 했다.[27]

주인공인 나는 현실 속에서 항상 우울하고 무료한 느낌을 받는다. 이것은 현실 속에 자신의 존재감을 마음껏 실현할 수 있는 공간이 없기

---

27) 郁達夫, 「薄奠」, 『郁達夫文集』 1卷, 花城出版社, 1991, 292면. "我一個人渺焉一身, 寄住在人海的皇城裏, 衷心郁郁, 老感着無聊. 無聊之極, 不是從城的西北跑往城南, 上戲園茶樓, 娼寮酒館, 去夾在許多快樂的同類中間, 忘却我自家的存在, 和他們一樣的學習醉生夢死, 便獨自一個跑出平則門外, 去享受這本地的風光."

때문이다. 오히려 현실은 항상 나를 적대적으로 대하고 무기력한 인간
으로 취급한다. 그래서 나는 항상 현실을 무료해하며 그러한 느낌에서
탈피하기 위하여 이리저리 떠돌아다닌다. 나의 표류에는 일정한 목적지
가 없다. 현실 세계를 탈피하기 위하여 나가 벌이는 일탈행위는 궁극적
으로 나를 포용하고 구원할 수 있는 공간이나 사람을 찾아가는 길이다.
하지만 나가 찾으려 하는 공간이나 인간은 객관적인 존재가 아니라 나
의 의식에 의해 '발견되는' 대상이다. 이 때문에 나의 일탈행위의 저변
에는 항상 그것을 감시하고 조정하는 '자의식'의 눈이 떠나지 않는다.

> 원푸는 평소 길을 걸을 때─특히 들판을 산책할 때, 언제나 몽유병 환자처럼
> 눈은 앞의 빈곳을 보면서 주의력은 전부 내부로 향한 채, 산만하여 흐름이 없
> 는 공상 속에 빠진다.[28]

　원푸[文樸]는 무료한 현실 세계를 탈주하여 마음을 달래주는 한적한
곳을 찾아다닌다. 그렇지만 원푸의 산책은 욕망하는 자아를 정화시키며
평화로운 자연 속으로 귀환하는 고전시의 세계와는 사뭇 다르다. 그의
눈은 주위의 풍경을 바라보고 있지만 그의 자의식은 고통스런 현실을
벗어나지 못한다. 그래서 그는 자연의 풍경을 접할수록 사적인 욕망이
사라진 텅빈 충만의 세계로 나아가지 못하며, 오히려 현실과의 긴장의
끈에 묶인 채 자연이 아닌 망상의 세계 속으로 빠져든다. 이 때문에 자
아의 일탈행위는 현실 세계에서 벗어나기 위한 것이면서도, 그 발산의
방향은 외부로 나아가지 않고 자신의 내부로 향한다. 자아의 일탈은 현
실 세계를 초월하기 위한 망아(忘我)의 행위라기보다는 자의식에 의해
현실을 재구성하는 '유아(唯我)'적 행위라고 할 수 있다.
　유아적 자의식은 세계와 타인을 그 자체로 인식하는 '공정한' 눈을

---

28) 郁達夫,「烟影」, 위의 책, 362면. "文樸平時走路 ─ 尤其是在田野裡散步 ─的時候,
　　總和夢遊病者 一 樣, 眼睛凝視着前面的空虛, 注意力全部內向, 被吸收漫無聯絡的空
　　想中間."

소유하지 못한다. 이것은 사물과의 구체적인 접촉 없이, 내면 속에 자기 우월적인 소우주를 형성하여 그것을 통해 사물을 해석하기 때문이다. 그래서 유아적 자의식 속에는 '노려보는 눈'을 형성하지 못한다. 노려보는 눈은 대상의 본질에 대한 통찰을 욕망하여, 그 눈이 밖으로 노려보면 풍자를 쏘아대고 안으로 노려보면 성찰의 형식을 창조한다. 유아적 자의식의 눈은 노려보는 눈이 아니라 '위안하는' 눈에 가깝다. 위안하는 눈은 밖으로 향하면 과대망상증에 사로잡히고 안으로 향하면 우울증을 뱉어낸다. 이러한 유아적 자의식 속에는 과대망상증과 우울증으로 가득 차 있다.

> 그의 우울증은 더욱 심해져 갔다.[29]

> 그의 과대망상증도 그의 우울증과 정비례하여 하루하루 더 늘어만 갔다.[30]

> 그의 우울증도 형태가 변화되기 시작했다.[31]

자의식을 통해 현실 세계에 대한 정보가 축적될수록, 다시 말하면 현실 세계와의 접촉 시간이 길어질수록 자아는 긴장감이 온 몸에 확산되어 어디론가 벗어나고 싶은 일탈욕망이 솟아오른다.[32] 그렇다면 위다푸는 이러한 일탈욕망을 해소하기 위하여 어떠한 행위를 추구하며 그것은

---

29) 郁達夫, 「沈淪」, 『郁達夫文集』 1卷, 花城出版社, 1991, 21면. "他的憂鬱症愈鬧愈甚了."
30) 郁達夫, 위의 글, 21면. "他的megalomonia也同他的hypochondria成了正比例, 一天一天 的增加起來."
31) 郁達夫, 위의 글, 41면. "他的憂鬱症又變起形狀來了."
32) 실존적 자아의 자기 의식은 '불안'의 기분을 수반할 수밖에 없다. 실존적 자기 의식의 정서 양태로서의 불안은 즉, "의식이 스스로 무에 의하여 자신의 본질로부터 단절되거나 또는 스스로 자신의 자유 자체에 의하여 미래로부터 분리된다는 것을 깨달았을 때" 성립한다. 이때 '본질'이란 과거 시제 안에 놓여 있는 것으로서 파악되는 모든 것이며, 실존적 자유란 그것으로부터 벗어나는 끊임없는 이탈의 양태로서 존재하는 자유이다(김상환, 「해체론 시대의 인문주의」, 『해체론 시대의 철학』, 문학과지성사, 1996, 322면 주 5) 참조).

어떠한 욕망에 의해 추동되는 것인가? 이러한 물음은 위다푸 문학적 사유의 핵심어인 '자아'의 실체를 탐색하는 통로가 될 것이다.

첫째, 자연으로의 소요(逍遙)에 관해 살펴보자. 위다푸는 자신과 자연 사이의 친연성에 대해 "자연에 대한 미련은 어린 시절의 천성인 것 같다"고 말하듯이 자연으로의 소요는 텍스트에 가장 빈번히 드러나는 일탈행위이다. 가령, 『침륜』에서 일본의 창공의 태양을 묘사한 장면, 『소박한 제사』에서 북경의 맑은 날의 먼 산을 묘사한 장면, 『소춘의 날씨[小春天氣]』에서 도연정의 울창한 갈대에 비친 낙조를 묘사한 장면, 『신기루[蜃樓]』에서 항주의 호수와 산의 잔설을 묘사한 장면은 그의 소설 가운데서 풍경을 묘사한 4대 명문으로 꼽힌다.33) 이러한 묘사력은 어린 시절 가정의 어머니 품 대신 자연 속에서 노닐며 동화된 체험과 관련될 뿐 아니라 자아의 천진함이 자연의 포근함에 이끌려 내적으로 교응한 결과이다. 자연은 일상생활의 긴장을 나른하게 풀어주며 그를 완전하게 포용해주는 대상이다. 그 속에서 그는 어떠한 무료함이나 공포를 느끼지 않고 그저 발걸음 가는 대로(내심이 요구하는 대로) 소요하며 감각적 쾌락을 즐길 뿐이다.

> 여기야말로 너의 피난처다. 세상의 속물들은 너를 투기하고 너를 경멸하며 너를 우롱하지만, 대자연의 만고불변의 하늘, 늦여름의 미풍, 초가을의 맑은 기운만은 너의 친구요, 너의 어머니요, 너의 애인이다. 그러니 너는 반드시 속세로 다시 가서 저 경박한 남녀들과 함께 거처를 같이할 필요가 없다. 너는 곧 이러한 대자연의 품속에서, 이런 순박한 시골에서 일생을 마치면 된다.34)

그런데 그가 자연을 접하는 방식은 도연명(陶淵明)의 "동쪽 울타리 밑

---

33) 楊義, 『中國現代小說史』, 人民文學出版社, 1991, 567~568면 참조.
34) 郁達夫, 앞의 글. "這裏就是你的避難所. 世間的一般庸人都在那裏妬忌你, 輕笑你, 愚弄你; 只有這大自然, 這終古常新的蒼空皎日, 這晚夏的微風, 這初秋的淸氣, 還是你的朋友, 還是你的慈母, 還是你的情人; 你也不必再到世上去與那些輕薄的男女共處去, 你就在這大自然的懷里, 這純朴的鄉間終老了罷."

에서 국화 꽃잎을 따다가, 한가로이 남산을 바라보네[采菊東籬下, 悠然見南山]"의 풍경처럼 사적인 이해관계를 떠나 자연의 일부로 동화되는 무아지경(無我之境)과는 사뭇 다르다. 그는 자연의 일부로 융화되기보다는 자연을 자신의 의식 속으로 '끌어들여' 빛과 바람과 산수의 힘에 기댐으로써 자신의 우울한 영혼과 상처받은 마음을 달래고 있다. 다시 말하면, 자연은 만물이 생성되고 변화하는 공간이나 정신적 구도공간이기보다는 그의 '눈'에 포착된 주관적 자연 혹은 감각적 쾌락을 추구하는 공간으로 기능한다.35)

둘째, 사랑의 추구에 관해 살펴보자. 위다푸는 사랑이 부재한 가족 속에서 성장하여 사랑에 대한 결핍감에 시달린다. 그래서 텍스트 속의 인물은 항상 사랑이 충만한 대상이나 순간을 찾아 헤맨다. 하지만 대부분 사랑을 성취하지 못하여 좌절을 겪거나 타인의 사랑을 엿보며 부러워하는 소극적인 양상을 띤다. 가령, 「은회색의 죽음」의 그는 술집 아가씨인 징얼[靜兒]에게 사랑을 고백하지 못하며, 「침륜」의 그는 하숙집 딸의 목욕장면이나 타인의 정사장면을 훔쳐보며, 「남천」의 이런은 미스 O와의 사랑을 이루지 못한 채 병들어 간다. 사랑을 이룬 경우는 「봄 물결[春潮]」의 치우잉[秋英]과 스리[詩禮]처럼 현실이 아닌 유년시절의 추억 속에서이다. 그러나 추억 속의 사랑 역시 그 소녀와 이별함으로써 이루지 못한 슬픈 꿈으로 간직될 뿐이다. 또 「남천」의 주인공 이런처럼 망상 속에서 사랑을 성취하는 경우가 있다.

잠이 든 뒤, 그는 여인의 목소리가 문밖에서 그를 부르는 것 같은 느낌이 든다. 자세히 들어보니 분명 미냥을 부르던 그 목소리이다. 그는 즉시 밖으로 뛰쳐나가 그녀를 따라 해변으로 간다. 달이 지려는지 서쪽 하늘이 검붉은 색으로 변하여 간다. 사방을 둘러보니 바닷물과 모래밭, 그리고 수풀까지 모두 검붉은

---

35) 가령, 陶淵明의 사유 속에서 무덤이나 죽음이 만물의 생성 변화의 자연스런 과정으로 인식된다면, 위다푸의 눈에 포착된 무덤은 자연 속에서 민끽하던 포근함을 방해하는 부정의 대상으로 기능한다.

색으로 변한 듯 하다. 그녀를 바라보니 사방의 검붉은 색에 대비되어 창백한 얼굴이 마치 죽은 사람과 같다. 그는 그녀에게 말을 하고 싶어하지만 할 말이 생각나지 않는다. 그녀도 눈물을 글썽이면서 말없이 그를 바라보기만 한다. 두 사람은 말없이 움직이지도 않으면서 서로 바라본다. 그러다 그녀가 갑자기 몸을 돌려 숲속으로 걸어 들어간다. 그는 바로 따라가다가 숲의 입구에서 갑자기 지난 여름 자신을 농락하던 음탕한 여인이 미소를 머금고 걸어 나오고 있는 것을 본다. 그는 악! 하고 소리치면서 집을 향해 도망치려 하지만 그의 두발은 아무리 해도 떨어지지 않는다. 한참을 힘들어 하다가 깨어보니 꿈이다.36)

이러한 망상은 사랑에 대한 강한 집념에서 기원하는 것이다. 그러나 현실에 의해 무기력하게 깨어짐으로써 외로운 마음을 더욱 가중시킬 뿐이다. 위다푸의 에로스는 기녀와의 관계라 하더라도 전적으로 육체에 탐닉하거나 관능미에 빠지는 경우가 드물다. 그의 에로스에는 항상 그것을 관찰하고 의미부여하는 자의식의 '눈'이 따라다니며 정열적인 사랑을 오히려 자신의 내부에서 방해한다. 가령, 위다푸 텍스트 속의 인물이 자위를 하거나 타인의 정사장면을 훔쳐보고, 기방을 출입한 이후 자책하는 장면을 두고 유가적 도덕주의의 발로라고 비평하기도 한다. 그러나 이것은 위다푸 자아의 독특한 내면상태와 '자의식' 과잉이라는 측면과 연관시켜 해석할 때 그러한 행위의 근원을 이해할 수 있을 것이다. 자아는 내면의 진실한 요구에 따라 행위하는 존재로서, 세속의 인간과 구별되는 고귀한 인격을 소유하고 있다. 이러한 자아의 입장에서 볼 때, 자위나 정

---

36) 郁達夫, 「南遷」, 『郁達夫文集』 1卷, 花城出版社, 1991, 80면. "睡了之後, 他覺得游女人的聲音在門外叫他的樣子! 仔細聽了一聽, 這確是唱迷娘的歌的聲音. 他就跑出來跟了她上海邊上去. 月亮正要落山的樣子, 西天盡變了紅黑的顏色. 他向西邊一看, 覺得海水樹林沙灘也都變了紅黑色了. 他對她一看, 見她臉色被四邊的紅黑色反映起來, 竟蒼白得同死人一樣. 他想和她說話, 但是總想不出甚麼話來. 她也只含了兩眼淸淚, 在那裏默默的看他. 兩人在沉默的中間, 動也不動的看了一忽, 她就回轉身向樹林裏走去. 他馬上追了過去, 但是到樹林的口頭的時候, 他忽然遇着了去年夏天欺騙他的那個汪婦, 含着了微笑, 從樹林裏走了出來. 啊的叫了一聲, 他就想跑回到家裏來, 但是他的兩脚, 怎麼也不能跑, 苦悶了一回, 他的夢才醒了."

사장면 훔쳐보기, 기방출입 그리고 망상 속에서 여인과 정사를 즐기는 것 등은 모두 세속적인 인간이 하는 행위로 인식된다. 물론 자아 역시 사랑은 인간의 가장 신성한 행위라고 인정하지만, 그가 긍정하는 것은 진실한 감정에 기반한 사랑이다. 감각적 쾌락을 즐기기 위한 행위는 모두 세속적인 애정 행각에 불과하다. 이런 맥락에서 볼 때, 자아가 자책하는 것은 스스로 금지한 세속적인 행위를 위반한 것에 대한 반성이라고 할 수 있다. 그 반성의 내용은 유가적 도덕주의가 아니라, 내면의 진실한 요구를 따르지 않고 세속적 감정에 빠져버린 자신에 대한 질타인 것이다.

그의 사랑은 이성에만 국한되지 않고 동성과 피억압자에게도 향한다. 『망망한 밤』에 나타나는 위즈푸와 우츠성[吳遲生]의 동성애는 현재의 에이즈 콤플렉스와는 완전히 거리가 먼, 순수한 동정과 애정에서 자연스레 유출되어 나온 인간애이다. 그것은 격막한 세계에서 진심이 상통한 동반자만이 느낄 수 있는 유대감이자 정신적 사랑이라고 할 수 있다.37) 「봄바람에 흠뻑 취한 밤[春風沉醉的晚上]」과 「소박한 제사」에서 나타나는 피억압자에 대한 사랑은 위다푸의 에로스가 자아 밖으로 확산될 가능성을 시사해주는 대목이다. 물론 그것은 계급적 동질감이나 실천적 방식으로 진행되는 것은 아니다. 자신의 불우한 처지에 대한 연민 혹은 자기애가 자신보다 더 비참한 생활자의 발견을 통해 사회적으로 확장되고, 그 자신은 현실세계의 억압성을 폭로하는 약자의 대변자

---

37) 『茫茫夜』에서는 于質夫와 吳遲生 사이의 동성애에 대해 "于質夫의 생각으로는 천지간의 사랑은 남녀간의 진정한 사랑 이외에 우정이 최고라고 생각했다. 그가 일본을 10년간 떠돌아다니는 사이에 진정한 연애는 한번도 해보지 못했다. 그러므로 吳遲生을 한번 만나자 그의 가슴 가득히 발설하지 못했던 정열을 자유로이 쏟을 수 있는 목표를 얻은 듯이 느껴졌다. 이는 그의 평생 일대의 쾌사이니 이는 그가 반평생을 윤락하면서도 아직까지 진정한 여인을 사랑해 보지 못했다는 가련한 역사의 증명인 것이다. 어느 날 저녁에 吳遲生이 편집실로 와서 밤중까지 이야기하다가 우질부는 갑자기 목욕이 하고 싶어 吳遲生과 다른 두 친구와 함께 편집실을 나와 큰 거리에 이르렀을 때 于質夫는 공기가 매우 차가움을 느껴 吳遲生에게 물었다. '춥지? 춥거든 내 외투 속으로 들어와"라고 서술한다. 이 속에는 퇴폐적이고 비윤리적인 동성애의 흔적은 없다. 오히려 진실한 감정의 소통에서 기인하는 따스한 애정만이 느껴질 뿐이다.

로 등장한다. 그래서 그들에 대한 위다푸의 동정은 항상 자신의 처지와 감정적으로 유대되어 있다. 가령,『봄바람에 흠뻑 취한 밤』에서 주인공 나는 담배공장에 다니는 여직공의 고통을 동정하며 "그녀는 참 가련하다. 그러나 나의 현재는 그녀만도 못하다. 그녀는 일하기 싫은데도 일이 그녀를 강압한다. 그러나 나는 일을 하고 싶어도 일거리를 찾을 수가 없다"[38]고 말한다. 또 「소박한 제사」에서 주인공 나는 인력거꾼에 대해 "어떻든 잘 표현할 수 없으나 그는 자신이 사회로부터 학대를 받고 사는 것이 당연하다고 생각하는 것도 같고, 또는 침묵을 지키며 참는 가운데 무한한 반항과 끊임없는 갈등을 나타내고 있는 것도 같았다. 요컨대 그가 묵묵히 참고 견디는 태도에는 보는 사람에게 감개를 불러일으키게 한다. 그래서 그와 사회적 지위가 별 차이가 없고 받고 있는 학대도 그보다 더 큰 나는, 항상 그의 차를 타고 그와 이야기할 때 일종의 울적하고 불행스러운 기분이 가슴 가득히 가로놓임을 느낀다"[39]고 동정한다. 이러한 감정은 계급적 이익의 대변자로서보다는 약자에 대한 동정에서 분출된 사랑이라고 할 수 있다.

셋째, 우울한 망상에 관해 살펴보자. 위다푸는 어린 시절부터 혼자만의 방에서 고독하게 지내며 자신의 내부세계에 침잠하는 데 익숙하다. 외부세계와 단절된 자신을 포용하고 구원할 대상이 부재한 상태에서 그는 자신의 내면에서 울려오는 위안의 목소리에 귀기울이며 자기 도취적인 망상에 빠진다. 그것은 외부세계에서 받은 소외와 고통을 자기 우위적 상태로 변환시켜 스스로 동정과 연민을 불러일으키는 내면장치이자 정신상의

---

38) 郁達夫, 「春風沉醉的晚上」, 『郁達夫文集』 1卷, 花城出版社, 1991, 250면. "這女孩子眞是可憐, 但我現在的境遇, 可是還赶她不上, 她是不想做工而工作要强迫她做, 我是想找一點工作, 終于找不到."
39) 郁達夫, 「薄奠」, 위의 책, 293면. "我怎麽也形容不出來, 他好像是在默想他的被社會虐待的存在是應該的樣子, 又好像在這沈默的忍苦中間, 在表示他的無限的反抗, 和不斷的掙扎的樣子. 總之, 他那一種沈默忍苦的態度, 使人家見了便能生出無限的感慨來. 況且是和他社會的地位相去無幾, 而受的虐待又比他更甚的我, 平常坐他的車, 和他談話的時候, 總要感着一種抑鬱不平的氣, 橫上心來."

위안이다. 그의 망상은 지독히 개인적이다. 마치 한 개인이 자신의 심정을 거침없이 중얼거리며 지친 영혼을 달래듯 단박한 어조를 띤다. 그의 망상은 항상 '멍하니[呆呆地]', '몽롱하게[朦朧地]'라는 어휘에 이끌리며 현실 세계의 사실을 의식적으로 혼란시킨다. 이 부사의 출현은 그가 미망의 세계로 빠져듦을 예고한다. 이것은 배반당한 외부에 대한 자아의 '반항'이라고 할 수 있다. 그러나 그의 텍스트에는 인류 영혼의 고통을 포용할 만한 절대적 구원의 상징이나 이미지를 찾아보기가 힘들다.

> 자기가 이 세상에서 제일 비참한 인간이라는 확증을 얻었을 때 그의 눈물은 폭포와 같이 쏟아졌다. 그가 울고 있을 때 공중으로부터 부드러운 소리로 그에게 말하는 것 같았다. '아, 울고 있는 것이 너냐? 너는 정말 가엽구나. 너같이 착한 사람이 남의 학대를 받다니 정말 억울하리라. 그만 두어라, 그만둬. 이것도 다 천명이니 다시는 울지 말아라. 네 몸이 상할까 두렵다.[40]

> 나가 죽어라 네가 죽으면 내가 좀 나아질 것 같다. 내가 왜 이렇게 소나 말처럼 이런 곳에서 온갖 고생을 다 해야 한단 말인가? 만약 나 혼자만 있다면 내가 가지 못할 곳이 어디가 있겠는가? 내가 왜 이런 망할 곳에서 힘든 일을 한단 말이냐?[41]

이러한 목소리는 그의 내면과 상통하는 구원자의 묵직한 음성이 아니라, 스스로 구원자를 가장하여 자신의 고통을 인정하고 위안하는 목소리에 가깝다. 그의 내면은 외부로부터 쉽사리 상처를 받는 연약한 공

---

40) 郁達夫,「沈淪」,『郁達夫文集』1卷, 花城出版社, 1991, 42면. "他證明得自家是一個世界上最苦的人的時候, 他的眼淚就同瀑布似的下來. 他在那裏哭的時候, 空中好象有一種柔和的聲音對他說 : "啊嚇, 哭的是你麼? 那眞是寃屈了你了. 象你這樣的善人, 受世人的那樣的虐待, 這可是眞寃屈了你了. 罷了罷了, 這也是天命, 你別再哭了, 怕傷害了你的身體!"

41) 郁達夫,「蔦蘿行」, 위의 책, 224면. "你去死! 你死了我方有出頭的日子. 我辛辛苦苦, 是爲什麼人在這里作牛馬的呀. 要只有我一個人, 我何處不可去, 我何苦要在這死地方作苦工呢! 只知道在家里坐食的你這行戶, 你究竟是爲了什麼目的生存在這世上的呀? ……"

간이면서 망상을 통해 쉽사리 상처를 보듬는 이율배반적인 장소이다. 그래서 그의 망상은 개인을 넘어 인류를 구원할 보편적 상징으로 확장되지 못하고 지독히 개인적이며 우울한 색채를 띠는 것이다.

넷째, 정처 없이 표류하기에 관해 살펴보자. 현존 질서에서 이완되어 무료한 정신세계를 구축하고 있는 위다푸는 반복된 일상 생활에서 벗어나 자신의 감각에 충실한 행위를 한다. 그는 외적 강제나 목적이 부재한 혼자만의 방에서 우울하고 공허하게 보내다가 스스로 선택한 그 무료한 삶에 맞서 무작정 탈출을 시도한다. 무료함은 자아와 용해될 수 없는 세계에 대한 무의식적 반항이지만, 자아의 생기를 무기력하게 만들어 그 존재의미에 대해 망각케 한다. 자아는 생에 대한 공포감에 빠지며 자신의 활기찬 순간을 맛보기 위하여 떠돌아다닌다. 그래서 「침륜」에서 하숙집 딸의 목욕장면을 훔쳐보고 이튿날 그는 '덮어놓고' 동쪽 길을 떠나거나, 남녀의 정사 장면을 훔쳐 본 그 날 오후에는 '밑도 끝도 없이' 남쪽으로 걸어간다. 그리하여 전차가 오자 "그는 저도 모르는 사이에 탔다. 그는 왜 전차를 탔으며 이 전차가 어디로 갔는지도 알지 못했다."42) 또 「혈루」의 주인공인 나는 생존하기 위하여 자신의 진실에 부합하지 않은 작품을 쓰고, "이리 비실 저리 비실 걸어가"43)며, 「봄바람에 흠뻑 취한 밤」의 주인공인 나는 생의 희망이 없는 빈민굴을 빠져나와 이리저리 걸어다닌다. 물결치듯 표류하는 그들의 행보에는 강박하는 목적이 없다. 이러한 표류 행위는 자신의 존재 의미가 불분명한 상태에서 자신의 존재감이 감각되어지는 순간을 찾아 헤매는 '슬픈 유희'이다. 그러나 시간이 흐를수록 자아는 점점 세계로부터 버림받은 자 혹은 잉여인간이라는 느낌만을 안고 절망의 어둠 속으로 추락할 뿐이다.

다섯째, 독서하기에 관해 살펴보자. 위다푸는 어린 시절 방에서 혼자

---

42) 郁達夫, 「沈淪」, 위의 책, 45면. "旣不知道他究竟爲什麼要乘電車, 也不知道這電車是往什麼地方去的."

43) 郁達夫, 「血淚」, 위의 책, 185면. "我慢慢的沖來沖去的走着."

책읽기를 즐겨하며 일본 유학시절에는 수업을 빼먹고 독서를 했을 정도로 당시 청년 지식인들 중에는 동서고금의 책을 막론하고 가장 많은 독서량을 보유하고 있다.[44] 독서 자체는 주위의 간섭 없이 자기 자신과 대화하며 깊이 사색할 수 있는 행위이다. 그런데 그가 애독하는 작가의 작품들은 무엇인가 그의 삶과 친연성이 있는 것들이다. 그는 독서의 내용을 자신의 상황 속으로 '끌어들이는' 데에 능하다. 『은회색의 죽음』은 영국의 시인 도오슨(1867~1900)의 일화를 자신의 삶과 동일시하여 지은 것이며, 『채석기(采石磯)』는 청대 시인 황중칙(黃仲則)의 불우한 일생에 감정이입하여 창작한 것이다. 그리고 텍스트 속의 인물들도 그가 독서한 작가와 작품들을 거명하며 자신의 현재 상태와 비교한다. 「침륜」에서 "그는 고골리의 이야기를 생각하니 좀 마음이 어느 정도 놓여지는 것을 느꼈다. 『죽은 혼』의 작가 역시 그와 같았기 때문이다. 그러나 이 것만으로는 자기가 자신을 위로하는 데 불과하고 그의 가슴속에는 상상 같은 근심이 쌓이고 있었다",[45] "그는 자기를 짜라투스트라에다 비교하고 자라투스트라가 한 말을 농부에게 들려주고 있었다"[46]고 서술한다. 「남천」에서 이린은 "그가 읽은 것은 모두 인생의 전쟁터에서 패배한 사람들의 책이기 때문에 그가 가장 경애하는 것은 B. V. 제임스 톰슨, 하이네, 레오팔디, 어니스트 도오손 등이다"[47]고 말한다. 위다푸는 작가나 작품 속의 상황과 자기 상황을 동일시하고 그들의 고통과 상실감을 대비함으로써 자기 위안을 꾀한다고 할 수 있다.

우연히 분산적으로 벌어지는 듯한 일탈행위 사이에는 형태의 상이함

---

44) 郁達夫, 「五六年來創作生活的回顧」, 『郁達夫文集』 5卷, 花城出版社, 1991 참조.

45) 郁達夫, 『沈淪』, 『郁達夫文集』 1卷, 花城出版社, 1991, 33면. "他想到了Gogol里就寬了一寬, 因爲這『死了的靈魂』的著者, 也是同他一樣的. 然而這不過自家對自家的寬慰而已, 他的胸里, 總有一種非常的憂慮存在那里."

46) 郁達夫, 「沈淪」, 위의 책, 21면. "他便把自己當作了Zarathustra, 把Zarathustra所說的話, 也在心裏對那農夫講了."

47) 郁達夫, 「南遷」, 위의 책, 60면. "他所讀的都是那些在人生的戰場上戰敗了的書, 所以他所最愛的就是略名B.V.的James Thomson, H.Heine, Leopald, Ernst Dowson那些人."

에도 불구하고 유사한 의식에 의해 내적으로 연계되어 있다. 자연으로
의 소요, 사랑찾기, 우울한 망상, 정처 없이 표류하기, 독서 등의 일탈행
위를 추동하는 내적인 힘은 무엇인가? 이것은 일상생활에의 참여를 거
부하고 태초의 근원적인 상태로의 회귀를 꿈꾸는 것인가? 아니면 현존
질서가 억압하고 금지하는 것을 복원하여 새로운 질서를 창출함으로써
인간 해방을 추구하는 것인가? 이러한 일탈행위에는 역사적 문맥이 망
각된 자폐적인 내면의 표현이나 관능적 성에 탐닉하는 경우가 많고, 자
아를 절망에 빠지게 만드는 것들의 근원에 대한 통찰과 반성이 부재한
데, 이것은 나약한 감상에 지배되는 수동적 행위나 유년 시절의 자기
중심적인 치기에 불과한 것인가?

일탈행위는 억압적 세계로부터 이완된 자아가 무료한 상태에서 벗어
나기 위한 의식적 무의식적 행위이다. 표면적으로 볼 때 자아는 현실 세
계와의 대립상태를 탈피하여 평화롭고 조화로운 어떤 순간을 지향한다.
그런데 자아의 일탈은 현실 세계 밖의 이상 세계나 망아의 상태로 나아
가지 않고, 자의식이 일탈행위의 주변을 집요하게 쫓아다니며 그것을 조
정한다. 그래서 자아의 일탈은 세계와 자아 사이의 긴장관계 해소보다는
자의식 속에서의 상상활동이라고 할 수 있다. 자의식 속에는 세계로부터
버림받은 상처·고독·비애·염세·고뇌·무료·실의·우울·학대·복
수 등의 감정을 위안하며 생의 보존을 추구하려는 욕망들이 가득 차 있
다. 그래서 자의식을 통과한 현실 세계는 구체적이고 복잡한 체계를 지닌
존재로 이해되지 않고, 자아의 확장을 방해하는 근원적 악압성 내지 허위
성으로 이미지화된다. 다시 말하면, 자아는 외부 세계에 대한 체험과 관
찰을 통해 구체적이고 객관적으로 세계의 본질을 통찰하지 않고, 그것을
자아 내면의 감정의 언어로 전화시켜 세계와 자아의 격막감을 확인하는
계기로 삼는다. 그래서 세계에 대한 자아의 인식이 넓어질수록 현실 세계
의 내부 구조를 깊이 있게 통찰하기보다는 오히려 현실세계에 대한 극심
한 혐오감이 증가할 따름이다. 이 때문에 위다푸의 텍스트는 자아의 실존

을 장애하는 근원에 대한 통찰보다는 사라져 가는 운명에 처한 자아의 비극성에 초점이 맞추어져 있다. 그의 일탈행위는 결코 제도의 해체를 위한 전복적 상상력으로 향하지 않는다. 오히려 세계에 대한 부정적 인식이 밖으로 표출되지 못하고 자아 내부의 고통의 무게로 변환된다.

> 당신의 그 유순한 성질이 당신이 일생 동안 괴로움을 당하는 근원이요. 내가 사회의 학대에 대해서 조금도 반항할 수 없는 것과 똑같소 아, 반항, 반항. 나는 어째서 사회에 대하여 일찍이 반항할 줄 모르며, 당신은 당신의 신상에 더해지는 학대에 대해서 반항할 줄 모르오? 그러나 나약한 우리들, 무능한 우리들, 우리들은 어디서부터 반항할 것인가?[48]

자아는 사회에 대한 반항보다는 긴장과 이완, 격막한 것과 포용하는 것, 어둠과 빛, 삶과 죽음의 교차적 반복 속에서 자신의 삶에 생기를 불어넣는 그 순간을 갈망한다. 그는 밝은 세계에서 막 피어난 새싹처럼 생기에 넘치며 제도의 억압과 같은 부정적 조건이 존재하지 않는 곳을 추구한다. 그러나 타락한 물질세계의 논리가 제거되고 자의식이 전일하게 지배하는 곳이 일탈공간이라면, 일상세계를 벗어나 자유로운 정신세계를 갈망하는 문학적 상상력은 일탈행위라고 할 수 있다. 일탈행위로서 문학은 타락과 허위가 지배하는 현실 세계와의 화해를 거부하며 자기 보존과 신생을 구현하는 '에로스 서사'로 향한다. 자아는 에로스 서사를 통해 활기찬 상태를 지연하는 격막한 것에 대해 저주하고, 행복한 인간의 삶을 가로막는 근원적 결핍에 대해 저항한다.

---

48) 郁達夫, 「蔦蘿行」, 『郁達夫文集』 1卷, 花城出版社, 1991, 222면. "你那柔順的性質, 是你一生吃苦的根源. 同我的對于社會的虐待, 些毫沒有反抗能力的性質, 却是一樣. 啊啊! 反抗反抗, 我對于社會何賞不曉得反抗, 你對于加到你身上來的虐待也何賞不曉得反抗, 但是怯弱的我們, 沒有能力的我們, 敎我們從何處反抗起呢?"

4. 에로스 서사와 죽음

위다푸에게 있어 에로스는 이성에 대한 그리움의 차원을 넘어, 인간 사이의 진실한 정감이 소통되지 못하는 현실 세계 속에서 그것을 실현하고 확장하려는 인간성의 이념이라고 할 수 있다. "살아 있는 실체를 보존하고 또한 그것을 보다 큰 단위에 결합시키려는 본능"49)으로서 에로스는 순간적인 쾌락을 통해 생을 망각하려는 소멸의 의지가 아니라, 주체 소멸의 위기에 대항하여 정신적 육체적으로 상호 소통할 대상을 찾음으로써 생을 보존하려는 욕망이다. 에로스는 자기 소멸적인 죽음의 충동으로 향하는 육체적 쾌락이나 성의 탐닉과는 질적으로 다르다.50) 위다푸에게 있어 에로스가 신성하게 다가오는 것은 근대 중국의 위기가 주체의 "생"을 위협하는 실존의 위기로 이해되기 때문이다. 그래서 위다푸의 에로스는 실존의 가능성을 차단하는 비인간적인 현실에 반항하며 사랑과 동정으로 충만한 생존조건의 창출을 궁극적인 목적으로 삼는다.

> 지식도 나에게는 필요 없고 명예도 나에게는 필요 없다. 나에게는 오직 내 몸을 위안해 주고 나를 이해해 주는 마음뿐이다. 따스한 마음, 그 마음에서 생기는 동정, 그 동정에서 나오는 애정.51)

---

49) 프로이트는 그의 후기 문명론에서 리비도적 본능과 무관한 상태에서 발생하는 폭력성을 해명하기 위해 죽음의 본능의 개념을 도입하고, 이를 에로스와 대립시킴으로써 문명의 발전과정을 설명하고 있다. 여기서 에로스는 "살아 있는 실체를 보존하고 또한 그것을 보다 큰 단위에 결합시키려는 본능"으로, 타나토스는 "이러한 단위를 해체시켜 그것을 다시 원시적으로 비유기적인 상태로 되돌리고자 하는 본능"으로 규정된다. 서영채, 「이상의 소설과 한국문학의 근대성」(『소설의 운명』, 문학동네, 1996) 2장 참조
50) 『茫茫夜』에 나타나는 변태성욕은 관능미에 대한 탐닉보다는 성적 상상력의 발휘로 해석할 수 있다. 성적 상상력의 세계란 허위의식으로 인해 불구화된 현실을 반영하고 그 현실 속에서 억압된 무의식, 일탈욕망의 분출과 관련이 있는 것이다.
51) 郁達夫, 「沈淪」, 앞의 책, 24~25면. "知識我也不要, 名譽我也不要, 我只要一個能安慰我體諒我的心. 一副白熱的心腸! 從這一副心腸里生出來的同情! 從同情而來的愛情!"

그런데 사랑의 이야기를 엮어나가는 위다푸의 에로스 서사는, 마치 그의 탄생이 모성의 부재로 인해 사랑이 결핍된 고독과 우울의 형식으로 시작되었듯이, 대부분 성취보다는 좌절로 귀결된다. 그는 본능적으로 사랑을 그리워하고 갈망하지만 사랑이란 행위 자체에 대해선 낯설어한다. 그는 순수한 마음을 지닌 그 누구와도 사랑을 나누고 싶은 마음이 강렬하게 솟아나지만, 사랑을 성취하는 방식은 오히려 엿보기, 공상하기, 동정하기 등 지극히 수동적이고 소극적이다. 위다푸의 에로스 서사는 끊임없이 현실 세계에 패배당하며 그로 인한 죽음의 그림자가 드리워져 있다. 가령, 「은회색의 죽음」의 그, 「침륜」의 그, 「남천」의 이런, 「소박한 제사」의 인력거꾼 등은 죽음의 차가운 세계 속으로 빨려 들어간다. 에로스 서사가 자기 보존의 욕망과 확장에 관한 이야기를 다룬다고 할 때, 위다푸의 텍스트는 왜 이렇게 이율배반의 길을 걷는 것인가?

그렇다고 위다푸의 텍스트를 세기말적 퇴폐나 죽음을 동경하는 이야기로 읽을 수 있을까? 세기말이란 개념은 위다푸가 종종 사용하는 말이다. 이것은 실제로 그가 살던 시대가 봉건질서가 해체되는 말기이자 세기의 전환기라는 체험적 의미가 강하기도 하지만, 그가 공감하며 즐겨 읽던 서구의 텍스트가 소위 세기말 작가들의 것이어서 무의식 중에 수용한 번역어이기도 하다.[52] 그 역시 고민·우울·고독과 같은 세기말 이미지와 상통하는 내면을 소유하고 있으며, 그의 텍스트 속에 배어 있는 어두운 그림자는 이러한 세기말적 증후군의 흔적이라고 볼 수도 있을 것이다. 그러나 이러한 유사성과는 달리 위다푸 자아의 욕망은 자멸이나 퇴폐의 세계가 아니라 신생에의 염원으로 향한다.

위다푸 텍스트에서 세기말적 증세는 중화질서의 몰락이나 세기의 전환과 같은 거대한 역사적 형태로 드러나지 않는다. 그의 텍스트에 나타나는 세기말의 현상형태는 세계의 중심으로 탄생한 자아를 고난으로 이

---

52) 郁達夫, 「集中于『黃色志(THW YELLOW BOOK)』的人物」, 『郁達夫文集』 5卷, 花城出版社, 1991 참조.

끈 모성의 부재(사랑의 결핍)와 그로 인한 고아의식에서 기인하는 측면이 강하다. 그것이 바로 자신의 생존근거를 위협하고 자유를 억압하는 현실적 근원으로 작용한다. 그에게 집은 사랑이 깃든 평화의 공간이 아니라 항상 텅 비어 있고 가족이 분산된 고독의 공간이다. 집이 아니라 어두운 방이다. 그것도 트여 있는 방이 아니라 두꺼운 벽으로 단절된 골방이다.

그의 텍스트 속엔 가족이 함께 사는 집이 거의 등장하지 않는다. 모성이 부재한 집은 그를 외부세계로 떠밀어 방황과 표류의 생활로 점철되게 한 현실원인이며, 어머니는 자신을 포근히 감싸주는 여성이 아니라 돈에 집착하는 경제적 인간으로 비쳐진다. 그래서 회귀할 모태공간이 부재한 그는 무작정 떠돌아다니며 사랑으로 충만한 타인의 집을 '밖'에서 기웃거린다. 그리고 자신도 그 속에서 함께 즐길 수 있도록 망상하며 찢겨진 자신의 집에 대한 그리움으로 사무친다. 하지만 결국 타인의 집 속으로 들어가지 못하고 우울·고민·고독·공허·무료가 우글거리는 혼자만의 방으로 돌아오고 만다. 그는 사랑이 낯설고 집이 낯설고 고독이 낯설다. 이것은 그가 후천적인 고아의식을 소유하고 있기 때문이다. 물론 그 역시 가족이 자신의 자유로운 삶을 방해하는 족쇄로 인식하기도 한다. 「조라행」의 주인공인 나는 아내에 대한 편지에서 "당신과 젖먹이는 나의 족쇄라 나는 너희들 때문에 물에나 빠져 죽겠다 했소"53)라고 고백한다. 그러나 이것은 결코 가족 자체를 부정하는 것이 아니며 가족과 사랑의 소중함을 경험하지 못한 데서 기인하는 미성숙한 행위라고 볼 수 있다. 「조라행」의 나 역시 사랑하는 아내와 자식이 자신을 맞이해 주는 행복한 가정을 갈망한다. 또 「연기 그림자[烟影]」에서 주인공 원푸는 그토록 혐오하던 어머니의 주름진 얼굴과 술에 젖어 우는 모습을 보고, "자리에서 일어나 어머니의 곁으로 가볍게 다가가, 한

---

53) 郁達夫, 「蔦蘿行」, 『郁達夫文集』 1卷, 花城出版社, 1991, 225면. "說你與小孩是我的脚鐐, 我大約要爲你們的緣故沈水而死的."

손은 그녀의 어깨 위에 얹고, 다른 한 손은 그녀의 등을 두드리며, 눈물
을 머금고 그녀를 위로한다."54) 이것은 후천적 고아와 가족 사이의 모
순관계를 드러낸다. 다시 말하면, 그는 사랑을 그리워하면서도 사랑의
실현방식에 대해서는 무기력하고, 가족을 갈망하면서도 자아 밖의 모든
제도에 거부감을 느끼는 이중성 속에서 혼돈스러워 하는 것이다.

후천적 고아의식에 내포된 이러한 곤혹감으로 인해 가족에 대한 갈
망이나 화해의 순간, 그리고 가족이 모여 화목하게 지내는 장면은 아주
희미하게 나타날 뿐이다. 그는 사랑 없는 가족, 격막한 인간관계, 안주
할 곳 없는 중국의 현실 속에서 에로스의 욕망이 고통스레 무너지는 것
을 목도하며 세계의 단절성을 더욱 깊이 확인하고, 산문의 세계에 잘못
태어난 시인이 자신의 운명을 저주하듯 세계에 대한 복수를 욕망한다.
그러나 그 저주와 복수는 어둠과 빛, 선과 악, 자아와 세계가 전복된 악
마적 상상력으로 확산되지 못하고 나약한 외침이나 가련한 원망으로 표
출된다.

이 개같은 연놈들, 이 속물들아. 너희들이 나를 속여. 복수다. 복수한다. 나는
너희들의 적이다. 세상에 진실한 여자가 어디 있느냐? 여자는 매정하다. 네가
나를 버려. 그만둬라, 그만둬. 내 다시는 여자를 사랑하지 않는다. 내 다시는 사
랑하지 않는다. 다시는 사랑하지 않아. 나는 내 조국을 사랑한다. 내 조국이 애
인이다.55)

조국이여, 조국이여. 네가 나를 죽이는구나. 너는 빨리 부강해져라. 너의 품안

---

54) 郁達夫, 「烟影」, 『郁達夫文集』 1卷, 花城出版社, 1991, 370면. "從坐位里站了起來,
   輕輕走上他母親的身邊, 他把一只手按在她的肩上, 一只手拍着她的背, 含了淚聲,
   續續地勸慰她說."
55) 郁達夫, 「沈淪」, 위의 책, 49면. "狗才! 俗物! 你們都敢來欺侮我麽? 復仇復仇, 我總
   要復你們的仇. 世間哪里有眞心的女子! 那侍女的負心東西, 你竟敢把我丟了麽? 罷
   了罷了, 我再也不愛女人了, 我再也不愛女人了. 我就愛我的祖國, 我就把我的祖國
   當作了情人吧."

에서 아직도 많은 젊은이들이 괴로워하고 있다.56)

이것은 그가 간직한 고통의 무게에 비한다면 너무나 가벼운 반항이다. 위다푸에게 절망적 현실은 구체적이고 역사적인 사회구조의 문제로 인식되지 않고 자아의 내면 요구를 억압하는 허위적 이미지로 표출된다. 그래서 현실은 사건 자체가 지닌 역사의 무게로 다가오지 않고 자아의 내면에 감지된 이미지의 무게로 다가온다. 이것은 대상 자체에 대한 객관적인 판단이 아니라 자의식을 통과한 '주관적' 해석이라고 할 수 있다. 그래서 자아의 이미지 속에 존재하는 사건의 실제적 무게에도 불구하고 자아의 즉흥적 감각이나 감상적 외침에 묻혀 가볍게 처리되는 인상을 준다. 다시 말하면, 사건의 무게를 감내하는 자아의 고통이 그것들을 매개하는 이미지의 감상성으로 인해 가벼워지는 현상이 빚어진 것이다. 이러한 맥락에서 보면 욕망이 좌절될 때 간간이 드러나는 조국에 대한 원망은 애국주의 사상의 발로나 텍스트 전개를 방해하는 사족적인 말이 아니다.57) 이것은 위다푸적 자아와 텍스트가 지니고 있는 독특한 세계이다. 지독히 자기 중심직이고 수동적인 미성숙한 자아가 일상세계와 대결을 벌일 때 쉽게 내뱉는 원망의 목소리이자 불평의 중얼거림이다. 그 소리는 특정한 대상을 겨냥하는 것이 아니라 자아 밖의 불특정 허위 세력에게 향한다. 그것은 반항의 외침이기보다는 자기 위안의 목소리에 가깝다.

위다푸의 자아는 에로스 욕망은 강하지만 격막한 세계를 버텨내지

---

56) 郁達夫, 위의 글, 53면. "祖國呀祖國! 我的死是你害我的!, 你快富起來, 强起來吧! 你還有許多兒女在那里受苦呢!"

57) 위다푸 텍스트에 간간이 나타나는, 조국이나 폭력적 세계에 대한 인물의 원망을 해석하는 두 가지 입장이 있다. 하나는 인물의 애국사상이나 반항정신에 주안점을 두어 관능적이고 감상적인 부면과 대비함으로써 긍정적으로 부각시키는 것이고, 다른 하나는 텍스트 구조의 완성도라는 측면에서 특별한 인과관계 없이 불쑥 튀어나오는 말로 부정적으로 해석하는 것이다. 두 해석 모두 일정한 타당성을 지니고 있지만, 그러한 원망을 내뱉는 텍스트 속의 자아의 특성과 관련하여 해석하지 않고 텍스트 밖의 당위의 '눈'으로 바라봄으로써 그 목소리의 의미를 밝혀내지 못하는 한계를 지니고 있다.

못하고 내면 속으로 침잠한다. 세계에 대한 복수는 세계의 허위적 질서를 찢어발기는 풍자로 발산되지 못하고 자아의 내부로 스며들어 망상과 예술의 힘으로 수행된다. 저주와 복수의 감정이 축적되면 될수록 세계와의 격절감은 더욱 깊어만 가고 이것은 점점 자아 내부의 고통의 무게로 변환된다. 자아는 세계와 접촉할수록 좌절과 고통의 무게를 견디지 못하고 심연의 바닥으로 가라앉는다. 거듭되는 미끄러짐과 추락으로 에로스의 상처가 극에 달할 때 거기서 죽음의 그림자가 발견된다. 현실은 자아의 에로스 욕망을 철저하게 배반한다. 에로스 서사는 죽음으로 미끄러지며 신생의 욕망은 자기 소멸의 나락으로 추락한다.

에로스 서사가 죽음으로 이끌리는 것은 위다푸의 전 텍스트를 관통하는 특질이다. 그의 대표작인『침륜』을 통해 구체적으로 살펴보자.『침륜』은 텍스트 전체가 낯선 일상세계에서 벗어나는 일탈의 연속이다. 1장과 2장의 첫머리는 "그는 요사이 가련할 정도로 고독했다",58) "그의 우울증은 더욱 심해갔다"59)라는 진술로 시작하여 일탈행위가 시작되며, 각 장에서도 긴장된 일상생활과 일탈행위에 대한 서술이 반복된다. 그는 동료들과의 심한 격절감을 느끼며 자신을 포용할 대상이나 생기에 충만한 순간을 찾아서 자연으로 소요하거나 자신의 감각에 따라 정처 없이 표류한다. 그는 하숙집 딸의 목욕장면을 엿보고 사춘기 소년의 성에 대한 호기심과 (모)성의 부재를 채우려는 자기 보존의 욕망으로 자위행위를 하며, 타인의 정사장면을 훔쳐본다. 그는 이에 대해 자책하며 방황한다. 이러한 행위를 한 주체도 그이며 이에 대해 가치판단을 내리는 이도 자신이다. 그에게는 자기 마음을 발산하거나 털어놓을 대상이 부재하여 이것을 자신의 내부로 쌓아둘 뿐이다. 친족인 큰 형마저 자신을 이해하고 감싸주지 못한다는 판단은 세계와의 단절감을 더욱 가중시킨다. 이제 그는 세상과의 모든 관계를 끊은 채 중심을 잃고 이리저리 떠

---

58) 郁達夫,「沈淪」,『郁達夫文集』1卷, 花城出版社, 1991, 16면. "他近來覺得孤冷得可憐"
59) 郁達夫, 위의 글, 21면. "他的憂鬱症鬧甚了."

돌아다닌다. 우연히 들어간 기생집에서 민족적 굴욕감을 느끼며 취중에 자기 본심을 털어놓으려 하지만 자신 역시 속물이라고 자책하며 바다로 뛰어든다.

「침륜」은 자연으로 소요하면서 온갖 고통 잊으며 즐거워하는 순간에서 차디찬 바다 앞에서 생의 종말을 울부짖는 순간으로, 온몸에 생기를 느끼며 존재감에 충만한 그에서 세상의 고통에 짓눌려 심연으로 가라앉는 그로, 신생을 욕망하는 에로스 서사에서 자기 소멸로 향하는 죽음으로 이끌린다. 이 과정이 바로 '침륜'이다. 침륜은 흔히 번역되듯이 '타락'의 개념이 아니다.60) 이것은 삶을 갈망하는 연약한 존재가 세상에 버림받는 비극적 운명을 안고 절망의 바닥으로 '가라앉고' '빠져드는', 다시 말하면 죽음의 세계로 '침몰'하는 슬픈 이야기를 의미한다. 「침륜」의 '그'는 성숙한 판단력과 비판력을 소유한 주체가 아니라 세상 밖으로 갓 나온 성장기 소년이다. 그것도 가족, 친구, 국가의 사랑과 이해를 받지 못한 후천성 '고아'이다. 고아는 세상 그 누구도 믿지 않으며 오직 자신의 감각만을 신뢰한다. 그는 자신의 버려진 운명을 저주하면서도 지독히 자기중심적이고 자기 연민적인 내면을 소유한다. 그는 세계에 대해 복수의 눈길을 쏘아대면서도 세계 밖에서 두리번거릴 뿐이다. 그는 자아 외의 모든 것에 낯설며 자아 속의 소우주에 웅크리고 앉아 망상을 즐긴다. 망상은 에로스에 대한 선험적 기억을 불러일으키고 격막한 세계 속에서 자아를 포용할 수 있는 대상을 갈구한다. 그러나 세계는 집과 가족, 연인에 대한 자아의 그리움을 성취시키지 않으며 자아를 고민과 방황에 빠지게

---

60) 참고로 『沈淪』의 영어 제목은 'Sinking'이다. 위다푸의 텍스트에서 '沈淪'이라는 말이 쓰이는 경우는 매우 드문데, 『秋河』에서 다음과 같이 사용되고 있다. "她和他身體貼着在一塊, 兩眼只是呆呆的向着前頭在暮色中沈淪下去的整潔修長的馬路, 馬路兩旁黑影沈沈的列樹, 和列樹中微有倦意的蟬聲凝視" 여기서 사용하는 '沈淪'은 타락하다는 의미가 아니라 빠져든다는 뜻이며, 영어 제목인 'Sinking' 역시 그러한 의미이다. 필자는 「沈淪」의 작품 해석을 고려할 때, '타락'보다는 '침몰'이 더 적당한 제목이라고 생각한다.

만든다. 자아는 자신의 존재 의미에 대한 질문을 던지며 생기에 충만한 순간 혹은 대상을 찾아 정처 없이 표류하지만 오히려 자아와 세계 사이의 단절감이 가중될 뿐이다. 자기 보존에의 욕망은 끝없이 좌절되고 자아 내부에 정신적 고통의 무게가 쌓여간다. 세계는 자아를 차가운 죽음으로 내몬다. 「침륜」에는 텍스트 밖의 현실이 그의 원망어린 말 속에서 희미하게 내비칠 뿐이지만 텍스트 전체를 어둡게 만드는 밑그림으로 작용하여 자아의 신생의 꿈을 좌초시킨다. 그는 성숙된 자아를 형성해보기도 전에 세계의 폭력 앞에 힘없이 무너지고 사랑에 대한 그리움은 영원히 기억으로만 간직한 채 세계에 대한 연약한 원망을 울부짖으며 죽음으로 이끌린다. 「침륜」의 죽음은 죽음에 대한 동경이나 타락의 결과가 아니다. 그는 그토록 신생을 염원했지만 끝내 좌절당한다. 그의 죽음은 자신을 존재 이전의 상태로 되돌려 이 세상에서의 존재의미 자체를 부정함으로써, 세계의 폭력성을 근원적으로 비판하는 의미를 지닌다. 그래서 그는 존재의 비극성을 담지하는 정신적 고통의 수행자로 이미지화되며, 「침륜」은 에로스가 죽음으로 침몰하는 근대적 자아의 슬픈 이야기를 애도하는 진혼곡으로 읽혀지는 것이다.

5. 자아의 미학적 욕망

5·4 문학은 자아의 내면 감각과 체험을 기반으로 성립된 문학세계이다. 규범적인 전통문학의 권위가 부정된 상태에서 자아는 자신의 경험과 관찰에 의지하여 내면에 표상된 형상을 사실적이고 자연스레 유출하는 것을 생명으로 삼는다. 그러나 실제 텍스트에서는 사실적 묘사와는 달리 매우 비사실적이고 주관적인 경향이 농후하다. 푸르세크가 지

적하듯이 사실성의 원리가 아니라 주관주의와 개인주의가 텍스트 전체를 지배하고 있다. 여기서 우리는 왜 이러한 상반된 현상이 벌어지는가에 대해 질문을 던질 필요가 있다. 이 시대의 텍스트 속에는 구체적인 사물 인식을 의미하는 눈·귀·직접·관찰·과학·이성·사실·하나하나 등의 말들이 많이 사용된다. 그것은 사물을 해석하는 보편적인 정신이 해체된 상태에서 사물을 관찰하고 표상하는 중심으로 자아를 설정하기 때문이다. 그래서 자아는 자아 밖의 어떠한 지식도 신뢰하지 않으며 오로지 자아의 내면을 통과한 인식만을 진리로 승인한다. 전통적 맥락에서 진리는 주체의 인식내용이 객관 세계의 본질과 얼마나 일치하는가 여부로 판단한다. 그런데 객관 세계와 극한적 대립을 경험하고 있는 자아에게 자아 이외에 진리성 여부를 판단할 수 있는 존재는 성립할 수 없다. 그것은 자아가 세계의 진리를 담지하는 본체이며 자아 밖의 모든 것은 허위적이기 때문이다. 이러한 상태에서 인식은 필연적으로 내성적인 경향을 띨 수밖에 없다. 인식이 내성화된다는 것은 사물 자체를 객관적으로 인식하지 않고 자아의 관심과 욕구에 의해 지배된다는 것을 의미한다. 내성적 인식은 세계의 리얼리티에 충실하기보다는 세계와 대립하는 자아의 내면에 포착된 순간을 중시한다.[61] 이때 자아의 내면 속에 포착된 세계는 객관적인 어떠한 사물이기보다는 자아의 관심에 의해 해석된 대상이다. 자아의 감각기관 이외에 신뢰할 것이 없는 상태에서 자의식이 바로 사물의 인식방법으로 작용하는 것이다.

  5·4 텍스트가 주관화 경향을 띠는 것은 바로 이러한 내면에서 기원

---

61) 이러한 문제는 서구 근대과학이 중국 근대적 자아에게 과학적 방법과 인식원리보다는 유교윤리를 대체하는 인생관 혹은 신념으로 주관적으로 해석된 면과 관련된다. 객관성을 생명으로 하는 과학개념이 이렇게 주관적으로 해석된 이상, 자아의 지각과 경험 혹은 그것을 직접 드러낸 말이 '진실'을 담지한다는 전제는 검증되지 않은 형이상학으로 빠질 가능성이 있다. 이 부분에 관해서는 汪暉, 「"賽先生"在中國的命運－中國近現代思想中的"科學"概念及其使用」, 『無地彷徨－五四及其回聲』, 浙江文藝出版社, 1994 참조.

한다. '자전체'는 자아의 내면이 문학적 글쓰기와 결합되어 나타난 상상 공간이다. 자전체는 허구와 실재의 경계가 모호한, '문학 아닌 문학', '산문과 소설이 혼융된' 글쓰기 공간을 형성한다. 현실세계가 자아의 신생을 억압하는 허위적 세력이 지배한다면 자전체는 자기 중심적인 자아가 지배하는 상상공간이라고 할 수 있다. 그래서 자전체 속에는 자아의 의식만이 지배할 뿐 타자의 목소리가 들리지 않는다. 이 공간 속에는 완결된 질서나 이야기가 부재하며 자아의 내면에 포착된 순간이나 독백만이 존재할 뿐이다. 자전체 속에서 자아는 자기 우위적 위치에서 세계와 인간에 관한 많은 문제들을 사유하며 새로운 세계를 탐색한다. 이러한 자전체의 세계가 바로 근대 중국문학이 생성되는 원초적 공간이다. 이 세계는 리얼리티의 규율이 아니라 내성화된 이미지가 지배하는 주관화된 장소이다.

위다푸에게 예술은 자아와 세계의 근원적 불일치성을 해소하는 신성한 공간으로 간주된다. 그러나 민족과 자기 존재의 정체성에 대한 위기는 그러한 안식의 세계에 도달하지 못하도록 방해하며 자아를 끝없는 '혼돈'의 상태로 빠지게 만든다. 자아는 그러한 혼돈 속에서 자신의 존재의미에 대한 질문을 던지며 자신의 존재감을 마음껏 발산할 수 있는, 타락과 허위가 없는 진실한 세계를 갈망한다. 자아는 허위적 세계가 승인하는 모든 가치(돈·명예·성)와 질서를 부정하고 '예술'이란 신성한 이름으로 새로운 세계를 찾아 표류한다. 예술 속에서 자아는 세계에 대한 우월적 지위를 확보함으로써 현실과는 다른 세계를 구축한다. 그러나 현실 세계는 자아의 그러한 의도를 철저히 좌절시킴으로써 자아의 유한성을 실감하게 만든다. 창조사가 해체된 즈음에 지은 「헤어지기 전[離散之前]」에서 위다푸는 자신의 문학적 실천의 좌절을 슬퍼하며 분신이나 다름없는 작품을 태우며 다음과 같이 울부짖는다.

시의 신이시여 향연을 즐기소서. 우리는 의지가 약하여 생명을 희생할 수 없습니다. 그래서 각자의 고향으로 돌아가 몸을 보전하려고 합니다. 그러나 예술의 신이시여, 우리들은 당신 때문에 많은 박해를 받았습니다만, 결코 당신을 버리려는 뜻이 없습니다. 세상 사람들은 우리들이 불필요한 존재라고 핍박합니다. 우리는 그저 당신이 우리를 이해하여, '그들은 예술에 대해 충실하였다'라는 한마디 말을 해주면 족합니다. 의지가 박약한 우리는 내일 흩어지려 합니다. 어쩌면 지구상에서 다시 만나지 못할지도 모릅니다. 우리의 공동의 작업은 우리에게 물질적인 이익이 전혀 없습니다. 그러나 정신적으로는 우리들을 고대의 사교도처럼 강인하게 단련시켜 주었습니다. 우리는 오늘 헤어지기 전에 우리의 손으로 우리의 작업을 태워버려, 다른 날 폭군에 의해 짓밟히는 것을 피하고자 합니다.62)

자아는 자의식 속에서는 모든 것이지만 자아 밖의 세계에 대해서는 무기력하며, 자아의 내면 확장에 대한 욕망은 자의식 속에서의 제한적인 확장에 그친다. 유한한 자아의 무한한 욕망을 보장하고 자아의 절망감을 위안할 수 있는 것은 예술 속에서의 일이다. 그러한 예술은 전통적인 범주에서 벗어나는, 자아와 예술의 경계가 모호한 채 통합되어 있는 상상공간이다. 위다푸의 텍스트를 지칭하는 서정소설·신변소설·자아소설·자서소설(自敍小說)·자전체소설·사소설 등의 이름은 모두 이러한 장르를 규정하기 위한 시도이다. 실제로 위다푸의 텍스트에는 서정적인 분위기나 인물의 신변에 관한 소재, 자아의 출현, 1인칭 서술자의 등장, 자신의 이야기의 진술, 개인적인 이야기 등이 나타나 있어서

---

62) 郁達夫, 「離散之前」, 『郁達夫文集』 1卷, 花城出版社, 1991, 280면. "詩神請來受饗, 我們因爲意志不堅, 不能以生命爲犧牲, 所以想各逃回各的故鄕去保全身軀. 但是藝術之神們喲, 我們爲你們而受的迫害也不少了. 我們決沒有厭棄你們的心思. 世人都指斥我們是不要緊的, 我們只要求你們能了解我們, 能爲我們說一句話, 說'他們對于藝術却是忠實的.' 我們幾個意志薄弱者, 明天就要勞燕東西的分散了, 再會不知還是在這地球之上呢? 還是在死神之國? 我們的共同的工作, 對我們物質上雖沒有絲毫的補益, 但是精神上却把我們鍛煉得同古代邪教徒那樣的堅忍了. 我們今天在離散之前, 打算以我們自家的手把我們自家的工作來付之一炬, 免得他年被不學無術的暴君來蹂躪."

이러한 개념은 나름대로 타당성을 지닌다. 그러나 그 개념들은 텍스트 표면에 나타나는 일부면의 특징을 가지고 전체를 규정하는 것이어서, 그러한 특징들이 나타나도록 근원에서 조정하는 '미학적 욕망'에 관한 분석이 전제되지 않으면 현상 해석적인 수준에서 멈추기 쉽다.

위다푸의 텍스트는 현실 질서의 총체성에서 일탈한 혹은 일탈하고자 하는 자아가 어떠한 완결된 상태를 부정하려는 욕망에서 사물을 관찰하고 의미화하는 '혼돈'의 서사이다. 이것은 기존의 질서와 전통의 권위가 해체된 혼돈된 상황에서 자아의 내면에 포착된, 사물 자체가 아닌 '이미지'를 서사한다. 그의 텍스트는 세계의 리얼리티에 충실하기보다는 세계를 방황하고 표류하는 자아의 지각과 경험에 의지하여 포착된 순간을 내면화한다. 내면화가 곧 세계에 대한 인식행위이자 텍스트에 관한 창조적 상상이다. 그래서 그의 텍스트에는 한 눈에 알아볼 수 있는 일정한 플롯이나 이야기가 부재하거나 약화되어 있다. 하지만 이야기가 없는 것이 아니라 새로운 '눈'을 통해 재구성되어 있을 뿐이다.

이러한 이야기는 기존의 서사방식에 익숙해진 눈으로는 쉽게 간파되지 않도록 감추어져 있다. 이야기 없이는 서사가 존재하지 않으며, 서사 없이는 인간의 삶과 역사에 관한 텍스트인 소설이 성립할 수 없다. 바르트의 통찰대로 소설은 인과의 질서에 대한 끝없는 변조와 왜곡이면서 '언제나 이미' 그 질서 속에 있다. 아니, 소설은 그 질서를 만들어낸다. 이 질서만들기가 특별히 흥미로운 것은 인과성이 처음부터 주어져 있는 것이 아니라 '서사전개를 통해' 만들어지는 것이라는 점이다. 이것이 서사의 전체성이다. 이 만들어지는 인과성의 비밀을 우리는 발견이라고도 하고 인지라고도 부른다. 그것은 정보의 평면적 연기가 아니라 '발견되는 진실'이다. 이 인지와 함께 없었던 전체성이 만들어지고 서사는 즐거움을 제공한다. 그 즐거움은 시각쾌락의 원칙 이상의 것이며 그 즐거움 때문에 서사는 부단히 만들어지고 향유된다. 그 발견된 진실이 허구라는 사실은 중요하지 않다. 우리를 매혹하는 것은 그게 허구라는 사실이 아니라 그 허구에 도달하는 과정의 거부할 수 없는 진실성이다.[63]

이러한 맥락에서 볼 때 위다푸 텍스트에 이야기가 약화되었다는 점 자체는 텍스트의 완성도를 떨어뜨리는 요인이 아니다. 오히려 그것은 이야기의 완결성을 지향하는 기존의 서사적 관습을 파괴하고, 나아가 그러한 서사적 관습을 지탱하는 권위적 세계관을 해체하는 부정의 방법이 된다. 위다푸 텍스트의 '인과성과 전체성의 형식'은 이야기 자체의 흐름이 아니라 분절화된 이야기와 이야기 혹은 개별화된 이미지와 이미지를 연결하는 자의식 속에서 드러난다. 따라서 텍스트를 이끌어 가는 자아의 의식(욕망)을 분석하는 일이 그 진실성 여부를 판가름하는 작업이 될 것이다.

위다푸에게 자아는 시대의 위기를 구원하기 위한 실천주체로 인식된다. 자아에게 외부세계는 어둠·악·폭력·허위·억압·무지·권력·죽음 등의 부정적 이미지가 존재하는 곳이라면, 자아의 내면세계는 빛·선·민주·진실·평등·지식·평화·삶 등의 생기가 숨쉬는 곳이다. 그런데 자전체 속에서 자아의 형상은 실천의 주체보다는 고독한 존재자의 이미지가 너욱 부각된다. 외부세계는 부정적인 이미지로 나타나지만 자아는 고독·우울·방황·고통·비극·좌절·공허·고민·무료·망상 등 암울한 이미지가 가득 찬 절망적 인간으로 출현한다. 자전체 속에는 어머니(모성)가 존재하는 '집'이 거의 등장하지 않고 어두운 '방'만이 출현하며, 사랑을 성취한 자아보다는 사랑에 목말라하면서 세계와 타인에 대해 '격막감'을 느끼는 '후천성 고아'가 등장한다. 집이 아닌 고립된 방은 관계가 단절된 자아가 사는 존재형식이다. 자아는 그 방 속에서 고독하게 숨쉬며 공허와 무료함에 시달린다. 자전체 속에서 자아는 왜 이러한 형상을 하고 있는 것인가?

자전체적 글쓰기 속에는 두 가지 이야기가 있다. 하나는 탄생과 더불어 버림받는 운명을 지닌 후천성 고아가 사랑에 대한 선험적 기억에 따

---

63) 도정일, 「90년대적 영화적 관심과 형식문제」, 『새들은 숲으로 가지 못한다』, 민음사, 1995, 201~202면.

라 현실 속을 헤매지만, 낯선 세상 어디에도 그를 포용하고 이해해 줄
대상을 발견하지 못하고, 세상에서 받은 상처의 무게로 점점 죽음의 세
계로 침몰하여 신생의 염원이 좌절되는 비극적 이야기가 자리한다. 또
다른 하나는 절망적 현실 속에서 자아의 생을 보존하려는 욕망이 자리
한다. 이러한 비극적 이야기와 자기 보존의 욕망이 결합되는 곳이 자전
체이며, 그 속을 지배하고 조정하는 자의식이 바로 미학적 욕망이다. 미
학적 욕망은 자아의 삶과 글쓰기를 부단히 통합시키며 자아의 새로운
삶을 모색하고 삶의 의지를 보존케 한다. 현실이 자아의 이상이 좌절되
는 공간이라면, 글쓰기는 그 좌절의 이야기를 승인하고 기억함으로써
새로운 삶을 모색하는 반성공간이자 자기 보존의 안식처이다. 자아는
글쓰기를 매개로 삼아 세계와 직접적이고 치열한 전투를 벌이고, 무의
미한 현실세계에서 벗어나 자아를 구원할 정신세계를 구축하며, 텍스트
속에 자아와 동일한 비극적 존재를 등장시킴으로써 독자의 동정을 구하
기도 하며, 텍스트 속에 고통의 극한 순간을 만들어 간접적으로 체험함
으로써 고통스런 현실을 견디기 위한 위안의 장치로 삼는다. 자아에게
자전체는 바로 절망적 삶과 생의 보존의 욕망이 통합되는 상상적 공간
인 셈이다. 그 속에서 자아는 우주의 중심으로서 자기 존재를 보존할
수 있는 평화로운 삶을 갈망한다.

그러나 위다푸의 텍스트는 자의식 과잉과 감상성으로 인해 자기 위
안에서 벗어나지 못하는 한계를 지니고 있다. 현실 세계와 타인과의 관
계가 단절된 채 유아적인 자의식에 이끌릴 때, 에로스 서사는 자기애와
숙명의 감상으로 빠지기 쉬운 문제점을 안고 있다. 그래서 위다푸의 텍
스트는 현실 세계가 깊이 있게 통찰되지 못한 채 자아를 억압하는 근원
악으로 이미지화될 뿐이며, 자아의 목소리가 직접 유출되어 상징과 은
유의 수사성이 약화되고, 대화적 언어보다는 중심 인물의 망상, 중얼거
림 같은 단일한 언어가 지배하는 것이다.[64] 혼돈된 삶의 내부를 통찰하
여 그 전체성을 지각하고, 지독히 숙명적이고 독백적인 자아의 비성숙

성에서 벗어나 타자와의 소통적 관계를 지향하는 자아의 성장 여부가 감상성 배제의 관건이라고 할 수 있다. 위다푸의 자아는 에로스의 꿈을 마음껏 펼칠 평화로운 세계를 만나지 못하고, 소멸되어야 할 운명에 이 끌린 채 자신의 생존의 고통을 안타까이 중얼거린다. 그리고 다시는 그러한 자아가 탄생하지 않기를 바라며 세계의 폭력성을 죽음의 미학으로 반항한다. 고아가 잃어버린 집을 찾고 기억 속의 연인을 만날 수 있는 그 곳, 그 곳에선 지독히 이기적인 눈도 우울한 망상에 빠진 자아도 자기 위안으로서의 글쓰기도 사라지고 그 누구나 자신의 존재감을 만끽하며 행복한 삶을 향유할 수 있을 것이다. 자아의 미학적 욕망은 바로 그 세계에 다가가 있다.65) 위다푸의 문학세계는 이상적 자아가 이상 실현을 위해 투쟁하는 영웅적 서사를 추구하지 않는다. 오히려 자아의 탄생과 수난, 격막한 세계에서 벗어나기 위한 일탈욕망, 생의 보존의 욕망이 좌절되는 절망적 상황에서 들려오는, 어둠 속의 들뜬 가벼운 외침이 아닌, 고통의 감내에서 울려오는 침중한 떨림 혹은 고독한 영혼을 위안하는 노래소리에 그 매력이 스며져 있다.

---

64) 위다푸 자아에게 '나는 생각한다 그래서 나는 존재한다'는 근대적 코기토가 성립되지 않는다. 그는 이성적이고 분석적인 사유로는 이 세상을 버티지 못한다. 그러한 사유로는 자기 존재의 무의미만을 지각할 뿐이며, 자기 우위적인 망상 속에서만 자기 보존을 욕망할 수 있다. 위다푸 자아에게 코기토는 다음과 같이 패러디될 수 있다. '나는 생각한다 그래서 나는 부재한다. 나는 망상한다 그래서 나는 존재한다.'

65) 위다푸는 「無産階級專政和無産階級的文學」에서 "혁명의 최종 이상은 전인류가 행복을 누릴 수 있으며, 어떠한 개인도 본래의 생존권을 향수할 수 있고, 개인에 대한 모든 압박을 타파하고 전민 중에 대한 속박을 해방하는 데에 있다"고 하며. 무산계급의 문학은 이러한 이상을 소유한 작가가 실현할 수 있다고 생각한다. 위다푸에게 무산계급의 문학은 정치적인 혁명을 목적으로 삼는 일반적인 계급문학과 달리, 전인류가 현실적인 억압에서 해방되어 자유롭고 행복한 인간이 되는 과정을 묘사하는 문학으로 인식된다.

제 8 장

근대 중국의 문학적 사유의 특성

1. 부정과 생성의 사유

중국의 근대는 민족적 위기의식으로 인해, 신학의 이념에서 벗어난 인간의 합리적 이성을 통해 세계를 해석하고 재구성하는 서구의 근대[1]와 달리, 내외적인 위기에 대한 저항의식을 통해 신중국을 건설하는 것이 역사적 사명으로 인식된다. 이것이 바로 근대 중국인의 영혼을 지배하는 시대적 파토스로 작용한다. 근대 중국인은 위기의식의 테두리 속에서 세계를 인식하고 실천하며, 위기에 저항하는 과정 속에서 새로운 가능성의 세계를 열어나간다. 그 세계는 더 이상 중화라는 소우주 속에 위치하지 않고 세계사적인 역사지평 위에 존재한다. 그래서 근대 중국인은 이러한 위기의식을 타자에 대한 배타적 의식으로 발산하기도 하지

---

1) 서구 근대의 역사적 의미에 대해서는 김상환, 「모더니즘의 책과 저자」(『해체론 시대의 철학』, 문학과지성사, 1996) 참조.

만 아울러 서구를 통해 중국을 반성하고 새로운 삶의 길을 모색하는 계기로 삼는다. 근대 중국인은 이러한 위기의식 속에서 어떠한 문학적 사유를 진행하는 것인가?

먼저, '현재'에 대한 관심에서 사유를 출발한다. 근대 중국인은 전통 중국의 복고적 순환론이 진화론적 세계질서에 의해 해체되는 현실을 직면하고, 전통 속의 세계가 아닌 '살아 있는' 현재를 자기 사유의 출발점으로 삼는다. 그래서 그들은 전통적 관념에서 벗어나 현재를 '접촉'하는 자신의 체험과 감각에 의지하여 세계를 관찰하고 인식한다. 그들은 자신의 현재를 전통적 시간 개념이 아닌 세계사적 개념을 사용하여 시대, 근대, 20세기라고 명명하며, 자신의 시대가 세계화·국제화·생존경쟁·적자생존·우승열패·진화·민족·국가·국민 등의 진화론적 질서에 의해 지배된다는 사실을 인식한다. 여기서 그들은 자신의 현재에 대해 곤혹스런 체험을 한다. 진화론적 사유 속에서 현재는 '새로운' 시대로 나아가는 낙관적 시간이지만, 진화론적 세계질서 속에서 중국의 현재는 진보된 서구를 따라잡아야 하는 낙후된 상태에 처해있기 때문이다. 그들에게 현재는 20세기의 새로운 문명과 진보를 추구하는 '낙관적 현재'와 그 세계와 동떨어져 있는 낙후된 '중국의 현재'의 이중성을 지닌다. 그들은 두 가지 현재 사이에서 혼돈스러워 하며, 중국의 현재는 진부한 과거 세계와 단절할 때 새로운 세계를 창조할 수 있다고 인식한다.

문학적 사유 속에서 현재에 대한 관심은 자기 시대의 문학에 대한 관심으로 이어진다. 전통적 문학원리인 문이재도론은 그 시대에 관한 구체적인 문제보다는 형이상학적인 도나 성정의 수양, 그리고 엄격한 법식을 내용으로 하는 규범적인 문학을 추구한다. 문이재도론의 파장은 근대에 이르기까지 팔고문(八股文)·동성파(桐城派)·송시파(宋詩派) 등으로 이어져, 새로운 문학 창출을 구속하는 전통으로 작용한다. 근대 중국인에게 문이재도론은 살아 있는 현재와의 접촉을 차단하고 인간의 자유로운 개성과 정감의 표현을 근원적으로 장애하는 문학 전통으로 인식된다. 그래서 근대 중국인은 이러한 문학을 '사람을 괴롭히는 도구'(량치차오) · '비순수 문학'(왕궈웨이) · '거짓 문학'(루쉰) · '비인간적 문학'(저우줘런) · '죽은 문학'(후스) · '귀족문학 · 고전문학 · 산림문학'(천두슈)이라고 비판하며, 문이재도론에 대한 반성을 새로운 문학 창출을 위한 최우선적인 과제로 인식한다. 근대 중국인은 "한 시대에는 한 시대의 문학이 있다"는 문학 진화론적 명제를 통해 전통 문학관념에 대해 반성적으로 사유하며, 이러한 반성 속에서 문이재도론에 의해 망각되었던 문학과 시대, 문학과 인간 사이의 '투명한' 관계를 회복한다.

보편적 절대정신이 지배하는 사회에서 "한 시대에는 한 시대의 그 무엇이 있다"는 진화론적 명제는, 그 시대인들이 현재의 삶을 반성하고 자기 존재의 정체성을 탐색하는 기제로 작용한다. 일반적으로 절대정신은 역사의 보이지 않는 심층에서 개별자에게 존재의미를 부여하고 가시적인 이상세계를 제공한다. 그러나 구체적인 역사 조건을 배제한 채, 선험적인 위계질서를 통해 개별자 사이의 모순과 차이들을 부정하고 무화시킬 경우, 그것은 개별자의 자유로운 사유를 제한하는 지배이데올로기로 기능한다. 이러한 상황에서 "한 시대"라는 말은 특정 시대를 지칭하는 단순한 수사어가 아니다. "한 시대"는 그 시대인에게 '나의 시대'라는 의미로 다가온다. 그것은 개별자에게 자기 존재의 궁극의미를 질문하게 만들고, 절대정신이 제도화된 공간을 탈피하여 새로운 질서 창조를 가능케 한다. 나의 시대에 대한 인식은 자신의 고유성을 제한하고 억압하는 전통이나 위계질서에 대해 부정하며, 자신의 정체성을 실현하고 보존할 수 있는 세계의 생성으로 향한다. 부정과 생성의 의식이 만나는 이러한 경계는 과거나 미래가 아니라 두 시간을 내적으로 통합하는 '현재' 속에 있으며, 추억이나 상상 속의 타 세계가 아니라 개별자의 삶이 기반하는 '현실' 속에 존재한다.

문학 진화론은 숭고천금의 사유방식에서 벗어나 '문학은 시대에 따라 변천한다'는 문학의 역사성을 승인하는 논리이다. 이것은 금-고의 시간을 위계적 관계가 아니라 '역사적 관계'로 인식한다. 현재의 문학은 이러한 진화론을 통해 고 문학의 절대성 속에 구속되지 않고, 자기 시대와의 친연성을 회복하여 새로운 문학 창출을 위한 가능성의 조건을 획득한다. 그들은 자기 시대의 문학의 위치와 그 나아갈 길을 문학 진화의 역사 속에서 사유한다.

① 문학의 진화에는 고어의 문학에서 속어의 문학으로 변천하는 중요한 관건이 있다. 각국 문학사의 전개에 있어서 이 궤도를 따르지 않는 것이 없다. 중국 선진의 글들은 거의 모두 속어를 사용한다. 『공양전』·『초사』·『묵자』·『장자』를 보면, 각 국의 방언들이 뒤섞여 나오는 것이 적지 않은데, 이것이 그 증거라고 할 수 있다. 그래서 선진 문학계의 광명이 수천 년 동안 가장 뛰어나다고 한다. 일반적으로 송원 이후가 중국문학의 퇴화시대라고 말한다. 나는 그렇지 않다고 생각한다. …… 송대 이후 실제로 중국문학이 크게 진화한다. 무슨 까닭인가? 속어문학이 크게 발전하기 때문이다. 송대 이후 속어문학에는 양대 유파가 있다. 첫째는 유가와 선종의 어록이다. 둘째는 바로 소설이다. 소설이란 결코 고어의 문체로써 정교하게 된 것이 아니다. 청대 이래로 고증학이 성행하자 속어 문체는 기세가 꺾이게 되어 첫 번째 유파는 도중에 끊어진다. 진실로 사상의 보급을 이루고자 한다면 이 문체를 단지 소설가만이 채용할 것이 아니라 모든 문장에서 그러해야 한다.2)

② 무릇 한 시대에는 한 시대의 문학이 있다. 초나라의 이소·한대의 부·육조의 변문·당대의 시·송대의 사·원대의 곡이 모두 소위 한 시대의 문학이

---

2) 梁啓超, 「小說叢話」, 『晚淸文學叢鈔小說戲曲硏究卷』(阿英 編), 新文豊出版社, 1989, 308~309면. "文學之進化有一大關鍵, 卽由古語之文學變爲俗語之文學是也. 各國文學史之開展, 靡不循此軌道. 中國先秦之文殆皆用俗語, 觀『公羊傳』, 『楚辭』『墨子』『莊子』, 其間各國方言錯出子不少可爲左證. 故先秦文界之光明, 數千年稱最焉. 尋常論者, 多謂宋元以降爲中國文學退化時代, 余曰 : 不然. …… 自宋以後, 實爲祖國文學之大進化. 何以故? 俗語文學大發達故. 宋後俗語文學有兩大派, 其一則儒家·禪宗之語錄, 其二則小說也. 小說者, 決非以古語之文體而能工者也. 本朝以來, 考據學盛, 俗語文體, 生一頓挫, 第一派中絶矣. 苟欲思想之普及, 則此體非徒小說家當採用而已, 凡百文章, 莫不有然."

며 후세가 계승할 수 없는 것들이다.[3]

①에서 량치차오는 중국문학의 진화의 역사를 고어에서 속어로 발전하는 과정으로 인식하며, 속어의 사용 여부를 문학 진화의 척도로 삼는다. 그래서 량치차오는 송대 이후 중국문학이 쇠퇴한다고 인식하는 시문 중심의 전통적인 문학관을 비판하고, 오히려 속어문학이 성행한 송대가 중국문학이 크게 진화한 시대라고 주장한다. 또 량치차오는 "무릇 모든 사물은 그 수준이 낮은 것일수록 간단하고, 높은 것일수록 복잡한 것이 보편원리이다"[4]는 명제를 바탕으로, 현재의 문학이 과거의 문학보다 진화된 문학이라고 인식한다. 중국의 시계는 시경에서 기원하지만 4언으로 한정되어 체재가 간단하고, 이후 5언, 7언에서 장단구 등으로 복잡해지며, 송사에서 원곡에 이르러 그 복잡함이 극치에 도달하게 되는 것이다.[5] 그래서 량치차오는 문학의 복잡성과 통속성을 진화의 방향으로 설정하여 현재의 문학은 복잡하고 통속적인 소설이 중심이 되어야 한다고 인식한다. 이러한 문학 진화론은 궁극적인 진화의 목표를 향해 나아가는 '단선적인' 진화론이라고 할 수 있다. 량치차오는 이러한 문학 진화론과 실용주의를 결합함으로써 통속문학이라고 평가되어 오던 소설과 속어문학을 문학체계의 중심부로 상승시킨다.

그러나 언어의 통속성을 기준으로 문학 진화를 평가하고, 개별 장르 내부의 변천과정이나 각 장르간의 차이를 인식하지 않은 채 소설 일방의 진화과정을 설정한 것은 문학 진화의 내재적 원리에 대한 깊이 있는

---

3) 王國維, 「『宋元戲曲考』序」, 『王國維戲曲論文集』, 中國戲劇出版社, 1984, 3면. "凡一代有一代之文學, 楚之騷, 漢之賦, 六代之騈語, 唐之詩, 宋之詞, 元之曲, 皆所謂一代之文學, 而後世莫能繼焉者也."
4) 梁啓超, 앞의 글, 312면. "凡一切事物, 基程度愈低級者則愈簡單, 愈高等者愈複雜, 此公例也."
5) 梁啓超, 위의 글, 312면. "故我之詩界, 濫觴於三百篇, 限以四言, 基體裁爲最簡單. 漸進爲五言, 漸進爲七言, 梢複雜矣. 漸進爲長短句, 愈複雜矣. 長短句而有一定之腔, 一定之譜, 若宋人之詞者, 則愈複雜矣. 由宋詞而更進爲元曲, 基複雜乃達於極點."

이해라고 보기는 어렵다. 문학 진화론은 본래 시대에 따라 문학이 변천한다는 문학의 역사적 이해에 근본목적이 있다. 다시 말하면, 문학 진화론은 고금의 시간에 따라 문학의 가치를 평가하는 편향성을 넘어, 문학과 시대의 관계 속에서 '그 시대의 문학'을 이해하는 역사적 사유방식이라는 것이다. 그러나 단선적 진화론은 문학과 시대가 맺는 다양한 관계를 하나의 방향으로 추상화함으로써 오히려 문학의 역사적 이해를 단순화시킨다. 이 속에는 문학 진화의 역사성이나 그 시대 문학 사이의 총체적 긴장의 흐름 등이 배제되어 있다. 이것은 순환적 복고론이 고를 절대적 가치중심으로 삼는 것과 같이 금을 우월한 시간으로 이해하는 편향성이 내재되어 있다고 할 것이다.

②에서 왕궈웨이는 량치차오의 단선적 진화론처럼 문학이 고에서 금으로 진화하는 특정한 방향을 설정하지 않고, 그 시대의 문학에는 다른 시대의 문학이 계승할 수 없는 고유한 특성이 있으며, 이러한 문학은 후세의 문학이 따라올 수 없는 진정한 문학이라고 인식한다. 초나라의 이소, 한대의 부, 육조의 병문, 당대의 시, 송대의 사, 원대의 곡은 모두 그 시대만이 배출할 수 있는 우수한 문학인 셈이다. 이것은 시간의 선후관계에 따라 문학의 우열을 판단할 수 없는, 그 시대의 문학적 진정성을 구현한 문학이라고 할 수 있다. 이것은 문학의 복잡성이나 언어의 통속성에 따라 문학의 우열을 가리는 량치차오의 진화론과는 차원이 다르다. 량치차오가 문학의 통속적 측면과 금 문학 특히 소설의 가치에 관심을 지닌다면, 왕궈웨이는 문학의 진정성과 그 시대의 독자적인 문학에 관심을 가진다고 할 수 있다. 이러한 차이는 문학에 대한 관심의 구조에서 빚어진 현상이다. 량치차오의 문학진화론이 계몽적 관심을 충족하기 위해 통속문학의 가치를 끌어올리는 데에서 기원한다면, 왕궈웨이의 문학진화론은 정치적 실용성에서 벗어난 진정한 문학세계를 사유하는 데에서 비롯된다고 할 수 있다. 이 때문에 왕궈웨이는 문학의 진정성을 망각한 채 비순수한 목적이나 고 문학의 상투적인 모방을 일삼

는 것이 문학 진화를 장애하는 근본원인이라고 인식한다.6) 그래서 왕궈웨이의 진화론은 량치차오의 진화론과 달리 특정한 진화의 방향이 아니라 그 시대만의 진정한 문학의 창출에 관심을 지니는 것이다.

루쉰의 진화론은 문학이 진화하는 특정한 방향을 설정하지 않고 현재의 문학이 추구해야 할 지향점만을 요청한다는 점에서 왕궈웨이의 진화론과 상통한다. 왕궈웨이와 루쉰의 사유 속에서 문학의 진화는 단선적인 발전 방향이 아니라, 문학이 그 시대의 인간학적 진리를 얼마나 구현하고 있는지를 의미한다. 그들은 문학 진화의 객관적 법칙보다는 '그 시대의 문학은 어떠해야 하는가'라는 역사적인 차원으로 접근하며, 그러한 물음을 가장 잘 형상화하고 있는 문학이 진화된 문학이라고 인식한다. 그래서 문학의 진화는 시간적인 선후관계나 발전방향에 의해 규정되는 것이 아니라 문학이 그 시대와 인간을 위해 무엇을 할 수 있는지 여부에 달려 있게 된다. 그러나 왕궈웨이와 루쉰은 그 시대 문학의 인간학적 의미를 부여하는 지점에서 상이한 길을 걷는다. 왕궈웨이는 인간의 참모습에 대한 형이상학적 사유를 통해 생활 욕망의 이해관계에서 벗어나거나 고통스런 영혼을 위안하는 것이 그 시대 문학의 진정성이라고 인식한다. 그래서 문학의 인간학적 의미를 욕망하는 삶으로부터 벗어나는 일로 설정함으로써 그 시대의 구체적인 역사적 삶이나 구조적 모순 속에서 문학의 진화를 사유하지는 못한다. 이 때문에 왕궈웨이의 진화론은 문학의 시대적 변천보다는 문학의 보편적인 의미에 집중되어 있으며 상대적으로 문학 진화의 원리에 대한 탐색이 약화되어 있다고 할 수 있다. 이와 달리 루쉰은 형이상학적인 차원이 아니라 역사적이고 구체적인 삶의 조건 속에서 진화에 대해 사유한다. 루쉰의 진화론은 "무릇 오늘날 이루어진 것은 모두 이전 사람들이 남긴 것을 계승하지 않은 것이 없기 때문에 문명 역시 반드시 시대와 함께 변천한다.

---

6) 王國維, 「文學小言」 13, 『王國維文學美學論著集』(周錫山 編校), 北岳文藝出版社, 1987, 참조

또한 이전의 큰 조류에 저항하여 생겨난 것이기 때문에 편향을 지니지 않을 수 없다"[7]는 '문화편향론'에 기반한다. 루쉰은 문화의 진화가 과거와 무관하게 일직선으로 나아가는 것이 아니라, 그 시대의 실정과 근본에 입각하여 과거 문화의 편향을 바로잡아나가는 과정 속에서 발생한다고 인식한다.

> 갑이 부풀면 을이 느슨해지고, 을이 성하면 갑이 쇠퇴해진다. 시대에 따라 오고 감이니 궁극이란 있을 수 없다. …… 이른바 세계란 곧장 나아가지 않고 언제나 나선형처럼 구비구비 돌아가는 것이니, 큰 물결이 일다가 작은 물결이 일기도하고, 천태만상의 기복을 그리면서 나아가다 물러서다 하는 가운데 마침내 물줄기 끝에 도달한다고 하니, 이는 진실로 옳은 말이다. 이러한 사실은 지식과 도덕에만 그러한 것이 아니라 과학과 예술의 관계에서도 마찬가지이다.[8]

> 모든 사물은 전변하는 가운데 언제나 중간물로서 존재한다. …… 진화의 고리에서 볼 때 모든 것은 중간물이다. …… 이들도 시간이 지남에 따라 점차 사라질 것이다. 기껏해야 교량을 떠받치고 있는 하나의 버팀목이나 돌에 불과하지 무슨 전도의 목표나 본보기 그 자체인 것은 아니다.[9]

루쉰은 모든 사물이 고정된 실체가 아니라 나선형으로 변천해 가는 과정 속에 위치하는 '중간물'이라고 인식한다. 이러한 중간물은 특정한 발전법칙이나 형이상학적인 원리에 따라 움직여나가는 부속물이 아니라 무한한 전변 과정 속의 매개고리라고 할 수 있다. 그래서 루쉰은 중

---

7) 魯迅, 「文化偏至論」, 『魯迅全集』 1卷, 人民文學出版社, 1993, 49면. "文明無不根舊迹而演來, 亦以矯往事而生偏至."
8) 魯迅, 「科學史教篇」, 위의 책, 28면. "甲張則乙馳, 乙盛則甲衰, 迭代往來, 無有紀極. …… 所謂世界不直進, 常曲折如螺旋, 大波小波, 起伏 萬狀, 進退久之而達水裔, 盖誠言哉. 且此又不獨知識與道德爲然也, 卽科學與美術之關系亦然."
9) 魯迅, 「寫在『墳』後面」, 위의 책, 285~286면. "一切事物, 在轉變中, 是總有多小中間物的, …… 在進化的鏈子上, 一切都是中間物, …… 但仍應該和光陰偕逝, 逐漸消亡, 至多不過是橋梁中的一木一石, 竝非什麼前途前的目標, 範本."

간물 밖에 별도로 진화의 원리를 설정하지 않고 중간물 속에 내포되어 있는 편향을 바로잡아나가는 과정을 진화라고 인식한다. 이것은 진화의 궁극 방향이나 법칙이 중간물 밖에서 선험적으로 결정될 수 없고 중간물의 내부에 잠재되어 있기 때문이다. 중간물에는 새로운 문화에 의해 교정되어질 편향을 지니고 있다. 루쉰에게 진화는 바로 이러한 편향을 바로잡아나가는 현재적 과정인 것이다. 그것은 인간의 삶을 지배하는 선험적인 법칙이 아니라 현재적 삶의 편향을 개조해 가는 과정 속에 존재한다. 루쉰은 이러한 진화의 원리가 지식과 도덕뿐 아니라 과학과 예술에도 적용되는 보편적인 것이라고 인식한다. 그래서 루쉰의 진화론 속에는 량치차오와 같은 단선적 진화론이 자리할 수 있는 공간이 없다. 이것은 단선적 진화론이 사물의 진화 과정 속에서 도출된 개념이 아니라 특정한 목적에 의해 진화를 규정하는 관념론에 불과하기 때문이다. 또 루쉰의 진화론은 중간물을 넘어서는 본질세계를 설정하지 않기 때문에, 왕궈웨이와 같이 그 시대 문학의 형이상학적 사유에 관심을 지니지 않고, 그 시대의 구체적이고 역사적인 조건 속에서 문학의 인간학적 의미를 사유한다. 중간물에 기반하지 않는 형이상학적 사유는 인간을 현재에 대한 관심에서 멀어지게 하여 진화 자체를 불가능하게 만들기 때문이다.

5·4 반전통주의에 이르러 왕궈웨이와 루쉰의 진화론적 사유는 이어지지 않고 다시 단선적인 진화론의 경향을 띠기 시작한다.

① 문학이란 시대가 바뀜에 따라 변천하는 것으로 한 시대에는 한 시대의 문학이 있다. 주나라, 진나라에는 주나라, 진나라의 문학이 있고, 한나라, 위나라에는 한나라, 위나라의 문학이 있으며, 당나라, 송나라, 원나라, 명나라에는 당나라, 송나라, 원나라, 명나라의 문학이 있다. 이것은 나 혼자만의 개인적인 이론이 아니라 문명 진화의 법칙이다. …… 여러 시대에는 각기 그 시대의 풍조에 따라서 변하며 각기 그 특징을 가지고 있다. 우리는 역사의 진화라는 관점에서

그것을 바라보아야 하며 옛사람의 문학이 모두 지금 사람들보다 낫다고 말해서는 안 된다.[10]

② 나는 일찍이 중국에는 과거 2천년동안 왜 참다운 가치와 참다운 생명이 있는 문언의 문학이 없었는가 하는 점을 자세히 연구해보았다. 이 문제에 대하여 나는 다음과 같은 대답을 얻었다. 이러한 사실은 과거 2천년 동안 문인이 쓴 문학은 모두 죽은 것이며 모두 이미 죽어버린 언어문자를 사용하였기 때문이다. 죽은 문자는 절대로 살아 있는 문학을 만들어 낼 수 없다. 그리하여 과거 2천년 동안 중국에는 다만 죽은 문학만이 존재했으며, 있다고 하더라도 몇 개의 가치없는 죽은 문학만이 있을 뿐이다.[11]

①에서 후스는 "한 시대에는 한 시대의 문학이 있다"는 진화론 명제를 수용하여 문학이 시대에 따라 변천한다고 인식한다. 후스는 이러한 인식을 통해 문학과 시대의 친연성을 회복함으로써 현재의 문학에 대한 역사적 의미를 부여한다. 그런데 ②에서 후스의 진화론은 고와 금에 대한 역사적 이해를 넘어 古문학에 대해 전반적으로 부정적인 평가를 내린다. 후스는 과거 2천 년 동안 중국문학은 죽은 문자인 문언으로 쓰여진 죽은 문학이며 문언으로는 살아 있는 문학을 창조할 수 없다고 인식한다. 그리고 가치 있고 생명력이 있는 것은 모두 백화로 되었거나 백화에 가까운 문학이며, 중국문학사의 진화 방향은 고문에서 백화의 문학으로 나아간다고 인식한다. 이 지점에서 후스의 진화론은 문학은 시

---

10) 胡適, 「文學改良芻議」, 『胡適文存』 1集, 遠東圖書公司, 1990. "文學者, 隨時代而變遷者也. 一時代有一時代之文學. 周秦有周秦之文學, 漢魏有漢魏之文學, 唐宋元明有唐宋元明之文學. 此非吾一人之私言, 乃文明進化之公理也 …… 凡此諸時代, 各因時勢風會而變, 各有其特長. 吾輩以歷史進化之眼光觀之, 決不可謂古人之文學皆勝于今人也."
11) 胡適, 「建設的文學革命論」, 위의 책. "我曾仔細研究 : 中國這二千年何以沒有眞有價値眞有生命的"文言的文學"? 我自己回答道 : "這都因爲這二千年的文人所作的文學都是死的, 都是用已經死了的語言文字作的. 死文字決不能産出活文學. 所以中國這二千年只有些死文學; 只有些沒有價値的死文學."

대에 따라 변천한다는 의미에서 문학은 백화문학의 방향으로 진화한다
는 의미로 바뀐다. 이러한 진화론 속에서는 고금의 문학이 역사적 관계
를 지니는 것이 아니라 백화문학에 가까운 금 문학이 고 문학보다 우월
하다는 위계적 관계를 지니게 된다. 다시 말하면, 후스는 백화문학이라
는 진화의 방향을 설정하여 금 문학의 상대적인 우월성을 승인하는 단
선적인 진화론으로 나아가고 있다. 물론 후스가 의미하는 백화문학은
단순히 언어적 측면에 국한되는 것이 아니라 참다운 가치와 생명을 지
니고 있는 진정한 문학을 뜻한다. 후스가 백화를 강조하는 것은 자유로
운 사상 감정을 억압하는 문언의 정신적 구조를 해체하기 위해서이다.
후스는 사회의 '진실'은 말에 가까운 생생하고 투명한 언어를 통해야
만이 전달할 수 있으며, 이러한 백화를 사용한 문학이 바로 진실하고
살아 있는 문학이라고 인식한다. 그렇다면 후스는 왜 문언문학을 부정
한 채 백화문학만이 진정한 문학이며 고 문학보다는 현재의 문학이 우
월하다고 생각하는 것인가?

후스의 '백화'의 개념에 대해서는 본 장 3절에서 자세히 설명하겠지
만, 후스의 백화는 단순한 의사소통 수단으로서 말이나 구어가 아니라
사물의 진실을 보장하는 가치론적인 언어라고 할 수 있다. 후스의 백화
문학은 문언적 사유에 물들지 않는 순수한 주체와 그 언어가 존재할 때
비로소 성립할 수 있는 이상적 문학에 가깝다. 후스는 백화의 사용 여
부를 기준으로 "삼백 편으로부터 오늘날에 이르기까지 얼마간 가치 있
고 생기 있는 것은 백화로 쓰여진 것이나 백화에 가까운 글"12)이라고
인식하지만, 문학사적으로 볼 때 가치와 생기를 보장해주는 '백화'라는
순수한 언어가 존재하는지에 대해서는 확신할 수 없는 일이다. 어느 누
구도 문언이나 적어도 문언이 기반하고 있는 전통문화로부터 자유로울
수 없다면 후스가 설정하는 백화문학은 어떻게 창조될 수 있는 것인가?

---

12) 胡適, 위의 글. "自從三百篇到於今, 中國的文學凡是有一些價値有一些兒生命的,
都是白話的, 或是近於白話的."

후스의 백화문학에 이러한 곤혹감이 내재되어 있다면, 백화문학을 진화의 궁극방향으로 설정하는 후스의 진화론 속에도 동일한 곤혹감이 내포되어 있을 것이다. 그러나 후스는 이러한 곤혹감에 대해 별다른 의문이 없다. 오히려 이것을 서구적 가치의 수용을 위한 내적 근거로 인식하고 있다. 그래서 후스의 진화론은 중국문학이 쇠퇴하게 되는 역사적 과정을 드러냄으로써 신문학의 창조를 위해 서구적 가치를 수용해야 한다는 논리로 나아간다. "무기력하고 숨아 넘어갈 듯한" 중국문학에 서방의 "소년혈성탕(少年血性湯)"13)을 주입하기 위한 것이다. 이것은 루쉰의 중간물 사상처럼 중국문학 내부의 편향 교정을 통해 진화의 가능성을 추구하고 그 과정에서 서구적 가치를 요청하는 것과는 다르다. 그래서 후스의 진화론 속에는 문언 / 백화, 삶 / 죽음, 거짓 / 진실의 이원적인 대립물은 존재하지만 진화의 내재적인 원리나 제 문학 사이의 총체적인 긴장의 흐름은 보이지 않는다. 이것은 후스의 진화론이 구체적인 문학의 역사를 바탕으로 문학사의 변천과정을 도출하기보다는, 중국 전통의 전반적인 부정과 서구적 가치의 수용이라는 반전통주의의 사유 속에서 형성된 것이기 때문이다.

후스의 사유에서 드러나는 이상적 진화론의 경향은 사상혁명에 관심을 지니는 천두슈의 사유에서도 동일하게 반복된다. 천두슈는 사상적 측면에 주목하여, 중국문학이 수사적이고 아첨하는 귀족문학에서 평이하고 서정적인 국민문학으로, 진부하고 겉치례적인 고전문학에서 신선하고 진실한 사실문학으로, 모호하고 딱딱한 산림문학에서 명료하고 통속적인 사회문학으로 진화한다고 인식한다.14) 천두슈의 진화론은 후스가 언어에 초점을 맞추는 것과 달리 문학과 국민성의 인과관계에 초점을 맞추고 있지만, 그의 국민문학·사실문학·사회문학 역시 모든 전통

---

13) 胡適,「文學進化觀念與戲劇改良」,『胡適文存』1集, 遠東圖書公司, 1990. "現在的中國文學已到了暮氣攻心, 奄奄斷氣的時候! 趕緊灌下西方的‘少年血性湯.'"

14) 陳獨秀,「文學革命論」,『陳獨秀著作選』, 上海人民出版社, 1993, 260~261면 참조.

과 제도로부터 자유로운 사상을 소유한 이상적 개인을 전제한다는 점에서 후스와 유사성을 지닌다고 할 수 있다.

이러한 사유방식의 극한에 위다푸가 위치한다. 위다푸는 진화를 인간의 외부에 존재하는 객관적 법칙이 아니라, 오히려 인간의 밖에 존재하는 사물이 인간의 내면요구에 따르는 과정으로 인식한다. 이것은 인간의 내면요구에서 발생하는 예술적 충동을 진화의 원동력으로 생각하기 때문이다. 이러한 생의 원동력에 따라, 생물은 무기물에서 유기물로, 유기물에서 단순생물로, 단순생물에서 복잡한 생물로, 복잡한 생물에서 인간으로 변천하고, 인간의 내면은 무의식적 활동에서 의식적 활동으로, 의식적 활동에서 반성적 활동으로, 반성적 활동에서 도덕적 활동으로 변천하게 된다.15) 이것은 진화의 법칙을 객관성의 원리에서 인간의 주관성의 원리로 전환한 '내성화된' 진화론이다. 이러한 진화론 속의 문학은 진실한 내면을 소유한 자아가 존재할 때 성립 가능한 이상적인 문학이라고 할 수 있다.

이상으로 볼 때, 문학은 시대에 따라 변천한다는 진화론적 사유는 왕궈웨이와 루쉰의 진화론 속에서만 그 친언성을 발견할 수 있으며, 량치차오·천두슈·후스·위다푸 등의 진화론은 단선적이고 이상적인 특성을 지니고 있어서, 그 시대 문학의 역사적 특성을 사유하는 진화론 본래의 사유 목적과는 일정한 거리감을 지닌다고 할 수 있다. 하지만 왕궈웨이와 루쉰의 진화론적 사유는 근대 중국에 보편적으로 통용되지 못하고, 오히려 단선적이고 이상적인 진화론적 사유가 지배담론으로 작용한다. 이러한 진화론적 사유 속에서 현재의 문학은 진부한 과거의 문학과 단절된 상태에서 진화 가능하다. 그래서 과거 문학의 총체적인 부정이 바로 현재 문학의 진화를 위한 선결조건으로 인식된다. 이것은 과거 문학의 낙후성에서 탈피하는 것이 현재의 문학을 위한 가능성의 조건이

---

15) 郁達夫, 「文學槪論」, 『郁達夫文集』 5卷, 花城出版社, 1991, 66면 참조.

기 때문이다. 이러한 사유방식 속에서 한 시대의 문학으로서 전통문학
은 그 시대적 의미를 상실한 채 부정의 대상으로 취급된다. 그리고 현
재의 문학이 나아갈 길은 구체적인 문학의 역사 속에서 창출되기보다는
오히려 이상적으로 설정된 진화의 궁극 방향에 따르는 것으로 인식된
다. 이것은 문학의 구체적인 역사 속에서 귀납한 것이라기보다는, 문학
이 기반하고 있는 역사적 공간을 추상화한 채 진보적 이념으로 대체한
산물이라고 볼 수 있다. 그래서 문학과 시대의 관계 속에서 문학이 나
아갈 길을 찾아가는 진화론의 긍정적 의미는 사라지고, 오히려 전통문
학의 부정과 서구문학 수용의 논리적 근거를 제공하여, 중/서, 고/금,
신/구의 가치가 이원적으로 대립되는 현상이 빚어지는 것이다. 이점이
바로 근대 중국의 문학적 사유가 문학의 진화를 주장하면서도 전통문학
으로부터의 진화보다는 '단절'을 강조하며, 시대 혹은 현재에 대한 관심
속에서 생성된 것이면서도 현실의 리얼리티를 구현하기보다는 주관성
을 띠는 내적인 원인으로 작용한다.

　왜 근대 중국의 문학진화론이 실용주의적인 해석으로 편향되는 것인
가? 이것은 중국의 위기에 대한 문제를 중서의 '대비적 관계'를 통해 사
유한다는 점과 밀접히 관련되어 있다. 대비적 사유 속에서 중국의 전통
은 진보적인 서구의 가치와 대비되는 낙후된 대상이며, 진보한 서구적
가치를 수용하기 위해 파괴되어야 할 반성적 대상으로 취급된다. 그래
서 현재의 문학이 일국적 차원의 문학을 넘어 세계문학의 반열에 오르
기 위해서는 전통문학의 테두리에서 벗어나 세계문학적 지평 속으로 융
합해 들어가야 한다. 그리고 현재의 문학이 그러한 수준에 오르기 위해
선 우선적으로 서구문학과의 대비적 관계를 통해 전통문학에 대한 철저
한 반성을 거쳐야 한다. 전통적 사유에서는 전범적인 고대문학이나 형
이상학적인 도를 반성의 척도로 삼아 현재의 문학이 나아갈 길을 찾지
만, 근대 중국의 문학적 사유는 이러한 전통적 사유 자체를 극복해야
할 대상으로 간주하며 고대문학이나 형이상학적인 도보다는 서구문학

을 우월적 가치로 삼는다. 이 때문에 인간의 정감적 사유를 통해 우주적 질서(천문, 도)를 포착하던 중국의 '인문' 전통은 존립 근거를 상실하고 서구 근대문학 전통이 그 자리를 차지하게 된다. 근대 중국문학은 이러한 대비적 사유 속에서 제 모습을 드러내기 시작한다.

량치차오는 전통 문학체계에서 통속문학으로 폄하되던 소설을 "문학의 최상승"의 수준으로 끌어올린다. 그러나 소설이 저속한 문학에서 신성한 문학으로 탈바꿈되는 현상은 중국 소설의 가치에 대한 반성적 평가 작업 속에서 성취된 산물이 아니다. 량치차오에게 중국의 소설은 "중국 정치가 부패하게 된 총근원"이자 회도회음(誨盜誨淫)하는 부정적 대상이다. 중국 소설에 대한 어떠한 문학적 의미나 가치를 발견하지 못한 상태에서 어떻게 갑자기 문학의 중심적 지위로 상승시키는 것인가? 량치차오는 소설의 가치를 중국 소설 내부가 아니라 서구소설 속에서 발견한다. 서구에서 소설은 퇴폐적인 중국 소설과 달리, 국민의 영혼을 개발하는 공구로 작용한다. 량치차오는 서구 소설의 불가사의한 힘에 주목하며, 이것이 서구가 진보하게 된 근본 원인이라고 인식한다. 그래서 량치차오는 서구소설과 중국소설의 대비적 사유를 통해, 현재의 민족적 위기는 중국소설이 서구소설처럼 국민 영혼을 개발하지 못한 데서 발생하며, 중국의 변혁은 서구소설과 같은 역할을 중국소설이 수행할 때 가능하다고 판단한다. 량치차오의 사유 속에서 소설은 이중적인 개념이다. 하나는 낙후된 중국의 소설 개념으로 부정적 대상이며, 다른 하나는 진보적인 서구의 소설 개념으로 반드시 추구해야 할 신성한 대상이다. 량치차오는 두 가지의 상이한 소설 개념을 소설이라는 하나의 말로 사용하여 적잖은 혼돈을 불러일으킨다. 하지만 량치차오가 그것을 구별하지 않고 통칭하는 것은 중서의 소설이 서로 독립적으로 존재하는 것이 아니라, 대비적 관계 속에서 공존하는 사물로 인식하기 때문이다. 량치차오가 "문학의 최상승"이라고 명명한 소설은 중국에 이미 존재하던 소설이라기보다는 앞으로 존재해야 할 '미래적' 소설에 가깝다. 이러한 미래적 소설은 중국 소설의 역사 속에 뿌리를 대고 있는 것이 아니라 서구 정치소설에서 기원하는 외래적 사물이다. 이것은 비단 소설에 국한되는 문제가 아니라 문학계혁명을 통해 중국 문학 전체를 재창조하려는 량치차오적 생성방식이라고 할 수 있다.

왕궈웨이와 루쉰은 량치차오적인 대비적 사유 속에 내포되어 있는 공리적이고 정치적인 욕망을 비판하며, 근본과 지엽, 인간성 이념이라는 문제들을 통해 중서문화가 새롭게 융합할 수 있는 가능성의 세계를 열어나간다. 왕궈웨이는 당시 지식계에서 학술의 근본을 망각한 채 정치적 실용의 관점에서 신과 구, 중국과 서구, 유용과 무용의 논쟁을 벌인다고 비판한다.16) 왕궈웨이는 학술에는 이러한 구별이 무의미하며 우주와 인생의 문제 해결이라는 점에서 융합할 수 있다고 인식한다. 학술에서 신과 구의 관계는 절대적인 우열의 문제가 아니라 학문의 성질에 따라 달라진다. 과학은 "사물에 있어서 반드시 그 진실을 다하고, 도리에 있어서 반드시 그 옳음을 구하는"17) 것이기 때문에, 오류를 지니고 있는 과거의 논리보다는 새로운 논리가 사물의 진리에 근접한다. 그래서 새로운 것을 추숭하고 옛 것을 멸시하는 것은 과학에서 기인한다. 이에 반해 역사학은 지식의 진실과 도리의 옳음을 구하기 위하여 사물과 도리가 존재하고 변천하는 이유에 대해 탐구하며, 문학은 지식과 도리 가운데 논리로 표현할 수 없는 것을 정감으로 표현하고 현실에서 구할 수 없는 것을 상상에서 구하는 일을 담당한다. 역사학과 문학은 과학처럼 새로운 것만을 다루지 않고, 과거의 것과 상상 속의 것을 포괄하여 취급한다. 그래서 왕궈웨이는 학문을 옛 것과 새로운 것의 기준으로 구분하는 것은 실용적인 과학에만 해당하는 것이며, 사물의 진리를 인식하

---

16) 이 부분에 대해서는 王國維, 「國學叢刊序」, 『王國維文學美學論著集』(周錫山 編校), 北岳文藝出版社, 1987 참조.

17) 王國維, 「國學叢刊序」, 위의 책, 178면. "凡事物必盡其眞, 而道理必求其是, 此科學之所有事也."

는 방법은 학문의 특성에 따라 다른 것일 뿐 옛 것과 새로운 것으로 학문을 구분할 수 없다고 인식한다. 학술에서 중국과 서구의 관계는 넓이와 정밀도의 차이는 있지만 중국의 것과 서구의 것의 엄밀한 구별이 없다. 중서의 학문은 모두 우주와 인생의 문제를 풀어나간다는 점에서 상보적인 관계를 지닌다. 그래서 왕궈웨이는 세계의 학술에 '겸통'한 자만이 사물의 진리를 밝힐 수 있어서, 학술에서 중서를 구별하는 것은 학술의 근본을 모르는 무의미한 행위라고 인식한다. 학술에서 유용과 무용의 관계는 학술에 따라 쓸모의 성질이 다를 뿐 완전히 무용한 것은 없다. 이것은 한 사물에 대한 해석과 판단이라 하더라도 우주와 인생의 진상에 대해 깊이 알지 못한다면 불가능하기 때문이다. 그래서 어떠한 학술이라도 사물의 진리를 밝히는 데 나름의 쓸모를 지니게 된다. 그런데 당시 지식계는 현실적인 실용의 관점에서 유용하고 새로운 서구의 과학기술에 경도되어, 우주와 인생의 진리를 밝히는 학술의 궁극목적을 망각하는 것이다. 왕궈웨이는 서구 우위의 대비적 사유를 통해 새로운 것, 유용한 것, 서구의 것을 추숭하는 당시 지식계의 천박한 공리주의를 비판하며, 학술의 근본 목적인 우주와 인생의 진리를 통찰하기 위한 '중서겸통'의 사유방식을 요청한다.

루쉰은 근대 중국의 지식인이 자신이 접촉한 일부의 서구적 지식으로 위기극복의 대안으로 삼는 것에 대해, "그들이 말하는 문명이라는 것이 정확한 기준을 세우고 신중히 취사선택한 후 중국에 통용될 수 있는 완벽한 문명을 가리키고 있는지 모르겠다"[18]고 비판한다. 루쉰은 서구의 근대문명 역시 절대적 가치가 아니라 편향을 지니고 있는 중간물로 인식한다. 그런데 중국의 신지식인들은 서구 근대 문명에 내포되어 있는 편향을 통찰하지 못한 채 서구의 권위에 의존하여 자신의 정치적 욕망을 추구할 뿐이다. 그들은 서구문화의 근본을 이해하지 못한 채 군

---

18) 魯迅, 「文化偏至論」, 『魯迅全集』 1卷, 人民文學出版社, 1993, 46면. "第不知彼所謂文明者, 將已立準則, 愼施去取, 指善美而可行諸中國之文明乎."

사력이나 공업, 상업의 주장과 같이 실리적인 차원에서 수용하며, 서구
문화의 인간학적 의미를 망각한 채 대중정치라는 이름을 빌어 자신의
사욕과 실리만을 채운다. 그래서 그들은 어떠한 서구문화가 중국에 통
용될 수 있는가에 대한 반성적 사유가 부재하며, "기존의 문물제도는
모두 던져버린 상태에서 오로지 서양문화"[19]만을 추숭하는 것이다. 루
쉰은 이러한 사유 속에는 "반드시 근대문명이 그 배후에서 방패 역할을
하지 않음이 없"[20]으며, 중국의 실정에 통용될 수 있는지의 여부보다는
"뜻과 언행은 비천하면서도 신문명이라는 이름을 빌려 오로지 사욕만을
쫓는 무리"[21]라고 비판한다. 루쉰은 대비적 사유 속에 내포되어 있는
천박한 공리주의를 비판하며, 중국의 실정과 서구문화의 근본에 입각하
여 주체적으로 '가져오기[拿來]'할 것을 주장한다. 이러한 '가져오기'는
정치적 욕망이 아니라 인간성의 이념을 구현하기 위한 것이며, 중서 문
화의 근본이 융합하여 제3의 문화를 창출하는 '소통적 사유'라고 할 수
있다.

그러나 5·4 반전통주의에 이르러 왕궈웨이와 루쉰의 중서 문화의
지평융합을 위한 소통적 사유는 이어지지 않고 다시 중서문화에 대한
대비적 사유가 중심을 이루게 된다. 천두슈는 중국 문예의 현상태를 중
국 문예의 흐름이 아니라 서구 문예의 흐름 속에서 사유한다. 유럽 문
예사상은 18세기에서 19세기로 넘어가면서 고전주의에서 이상주의로
변천하여, 문학가들은 그리스 로마의 고전 문체의 모방을 반대하고 중
세의 傳奇에서 자신의 이상을 펼친다. 그러나 19세기 말에 과학이 발전
하여 우주와 인생의 진상이 밝혀지면서, 과거의 구도덕, 구사상, 구제도
가 일제히 파괴의 대상이 된다. 문예 역시 이러한 조류에 따라 이상주

---

19) 魯迅, 「文化偏至論」, 『魯迅全集』 1卷, 人民文學出版社, 1993, 46면. "成事舊章, 咸
棄捐不顧, 獨指西方文化而爲言乎"
20) 魯迅, 위의 글, 46면. "顧若而人者, 當其號召張皇, 蓋薦弗托近世文明爲後盾."
21) 魯迅, 위의 글, 46면. "況乎志行汚下, 將借新文明之名, 以大遂其私欲者乎?"

의에서 사실주의로 변천하고 다시 사실주의에서 자연주의로 나아간다. 천두슈는 서구 문예사상의 변천사를 바탕으로, 중국에 아직 자연주의가 발달하지 않았기 때문에 현재 중국의 문예는 자연주의 이전의 사실주의 단계라고 인식한다. 그래서 중국의 현재의 문학이 나아갈 길을 사실주의 문학으로 설정한다.22) 또 천두슈는 "현대 유럽 문단에서 가장 치중하고 있는 것은 극본이며 시와 소설은 제2류로 밀려난다"23)는 말을 근거로, 당시 중국에 가장 성행하고 있는 소설을 제2류로 규정하고 극본을 중심적인 문학 장르로 규정한다. 이러한 천두슈의 사유방식을 이해할 때 우리는 신문학 혁명을 주창한 「문학혁명론」의 서두를 "오늘날 장엄하고 찬란한 유럽은 어디로부터 온 것이겠는가? 그것은 혁명이 내린 것이다. 유럽말로 이른바 혁명이라는 말은 옛 것을 고쳐서 새것으로 바꾼다는 뜻이다. 그것은 중국에서의 이른바 역성혁명과는 결코 같은 류의 것이 아니다. 유럽에서는 문예 부흥 이래 정치계에서 혁명이 있었고 종교계에서도 혁명이 있었으며 윤리도덕에서도 혁명이 있었으며 문학예술에서도 없었던 것은 아니다. 혁명으로 인해 새로 일어나고 진화하지 않은 것이 없었다. 근대 유럽문명사는 당연히 혁명사라고 말할 수 있을 것이다. 때문에 오늘날의 장엄하고 찬란한 유럽은 혁명이 내린 것이라고 말한 것이다"24)라고 시작한 내적인 이유를 알 수 있을 것이다.

---

22) 陳獨秀,「現代歐洲文藝史譚」,『陳獨秀著作選』, 上海人民出版社, 1993, 156면. "歐洲文藝思想之變遷, 由古典主義(Classicalism)一變而爲理想主義(Romanticism), 此在十八十九世紀之交. 文學者反對模擬希臘, 羅馬古典文體, 所取材者, 中世之傳奇, 以抒其理想耳, 此盖影響于十八世紀政治社會革新, 黜古以崇今也. 十九世紀之末, 科學大興, 宇宙人生之眞相, 日益暴露, 所謂赤裸時代, 所謂揭開假面時代, 喧傳歐土, 自古相傳之旧道德·舊思想·舊制度, 一切破壞. 文學藝術, 亦順此潮流, 由理想主義, 再變而爲寫實主義(Realism), 更進而爲自然主義(Naturalism)."

23) 陳獨秀, 위의 글, 위의 책, 157면. "現代歐洲文壇第一推重者, 厥唯劇本, 詩與小說, 退居第二流"

24) 陳獨秀,「文學革命論」, 위의 책, 260면. "今日莊嚴燦爛之歐洲, 何自而來乎? 曰, 革命之賜也. 歐語所謂革命者, 爲革故更新之義, 與中土所謂朝代鼎革, 絶不相類; 故自文藝復興以來, 政治界有革命, 宗敎界亦有革命, 倫理道德亦有革命, 文學藝術, 亦莫

이 속에는 중국 문학혁명의 근거를 중국 내부가 아니라 서구 유럽의 문학혁명에서 끌어옴으로써 문학혁명의 정당성과 의미를 확보하려는 전략적 사유가 내포되어 있다

후스는 백화문학을 현재의 문학이 추구해야 할 궁극점으로 설정한다. 그런데 후스가 문학평가의 기준으로 설정한 언문일치는 서양의 근대문학사에 대한 그 나름의 이해에서 비롯된 것이다. 서양의 근대문학은, 문체라는 측면에서 보면, 라틴어 문체로부터 로망어 문체로의 전환과 함께 시작된다. 그 전환은 이탈리아에서 시작하여 유럽 전역으로 확산되는데, 그 문체 전환의 배경에는 정치적으로는 민족 및 민족국가의 형성, 언어적으로는 민족어의 확립이라는 과정이 놓여 있다.25) 그 문체의 전환을 후스는 언문일치라는 개념으로 파악한 것이고, 그래서 "오늘날 유럽 각국의 문학이 나와서 라틴어로 된 죽은 문학을 비로소 살아 있는 문학으로 대체한 것이다. 살아 있는 문학이 있게 된 다음에야 언문일치의 국어가 있게 된 것이다"26)고 한 것이다. 후스는 유럽의 라틴어와 로망어의 관계를 통해 중국의 고문과 백화의 관계를 대비적으로 사유하며, 현재의 문학이 나아갈 길을 언문일치의 백화문학으로 설정한다. 후스 역시 유럽의 정신계 혁명에 주목한 천두슈와 접근대상의 차이만이 존재할 뿐 현재의 문학에 대해 사유하는 방식은 동일하다고 할 수 있다.

서구문학 우위의 대비적 관계는 위다푸에게 이르러 서구문학에 대한 정신적인 동일성의 상태로 나아간다. 위다푸는 현대적 의미의 문학을 전통 중국의 '문'과 다른 것으로 인식하며, 서구의 Literature 개념에서 그 기원을 구한다.27) 그리고 "문예부흥 이후 성행한 의고주의 문학은

不有革命, 莫不因革命而新興而進化. 近代歐洲文明史, 宜可謂之革命史. 故曰, 今日 莊嚴燦爛之歐洲, 乃革命之賜也."

25) 전형준, 『현대 중국의 리얼리즘 이론』, 창작과비평사, 1997, 36면.
26) 胡適, 「建設的文學革命論」, 『胡適文存』 1集, 遠東圖書公司, 1990.
27) 郁達夫, 「文學槪論」(『郁達夫文集』 5卷, 花城出版社, 1991), '第3章 文學的定義' 부분 참조

군주나 타락한 귀족 사회의 노리개였을 뿐 무산계급이 거기에 참여하는 것을 절대로 허용하지 않았다. 이와 같은 문학상의 폭군에 대해서 반항의 깃발을 든 것은 바로 낭만주의 운동이었다"[28]고 인식하며, 현재 문학이 나아갈 길을 타락한 사회를 파괴하고 반항하는 낭만주의 문학의 단계로 설정한다. 위다푸는 사상이나 언어의 차원에서 접근하지 않고 인간의 진실한 내면요구의 표출이라는 측면에서 서구문학을 수용한다. 위다푸의 대비적 사유는 새로운 문학 창출을 위한 중서 문학의 소통적 관계라기보다는, 국경이나 인종의 차이를 떠나 내면의 진실성이 소통될 수 있는 '정서적 연대'에 가깝다. 위다푸는 이러한 내면적 유대감 속에서 서구 작가의 삶이나 그 작품 속의 인물을 자신의 삶과 동일시하며, 세계 인류가 자유로이 실존할 수 있는 문학세계를 사유해나간다.

현상적 차원에서 볼 때, 근대 중국의 문학적 사유는 서구 중심의 단선적 진화론과 대비적 사유로 인해 반전통적이고 전반서화적인 경향을 띤다. 그래서 그들의 사유 속에는 중국과 서구, 전통과 근대, 역사와 가치, 이성과 감성, 기대지평과 경험지평, 계몽과 구망 등의 이원적 대립에서 발생하는 모순들이 혼돈스럽게 산재되어 있다. 이러한 내적인 곤혹감으로 인해 왕궈웨이, 루쉰과 같은 소통적이고 융합적인 문학적 사유가 보편적 사유방법으로 정착되지 못하고, 단선적이고 대비적인 사유에 기반한 문학적 사유들이 지배담론으로 작동한다.[29] 이러한 담론은 중서문화가 소통적으로 융합하여 새로운 문화를 창출하는 생성의 원리로 기능하기보다는 주로 중국의 전통을 부정하기 위한 '해체'의 논리로 작용한다. 이로 인해 서구문학에 대한 근본적 통찰보다는 주체의 실천

---

28) 郁達夫, 「文學上的階級鬪爭」, 위의 책. "文藝復興以後盛行着的擬古主義的文學, 是君主和墮落的貴族社會的玩弄物, 但不許無産階級參加進去的. 對于這一種文學上的暴君, 揭竿而起的就是浪漫主義的運動."

29) 근대 중국인의 동서문화에 대한 인식방법에 대해서는 汪暉, 「從文化論戰到科玄論戰－科學譜系的現代分化與東西文化問題」(『學人』 9집, 浙江文藝出版社, 1996)와 김제란, 「동서문화 논쟁과 현대신유가」(『현대신유학연구』, 동녘, 1994) 참조.

적 관심에 따라 그것을 수용하는 주관화 경향이 두드러지며, 근대 중국 문학은 단선적 진화론처럼 낙관적이고 진보적인 문학을 구현하기보다는 무수한 내적 위기들이 잠재되어 있는 모순의 복합체로 현상하는 것이다.

하지만 이것은 표면적인 언술에 드러나는 전략적 측면이며, 그 저변에 깔려 있는 궁극적 관심까지 서구문학을 추구한다는 것을 의미하지는 않는다. 오히려 근대 중국인은 서구문학을 생성의 계기로 삼아 중국의 민족적 위기의 극복과 정체성 회복을 궁극목적으로 삼는다고 할 수 있다. 다시 말하면, 그들의 사유 속에는 전략적 차원에서 전반서화의 길과 궁극적 차원에서 민족 구원과 보존의 길이 모순적으로 통합되어 있다고 할 것이다. 문학주체가 중국의 위기를 어떠한 관점에서 사유하고 서구적 가치를 어떠한 맥락에서 요청하고 있는지에 대한 물음 속에서 그러한 담론의 역사적 의미와 한계를 읽어낼 수 있을 것이다.

2. 국민성 담론

우리는 중국의 근현대사를 계몽과 구망의 문제틀로 해석하는 데에 익숙하다. 그 대표적인 것으로 신민주주의론과 리저호우의 관점이 있다. 신민주주의론은 중국의 근현대사를 반제반봉건의 역사로 해석하며, 계몽과 구망을 근대 중국이 실천해야 하는 양대 과제로 인식한다. 이등호환(伊藤好丸)의 말을 빌리면, 이것은 "자아집착(반제)을 매개로 하여 자아혁명(반봉건)을 진행하고 새로운 자아를 발현하는 과정"[30]이 된다. 리

---

30) 伊藤好丸, 「亞洲的'近代'與'現代'-關于中國近現代文學史的分期問題」, 『二十一世紀』, 1992年 12月號(總14期).

저호우는 신민주주의론이 중국의 주요 모순을 민족모순으로 설정하여, 현실적 실천 속에서는 반제 애국혁명운동이 우선적인 과제로 인식되고 반봉건의 문제는 부차적인 것으로 밀려난다고 비판하며, 중국 현대사를 '계몽과 구망의 이중 변주'의 과정으로 해석한다.

근대 중국은 제국주의의 침략에 저항하기 위한 구국(반제)의 과제와 봉건적 이데올로기에서 벗어나 자유·평등·민주·민권 등 인간성의 이념을 구현하기 위한 계몽(반봉건)의 과제가 공존한다. 그러나 이 두 가지 과제는, 개인주의의 기초 위에서 서구문화를 소개하고 전통을 타도하던 5·4시기에 '상호 촉진'되었을 뿐이며, 5·30운동, 북벌전쟁, 10년 내전, 항일전쟁 등의 시대적 흐름 속에서 계몽의 과제는 구망의 과제에 '압도' 당한다. 그래서 개인의 존엄과 권리에 대한 사상은 구망의 정세, 국가의 이익, 인민의 기아와 고통에 떠밀리어 그 정당한 가치가 부차적인 것으로 유보된다. 국가의 독립과 부강, 인민의 의식주의 해결, 외국 침략자의 압박과 모욕을 더 이상 받지 않겠다는 의지 등이 주선율이 되어 근대 중국인의 영혼을 지배한다. 그래서 5·4 전후의 '우주관에서 인생관까지, 개인의 이상에서 인류의 미래까지'라는 계몽 특유의 사색, 곤혹, 번뇌, 그리고 공교문제, 여성문제에서 노동문제, 사회개조문제, 문자상의 문학문제와 인생관 개조문제 등이 주변부로 밀려나게 된다. 이러한 현상은 1949년 중화인민공화국 건설 이후에서 현 중국에 이르기까지 지속되어 중국사회 저변에 흐르고 있다. 결국 계몽과 구망의 과제는 조화로운 변주를 이루지 못하고, 계몽이 구망에 압도된 채 미완성의 기획으로 남겨진다. 리저호우는 이러한 인식을 바탕으로 구망에 압도되어 주변부로 밀려난 계몽을 실천하는 일이 현재의 시급한 과제라고 인식한다.

리저호우의 이러한 관점은 계몽과 구망 사이의 모순관계를 파헤쳐 현 중국의 편향이 발생하게 된 역사적 원인을 밝힌다는 점에서 커다란 의미를 지닌다. 그러나 이러한 사유 속에는 근대 중국의 문제를 구망이 계몽을 압도하는 시대적 상황으로 돌려버릴 위험성이 내포되어 있다.

이것은 리저호우의 문제의식을 시대 환원론 정도로 오해할 수 있는 빌미를 제공한다. 하지만 리저호우의 문제의식 속에는 계몽과 구망의 대립관계나 시대환원론으로 치부하기 어려운, 또 다른 문제가 내포되어 있다.

> 공산당 깃발 아래 수많은 지식 청년들은 노동자 농민을 영도하여 중국혁명의 승리를 획득하였다. 이러한 고난에 찬 승리 투쟁 속에서, 당 창립에서 항일전쟁 승리 전야의 정풍운동에 이르기까지 무정부주의가 고취한 절대적 개인주의, 자유주의가 제창하고 추구한 각종 개인의 자유, 개성해방 등 자본주의 계몽사상 체계 내에 속하는 수많은 것들은 이론적 실천적으로 끊임없이 철저한 부정을 당했다. 이러한 부정과 비판은 주로 구망―혁명―전쟁의 현실적 요구 때문이었지 진정으로 학술적인 이론의 선택은 아니었다. …… 제국주의와 반동군벌에 반대하는 장기적 혁명전쟁 속에서 그 밖의 모든 것들은 대단히 부차적이고 종속적인 지위로 밀려날 수밖에 없었다. 이론적으로나 실제적으로나 개인의 자유나 개성해방 따위의 문제를 연구하고 선전하는 것 역시 말할 필요도 없었다. 5·4시기에 계몽과 구망이 서로 어긋나지 않고 병행하면서 오히려 서로를 두드러지게 해주었던 국면은 결코 오랫동안 지속되지 못하였으며, 시대의 위태로운 상황과 극렬한 현실투쟁은 정치 구망의 주제로 하여금 다시 한번 사상 계몽의 주제를 압도하게 하였다.[31]

리저호우는 계몽을 개인주의 사상에 근거한 반봉건적 인간해방운동으로 이해하며, 구망은 반제적인 민족해방운동뿐만 아니라 마르크스주의에 입각한 계급투쟁까지 포함한다. 다시 말하면, 리저호우의 사유 속에서 계몽은 반봉건의 문제를 의미하지만 구망은 반제의 문제를 넘어 계급투쟁의 문제까지 포괄하는 셈이다. 엄밀하게 보자면, 계급투쟁은 민족갈등과 관계되는 구망의 영역이라기보다는 민족 내부의 계급의식에 기반한 반봉건의 범주에 속한다고 할 수 있다. 그렇다면 리저호우가 이

---

31) 리저호우, 「계몽과 구망의 이중변주」, 『중국 현대사상사의 굴절』, 지식산업사, 1994, 43~44면.

러한 범주의 혼란을 무릅쓰면서 계몽과 구망의 이중 변주로 중국 근현대사를 해석하려고 한 이유는 어디에 있는 것인가? 리저호우 역시 구망의 문제가 근대 중국인이 시급하게 해결해야 할 최우선적인 과제임을 부정하지는 않는다. 다만 그가 문제삼는 것은 구망이 계몽을 압도하여 인간성의 이념이 소멸되어버리는 현실이다. 리저호우는 계몽에 기반하는 구망이 진정한 의미의 구망, 다시 말하면, 개인주의 사상에 입각한 구망이 이상적인 구망이라고 이해하는 것이다. 그런데 근대 중국의 구망은 이러한 계몽에 기반하지 않을 뿐 아니라, 오히려 개인주의를 부정해야 할 대상으로 취급한다. 이것은 근대 중국의 구망은 국가, 민족, 인민, 계급의 이익을 우선하는 집단주의 사상에 근간함에 따라 개인주의를 추구하는 계몽과 배치되기 때문이다. 그래서 리저호우는 이러한 구망을 '봉건주의적 집단주의'가 탈바꿈한 것이라고 비판한다. 리저호우의 사유 속에서 계몽과 구망의 모순관계는 반봉건과 반제의 모순관계이기 이전에, 실천주체가 기반하고 있는 개인주의 사상과 집단주의 사상 사이의 모순이라고 할 수 있을 것이다. 이 때문에 리저호우가 계급투쟁을 구망의 범주에 귀속시키면서도 별다른 혼돈을 느끼지 못하고, 오히려 구망이 개인주의 사상을 부정하는 유효한 근거로 삼는 것이다. 결국 리저호우는 구망이라는 문제적 상황 자체보다는 집체주의가 지니고 있는 권력적 배타적 속성을 비판하며, 계몽과 구망의 이중 변주의 논리를 통해 개인주의 사상의 복원을 의도한다고 할 수 있다.

이런 맥락에서 볼 때, 신민주주의론과 리저호우 관점의 차이는 계몽과 구망의 관계를 어떻게 이해하느냐의 문제보다는, 어떠한 주체와 사상에 입각하여 계몽과 구망을 사유하고 실천하느냐에 있다고 할 수 있다. 리저호우의 비판과 달리 신민주주의론 역시 계몽과 구망의 문제를 분리시켜 사고하지 않으며, 집체주의와 계급적 주체를 확립하는 것을 반제와 반봉건의 문제를 통일적으로 실천하는 방법이라고 인식한다. 신민주주의론 내에서 이것은 계몽과 구망의 모순 관계가 아니라 통합적

실천의 매개고리인 것이다. 그래서 리저호우의 관점에서 우리가 주목해
야 할 지점은 계몽과 구망의 이중변주의 관계설정이라기보다는, 계급투
쟁을 중심으로 하는 중국화된 마르크스주의가 어떻게 민족적 위기감(구
망) 속에서 개인의 인권에 기반한 타자의 실천방식들(계몽)을 소외시키고
권력적 담론으로 작동하는가의 문제라고 할 수 있다.

　이 두 가지의 관점은 주체와 사상의 차이는 존재하지만 계몽과 구망
의 문제틀로 중국의 근현대사를 사유한다는 것에 있어서는 동일하다고
할 수 있다. 그렇지만 이러한 관점 속에는 근대 중국인이 계몽과 구망
의 문제를 자신의 실존적 삶 속에서 어떻게 찾아나가는지의 문제가 간
과되어 있다. 다시 말하면, 근대라는 삶의 '장' 속에서 주체들이 자신의
현재를 인식하고 실천하는 다양한 방식들이 계몽과 구망의 경계 안에서
만 해석되어 그 너머에 존재하는 역사적 의미들이 소외된다는 것이다.
근대 중국인에게 계몽과 구망의 문제는 반드시 추구해야 할 역사적 사
명이지만, 그것은 주체들이 현재의 위기를 인식하고 실천하는 과정 속
에서 현실화된다는 것이다. 우리는 이러한 영혼을 소유한 인간이 자기
시대를 고뇌하고 맞서나가는 '인생 역정' 속에서 근대의 문제를 사유해
야 할 것이다.

　근대 중국의 위기는 민족의 생존권 문제라는 외적인 위기에 국한되
지 않는다. 이 위기는 중국과 서구 사이의 민족적 갈등에서 시작되지만,
그 파장은 전통 중국을 지탱하던 정치·경제·역사·문화 등의 내부 문
제로 확산된다. 다시 말하면, 제국주의 침략이라는 민족 외부에서 밀려
온 위기가 그러한 위기를 초래하게 된 중국 전통 전반에 대한 내적인
반성으로 이어진다는 것이다. 이러한 '이중적인' 위기는 서구 제국주의
에 대한 저항의식(구망)을 형성할 뿐 아니라 낙후된 현재의 중국을 만든
내적 요인에 대한 저항의식(계몽)을 성숙케 한다. 그래서 근대 중국의 위
기의식 속에는 구망의 문제와 계몽의 문제가 통합되어 있다. 구망의 문
제는 단독적인 과제가 아니라 계몽을 통해 실현될 수 있으며, 계몽의

문제는 구망의 과제를 수행하기 위해 존재한다. 이것은 구망의 문제 역시 실천주체의 문제를 떠나서는 그 해결 가능성을 찾을 수 없으며, 현실적으로 그것을 담당할 수 있는 내적 기반을 확립해야 하기 때문이다. 그래서 외부적 상황에서 발생한 위기는 그러한 위기를 초래한 중국 내적인 문제로 전환되고, 계몽과 구망의 과제는 위기에 저항할 수 있는 실천주체의 문제로 구체화된다. 우리는 실천주체가 자기 시대를 이해하고 실천하는 운동방식들 속에서 계몽과 구망의 경계를 넘어서는 다양한 생성의 담론을 만날 수 있을 것이다.

근대 중국인은 위기의식 속에서 자신의 사유를 출발하여, 위기의 극복을 위한 실천의 길을 모색하고, 최종적으로 근대 중국의 생성을 자기 사유의 궁극점으로 삼는다. 이러한 사유의 뿌리는 직접적으로 구국과 계몽의 길에 들어선 이들은 말할 것도 없고, 현실적인 실천과 무관해 보이는 순수한 학술이나 예술을 추구하는 이들도 결코 자유로울 수 없는 '동근원'으로 작용한다. 문학의 영역에 국한해보더라도, 문학의 힘을 통해 구국과 국민성 개조를 실현하려는 계몽주의 문학이나, 공리적 문학과 대립하며 순수문학을 주창한 예술파 역시 위기의식에 그 뿌리를 대고 있다. 그래서 근대 중국에는 엄밀한 의미의 초공리적 사유가 없으며 문학은 국민성 개조의 문제와 친밀한 관계를 지닌다. 이러한 사정 때문에, 공리 / 초공리, 유용 / 무용의 이분법으로는 근대문학을 포괄하기가 힘들며, 이것은 '어떠한 문학적 사유로 실천을 기획하고 있는가'의 문제로 전환되어야 할 것이다.

우리는 국민성 개조의 문제를 5·4 정신계 혁명의 전유물로 인식하곤 한다. 이것은 만청에서 5·4까지의 역사를 실천 관심의 변화에 따라 물질문명에 대한 관심(양무파)에서, 정치제도에 대한 관심(변법파)으로, 그리고 국민성에 대한 관심(5·4)으로 변천하는 것으로 이해하는 논리에 익숙해 있기 때문이다. 그러나 이 문제를 실천주체의 총체적 사유 속에서 이해하지 않을 경우 자칫 현상적인 변화 논리에 그쳐버릴 수도 있다.

가령, 변법파와 5·4 정신계 혁명의 대립지점을 정치혁명과 사상혁명의 차이로 설정한다면, 변법파들이 추진한 민권운동의 문제와 5·4 정신계 혁명의 입헌과 민주 제도의 문제는 비본질적인 것으로 간주될 수밖에 없다. 그러나 5·4 정신계 혁명은 중국문화의 전 영역이 기반하고 있는 사상의 문제를 비판한다는 점을 고려할 때. 그들이 벗어나려고 하는 정치는 사상과 상대되는 정치가 아니라 변법파의 국가주의 사상에 기반한 정치라고 할 수 있다. 변법파는 국가와 민족을 우선하는 민권사상에 기반한 정치제도를 추구할 뿐, 개인의 인권 실현을 목적으로 삼는 민주주의의 길을 걷지 않는다. 그래서 5·4 정신계 혁명은 그들이 대중의 이름으로 권력 획득을 욕망하는 당파적 정치로 나아간다고 비판하는 것이다. 5·4 정신계 혁명이 변법파를 비판하는 것은 바로 이러한 정치이다. 이런 맥락에서 볼 때, 변법파와 5·4세대의 대립지점은 정치와 사상의 문제가 아니라 국가주의 사상과 개인주의 사상 사이의 문제라고 할 수 있다. 다시 말하면, 변법파는 국가주의 사상에 입각한 실천주체를 통해 중국 정치제도의 개혁을 시도하며, 5·4세대는 개인주의 사상에 입각한 실천 주체를 통해 근대 중국의 건설을 추구하는 것이다. 따라서 국민성 개조의 문제 역시 그 자체로 우월적인 실천의 방식이 될 수는 없으며, 어떠한 실천사상에 기반하여 국민성 개조를 실천하고 있는지가 관심대상이 되어야 할 것이다.

 량치차오가 국민성 개조의 문제에 본격적으로 관심을 가지는 것은 무술변법이 실패하고 일본에 망명하여 계몽활동을 벌이는 시기부터이다. 그 이전에도 옌푸의 「원강」을 통해 민권의 중요성을 인식하지만 그것을 실천의 중심적인 문제로 이해하는 것은 이 시기부터라고 볼 수 있을 것이다. 량치차오는 무술변법이 실패한 근본원인을 제도의 근간이 되는 신민이 부재한 데서 기인한다고 인식한다. 이러한 신민은 국가와 민족을 정점으로 삼는 공의식을 소유한 존재로서, 량치차오는 이러한 주체에 기반하여 국민성 개조의 문제를 사유한다. 그래서 량치차오에게 국민성 개조는 바로 공의식을 소유한 신민을 어떻게 창출할 것인가의 문제가 되며, 이러한 신민의 양성을 통해 중국은 제국주의 시대에 생존할 수 있는 주체적 조건을 확립하게 되는 것이다.

이러한 신민 창출의 과정에서 량치차오는 시·소설·문·희곡 등의 문학을 요청한다. 그래서 량치차오의 사유 속에서는 문학 주체의 개성이나 상상력 같은 사적인 영역보다는 전체적으로 공감될 수 있는 군치(群治)나 애국의식과 관계되는 공적인 문학이 중시된다. 이러한 문학은 군의 세계에 근본하는 '문이재군(文以載群)'의 문학이라고 할 수 있으며, 량치차오는 이러한 문학을 공구적 차원의 하찮은 것으로 비하하지는 않는다. 오히려 량치차오는 군치라는 '경국지대업(經國之大業)'을 소설이 수행해야 할 임무로 규정하며, 소설을 "국민의 영혼"이나 "문학의 최상승"이라고 극찬한다. 량치차오의 사유 속에서 문학은 그 자체로 독자적인 정신세계를 가지는 사물이 아니라 공의식과 결합할 때 의미 있는 사물로 전환된다. 그래서 량치차오는 군치와 관계되는 소설은 신성시하지만 군치와 무관한 전통소설은 회도회음(誨盜誨淫)하는 악의 근원으로 인식한다. 이러한 사유 속에서는 문학의 문제보다는 문학을 통해 전달하려는 사상이 더욱 중요한 관건이 된다. 이 때문에 량치차오에게는 문학 창작과 관련된 미학적 방법론이 부재하며, 훈침자제(熏浸刺提)의 소설 원리나 창가체(唱歌體)의 시, 그리고 언문일치의 문장 등과 같이 계몽대상이 쉽게 수용할 있는 평이성을 중시한다. 량치차오는 문학의 실천성을 문학의 독자적인 사유체계 속에서 발견하는 것이 아니라, 신민 창출을 위해 문학을 끌어들이는 과정에서 만들어진 거대 '욕망'에 기초하고 있다. 이것은 문학적 사유를 성숙시키고 확장하기보다는 문학을 통해 기획하려는 군의 세계에 중점을 두고 있다. 이점이 바로 량치차오의 문학론이 다양한 장르를 언급함에도 불구하고 '문이재군'적인 동질적 이론 구조를 지니는 내적 원인이 된다.

왕궈웨이는 국민을 정치적 차원이 아니라 인간으로서 심미적 영혼을 지닌 존재로 이해한다. 왕궈웨이의 사유 속에서 국민의 정치적 측면은 생활 욕망의 충족에 관계하는 일시적인 것이며, 국민의 정신 감정적 측면이 더욱 중요한 의미를 지닌다. 이것은 왕궈웨이가 인생의 참모습을 탐색하는 형이상학에 기반하여 국민성의 문제를 사유하기 때문이다. 그래서 왕궈웨이의 국민은 국가와 관계된 정치적 집단의 측면보다는 정신 생명을 지닌 주체의 개념에 근접한다. 이 때문에 왕궈웨이는 국민성의 문제를 공의식의 유무보다는 삶의 존재의미를 망각한 정신의 무정부상태에서 찾는다. 중국인은 오랫동안 정치적이고 실리적인 것에 편향되어, 그것의 기반이 되는 인간적인 삶의 문제에 관한 사유가 희박하다. 이로 인해 우주와 인생의 본질은 무엇이고 어떠한 삶의 가치를 추구해야 하는가보다는 어떻게 현세적으로 살아갈 것인가의 문제에만 천착한다. 왕궈웨이는 이러한 정신적 결핍감에서 벗어나 삶과 인간의 존재 의미에 대해 사유하는 일이 현재의 위기를 구원하는 것이라고 인식한다. 왕궈웨이에게 국민성 개조의 문제는 바로 생활욕망에서 벗어난 순수무욕의 정신 주체를 확립하는 일을 의미한다.

왕궈웨이는 인간의 정감 교육을 통해 삶의 이해관계에서 벗어나게 만드는 심미적 실천이 국민성 개조를 위한 문학적 실천이라고 인식한다. 이러한 인간은 욕망적 삶에 현혹되지 않는 진지한 감정과 고상한 인격을 소유한 존재라고 할 수 있다. 그래서 왕궈웨이의 국민은 심미적 인격을 지닌 인간의 총체로서 순수무욕의 고도한 심미사회를 추구한다고 할 수 있다.

왕궈웨이는 문학의 유용성을 과신하는 량치차오적 사유와 반성적 거리를 유지하며, 문학에는 정치나 과학과 같이 현실을 직접적으로 변혁하는 유용성이 없다고 인식한다. 왕궈웨이는 정치나 과학이 생활의 욕망과 관계되는 직접적이고 일시적인 유용성을 지니는 데 반해, 문학은 직접적이고 현실적인 쓸모는 없지만 우주와 인생의 문제를 해결하는 가운데서 영원한 가치를 지닌다고 이해한다. 그래서 왕궈웨이는 문학은 우주와 인생의 문제를 사유대상으로 삼아 그 진리를 밝히는 일이 문학적 사유의 궁극 목적이며, 문학의 쓸모는 이러한 과정 속에서 발생한다고 인식한다. 왕궈웨이는 이러한 문학의 쓸모를 '무용지용'이라고 부른다. 왕궈웨이는 이러한 입장을 바탕으로 문학을 사상 전달의 직접적인 공구로 보는 관점을 비판하고, 문학의 심미적 사유를 통해 인간의 정감 교육에 관계할 것을 주장한다. 그래서 왕궈웨이에게 문학의 국민성 개조의 길은 우주와 인생의 의미를 망각한 채 공허와 고통에 시달리고 있는 중국인에게 정신을 위안하고 정감을 교육하는 일이 된다.

루쉰은 "다수에 의지하여 소수를 억압하는" 변법파의 국민을 비판하고, 개인의 주관적 진정성에 기반한 국민에 대해 사유한다. 이러한 국민은 왕궈웨이의 정신 주체로서의 국민과 상통하지만, 구체적이고 역사적인 삶 속에 존재하는 현실적 인간이라는 점에서 왕궈웨이의 심미적 인간과 차이를 지닌다. 루쉰은 국민성의 문제를 식인예교의 역사적 구조 속에서 사유한다. 루쉰은 식인예교 속의 인간은 마비된 영혼을 소유한 노예라고 인식한다. 중국인의 노예근성에 대해 량치차오가 국가를 사랑하는 공의식이 부재한 데서 찾는 것과 달리, 루쉰은 식인예교 속에서 생의 의미를 망각한 채 구경꾼의 형식으로 살아간다는 점에서 기원한다고 인식한다. 그들은 자신의 이름이 없는 무인칭의 군상으로 타인의 불행을 삶의 유일한 즐거움으로 삼는다. 그들은 식인예교에 대한 의문이나 자기 존재에 대한 반성적 사유가 없으며, 일상의 무료함을 떨쳐버리기 위해 구경거리를 찾아다닐 뿐이다. 그래서 그들은 타인의 슬픔에 대해 동정이나 관심이 없으며 오히려 그것을 구경거리로 삼아 죽음의 암흑 속으로 밀어넣는다. 그들은 식인구조를 변혁하려는 혁명가나 역사적 사건 마저 일회적인 구경거리로 변질시켜 버린다.

루쉰은 국민성 개조의 일을 "인심을 어지럽히는" 시를 쓰는 데에서 시작한다. 이러한 시는 타락한 세상에 순응하는 것을 거부하고, 혼란된 세상의 근본원인을 들추어내는 문학이다. 그래서 세상의 모순을 한겹 한겹 벗겨내어 허위적 사회구조를 통찰하고, 그 속에 길들여진 마비된 영혼을 일깨운다. 이러한 시는 암흑적인 현실과 인심을 어지럽혀 그 병근을 치료하고 바로잡아나가는 문학이라고 할 수 있다. 루쉰은 문학이 "뜻은 반항에 두고 목적은 행동에 두며"[32], "삶의 진리를 드러내는"[33] 것이라고 인식하며, 이것을 문학의 '불용지용(不用之用)'이라고 명명한다. 루쉰은 이러한 불용지용의 문학원리를 통해 식인구조를 들추어내며 그것에 의해 마비된 영혼을 일깨운다. 루쉰에게 국민성 개조의 일은 바로 식인구조를 해체하며 진실한 정신 주체를 확립하는 일이 된다.

위다푸는 국가를 중심으로 삼는 국민 개념을 부정하며, 생의 의지를 지닌 개인을 중심으로 국민의 문제를 사유한다. 위다푸는 국민은 국가와 불가분의 관계를 지닌 개념이라기보다는, 오히려 인간을 지배하는 억압적인 제도로서 국가가 사라질 때 진정으로 성립될 수 있는 존재라고 인식한다. 다시 말하면, 이러한 국민은 부국강병을 목적으로 삼는 국가가 존재할 때는 성립 불가하며, 개인의 자유와 권한을 궁극목적으로 삼는 국가가 확립될 때 존재할 수 있는 것이다. 이러한 국민은 자유로운 개인이 유기적으로 결합된 상태로서, 국가나 인종의 범위에 구속되지 않는 보편적인 세계 인류의 개념에 가깝다고 할 수 있다. 위다푸는 편견과 거짓이 없는 순수한 개인들이 자신의 내면 욕구에 따라 조화롭게 살아가는 세계를 추구한다고 할 것이다.

그러나 위다푸는 현실세계가 개인의 생의 의지를 억압하는 국가가 지배하며 개인의 인격과 권한을 희생의 수단으로 삼는다고 인식한다. 국가는 특정한 소수의 이익을 위하여 제도와 계급을 만들고 인류의 평화와 사랑을 파괴해버린다. 이 때문에 개인의 생의 의지에 따라 자유로이 소통할 수 있는 인간관계가 차단된다. 이러한 상태에서는 개인의 진

---

32) 魯迅, 「摩羅詩力說」, 『魯迅全集』 1卷, 人民文學出版社, 1993, 66면. "立意在反抗, 指歸在動作."
33) 魯迅, 위의 글, 72면. "人生誠理, 直籠其辭句中."

실한 내면요구가 억압당하며 세계는 허위적인 이념과 제도가 지배하는 타락한 세상이 되어 버린다. 그리고 그 속에서 길들여진 인간은 자신의 생의 의지를 망각한 채 허위적이고 타락한 삶을 살아나간다. 위다푸에게 국민성 개조는 바로 망각된 생의 의지를 일깨워 진실하고 순수한 인간관계를 회복하는 일이 된다.

위다푸는 진실한 내면요구를 표현하는 예술 속에 억압적인 세계에 반항하는 힘이 있다고 인식한다. 이것은 제도·도덕·법률에 얽매여 있는 내면의 소리를 발산하여, "어떠한 개인도 본래의 생존권을 향수하고, 개인에 대한 모든 압력을 타파하여, 전 민중에 대한 속박을 해방하는" 힘이라고 할 수 있다. 위다푸는 예술을 통해 격막한 인간관계를 해소하여 사랑과 동정이 충만하는 소통적 상태를 추구한다. 이것은 "선천적으로 평등한 존재"로서 인간이 서로 공감하며 생의 의지를 마음껏 발산할 수 있는 자유세계라고 할 수 있다.

위다푸는 인간의 정감교육을 통해 진실한 인간성을 계몽한다는 측면에서 왕궈웨이와 상통한다. 하지만 왕궈웨이가 자아의 생활 욕망을 끊고 자아도 그 일부분이 되는 심미적 세계로 진입하는 것과 달리, 위다푸는 자아의 순수한 내면 충동에 의지하여 자아가 중심이 되는 실존세계를 향유한다는 점에서 차이를 지닌다. 또 국민성 개조를 억압적인 현실 제도에 대한 반항과 연결시킨다는 점에서 루쉰과 상통한다. 그러나 루쉰이 억압적인 세계의 본질을 통찰하여 그것의 해체를 추구하는 현실 전투의 길을 가는 데 반해, 위다푸는 허위적 제도의 바깥에 자유세계를 설정하여 그것을 추구한다는 점에서 이상주의적인 길을 걷는다고 할 수 있다.

이상으로 볼 때 국민성 개조의 문제는 실천 주체의 총체적인 사유체계에 따라 구체적인 의미내용이 달라진다는 사실을 알 수 있다. 따라서 국민성 개조의 문제는 물질문명에 대한 관심이나 제도개혁의 문제에 비해 절대적 우위를 지니는 실천영역이라기보다는, 그것이 기반하고 있는 실천주체의 문제 속에서 사유해야 할 것이다. 근대 중국은 국민성 개조의 문제가 시대적 파토스로 작용함에 따라 실천주체의 사유체계는 사적인 측면보다는 공적인 성격이 강하게 부각된다. 국가주의 사상에 기반하고 있는 량치차오나 국민성 개조를 위한 현실 전투의 길을 걸어간 루쉰은 물론이고, 형이상학적 사유체계를 지닌 왕궈웨이 역시 국민의 정감교육에 많은 관심을 기울이며, 인간의 자아와 내면을 사유 중심으로 삼은 위다푸 역시 사랑과 동정을 통한 인류 보편적 세계에 궁극적 관심을 지니고 있다.

현상적으로 볼 때, 왕궈웨이·루쉰·위다푸는 사유체계 전면에 국가나 민족의 공적인 측면을 내세우지 않고, 오히려 량치차오 류의 국가주의를 비판의 대상으로 삼는다. 그러나 이것은 공적인 측면을 부정하는 것이 아니라, 공의식을 앞세우면서도 그 밑으로는 사적인 욕망을 추구하는 허위적 이데올로기를 비판하고 있다. 다시 말하면, 그들은 공동체로서 국가를 결코 부정하지 않으며 권력적 욕망에 기반한 국가주의를 비판의 대상으로 삼는다. 목전의 국가주의가 국가와 민권의 이름을 빌어 정권을 획득하는데 목적이 있으며 정치적 제도를 통해 오히려 국민의 자유와 권리를 억압한다는 것이다. 이것은 동질적인 유기적 집단을 형성하는 것이 아니라 정파운동의 수단에 불과한 셈이다. 이러한 근본 요인은 국가가 개인에 선행하여 존재하는 우월적 가치가 아니라 개인의 자유와 권리를 실현하기 위해 국가가 존재하는 원리를 망각하기 때문이다. 그들 역시 국가주의와는 다른 차원의 공동체 사회를 지향해 나가지만, 제도로서의 국가를 중심에 놓지 않고 진실한 개체 정립의 문제를 통해 공동체의 문제를 사유하고 있다. 그래서 그들이 창출하려는 국민 역시 공동체 확립의 문제와 분리된 사적 차원으로 전락하지 않고 공동체와 끊임없이 소통하는 공적 인격을 추구한다. 즉 그들은 개인의 진실성을 확립하지 않은 채 물질이나 제도로서 국가를 추구하는 것은 삶의 근본을 통찰하지 못한 정치적이고 권력적인 행위라고 비판하며, 공동체의 근간이 되는 인간 및 인간적 소통구조의 확립을 통해 보편적 세계를 구성하려는 것이다. 이것은 서구적 의미의 민족국가론에 기반하면서도 그 속에 내포되어 있는 제도적 동질사회의 허위성을 비판하고, 개체들 간의 심미, 정신, 정감적 차원의 소통에 기반하는 인간적 공동체를 추구한다는 차원에서 탈근대적 의미를 지닌다 할 것이다.

3. 말에 가까운 글쓰기

근대 중국인은 인간의 정감과 문의 관계를 절제하는 문이재도론에서 벗어나 인간과 문학의 투명한 관계를 추구해나간다. 그래서 그들은 문학적 규범을 기준으로 문학을 사유하지 않고 인간의 진실성을 문학적 사유의 근원으로 삼는다. 특히 그들은 인간의 말을 진실성을 보장하는 통로로 삼아서, 언문일치나 언문합일을 근대문학 생성의 언어적 조건으로 인식한다. 그들은 중국의 문언이 말과 글이 극심하게 배치되는 언어이어서 '살아 있는' 문학의 생성에 부적합하며, 따라서 말과 글이 일치되는 언어를 사용해야 현재의 새로운 문학이 창출될 수 있다고 이해한다. 이것은 계몽적 관심에서 통속적 언어를 강조한 량치차오, 치우정량에서 백화문운동을 주창한 후스에 이르기까지 공통된 현상이다. 그들은 무엇 때문에 '말[言]'을 살아 있는 언어와 살아 있는 문학을 위한 가능성의 조건으로 설정하고 있는 것인가? 여기서 우리는 근대 중국인이 문언의 테두리를 벗어나는 새로운 언어의 문제를 왜 말과 관련지어 사유하는지에 대해 질문을 던질 필요가 있다.

제3장 2. '언(言)과 문(文)'의 관계에서 살펴보았듯이, 문을 언과 관련지어 사유하는 것은 근대 중국인의 독자적인 사유방식이 아니다. 중국인

은 고대부터 언어의 문제를 '의(意)-언-문'의 관계 속에서 사유하고 있다. 그들은 언어를 뜻을 표출하는 통로로 인식한다. 언과 문은 모두 뜻을 표출한다는 의미에서 '동일한' 언어이다. 그런데 그들은 문을 뜻을 표출하는 직접적인 언어로 이해하지 않고, 뜻과 문 사이에 언을 매개자로 설정하는 관념을 지니고 있다. 가령, 『춘추좌전』의 "언이족지, 문이족언(言以足志, 文以足言)"이나 『논어』의 "언지무문(言之無文)", 『주역』「계사전」의 "서불진언, 언불진의(書不盡言, 言不盡意)", 왕충의 "문자여언동취(文字與言同趣)", 그리고 『문심조룡』「원도」편에서 도(道)-심(心)-언(言)-문(文)의 관계를 설정하는 것 등은 모두 이러한 사유방식에서 기원하는 것이다. 현상적으로 볼 때 이것은 한자가 말이 아닌 뜻을 표출하는 표의문자에 속한다는 것과 모순된 논리라고 할 수 있다. 그런데도 고대 중국인은 문을 뜻이 아닌 말과의 관계 속에서 사유하는 것은 무엇 때문인가? 이것은 근대 중국인이 신민체·보장체(報章體)·속화(俗話)·백화를 논의하면서 언문일치나 언문합일처럼 뜻이 아닌 말과의 관계 속에서 사유하는 것과 밀접한 관련이 있다. 엄밀히 말하자면, 신민체나 백화는 말의 범주에 속하는 언어가 아니라 문의 범주에 해당하는 문자라고 할 수 있다. 우리가 이것을 말과 동일하게 생각하는 것은, 언과 문의 대립 관계를 통해 백화를 이해하는 데에서 기인하는 하나의 '오류'이다. 이러한 오류는 말이나 글은 모두 뜻을 표출하는 기표이며, 기표인 말이나 글은 기의와의 관계 속에서 성립한다는 평범한 사실을 망각한 데서 비롯된다. 따라서 원론적으로 볼 때, 글은 또 다른 기표인 말이 아니라 기의와의 관계 속에서 논의해야 마땅할 것이다. 그렇다면 왜 근대 중국인은 이러한 평범한 사실을 위배하면서까지 말을 새로운 언어의 반성적 척도로 간주하는 것인가?

뜻-말-글의 관계 속에서의 말은 단순한 의사전달 수단으로서 말을 의미하지 않는다. 이러한 말은 "마음에 있으면 뜻이 되고 말로 드러나면 시가 된다[在心爲志, 發言爲詩]"처럼 마음에 있는 뜻이 밖으로 표출되는 통로로서, 뜻을 가장 근접하게 표출할 수 있는 '목소리'를 의미한다. 여기서 시는 뜻을 직접 표현하는 것이 아니라 뜻의 목소리인 말을 표출[發]하는 것이 된다. 다시 말하면, 뜻은 마음의 목소리이며 그 목소리가 밖으로 드러난 형태가 말이 되는 것이다. 고대 중국인은 말이 인간의 내부에서 울려오는 것이기 때문에 말을 그 사람의 정령이 배어 있는 신성한 사물로 인식한다. 그래서 『춘추』에서는 입언·입덕·입공을 삼불후라고 하며, 공자는 "불언, 수지기지(不言, 誰知其志)"라고 하여, 말을 인간의 마음과 동일한 차원으로 이해한다. 이것은 말이 뜻의 본의를 가장 잘 표출할 수 있는 '투명한' 언어로 인식하기 때문이다. 이러한 말의 투명성에 대한 신뢰감으로 인해 고대 중국인은 문을 쓸 때에도 뜻을 직접 표현하는 것이 아니라 뜻의 목소리인 말을 쓰는 것으로 이해한다.[34] 여기서 우리는 고대 중국의 말이 단순한 의사소통의 수단이 아니라 뜻의 목소리라는 의미와 뜻을 가장 잘 표출할 수 있는 투명한 언어의 의미를 지닌다는 사실에 주목해야 할 것이다.

근대 중국의 언문일치론은 고대 중국의 글이 언문이 일치된 글인데 후세에 언문이 배치되어 폐단이 생기기 시작한다는 논리에서 출발한다. 량치차오는 "고인은 문자와 언어가 합치되어 있으나 금인은 문자와 언어가 분리되어 있다"고 하며, 후스는 "우리나라는 언문이 배치된 지 오래되었다"고 인식한다. 여기서 우리는 그들이 의심 없이 수용하고 있는, 중국 고대의 글은 언문일치된 글이라는 점에 대해 반성적으로 검토할 필요가 있다. 이점이 바로 언문일치론이 성립할 수 있는 기본적인 명제로 작용하기 때문이다. 앞서 살펴보았듯이 고대 중국인은 문의 문제를 의-언-

---

34) 글쓰기에 길들여진 시대에는 말을 간단하고 직접적인 의사소통 수단으로 여기지만 구술문화 속에 사는 사람들은 말에 위대한 힘이 깃들여 있다고 인식한다. 활자에 깊이 영향받고 있는 사람들은 말이란 우선 목소리이며 사건이며 그러므로 필연적으로 힘에 의해 생기는 것이라는 사실을 잊고 있다. 왜냐하면 그들은 오히려 말을 어떠한 평면상에 '내던져진' 사물과 같이 생각하는 경향이 있기 때문이다(월터 J. 옹, 이기우·이명진 역, 『구술문화와 문자문화』, 문예출판사, 1995, 54면).

문의 관계 속에서 사유하고 있다. 그러나 그들은 언―문의 관계를 언문일치론처럼 일치나 배치의 문제로 이해하지 않는다.『춘추좌전』의 "언이족지, 문이족언(言以足志, 文以足言)"에서는 '족(足)'이라는 계사를 통해 글은 말을 충실하게 표출할 수 있다고 인식한다. 또『주역』「계사전」의 "서불진언, 언불진의(書不盡言, 言不盡意)"에서는 '부진(不盡)'이라는 계사를 통해 글은 말을 다 표출할 수 없다고 인식한다. 이 두 가지 논리는 글의 능력에 대한 평가는 다르지만 글을 말의 표출과 관련지어 사유한다는 점에서는 동일하다. 그런데 우리는 이러한 논리 속에서 고대 중국의 글이 말과 일치하는 글이라고 단정할 만한 근거를 발견할 수 없다. 글이 말을 표출한다는 것은 결코 글과 말이 일치한다는 것을 의미하지 않기 때문이다. 족이나 부진이라는 것은 표출하려는 뜻과의 관계 속에서 성립하는 개념이지 언문의 일치를 추구하는 것은 아니다. 이러한 문이 표출하는 말은 의사소통 수단으로서 말이라기보다는 뜻의 목소리로서 말이라고 할 수 있다. 다만 춘추좌전의 논리는 문이 뜻을 충실하게 표출할 수 있다고 신뢰하며, 주역의 논리는 문이 뜻을 표현하는 데 제약성이 있다고 인식하는 차이점이 있다. 이러한 제약성은 뜻의 목소리로서 말을 표출한 글이라 하더라도 그것 역시 뜻을 추상화한 '기후스' 형식으로 존재한다는 데에서 기인한다. 즉, 아무리 사물에 가깝게 형상화된 글이라 하더라도 그것 역시 의미를 추상화한 기호에 불과하기 때문이다. 이러한 관계 속에서 글은 원천적으로 뜻과 거리감을 지니지 않을 수 없다. 그래서 고대 중국인들은 언어의 '제약성'을 승인하고 뜻을 직접 표출하는 개념적 언어가 아니라 의미를 함축하고 있는 형상적 언어를 요청하게 된다. 주역의 괘나 상, 그리고 장자의 우언(寓言) 등은 언어의 제약성을 극복하기 위한 형상적 언어라고 할 수 있다. 그러나 이들 역시 언어 자체는 부정하지 않으며 효과적인 의미 전달을 위해 형상적 언어를 요청할 따름이다. 이것은 언어는 뜻을 충실하게 전달하지 못하는 제약성을 지니지만 언어를 통하지 않고는 뜻을 전달할 수 없는 곤혹감 속에서 비롯된 것이다. 이런 맥락에서 볼 때 고대 중국인 역시 언어는 뜻의 충실한 표현을 목적하지만 그것은 뜻에 최대한 근접하는 상태만이 가능할 뿐 완전한 일치는 불가능함을 인식한다는 사실을 알 수 있다.

그렇다면 우리는 고대 중국의 글을 언문일치된 글이라고 간주할 수는 없을 것이다. 비단 고대 중국의 글뿐만 아니라 어떠한 글이라도 언문이 일치된 글은 존재할 수 없다. "원래 구어와 문어는 다르다. 그것은 말하는 일과 쓰는 일이 다른 행위이기 때문이다. 따라서 그것이 일치하는 언어란 결코 있을 수 없다."35) 언문일치된 글 자체가 성립불가한 것이라면 우리는 근대 중국의 언문일치론을 어떠한 의미로 해석해야 하는 것인가? 필자는 언문일치론의 문제를 말과 글의 일치라는 현상적인 해석에서 벗어나 다른 차원에서 논의해야 한다고 생각한다. 한자와 같이 사물이나 의미를 형상으로 나타낸 문자는 구체적인 대상을 표출하는 데에서 출발한다. 이러한 문자는 그 표출대상의 의미와 투명하게 결합되어 기표와 기의 사이의 거리감이 존재하지 않는다. 그러나 인간의 사유가 점차 추상화되어 가면서 문자가 본래 지니고 있던 의미가 인신되거나 확장되어 기표와 기의가 투명하게 결합된 본래 상태에서 탈피하게 된다. 즉, 하나의 기표가 처음에는 구체적인 대상을 본뜬 것에서 시작하였지만 그 대상에 대한 인식이 넓어져감에 따라 그 대상의 속성·양태·관계 등을 포괄하는 추상적인 기호로 바뀌어 간다. 그러다가 나중에는 그 구체적인 상은 망각되고 인신된 의미만을 지시하는 기표로 변화되어 본래적인 기의가 사라지게 된다.36) 가령, 성리학의 주요 개념인 리(理)는 본래 옥을 다듬는다는 구체적인 의미였으나 송대 신유학에 이르러 형이상학적인 도덕 개념으로 추상화된다. 이것은 개념 자체의 자율적인 변천이 아니라 인간의 사유가 변천함에 따라 그 의미를 재해석하는 과정

---

35) 가라타니 고진, 박유하 역, 『일본근대문학의 기원』, 민음사, 1997, 64면.
36) 王國維, 「釋理」, 『王國維文學美學論著集』(周錫山 編校), 北岳文藝出版社, 1987, 127면 참조.

에서 빚어진 현상이다. 이러한 상태에서 문자와 사물 사이의 투명한 관계는 사라지고 오히려 인신된 개념이 사물의 해석을 규정하는 가치전도 현상이 벌어진다.

이러한 가치전도 현상은 인간의 사유와 언어 사이에서도 발생한다. 본래 언어는 인간의 뜻의 충실한 표출을 위해 존재한다. 그러나 인간의 사유는 언어와 불가분의 관계를 지니기 때문에 언어를 통해야만이 사유를 진행할 수 있다. 그래서 언어는 인간의 사상 감정을 표출하는 단순한 기호가 아니라 인간의 사유를 특정한 방향으로 제한하는 규정력을 지니게 된다. 언어가 인간의 사유를 제한하는 정도가 극한에 다다를 때 사유와 언어의 가치전도 현상이 벌어진다. 이러한 언어는 인간의 뜻을 자유롭게 표출할 수 있는 가능성을 제한하거나 사물을 관습적으로 해석하게 만드는 '불투명한' 언어로 작용한다. 이러한 언어를 통해 사물을 표출할 경우 그것은 사물의 본 모습이 아니라 언어 속에 내포된 관습적 사유를 통과한 '해석되어진' 사물이 된다. 즉, 인간의 자연스런 느낌에서 우러나오는 것이 아니라 관습적 세계 속의 사물이 되는 것이다. 이것은 사물의 진실과 접촉할 가능성을 차단하여 인간의 진실한 뜻의 표출을 제한하는 장벽으로 작용한다. 따라서 사물과 인간 사이의 투명한 관계를 회복하기 위해선 그것을 장해하는 언어를 해체하는 일이 우선적인 과제가 되는 것이다. 이것은 명실이 뒤바뀐 가치전도된 상황을 바로잡으려는 공자의 '정명(正名)'이나, 사물의 본래적인 모습을 인위적(허위적)인 해석으로 변질시켜 놓은 상태에서 벗어나 자연스런 상태로 돌아가려 한 노장의 '무위자연(無爲自然)'의 원리와 유사하다고 할 수 있다.

근대 중국인이 문언을 언문이 배치된 글이라고 인식하는 것은 이러한 가치전도 현상과 관련되어 있다. 그러나 이 가치전도라는 것은 말에서 멀어진 글이라는 현상적인 차원을 넘어선다. 만약 문언의 문제를 말과 글의 거리감 차원으로 이해한다면 말과의 거리감을 회복하는 것이 그 대안이 될 수 있을 것이다. 하지만 이러한 이해방식으로는, 문학혁명론자들이 사상적 측면에서 문언을 비판하고 그 폐지를 주창하거나 백화 반대론자들이 백화로는 성현의 도를 전달할 수 없다고 말하며 필사적으로 문언을 수호하는 근본원인을 설명할 수가 없다. 문언을 성현의 도를 전달하는 언어라고 신성시하는 것이나 문언을 폐지하는 것이 새로운 문학 생성의 언어적 조건으로 보는 사유 속에는, 문언을 단순한 의사전달의 도구가 아니라 사상, 감정, 가치가 배어 있는 독립된 생명체로 인식하는 논리가 내포되어 있다. 이것은 문언을 단순히 말과의 관계 속에서가 아니라 사상 감정을 포함하는 뜻의 차원에서 인식하는 논리이다. 따라서 언문일치에 대한 우리의 관심은 말과 글의 일치 여부가 아니라, 뜻 혹은 뜻의 목소리로서 말과 글이 어떠한 관계를 지니고 있는가의 문제로 향해야 할 것이다.

근대 중국인은 말을 문언의 구속력에 벗어나 주체의 자유로운 뜻에 따라 표출한 투명한 언어라고 인식한다. 이것은 사물에 대한 인식을 미리 규정하는 문언의 불투명성에서 탈피하여, 사물을 접촉하는 주체의 뜻에 따라 그것을 투명하게 표출함을 의미한다. 이러한 말 속에는 주체의 뜻을 구속하는 어떠한 관념도 없으며 주체의 뜻의 목소리가 관건이 될 뿐이다. 근대 중국의 언문일치론은 이러한 말을 통한 문언의 해체전략 속에서 탄생한다. 따라서 말과 글이 일치한다는 것은 글이 말이라는 의사전달 수단과 일치한다는 것을 의미하지 않는다. 언문일치의 문제는 기표인 말과 글의 관계가 아니라 뜻의 목소리로서의 말과 글의 관계 속에 존재한다. 여기서 관심대상이 되는 것은 말과 일치하는 글의 문제가 아니라 뜻의 목소리를 투명하게 표출할 수 있는 글이 된다. 뜻과 글 사이에 말을 매개한 것은 그것이 뜻에 근접할 수 있는 통로가 되기 때문이다. 따라서 언문일치라는 것은 말과 글이라는 서로 다른 영역의 일치를 추구하는 것이 아니라 뜻의 표출에 적합한 언어 곧, 뜻의 목소리로서 '말에 가까운 글'을 쓰자는 의미라고 할 수 있다. 다시 말하면, 이것은 뜻을 자유롭게 표출하지 못하는 불투명한 글에서 벗어나 뜻의 본의를 투명하게 표출할 수 있는 말에 가까운 글의 확립을 궁극목적으로 삼는다. 말에 가까운 글은 결코 말의 범주가 아니라 말에 가까운 '글쓰기'라는 글의 존재방식에 속한다.

이러한 맥락에서 볼 때 언문일치의 문제는 구어에 가까운 쉬운 글을 쓰자는 것을 넘어 사유와 언어의 투명한 관계를 회복하려는 정신적인 의미를 지니고 있다. 다시 말하면, 이것은 단순히 문자상의 문제가 아니라 가치전도된 세계인식을 바로잡으려는 사유의 진실성 문제에서 기원하는 것이다. 언문일치론은 말이 서면어와 달리 인간의 뜻을 생생하고 직접적으로 표출할 수 있다고 신뢰하며, 말을 사유의 진실성을 보장할 수 있는 통로로 설정한다. 이러한 사유 속에서 구어는 바로 뜻의 목소리로서 말이 언어화된 형태가 된다. 그들은 이러한 말을 구어와 동일시하며 구어에 근접하는 것 즉 언문일치된 것이 사유의 진실성을 보장해주는 언어적 조건이라고 인식한다. 그래서 근대 중국의 언문일치론은 글보다는 말을 신뢰하며 백화를 글이 아닌 말의 범주로 이해한 것이다. 이것이 바로 근대 중국문학이 말에 가까운 글쓰기 혹은 음성주의적인 글쓰기를 추구하는 내면원리이다.

여기서 우리는 근대 언문일치론이 사유의 진실성을 보장한다고 신뢰해마지 않는 이 말의 실체에 대해 의문을 가질 필요가 있다. 말이 글에 비해 생생하고 자유롭다는 것[37]은 공인된 사실이지만, 그것이 곧바로 사유의 진실성을 보장해주는 근거가 될 수는 없기 때문이다. 뜻의 목소리로서 말이 진실성을 보장받기 위해선 먼저 말하는 주체의 뜻이 진실하다는 전제가 성립되어야 한다. 말은 글에 비해 주체의 뜻을 비교적

---

37) 서면어는 閑雲이나 野鶴 같은 감흥이나 오랫동안 통용되던 인류의 보편적인 정감을 부각시키는데 사용할 수 있지만, 날마다 새로워지는 당대의 복잡한 생활과 복잡한 인물과 이야기를 표현하려면 어려움을 감수해야 한다. 구어는 조탁하지 않은 좋은 구슬 같이 감정의 깊이가 얕기는 하지만(특히 새로운 언어와 意象의 경우) 탄력성이 크고 생동감이 풍부하며, 게다가 당대의 생활과 직접 연계되어 있어서 비교적 서사에 적합하다(진평원, 『중국소설서사학』, 살림, 1994, 394면).

근접하게 전달할 수는 있지만, 말과 글 자체가 진실성 여부를 판정하는 기준이 될 수는 없다.[38] 관건은 말하는 주체의 뜻의 진실성 여부에 달려 있다. 만약 주체의 뜻이 관습적 사유에 얽매여 진실하지 못하다면, 주체의 뜻의 목소리인 말 역시 진실할 가능성이 없기 때문이다. 따라서 말의 진실성에 기반하는 언문일치론은 말하는 주체의 진실성 문제로 귀착되지 않을 수 없다. 이러한 주체는 문언의 관습적 사유에서 벗어나고 나아가 중국의 전통적 사유에 포섭되지 않고 자유롭게 사유할 수 있는 존재이다. 이 지점에서 언문일치의 주체는 반전통주의적인 실천주체(개인)와 은밀히 상통한다. 다시 말하면, 진실성이 보장된 이러한 주체의 뜻의 목소리가 말이며, 이러한 말에 가깝게 쓴 글이 언문일치된 글이 되는 것이다. 결국 언문일치의 가능성 여부는 이러한 주체 확립의 문제로 나아가며, 국어 혹은 표준어의 문제는 그들이 사용하는 글의 '제도적' 가능성의 문제로 인식된다. 이러한 맥락에서 볼 때, 근대 중국의 언문일치론은 사유와 언어의 투명한 관계 회복을 추구하며, 뜻의 목소리인 투명한 말을 실천의 매개고리로 삼으며, 말의 투명성은 주체의 진실성 여부에서 구하는 논리구조를 지닌다고 할 수 있다.

근대 중국의 언문일치론은 말하는 주체를 누구로 설정하느냐의 문제와 말에 가까운 글쓰기를 어떻게 실현할 것인가의 문제에 따라 두 가지 논리로 구체화된다. 하나는 량치차오와 같이 계몽적 관심에서 접근하여, 말하는 주체를 계몽자로 설정하고 그 말은 계몽대상의 언어에서 끌어들이는 방식으로, '수용자 중심'의 언어론을 형성한다. 다른 하나는 후스와 같이 사유와 언어의 관계에서 접근하여, 말하는 주체와 그 언어를 통일적으로 이해하며 '백화문학론'을 주창한다. 먼저, 수용자 중심의 언

---

38) 음성문자는 특정의 한 언어에 의존하고 있으며 관념은 음성으로 바뀌고 그 음성이 관용화된 추상적인 기호의 형태로 가시화되어야 하며, 그리고 이것이 다시 언어의 소리로 바뀌어 원래의 관념으로 환원되어야 한다. 게다가 일단 언어가 문어화된 형식을 가지면 그 후의 어떤 음성변화도 철자법에 의해 조정되어 구어체와 문어체 사이에 상당한 차이가 생기게 된다(앨버틴 가우어, 강동일 역, 『문자의 역사』, 새날, 1995, 31면).

어론에 대해 살펴보자. 량치차오는 "고인은 말과 글이 일치되어 있으나 금인은 말과 글이 분리되어" 있다고 인식하며 언문일치론을 제기한다. 여기서 량치차오가 말하는 금인의 글은 중국의 글 일반이 아니라 말에서 멀어진 문자(문언)로 쓰여진 육경과 같은 글을 의미한다. 이러한 글은 일반 백성들이 사용하는 구어와 분리되어 있어서 쉽게 이해할 수 없는 것이다. 이와 달리『수호전』·『삼국지연의』·『홍루몽』 같은 소설이나 민간가요는 일반 백성들이 구사하는 말과 거리감이 없는 언문일치된 글이다. 그래서 일반 백성들은 "성현의 가르침"이 있는 문언보다는 자신의 말과 근접한 소설이나 민간가요를 쉽게 수용한다. 량치차오는 이러한 입장에서 일반 백성을 계몽하는 일에는 말에서 멀어진 문언보다는 그들의 구어에 근접한 통속적인 언어가 더욱 효과적이라고 인식한다.

량치차오의 언문일치론은 이러한 계몽론적 관심에서 출발한다. 그래서 량치차오의 관심은 사유와 언어 사이의 가치전도 현상을 해체하고 사유와 언어의 투명한 관계 회복을 추구하는 길로 나아가지 않는다. 그가 관심을 가지는 말은 뜻의 목소리로서의 말이 아니다. 그것은 일반 백성들이 사용하는 구어와 같은 의사전달 수단으로서의 말을 의미한다. 량치차오는 이러한 말을 통해 자신의 뜻을 표출하고자 한다. 이것은 백성들의 뜻과 그 말이 일치된 관계를 추구하는 것이 아니라 계몽자의 뜻과 계몽대상의 말이 결합하는 절충적인 관계를 지닌다. 이러한 말은 인간의 뜻과 글 사이의 투명한 관계를 매개하는 목소리라기보다는 인간의 내면 밖에 존재하는 외부적 언어라고 할 수 있다. 그래서 량치차오의 언문일치론은 문언 속에 내포되어 있는 가치전도적 사유방식을 해체하지 못하고 일반 백성들의 구어에 가까운 평이한 글을 자기 목적으로 삼는다. 이것은 량치차오가 "사물에는 각기 부류가 있고, 인간에게는 각기 등급이 있다"는 관점에 따라 "성현의 가르침"이 있는 문언을 모르는 우중(愚衆)을 위해 언문일치론을 제기하기 때문이다. 이것은 가치전도적 언어로서 문언을 비판하는 논리가 아니라 계몽적 관심을 충족시키기 위한 언어론이라고 할 수 있다. 그래서 량치차오는 문언 자체를 부정하지 않으며 동성파나 팔고문처럼 구식(句式)과 격조(格調)에 얽매여 사상 전달을 장애하는 규범적인 문언을 비판한다. 결국 량치차오는 문언 속에 내포되어 있는 전통적 관념이나 가치에 대한 해체로 나아가지 못한 채, 난해한 언어를 지양하고 평이한 언어를 쓰자는 '수용자' 중심의 언어론을 추구하게 된다.

이러한 언어론에서는 말의 주체와 글이 분리되는 현상이 벌어진다. 다시 말하면, 말하는 주체인 계몽자와 계몽의 언어 사이에 이질적인 거리감이 발생함으로써 오히려 말과 글이 일치되지 못하는 자기 모순이 드러나게 된다. 이것은 사유와 언어의 투명한 관계보다는 계몽적 언어를 통한 사상의 전달에 그 목적을 설정하기 때문이다. 이러한 거리감으로 인해, 신민체는 비록 나약하고 생기 없는 동성파와 육조체(六朝體)의 고문을 타도하여 산문의 격식과 격조의 구속을 받지 않게 한다[39]는 측면에서 그 역사적 의미가 있지만, 글쓰기 주체의 개성적 언어보다는 계몽적 관심을 총족하기 위해 속어·운어(韻語)·외국어 등을 혼융적으로 사용하여 문장의 통일성이 파괴되는 현상이 빚어진다. 또 소설론에서는 소설적 사유에 대한 관심이 부재한 채 계몽적 관심으로 소설의 통속적인 언어를 끌어들여, 소설이 왜 독자에게 쉽사리 수용되는가에 주목하는 훈침자제(熏浸刺提)식의 빈곤한 미학적 원리만을 제시할 뿐이다. 이러한 현상들은 모두 사유와 언어의 관계 속에서 언어의 문제를 사유하지 않고, 언어 외적인 계몽적 관심에서 계몽자의 사유와 계몽대상의 언어를 절충한 데서 빚어지는 곤혹감의 표출이라고 할 수 있다. 결국 평이한 글쓰기를 추구하는 량치차오의 언문일치론은 사유와 언어 사이의 거리감으로 인해 말과 글이 일치하지 않는 혼돈 속으로 빠져들고 만다.

량치차오의 언문일치론 속에 내재되어 있는 이러한 모순은 말하는

---

39) 鄭振鐸, 「梁任公先生」, 『中國近代文學論文集1919~1949』 槪論·散文卷, 257~291 면 참조.

주체와 그 언어가 근원적으로 불일치하는 데에서 빚어진 현상이다. 후스는 말하는 주체와 그 말을 백화를 통해 일치시킴으로써 량치차오의 곤혹감에서 벗어난다. 후스는 량치차오의 언문일치론이 사회를 두 부분으로 나누어 "하나는 '그들'이고 다른 하나는 '우리들'이다. 한편은 마땅히 백화를 사용해야 하는 '그들'이고, 다른 한편은 마땅히 고문고시를 지어야 하는 '우리들'이다"[40]고 이원화하는 것을 비판한다. 그리고 '그들'과 '우리'와 분리되지 않는 하나의 생명력 있는 인간으로 설정하고 그러한 인간의 내부에서 표출되는 진실한 언어를 백화라고 인식한다. 후스의 사유 속에서 백화는 주체의 사유 밖에 존재하는 외부적 언어가 아니라 그 속에 내재되어 있는 '내면적' 언어이다. 후스는 이러한 내면적 언어를 통해 주체의 사유와 그 언어 사이의 거리감을 해소하며, 그러한 언어를 새로운 문학 창출의 가능성의 조건으로 인식한다.

① 근세의 문인들은 성조나 글귀에만 연연했을 뿐 심오한 사상이나 진실한 감정이 없었다. 문학이 쇠퇴하게 된 그 주된 원인이 여기에 있었던 것이다. 이처럼 글[文] 자체를 중시하는 데서 나온 폐단이 이른바 글에 내용이 없다는 것이다. 이 폐단을 바로 잡으려면 반드시 내용[質]으로 해야 하는데, 그 내용은 다름 아닌 감정과 사상 이 두 가지인 것이다.[41]

② 중국 장래의 신문학이 사용하는 백화가 곧 장래의 중국의 표준 국어이다. 중국의 장래의 백화문학을 만드는 사람이 바로 표준 국어를 제정하는 사람이다.[42]

---

40) 胡適,「五十年來中國之文學」,『胡適文存』1集, 遠東圖書公司, 1990. "一邊是他們, 一邊是我們, 一邊是應該用白話的他們, 一邊是應該做古文古詩的我們."
41) 胡適,「文學改良芻議」, 위의 책. "近世文人沾沾于聲調字句之間, 既無高遠之思想, 又無眞摯之情感, 文學之衰微, 此其大因矣. 此文勝之害, 所謂言之無物者是也. 欲救此弊, 宜以質救之. 質者何. 情與思二者而已."
42) 胡適,「建設的文學革命論」, 위의 책, 1990. "中國將來新文學用的白話, 就是將來中國的標準國語. 造中國將來白樺文學的人, 就是制定標準國語的人."

①에서 후스는 중국문학이 쇠퇴한 원인을 사상 감정 같은 내용을 중시하지 않고 형식적인 문자만의 조탁에 빠진 것에서 구한다. 그러나 여기서 후스가 말하는 근세 문인들의 문자는 사상 감정이 없는 순수한 문자를 의미하지는 않는다. 그 문자 속에도 근세 문인들의 사상 감정이 담겨져 있다. 그것은 '살아 있는[活]' 것이 아니라 '죽은[死]' 사상 감정이다. '죽은' 사상 감정을 표상하는 문언은 '살아 있는' 문학의 진화를 장애하는 근원악으로 기능한다. 이것은 투명한 현실인식과 살아 있는 사상 감정의 표출을 차단하는 가치전도된 언어이기 때문이다. 이러한 사유 속에서 대립되는 것은 난해한 글과 평이한 글이라는 언어상의 문제가 아니라 '살아 있는' 사유와 '죽은' 사유 사이의 정신적인 대립이다. 근세 문인들의 문학이 '죽은' 문학인 것은 '죽은' 문자를 사용하여 '죽은' 사상 감정을 표현하기 때문이다. 그래서 후스는 '죽은' 문학의 언어적 규범인 문언에서 벗어나는 일이 '살아 있는' 문학으로 나아가는 가능성의 조건으로 인식하며, 그 선결 조건으로 문자개혁을 위한 백화문운동을 주창한다. 후스의 언문일치론은 문언을 폐지하고 백화를 전용한다는 문자의 차원을 넘어, 문언 속에 내포된 전통적인 사상 감정을 부정하며 백화를 통해 사유와 언어의 근원적 불일치를 해소한다는 데에 그 진정한 의미가 있다.

그렇다면 이러한 백화는 어떻게 가능한 것인가? 후스는 이탈리아에서는 단테의 신곡에 사용된 이탈리아 북부 속어가 표준국어가 되고 영국에서는 초서의 소설과 위클리프의 성경번역에서 사용한 런던 지방의 속어가 영국의 표준국어가 된다고 인식한다. 그래서 후스는 이탈리아와 영국의 국어 형성사와 같이 규범화된 문언을 폐지하고 구어(백화)를 사용한 문학을 통해 표준 국어를 제정할 수 있다고 주장한다. 언어 중심의 문학개혁에 관심을 두는 것은 그가 문학정신의 중요성을 간과해서가 아니다. 후스 역시 "무턱대고 백화만 있어 가지고는 새로운 문학이라고 할 수 없다는 것은 나도 알고 있다. 새로운 문학은 반드시 새로운 사상과 정신을 지녀야함을 나도 알고 있다."43) 그런데도 후스가 언어에 관심을 가지는 것은 사유는 언어를 통해서 이루어지고 언어는 사유를 제약할 수 있다는 사유와 언어의 불가분성을 주목하고 있기 때문이다. 후스에게 백화는 특정 이념이나 관습에 의해 규정됨이 없이 발화자의 사상 감정이 직접 드러나는 투명한 목소리를 의미한다. 이것은 "눈과 귀로 직접 보고 들으며 직접 관찰한 사물들을 하나하나 자신이 만든 표현으로써 형용하고 묘사하는"44) 개별자의 목소리이다. 이것은 인간의 외부가 아니라 인간의 내부에서 울려오는 것으로 인간의 감각적 표상의 자연스런 유출이다. 백화는 이러한 인간의 목소리와 동일한 말이다. 후스가 백화를 글이 아닌 말이라고 여기는 것은 백화가 구어에 기반한 것이기도 하지만, 말과 글에 대한 '위계적' 가치평가에서 비롯된다. 백화를 언문일치된 언어라고 인식하는 것 속에는 이미 그것이 글이라는 생각이 전제되어 있다. 언문일치라는 것 자체가 말이 아니라 글을 개혁하기 위한 구호이기 때문이다. 언문일치라는 구호가 말을 글에 일치하게 개조하는 것이 아니라 글을 말에 일치하게 변혁하는 것이라는 사실은 당시에 이미 공인된 사실이다. 한자를 폐지하고 주음자모나 라틴문자로 대체하자는 것은 말의 개혁이 아니라 글의 개혁에 해당한다. 그런데도 백화를 말로 간주하는 것은 그것이 문언과 같은 글이 아니라 뜻의 목소리를 살아 있는 말로 표출하는 글이기 때문이다. 이러한 사유 속에서는 글보다는 말이 진실성을 보장하는 언어가 된다. 그래서 백화는 글쓰기의 원리보다는 주체의 말을 중시하는 말 아닌 말로 이해되는 것이다. 백화를 말로 간주하는 것은 글과 말의 혼동이라기보다는 백화에 언어적 진실성을 부여하려는 전략이라고 할 수 있다. 후스에게 백화는 단순한 의사소통의 수단이 아니라 투명한 세계인식이 보장되는 '가치평가'된

---

43) 胡適, 「逼上梁山」, 『胡適文存』 1集, 遠東圖書公司, 1990. "我也知道光有白話算不得新文學, 我也知道新文學必須有新思想和新精神."
44) 胡適, 「文學改良芻議」, 위의 책. "惟在人人以其耳目所親見親聞所親身閱歷之事物, ——自己鑄詞以形容描寫之."

언어이다. 후스가 백화를 그토록 중시하는 것은 살아 있는 문학은 이러한 백화를 통해야만이 가능하기 때문이다. 후스의 사유 속에서 주체의 뜻, 말, 백화, 문학, 진실, 생명 등은 동일선상에 놓여 있는 개념이다. 그래서 살아 있는 문학은 백화와 긴밀한 친연관계를 지니며, 백화는 뜻의 목소리인 말의 투명한 유출이며, 이러한 말은 주체의 진실성 여부에 달려 있게 된다. 그래서 백화의 문제는 말과 글 사이의 거리감을 일치시킨다는 차원을 넘어서 결국 백화의 주체인 발화자의 문제와 은밀히 소통하고 있다. 이러한 점을 이해한다면, 우리는 후스가 표준 국어의 제정을 표준 문법이 아니라 백화문학에서 구하고, 표준 국어의 제정자를 언어학자가 아니라 백화문학가로 인식하는 내적 원인을 알 수 있을 것이다.

그렇다면 언문일치의 백화를 구사하여 창작한 문학은 구체적으로 어떠한 것인가? 주지하듯이 5·4시대의 소설은 주관적이고 개인화된 색채를 띠는 '자전체' 소설이 주류를 이룬다. 본래 근대 중국인이 언문일치론을 요청한 것은 사유와 인간의 투명한 관계를 회복하고, 주체의 뜻의 목소리를 자유롭게 표출하기 위해서이다. 현상적으로 볼 때, 자전체 소설은 백화를 통해 사물의 진실한 리얼리티와 자유로운 사상 감정을 표출하려는 언문일치론의 전략과 일치하는 문학은 아니다. 왜냐하면 자전체 공간 속에는 사물의 리얼리티보다는 내성화된 이미지가 지배하고 자유로운 사상 감정보다는 일상적이고 소극적인 정감이 충만하기 때문이다. 그렇다고 이것을 언문일치론의 이상과 실천 사이의 거리감에서 비롯된 현상이라고 볼 수는 없다. 만약 문제의 근원이 언문의 불일치에 있다면 구어에 가까운 글쓰기를 통해 이 문제를 해결할 수 있을 것이다. 물론 필자는 자전체 소설의 문학사적 의미를 부정하는 것은 결코 아니다. 필자가 관심을 가지는 부분은 언문일치론의 주장이 왜 실제 창작에서 '내성화된 언어'로 나타나는가 하는 점이다. 언문일치론은 이론상에서 사물의 참모습과 인간의 진실한 감정을 투명하게 표출하자는 것이지 결코 사물의 주관적인 이미지나 정감을 내성적으로 묘사하자는 논리는

아니다. 내성화된 언어가 바로 언문일치된 백화나 투명한 언어라고 볼
수는 없다. 그렇다면 이 내성화된 언어를 어떻게 이해해야 하는 것인가?
만약 이 문제가 백화문 운용의 미숙에서 기인한다면 반백반고(半白半古)
투의 어색한 언어가 출현해야 하지만, 자전체 텍스트 속에는 만청의 문
장과 같은 경향이 그렇게 두드러지지 않는다.45) 가령, 위다푸는 고전문
학의 소양이 풍부하고 특히 고전시 창작에서는 발군의 실력을 지니고
있지만, 그의 소설은 간간이 고전시나 자신의 고체시를 삽입하고 있을
뿐(그것 역시 작품의 내적 필요에 의한 삽입이다) 전반적으로 백화문에 가까우
며 고문의 색채는 거의 드러나지 않는다.

　그러면 위다푸의 텍스트를 중심으로 언문일치론과 내성화된 언어 사
이의 관계에 대해 살펴보자. 위다푸는 량치차오나 후스처럼 언문일치론
에 대해서 구체적으로 언급하지 않는다. 위다푸는 언문일치에 대한 언
급보다는 문학은 내면 요구의 표현이나 자서전이라는 논리를 주장한다.
이것은 위다푸에게 언문일치의 문제가 더 이상 논의할 필요가 없는 창
작의 당위적 요건으로 수용되고 있음을 의미한다. 위다푸의 문학론은
언문일치론의 논리구조 위에서 성립된 것이라고 볼 수 있다. 위다푸는
문학을 인간의 내면요구의 표현이라고 인식하는데, 이것은 인간의 마음
에서 울려나오는 뜻의 목소리를 표출하는 논리와 상통한다. 내면요구라
는 것은 인간의 외부에 존재하는 어떠한 규범이 아니라 인간의 내부에
서 생성되는 사상 감정을 의미하며, 표현이라는 것은 내면의 목소리를
자연스럽게 유출하는 것을 뜻한다. 문학은 자서전이라는 것 역시 인간
의 진실한 사상 감정과 체험을 중시하는 것으로, 사유와 언어의 투명성
을 추구하는 논리이다. 언문일치론이나 자서전론은 모두 인간의 내면을
의미 생성의 근원공간으로 인식하고, 그곳에서 솟아오르는 진실한 목소
리를 말에 가깝게(자연스럽게) 표출한다는 공통점을 지니고 있다. "할 말

---

45) 5·4 소설가의 백화문 운용에 대해서는 진평원, 『중국소설서사학』, 살림, 1994,
　　189~191면 참조.

이 있을 때 말을 한다”는 후스의 언문일치론은 “사람들이 고통을 느낄 때 소리를 지르지 않을 수 없다. 이때 외칠 수 있는 소리는 저음이거나 아니면 고음일 수밖에 없다”는 위다푸의 내면요구로 자연스럽게 이어지고 있다.

이러한 맥락에서 볼 때 우리는 언문일치론과 내성화된 언어가 모순적인 관계라기보다는 내적으로 소통하는 관계임을 알 수 있을 것이다. 그렇다면 무엇 때문에 언문일치론이 내성화된 언어로 나아가는 것인가? 언문일치론은 뜻의 목소리로서 말을 신뢰하고 내성화된 언어는 내면요구에 대한 신뢰에 기반하고 있다. 이것은 인간의 사유를 제한하는 어떠한 제도나 규범을 부정하고 인간이 자유롭게 느끼는 바를 직접 유출하는 것이 바로 진실이라고 인식한다. 그래서 말하는 주체와 내면 주체의 진실성을 중요시하고 그곳에서 발하는 것이 진실한 말과 문학이라고 신뢰한다. 이러한 신뢰 속에서 말과 내면은 진리를 보장하는 척도로 인식되고 문학은 그 내면의 말(목소리)을 자연스럽게 유출하는 것이라는 ‘의식’이 정착된다. 이러한 의식은 ‘성인을 대신하여 말한다’는 문언적 사유를 부정하고 자신의 내면요구를 투명하게 표출하는 것을 새로운 문학적 ‘제도’로 정착시킨다. 이러한 문학적 제도로 인해 인간은 내면요구의 발견에 주목하고 그것을 투명하게 표출하는 문학을 중시하게 된다. 이 과정에서 자아·개성·내면요구·표현·유출 등의 개념이 문학의 관건이 되며 그것이 진실과 자연스러움을 보장하는 척도로 작용한다. 이러한 의식이 만들어낸 문학적 장치가 바로 자전체이다. 자전체는 외부세계나 타인의 간섭 없이 자기의 내면을 숙성시키고 발현하는 투명한 공간이다. 자전체 속에서 숙성시킨 내면의 목소리를 투명하게 표출하는 언어가 바로 백화가 된다. 백화가 내성화된 특성을 지니는 것은 그것이 어떠한 격식이나 문법체계에 기반하지 않고 내면의 직접적인 표출에서 근원하는 언어이기 때문이다. 여기서 내성화된 언어라는 것은 그 자체 부정적인 말이 아니다. 이것은 규범화된 문언적 사유에서 벗어나 인간의 내면 속에서 숙성되어 자연스럽게 유출된 언어라는 의미이다. 현재 우리의 눈으로 볼 때 그것이 내성화된 언어일지 모르지만, 당시 그들에게는 진실하고 투명한 언어로 인식되었을 것이다. 그들에게 내면은 바로 진리를 발견하고 인식하는 공간이며, 백화 곧 내성화된 언어는 그 진리를 투명하게 표출하는 통로로 이해되기 때문이다. 우리는 그러한 사실을 자전체 속에 극단적인 두 가지 언어가 공존한다는 점에서 확인할 수 있을 것이다.

멍하니 한참 바라보다가 그는 갑자기 등뒤에서 제비꽃의 숨소리가 들려오는 것을 느꼈다. 살랑살랑 소리를 낸 길가의 작은 풀이 그의 몽환경을 깨버렸다. 그가 고개를 돌려보니 그 작은 풀은 아직도 한들한들 움직이고 있었다. 그때 제비꽃의 숨소리를 띤 온화한 바람이 그의 창백한 얼굴로 따사로이 불어오고 있었다. 이렇게 맑고 온화한 초가을의 세계에서, 이렇게 맑고 투명한 에테르 속에서 그의 온 몸은 도취된 듯이 나른함을 느꼈다. 그는 마치 인자한 어머니의 품에서 자는 것 같았고, 꿈속에서 도화원에 도착한 곳 같았으며, 남유럽의 해안에서 애인의 무릎을 베고 오수에 젖어든 것 같았다.

그가 사면을 둘러보자 사방의 초목들은 모두 그에게 미소를 짓는 듯했다. 또 창공을 바라보자 영구불변의 자연은 슬그머니 고개를 끄덕이고 있는 듯 했다. 꼼짝 않고 한참 동안 하늘을 바라보자 푸른 하늘 속에는 등에 날개를 달고 어깨에는 화살을 건 한 떼의 선녀들이 어지러이 춤을 추고 있는 듯이 느꼈다. 그는 너무나도 즐거워 부지불식간에 혼자 중얼거렸다.

여기야말로 너의 피난처다. 세상의 속물들은 너를 투기하고 너를 경멸하며 너를 우롱하지만, 대자연의 만고불변의 하늘, 늦여름의 미풍, 초가을의 맑은 기운만은 너의 친구요, 너의 어머니요, 너의 애인이다. 그러니 너는 반드시 속세로 다시 가서 저 경박한 남녀들과 함께 거처를 같이할 필요가 없다. 너는 곧 이러한 대자연의 품속에서, 이런 순박한 시골에서 일생을 마치면 된다.46)

---

46) 郁達夫,「沉淪」,『郁達夫文集』1卷, 花城出版社, 1991. "呆呆的看了好久, 他忽然覺得背上游一陣紫色的氣息吹來, 息索的一響, 道旁的一枝小草竟把他的夢境打破了. 他回轉頭來一看, 那枝小草還是顚搖不已, 一陣帶着紫羅蘭氣息的和風, 溫微微的噴到他那蒼白的臉上來. 在這淸和的早秋的世界裏, 在這澄淸透明的以太(Ether)中,

이 문장은『소박한 제사[薄奠]』에서 북경의 맑은 날의 먼 산을 묘사한 장면,『소춘의 날씨[小春天氣]』에서 도연정의 울창한 갈대에 비친 낙조를 묘사한 장면,『신기루[蜃樓]』에서 항주의 호수와 산의 잔설을 묘사한 장면과 함께 그의 소설 가운데서 '풍경'을 묘사한 4대 명문으로 꼽힌다. 여기서 우리는 자연의 풍경을 묘사한 언어뿐만 아니라 내면의 목소리를 표출한 언어가 공존한다는 사실을 발견할 수 있다. 고전소설에서 만청 소설에 이르기까지 풍경은 이야기 전개 속에 우연히 출현하거나 상투적인 수법에 의한 생기 없는 풍경이 주를 이룬다. "풍경을 묘사하는 곳에 이르면, 변려문과 시사 속의 많은 상투어가 자연스럽게 튀어나온다. 빽빽하게 늘어놓아 벗어나려고 해도 할 수가 없고 달려가려 해도 그럴 수가 없다." 그래서 대체로 풍경의 구체적인 시공간이나 개성적인 묘사를 찾아보기 힘들며 대부분 몇 마디 서술하다 그칠 뿐이다.[47] 이것은 서술의 중심이 되는 인물이나 사건에 종속되어 풍경이 아직은 독립적인 인식대상으로 간주되지 않기 때문이다. 풍경이 독립적인 심미대상으로 묘사되는 것은 자전체 소설에 이르러서이다. 그런데 자전체가 내성화된 언어로 쓰여진 것임을 환기한다면 이 속에서 풍경의 독자적인 모습이 드러난다는 사실은 무언가 모순적으로 보인다. 현상적으로 볼 때 주관화된 내면 세계를 표현하는 것과 객관적인 풍경의 세계를 묘사하는 것 사이에는 이질적인 거리감이 발생하기 때문이다.

他的身體覺得同陶醉似的酥軟起來. 他好象是睡在慈母懷裏的樣子. 他好象是夢到了桃花源裏的樣子. 他好象是在南歐的海岸, 躺在情人膝上, 在那裏貪午睡的樣子. 他看看四邊, 覺得周圍的草木, 都在那裏對他微笑. 看看蒼空, 覺得悠久無窮的大自然, 微微的在那裏點頭, 一動也不動的向天看了一會, 他覺得天空中有一群小天神, 背上插着了翅膀, 肩上掛着了弓箭, 在那裏跳舞. 他覺得樂極了. 便不知不覺開了口, 自言自語的說 : "這裏就是你的避難所. 世間的一般庸人都在那裏妒忌你, 輕笑你, 愚弄你; 只有這大自然, 這終古常新的蒼空皎日, 這晚夏的微風, 這初秋的淸氣, 還是你的朋友, 還是你的慈母, 還是你的情人; 你也不必再到世上去與那些輕薄的男女共處去, 你就在這大自然的懷里, 這純朴的鄕間終老了罷."
47) 진평원, 『중국소설서사학』, 살림, 1994, 166면. 참조.

　그렇다면 자전체 속에서 풍경은 어떠한 방식으로 묘사되고 있는가? 위의 문장에서 묘사되고 있는 풍경은 자연과 하늘이다. 그런데 여기서 묘사된 풍경은 객관적인 대상으로서의 풍경이라기보다는 무언가 주관화된 이미지와 결합된 풍경의 모습이다. 온화한 바람이나 나른한 초가을의 세계, 미소짓는 초목, 고개를 끄덕이는 자연 등은 객관적인 리얼리티를 지니는 풍경이 아니라 내면화된 풍경에 가깝다. 이러한 풍경은 인간의 내면 밖에 존재하는 사실적인 모습이 아니라 내면 속에서 재구성된 '인간화된' 풍경이라고 할 수 있다. 이것이 바로 고전소설에서 이야기나 인물에 의해 밀려나거나 문언의 상투적인 묘사에 의해 소외된 풍경이 자전체 소설 속에서 '발견되어진' 풍경의 모습이다. 다시 말하면, 이야기와 인물을 중시하는 관습적 사유에 의해 막혀 있던 풍경과 인간의 투명한 관계를 회복하고, 관습적인 표현에 묶여 생기를 잃어버린 풍경을 인간의 내면 속에서 활기찬 사물로 되살려내고 있다. 이것은 있는 그대로의 사실적인 풍경이 아니라 내면에 의해 발견되어진 내적인 풍경이다. 이러한 내면화된 사물인식이 바로 자전체가 리얼리티를 획득하는 방식이다. 자전체는 이러한 방식으로 소외되고 무의미한 풍경을 생기 있는 사물로 끌어올리는 것이다. 이런 맥락에서 볼 때, 내적인 풍경을 묘사한 언어가 내성화된 언어가 되는 것은 자기 모순이 아니라 내적인 일치를 이룬다고 할 수 있다.

　자전체 속의 내적 풍경은 풍경의 사실성보다는 그것을 내면화하는 인간의 내적 진실이 더욱 중요하다. 풍경 자체는 내면에 포착되지 않을 경우 소외된 사물의 상태로 존재하기 때문이다. 그래서 내면은 소외된 풍경을 되살려내는 한편 그것을 통해 자신의 내면요구를 충족시킨다. 다시 말하면, 풍경은 소외된 풍경에서 내적 풍경으로 재생되고 그리고 다시 내면의 목소리로 전환되어 내성화된 언어를 통해 유출되어 나온다. 이러한 언어는 내면과 깊숙이 밀착되어 있어서 풍경의 객관적인 측면은 사라지고 주관화된 이미지가 충만하다. 여기서 풍경은 완전히 내면화되어 "여기야말로 너의 피난처다"는 '중얼거림'으로 변환된다. 중얼거림은 내면의 저 밑바닥에서 솟아오르는 목소리이다. 이것은 내면과 가장 밀착한 곳에서 울려 퍼지는, 내면의 목소리와 언어가 가장 투명하게 결합된 상태이다. 자전체에서는 이러한 언어가 가장 사실적이고 투명한 언어가 된다. 이러한 내성화된 언어로 인해 자전체 속에는 풍경에서 중얼거림에 이르는 두 극단이 모순 없이 통합될 수 있는 것이다.

그렇다면 이러한 내성화된 언어가 살아 있는 문학을 생성하는 가능성의 조건이 되는 것인가? 내성화된 언어는 문언의 관습적인 사유를 해체하고 인간의 내면을 언어의 집으로 설정함으로써 삶과 인간의 본질에 대한 존재론적 사유를 가능케 한다. 근대 중국인은 이러한 언어를 통해 비로소 자신의 내면에 관해 사유하고 그 속에서 울려 퍼지는 목소리를 투명하게 표출할 수 있게 된다. 이것은 내성화된 언어가 인간의 내면을 탐사하는 통로가 되어 인간 존재에 대한 근원적인 통찰을 가능케 하기 때문이다. 이러한 기반으로 인해 근대 중국의 내면문학이 생성될 수 있었던 것이다. 이점이 바로 내성화된 언어의 문학사적 공헌이다. 그러나 이러한 언어적 가능성이 진정한 문학을 보장해주는 것은 아니다. 이것은 내성화된 언어의 투명성이 주체의 진실한 내면에 의해 가능한 것이기 때문이다. 후스의 언문일치론은 어떻게 말(백화)이 문언적 사유에 물들지 않는 순수한 언어로 존재할 수 있는지, 어떻게 말이 진실성을 보장하는 언어가 될 수 있는지 그리고 이러한 말을 표출하는 것으로 어떻게 살아 있는 문학이 성립될 수 있는지 등의 내적 곤혹감을 지니고 있다. 후스는 순수한 주체인 개인과 순수한 언어인 백화를 설정하여 이러한 내적 곤혹감을 해소해버린다. 그러나 이것은 사유상에서만 가능한 설정이며 현실 속에서 그 곤혹감은 끝없이 따라다닌다. 이것은 내성화된 언어 속에서 그대로 반복된다. 내성화된 언어는 과거의 모든 언어적 전통을 부정한 상태에서 무엇을 근거로 새로운 언어를 생성할 수 있는지, 전통적인 언어적 습관에서 벗어나 자유롭게 사유할 수 있는 주체가 가능한 것인지, 그리고 이러한 주체의 뜻의 목소리나 내면의 요구가 진실하다는 것을 어떻게 보장할 수 있는지 등의 내적인 곤혹감이 연속된다. 자전체 소설이 현실세계에 대한 깊이 있는 통찰이 부재한 채 부정의식만이 충만하고, 자아의 목소리가 직접 유출되어 상징과 은유의 언어가 약화되고, 대화적인 언어보다는 망상, 중얼거림과 같은 단일한 언어가 지배적인 것은 바로 이러한 내적 곤혹감에서 기원하는 현상이다.

여기서 우리는 이러한 곤혹감을 반성하기 위하여 왕궈웨이와 루쉰의 글쓰기에 관한 입장에 대해 주목할 필요가 있다. 왕궈웨이와 루쉰은 공교롭게도 언문일치나 백화에 대해 직접적으로 언급하거나 독자적인 논리를 펴지는 않는다. 그러나 이것이 그들의 사유 속에 언어에 대한 관심이 부재하다는 것을 의미하지는 않는다. 그들은 말을 중심으로 삼는 언문일치론보다는 말을 사용하는 주체의 진실한 정신이나 사상의 문제에 관심을 지니고 있다. 이것은 말 자체에는 진리를 보장하는 어떠한 근거도 없으며, 말하는 주체의 진실성 여부에 따라 그 말의 의미내용이 결정된다고 인식하기 때문이다.

왕궈웨이는 글쓰기의 진실성을 말에 가깝게 쓰는 것에서 구하지 않는다. 오히려 그는 입에서 나오는 대로 내뱉는 말 속에는 인생에 대한 깊은 통찰이 부재하다고 인식한다.

> 니체는 "모든 문학 가운데서 나는 혈서로 쓴 것을 좋아한다"고 말한다. 이욱의 사는 참으로 이른바 혈서로 쓴 것이다. 송의 도군 황제의 「연산정」 또한 대략 그것과 비슷하다. 그러나 도군은 자기 신세에 대한 느낌만을 말한 것에 불과하고, 이욱은 정중히 석가와 그리스도가 인류의 죄악을 짊어진 뜻을 지니고 있다. 그래서 그 사의 깊이가 진실로 같지 않다.[48]

---

48) 王國維,「人間詞話」18,『王國維文學美學論著集』(周錫山 編校), 北岳文藝出版社, 1987. "尼采謂 : '一切文學, 余愛以血書者.' 後主之詞, 眞所謂以血書者也. 宋道君皇帝「燕山亭」詞亦略似之. 然道君不過自道身世之感, 後主則儼有釋迦, 基督擔荷人類罪惡之意, 其大小固不同矣."

왕궈웨이는 인간의 마음속에 있는 목소리를 그대로 유출하는 것은 "자기 신세에 대한 느낌을 말한 것"에 불과하다고 인식한다. 이러한 상태를 벗어나기 위해선 석가나 그리스도가 인류의 죄악을 통찰하듯이, 우주와 인생의 진상에 대한 깨달음이 전제되어야 한다. 그래서 왕궈웨이는 감정을 직접적으로 드러내는 말의 문제에 집착하지 않고, 말의 깊이를 보장할 수 있는 주체의 인격의 문제를 우선시한다. 왕궈웨이는 이러한 인격에서 발원하는 글쓰기를 말과 관련지어 해석하지 않고 '경계'라는 개념을 통해 사유해나간다. 왕궈웨이는 "진경물과 진감정이 있는" 상태가 경계이며, 이러한 경계를 구현하는 글쓰기가 바로 진정한 문학이라고 인식한다. 이러한 경계 있는 글쓰기는 말을 그대로 유출하는 문학이나 규범화된 표현, 전고, 수식을 위주로 하는 '보철문학(餔餟文學)', '문수문학(文秀文學)'49)과 구별되는, 삶의 진실을 추구하는 문학이다. 이 것은 우주와 인생의 진실을 통찰한 인간에게 가능한 문학세계이다. 현 상계의 인간은 욕망의 대상인 이해에 대한 관심으로 충만해 있다. 대상 지향적인 욕망은 사물의 본질이나 자신의 의식 깊은 곳에 들어가는 데 장애가 된다. 따라서 이러한 욕망으로부터 벗어난 상태에서 사물이나 자신의 내면을 관조할 때 비로소 사물의 껍데기나 가벼운 감정에 유혹 되지 않고 진실한 정신세계에 도달할 수 있는 것이다. 왕궈웨이는 이러 한 정신세계를 지닌 인격 주체의 목소리에서 바로 진실한 언어가 창출 될 수 있다고 인식한다.

경계 있는 글쓰기는 문언의 언어적 구속성에서 벗어난 이상적 자아 를 설정하는 언문일치론과 달리, 인생에 대한 체험, 수양, 직관의 진정 성을 구현하는 심미적 인격을 그 가능성의 조건으로 삼는다. 그래서 이 러한 글쓰기는 자아의 내면요구를 직접적으로 표출하는 자전체의 형식 으로 나아가지 않는다. 오히려 개인적이고 자기 위안적이고 사적인 감

---

49) 王國維, 「文學小言」 1, 위의 책.

정을 절제하여, 유아적인 세계에서 벗어나 자아와 사물이 혼연일체되는 '불격(不隔)'의 세계를 추구한다. 이것은 왕궈웨이의 문학적 사유가 욕망하는 자아의 목소리나 말을 중심으로 삼지 않고 우주와 인생의 진리를 통찰하는 직관의 목소리에 기반하고 있기 때문이다. 이점이 바로 감정의 직접성에 의존하는 근대 중국의 언문일치론을 반성적으로 사유할 수 있는 왕궈웨이의 글쓰기 원리이다.

루쉰은 "시대가 바뀌면 사물은 당연히 변화한다"는 인식하에, "자기와 관계없는 시대의 문장"인 문언의 사용에 대해서는 적극 반대하며, "우리는 현대의 자신의 말로 이야기해야 한다. 살아 있는 구어를 써서 자신의 사상이나 감정을 똑바로 표현해야 한다"고 주장한다. 루쉰은 자기 시대와 관계되는 살아 있는 문장을 사용하여 자기 시대의 사상 감정을 진실하게 표현해야 한다고 인식한다. 이 점에 있어서는 인간의 뜻과 언어가 가치전도된 문언의 구조를 해체하고 뜻의 목소리로서의 말을 표출하려는 언문일치론의 논리와 상통한다고 할 수 있다. 하지만 루쉰은 부패한 사상은 문어뿐만 아니라 구어로도 쓸 수 있다는 관점에 입각하여, 문장의 혁신만으로는 중국의 변혁이 불충분하다는 인식한다.[50] 그래서 루쉰은 문장의 문제에 앞서 그 문장을 사용하는 인간의 사상의 문제에 더 많은 관심을 보이며, 글에 대한 말의 우월성이나 말에 가까운 글쓰기의 문제보다는 언어 주체의 진실한 정신 문제에 더욱 주목한다.

나는 미래에 대한 큰 희망을 아직 잃지 않고 있기 때문에 지자(知者)의 마음의 소리를 경청하고 그 내요(內耀)를 자세히 살피고자 한다. 내요란 어둡고 캄

---

50) 다만 우리가 옛날에 죽은 사람의 말씨를 흉내내는 일에 정력을 허비하는 것을 그치고 대의 살아 있는 인간의 말을 쓰도록 하자, 그리고 문장을 골동품 취급하는 것을 그치고 알기 쉬운 구어의 문장을 쓰자고 주장하는 정도의 것입니다. 그렇지만 문학혁신만으로는 충분하지 않습니다. 이렇게 말하는 것은 부패한 사상은 고문으로도 쓸 수 있지만 구어로도 쓸 수 있기 때문입니다. 그 때문에 이윽고 사상 혁신을 주창하는 사람이 나타났습니다(魯迅, 「소리없는 중국」, 『魯迅文集』 4, 일월서각, 1986, 79면).

캄함을 파괴하는 것이다. 마음의 소리란 거짓과 전혀 상관이 없다.[51]

> 진실에 가까운 목소리를 냅니다. 진실한 목소리일 때 비로소 중국 사람과 세계의 사람을 감동시킬 수 있습니다. 진실한 목소리가 있을 때야말로 세계의 사람들과 더불어 살 수 있습니다.[52]

루쉰은 진실한 목소리를 지닌 인간의 마음의 소리를 말에 우선하는 것으로 인식한다. 이러한 마음의 소리는 사물의 근본을 통찰하고 지공무사(至公無私)의 정신을 지닌 주체의 내면 속에서 울려 퍼지는 것이다. 이러한 주체의 목소리는 내면 속에 유아적인 자기 위안의 공간을 만들어 그곳에서 울려 퍼지는 감정을 유출하는 독백의 목소리가 아니다. 이것은 동일성과 망각의 장치에 의해 깊숙이 은폐되어 있는 식인의 메카니즘을 통찰하고 풍자하는 목소리(『납함』)이자 절망적 현실을 버티며 저항해나가는 인간의 내면을 성찰하는 목소리(『방황』)이다. 그래서 이러한 목소리는 독백이나 중얼거림의 형식으로 귀결되지 않고 풍자와 성찰의 언어를 생성한다.

자기 시대를 표현하는 살아 있는 언어를 추구한다는 점에서 언문일치론과 루쉰의 언어관은 동질성을 지닌다. 그런데 그 구체적인 글쓰기 방식에 있어서 자전체의 내성화된 언어와 풍자 성찰의 언어로 갈라지는 것은 무엇 때문일까? 이것은 언문일치론에 내재되어 있는 논리적인 곤혹감, 즉 과거의 언어 전통으로부터 자유로운 이상적 자아를 설정하고 그러한 자아의 목소리 혹은 말에서 글쓰기의 진실성을 구하는 사유방식에서 기원하는 것이다. 루쉰은 암흑적인 현실에 대해 묵묵하고 끈기있게 전투하는 인격을 통해 전통 밖에 존재하는 이상적 자아를 부정하며, 이상적 자아의 말에 가까운 글쓰기가 아니라 정신계 전사의 진실에 가

---

51) 魯迅, 「破惡聲論」, 『魯迅全集』 8卷, 人民文學出版社, 1993, 23면. "吾未絶大冀于方來, 則思聆知者之心聲而相觀其內耀. 內耀者, 破黮暗者也; 心聲者, 離僞詐者也."
52) 魯迅, 「破惡聲論」, 위의 책, 82면.

까운 글쓰기를 추구함으로써, 언문일치론의 내적인 곤혹감에서 벗어나 있다고 할 수 있다. 바로 이곳에 근대 중국의 언문일치론을 반성적으로 사유할 수 있는 루쉰의 사유방법이 숨겨져 있다.

제9장 결론

이상에서 필자는 만청에서 5·4의 문학사 시간을 단선적 발전의 과정이 아니라 량치차오·왕궈웨이·루쉰·위다푸의 문학적 사유가 '총체적 긴장의 흐름'을 형성하는 공간으로 서술하였다. 그들은 민족적 위기의식의 테두리 속에서 문학적 사유를 숙성시키며 구국과 계몽을 실천하는 데에 궁극적 관심을 지니고 있다. 그러나 그들은 '국민성 개조'라는 보편적인 주제를 지니고 있지만, 동일한 사유체계를 형성하는 것은 아니다. 그들은 전통과 근대를 사유하는 입장, 민족적 위기에 대한 인식, 그리고 실천방식에 따라 다음과 같은 사유체계를 생성하고 있다. 량치차오는 중체서용론의 입장에서 근대를 사유하며, 민족의 위기를 '공(公)' 의식의 부재에서 비롯한 현재의 위기로 인식하고, 공적인 인격을 통한 '군(群)' 세계의 확립을 모색한다. 왕궈웨이는 중서겸통론의 입장에서 근대를 사유하며, 민족의 위기를 중국 정신의 부재에서 기인하는 근본의 위기로 인식하고, 형이상학을 통해 중국 '정신'의 확립을 추구한다. 루쉰은 문화편향론의 입장에서 근대를 사유하며, 민족의 위기를 식인구조

와 마비된 국민영혼에서 기원하는 근본적 위기로 인식하고, 식인구조의
해체를 통한 인간적 삶의 조건과 주체 확립을 모색한다. 위다푸는 반전
통주의의 입장에서 근대를 사유하며, 민족의 위기를 자아의 실존의 위
기로 인식하고, 타락한 현실에 대한 저항을 통해 자유세계를 추구한다.

그들의 문학적 사유는 바로 이러한 사유체계 속에서 생성된다. 그들
의 문학적 사유는 동일한 시대적 맥락에서 출현하고 있지만 그 사유방
법이나 지향세계는 매우 다르다. 량치차오는 '문이재군'론에 기반하여,
제국주의 시대에 중국이 생존하기 위한 공적인 문학을 추구한다. 이것
은 문학의 힘에 의존하여 중국의 현실을 직접 개혁하려는 정치 중심의
문학적 사유라고 할 수 있다. 왕궈웨이·루쉰·위다푸는 전통 문이재도
론에 대한 비판과 아울러 동시대의 지배적 문학담론인 량치차오 류의
공리주의에 대한 반성에서 출발한다. 왕궈웨이는 중국인은 오랫동안 현
세적이고 낙천적인 정신세계에 탐닉하여 삶의 참모습에 대한 형이상학
적인 사유가 부재하다고 인식한다. 그리고 이러한 정신의 결핍감에서
벗어나 삶의 본질과 인간의 존재의미에 대해 사유하는 일이 현재의 위
기를 구원하는 실천의 길이라고 이해한다. 왕궈웨이는 이러한 형이상학
적인 사유를 문학의 '무용지용'의 쓸모라고 부르며, 중국의 참모습과 그
정신에 대해 사유하고 실천하는 형이상학적 문학의 길을 걷는다. 루쉰
은 역사적이고 구체적인 삶의 문제 속에서 중국의 위기에 대해 사유한
다. 루쉰은 중국의 암흑적인 현실을 만들어낸 식인예교와 그것에 길들
여진 마비된 영혼을 개조하는 일이 중국 구원의 길이라고 인식한다. 루
쉰은 문학을 통해 중국의 어지러운 현실을 들춰내고 풍자함으로써 마비
된 영혼을 일깨운다. 루쉰은 이러한 문학의 '불용지용'의 힘에 기반하여
식인세계의 해체와 진정한 인간의 창출을 위한 전투적 문학의 길을 걸
어나간다. 위다푸는 중국의 위기가 진실한 내면을 지닌 자아가 존재하
지 않는 데에서 기원한다고 인식한다. 그래서 위다푸는 우주의 중심으
로서 자아를 확립하여 그의 내면요구에 따라 세계에 대한 반항과 변혁

을 모색한다. 그리고 위다푸는 자아의 내면요구의 표출이 바로 진실한 문학이라고 인식하며, 인간의 내면 속에서 울려 퍼지는 생의 욕망과 내밀한 음성을 탐사하는 실존적 문학의 길을 추구한다.

이들은 전통적인 문학적 사유방식에서 벗어나 공의식에 기반한 문이재군의 문학, 우주와 인생의 진리를 사유하는 형이상학의 문학, 중간물 사상에 기반한 현실 전투의 문학, 인간의 내면의 진실을 사유하는 실존문학의 길을 열어놓는다. 근대 중국 문학은 이들이 열어놓은 사유의 길을 따라 세계와 인간 존재에 관한 다각적인 탐색을 시도한다. 비록 민족적 위기라는 시대적 조건으로 인해 문학의 효용성이 부각되기는 하지만, 전통적인 우국문학의 수준에 머물지 않고, 개인적인 삶에 대한 존재론적인 사유에 기반하여 자아·개성·국민·국가·민족·자유·성·고독·영혼·계몽·혁명 등 사회 전반에 내재한 문제들을 사유하고 있다.

이상의 논의를 바탕으로 우리는 중국 근대문학사를 새롭게 열어나갈 수 있는 가능성에 대해 논의할 수 있을 것이다. 루쉰의 통찰대로, 모든 사물은 무한한 진화의 과정 속에 위치하는 중간물이며, 진화의 동력은 그 속에 내포된 편향을 바로잡아나가는 데에 있다. 그래서 문학사 재해석의 가능성도 기존 문학사의 편향을 반성하는 지점에서 시작해야 할 것이다. 20세기 중국문학론은 신민주주의 문학사관의 편향을 교정하여 최근에 이르기까지 지배적인 문학사 담론으로 작용하고 있다. 20세기 중국문학론은 토론의 물꼬를 정치적 담론에서 문학적 담론으로 돌렸다는 데에 역사적 의미가 있기는 하지만 여전히 몇 가지 편향성을 지니고 있다.

첫째, 20세기 중국문학의 기점으로 1898년을 설정하는 문제에 대해 살펴보자. 20세기 중국문학론은 옌푸의 「천연론」, 량치차오의 「역인정치소설서」, 치우정량의 「백화가 유신의 근본임을 논함」을 근거로 1898년을 20세기 중국문학의 기점으로 삼는다. 20세기 중국문학론이 1898년을 중시하는 것은 이 시기를 국민성 개조를 위한 계몽문학의 기원으로 인식하기 때문이다. 그래서 그들은 무술변법의 불철저성에도 불구하고

"현대 사상계몽의 중대한 의미"1)를 부각시킨다. 하지만 왕궈웨이·루쉰·위다푸의 문학적 사유가 량치차오 류의 국가주의 사상과 공리주의 문학에 대한 반성에서 출발한다는 점을 상기한다면, 1898년이나 변법파의 계몽주의 문학을 20세기 중국문학의 기원으로 보기는 힘들 것이다. 왕궈웨이·루쉰·위다푸는 량치차오의 국가주의에 기반한 정치적 문학에서 벗어나, 진실한 개인의 정신과 문학적 방식에 기반하여 국민성 개조의 문제를 사유하고 있다. 현상적으로 볼 때, 이들은 모두 계몽문학의 특성을 지니고 있지만, 그들이 추구하는 국민성의 의미내용에 있어서는 국가주의와 개인주의라는 중대한 차이점을 지니고 있다. 그리고 문학의 계몽방식에 있어서도 량치차오는 정치사상의 전달을 위한 문학의 언어적 유용성에 기대고 있는 반면, 왕궈웨이·루쉰·위다푸는 인간의 정신과 영혼을 감화시키는 문학의 무용지용의 쓸모에 기반하고 있다. 더군다나 20세기 중국문학론이 집체주의 사상에 대한 반발과 개인주의 사상의 실천에 기반한다는 사실을 감안하면, 량치차오 류의 집체주의 사상을 그 기원으로 설정하는 것 자체가 하나의 모순이라고 할 수 있다.

둘째, 량치차오와 왕궈웨이를 양대 산맥으로 설정하고 루쉰을 변증법적으로 종합한 인물로 이해하는 논리에 대해 살펴보자. 20세기 중국문학론은 량치차오와 왕궈웨이를 극단적인 대립으로 이해하지 않고 두 가지 시대정신를 대표하는 "내재적 일치"의 관계로 인식한다. 즉, 량치차오는 제국주의를 반대하는 강렬한 민족주의 정서를 지니며 왕궈웨이는 봉건 전제 사상 통치를 반대하는 민주주의 요구를 지니는 것으로 인식한다. 이것은 신민주주의 문학사에서 배제되어 있던 량치차오와 왕궈웨이를 복원하여 그 문학사적 의미를 긍정적으로 평가한 것이다. 이로 인해 단절되어 있던 만청과 5·4 문학이 연속적 과정으로 이해할 수 있는 접점이 마련된다. 여기서 우리는 20세기 중국문학론이 어떠한 방식으로

---

1) 錢理群·吳福輝·溫儒敏·王超水,『中國現代文學三十年』, 上海文藝出版社, 1987 , 2면.

량치차오와 왕궈웨이를 재평가하는지에 대해 살펴볼 필요가 있다. 20세기 중국문학론은 반제 민족주의의 측면에서 량치차오를 재평가하고 반봉건 민주주의 측면에서 왕궈웨이를 재평가하여, 량치차오와 왕궈웨이의 대립적인 이해보다는 반제반봉건의 역사적 사명을 수행하는 상보적인 관계로 해석한다. 다시 말하면, 20세기 중국문학론은 반제반봉건의 문제틀을 통해 량치차오와 왕궈웨이의 문학사적 의미를 재평가한다고 할 수 있다. 량치차오의 경우는 그래도 민족 제국주의 시대에 생존하기 위한 국가주의의 길을 걷는다는 면에서 볼 때 어느 정도 실제에 부합한다고 할 수 있다. 그러나 량치차오의 민족주의에 대한 평가 역시 그가 기반하고 있는 국가주의 사상과 연관지어 살펴보아야, 그 속에 내포되어 있는 역사적 의미와 한계를 드러낼 수 있을 것이다. 왕궈웨이의 경우에는 반봉건의 관점에서 그 문학사적 의미를 평가한다. 하지만 왕궈웨이의 진정한 의미는 전통 중국문학에 결핍되어 있던 형이상학적 사유의 길을 열어놓았다는 데에서 그 의미를 찾아야 할 것이다. 이러한 형이상학적 문학은 결코 반봉건의 문제와 동일시할 수 없는 것이다. 왕궈웨이는 우주와 인생의 참모습에 대한 문학적 사유의 길을 개척함으로써 근대 중국문학의 상상공간을 더욱 확장해놓는다. 이러한 문학사적 의미는 20세기 중국문학론이 경계지어 놓은 계몽문학의 범주 밖에 위치한다고 할 수 있다.

다음으로 루쉰을 량치차오와 왕궈웨이의 문학관을 지양하고 종합하는 것으로 이해하는 점에 대해 살펴보자. 루쉰은 「문화편지론」에서 량치차오류의 대중정치를 서구문화의 근본을 망각한 채 사적 권력 욕망만을 추구하는 것이라고 강력하게 비판한다. 그리고 루쉰의 문학적 사유는 개인의 진정한 정신을 기반으로 삼는다는 점에서 군치를 정점으로 삼는 량치차오의 문학적 사유와는 본질적인 차이를 지닌다고 할 수 있다. 또 왕궈웨이와 루쉰은 인생 역정이나 사유체계의 면에서 볼 때 계승-발전의 관계라기보다는 상이한 길을 걸어간 동시대인에 가깝다.

1898년에 왕궈웨이는 평소 동경하던 신학문의 꿈을 실현하기 위하여 고향인 절강을 떠나 상해의 시무보와 동문학사에서 수학을 시작하고, 루쉰은 이때 왕궈웨이와 마찬가지로 고향인 절강을 떠나 남경의 강남수사학당과 강남육사학당에 부설된 광무철로학당에 입학한다. 그리고 이 시기에 왕궈웨이는 서구의 자연과학·철학·미학 등을 공부하며 서학 전반에 대한 기초를 닦기 시작하며, 루쉰은 옌푸의 『천연론』을 비롯한 당시의 혁신사상을 접하며 민족의 운명과 사회의 개혁의 문제에 눈을 떠가기 시작한다. 그들은 실리적이고 정치적인 량치차오 류의 담론과 반성적 거리를 유지하며 삶의 근본과 인간의 진실성을 추구해나간다. 하지만 이러한 유사성 속에서도 왕궈웨이는 현실 문제와 일정한 거리를 두며 우주와 인생의 진상을 밝히는 형이상학적 문학을 추구하고, 루쉰은 역사적이고 구체적인 현실 속에서 그 변혁 가능성을 사유하는 전투적 문학의 길을 걷는다. 이러한 맥락에서 볼 때 루쉰은 량치차오와 왕궈웨이의 문학관을 종합한 것이 아니라 그 둘과는 질적으로 상이한 문학적 사유체계를 지닌다고 할 수 있다.

셋째, 민족 영혼의 개조에 대해 살펴보자. 20세기 중국문학론은 '민족 영혼의 개조'의 문제를 중국 근현대문학의 전체 주제로 설정한다. 그래서 20세기 중국문학을 근대-현대-당대의 삼분법으로 단절하지 않고 '계몽주의' 문학의 범주 속에 통합하고 있다. 하지만 20세기 중국문학의 경계를 국민성 개조라는 계몽의 범주 속에 묶어둠으로써, 근대 중국문학이 열어나가는 다양한 문학적 사유들을 포용할 수 있는 공간이 협소하다. 근대 중국문학은 민족적 위기의식에서 출발하여 계몽의 과제로부터 자유롭지 못한 것은 사실이다. 그러나 문학적 사유 속에서 민족적 위기감은 동일한 형태로 드러나지 않고, 실천주체의 개인적인 경험과 시대인식에 기반하는 반성적 자기 기획 속에서 변형되어 나타난다. 량치차오는 공의식에 기반하여 국민의 정치의식을 개조하고, 왕궈웨이는 형이상학에 기반하여 국민의 정감을 교육하고, 루쉰은 중간물 사상에 기반하여 마비된 영혼을 일깨우며, 위다푸는 자아의 내면적 진실성에 기반하여 사랑과 동정이 충만한 인간관계를 추구한다. 그래서 이들이 지향하는 국민성 개조는 계몽이라는 하나의 범주로 동일시할 수 없는 문학적인 차이들을 지니고 있다. 그러나 20세기 중국문학론은 국민성 개조에 관한 이러한 실천방식들을 통찰하지 못하고 계몽의 연속적인 과정으로 이해할 뿐이다. 더군다나 계몽자와 계몽대상 간의 관계에 초점을 맞추어, 인간 존재의 내밀한 목소리를 탐사하는 내면문학의 문학사적 의미를 간과하는 편향을 지닌다. 이 때문에 20세기 중국문학론에서는 왕궈웨이 류의 형이상학적 문학이나 위다푸 류의 실존적 문학의 인간학적 의미를 이해하지 못하고, 외부세계로 향하는 계몽주의 문학에만 초점을 맞추게 되는 것이다.

넷째, 중국 근현대 문학사의 전 과정을 유기적 전체로 파악하는 것에 대해 살펴보자. 20세기 중국문학론은 근대−현대−당대의 삼분법을 타파하고 '20세기'라는 동일한 시간 개념으로 그것을 통합한다. 그리고 민족 영혼의 개조를 20세기 중국문학의 총주제로 설정한다. 이로 인해 20세기 중국문학론은 단선적 진화론의 성격을 지니게 된다. 하지만 문학사를 유기적 전체로 이해한다는 것이 단선적 진화론으로 해석한다는 것을 의미하지는 않는다. 신민주주의 문학론의 삼분법을 비판하는 것은 단선적 진화의 과정이 부재해서가 아니다. 오히려 반제반봉건의 단일한 이념에 의해 구체적인 문학의 역사가 소외되기 때문이다. 삼분법에서 벗어난다는 것은 문학과 시대의 투명한 관계를 회복하여 그 시대 문학의 역사적 의미를 밝혀주는 일이 된다. 이것은 또 다른 진화의 과정을 설정하여 그것으로 문학사를 단일하게 해석하는 것을 의미하지는 않는다. 단일한 해석은 구체적인 역사를 단순화할 때 가능한 일이다. 20세기 중국문학론은 정치적 담론에서 벗어나 문학적 담론을 확립하는 역사적 의미를 지니기는 하지만 단선적 진화론의 편향을 벗어나지는 못한다. 위에서 지적한 내적 모순들은 바로 단선적 진화론으로 문학사를 해석하는 과정에서 빚어진 편향이라고 할 수 있다.

새로운 문학사의 가능성을 열어나가기 위해서 우리는 20세기 중국문학론이 내포하고 있는 편향에 대해 반성적으로 사유해야 할 것이다. 필자는 본고의 논의에 기반하여 다음과 같은 해석방법을 제언하고자 한다.

첫째, 20세기 중국문학론의 편향은 문학사의 본질 규정에 입각하여 개별 문학적 사실들을 재해석하는 과정에서 발생하는 것이다. 그래서 선험적인 본질 규정에 의해 문학사의 광활한 사유공간을 구획하기 이전에, '그 시대에 문학은 무엇인가'라는 현재화된 물음을 통해, 그 시대 문학의 인간학적 의미를 밝히는 작업이 전제되어야 할 것이다. 문학 주체의 사유체계에 기반하지 않는 문학사의 본질 규정은 '탈역사화된' 이념에 이끌리어 단선적 진화론으로 빠질 가능성이 잠재되어 있다. 문학사는 단일하게 해석하는 데에 관건이 있는 것이 아니라 그 시대 문학의 역사적 의미를 찾아주는 데에 있다. 문학의 진화의 동력은 문학의 역사 밖에 존재하는 것이 아니라 그 시대를 고뇌하고 실천하는 문학 주체의 사유 속에 내재되어 있다.

둘째, 문학사의 광활한 사유공간을 단선적 진화론으로 구획하지 않고, 무수한 내적 모순들이 산재되어 있는 혼돈의 복합체로 이해해야 할 것이다. 더욱이 민족적 위기의식에 기반하는 근대 중국문학의 경우는, 중서의 가치전도, 전통과 근대, 현재의 이중성, 이상과 현실, 구망과 계몽, 역사와 가치, 신과 구 등의 이원적인 대립 속에서 생성된 것이다, 그래서 단일한 척도로 텍스트를 해석할 경우 오히려 그 속에 내포된 무수한 혼돈들을 소외시킬 가능성이 많다. 혼돈은 배제되어야 할 미숙한 상태라기보다는 그 자체에 창조의 힘이 중첩되어 있는 가능성의 조건이라고 할 수 있다. 따라서 본질 규정에 입각한 문학사 해석보다는 다양한 시대인식과 세대지평으로 형성되는 '총체적인 긴장의 흐름'을 밝혀야 할 것이다. 문학사의 진보는 바로 이러한 긴장관계 속에서 모순들을 극복해나가는 과정 가운데에 존재한다.

셋째, 문학 텍스트 속에 잠재되어 있는 내적 곤혹감들을 읽어내야 할 것이다. 근대 중국문학은 중서의 대비적 사유 속에서 생성된 것이어서 표면적 언술과 심층의 궁극적 관심이 일치하지 않는 현상이 나타난다. 대비적 사유 속에서 중국은 진보된 서구적 가치를 따라잡아야 하는 낙후된 대상으로 취급된다. 그래서 근대 중국문학은 반전통주의와 전반서화의 경향이 두드러진다. 그러나 근대 중국인은 서구 자체를 목적으로 삼는 것이 아니라 민족적 위기를 구원하기 위한 생성의 계기로서 서구적 가치를 요청한다. 이로 인해 표면적인 언술에서의 반전통주의와 전반서화의 경향과 궁극적 관심의 차원에서 민족 구원의 길이 모순적으로 통합되어 있다. 우리는 이러한 모순이 통합되어 있는 지점을 발견하여 그것의 의미와 편향을 밝혀주어야 할 것이다. 그들은 세계사적 지평 속에서 자기 시대와 현재를 새로운 가치의 시간으로 인식한다. 그러나 진화론 속의 낙관적 현재와 낙후되어 있는 중국의 현재라는 이중적 현재 사이에서 혼돈스러워하며, 중국 전통의 해체를 낙관적 현재로 나아가는 가능성의 조건으로 사유한다. 근대 중국문학은 이러한 사유 속에서 제 모습을 드러내기 시작한다. 하지만 두 가지 현재에 대한 혼돈을 구체적이고 역사적인 현실 속에서 풀어나가지 못하고, 진보의 관념을 통해 해소해버리는 현상이 두드러진다. 이 때문에 문학과 시대의 투명한 관계가 회복되지 못하고 금 우위의 단선적 진화론이 득세하며, 중서문화의 근본이 소통되지 못하고 주체의 이해관계에 지배되는 대비적 사유가 주류를 이루는 것이다. 이러한 내적 곤혹감으로 인해 근대 중국문학은 전통문학의 경계를 넘어서는 역사적 의미와 극복되어야 할 편향을 동시에 지니게 된다. 이러한 편향을 바로잡는 일이 바로 근대문학에 대해 반성적으로 사유하는 길이 될 것이다.

넷째, 문학 주체의 총체적인 사유체계 속에서 텍스트를 이해해야 할 것이다. 어떠한 문학 개념은 텍스트의 표면에 부각된 것을 집착하는 데에서 벗어나 그러한 텍스트를 만들어낸 문학 주체의 총체적인 사유체계 속에서 이해되어야 할 것이다. 가령, 국민성 개조의 문제는 5·4세대 만의 독점물이 아니라 어떠한 실천의 논리에서도 관건적인 문제로 사유되고 있다. 그래서 국민성 개조 자체가 다른 실천영역에 비해 우월하다고 판단할 수는 없으며, 실천 주체의 사유체계에 따라 국민성 개조의 의미 내용이 달라진다. 량치차오·왕궈웨이·루쉰·위다푸의 국민성 개조 문제에서 살펴보았듯이, 국민성 개조의 문제는 그것이 기반하고 실천 주체의 사유체계 속에서 해석될 때 그 역사적인 의미와 한계를 밝힐 수 있을 것이다. 이것은 비단 국민성 개조의 문제뿐만 아니라 공리 / 초공리, 유용 / 무용, 정치 / 문학, 문언 / 백화, 현실주의 / 비현실주의 등 중국 근현대문학사에서 익숙한 문제들을 재해석하는 관건적인 사유방법이 될 것이다.

참고문헌

1. 원전 및 번역본

梁啓超,『飮冰室合集』(『文集』 八冊,『專集』 十冊)』, 臺灣中華書局, 1970.

______, 夏曉虹 編,『梁啓超文選』上, 下, 中, 國廣播電視出版社, 1992.

______, 李基東·崔一凡 共譯,『淸代學術槪論』, 驪江出版社, 1987.

______, 李炳漢 역,『梁啓超』(『중국사상대계』 9), 신화사, 1983.

王國維, 周錫山 編校,『王國維文學美學論著集』, 北岳文藝出版社, 1987.

______, 佛雛 校輯,『王國維哲學美學論文輯佚』, 華東師範大學出版社, 1993.

______,『王國維戱曲論文集』, 中國戱劇出版社, 1984.

魯 迅,『魯迅全集』, 人民文學出版社, 1993.

______, 김시준 역,『루쉰소설전집』, 서울대 출판부, 1996.

______, 竹內好 譯註, 한무희 역,『魯迅文集』, 일월서각, 1987.

______, 이철준 외역,『루쉰선집』, 여강출판사, 1991.

郁達夫,『郁達夫文集』, 花城出版社, 1991.

______,『郁達夫文論集』, 浙江文藝出版社, 1985.

______,『郁達夫小說全篇』, 浙江文藝出版社, 1990.

陳獨秀,『陳獨秀著作選』, 上海人民出版社, 1993.

康有爲,『康有爲全集』, 上海古籍出版社, 1990.

嚴 復,『嚴復集』, 中華書局, 1986.

陳平原, 夏曉虹 編,『二十世紀中國小說理論資料』, 北京大學出版社, 1989.

魯 迅, 矛盾 等 編,『中國新文學大系』(1917~1927), 上海文藝出版社, 1981.

『辛亥革命前十年間時論選集』, 生活讀書新知三聯書店, 1977.

2. 단행본 및 논문

Levenson, *Liang Chi-chao and the Mind of Modern China*, Harvard University Press. 1953.

Levenson, 劉偉·劉麗·姜鐵軍 譯,『梁啓超與中國近代思想』, 臺北 谷風出版社,
　　　　1987.

M·S 까간, 진중권 역, 『미학강의』 1, 2, 벼리, 1989.

가라타니 고진, 박유하 역, 『일본근대문학의 기원』, 민음사, 1997.

강경구, 「위다푸 소설의 주제의식 연구」, 영남대 박사논문, 1993.

권성우, 「한국근대문학비평에 나타난 '타자의 현상학' 연구 1─김환태의 비평을
　　　　중심으로」, 『세계의 문학』, 1993년 여름.

김상봉, 「칸트와 숭고의 개념」, 『칸트와 미학』, 민음사, 1997.

김상환, 『해체론 시대의 철학』, 문학과지성사, 1996.

金時俊, 『中國現代文學史』, 지식산업사, 1992.

김영문, 「中國 新文學에서의 浪漫主義 變容에 관한 研究」, 서울대 박사논문,
　　　　1996.

김은희, 「梁啓超의 小說論 研究」, 『중국문학』 19집, 1991.

김종미, 「王充의 文學思想 研究─天人關係思想과의 관련성을 중심으로」, 서울대
　　　　박사논문, 1993.

김충렬, 『동양철학의 본체론과 인성론』, 연세대 출판부, 1982.

─────, 『中國哲學散稿』 1, 2, 온누리, 1988.

김학주, 『중국고대문학사』, 민음사, 1987.

김　현, 『한국문학의 위상 / 문학사회학』, 문학과지성사, 1991.

도정일 『시인은 숲으로 가지 못한다』, 민음사, 1995.

─────, 「문학성문제와 이 시대의 문학」, 『실천문학』, 1997년 봄.

들뢰즈, 김재인 역, 『베르그송주의』, 문학과지성사, 1996.

류창교, 「王國維 文藝批評 研究」, 서울대 박사논문, 1996.

류철균, 「한국 근대 문학 일반 이론 서설」, 『비평의 시대』 1, 문학과지성사, 1991.

민두기, 『中國近代改革運動의 研究』, 일조각, 1985.

만정기, 『晚淸 詩界革命과 梁啓超의 詩界革命論 研究』, 서울대 석사논문.

박　석, 『宋代 理學家 文學觀 研究』, 서울대 박사논문, 1992.

方正耀, 홍상훈 역, 『中國小說批評史略』, 을유문화사, 1994.

백낙청, 「문학과 예술에서의 근대성 문제」, 『창작과비평』, 1993년 겨울.

서영채, 「이상의 소설과 한국문학의 근대성」, 『소설의 운명』, 문학동네, 1996.

─────, 「인문주의, 근대성, 문화」, 『소설의 운명』, 문학동네, 1996.

서울대 동양사학연구실 편, 『강좌중국사』, 지식산업사, 1989.

설순남, 「淸末 維新派詩 硏究」, 서울대 박사논문, 1997.

송영배, 『중국사회사상사』, 한길사, 1990.

쇼펜하우어, 곽복록 역, 『의지와 표상으로서의 세계』, 을유문화사, 1898.

앨버틴 가우어, 강동일 역, 『문자의 역사』, 새날, 1995.

楊 義, 『中國現代小說史』 1, 人民文學出版社, 1991.

亦 蘇, 「十九至二十世紀中國文學斷代問題討論綜述」, 『中國現代文學硏究叢
         刊』 1987.

葉嘉瑩, 「從性格與時代論王國維治學途徑之轉變」, 『臺港暨海外學界論中國知識
         分子』, 河南人民出版社, 1994.

溫儒敏, 김수영 역, 『현대 중국의 현실주의 문학사』, 문학과지성사, 1991.

王 瑤, 『中國新文學史稿』, 上海文藝出版社, 1982년 수정판.

汪 暉, 「從文化論戰到科玄論戰」, 『學人』 第9輯, 江蘇文藝出版社, 1996.

______, 「反抗絶望―魯迅小說的精神特徵」, 『無地彷徨』, 浙江文藝出版社, 1994.

월터 J. 옹, 이기우・이명진 역, 『구술문화와 문자문화』, 문예출판사, 1995.

劉若愚, 이장우 역, 『중국의 문학이론』, 명문당, 1994.

유형규, 「『주역』「계사전(繫辭傳)」의 언어이론」, 『현대비평과이론』 12호, 1996.

陸宗達, 김근 역, 『說文解字通論』, 계명대 출판부, 1994.

李歐梵, 「現代性及其問題―五四文化意識的再探討」, 『學人』 第4輯, 江蘇文藝出
         版社, 1993.

伊藤好丸, 「亞洲的‘近代’與‘現代’―關于中國近現代文學史的分期問題」, 『二十一
         世紀』, 1992年 12月號(總14期).

李葆琰, 王保生, 「認眞求實, 共同探索―中國近現當代文學史分期問題討論會紀
         實」, 『中國現代文學硏究叢刊』, 1987年 第1期, 作家出版社.

이진경, 『철학과 굴뚝청소부』, 새길, 1994.

李澤厚, 『中國近代思想史論』, 人民大學出版社, 1979.

李澤厚, 김형종 역, 『중국 현대사상사의 굴절』, 지식산업사, 1994.

任訪秋, 『中國近代文學史』, 開封河南大學出版社, 1988.

林毓生, 이병주 역, 『중국의식의 위기』, 대광문화사, 1990.

임춘성, 「중국 근현대 문학사론의 검토와 과제」, 『중국현대문학』 12호, 1997.

장광직, 『신화 미술 제사』, 동문선, 1990.

장성만, 「개항기의 한국사회와 근대성의 형성」, 『세계의 문학』, 1993년 가을.

張 灝, 崔志海, 葛夫平 譯, 『梁啓超與中國思想的過渡(1890~1907)』, 江蘇人民出
版社, 1993.

錢理群, 吳福輝, 溫儒敏, 王超冰, 『中國現代文學三十年』, 上海文藝出版社, 1987.

______, 黃子平, 陳平原, 「論二十世紀中國文學」, 『文學評論』, 1985年 第3期.

전형준, 『현대 중국의 리얼리즘 이론』, 창작과비평사, 1997.

______, 「新文學 時期의 리얼리즘에 대한 研究」, 서울대 박사논문, 1992.

전홍철, 「敦煌 講唱文學의 敍事體系와 演行樣相 研究」, 한국외국어대 박사논문,
1995.

조경란, 「進化論의 中國的 受容과 歷史認識의 轉換－嚴復, 梁啓超, 章炳麟, 魯迅
을 중심으로」, 성균관대 박사논문, 1995.

조민환, 『중국철학과 예술정신』, 예문서원, 1997.

조병한, 「淸代 後期 經世思想과 洋務論의 形成」, 서울대 박사논문, 1992.

周勳初, 중국학연구회 고대문학분과 역, 『中國文學批評史』, 이론과실천사, 1992.

陳崧 編, 『五四前後東西文化問題論戰文選』, 中國社會科學出版社, 1989.

陳平原, 이종민 역, 『중국소설서사학』, 살림, 1994.

진형준, 『상상적인 것의 인간학』, 문학과지성사, 1992.

차태근, 「王國維의 審美的 思惟와 批評 研究」, 고려대 석사논문, 1996.

최영하, 『初期 創造社 作家 小說 研究』, 서울대 박사논문, 1996.

최형욱, 『량치차오의 文學革命論 研究』, 연세대 박사논문, 1996.

폴A. 코헨, 장의식 외역, 『미국의 중국 근대사 연구』, 고려원, 1995.

夏志淸, *Chinese Approaches to Literature from Confucius to Liang Chi-chao*, Princeton, New
Jersey, Princeton University Press, 1985.

漢語大詞典編纂委員會, 『漢語大詞典』, 漢語大詞典出版社, 1994.

홍상훈, 「명말 청초의 소설관에 대한 시론」, 서울대 석사논문, 1991.

丸山昇, 한무희 역, 『魯迅評傳』, 일월서각, 1982.